国家社会科学基金项目
（项目编号：13BZW043）

汉代散文与经学之关系研究

边家珍 ◎ 著

齊鲁書社

图书在版编目（CIP）数据

汉代散文与经学之关系研究 / 边家珍著. -- 济南 : 齐鲁书社, 2021.10

ISBN 978-7-5333-4491-7

Ⅰ. ①汉… Ⅱ. ①边… Ⅲ. ①古典散文—关系—经学—研究—中国—汉代 Ⅳ. ①I263.4②Z126.273

中国版本图书馆CIP数据核字(2021)第190404号

责任编辑：向　群
责任校对：王其宝　赵自环
装帧设计：赵萌萌

汉代散文与经学之关系研究
HANDAI SANWEN YU JINGXUE ZHI GUANXI YANJIU
边家珍　著

主管单位	山东出版传媒股份有限公司
出版发行	齊魯書社
社　　址	济南市英雄山路189号
邮　　编	250002
网　　址	www.qlss.com.cn
电子邮箱	qilupress@126.com
营销中心	（0531）82098521　82098519　82098517
印　　刷	山东临沂新华印刷物流集团有限责任公司
开　　本	720mm × 1020mm　1/16
印　　张	26.5
插　　页	3
字　　数	433千
版　　次	2021年10月第1版
印　　次	2021年10月第1次印刷
印　　数	1-1000
标准书号	ISBN 978-7-5333-4491-7
定　　价	98.00元

目录

绪 论

一

两汉四百多年，是经学兴盛的时代，也是散文兴盛的时代。汉代散文，是唐宋之后所谓“古文”的重要组成部分，其发展嬗变、文化内涵、风格特点等与经学有着相当密切的关系。为什么经学会对汉代散文的发展产生重要的影响？统观汉代经学史与散文史可知，这是由多方面的因素所决定的。

第一，经典本身所具有的文化内涵，尤其是政治理想，对不少作家产生了重要影响。所谓“经学”，就是以经典的笺注、阐释为基本内容的学问，汉武帝罢黜百家，独尊儒术，经学遂备受推重，进入官方教育领域，并与官员的选拔相关联①，成为汉王朝意识形态建构的重要组成部分，甚至起到类似法典的作用。董仲舒说：“六学皆大，而各有所长。《诗》道志，故长于质。《礼》制节，故长于文。《乐》咏德，故长于风。《书》著功，故长于事。《易》本天地，故长于数。《春秋》正是非，故长于治人。”②《太史公自序》中司马迁答壶遂之问曰：“《春秋》文成数万，其指数千。万物之散聚皆在《春秋》。《春秋》之中，弑君三十六，亡国五十二，诸侯奔走不得保其社稷者不可胜数。察其所以，皆失其本已。故《易》曰‘失之豪厘，差以千里’。故曰‘臣弑君，子弑父，非一旦一夕之故也，其渐久矣’。故有国者不可以不

① 汉代察举选拔人才补充官僚队伍，举孝廉、茂才，实际上都与经学有关；又设明经一科，选拔通晓经学的人才。

② ［清］苏舆撰，钟哲点校：《春秋繁露义证》，北京：中华书局，1992年，第35~36页。

知《春秋》，前有谗而弗见，后有贼而不知；为人臣者不可以不知《春秋》，守经事而不知其宜，遭变事而不知其权。为人君父而不通于《春秋》之义者，必蒙首恶之名……故《春秋》者，礼义之大宗也。夫礼禁未然之前，法施已然之后；法之所为用者易见，而礼之所为禁者难知。”① 司马迁完全接受了董仲舒对孔子作《春秋》的认识，他对《春秋》历史意义的阐发，对《春秋》政治作用的称颂，几乎到了无以复加的地步。司马迁立志要把《太史公书》写成第二部《春秋》，其目的就是要为千秋万代“立法”，起到可永久存在的王者师的作用，为后世提供借鉴，以达到天下的长治久安。班固在《汉书·叙传》里也有类似的表述：“凡《汉书》，叙帝皇，列官司，建侯王。准天地，统阴阳，阐元极，步三光。分州域，物土疆，穷人理，该万方。纬六经，缀道纲，总百氏，赞篇章。函雅故，通古今，正文字，惟学林。”② 其志向气魄，几乎可与司马迁比肩。

第二，“通经致用”思想观念的影响。经学自确立之日起，就是以维护统治和选拔统治人才为主要目的的，士子们通过对儒家经典的研究学习，经过考核后进入仕途，因此，统治者对经生有着通经致用的要求。《汉书·儒林传》载丞相公孙弘等曰：

> 闻三代之道，乡里有教，夏曰校，殷曰庠，周曰序。其劝善也，显之朝廷；其惩恶也，加之刑罚。故教化之行也，建首善自京师始，繇内及外。今陛下昭至德，开大明，配天地，本人伦，劝学兴礼，崇化厉贤，以风四方，太平之原也。古者政教未洽，不备其礼，请因旧官而兴焉。为博士官置弟子五十人，复其身。太常择民年十八以上仪状端正者，补博士弟子。郡国县官有好文学，敬长上，肃政教，顺乡里，出入不悖，所闻，令相长丞上属所二千石。二千石谨察可者，常与计偕，诣太常，得受业如弟子。一岁皆辄课，能通一艺以上，补文学掌故缺；其高第可以为郎中，太常籍奏。即有秀才异等，辄以名

① ［汉］司马迁：《史记·太史公自序》，北京：中华书局，2014年，第4003~4004页。

② ［汉］班固：《汉书·叙传下》，北京：中华书局，1962年，第4271页。

> 闻。其不事学若下材，及不能通一艺，辄罢之，而请诸能称者。臣谨案诏书律令下者，明天人分际，通古今之谊，文章尔雅，训辞深厚，恩施甚美。小吏浅闻，弗能究宣，亡以明布谕下。以治礼掌故以文学礼义为官，迁留滞。请选择其秩比二百石以上及吏百石通一艺以上补左右内史、大行卒史，比百石以下补郡太守卒史，皆各二人，边郡一人。先用诵多者，不足，择掌故以补中二千石属，文学掌故补郡属，备员。①

由此可见，统治者通过一系列政策选取的是通经的读书人，通则升迁任用，不通则“罢之”。在这样的时代要求下，经学教育所培养出来的儒生必须通经，必须将课本知识与现实问题相结合。

统治者独尊儒术，表彰“六经”，于是经生们也常常将经典中的内容和现实中的政治相联系，将“六经”与人伦政治、治国安邦密切地联系起来，以指导自己的处世及行事方式；或者依经立义，对当时的政治予以评论。例如，匡衡说：“六经者，圣人所以统天地之心，著善恶之归，明吉凶之分，通人道之正，使不悖于其本性者也。故审六艺之指，则人天之理可得而和，草木昆虫可得而育，此永永不易之道也。及《论语》《孝经》，圣人言行之要，宜究其意。”② 职是之故，汉人之于“六经”，亦及于《论语》《孝经》，都有着非常明显的“致用”意识，也就是将经典的研习与社会生活实践挂起钩来，正如皮锡瑞所总结的：“武、宣之间，经学大昌，家数未分，纯正不杂，故其学极精而有用。以《禹贡》治河，以《洪范》察变，以《春秋》决狱，以三百五篇当谏书，治一经得一经之益也。”③ 如此

---

① ［汉］班固：《汉书·儒林传》，北京：中华书局，1962年，第3593~3594页。

② ［汉］班固：《汉书·匡衡传》，北京：中华书局，1962年，第3343页。

③ ［清］皮锡瑞：《经学历史》，北京：中华书局，1959年，第90页。所谓“以《禹贡》治河”，如《汉书·平当传》载，平当“以经明《禹贡》，使行河，为骑都尉，领河堤”。“以《洪范》察变”，如《汉书·夏侯胜传》载，昭帝驾崩，昌邑王继位，霍光等欲废之，夏侯胜以《洪范》之语警之。“以《春秋》决狱”，见《汉书·艺文志》著录《公羊董仲舒治狱》。“以三百五篇当谏书”，见《汉书·儒林传》载王式语。

一来，朝廷诏令、群臣奏议①，皆援引经文作为根据；宫殿内的匾额，其词句也大都出自元典；一般士子著文发言，也不离对经典的依傍。凡此，必然影响两汉散文的思想文化内涵与风格特征。当时的不少文学家，也同时是经学家。② 两汉文章，许多都是从“致用”出发的，“诏、策、章、表、奏、议等类文字，显然应用最为频繁。盟誓为外交场合所需，檄文系战争时期所用。赋、颂用以褒赞功德，赋还可用于讽谏。……东汉时大量涌现的子书，其内容也往往与政治教化有关”③。汉武帝刘彻亲自起草的册立三王的诏书，就是

① 汉人热衷于经典的致用，甚至体现在“年号”的命名上。侯外庐等先生曾对两汉的年号出典作出统计：七十五个年号中，“元”字有二十个，“初”“始”二字有十四个，“永”字有十二个，“建”字有十二个，“和”“平”二字有十六个，“安”“康”“宁”三字有八个，“光”字有四个，“嘉”字有四个，其余“寿”“熹”“兴”“汉”诸字次之。其并指出：“这些语汇，都好像是在五经中有根据的，三公博士要用千言万言，训诂得成为名号，条陈得失，以符征验。”又说：“改元之制，严格讲来也始自武帝，这里就集中表现了正宗儒学‘经义断事’的统治意识。”参见侯外庐等：《中国思想通史》第二卷，北京：人民出版社，1957 年，第 40~46 页。

② 刘跃进先生在《秦汉文学编年史》的《导论》中提到，《文选》收录一百三十余家的作品，其中秦汉四十余家：无名氏（古乐府、古诗十九首）、刘邦、刘彻、贾谊、淮南小山、韦孟、枚乘、邹阳、司马相如、东方朔、司马迁、李陵、苏武、孔安国、杨恽、王褒、扬雄、刘歆、班婕妤、班彪、朱浮、班固、傅毅、张衡、崔瑗、马融、史岑、王延寿、蔡邕、孔融、祢衡、阮瑀、刘桢、荀勖、陈琳、应玚、杨修、王粲、繁钦、班昭等。《文心雕龙》论及作家凡二百一十一人，其中秦汉八十三家：吕不韦、李斯、刘邦、叔孙通、陆贾、毛亨、贾谊、韦孟、韦诞、晁错、枚乘、枚皋、董仲舒、司马谈、司马迁、司马相如、东方朔、孔安国、公孙弘、邹阳、刘安、朱买臣、李延年、严助、严忌、李陵、刘德、扬雄、王褒、匡衡、刘向、刘歆、班婕妤、兒宽、王吉、王绾、桓谭、史岑、马援、班彪、班固、班昭、王充、贾逵、马融、王逸、王延寿、路温舒、王朗、王符、杨恽、左雄、冯衍、刘珍、刘陶、郭泰、崔骃、崔寔、崔瑗、杜钦、杜笃、杜夔、苏顺、李尤、李固、张衡、陈蕃、胡广、郑玄、赵壹、荀悦、祢衡、傅毅、蔡邕、繁钦、孔融、杨修、王粲、陈琳、应玚、阮瑀、徐幹、刘桢等。“两份名单对比，重叠颇多，说明他们的看法比较一致。在刘勰、萧统的正统文学观中，中国文学都渊源于五经，因此，许多经学家被视为文学家，也在情理之中。”参见刘跃进：《秦汉文学编年史》导论，北京：商务印书馆，2006 年，第 2 页。

③ 王运熙、顾易生主编：《中国文学批评通史 · 魏晋南北朝卷》，上海：上海古籍出版社，1996 年，第 43 页。

尊崇“六经”的典范之作，如其中的《册立广陵王诏》：

> 维六年四月乙巳，皇帝使御史大夫汤庙立子胥为广陵王。曰：於戏，小子胥，受兹赤社！朕承祖考，维稽古建尔国家，封于南土，世为汉藩辅。古人有言曰：“大江之南，五湖之间，其人轻心。杨州保疆，三代要服，不及以政。”於戏！悉尔心，战战兢兢，乃惠乃顺，毋侗好轶，毋迩宵人，维法维则。《书》云“臣不作威，不作福，靡有后羞”。於戏，保国艾民，可不敬与！王其戒之。①

这篇文字中，对《尚书》训诰之文既有模拟，又有引用，言之谆谆，风格古奥典重。

第三，今、古文经学对散文的影响。今文经学对汉代散文的影响甚大。西汉时期的经学，主要属于今文经学。以董仲舒为代表的文人士大夫，在论说、奏疏之文中，大量借鉴《春秋》公羊学的理论，讲阴阳灾异，比附现实，包含着关注现实社会人生的积极因素，客观上也有制约君权的作用。皮锡瑞说：“汉有一种天人之学，而齐学尤盛。……当时儒者以为人主至尊，无所畏惮，借天象以示儆，庶使其君有失德者犹知恐惧修省。此《春秋》以元统天、以天统君之义，亦《易》神道设教之旨。汉儒借此以匡正其主。其时人主方崇经术，重儒臣，故遇日食地震，必下诏罪己，或责免三公。……后世不明此义，谓汉儒不应言灾异……言非一端，义各有当，不得以今人之所见轻议古人也。”② 所言甚是。今文经学的比附性思维与神学迷信合流，还出现了谶纬，以东汉前期最为兴盛，对作家创作亦产生了一定的影响。

东汉时期，统治者十分重视古文经。建初元年（76），“肃宗立，降意儒术，特好《古文尚书》《左氏传》。建初元年，诏逵入讲北宫白虎观、南宫云台。帝善逵说，使发出《左氏传》大义长于二传者。……书奏，帝嘉之，赐

① ［汉］司马迁：《史记·三王世家》，北京：中华书局，2014年，第2570页。
② ［清］皮锡瑞：《经学历史》，北京：中华书局，1959年，第106页。

布五百匹，衣一袭，令逵自选《公羊》严、颜诸生高才者二十人，教以《左氏》，与简纸经传各一通”①。且章帝下诏说：“五经剖判，去圣弥远，章句遗辞，乖疑难正，恐先师微言将遂废绝，非所以重稽古，求道真也。其令群儒选高才生，受学《左氏》《穀梁春秋》《古文尚书》《毛诗》，以扶微学，广异义焉。”② 章帝以后，古文经在民间逐渐兴盛起来。当时的经学注重“通”与“博”，散文内容涉及面广，作家对社会问题的认识更加深入了。

第四，经学“辩难”学风的影响。经学的发展过程中，有所谓今古文经学之间的争论。一般说来，这种争论来源于各学官维护各自的政治利益，也与统治者对经典解释权的把持有关。另外，师法家法的不同也容易引起学术上的争论。这些经学现象所引起的注重辩难的经学学风，必定也会深深地影响散文的创作。西汉之时，出现了与辩难相适应的“问答”“问对”形式。这种形式在《盐铁论》等论说文体中有所体现。汉赋中也有问对之体，司马相如的《子虚赋》和《上林赋》就以“子虚先生”和“乌有先生”的一问一答来谋篇布局；班固的《两都赋》也以“西都宾”和“东都主人”的一问一答来讨论问题。到了东汉，经学今古文的斗争趋于激烈，焦点主要集中在《左氏春秋》上，此时经师们比较注意辩难教育，儒家经典中以雄辩著称的《孟子》便较多地进入人们的视野，这种注重辩难的经学学风影响到散文上，就体现出以注重辩论和强调逻辑、气势为主的特点。桓谭的《新论》、王充的《论衡》等，都具有这种论辩的色彩。

第五，“章句之学”的兴盛对散文的影响。西汉昭、宣以降，各家所立博士谨守师承，一方面维护、传承自己继承下来的师说，另一方面防止与自己相异的学说立为博士，争夺自己的政治利益，随之而兴起了章句之学。沈钦韩说：“章句者，经师指括其文，敷畅其义，以相教授。”③ 这明显是与师法相联系的。由于此时统治者对章句之学的提倡，以及经生对师法的重视，章句之学在这一时期逐渐兴盛起来。章句之学虽然巩固了自家学说的师承，但

---

① ［南朝宋］范晔：《后汉书·贾逵传》，北京：中华书局，1965 年，第 1236~1239 页。
② ［南朝宋］范晔：《后汉书·肃宗孝章帝纪》，北京：中华书局，1965 年，第 145 页。
③ ［清］王先谦：《汉书补注》，北京：中华书局，1983 年，第 868 页。

同时也有发展为“新师说”的可能。《汉书》就曾记载了这样的事情：“（夏侯）胜从父子建字长卿，自师事胜及欧阳高，左右采获，又从五经诸儒问与《尚书》相出入者，牵引以次章句，具文饰说。胜非之曰：‘建所谓章句小儒，破碎大道。’建亦非胜为学疏略，难以应敌。建卒自颛门名经，为议郎博士，至太子少傅。”① 夏侯建通过添加完善《尚书》的章句，从而能和重大义的夏侯胜共同立为博士，成为官方认可的今文经学之一。当然，这样的情况比较少见，尤其是随着今文学官的确立，以及师法越来越受重视，大部分破坏师法的行为都会受到统治者的反对，比如孟喜就是因为改变师法而不被重用。注重章句之学的经学学风以及儒生对其他学说的研究学习，反映到散文上就表现出注重文饰、多方引证的特点。

经学的一个重要内涵就是“德治”，即立足于统治者本位的施仁政的观念。汉人对经典的阐发，总是以张扬王道、德政为核心的，这与经典本身所蕴含的“民本”意识当有密切联系。汉代散文作家们向统治者反复致意的一个重要内容，就是希望统治者发仁心，行德政。王洲明先生说：“德政和德教是汉代士人的理想追求，也是他们与统治者斗争的武器。当在一定的程度上，这些说教还起作用的时候，汉代政治局面呈现出相对稳定的形势；当这种说教只变成了一厢情愿，王朝已到了不可收拾的时候，汉代士人的品格就发生裂变，他们的文章从内容到风格就都发生了变化。”② 这一分析，应当说是合乎汉代散文发展史的实际的。

经典、经学既是在中国古代特定的历史文化土壤上产生的，具有丰富的文化内涵，为统治者所利用而具有某种意识形态的特点，又对汉代散文作家的创作，对散文的文体生成、思想内容、文学风格等，产生了相当显著的影响。当然，这种影响有时是显在的，比如引经据典，但更多、更深的影响则体现为一种观念，或内化为一种思维方式，让人体会到一种独特的文化气息。

---

① ［汉］班固：《汉书·夏侯胜传》，北京：中华书局，1962 年，第 3159 页。

② 王洲明：《汉代散文风格与汉代经学的关系》，《泰安师专学报》1999 年第 5 期。

二

汉代散文在中国古代散文发展史上本有着非常突出的地位，作为“古文”，对于后世具有某种典范作用，但相关研究一直比较薄弱，研究队伍、论著数量等与唐宋、明清散文研究相差较大，应当说这是很不正常的。[①] 本书的主要创新之处在于：

其一，本书考察了“五经”所蕴含的核心观念，如殷鉴意识、民本意识、扬善抑恶的精神、大一统观念等，以及其对汉代散文作家和作品的影响。我们发现，汉代散文作家及其作品所蕴含的许多思想内涵，都不是突然出现的，可以说是渊源有自。经生士大夫们从小阅读经典，研习经学，或多或少、或轻或重都会打上传统思想文化的烙印。当然，随着时代的发展，也因所面临的具体问题不同，某些方面会有所变化，但其核心观念是相对稳定的，也是能够为我们所理解、认识与把握的。

其二，书中全面考察了经学与汉代文体的关系。“五经”中不仅存在一些文体萌芽，也出现了一些较为成熟的文体，这些文体到了汉代也得到进一步发展。汉代的宗经观念对文体的影响也相当显著，例如，《周易》之《序卦》引发了两汉史传文学中“序”这种文体的产生；《史记》《汉书》不仅继承《春秋》开创纪传体史书，还发展了“史论”之体。宗经对汉代文体的影响还体现在汉代的文体评论上，这在散体赋的评论上体现得尤为突出。汉代的解经活动促进了这些解经文体的发展，也促进了新的解经文体的产生。从另

---

① 近年来出版的与本课题相关的著述，主要有刘松来《两汉经学与中国文学》（南昌：百花洲文艺出版社，2001 年）、陈松青《先秦两汉儒学与文学》（长沙：湖南师范大学出版社，2004 年）、李家树《经学与中国古代文学》（香港：香港大学出版社，2004 年）、侯文学《汉代经学与文学》（北京：人民出版社，2010 年）等。从理论上阐述汉代散文与经学之关系的单篇论文较少（也反映了这方面研究的薄弱），仅有王洲明《汉代散文风格与汉代经学的关系》（《泰安师专学报》1999 年第 5 期）、张斌荣《西汉经学的兴盛与西汉的散文创作》［《西北师大学报》（社会科学版）2000 年第 5 期］两文，论析了经学对汉代散文的影响。另外，尚学锋《经学辩论与东汉论说文的变化》［《北京师范大学学报》（社会科学版）2007 年第 4 期］一文，肯定了经学辩论对于东汉论说文发展的积极作用。总体看来，本课题研究的现有成果还不是很突出。

一个向度说，汉代文体的发展也对经学产生了一定的影响。多种解经文体的发展，为经学阐释提供了更多的“工具”；而各种解经文体的综合运用，更促进了经学的精细化。在宗经的大背景下，一些非解经文体也会起到发挥、促进甚至是践行经学主张的作用，从而扩大经学的社会影响。

其三，讨论了今文经学与汉代散文之关系。今文经学的兴起，使得作家队伍的构成发生了变化，作家队伍基本都由经生构成。今文经学影响下的散文创作，说理时注重依经立意，有较多的神学色彩。作为今文经学的某种极端化表现，谶纬同样对汉代作家及作品产生了一定的影响。古文经学家专注于经书之义，保持质朴求实的学风，坚持实事求是，学者的思想也更加独立与理性，由此影响到散文创作及作品风格。

其四，讨论了汉代政论文与经学之关系。政论文在汉代散文中占有相当大的比重，在文学史、思想文化史上的地位也很重要，其受经学的影响相当显著。西汉前期，政论文章尽管仍有战国纵横家之遗风，但也不难看出其中包含的经学色彩及与之相应的思想观念。皇帝的诏令文、贾山的《至言》等，已多引经据典。枚乘的《上书谏吴王》《重谏吴王书》，体现出“大一统”意识。陆贾结合《诗》《书》《春秋》等经典，力图把较为抽象的仁义具体可感地落实到现实生活中。贾谊《新书》中的《礼》篇，专门谈礼义的社会广泛必需性和定亲疏、明等级的伦理政治。西汉中后期，儒家经学逐渐占据了学术与思想的主导地位，政论文章的主要特征，表现为由汉初文章的言辞激切向引经据典、醇朴厚重转变。西汉中后期古文经学兴起，受其影响，文章风格也趋于深沉。东汉时，随着太学渐趋兴盛，经生们常通过问难、辩论来切磋学问，以学会友，展露才学，影响到文章，更为注重思辨析理，政论文由此出现了新面貌。桓谭把自己写《新论》与孔子作《春秋》相提并论，并自谓写《新论》的目的在于“兴治”。王充《论衡》明显受到经学辩难学风的影响，全书常常可见问答式的论辩，在设问作答的阐释过程中兼备了主客二体的思想交流。汉末的政论家虽行文直截了当，但文中仍能看出经学的影响。东汉不仅是文体大备的阶段，也是汉代经学的进一步发展及出现反思的时期，受经学等因素的影响，散文的发展总体上也即将进入新变期。

其五，从经史关系的角度，讨论《史记》《汉书》《吴越春秋》等与经学之关系。史传散文与经学的关系，是本书要涉及的重要内容之一。经学提供史料当然是一个重要方面，但更重要的是，它提供的是某种指导原则，是某种观念形态。我们以《春秋》为中心，论析了《史记》与经学之内在关联。司马迁写《史记》，自言要“考信于六艺”，“六艺”即“六经”。“六经”之中，司马迁特别重视《春秋》。春秋笔法是《春秋》的精髓所在，对司马迁创作《史记》影响甚大。《春秋》公羊学家们讲微言大义，讲天人感应，对司马迁也有一定的影响。班固在写作《汉书》时，自觉地、有意识地突显“六经”的重要地位，并在评判是非方面向儒家圣贤看齐，因此《汉书》带有显著的经学色彩。班固十分重视对《易》学的接受，引用、化用《周易》经传之处甚多。《汉书》突出王朝大一统的政治理念，旗帜鲜明地坚守周代礼制观念，表现出维护专制统治的鲜明姿态。同时，也应当看到，班固在为尊者讳、为贤者讳、为亲者讳的经学观念与秉笔直书的传记原则相冲突时，往往不惜违背原则。《吴越春秋》虽然记述的是春秋时期吴、越两国间的历史，但当我们透过具体的历史事件去看时，便会发现其中所包含的经学思想内核。

其六，讨论了汉代散体赋创作与经学之关系。在创作指导思想上，汉代散体赋直接受到“诗教”的影响，由此决定了散体赋作者在接受以屈骚为主的楚辞影响的同时，抛弃了其中的抒情特点，从而形成散体赋创作以言志、讽谏为主的基本格调，而与谏章、奏书有某种近似之处。可以说，汉代散体赋无论从思想文化内涵上还是文学表现手法上，都与经学有着内在联系。民本、仁政观念在赋作中一直有所体现。在民本思想影响之下，呈现在赋家笔下的仁政（美政）理想，集中于爱惜民力、救济百姓、为民除害等内容。在两汉大一统政治背景下，赋作中往往反对臣下对礼制的破坏，赞扬合乎礼制规定的行为或事物。随着今文经学弊端日显，古文经学为越来越多的士人所重视，这自然也波及辞赋创作领域。张衡的《二京赋》行文多依从古文经，少言谶纬，客观地叙述了光武中兴，显然是古文经学的作风。

要之，本书力求提供一种宏通、整体的观照视野，揭示汉代散文与经学的内在联系，力图在整体上有一定的突破，使得研究成果真正具有学术价值与认识意义，尽力把汉代散文的研究向前推进。

三

需要说明的是，本书将汉代散体赋亦即通常所谓“汉大赋”也视为广义的散文，纳入讨论的范围之内。刘跃进先生提出：“自秦汉以下，辞赋均可称之曰广义的‘文’。”① 又说：“凡是不押韵的文体，都应进入中国散文史家的研究视野。也就是说，中国古代散文是与诗词、小说、戏曲并列的文体。”②郭预衡先生在《中国散文史》序言中亦如是说：

> 从汉语文章的实际出发，这部散文史的文体范围，还不仅包罗了各体论说杂文，而且连那骈文辞赋也都包括在内。这不仅因为骈文辞赋乃是汉语文章走向俪偶的一个极端，最能体现汉语文章的语言特点，而且也因为骈文辞赋早被世人统统看作古文（即散文）了。这并非我个人的创见或偏见，历来的文章选本如《古文观止》以及近时的《古代散文选》《历代文选》《中国历代散文选》等书的编者们，大抵都是这样看的。有些辞赋虽然介乎诗文之间，但多数作品不近于诗，而近于文。③

从经学对文学的影响的研究视角来看，诗之外的“文”，从总体上看大都是载道之具。明代张溥甚至说：“《法言》世贵，《太玄》复显，并辅六经而行。”④ 因而，它们内部文辞特点的差别在此可以被忽略了。将汉代散体赋纳入讨论的范围，当更有助于我们全面把握汉代经学与散文之关系。

书末所附《经学视角下的汉代散文评论辑要》，主要参考董治安先生主

---

① 刘跃进：《秦汉文学编年史》导论，北京：商务印书馆，2006年，第5页。

② 刘跃进：《秦汉文学编年史》导论，北京：商务印书馆，2006年，第6页。

③ 郭预衡：《中国散文史》，上海：上海古籍出版社，2000年，第1~2页。

④ ［明］张溥著，殷孟伦注：《汉魏六朝百三家集题辞注》，北京：人民文学出版社，1960年，第23页。

编，王洲明、王培元先生编写的《中华大典·文学典·先秦两汉文学分典》（凤凰出版社 2008 年版）的汉代部分，旨在让读者了解古人是如何从经学视角认识汉代作家及其散文作品的。所附《经学与汉代散文学术编年》，参考了刘汝霖《汉晋学术编年》、陆侃如《中古文学系年》、刘跃进《秦汉文学编年史》、易小平《西汉文学编年史》等，以方便见出经学与汉代散文发展之轨迹，便于读者整体把握、观照之；对某些有分歧之处，则略作考证。

第一章

五经核心观念与汉代散文

“五经”是《诗》《书》《礼》《易》《春秋》的概称，是影响到包括经学、史学、文学等在内的重要典籍。“五经”是在特定历史文化土壤尤其是在特定的社会制度下产生的，因为社会制度包含着价值判断和信仰，一定的制度与一定的观念紧密相连。可以说，人类社会史实际上就是一部观念发展史。刘勰说文学作品的一切体裁都以“五经”为源头①，虽主要是从文体角度立言的，但已揭示出“五经”的深远影响。实际上，“五经”所蕴含的核心观念，如殷鉴意识、民本意识、大一统观念等，对汉代散文的影响更为内在，也更为重要，故本章细论之，以为后面各章相关论述之前提与基础。

一、殷鉴意识

在以“五经”为代表的儒家典籍中，作者们并不是从神秘主义和宗教虔诚的角度看待历史，而是十分注意从一种现世化的、人文色彩浓厚的观念出发，从史实中汲取有益的内容，从正反两个方面尤其是教训方面为统治者提供借鉴，指导现实实践。《诗经·大雅·荡》说：“殷鉴不远，在夏后之世。”② 认为夏代的灭亡可作殷代治国理政的借鉴。《尚书·汤誓》篇中，商汤宣称：“有夏多

---

① 参见［南朝梁］刘勰著，范文澜注：《文心雕龙注》，北京：人民文学出版社，1958年，第22~23页。

② 李学勤主编：《十三经注疏·毛诗正义》，北京：北京大学出版社，1999年，第1161页。

罪，天命殛之。”① “夏王率遏众力，率割夏邑。有众率怠弗协，曰：‘时日曷丧？予及汝皆亡！’夏德若兹，今朕必往。”② 这里商汤强调的是，夏桀犯下了累累罪行，给民众带来了灾难，引发了民众的愤恨，所以自己一定要讨伐、灭亡他。商汤既能认识到这一点，那么在他执掌大权之后，很自然会以夏桀的灭亡作为反面教材。

反思自夏、商至西周的政权更替与盛衰演变，探讨并总结其中的经验教训，应当说是西周初年上层统治集团的某种共识。《诗经·大雅·文王》明确指出“天命靡常”③，“宜鉴于殷，骏命不易”④，要求周人从殷商盛衰兴亡中吸取教训，要懂得天命靡常的道理。总结历史上治国的经验教训，作为周王朝施政理民的鉴戒，应当说是贯穿于《尚书·周书》部分的重要内容。《召诰》篇说：“我不可不监于有夏，亦不可不监于有殷。”⑤ 《尚书·牧誓》篇中，周武王曾历数纣的罪恶说：“今商王受惟妇言是用，昏弃厥肆祀弗答，昏弃厥遗王父母弟不迪，乃惟四方之多罪逋逃，是崇是长，是信是使，是以为大夫卿士。俾暴虐于百姓，以奸宄于商邑。”⑥ 虽然商王朝已经危如累卵，但商纣王仍然一意孤行。王子比干、庶兄微子、大臣祖伊都曾数谏不从。更有甚者，还重用善谀好利的费仲，善于毁谗的恶来，大肆杀害敢于直言的忠臣。先后杀比干，醢九侯，脯鄂侯，弄得更加众叛亲离。“大夫辛甲出奔周”⑦，内史向挚也“载其图法，出亡之周”⑧，将商王朝的重要典籍图书都拿去献给周人了。《尚书·召诰》篇有云：“厥终智藏瘝在。夫知保抱携持厥妇子，以哀吁天，

---

① 李学勤主编：《十三经注疏·尚书正义》，北京：北京大学出版社，1999 年，第 190 页。

② 李学勤主编：《十三经注疏·尚书正义》，北京：北京大学出版社，1999 年，第 191 页。

③ 李学勤主编：《十三经注疏·毛诗王义》，北京：北京大学出版社，1999 年，第 962 页。

④ 李学勤主编：《十三经注疏·毛诗正义》，北京：北京大学出版社，1999 年，第 964 页。

⑤ 李学勤主编：《十三经注疏·尚书正义》，北京：北京大学出版社，1999 年，第 399 页。

⑥ 李学勤主编：《十三经注疏·尚书正义》，北京：北京大学出版社，1999 年，第 285～286 页。

⑦ 王国维：《今本竹书纪年疏证》，见方诗铭、王修龄《古本竹书纪年辑证》，上海：上海古籍出版社，1981 年，第 232 页。

⑧ 许维遹撰，梁运华整理：《吕氏春秋集释》，北京：中华书局，2009 年，第 396 页。

徂厥亡出执。”① 智能之士都隐藏起来了，留下的人们，带着妻儿抱头痛哭，呼天叫地，诅咒商纣王，都希望他早日灭亡，以便百姓能跳出火坑。

周公认为殷纣王酗酒、常作长夜之饮是其亡国的重要原因，因而担心被封于商纣国都妹邦的康叔蹈其覆辙，故作《酒诰》对康叔进行告诫，希望康叔及妹邦之民以商纣酗酒亡国为戒。文中说：“人无于水监，当于民监。今惟殷坠厥命，我其可不大监抚于时？”② 又说：“在今后嗣王酣身，厥命罔显于民，祗保越怨不易。诞惟厥纵淫泆于非彝③，用燕丧威仪，民罔不衋伤心。惟荒腆于酒，不惟自息乃逸，厥心疾很④，不克畏死。辜在商邑，越殷国灭无罹。弗惟德馨香，祀登闻于天，诞惟民怨。庶群自酒，腥闻在上，故天降丧于殷，罔爱于殷，惟逸。天非虐，惟民自速辜。”⑤ 人们根本用不着焚香祷告向天诉苦，天监察于上，知道统治者是如何荒于饮酒逸乐和暴虐的，自然会降灾于这些统治者——这完全是他们自作孽的结果。启良先生就此评论说：“此种神学化的德治思想奠定了尔后流延三千余年的民本主义的理论基础，后来孟子等人的民本主义乃至董仲舒的天人感应说，都是渊源于周公所创立的这套政治化的神学体系。虽然在周公这里，表述尚是粗糙的，未及理论上的深究，但大体规模则是形成了。”⑥ 在著名的《无逸》篇中，周公更是辞气恳切，言之谆谆，告诫年幼的成王务必要从殷商兴衰的历史中吸取经验教训，其中说道：

> 呜呼！我闻曰，昔在殷王中宗，严恭寅畏天命，自度，治民祗惧，不敢荒宁。肆中宗之享国，七十有五年。其在高宗，时旧劳于外，爰暨

---

① 李学勤主编：《十三经注疏·尚书正义》，北京：北京大学出版社，1999年，第395页。

② 李学勤主编：《十三经注疏·尚书正义》，北京：北京大学出版社，1999年，第380~381页。

③ “诞惟厥纵淫泆于非彝”，谓纵淫过度、行为越轨。

④ “很”，同“狠”。

⑤ 李学勤主编：《十三经注疏·尚书正义》，北京：北京大学出版社，1999年，第379~380页。

⑥ 启良：《中国文明史》，广州：花城出版社，2001年，第286页。

小人。作其即位，乃或亮阴①，三年不言。其惟不言，言乃雍，不敢荒宁。嘉靖殷邦，至于小大，无时或怨。肆高宗之享国，五十有九年。其在祖甲，不义惟王，旧为小人。作其即位，爰知小人之依，能保惠于庶民，不敢侮鳏寡。肆祖甲之享国，三十有三年。自时厥后立王，生则逸。生则逸，不知稼穑之艰难，不闻小人之劳，惟耽乐之从。自时厥后，亦罔或克寿。或十年，或七八年，或五六年，或四三年。……呜呼！继自今嗣王，则其无淫于观、于逸、于游、于田，以万民惟正之供。无皇曰："今日耽乐。"乃非民攸训，非天攸若，时人丕则有愆。无若殷王受之迷乱，酗于酒德哉！……呜呼！嗣王其监于兹。②

在周公看来，商王朝的兴盛，与其早期中宗、高宗（武丁）等能够敬畏天命、少说多做、不敢荒于政事有密切的关系，而后期的商王则不知稼穑之艰难，不闻小人之劳，惟知耽乐酗酒，不理政事。《酒诰》篇也同样提到殷商统治者因纵酒而丧国的历史教训，突显其警示意义。

《诗经》中的《周颂》《大雅》，也常引前朝故事、先王之语，以表达对政事的看法及对国君的意见、建议。如《诗经·大雅·荡》的相关内容，为后世文人士大夫所广泛传诵，其中说道："文王曰咨，咨女殷商！天不湎尔以酒，不义从式。既愆尔止，靡明靡晦，式号式呼，俾昼作夜。"③"文王曰咨，咨女殷商！匪上帝不时，殷不用旧。虽无老成人，尚有典刑。曾是莫听，大命以倾。"④"文王曰咨，咨女殷商！人亦有言：'颠沛之揭，枝叶未有害，本

---

① "亮阴"，沉默寡言的样子。《吕氏春秋·重言》："高宗，天子也，即位谅闇，三年不言。卿大夫恐惧，患之。高宗乃言曰：'以余一人正四方，余唯恐言之不类也，兹故不言。'古之天子，其重言如此。"

② 李学勤主编：《十三经注疏·尚书正义》，北京：北京大学出版社，1999年，第430~438页。

③ 李学勤主编：《十三经注疏·毛诗正义》，北京：北京大学出版社，1999年，第1158页。

④ 李学勤主编：《十三经注疏·毛诗正义》，北京：北京大学出版社，1999年，第1160页。

实先拨。’殷鉴不远，在夏后之世。”① 春秋之时，王公大臣在讨论政治、道德等问题时，多引用《诗经》成句，以增强说服力与感染力。如《左传·僖公二十二年》记臧文仲谏卑邾：“国无小，不可易也。无备，虽众，不可恃也。《诗》曰：‘战战兢兢，如临深渊，如履薄冰。’又曰：‘敬之敬之！天惟显思，命不易哉！’先王之明德，犹无不难也，无不惧也，况我小国乎！君其无谓邾小，蜂虿有毒，而况国乎！”② 臧文仲引用《诗经》中的句子，劝告僖公对小国也不可掉以轻心，而应严阵以待。

“五经”中重视以史为鉴的意识，不仅对于西周初年统治者治国兴邦有着直接的指导意义，而且对后世影响深远。汉代的政论文、奏疏文以及史传中，此种殷鉴意识多有体现。如《汉书·梅福传》载梅福奏疏中有言：“天下以言为戒，最国家之大患也。愿陛下循高祖之轨，杜亡秦之路，数御《十月》之歌，留意《亡（无）逸》之戒，除不急之法，下亡讳之诏，博览兼听，谋及疏贱，令深者不隐，远者不塞。”③ 其中的“杜亡秦之路”“留意《亡（无）逸》之戒”，都意在提醒汉成帝以历史为鉴戒。汉初，刘邦曾对陆贾说：“试为我著秦所以失天下，吾所以得之者何，及古成败之国。”④ 因此，这一时期的中心议题主要为总结强秦灭亡的历史教训，维护新生国家的稳定，因而有贾谊《过秦论》等名篇，拟在本书第四章中予以讨论，此不赘述。

二、“大一统”观念

儒家经典中的“大一统”思想观念十分突出。“大一统”一词首见于《春秋公羊传·隐公元年》：“何言乎王正月？大一统也。”⑤ 大，张大、推重；

① 李学勤主编：《十三经注疏·毛诗正义》，北京：北京大学出版社，1999年，第1161页。

② 杨伯峻编著：《春秋左传注》，北京：中华书局，1981年，第395页。诗句见《诗经·小雅·小旻》《诗经·周颂·敬之》。

③ ［汉］班固：《汉书·杨胡朱梅云传》，北京：中华书局，1962年，第2922页。

④ ［汉］司马迁：《史记·郦生陆贾列传》，北京：中华书局，2014年，第3270页。

⑤ 李学勤主编：《十三经注疏·春秋公羊传注疏》，北京：北京大学出版社，1999年，第9~10页。

一统，指天下万民皆统系于周天子。徐彦疏：“王者受命制正月以统天下，令万物无不一一皆奉之以为始，故言大一统也。”①

经典中关于“大一统”政治形态的描述甚多，《尚书·禹贡》篇赞大禹之功业：“九州攸同，四隩既宅……东渐于海，西被于流沙，朔南暨，声教讫于四海。禹锡玄圭，告厥成功。”②《尚书·益稷》记大禹之言曰：“帝光天之下，至于海隅苍生，万邦黎献，共惟（为）帝臣，惟帝时举。敷纳以言，明庶以功，车服以庸。谁敢不让？敢不敬应？”③“光天之下”，从中州到天涯海角；“万邦黎献，共惟（为）帝臣”，完全是四海一家的大一统政治格局。《诗经·小雅·北山》称：“溥天之下，莫非王土。率土之滨，莫非王臣。”④《左传·昭公七年》所谓“封略之内，何非君土？食土之毛，谁非君臣？”⑤则大体上套用了《诗经》中的话。《礼记·礼运》记孔子之言说：“故圣人耐（能）以天下为一家，以中国为一人者，非意之也，必知其情，辟于其义，明于其利，达于其患，然后能为之。”孔疏云：“圣人所能以天下和合共为一家，能以中国共为一人者。”⑥孔子虽未明言“大一统”，但他的思想中有鲜明的倡导大一统的倾向。面对春秋时期礼坏乐崩的乱局，孔子说：“天下有道，则礼乐征伐自天子出；天下无道，则礼乐征伐自诸侯出。自诸侯出，盖十世希不失矣；自大夫出，五世希不失矣；陪臣执国命，三世希不失矣。天下有道，则政不在大夫。天下有道，则庶人不议。”⑦孔子作《春秋》，明显体现出其“尊王攘夷”的倾向，更是一种“大一统”政治观。《论语·宪问》篇记孔子

---

① 李学勤主编：《十三经注疏·春秋公羊传注疏》，北京：北京大学出版社，1999年，第10页。

② 李学勤主编：《十三经注疏·尚书正义》，北京：北京大学出版社，1999年，第165~171页。

③ 李学勤主编：《十三经注疏·尚书正义》，北京：北京大学出版社，1999年，第122~123页。

④ 李学勤主编：《十三经注疏·毛诗正义》，北京：北京大学出版社，1999年，第797页。

⑤ 杨伯峻编著：《春秋左传注》，北京：中华书局，1981年，第1284页。

⑥ 李学勤主编：《十三经注疏·礼记正义》，北京：北京大学出版社，1999年，第688页。

⑦ 杨伯峻译注：《论语译注》，北京：中华书局，1980年，第174页。

之言，说："桓公九合诸侯，不以兵车，管仲之力也。如其仁，如其仁。"① 称赞管仲辅助齐桓公，九合诸侯以尊王攘夷之功德。孔子还提出"谨权量，审法度，修废官……兴灭国，继绝世，举逸民"② 的主张，认为如此就会自然而然地使天下之民归心。《左传·隐公元年》记"郑伯克段于鄢"之事，郑庄公弟共叔段依仗母后势力谋划篡夺君位，郑公子吕针对这一危急情况向郑庄公提出："国不堪贰，君将若之何？欲与大叔（共叔段），臣请事之；若弗与，则请除之，无生民心。"③ 所谓"国不堪贰"，是说君权应保持单一的至高无上地位，禁绝并行权力的存在。孟子见梁襄王，"（梁襄王）卒然问曰：'天下恶乎定？'" 孟子回答说："定于一。"④

大体上讲，"大一统"的内涵主要有两大方面：一是政权的大一统，二是文化的大一统。政权的大一统，在周代是建立在以血缘氏族为基础的社会组织上的，整个国家的管理也都纳入血缘关系极为浓厚的宗法关系之中。在古希腊和罗马，血缘氏族组织在经历了一个演变过程后，至公元前 6 世纪被地缘国家组织所取代，家庭与家庭、家族与家族之间的血缘纽带完全断裂。⑤ 而在古代中国，作为国家的产生，不是以地缘组织来取代血缘氏族，而是在血缘氏族的基础上建立起地域公共权力，因而形成了地缘和血缘相为表里的社会结构，正如《左传·隐公八年》里所说："天子建德，因生以赐姓，胙之土而命之氏。"⑥ 夏朝的情况，据《史记·夏本纪》说："禹为姒姓，其后分封，

---

① 杨伯峻译注：《论语译注》，北京：中华书局，1980 年，第 151 页。

② 杨伯峻译注：《论语译注》，北京：中华书局，1980 年，第 208 页。

③ 杨伯峻编著：《春秋左传注》，北京：中华书局，1981 年，第 12 页。

④ 杨伯峻译注：《孟子译注》，北京：中华书局，1960 年，第 12 页。

⑤ 由于私有制和民主制度的发达，古希腊城邦和罗马共和国的每个公民都成了一个独立的经济和政治单元。公共权力的产生和运转，不能消解作为社会基本实体或单元的个体公民，而只是为这些公民的政治联合提供一种外部联系。这样，西方社会结构的多元化特征就第一次通过古代希腊罗马的地缘国家组织体现出来。古代希腊罗马血缘氏族制度瓦解和地缘国家产生的原因，主要是人口的流动和工商业的发展。通过"外来人"的不断掺入和"自家人"的不断脱离，通过工商业发展过程中社会成员不断挣脱旧有血缘纽带而结成新的业缘团体，网络般的血缘社会关系逐渐趋于松弛、断裂并最终瓦解。

⑥ 杨伯峻编著：《春秋左传注》，北京：中华书局，1981 年，第 60~61 页。

用国为姓，故有夏后氏、有扈氏、有男氏、斟寻氏、彤城氏、褒氏、费氏、杞氏、缯氏、辛氏、冥氏、斟戈氏。”① 殷商算是较为成熟的地缘国家，但与夏朝一样，其内部结构同属血缘群体的联合。《史记·殷本纪》载：“契为子姓，其后分封，以国为姓。”② 这种地缘与血缘相为表里的情况，到西周也没有改变。《逸周书》记载，西周在建立王朝的过程中，共灭 99 国，降服 652 国，其数目之众，足可证明这些“国”大多不过是氏族部落和部落联盟。周初大封建，受封者为同姓子孙、功臣勋旧和殷商贵族，按族而封，血缘关系仍未被打乱。据顾栋高《春秋大事表》考证，鲁、蔡、晋、郑、吴等姬姓封国有 51 个，齐、许等姜姓封国有 12 个，秦等嬴姓封国有 8 个，偃、姒等其他姓封国有 50 多个。③ 即使是殷商乃至有夏的遗民，也是按氏族而分属于卫、鲁、晋等国，如首封武王弟康叔的卫国，统治殷民七族；首封周公长子伯禽的鲁国，统治殷民六族；首封成王弟叔虞的晋国，统治夏遗民“怀姓九宗”。总体看来，夏、商、周三代尤其是西周的分封制，是自上而下产生的，它通过一个以天子为首的血缘性纵轴系统，把整个国家连为一体，即所谓的“一统”。

建立于秦王朝的中央集权君主专制制度，本来是作为宗法分封制度的对立面而出现的。然而，这种情况并没有使得中国社会的一体化结构得到改变。这当与两个因素有关：其一，作为社会基层机体的宗族和家族，仍然是一种血缘组织。整体来看，当时不存在西方那样的独立个人与个体家庭。其二，在本来是作为宗法制度对立面出现的君主专制制度中，也仍然通行着宗法原则。在这种制度中，每个人都没有自己的独立人格和法定地位，在诸如上司下属、老师门生、亲朋故旧等各种社会关系中，存在着广泛的依附性。要之，秦汉时期的中国社会，仍然是一个一体化的社会，它以一个表面法治化而实际上仍是宗法化的行政系统，将整个社会“大一统”起来。

文化上的“大一统”也一直为古人所重视。《尚书·禹贡》：“东渐于海，

---

① ［汉］司马迁：《史记·夏本纪》，北京：中华书局，2014 年，第 109 页。
② ［汉］司马迁：《史记·殷本纪》，北京：中华书局，2014 年，第 140 页。
③ 参见周谷城：《中国政治史》，北京：中华书局，1982 年，第 20~30 页。

西被于流沙，朔南暨，声教讫于四海。”① 即谓普天之下、四海之内尽为臣仆，因而使声明教化远播四极。荀子在论及以仁义道德教化天下的效果时说：“则天下应之如讙……故近者歌讴而乐之，远者竭蹶而趋之，四海之内若一家，通达之属莫不从服，夫是之谓人师。《诗》曰：‘自西自东，自南自北，无思不服。’此之谓也。”② 所谓“声教”，所谓“莫不从服”，应当包括典章制度方面的内容。《管子》一书中对大一统文化形态有不少具体规划。《管子·君臣上》篇说：“天子出令于天下，诸侯受令于天子，大夫受令于君，子受令于父母，下听其上，弟听其兄，此至顺矣。衡石一称，斗斛一量，丈尺一綧制，戈兵一度，书同名，车同轨，此至正也。”③ 秦统一中国，形成了地同域、书同文、车同轨、度同制、行同伦的政治局面，标志着中国文化共同体的基本形成。地同域，是大一统政治格局的空间条件。秦朝彻底废除了周代以来的封建邦国制度，打破地区壁垒，将东至大海、西至陇右、北抵阴山、南越五岭的辽阔版图统一于中央朝廷的政令、军令之下。又通过大规模的移民，开发边境地区，传播中原文化，并修筑万里长城，以御外敌，以保证国内的经济发展和人民的安居乐业。书同文，是大一统政治格局的语言条件。在此之前的周代文字笔画繁复，称为大篆。李斯等人整理文字，便以此为基础，并汲取齐鲁等地通行的蝌蚪文笔画简省的优点，创制出一种形体匀圆齐整、笔画简略的新文字，称为“秦篆”，又称“小篆”，作为官方规范文字，颁行全国。后来，又将小篆圆转的笔画变成方折，字形扁平，书写更为流畅，后人将此字体称为“隶书”。隶书打破了古体汉字的传统，奠定了楷书的基础，提高了书写效率。车同轨，是大一统政治格局的交通条件。战国时代，各国车辆形制不一，道路宽窄有异，加之多年战争造成城堡林立、关隘遍布，交通十分不便。秦统一全国后，下令拆除这些交通障碍，定车宽以六尺为制，一车可通行全国，并在水路方面疏通若干河道。这些措施大大加强了中央与各地的联系，也方便了商业贸易文化交往。度同制，就是统一货币和度量衡

---

① 李学勤主编：《十三经注疏·尚书正义》，北京：北京大学出版社，1999 年，第 171 页。

② ［清］王先谦：《荀子集解》，北京：中华书局，1988 年，第 120~121 页。

③ 黎翔凤撰，梁运华整理：《管子校注》，北京：中华书局，2004 年，第 559 页。

标准，这为中华民族共同的经济活动提供了便利条件。行同伦，就是统一人们的文化心理，强调用统一的法律、统一的道德治国安民，这是“大一统”政治格局所需要的文化条件。

作为先秦儒学的后学，秦汉之际的经生、士大夫及文人自然会受到儒家经典中“大一统”观念的影响，并积极地使之发扬光大。这里先重点讲一下对《春秋》公羊学特别是董仲舒“大一统”思想的影响，其他内容将在后面的相关章节中展开。

《春秋》：“元年，春，王正月。”① 《公羊传》解释说：“何言乎王正月？大一统也。”② 正月上冠以一“王”字，即表示有超乎地方之上的、在王权统摄之下的意味。董仲舒的“大一统”论，则直承《公羊传》而来，但较之《公羊传》有显著发展，这显然是与汉武帝时期有为政治的需要相适应的。从天人之学的理论层面上讲，大一统出于天之“元”，也就像老子所说的“一”，亦即本体。董仲舒说：“谓一元者，大始也。”③ “是故《春秋》之道，以元之深正天之端，以天之端正王之政，以王之政正诸侯之即位，以诸侯之即位正竟内之治。”④ 董仲舒的“大一统”论包括三大方面的内容：

其一，政权的“大一统”。治天下，首先是政权的确立、一统（集中），否则一切无从谈起。董仲舒“公羊学”对这个问题看得很清楚，说《春秋》要旨之一就是“强干弱枝，大本小末”⑤。他总结历史教训说：“是以君子以天下为忧也，患乃至于弑君三十六，亡国五十二，细恶不绝之所致也。辞已喻矣，故曰：立义以明尊卑之分，强干弱枝以明大小之职。”⑥ 基于这一基本

① 李学勤主编：《十三经注疏·春秋公羊传注疏》，北京：北京大学出版社，1999年，第5页。

② 李学勤主编：《十三经注疏·春秋公羊传注疏》，北京：北京大学出版社，1999年，第9~10页。

③ ［清］苏舆撰，钟哲点校：《春秋繁露义证》，北京：中华书局，1992年，第67页。

④ ［清］苏舆撰，钟哲点校：《春秋繁露义证》，北京：中华书局，1992年，第70页。

⑤ ［清］苏舆撰，钟哲点校：《春秋繁露义证》，北京：中华书局，1992年，第145页。

⑥ ［清］苏舆撰，钟哲点校：《春秋繁露义证》，北京：中华书局，1992年，第141页。

观念，董仲舒“公羊学”对诸侯王的权力作出了很多规定，如说诸侯王不得有谋夺皇位的念头，“君亲无将，将而诛”①，若有大逆不道之想，立杀无赦。有天子在，诸侯对封域土地只有使用权，没有占有权，不得专地，“郑鲁易地，讳易言假”②。诸侯之间的土地交换，只能说是借，因为主权归天子所有。诸侯王无天子之命，无权兴师作战。如楚庄王以诸侯身份讨伐陈国大夫夏征舒，“《春秋》贬其文”③，因为楚庄王事先未获得周天子的授权。唯独天子有祭祀天地的权力，诸侯只许祭社稷神。董仲舒“公羊学”之所以如此突出强调政权的一统，是来自对汉王朝政治实际的深刻认识，如武帝初年，淮南王刘安就公开讲，“吾高帝孙，亲行仁义，陛下遇我厚，吾能忍之；万世之后，吾宁能北面事竖子乎！”④ 不解决政权统一的问题，国家的长治久安就是一句空话。

其二，民族的“大一统”。董仲舒“公羊学”继承了《公羊传》的华夏中心主义，认为“四夷”应当统属于华夏。董仲舒说：“《春秋》慎辞，谨于名伦等物者也。是故小夷言伐而不得言战，大夷言战而不得言获，中国言获而不得言执，各有辞也。”⑤ 这里用词的不同体现出的是尊卑高下的不同。在这种等差区别中，包含了类似天子与诸侯的区别，或者说“四夷”是不能与“中国”平起平坐的，“四夷”应统属于“中国”才是。不过，与《公羊传》有所不同的是，在夏夷之防的问题上，董仲舒“春秋学”并不单是以地域为标准，而把“礼义”当成判断尊卑高下、是否是“夷狄”的依据，体现了一种进步的思想观念。“夷狄”有德可进而为“中国”者，而“中国”若无德可退为“夷狄”。《春秋》载，昭公十二年冬，“晋伐鲜虞”。董仲舒说：“《春秋》曰：‘晋伐鲜虞。’奚恶乎晋而同夷狄也？曰：《春秋》尊礼而重信。……今我君臣同姓适女，女无良心，礼以不答。有恐畏我，何其不夷狄

---

① ［清］苏舆撰，钟哲点校：《春秋繁露义证》，北京：中华书局，1992年，第114页。
② ［清］苏舆撰，钟哲点校：《春秋繁露义证》，北京：中华书局，1992年，第117页。
③ ［清］苏舆撰，钟哲点校：《春秋繁露义证》，北京：中华书局，1992年，第2页。
④ ［汉］班固：《汉书·淮南衡山济北王传》，北京：中华书局，1962年，第2149页。
⑤ ［清］苏舆撰，钟哲点校：《春秋繁露义证》，北京：中华书局，1992年，第85页。

也。"① 即使是华夏之国如晋国者，如果伐同姓而无博爱之心，不尊礼重信，便可将其视为"夷狄"而贬斥之。从这一点上讲，董仲舒《春秋》"公羊学"也并非一味地主张征服"四夷"，与原始儒学的怀柔论有一致之处。

其三，国家指导思想的"大一统"。董仲舒在贤良对策中讲："《春秋》大一统者，天地之常经，古今之通谊也。今师异道，人异论，百家殊方，指意不同，是以上亡以持一统；法制数变，下不知所守。臣愚以为诸不在六艺之科、孔子之术者，皆绝其道，勿使并进。邪辟之说灭息，然后统纪可一而法度可明，民知所从矣。"② 这里讲的"大一统"，偏于国家的指导思想以及具体的"法制"政策等。董仲舒"公羊学"之所以把"六艺之科、孔子之术"定为国家的指导思想，是基于对上升时期封建制度的肯定，重点在于突出"礼治"对于维护社会秩序的作用。司马迁在《太史公自序》中说："余闻董生曰：'周道衰废，孔子为鲁司寇，诸侯害之，大夫壅之。孔子知言之不用，道之不行也，是非二百四十二年之中，以为天下仪表，贬天子，退诸侯，讨大夫，以达王事而已矣。'子曰：'我欲载之空言，不如见之于行事之深切著明也。'夫《春秋》，上明三王之道，下辨人事之纪，别嫌疑，明是非，定犹豫，善善恶恶，贤贤贱不肖，存亡国，继绝世，补敝起废，王道之大者也。《易》著天地阴阳四时五行，故长于变；《礼》经纪人伦，故长于行；《书》记先王之事，故长于政；《诗》记山川溪谷禽兽草木牝牡雌雄，故长于风；《乐》乐所以立，故长于和；《春秋》辩是非，故长于治人。是故《礼》以节人，《乐》以发和，《书》以道事，《诗》以达意，《易》以道化，《春秋》以道义。拨乱世反之正，莫近于《春秋》。《春秋》文成数万，其指数千。万物之散聚皆在《春秋》。《春秋》之中，弑君三十六，亡国五十二，诸侯奔走不得保其社稷者不可胜数。察其所以，皆失其本已。……夫不通礼义之旨，至于君不君，臣不臣，父不父，子不子。"③ 有了儒家"五经"、有了孔子之术作为"大一统"的政治指导思想，社会秩序就可以永远保持下去，永远不会

① ［清］苏舆撰，钟哲点校：《春秋繁露义证》，北京：中华书局，1992 年，第 5~7 页。

② ［汉］班固：《汉书 · 董仲舒传》，北京：中华书局，1962 年，第 2523 页。

③ ［汉］司马迁：《史记 · 太史公自序》，北京：中华书局，2014 年，第 4003~4004 页。

发生悖乱。因此，我们可以把这段话看作是对董仲舒“大一统”思想的具体而又能执要的解说。要之，董仲舒所极力维护的“大一统”，包括思想及政权两个方面的“大一统”，在当时对于保持全国统一、发展经济、抵抗外来侵略、维护民族独立等，都有积极的作用。

在汉王朝走向兴盛，逐渐完成政治上和思想上的大一统后，以“润色鸿业”为目的的汉大赋便应运而生，并得到了统治者的喜爱与欣赏，文士甚至可以通过献赋为官入仕，其中以武帝时期的赋作家司马相如最为典型。司马相如因写《子虚赋》而受到汉武帝赏识，相如面见武帝后称“然此乃诸侯之事，未足观也”①，再作《上林赋》进上，两篇合为《天子游猎赋》，主题即借铺陈天子游猎的恢宏之景，歌颂皇帝功德威声与独尊地位，赞扬大一统之盛世。文中虽然写三人辩难，但实际上进行互相比较的是两方，即藩国诸侯与中央天子。司马相如借亡是公之口批评藩王、赞颂天子，正是他反对地方割据、宣扬大一统的表现。汉初高祖刘邦自认为吸取秦亡教训，大封刘姓宗室，留下了巨大的政治隐患；中央对地方的掌控力不足，至景帝时期爆发七国之乱。七国之乱虽被平复，但地方割据势力依然对中央朝廷具有威胁，直至汉武帝推行推恩令后，藩国隐患才逐渐消除。而司马相如作此赋时，距离推恩令的颁布尚有七年，诸侯威胁仍在。可以说，司马相如受到武帝赏识不仅是因为他文笔过人、辞藻华丽，还在于他具有敏锐的政治嗅觉，崇奉天子而贬抑诸侯，宣扬“大一统”观念，暗合了武帝心意。

三、崇尚礼制

周公制礼作乐，被视为商周之际文化变迁的标志性事件。“五经”中的《礼》与政治有紧密的联系，具有某种典宪意义。皮锡瑞讲到汉代经学大盛时曾指出：“非天子不议礼，不制度，不考文；议礼、制度、考文，皆以经义为本。”②

---

① ［汉］司马迁：《史记·司马相如列传》，北京：中华书局，2014 年，第 3640 页。

② ［清］皮锡瑞：《经学历史》，北京：中华书局，1959 年，第 117 页。

《礼》的文献文本，包括《仪礼》《礼记》《周礼》。郑玄为《仪礼》《礼记》《周礼》作注，在自序中说“凡著三礼七十二篇”①，遂有“三礼”之名。《仪礼》原称为《礼》，西汉时叫《士礼》，与《礼记》对应还称之为《礼经》，东汉才有《仪礼》之名。《仪礼》有今、古文之分，今文经有十七篇，乃汉高堂生所传，立于学官。宣帝之世后仓最明《仪礼》，戴德、戴圣、庆普皆其弟子。据《汉书·艺文志》记载，又有《礼》古经五十六篇，是汉武帝时发现的古文《礼经》，其中有十七篇与今文的《仪礼》内容基本相同。另有古文经《仪礼》三十九篇，汉代称为《逸礼》。刘歆《移让太常博士书》称：“鲁恭王……得古文于坏壁之中，《逸礼》有三十九。”②《逸礼》于唐代以后亡佚。既有《逸礼》，有学者便认为十七篇《仪礼》是一部残缺不完之书；另一种观点则认为十七篇《仪礼》并非残本，而是一部完备的著作，清人邵懿辰《礼经通论》对此有很详细的论证。③

《仪礼》包括十七篇，各篇的基本内容都是各种社会行为的仪式和礼节，分为冠、婚、乡、射、朝、聘、丧、祭八类，基本包括了古代的交际之礼和行为规范，对各种礼仪的参与人员、器物的使用和程序等，都有严格而具体的规定和说明。可以说，《仪礼》就是春秋以前士以上的贵族们的必修课。从体例上看，《仪礼》包括“经”“传”“记”三类内容。《仪礼》十七篇中，除《士相见礼》《大射》《少牢馈食礼》《有司彻》四篇外，其余十三篇篇末

---

① 李学勤主编：《十三经注疏·仪礼注疏》，北京：北京大学出版社，1999年，第4页。

② ［汉］班固：《汉书·楚元王传》，北京：中华书局，1962年，第1969页。

③ 关于《仪礼》的成书情况，其说不一，有周公创作说，孔子整理、编订说，六国儒家编订说等。持周公创作说者认为，《仪礼》十七篇的一些内容可能就是周公“制礼作乐”时所规定的一些礼仪。持孔子整理编订说者认为，孔子很注重采辑、整理各国礼仪，他把演习礼仪作为自己教学的重要内容，甚至游说列国路途中还坚持与弟子们演习礼仪。《礼记·杂记下》说：“恤由之丧，哀公使孺悲之孔子，学士丧礼。《士丧礼》于是乎书。”这一条被视为孔子整理《礼记》的证据。不少学者推测，《仪礼》的编订成书，应当经历了一个较长时期的历史过程。邵懿辰《礼经通论》说“《礼》本非一时一世而成，积久服习，渐次修整，而后臻于大备”，这种看法是有道理的。现代多数学者认为，《仪礼》编订成书大抵应在西周末春秋初，不过，书中记载的各种典礼仪式应该在成书以前就存在了。

都有“记”。“传”则只《丧服》篇有，《丧服》篇中不仅经有传，记亦有传。

战国秦汉之际，儒家学者们在学习礼的过程中，撰写了大量的关于礼的论文，人们称为“记”。当时，这种“记”很多，不一定是同一时期产生的，作者也不止一两个人。《汉书·艺文志》著录“《记》百三十一篇”，班固自注：“七十子后学者所记也。”颜师古注：“刘向《别录》云六国时人也。”[①] 又，《汉书·儒林传》云：“（后）仓说《礼》数万言，号曰《后氏曲台记》，授沛闻人通汉子方、梁戴德延君、戴圣次君、沛庆普孝公。孝公为东平太傅。德号大戴，为信都太傅；圣号小戴，以博士论石渠，至九江太守。由是《礼》有大戴、小戴、庆氏之学。”[②] 戴德的《大戴礼记》共八十五篇，戴圣的《小戴礼记》共四十九篇。东汉学者郑玄为《小戴礼记》作了注解，其影响越来越大，由原来从属于《仪礼》的地位转变为独立成书，人们称之为《礼记》。至唐代，《礼记》被列为“九经”之一，与《周礼》《仪礼》鼎足而三。

《礼记》的内容，有专为说明《仪礼》的，如《冠义》《昏义》《乡饮酒义》等篇；有杂记丧服、丧事的，如《檀弓》《丧大记》《问丧》等篇；有记述各种礼节、礼制和守则的，如《投壶》《礼器》《明堂位》《曲礼》《内则》等篇；有记述孔子言论的，如《仲尼燕居》《孔子闲居》等篇；《月令》篇记述了夏历一年十二个月的时令及有关的事物。从《礼记》中可知，从国家大事的班爵、授禄、宗法、祭祀、巡守、朝觐、田猎、刑政、学校、养老，到日常生活中的言语、容貌、饮食、洒扫应对、进退等，都属于“礼”的范畴。《礼记》在“礼”的理论上颇有建树，阐明了礼的本质和意义。作者认为礼是人类与动物相区别的最根本标志，“礼义也者，人之大端也”[③]，“凡人之所以为人者，礼义也”[④]，“无别无义，禽兽之道也”[⑤]。就是说，人与禽兽的根

---

① ［汉］班固：《汉书》，北京：中华书局，1962年，第1709~1710页。

② ［汉］班固：《汉书》，北京：中华书局，1962年，第3615页。

③ 李学勤主编：《十三经注疏·礼记正义》，北京：北京大学出版社，1999年，第708页。

④ 李学勤主编：《十三经注疏·礼记正义》，北京：北京大学出版社，1999年，第1614页。

⑤ 李学勤主编：《十三经注疏·礼记正义》，北京：北京大学出版社，1999年，第815页。

本区别在于有无礼义。人类社会秩序的形成靠的是礼义。作者还强调了礼在治理国家百姓中的重要作用："礼之教化也微，其止邪也于未形，使人日徙善远罪而不自知也，是以先王隆之也。"① 不少地方还阐明了礼对于个人品德的重要意义。《礼运》篇表达了作者的社会认识及理想，作者眼里的"小康"之世，是一个以私有制为经济基础的社会，而"大同"社会则是："大道之行也，天下为公，选贤与能，讲信修睦。故人不独亲其亲，不独子其子。使老有所终，壮有所用，幼有所长，矜寡孤独废疾者，皆有所养。男有分，女有归，货恶其弃于地也，不必藏于己，力恶其不出于身也，不必为己。是故谋闭而不兴，盗窃乱贼而不作。故外户而不闭，是谓大同。"② 也就是说，"大同"社会是一个以农业公有制为经济基础的社会，"天下为公"是其总原则。

《周礼》在汉代最初名为《周官》，始见于《史记·封禅书》："《周官》曰，冬日至，祀天于南郊，迎长日之至；夏日至，祭地祇。"③《汉书》河间献王本传中亦称之为《周官》，《汉书·艺文志》中称之为《周官经》。两汉之际的刘歆始称《周礼》（见《汉书·王莽传》）。《汉书·艺文志》著录了《周官》，但未提到其传承情况。《汉书·景十三王传》之河间献王传谓："河间献王德……修学好古，实事求是……献王所得书皆古文先秦旧书，《周官》《尚书》……之属，皆经传说记，七十子之徒所论。"④ 河间献王所得《周官》已佚《冬官》一篇，后以《考工记》补之。唐孔颖达在《春秋左传正义》篇首之《春秋左氏传序》题下疏曰："汉武帝时，河间献《左氏》及古文《周官》。"⑤ 另外，刘歆在《七略》里就已著录了《周官经》六篇和《周官传》四篇，而刘歆上奏《七略》的时间是汉哀帝建平元年（前6）。综合上述情况，那么应

① 李学勤主编：《十三经注疏·礼记正义》，北京：北京大学出版社，1999年，第1373页。

② 李学勤主编：《十三经注疏·礼记正义》，北京：北京大学出版社，1999年，第658~659页。

③ ［汉］司马迁：《史记·封禅书》，北京：中华书局，2014年，第1633页。

④ ［汉］班固：《汉书·景十三王传》，北京：中华书局，1962年，第2410页。

⑤ 李学勤主编：《十三经注疏·春秋左传正义》，北京：北京大学出版社，1999年，第2页。

该说在建平元年之前，汉廷之“秘府”就有了《周官》一书了。①

从《周礼》可知，周王之下，由天官主管宫廷之事，由地官主管地方之事。天官、地官的政令，直接传达给春官、夏官、秋官和冬官，然后再通过乡大夫来贯彻执行。《周礼》中有关土地制度的资料颇多，《周礼·地官·小司徒》讲到了井田制度：“……乃经土地而井牧其田野，九夫为井，四井为邑，四邑为丘，四丘为甸，四甸为县，四县为都，以任地事而令贡赋。”②《周礼》特别重视荒政，注意对灾民的救济，对救灾制度有相当具体的规定。《周礼》所记古制对后世影响很大，新朝王莽改制变法，规摹《周礼》。

“三礼”对汉代散文的影响，除体现为作家引述“三礼”文句之外，更多的是在文中贯注“礼”的精神，基于“礼”之典来判断是非，评论社会现象。

四、“天命”观念

人类在思想智识进化的早期，对自然界和社会的规律认识十分有限，知识与理性的作用还不可能充分体现出来，对于人和自然的关系的了解基本上还没有摆脱宗教思想的支配。他们相信天上有一个“至上神”作为主宰，这个“至上神”，他们称为“帝”“上帝”“天”“昊天”等。一切自然与社会中的大事小情，都是由这个“至上神”主宰，产生了后人所说的“天命”

---

① 据唐贾公彦《序周礼废兴》说：“《周官》，孝武之时始出，秘而不传。《周礼》后出者，以其始皇特恶之故也。是以马融《传》云：‘秦自孝公已下用商君之法，其政酷烈，与《周官》相反，故始皇禁挟书，特疾恶，欲绝灭之，搜求焚烧之独悉，是以隐藏百年。孝武帝始除挟书之律，开献书之路，既出于山岩屋壁，复入于秘府，五家之儒莫得见焉。’”这里是说，《周官》因秦始皇焚书而被隐藏，至汉“开献书之路”而出于“山岩屋壁”，出而复入于汉王朝之秘府，致使“五家之儒”——汉代传《礼》者高堂生、萧奋、孟卿、后仓、戴德戴圣五家，也莫得见。《汉书·艺文志》礼家类记有“《周官传》四篇”，据王葆玹先生考证，这四篇《传》很可能是河间献王组织人编写的。（参见王葆玹：《今古文经学新论》，北京：中国社会科学出版社，1997 年，第 150~152 页。）可见《周礼》一书在秦火之后，在河间王国曾有研治者，但此后《周礼》之学便中断了。东汉末年，郑玄以为该书“乃周公致太平之迹”（贾公彦《序周礼废兴》），该书被认为是周公的著作，遂大行于世。

② 李学勤主编：《十三经注疏·周礼注疏》，北京：北京大学出版社，1999 年，第 279 页。

“天道”观念，这在“五经”及其他相关典籍中都有反映。

《尚书·召诰》中记载：“有夏服天命。”① 可见对“天”的崇拜在夏朝就有了。商代的天命观在《诗经·商颂》中有所保存。②“天命玄鸟，降而生商，宅殷土芒芒。古帝命武汤，正域彼四方。”③“帝命不违，至于汤齐。汤降不迟，圣敬日跻。昭假迟迟，上帝是祗。帝命式于九围。”④ 可以看出，夏商时期的“天”与“帝”都是早期的原始神，明显具有朴素的神学观念。“天”作为世间万物最高的主宰，有感情有意志，直接统率下民，指导和监督政治，也具有较为浓厚的人格化色彩。可以说，这一时期的“天”在人们心中就是一尊“人格化的神”。至于殷墟卜辞中所见“帝”“上帝”是不是“至上神”，目前学术界有两种不同的看法：一种认为殷人所崇拜的“上帝”是商人的“至上神”，是殷王形象在天国的反映；另一种认为“上帝”并非“至上神”。王晖先生认为这两种看法中前说较为可信：第一，殷墟卜辞中“上帝”与祖先神、自然神之间具有十分明确的上下关系；第二，殷人的“上帝”与他们的祖先神之间也有明确的上下尊卑关系；第三，从商代甲骨金文“上下帝”来看，“上帝”或“帝”是指上天帝廷中具有“五臣正”的统帅，是当然的“至上神”。⑤ 在商人的观念中，风、云、雷、电、雨、年成、旱灾等尽在“帝”的掌握之中：“于帝史风，二犬”（《甲骨文合集》14225⑥）；“燎于帝云”（《合集》14227）；“令雨”（《合集》900 正）；“令雷”（《合集》14127 正）；“帝害我年”（《合集》10124 正）；“帝其降旱”（《合集》10168）等。人事上一切也同样要听“帝”或“上帝”的安排与指挥，帝可“令作我咎”（《合集》6746），可“终兹邑”（《合集》14209 正）。“王作邑”时，要

① 李学勤主编：《十三经注疏·尚书正义》，北京：北京大学出版社，1999 年，第 399 页。

② 《商颂》五篇的产生年代问题，汉代以后产生歧说，或以为产生于商代，或以为产生于春秋。近代更有作于“宗周中叶”（王国维《观堂集林》卷二《说商颂下》）等说。

③ 李学勤主编：《十三经注疏·毛诗正义》，北京：北京大学出版社，1999 年，第 1444～1445 页。

④ 李学勤主编：《十三经注疏·毛诗正义》，北京：北京大学出版社，1999 年，第 1455 页。

⑤ 王晖：《论商代上帝的主神地位及其有关问题》，《商丘师范学院学报》1999 年第 1 期。

⑥ 郭沫若主编：《甲骨文合集》，北京：中华书局，1978—1983 年。以下简称《合集》。

卜问“帝”是否保佑其顺利（《合集》14201）；王准备征伐时，要卜问“帝”是否“授我佑”（《合集》6664正）等。同时，商代的王权与神权又是紧密地结合在一起的。商代中期之后，出现了“帝”与商王及其祖先神结合的趋势，卜辞中祖甲被称为“帝甲”，文丁被称为“文武帝”，其他文献中也出现了“帝乙”“帝辛”。政治权威与宗教信仰高度合一，对天的宗教信仰支持着人世间统治者的政治权威，如此一来，现实人间的政治权威发生重大变化，必然深刻地影响到人们对“天”的理解。殷纣王在面临严重的统治危机时说：“呜呼！我生不有命在天？”大臣祖伊则反思：“呜呼！乃罪多参在上，乃能责命于天？”① “非先王不相我后人，惟王淫戏用自绝。故天弃我，不有康食。”②像祖伊这样把政治统治衰败的原因归结为人的因素，表明商末天的信仰开始动摇。

商代的“至上神”多被称为“帝”或“上帝”，而周代的“至上神”则多被称为“天”“昊天”等。③ 在周人的天道、天命观念中，“天”既是世界万物的根据，又是一切事物的最高准则。《诗经·周颂·天作》曰“天作高山”，《易·屯》曰“天造草昧”，《诗经·大雅·烝民》曰“天生烝民”，故《礼记·郊特牲》云“万物本于天”，《尚书·泰誓》云天为“万物父母”。《论语》和《尚书》都有“天命不易”和“惟天为大”的说法。《尚书·高宗肜日》篇言：“民有不若德，不听罪。天既孚命正厥德。”④《左传·僖公二十八年》和《襄公二十三年》更有“天之所置，其可废乎”⑤ 和“天之所

---

① 李学勤主编：《十三经注疏·尚书正义》，北京：北京大学出版社，1999年，第260页。

② 李学勤主编：《十三经注疏·尚书正义》，北京：北京大学出版社，1999年，第259页。

③ 郭沫若先生说：“殷时代是已经有至上神的观念的，起初称为‘帝’，后来称为‘上帝’，大约在殷周之际的时候又称为‘天’：因为天的称谓在周初的《周书》中已经屡见，在周初彝铭如《大丰簋》和《大盂鼎》上也是屡见。”（《郭沫若全集》历史编第1卷，北京：人民出版社，1982年，第324页。）陈梦家也认为：“殷代的帝是上帝，和上下之‘上’不同。卜辞的‘天’没有作‘上天’之义的。‘天’之观念是周人提出来的。”（陈梦家：《殷虚卜辞综述》，北京：中华书局，1956年，第581页。）

④ 李学勤主编：《十三经注疏·尚书正义》，北京：北京大学出版社，1999年，第256页。

⑤ 杨伯峻编著：《春秋左传注》，北京：中华书局，1981年，第456页。

废，谁能兴之”① 的反诘。而且在周人看来，正是“天”把权力赋予了人间的君王。《大盂鼎》铭文中说：“不（丕）显文王，受天有大令（命）。”《师克盨》称：“丕显文武，膺受大命，匍有四方。”《尚书·康诰》云：“天乃大命文王，殪戎殷，诞受厥命，越厥邦厥民。”②《尚书·无逸》说：“文王受命。”③《尚书·多方》谓：“……我周王，享天之命？”④《尚书·多士》云：“旻天大降丧于殷。我有周佑命，将天明威，致王罚，敕殷命终于帝。”⑤《诗经·大雅·大明》云：“有命自天，命此文王，于周于京。缵女维莘，长子维行，笃生武王。保右命尔，燮伐大商。”⑥《诗经·大雅·文王》称：“文王陟降，在帝左右。”⑦ 如此等等，表达的都是同一种观念：君权天授。

在周人的各种言论中，可以经常看到他们对“天”的作用及价值的直接表述，将“天”视为决定人间兴衰祸福的决定性力量。周太史伯阳论证楚之将兴，其依据是“天之所启，十世不替”⑧，可见天命在周人心目中所具有的重要地位。周灭殷商的过程中，周人不能不对天命问题进行“反思”，提出了“天命靡常”等对后世影响极大的观念。周人认为，“天命”是时常变的，随时可以“改厥元子”，就是所谓“惟命不于常”（《尚书·康诰》），“天命靡常”（《诗经·大雅·文王》）。在周人看来，夏、商、周的历史，是由天命的转移而形成的。历史上，某朝人接受了天命，王朝得以建立；后来天命发生转移，继起的王朝兴盛起来。但是，天命转移并不是任意的，它根据一定的原则进行，天是否保佑下界统治者，要看统治者有德无德。有天命，还要统治者自己的德

① 杨伯峻编著：《春秋左传注》，北京：中华书局，1981 年，第 1073 页。

② 李学勤主编：《十三经注疏·尚书正义》，北京：北京大学出版社，1999 年，第 360 页。

③ 李学勤主编：《十三经注疏·尚书正义》，北京：北京大学出版社，1999 年，第 434 页。

④ 李学勤主编：《十三经注疏·尚书正义》，北京：北京大学出版社，1999 年，第 462 页。

⑤ 李学勤主编：《十三经注疏·尚书正义》，北京：北京大学出版社，1999 年，第 422 页。

⑥ 李学勤主编：《十三经注疏·毛诗正义》，北京：北京大学出版社，1999 年，第 972~973 页。

⑦ 李学勤主编：《十三经注疏·毛诗正义》，北京：北京大学出版社，1999 年，第 957 页。

⑧ 上海师范大学古籍整理研究所校点：《国语》，上海：上海古籍出版社，1988 年，第 510 页。

去配合，所谓“聿修厥德。永言配命，自求多福”①。“自求多福”，强调统治者只有在自己有德的条件下，才能与天命相配合。周公在《多士》篇中说：“我闻曰：‘上帝引逸。’有夏不适逸，则惟帝降格。向于时夏，弗克庸帝，大淫泆有辞。惟时天罔念闻，厥惟废元命，降致罚。乃命尔先祖成汤革夏，俊民甸四方。”② 周公说，当初夏桀不能节制放纵的行为，上帝便废除了夏的天命，命成汤承接夏命，治理天下；商纣王“暴虐百姓”，所以上天把殷商的王命交给了文王。

在周人的天命转移论中，特别强调了民众在政治生活中的作用，君王对臣民的好坏显然是政权存在与转移的重要因素。夏桀“不敬厥德”，“惟虐于民”，而成汤“罔不明德慎罚”（《尚书·多方》），所以上帝把统治下民的使命转交给了成汤。周人认为殷中宗、高宗、祖甲能够统治长久，无一不是“治民祗惧，不敢荒宁”③ 的结果。而周文王获取天命，同样是由于能“怀保小民”。《左传·襄公三十一年》载鲁穆叔引《太誓》曰：“民之所欲，天必从之。”④ 民众的所作所为是上天惩恶扬善的依据，天随民愿，它将按照民众的行为行使它的权威。《孟子·万章上》引《太誓》语：“天视自我民视，天听自我民听。”⑤ 周公不无感慨地说：“无于水监，当于民监。”⑥ 小民在自己的生活得到关注时，也就变成了顺民、安民，便不会发生新的革命，天命也就不会改变了。周人甚至提出：“欲至于万年惟王，子子孙孙永保民。”⑦ 在周人看来，上天虽说是最具权威的人事评判者和决策者，统治者的政治表现却是完成转移的原因，这就给天命转移论注入了人事的内容。人间的君主须具备好的品质，必须惠民爱民、谨于政事等，才能得到统治权，否则王权就会转移。《尚书·无逸》：“继自今嗣王，则其无淫于观、于逸、于游、于田，

---

① 李学勤主编：《十三经注疏·毛诗正义》，北京：北京大学出版社，1999 年，第 964 页。
② 李学勤主编：《十三经注疏·尚书正义》，北京：北京大学出版社，1999 年，第 423 页。
③ 李学勤主编：《十三经注疏·尚书正义》，北京：北京大学出版社，1999 年，第 430 页。
④ 杨伯峻编著：《春秋左传注》，北京：中华书局，1981 年，第 1184 页。
⑤ 杨伯峻译注：《孟子译注》，北京：中华书局，1960 年，第 219 页。
⑥ 李学勤主编：《十三经注疏·尚书正义》，北京：北京大学出版社，1999 年，第 380 页。
⑦ 李学勤主编：《十三经注疏·尚书正义》，北京：北京大学出版社，1999 年，第 388 页。

以万民惟正之供。无皇曰：‘今日耽乐。’乃非民攸训，非天攸若，时人丕则有愆。”①

刘泽华先生指出：“周公的理论既保存了上帝，又解释了朝代的更替；既把上帝当作精神保护伞，又提出要面向现实，注重人事。从而满足了神人两方面的要求。”② 所言甚是。周初的天命观念产生了很大的影响，如史墨解释鲁昭公与季氏君臣易位的现象，一方面认为是“天生季氏，以贰鲁侯，为日久矣。民之服焉，不亦宜乎”，并且用《易》卦“雷乘《乾》曰《大壮》，天之道也”做进一步论证；另一方面，他又从人事上寻找原因：“……昔成季友，桓之季也，文姜之爱子也。……有大功于鲁，受费以为上卿。至于文子、武子，世增其业，不废旧绩。鲁文公薨，而东门遂杀適（嫡）立庶，鲁君于是乎失国，政在季氏，于此君也四公矣。民不知君，何以得国？”③

春秋时期，周天子王权衰落，天下征伐不断，人们生活在动荡不安之中，天神的地位于是很容易发生动摇。《诗经》中多有恨天、怨天甚至骂天的记载，过去的崇信、依赖已不复存在了。面对天人关系，人们似乎更注意从人事方面寻找原因，“下民之孽，匪降自天。噂沓背憎，职竞由人”④。天神“上帝”对人间的事是无能为力的。这种观念表现了神权及相关的王权思想在春秋时期的一个非常重要的嬗变。此时还出现强调天人相分的观点，宋发生大火，晋侯问士弱。士弱开始讲了一通具有神秘性的天道。晋侯追问：“可必乎？”是必然的吗？士弱又答道：“在道。国乱无象，不可知也。”⑤ 子产讲的“天道远，人道迩”，更清楚地表明天人相分。当然，这并不意味着天命观念被完全抛弃，尤其是在上层统治者那里，天命信仰依然很牢固。如《左传·宣公三年》楚庄王问鼎之大小轻重，周大夫王孙满所驳斥他的话正是根据传统的天命思想：“天祚明德，有所底止。成王定鼎于郏鄏，卜世三十，卜年七

① 李学勤主编：《十三经注疏·尚书正义》，北京：北京大学出版社，1999年，第435页。
② 刘泽华：《先秦政治思想史》，天津：南开大学出版社，1984年，第35页。
③ 杨伯峻编著：《春秋左传注》，北京：中华书局，1981年，第1519～1520页。
④ 李学勤主编：《十三经注疏·毛诗正义》，北京：北京大学出版社，1999年，第728页。
⑤ 杨伯峻编著：《春秋左传注》，北京：中华书局，1981年，第964页。

百，天所命也。周德虽衰，天命未改。鼎之轻重，未可问也。”① 这种天命思想的现实依据，就是周天子虽然大权旁落，但天下共主的名分仍然未失，作为某种映射，“天”作为政治和道德最高立法者的观念也不会消失。

天神的权力受到怀疑，还表现在诸侯对宗教祭礼的淡化上。《周语·吴语》：“周室卑约，贡献莫入，上帝鬼神而不可以告。”②《汉书·郊祀志》载：“……周灵王即位。时诸侯莫朝周，苌弘乃明鬼神事，设射不来。不来者，诸侯之不来朝者也。依物怪，欲以致诸侯。诸侯弗从，而周室愈微。后二世，至敬王时，晋人杀苌弘。”③ 政权神灵光环的丧失与王权衰落，二者是相辅而行的。更为可贵的是，在民与神的关系上，出现了以民为主的惊世观念。史嚚说：“虢其亡乎！吾闻之：国将兴，听于民；将亡，听于神。神，聪明正直而壹者也，依人而行。”④ “国将兴，听于民；将亡，听于神”，而神依人而行，实际上讲的是国将亡也是听于民的。国的兴亡由天决定到由民决定，这是观念上的大变革，是天民地位的颠倒。

春秋时期的“天命”“天道”观念一方面走向衰落，另一方面又有发展。天象示人、天应人事说在这个时期发展得较为突出。公元前 525 年冬，有星孛于大火，西及汉。申须曰：“彗所以除旧布新也。天事恒象，今除于火，火出必布焉，诸侯其有火灾乎！”梓慎曰：“往年吾见之，是其征也。”⑤ 楚、晋交兵，董叔认为晋必胜，因“天道多在西北。南师不时，必无功”⑥。又，《左传·昭公二十三年》记，八月丁酉（二十九），南宫极震。⑦ 苌弘谓刘文公曰：“君其勉之！先君（刘挚）之力可济也。周之亡也，其三川震。今西王

① 杨伯峻编著：《春秋左传注》，北京：中华书局，1981 年，第 671~672 页。

② 上海师范大学古籍整理研究所校点：《国语》，上海：上海古籍出版社，1988 年，第 611 页。

③ ［汉］班固：《汉书·郊祀志上》，北京：中华书局，1962 年，第 1199 页。

④ 杨伯峻编著：《春秋左传注》，北京：中华书局，1981 年，第 252~253 页。

⑤ 杨伯峻编著：《春秋左传注》，北京：中华书局，1981 年，第 1390 页。

⑥ 杨伯峻编著：《春秋左传注》，北京：中华书局，1981 年，第 1043 页。

⑦ 杜预注曰：“经书乙未地动，鲁地也。丁酉，南宫极震，周地亦震也，为屋所压而死。”

之大臣亦震，天弃之矣。东王必大克。”① 这些，都可视为天人感应的表现。

五、天地人“三才”观念

《周易》所蕴含的天、地、人一体的宇宙观念，被后人称为“三才”观。《周易》文本，主要包含了本经的卦爻辞和《易传》两个部分，共计六十四卦、三百八十六条爻辞②、十篇七种易传。每一卦含有六个爻，上下两个卦象，每个卦象均由三爻组成，分别是天、地、人的象征。《系辞下》言：“兼三才而两之，故六。六者非它也，三才之道也。”一般而言，在三画卦中，上为天，下为地，中间为人；六画卦则初、二爻代表地，三、四爻代表人，五、六爻代表天，其中第五爻为天位，第三爻为人位，第二爻为地位。这意味着三画卦和六画卦均是天、地、人“三才”的象征。《说卦》则有更具体的说明，即圣人作《易》，“将以顺性命之理，是以立天之道曰阴与阳，立地之道曰柔与刚，立人之道曰仁与义”③。可以说，天道、地道、人道共同构成了天人一体的变化世界。这些卦爻符号仅是以“象”的系统呈现“三才”，而卦辞则是对一卦六爻的总体说明，爻辞是对每一爻在不同爻位的解释。由于阴阳爻所处的爻位不同及内外卦的相互关系，每一爻都有特定的含义，而每一卦亦自成一个变化的体系，它们具有相对集中的主题，并由爻位的推移呈现出来。七种易传主要包括彖传、象传、系辞传、文言传、序卦传、说卦传和杂卦传。其中既有对卦象、爻象的综合分析和判断，也有对卦象、卦义、爻象、爻义的分别解释；既有对乾坤二卦的单独解说，也有对意义相近或相对之卦的组合说明等，可以说，其对《易经》之义理及作用展开了全面而系统的阐述和发挥。从内容上看，它含纳了古人对“三才”之道的深刻体认和观察，并以之传达了贯通天、地、人的信息。如《周易》的上经起始两卦《乾》与《坤》是对天地之道的象征，下经首卦《咸》则是对人道的呈现，天、地、人三者相互联系。八个卦象分别取法于宇宙自然中的天、地、雷、

---

① 杨伯峻编著：《春秋左传注》，北京：中华书局，1981 年，第 1446~1447 页。

② 《乾》《坤》两卦多出“用九”和“用六”两条爻辞。

③ 李学勤主编：《十三经注疏·周易正义》，北京：北京大学出版社，1999 年，第 326 页。

风、水、火、山、泽。卦象与自然相关，卦爻辞则与人事相关，而每一卦的目的和价值亦在于通过天地之象对人事发展的情况进行推测，从而起到预言或警示的作用。可见，《周易》无论在结构安排上，还是具体释卦中，均传递出沟通天、地、人的特性。

汉代，《周易》作为“五经”之一被立为学官，成为汉人知识系统的重要组成部分，“三才”观念对汉代文人作家产生了重要影响。在礼制方面，汉代文人亦发挥了《周易》中礼制与天地关联的思想，从而为人世之美德善行寻找到天地的依据。首先，汉代“治历明时”的观念即通过制定历法呈显宇宙之德。《乾》文言：“元者善之长也。”[①]《汉书·董仲舒传》记董仲舒之语曰：“一者万物之所从始也，元者辞之所谓大也。谓一为元者，视大始而欲正本也。”[②] 颜师古注引《易》称：“‘元者善之长也’，故曰辞之所谓大也。”[③] 汉人认同《周易》中宇宙初始与善德间的关联，其用意在“正本”，亦是鼎革之际“改正朔”的理论依据，蔡邕《历数议》即云：“汤武革命，治历明时，可谓正矣。”[④] 汉代作家中，司马迁、刘歆等人都曾积极参与制历工作。元封六年（前 105），经司马迁等人提议，汉武帝下令改订历法；次年，唐都、落下闳、邓平、司马迁等根据对天象实测和长期天文记录制定了《太初历》；汉成帝末年，又由刘歆重新编订，改称“三统历”。可以说，汉代历法的制定体现了“天”对人的权威地位，同时，它也由对社会生产的指导转向了更具政治内涵的统治意味。

《周易》“三才”观念直接影响了汉代作家对君臣、父子、夫妇等伦理关系的理解与认识。《系辞上》有云：“天尊地卑，乾坤定矣。卑高以陈，贵贱位矣。动静有常，刚柔断矣。”[⑤]《序卦》谓：“有天地然后有万物，有万物然后有男女，有男女然后有夫妇，有夫妇然后有父子，有父子然后有君臣，有

① 李学勤主编：《十三经注疏·周易正义》，北京：北京大学出版社，1999 年，第 12 页。

② ［汉］班固：《汉书·董仲舒传》，北京：中华书局，1962 年，第 2502 页。

③ ［汉］班固：《汉书·董仲舒传》，北京：中华书局，1962 年，第 2503 页。

④ ［清］严可均校辑：《全上古三代秦汉三国六朝文》，北京：中华书局，1958 年，第 869 页。

⑤ 李学勤主编：《十三经注疏·周易正义》，北京：北京大学出版社，1999 年，第 257 页。

君臣然后有上下，有上下然后礼义有所错。”[①]《家人》彖曰：“家人，女正位乎内，男正位乎外。男女正，天地之大义也。……父父、子子、兄兄、弟弟、夫夫、妇妇而家道正，正家而天下定矣。”[②] 这种“天尊地卑”的观念奠定了汉代的人伦等级秩序，他们多以天道比附君臣之道，亦以此提出对妇德的要求等。如陆贾《新语·道基》谓：“于是先圣乃仰观天文，俯察地理，图画乾坤，以定人道，民始开悟，知有父子之亲，君臣之义，夫妇之别，长幼之序。于是百官立，王道乃生。”[③] 司马迁《史记·乐书》也说：“天尊地卑，君臣定矣。高卑已陈，贵贱位矣。动静有常，小大殊矣。方以类聚，物以群分，则性命不同矣。在天成象，在地成形，如此，则礼者天地之别也。”[④]《白虎通义·天地》篇更写道：“天者，何也？天之为言镇也。居高理下，为人镇也。……地者，易也。万物怀任，交易变化。”“始起先有太初，然后有太始，形兆既成，名曰太素。混沌相连，视之不见，听之不闻，然后判清浊，既分，精曜出布，庶物施生，精者为三光，号者为五行。五行生情性，情性生汁中，汁中生神明，神明生道德，道德生文章。故《乾凿度》云：‘太初者，气之始也。太始者，形之始也。太素者，质之始也。阳唱阴和，男行女随也。’”[⑤] 荀悦《前汉纪·孝惠皇帝纪》注引《易》曰：“正家道，家道正而天下大定矣。”[⑥]《申鉴·时事》篇亦云：“男女正位乎外内，正家而天下定矣。”[⑦]《列女传·邹孟轲母》：“夫妇人之礼，精五饭，幂酒浆，养舅姑，缝衣裳而已矣，故有闺内之修，而无境外之志。《易》曰：‘在中馈，无攸遂。’……以言妇

---

① 李学勤主编：《十三经注疏·周易正义》，北京：北京大学出版社，1999 年，第 336~337 页。

② 李学勤主编：《十三经注疏·周易正义》，北京：北京大学出版社，1999 年，第 158 页。

③ 王利器：《新语校注》，北京：中华书局，1986 年，第 9 页。

④ ［汉］司马迁：《史记·乐书》，北京：中华书局，2014 年，第 1419 页。

⑤ ［清］陈立：《白虎通疏证》，北京：中华书局，1994 年，第 420~422 页。

⑥ 张烈点校：《两汉纪》（上），北京：中华书局，2002 年，第 64 页。

⑦ ［汉］荀悦撰，［明］黄省曾注，孙启治校补：《申鉴注校补》，北京：中华书局，2012 年，第 92 页。

人无擅制之义，而有三从之道也。”① 可以说，家有大家、小家，大家是以君主为核心的一国的领域，而小家则是以男主人为核心的家庭的范围，小家要服务于大家。因此，汉代文学作品，在诸多人伦关系中，呈现出等级上的秩序，而这种秩序的依据即天地之道。在人伦等级的问题上，陆贾、司马迁、班固等人均继承了《周易》的观点；而其精密之处在于，作者不是简单比附，而是从义理的角度，将君臣父子等伦理关系以及刚柔、贵贱、仁、义、礼等，一并上升到了天道的高度，形成了相互关联的观念形态，从而为巩固封建统治张本。其中，他们尤其重视君臣之道，或者说，君臣关系是一切人伦中最重要的一级。

“五经”中有相当多的重贤、用贤方面的表述。《尚书·尧典》记述帝尧提拔虞舜，明扬侧陋。《诗经·小雅·鹤鸣》则是对贤人的赞歌，“鹤鸣于九皋，声闻于野。鱼潜在渊，或在于渚。乐彼之园，爰有树檀，其下维萚。它山之石，可以为错”②。受经典的影响，尚贤、用贤也是汉代作家论君主之德的重要内容。比如《韩诗外传》：“《易》曰：‘困于石，据于蒺藜，入于其宫，不见其妻，凶。’此言困而不见据贤人者也。昔者秦缪公困于殽，疾据五羖大夫、蹇叔、公孙支而小霸。晋文公困于骊氏，疾据咎犯、赵衰、介子推而遂为君。越王勾践困于会稽，疾据范蠡、大夫种而霸南国。齐桓公困于长勺，疾据管仲、甯戚、隰朋而匡天下。此皆困而知疾据贤人者也。夫困而不知疾据贤人而不亡者，未尝有之也。”③ 班固《拟连珠》说：“鸾凤养六翮以凌云，帝王乘英雄以济民。《易》曰：‘鸿渐于陆，其羽可用为仪。’”④ “六翮”“羽仪”喻辅佐君主之贤臣。对于奸佞之臣，汉代作家们则予以揭露、批评，并提出防奸之法。如王符指出，白起、董贤之流，“虽见贵于时君，然上不顺天心，下不得民意，故卒泣血号咷，以辱终也。《易》曰：‘德薄而位尊，

---

① 张涛：《列女传译注》，济南：山东大学出版社，1990 年，第 39 页。

② 李学勤主编：《十三经注疏·毛诗正义》，北京：北京大学出版社，1999 年，第 668~669 页。

③ 许维遹：《韩诗外传集释》，北京：中华书局，1980 年，第 217 页。

④ ［清］严可均校辑：《全上古三代秦汉三国六朝文》，北京：中华书局，1958 年，第 612 页。

智小而谋大，力少而任重，鲜不及矣。’是故德不称其任，其祸必酷；能不称其位，其殃必大”①。基于监察臣下及防止奸佞之人得势上位的考虑，王符特别赞同“考绩”之法。他借助《周易》中的相关话语发挥道：“《易》曰：‘鼎折足，覆公餗，其刑渥。凶。’此言公不胜任，则有渥刑也。是故三公在三载之后，宜明考绩黜刺，简练其材。……其尸禄素餐，无进治之效、无忠善之言者，使从渥刑。……诚如此，则三公竞思其职，而百寮争竭其忠矣。”② 可以说，远离奸佞，选用并亲近贤才，是君主之德的重要体现。

“三才”观念成为汉代作家散文创作、阐释问题的某种根本依据。如《淮南子》的创作旨趣是：“夫作为书论者，所以纪纲道德，经纬人事，上考之天，下揆之地，中通诸理。虽未能抽引玄妙之中才，繁然足以观终始矣。……故言道而不言事，则无以与世浮沉；言事而不言道，则无以与化游息。”③ 司马迁《史记》的创作目的亦是“究天人之际，通古今之变，成一家之言”④。他们在创作中均试图探索沟通天与人的关系，并欲通过天地的演变过程寻求人事的发生规律。陆贾视之为宇宙与生命秩序合理性的依据，《新语·道基》云：“传曰：‘天生万物，以地养之，圣人成之。’功德参合，而道术生焉。故曰：张日月，列星辰，序四时，调阴阳，布气治性，次置五行，春生夏长，秋收冬藏，阳生雷电，阴成霜雪，养育群生，一茂一亡，润之以风雨，曝之以日光，温之以节气，降之以殒霜，位之以众星，制之以斗衡，苞之以六合，罗之以纪纲，改之以灾变，告之以祯祥，动之以生杀，悟之以文章。故在天者可见，在地者可量，在物者可纪，在人者可相。”⑤ 值得一提的是，扬雄的《太玄》是对《周易》天人之学的全面模仿，如《太玄》由经、传两部分构成，经的内容较之于《周易》的六十四卦，其为八十一首，

① ［汉］王符著，［清］汪继培笺，彭铎校正：《潜夫论笺校正·忠贵》，北京：中华书局，2014年，第145页。

② ［汉］王符著，［清］汪继培笺，彭铎校正：《潜夫论笺校正·三式》，北京：中华书局，2014年，第260页。

③ 刘文典：《淮南鸿烈集解》，北京：中华书局，1989年，第700页。

④ ［汉］班固：《汉书·司马迁传》，北京：中华书局，1962年，第2735页。

⑤ 王利器：《新语校注》，北京：中华书局，1986年，第1~5页。

并由卦画和赞辞组成。在卦画方面，他变阴、阳爻为“—”“--”“---”三种形式，由六画卦变为四画卦，由每卦六条爻辞变为九条赞辞等，但其经、传均以天地涉人事的天人思想是与《周易》根本相通的理念。正如扬雄自己所言：“大潭思浑天，参摹而四分之，极于八十一。旁则三摹九据，极之七百二十九赞，亦自然之道也。故观《易》者，见其卦而名之；观《玄》者，数其画而定之。《玄》首四重者，非卦也，数也。其用自天元推一昼一夜阴阳数度律历之纪，九九大运，与天终始。故《玄》三方、九州、二十七部、八十一家、二百四十三表、七百二十九赞，分为三卷，曰一二三，与《泰初历》相应，亦有《颛顼》之历焉。揲之以三策，关之以休咎，絣之以象类，播之以人事，文之以五行，拟之以道德仁义礼知。无主无名，要合‘五经’，苟非其事，文不虚生。”① 可以说，扬雄《太玄》所包含的三方、九州、二十七部、八十一家、七百二十九赞，以及解剖《玄》体之文十一篇，在语言形式及内容思想上对《周易》进行了全方位的借鉴，既体现出《周易》的影响之大，也展现出汉代文人在模仿基础上试图实现超越的创造性努力。

可见，《周易》贯通天、地、人的“三才”思想，直接影响了汉代散文的创作结构、宗旨以及思维方式等。这种文学性的因素，在后世亦得到了刘勰等人的肯定，《文心雕龙·原道》即言：“人文之元，肇自太极……言之文也，天地之心哉！”② 这意味着取法天地是文章创作之源，以语言的形式讲述天地之道与“太极”一定存在差别，但人与天地合一就是与“道”相契，而对“天地之心”的体认亦是文心之所在。由此，我们可以说《周易》的“三才”结构与思想为汉代作家创作提供了对文心把握的依据，从而使汉代散文呈现出天地的视域。

六、阴阳五行、天人感应

近人顾颉刚先生说五行学说“是中国人的思想律，是中国人对于宇宙系

---

① ［汉］班固：《汉书·扬雄传下》，北京：中华书局，1962年，第3575页。

② ［南朝梁］刘勰著，范文澜注：《文心雕龙注》，北京：人民文学出版社，1958年，第2页。

统的信仰；二千余年来，它有极强固的势力”①。这个概括是精当的，实际上揭示了阴阳五行说在中国思想文化史上的深远影响。阴阳五行思想自形成之后，愈演愈烈，以阴阳统辖天地、昼夜、男女等自然现象以及尊卑、动静、刚柔等概念，以五行统辖时令、方位、神灵、音律、服色、食物、气味、道德等，古人在宗教上、政治上、学术上无不采用这种思想方法来认识、处理问题。

“阴阳”的最初含义，应当是很朴素的，背日为阴，向日为阳。人们观察日月之象，昼夜、阴晴、寒暑变化，发现大量相反相对现象，因而在“阴阳”基本含义的基础上加以引申，诸如暗和明，寒和暖，北和南，女和男，柔和刚，等等。再后来，阴阳更被抽象化、符号化了。一些学者基于殷商甲骨文字中有“阴”“阳”，就认为阴阳观念起源于殷商文化。不过，从文化发生学的观点来看，最早认识阴阳这种自然现象的或许就是东夷人。在山东莒县陵阳河等大汶口文化遗址考古中出土了刻有、两个文字符号的陶器和陶片。刘蔚华先生指出：这两个字与《说文解字》中对“阴”“阳”的解释是一致的。《说文解字》中释“阴”为“暗也，水之南，山之北也”②，释“阳”为“高明也”③，体现了阴阳观念的初始含义。汉字中的“阝”偏旁，在古文字中是“阜”，是山的象形。《说文解字》中释“阜”为“大陆，山无石者，象形”。因此在陶尊文字中太阳的云气下面刻画着山的形象，生动地表现了云覆日的形象。这是居住在东海边的大汶口文化时期先民观察日影所创造的表征阴阳的象形文字，反映了一种非常直观的阴阳观念。④ 若此，则齐地也可视为阴阳学说的发源地。⑤ 虽然《易经》中没有出现阴阳的直接论述，但阴阳思想是包含在其中的。《易经》六十四卦，最基本的要素阴（--）、阳（—）作为两种性质相反的东西，代表最基本的两种力量或趋势，并由这两种

① 顾颉刚：《顾颉刚古史论文集》第3册，北京：中华书局，1996年，第254页。

② ［汉］许慎：《说文解字》，北京：中华书局，1963年，第304页。

③ ［汉］许慎：《说文解字》，北京：中华书局，1963年，第304页。

④ 刘蔚华：《原始思维的进化》，《齐鲁学刊》1985年第6期。

⑤ 宣兆琦：《齐文化与秦汉社会》，《齐鲁学刊》1996年第1期。

初始力量或趋势的相互作用来解释一些现象。老子说："万物负阴而抱阳。"①《易传》中则进一步提出"一阴一阳之谓道"等理论，代表了儒家阴阳观念的哲学化。

《尚书·洪范》及相关的著述，内容多系用五行理论对应种种社会现象，运用比附关系和象征意义，把各种自然灾异现象与五行说联系起来，并由此推断人世治乱休咎。如果当政者按照王道"九畴""五事"处理事情，就会风调雨顺，此为"休征"。反之，就会发生"咎征"——风雨不时，寒暖不宜。具体说来，《洪范》中列举了"九畴""五事"，其中说："一，五行。一曰水，二曰火，三曰木，四曰金，五曰土。水曰润下，火曰炎上，木曰曲直，金曰从革，土爰稼穑。""二，五事。一曰貌，二曰言，三曰视，四曰听，五曰思。貌曰恭，言曰从，视曰明，听曰聪，思曰睿。恭作肃，从作乂，明作哲，聪作谋，睿作圣。""八，庶征。曰雨，曰旸，曰燠，曰寒，曰风，曰时。五者来备，各以其叙，庶草蕃庑。一极备，凶。一极无，凶。曰休征。曰肃，时寒（雨）若。曰乂，时旸若。曰哲，时燠若。曰谋，时寒若。曰圣，时风若。曰咎征。曰狂，恒雨若。曰僭，恒旸若。曰豫，恒燠若。曰急，恒寒若。曰蒙，恒风若。"② 联系起来看，这里讲的就是君主言行的"五行"特性，影响自然界的五行——天象气候的情形。所谓"庶征"就是各种象征——雨、阳光、热、寒、风——它们都必须及时，度量适中。这五者如果按正常情况比较充足，各种植物就会长得茂盛丰饶；其中任何一种如果极多或者极少，就会造成灾害。以下是吉庆的象征：君主的严肃，将随之以及时雨；君主有条理，将随之以及时的阳光；君主的明智，将随之以及时的热；君主的谋虑，将随之以及时的寒；君主的圣明，将随之以及时的风。以下是不吉的象征：君主的猖狂，将随之以连续的雨；君主的越礼，将随之以连续的阳光；君主的逸乐，将随之以连续的热；君主的急躁，将随之以连续的寒；君主的愚昧，将随之以连续的风。

---

① 陈鼓应：《老子注译及评介》，北京：中华书局，2009 年，第 225 页。

② 李学勤主编：《十三经注疏·尚书正义》，北京：北京大学出版社，1999 年，第 301、303、318~321 页。

秦时博士伏生秦汉间传授《尚书》，其《尚书大传》中的《洪范五行传》，是诠解《洪范》、推论五行灾异的专篇。① 伏生明确地将君王的行为跟五行紧密联系起来，用以说明天人之间的感应关系，如云："田猎不宿，饮食不享，出入不节，夺民农时，及有奸谋，则木不曲直。"② "木不曲直"，就是上天给人间君王的一种警示。因为如果春天里君王有"田猎不宿，饮食不享，出入不节，夺民农时"等方面的过失，这时候人民的怨怒之声就会影响到上天当值的东宫之神"木"的政令，使它失去本来之性，不能适宜生长以及产生树木曲直的情况。又如："弃法律，逐功臣，杀太子，以妾为妻，则火不炎上。"③ 就是说，君王在夏天若有背弃法律、放逐功臣、怨杀太子等方面的过错，百姓怨声载道，就会干扰上天南宫的政令，从而使天神发威，当值的五行"火"就会失去其炎上的本性，四下燔烧而为灾害。因而"火不炎上"，就是上天对君王的一种惩戒。可见，这里之所以把君王的"田猎不宿"等过错跟春天的"木"相关联，把"弃法律"等过错跟夏天的"火"相关联，是因为根据当时的行政习惯，以为春天之戒主要是不违背农时，夏天之戒主要是不妨碍长养。若当令而犯戒，必将受到上天的惩罚。春夏是如此，秋冬之例则可以类推。要之，伏生通过这一类论述，试图说明五行的变异属于天人感应的一种征兆和表现方式。

伏生还把《洪范》里的"九畴"如五行、五事、五纪、皇极、庶征、六极等有关内容联结起来，以揭示它们之间的内在联系，用来说明"天人感应"方面的具体的情况。如谓："貌之不恭，是为不肃。厥咎狂，厥罚常雨，厥极恶。时则有服妖，时则有龟孽，时则有鸡祸，时则有下体生于上之疴，时则有青眚、青祥，维金沴木。"④ 这是说君主体貌若是不敬，便称为不肃。那么他的错误在于狂妄傲慢，上天对他的惩罚是久雨不停，造成极为险恶的情况。

① 《汉书·艺文志》"书类"载经二十九卷，传四十一篇，没有提到伏生。陆德明《经典释文》称：《尚书大传》三卷，伏生撰。

② ［汉］班固：《汉书·五行志上》，北京：中华书局，1962 年，第 1318 页。

③ ［汉］班固：《汉书·五行志上》，北京：中华书局，1962 年，第 1320 页。

④ ［汉］伏胜撰，［汉］郑玄注，［清］陈寿祺辑校：《尚书大传（附序录辨讹）》，上海：商务印书馆，1937 年，第 63~64 页。

同时会有奇装异服，会有龟孽、鸡祸出现，会有肢体倒生之恶疾。貌五行属木，木的颜色青，故有青眚、青祥。若貌不恭，便损害木气；木气受损而病，金克木，金气便加以冲伤为害。从秦汉之际伏生的《洪范五行传》起，据五行说灾异，将《洪范》“九畴”的有关内容逐条串联起来，系统而全面地论述天人感应情况，当为用五行灾异说解释儒家经典之滥觞。① 后来，董仲舒、刘向等人所建立的阴阳五行休咎之应的《洪范》学，被班固总括在他的《五行志》中，成为支配中国正统史学的神学历史观。

天人感应思想在公羊学学者董仲舒提出之前，于先秦时期就已有萌芽。《尚书·洪范》云：“曰肃，时寒（雨）若。曰乂，时旸若。曰晢，时燠若。曰谋，时寒若。曰圣，时风若。曰咎征。曰狂，恒雨若。曰僭，恒旸若。曰豫，恒燠若。曰急，恒寒若。曰蒙，恒风若。”② 认为君主施政态度能影响天气的变化。《诗经·小雅·十月之交》：“日月告凶，不用其行。四国无政，不用其良。彼月而食，则维其常。此日而食，于何不臧！”③ 将日食、月食等自然现象视作上天警示朝廷施政不善、用人不良的凶兆。《周易·系辞上》曰：“天垂象，见吉凶，圣人象之。河出图，洛出书，圣人则之。”④ 将上天显示的各种天象视为凶吉征兆。

《公羊传》对《春秋》记录灾异之事加以阐释，与政治挂钩，将灾异的出现与上天的意志相联系，如《春秋·僖公十五年》记：“季姬归于鄫。己卯，晦，震夷伯之庙。”《公羊传》曰：“晦者何？冥也。震之者何？雷电击夷伯之庙者也。夷伯者，曷为者也？季氏之孚也。季氏之孚则微者，其称夷伯何？大之也。曷为大之？天戒之，故大之也。何以书？记异也。”⑤ 指出夷

① 参见冯浩菲：《〈洪范五行传〉的学术特点及其影响——兼论研究天人感应说之不能忽略伏生》，《中国文化研究》1997 年夏之卷。

② 李学勤主编：《十三经注疏·尚书正义》，北京：北京大学出版社，1999 年，第 320~321 页。

③ 李学勤主编：《十三经注疏·毛诗正义》，北京：北京大学出版社，1999 年，第 723 页。

④ 李学勤主编：《十三经注疏·周易正义》，北京：北京大学出版社，1999 年，第 290 页。

⑤ 李学勤主编：《十三经注疏·春秋公羊传注疏》，北京：北京大学出版社，1999 年，第 231~232 页。

伯之庙遭受雷击是上天惩戒的结果。武帝时期，董仲舒在此基础上，吸收阴阳五行学说，进一步发挥了公羊《春秋》学的灾异论，提出“天人感应”说，巧妙地把儒家德政理论融入自然运行规律之中，重新构建出与时代要求相适应的天命信仰理论体系。“天人感应”要点有二：一是天子受命于天，是上天的代理人，君主的权威性和正统性不容置疑；二是君主的权力也受制于天，天子应顺天意、修德行，若政道有失，上天就会降下灾祸以警示谴诫。值得注意的是，董仲舒的天人感应理论中，灾异是上天对人君的关怀，他应对武帝问策时答：“臣谨案《春秋》之中，视前世已行之事，以观天人相与之际，甚可畏也。国家将有失道之败，而天乃先出灾害以谴告之，不知自省，又出怪异以警惧之，尚不知变，而伤败乃至。以此见天心之仁爱人君而欲止其乱也。”①

受“天人感应”论的影响，汉代“灾异”说盛行，相关内容在奏疏等论说文中有明显的反映。董仲舒在《天人三策》中说：“故《春秋》之所讥，灾害之所加也；《春秋》之所恶，怪异之所施也。书邦家之过，兼灾异之变，以此见人之所为，其美恶之极，乃与天地流通而往来相应，此亦言天之一端也。”② 将“灾异谴告”也纳入天人理论的一端。自董仲舒治《公羊春秋》“始推阴阳”后，汉儒开始以阴阳五行解释灾异，灾异理论不断发展成熟，但中心一直是借灾异现象议论朝政，指点人事。因此，以灾异为主题的汉代散文多为奏疏，一般是在灾异现象发生后，皇帝下诏求群臣进言而作，也有臣子为劝谏帝王自行上书。总之，汉代文士运用灾异现象约束皇权，批评皇帝失政，并借此提出自己的政治意见与建议，这一风气尤以汉室走向衰败的元、成时期为著。成帝建始三年，“冬十二月戊申朔，日有蚀之。夜，地震未央宫殿中”③，日食与地震同日发生，汉成帝下诏求群臣进言，杜钦、谷永都因此事作对策，将双灾与成帝沉溺后宫之事相联系，批评成帝偏宠无度。杜钦《举贤良方正对策》提出：“日蚀地震，阳微阴盛也。臣者，君之阴也；子者，

① ［汉］班固：《汉书·董仲舒传》，北京：中华书局，1962年，第2498页。
② ［汉］班固：《汉书·董仲舒传》，北京：中华书局，1962年，第2515页。
③ ［汉］班固：《汉书·成帝纪》，北京：中华书局，1962年，第307页。

父之阴也；妻者，夫之阴也；夷狄者，中国之阴也。”① 以阴阳理论解释日食地震的发生原理，谷永《建始三年举方正对策》则更为直接：“窃闻明王即位，正五事，建大中，以承天心，则庶征序于下，日月理于上；如人君淫溺后宫，般乐游田，五事失于躬，大中之道不立，则咎征降而六极至。凡灾异之发，各象过失，以类告人。乃十二月朔戊申，日食婺女之分，地震萧墙之内，二者同日俱发，以丁宁陛下，厥咎不远，宜厚求诸身。意岂陛下志在闺门，未恤政事，不慎举错，娄失中与？内宠大盛，女不遵道，嫉妒专上，妨继嗣与？”② 直接将灾异归咎于帝后德行有失。汉成帝继位后专宠结发妻子许皇后，而许后之子早夭，成帝无嗣，杜钦、谷永借日食地震劝谏成帝勿偏宠过盛。谷永之后又上《对策毕复言灾异》《复对》，再谈灾异，最终成帝采纳了谷永和杜钦的建言，“后上尝赐许皇后书，采永言以责之”③。

与灾异相对应的是“祥瑞”“符瑞”之说。董仲舒在《春秋繁露》中以“同类相动”解释祥瑞：“美事召美类，恶事召恶类，类之相应而起也。如马鸣则马应之，牛鸣则牛应之。帝王之将兴也，其美祥亦先见；其将亡也，妖孽亦先见。”④ 如果说灾异代表上天对帝王政道有失的谴责，那么祥瑞就是对盛世明君的褒奖，以天人感应为核心衍生出的祥瑞理论，使祥瑞成为颂美赞汉之文的重要一部分。《春秋》：“（哀公）十有四年，春，西狩获麟。”《公羊传》解释为：“麟者，仁兽也。有王者则至，无王者则不至。有以告者曰：‘有麇而角者。’孔子曰：‘孰为来哉！孰为来哉！’反袂拭面，涕沾袍……西狩获麟，孔子曰：‘吾道穷矣。’”⑤ 董仲舒认为孔子有帝王之德而无帝王之位，为“素王”，“西狩获麟”就是孔子的受命之符，力证《春秋》是孔子应天而作，为汉立法。汉武帝祭祀时曾捕获一只白麟，一角而五蹄；又见一奇树，树枝旁出又回覆于树上。终军作《白麟奇木对》赞颂汉武帝：“今郊祀未

① ［汉］班固：《汉书·杜周传》，北京：中华书局，1962年，第2671页。

② ［汉］班固：《汉书·谷永杜邺传》，北京：中华书局，1962年，第3443~3444页。

③ ［汉］班固：《汉书·谷永杜邺传》，北京：中华书局，1962年，第3454页。

④ ［清］苏舆撰，钟哲点校：《春秋繁露义证》，北京：中华书局，1992年，第358页。

⑤ 李学勤主编：《十三经注疏·春秋公羊传注疏》，北京：北京大学出版社，1999年，第618~624页。

见于神祇，而获兽以馈，此天之所以示飨，而上通之符合也。”还对祥瑞之物进行详尽的解释：“今野兽并角，明同本也；众支内附，示无外也。”并在此基础上做出预言：“若此之应，殆将有解编发，削左衽，袭冠带，要衣裳，而蒙化者焉。斯拱而俟之耳。”① 武帝甚异之，改元为元狩。总之，关于祥瑞，或述其事，或丁鸿的《奏东巡瑞应》也以“柴祭之日，白气上升，与燎烟合，黄鹄群翔”赞颂皇帝“尊履蒸蒸，奉承弘业”。扬雄《剧秦美新》中，先以“来仪之鸟，肉角之兽，狙犷而不臻。甘露嘉醴、景曜浸潭之瑞潜，大茀经贯、巨狄鬼信之妖发。神歇灵绎，海水群飞，二世而亡”② 等语，抨击暴秦无道，以致异象丛生，天终亡之；后以“上帝还资，后土顾怀。玄符灵契，黄瑞涌出”③ 等一系列祥瑞，来说明王莽新朝取代刘氏汉朝乃天意所归，“卓哉煌煌，真天子之表也”④。《昭明文选》将司马相如的《封禅文》、扬雄的《剧秦美新》和班固的《典引》三篇文章归为一类，名曰“符命”。汉代的祥瑞之文不止这三篇，班彪《王命论》、蔡邕《祖德颂》、傅幹《王命叙》等，都讲帝王受命于天，宣扬帝德。

七、民本意识与德治观念

民本思想或曰民本意识起源甚早，商代已存在显著的民本思想，常金仓先生曾对此作了很好的论析。常先生指出，商王朝卜筮的目的在测度天意，自然是宗教信仰的表现形式。但是古人揣测天意的手段，卜筮居其一焉，此外还得观察自然的征兆和人民的情绪。《尚书·洪范》从刘节作《洪范疏证》就被打成战国之作，郭老甚至定为子思作。但《左传》三引其文且称《商

---

① ［汉］班固：《汉书·严朱吾丘主父徐严终王贾传》，北京：中华书局，1962 年，第 2816、2817 页。

② ［汉］扬雄著，张震泽校注：《扬雄集校注》，上海：上海古籍出版社，1993 年，第 211 页。

③ ［汉］扬雄著，张震泽校注：《扬雄集校注》，上海：上海古籍出版社，1993 年，第 218 页。

④ ［汉］扬雄著，张震泽校注：《扬雄集校注》，上海：上海古籍出版社，1993 年，第 219 页。

书》，可见春秋人确认它为商史文献。此篇说临大事难以断决要“谋及乃心，谋及卿士，谋及庶人，谋及卜筮”①，《易·系辞》概括为“人谋鬼谋”，人谋中便包含民情。商代统治者是不是崇尚德治，关键不在卜辞是否有“德”字，而要看它的统治者是否重视民生。② 常先生所言甚是。

就现存史料看，《逸周书·商誓解》载武王曰：“百姓，我闻古商先哲王成汤克辟上帝，保生商民，克用三德，疑商民弗怀，用辟厥辟。”③ 此话出于殷之敌人之口，谓汤能助上天保下民，甚至使不怀商德的人也来拥护他。《汤誓》中，商汤指控夏桀的罪行，说“我后不恤我众，舍我穑事，而割正夏”④，也是以不恤民众为口实举兵伐夏的。《盘庚》述先王之事曰：“古我前后，罔不惟民之承。保后胥戚。”⑤ 言先王无不敬事于民，因而人民才忧王之所忧，想王之所想。又曰：“我王来，既爰宅于兹，重我民，无尽刘。不能胥匡以生。”⑥ 言先王定居于此，注重民生，不至沦于死亡。盘庚还申诫那些煽惑民心反对迁居的王公大人应该“施实德于民”，且向人民保证迁居后必大养于民，让他们安心做他的“畜民”。《高宗肜日》记祖己用“王司敬民”教训时王；《无逸》说“其在高宗，时旧劳于外，爰暨小人”⑦，是武丁即位前尝久居民间，了解人民疾苦；《洪范》也提到“敛时五福，用敷锡厥庶民”⑧。不管那时的民生如何艰苦，作为治国思想，民生问题总是统治者尤其是那些明王不敢忘怀的。箕子、微子、比干号称“殷三仁人”，受人敬重，就是因为他们反对帝辛酗酒怠政、近佞远贤、不修祭祀、聚敛于民，并认为这些行为都是“乱败汤德”，这都说明商人同样是重视德政的。

---

① 李学勤主编：《十三经注疏·尚书正义》，北京：北京大学出版社，1999 年，第 314 页。

② 常金仓：《重新认识殷周天命与民本思想的关系》，见《二十世纪古史研究反思录》，北京：中国社会科学出版社，2005 年，第 224 页。

③ 黄怀信：《逸周书校补注译》，西安：三秦出版社，2006 年，第 212 页。

④ 李学勤主编：《十三经注疏·尚书正义》，北京：北京大学出版社，1999 年，第 190 页。

⑤ 李学勤主编：《十三经注疏·尚书正义》，北京：北京大学出版社，1999 年，第 235 页。

⑥ 李学勤主编：《十三经注疏·尚书正义》，北京：北京大学出版社，1999 年，第 225 页。

⑦ 李学勤主编：《十三经注疏·尚书正义》，北京：北京大学出版社，1999 年，第 431 页。

⑧ 李学勤主编：《十三经注疏·尚书正义》，北京：北京大学出版社，1999 年，第 307 页。

《尚书·周书》中多见“德”字。“德（悳）”字的含义，《说文解字》释为“外得于人，内得于己”①，《释名·释言语》释为得事宜也。从“德”字在《尚书》中使用的情况来看，主要是指在神灵面前敬慎的心理状态以及君主在政事上所表现出的忧患意识与慎重态度，以爱民、保民为其重要内涵。王国维指出，周人“所以祈天永命者，乃在‘德’与‘民’二字。……文、武、周公所以治天下之精义大法，胥在于此。故知周之制度、典礼实皆为道德而设；而制度、典礼之专及大夫、士以上者，亦未始不为民而设也”②。这一论断，可以说抓住了周代政治文化的根本所在。当然，周初“敬德保民”的内在动因，当是在殷周交替的过程中看到了民众的巨大力量，要吸取殷商灭亡的历史教训。从《尚书》来看，周初敬德保民的意识主要包括以下几项内容：

一是“明德恤祀”。《尚书·多士》：“自成汤至于帝乙，罔不明德恤祀。”③“明德恤祀”主要是要求统治者敬畏天命，继承文王、武王的优秀品德。“恤祀”，就是谨慎地祭祀先祖和上天，不仅要严格遵守祭祀的仪式礼节，而且要对先祖、上天持有恭敬之心。

二是要求统治者不贪图安逸及享乐。《尚书·无逸》篇中，周公语重心长地告诫说：“呜呼！君子所其无逸。先知稼穑之艰难，乃逸，则知小人之依。相小人，厥父母勤劳稼穑，厥子乃不知稼穑之艰难，乃逸乃谚。……昔在殷王中宗，严恭寅畏天命，自度，治民祗惧，不敢荒宁。……自时厥后立王，生则逸。生则逸，不知稼穑之艰难，不闻小人之劳，惟耽乐之从。……文王不敢盘于游田，以庶邦惟正之供。……呜呼！继自今嗣王，则其无淫于观、于逸、于游、于田，以万民惟正之供。……无若殷王受之迷乱，酗于酒德哉！”④

---

① ［汉］许慎：《说文解字》，北京：中华书局，1963 年，第 217 页。

② 王国维：《殷周制度论》，见《观堂集林》第 2 册，北京：中华书局，1959 年，第 476～477 页。

③ 李学勤主编：《十三经注疏·尚书正义》，北京：北京大学出版社，1999 年，第 424 页。

④ 李学勤主编：《十三经注疏·尚书正义》，北京：北京大学出版社，1999 年，第 429～435 页。

三是常存戒惧之心。周公在告诫康叔（封）时说："呜呼！封，敬哉！无作怨，勿用非谋非彝。蔽时忱，丕则敏德，用康乃心，顾乃德，远乃猷，裕乃以民宁，不汝瑕殄。"① 这里周公是说，治国要谨慎，不要有怨恨情绪，不要采用错误的政策和不合国家大法的措施而隐蔽了自己的诚心。要修明品德，安定心思，检查德行，深谋远虑，从而使民安宁，就不会因过错而被推翻了。

四是"怀保小民，惠鲜鳏寡"②，对民众尤其是对无依无靠的鳏寡应爱护施恩。例如对被征服的殷民实行"勿庸杀之"的宽大政策，主张"无胥戕，无胥虐，至于敬寡，至于属妇，合由以容"③。其目的在于缓和阶级矛盾，勿使"民怨"，即"咸和万民"，以求"保民"。周公说："我闻曰：'怨不在大，亦不在小，惠不惠，懋不懋。'"④ 认为民怨不在大小，如果认真对待民怨，虽大也不可怕；如果不认真对待，民怨虽小，也是可怕的。因而治民的关键在于"惠"还是"不惠"，在于统治者是否"勤用明德"。这是周公从"殷鉴"中得出的重要教训，成为周统治者治民安民的重要政策。

五是"明德慎罚"。西周统治者认为，殷商灭亡的教训之一在于其崇尚严刑酷法，引起忍无可忍的民众的反抗。因此，周人特别强调"明德慎罚"，并以此作为制定和执行法律的指导思想。《尚书·康诰》云："王若曰：'孟侯，朕其弟，小子封。惟乃丕显考文王，克明德慎罚，不敢侮鳏寡，庸庸，祗祗（祇祇），威威，显民。用肇造我区夏，越我一二邦以修。'"⑤《康诰》是周公平定武庚与三监之乱以后封康叔于殷商故地统治殷遗民时的训词，它告诫康叔封一定要把"明德慎罚"的思想作为自己司法乃至处理政务的指导思想和行动准则，以便更好地统治殷遗民。周人的"慎罚"是建立在重民、保民的基础上的。周公认为教化与刑罚的目的都是勉励人民立德，如商汤代夏，以至帝乙，"殄戮多罪，亦克用劝。开释无辜，亦克用劝"，"罔不明德慎罚，

① 李学勤主编：《十三经注疏·尚书正义》，北京：北京大学出版社，1999年，第371页。
② 李学勤主编：《十三经注疏·尚书正义》，北京：北京大学出版社，1999年，第433页。
③ 李学勤主编：《十三经注疏·尚书正义》，北京：北京大学出版社，1999年，第385页。
④ 李学勤主编：《十三经注疏·尚书正义》，北京：北京大学出版社，1999年，第362页。
⑤ 李学勤主编：《十三经注疏·尚书正义》，北京：北京大学出版社，1999年，第359~360页。

亦克用劝”。[①] 教化主要是道德方面的引导，教化者首先须自己有“德”，因而《尚书》之“明德”，首重君王之德。周公认为在教与刑并用的情况下，应当先施以教化，给人改过自新的机会。“慎罚”强调的是在适用法律与实施刑罚时，保持克制与审慎，除不得不杀的重大罪犯外，一般都可以宽缓处理。可以说，明德是道德教化，是正面引导，是不会产生负面影响的；刑罚是惩罚手段，如果不在适当限度内使用，则会使民积怨，以致威胁到统治者的政权。慎用刑罚的基本要点，一是要慎重断案，不滥用刑罚，提倡罚当其罪，要十分谨慎地使用“中罚”，用刑不可偏重，也不可偏轻，要使刑当其罪。《尚书·康诰》：“要囚，服念五六日，至于旬时，丕蔽要囚。”[②] 考察犯人的罪案，要反复考虑上五六天，以至于十天，然后再作决断。二是在定罪量刑时，要区分故意与过失、惯犯与偶犯。三是注重教化。周公认为使用刑罚并不是单纯为惩罚人，而是为了劝民为善，防止犯罪。“明德慎罚”的思想，对后世影响很大，董仲舒的“德主刑辅”论亦滥觞于此。

“德治”“仁政”“王道”等，是与“恶政”“暴政”相对立的政治文化概念。《尚书·洪范》篇云：

> 无偏无陂，遵王之义。无有作好，遵王之道。无有作恶，遵王之路。无偏无党，王道荡荡。无党无偏，王道平平。无反无侧，王道正直。……凡厥庶民，极之敷言，是训是行，以近天子之光。曰天子作民父母，以为天下王。[③]

不难看出，王道（道统）的价值取向，是以国君为代表的行政主体，在治国理政时所表现出来的思想素质与行为方式的概括说法，其核心内容主要是敬顺天道、品德高尚、公平正直、以天下为己任、惠民安民。

---

① 李学勤主编：《十三经注疏·尚书正义》，北京：北京大学出版社，1999年，第459页。

② 李学勤主编：《十三经注疏·尚书正义》，北京：北京大学出版社，1999年，第365页。

③ 李学勤主编：《十三经注疏·尚书正义》，北京：北京大学出版社，1999年，第311～312页。

战国以降思想家、文学家们所描述的“王道”理想社会，又是与他们对氏族公社时期的理想化追忆联系在一起的。氏族公社时期，由血缘纽带维系的社会组织渐趋复杂，人们公举领袖，领袖生活于民众之间，在民众中拥有崇高声望。孟子说：“三代之得天下也以仁，其失天下也以不仁。”①《尚书·尧典》中写尧的品德与作为说：

> 帝尧，曰放勋，钦明文思安安，允恭克让，光被四表，格于上下。克明俊德，以亲九族。九族既睦，平章百姓。百姓昭明，协和万邦。黎民于变时雍。②

尧的为人，非常敬业、节俭、和善、宽容、忠实，可谓道德纯备。他特别善于协调氏族伦理社会的各种关系，从家族内部、各氏族及于诸邦国。“九族”者，上推高祖曾祖，下逮曾孙玄孙，《礼记·丧服小记》所谓“亲亲以三为五，以五为九”也。尧的治国理政从“亲九族”开始，最终达到“协和万邦”，正如孟子所谓“天下之本在国，国之本在家”③。更重要的是，尧不仅虚怀若谷，无私于天下，把天下变成人民的天下，使人人拥有天下，他还从平民中发现了虞舜，对其进行了种种考验，最终证明虞舜有德，传位给虞舜，而不是自己的儿子，开推举—禅让制度之先河。

从《尚书》等典籍的相关记载可知，舜登上帝位后，一如既往地以德治天下，以安民为要务。他敬天畏神，建立起祭祀制度，按山岳地位的尊卑而依次举行祭祀；又制定历法，统一韵律和度、量、衡；划分行政区域，明确其所划分的十二州疆界，以加强社会秩序管理与山川河流的治理；建立轻罚重教的刑罚制度，以刑赏结合的方法治理社会。舜还继承尧的美德，将尧开创的推举—禅让制度传承下去，禅位给有治水之功的大禹。

---

① 杨伯峻译注：《孟子译注》，北京：中华书局，1960 年，第 166 页。

② 李学勤主编：《十三经注疏·尚书正义》，北京：北京大学出版社，1999 年，第 25~27 页。

③ 杨伯峻译注：《孟子译注》，北京：中华书局，1960 年，第 167 页。

《礼记·礼运》篇的作者描述其“王道”理想社会，更具体的表现为：

> 大道之行也，天下为公，选贤与能，讲信修睦。故人不独亲其亲，不独子其子。使老有所终，壮有所用，幼有所长，矜寡孤独废疾者，皆有所养。男有分，女有归，货恶其弃于地也，不必藏于己，力恶其不出于身也，不必为己。是故谋闭而不兴，盗窃乱贼而不作。故外户而不闭，是谓大同。①

这里突出了天下为公、选贤任能、人人奉献、天下和平安宁的美好局面。

《春秋》“三传”之中，《左传》的民本意识相当强。如襄公十四年师旷答晋侯：

> 晋侯曰：“卫人出其君，不亦甚乎？”对曰：“或者其君实甚。良君将赏善而刑淫，养民如子，盖之如天，容之如地……夫君，神之主而民之望也。若困民之主，匮神乏祀，百姓绝望，社稷无主，将安用之？弗去何为？……天之爱民甚矣，岂其使一人肆于民上，以从其淫，而弃天地之性？必不然矣。”②

师旷直言君与民的关系，指出“民”乃天所爱，若君主肆意妄为、不顾民生，结果必是被人民抛弃。在春秋时能有此等先进的重民思想，实属不易。又如庄公十年曹刿论战，不仅体现了民对于国家的重要性，还渗透了提倡王道与德治的政治观，这与孔子的“为政以德”相合。总体来看，“六经异传都在不同程度上阐述了王道德治内核，《左传》的特点是从论载历史中体现尚德重民思想”③。

---

① 李学勤主编：《十三经注疏·礼记正义》，北京：北京大学出版社，1999 年，第 658~659 页。

② 杨伯峻编著：《春秋左传注》，北京：中华书局，1981 年，第 1117~1119 页。

③ 陈桐生：《史记与今古文经学》，西安：陕西人民教育出版社，1995 年，第 89 页。

“五经”中的德治观念，对汉代作家影响很大。冯天瑜先生指出：“中华元典一再将这种氏族制民主加以理想化描述，使之成为中国整个文明时代悬之高远的政治典范，从而为此后两千余年间的专制君主政体建构一种观念性（并非制度性）的制衡系统，并为抗议专制制度的民众和异端思想家们提供常用不衰的精神支柱……足见氏族制时代的精神遗存在中国历史的各个时期不断被赋予新的解释，发挥着新的功用。”① 如贾谊《新书·容经》篇，借助经典以立言：

> 龙也者，人主之辟也。亢龙往而不返，故《易》曰“有悔”。悔者，凶也。潜龙入而不能出，故曰“勿用”。勿用者，不可也。龙之神也，其惟兹龙乎。能与细细，能与巨巨，能与高高，能与下下。吾故曰：龙变无常，能幽能章。故圣人者，在小不宝，在大不窕；狎而不能作，习而不能顺；姚不惛，卒不妄；饶裕不赢，迫不自丧；明是审非，察中居宜。此之谓有威仪。②

这些话语，核心意思就是希望君主从容中道、不惛不妄、明是审非、不走极端。刘向则认为，国君应当具有《周易》所称道的“谦德”，才能荣、安、贵、胜、益、广，也才合乎天道而终吉。武帝时，董仲舒的《天人三策》，借助对《春秋》《论语》《诗经》等经典的阐发，反复宣讲德治，为大家所熟知。司马迁特别重视王道、德治，正如陈桐生先生所总结的：“从《史记》对历代帝王政治的评判中，我们可以看出司马迁的一个基本思想：帝王的统治方法或行政风格（如忠、敬、文）、制度形式（如正朔、服色、度制、律令）可以乘敝易变，可以随时代的变化而变化，但王道德治精神则始终不变，它是适应一切时代的文化哲学。”③

① 冯天瑜：《中华元典精神》，上海：上海人民出版社，1994年，第111页。

② ［汉］贾谊撰，阎振益、钟夏校注：《新书校注》，北京：中华书局，2000年，第230页。

③ 陈桐生：《中国史官文化与〈史记〉》，汕头：汕头大学出版社，1993年，第205页。

"五经"重民爱民的思想倾向，对汉代散文作家亦有显著影响。《史记》的民本思想首先表现在为下层人物立传。司马迁刻画了许多栩栩如生的布衣平民，他们虽身份微贱，却各秉异才，智识勇气、高风亮节不亚于王侯将相。《游侠列传》盛赞布衣侠士一诺千金、视死如生的气魄：

> 而布衣之徒，设取予然诺，千里诵义，为死不顾世，此亦有所长，非苟而已也。故士穷窘而得委命，此岂非人之所谓贤豪间者邪？诚使乡曲之侠，予季次、原宪比权量力，效功于当世，不同日而论矣。①

然而此等忠义之士，在先秦典籍中往往因其地位低下而不载："至如闾巷之侠，修行砥名，声施于天下，莫不称贤，是为难耳。然儒、墨皆排摈不载。自秦以前，匹夫之侠，湮灭不见，余甚恨之。"② 司马迁为布衣侠客鸣不平，于是在《史记》中记载了朱家、田仲、郭解等人的事迹，赞赏他们的优秀品质。

《史记》的民本思想，还表现在对重民爱民的明君贤臣的赞美、对昏君佞臣的讽刺上。《孝文本纪》记汉文帝废连坐、废肉刑、尚俭朴等一系列有益于民的德政，司马迁对其给予高度评价：

> 太史公曰：孔子言"必世然后仁。善人之治国，百年亦可以胜残去杀"。诚哉是言！汉兴至孝文四十有余载，德至盛也。廪廪乡改正服封禅矣，谦让未成于今。呜呼，岂不仁哉！③

而《秦始皇本纪》记秦二世残暴昏庸，兴建阿房宫耗竭民力，"下调郡

---

① （日）泷川资言考证，杨海峥整理：《史记会注考证》，上海：上海古籍出版社，2015年，第4166页。

② （日）泷川资言考证，杨海峥整理：《史记会注考证》，上海：上海古籍出版社，2015年，第4167页。

③ （日）泷川资言考证，杨海峥整理：《史记会注考证》，上海：上海古籍出版社，2015年，第623页。

县，转输菽粟刍藁。皆令自赍粮食，咸阳三百里内，不得食其谷。用法益刻深”[①]，司马迁批评其“极愚”“人头畜鸣”。[②]《史记》中的民本精神，显然是与《左传》一脉相承的。

《汉书·儒林传》记载，汉初贾谊精《左氏传》[③]，《左传》的民本思想在贾谊的《新书》中得到集中体现。《新书·大政上》：“夫民者，万世之本也，不可欺。……故夫士民者，国家之所树而诸侯之本也，不可轻也。”[④]《新书·礼》：“夫忧民之忧者，民必忧其忧；乐民之乐者，民亦乐其乐。”[⑤]贾谊清楚地认识到民为国之根本，这显示出他深厚的儒家思想和过人的历史眼光。他在《过秦论》中分析秦二世而亡的原因时就指出，“故先王见始终之变，知存亡之机，是以牧民之道，务在安之而已”[⑥]，人民的安定是国家稳定的基石。在此基础上，贾谊更进一步提出了“富民”思想：

> 故夫为人臣者，以富乐民为功，以贫苦民为罪。……故君子之贵也，士民贵之，故谓之贵也；故君子之富也，士民乐之，故谓之富也。故君子之贵也，与民以福，故士民贵之；故君子之富也，与民以财，故士民乐之。[⑦]

---

① （日）泷川资言考证，杨海峥整理：《史记会注考证》，上海：上海古籍出版社，2015年，第375页。

② （日）泷川资言考证，杨海峥整理：《史记会注考证》，上海：上海古籍出版社，2015年，第407页。

③ 《儒林传》：“汉兴，北平侯张苍及梁太傅贾谊、京兆尹张敞、太中大夫刘公子皆修《春秋左氏传》。谊为《左氏传》训故。”（［汉］班固：《汉书》，北京：中华书局，1962年，第3620页。）

④ ［汉］贾谊撰，阎振益、钟夏校注：《新书校注》，北京：中华书局，2000年，第341~342页。

⑤ ［汉］贾谊撰，阎振益、钟夏校注：《新书校注》，北京：中华书局，2000年，第216页。

⑥ ［清］严可均校辑：《全上古三代秦汉三国六朝文》，北京：中华书局，1958年，第218页。

⑦ ［汉］贾谊撰，阎振益、钟夏校注：《新书校注》，北京：中华书局，2000年，第340页。

"与民以福""与民以财"，使民"贵"且"乐"，上层君子才能保证政治的稳定繁荣。班固《汉书·五行志》："于《易》，地上之木为《观》。其于王事，威仪容貌亦可观者也。故……使民以时，务在劝农桑，谋在安百姓：如此，则木得其性矣。若乃田猎驰骋不反宫室，饮食沈湎不顾法度，妄兴繇役以夺民时，作为奸诈以伤民财，则木失其性矣。"① 王符《潜夫论·浮侈》亦发挥《周易》之义说："夫贫生于富，弱生于强，乱生于治，危生于安。是故明王之养民也，忧之劳之，教之诲之，慎微防萌，以断其邪。故《易》美'节以制度，不伤财，不害民'。"②

《周易·系辞上》："形而上者谓之道，形而下者谓之器。化而裁之谓之变，推而行之谓之通。举而错之天下之民，谓之事业。"③《周易》作者将掌握的天地之道、人事之理，应用于引导民众，为天下人民谋福利，定义为"事业"。《观》象曰："先王以省方观民设教。"④ 以前的君王视察四方，根据具体情况，教育引导民众。这是君王本应履行的责任。王符对《周易》之言深表赞同，并论及不同历史时期君主的观民设教之举，《潜夫论·浮侈》言："晋灵厚赋以雕墙，《春秋》以为非君。华元、乐吕厚葬文公，《春秋》以为不臣。况于群司士庶，乃可僭侈主上，过天道乎？景帝时，武原侯卫不害坐葬过律夺国。明帝时，桑民摐阳侯坐冢过制髡削。今天下浮侈离本，僭奢过上，亦已甚矣！凡诸所讥，皆非民性，而竞务者，乱政薄化使之然也。王者统世，观民设教，乃能变风易俗，以致太平。"⑤ 重民爱民，必然要使民众富足，免受饥寒之苦、匮乏之害。

① ［汉］班固：《汉书·五行志上》，北京：中华书局，1962年，第1318~1319页。

② ［汉］王符著，［清］汪继培笺，彭铎校正：《潜夫论笺校正·浮侈》，北京：中华书局，2014年，第160页。

③ 李学勤主编：《十三经注疏·周易正义》，北京：北京大学出版社，1999年，第292页。

④ 李学勤主编：《十三经注疏·周易正义》，北京：北京大学出版社，1999年，第98页。

⑤ ［汉］王符著，［清］汪继培笺，彭铎校正：《潜夫论笺校正·浮侈》，北京：中华书局，2014年，第182~184页。

八、《春秋》公羊学“大复仇”观念

《春秋·隐公十一年》：“冬，十有一月，壬辰，公薨。”《公羊传》云：“何以不书葬？隐之也。何隐尔？弑也。弑则何以不书葬？《春秋》君弑贼不讨，不书葬，以为无臣子也。子沈子曰：‘君弑，臣不讨贼，非臣也。子不复仇，非子也。葬，生者之事也。《春秋》君弑贼不讨，不书葬，以为不系乎臣子也。’”①《公羊传》引子沈子之语，意在宣扬臣子为君父复仇是应尽的义务和责任，《公羊传》将《春秋》只记薨不书葬解释为对没有报弑君之仇的臣子的谴责，强调了复仇的正当性和必要性。而关于复仇的标准，《公羊传·定公四年》曰：“父不受诛，子复仇可也。父受诛，子复仇，推刃之道也。复仇不除害，朋友相卫，而不相迿，古之道也。”②《公羊传》认为，罪不当诛而被杀才可复仇，反对无限制的复仇，反对杀害无辜之人，这些要求为复仇行为定下标准，也将复仇与伦理纲常紧密联系。《公羊传》对复仇行为大加赞扬，如《春秋·庄公四年》“纪侯大去其国”一事，只有《公羊传》称赞齐国的行为，并认为齐国国君齐襄公是贤者。齐襄公与异母妹鲁桓公夫人文姜乱伦私通，并派公子彭生杀害鲁桓公，是昏庸残暴之君，《公羊传》却赞其为贤者，是因为齐襄公灭纪复九世之仇。齐襄公九世祖齐哀公因纪侯的谗言，被周王烹杀。《公羊传》曰：“九世犹可以复仇乎？虽百世可也。……国君一体也：先君之耻，犹今君之耻也；今君之耻，犹先君之耻也。”③对齐襄公复仇的正当性进行了详细的解释。同是庄公四年，《春秋》载“公及齐人狩于郜”，《公羊传》指责鲁庄公未向齐襄公复杀父之仇就与其交往，“择其重者而讥焉”，可见公羊学对复仇的重视。

随着公羊学在汉代的兴盛，“大复仇”观念也在汉代深入人心。汉武帝出

---

① 李学勤主编：《十三经注疏·春秋公羊传注疏》，北京：北京大学出版社，1999年，第64~65页。

② 李学勤主编：《十三经注疏·春秋公羊传注疏》，北京：北京大学出版社，1999年，第562~563页。

③ 李学勤主编：《十三经注疏·春秋公羊传注疏》，北京：北京大学出版社，1999年，第122~123页。

击匈奴，所下的诏书中，就以公羊学“大复仇”理论为依据：“高皇帝遗朕平城之忧，高后时单于书绝悖逆。昔齐襄公复九世之仇，《春秋》大之。”①一国之君如此，此后复仇之风气愈加盛行，涌现出许多以复仇为主题或宣扬复仇文化的历史散文。太史公司马迁即有强烈的复仇情结，使得《史记》中某些篇目带有浓厚的复仇色彩，有国家间的复仇，如《秦本纪》记秦缪公报秦晋殽之战之仇，《越王勾践世家》中勾践卧薪尝胆报灭国之仇；有为血亲复仇，如《秦本纪》记秦仲被犬戎所杀，其孙世父为报仇让王位与其弟，《李将军列传》写李敢为其父李广之仇击伤卫青，卫青外甥霍去病则为报仇射杀李敢；有为自身复仇，如《范睢蔡泽列传》记范睢成为秦相后，羞辱须贾，逼迫魏齐自杀，报当年蒙冤受辱之仇，《孙子吴起列传》记孙膑杀庞涓报膑脚之仇；还有为报恩复仇，如《刺客列传》所载豫让、聂政、荆轲等“士为知己者死”，为恩主复仇，等等。总而言之，《史记》记载了多种复仇模式，从不同角度刻画复仇者的行动与心理，既是对时代风气的反映，也为后世复仇类文学的发展奠定了基础。

除《史记》外，两汉时期还有其他复仇色彩浓烈的作品，如《越绝书》《吴越春秋》等，均是以复仇为主旨和中心线索的历史散文。《越绝书》又名《越绝记》，全书一共十五卷，记春秋战国时期吴越争霸之事，旁及世系、宫城、天文、地理、风土诸事，《四库全书总目提要》依据此书末尾《叙外传记》所记“隐语”，判定该书作者为汉朝会稽袁康和同郡吴平。②《越绝书序》说：“《越绝》，复仇之书也。子胥、夫差以父之仇，勾践以身之仇，而皆非其道焉。……春秋之末，复仇之事，莫大于斯三者，《越绝》实备之。有国有家者，可以鉴观焉。”③ 直接称《越绝书》为复仇之书。《越绝书》对伍子胥、夫差、勾践等人的复仇行动与经历进行了详尽刻画，其中以对伍子胥复仇之

---

① ［汉］班固：《汉书·匈奴传上》，北京：中华书局，1962年，第3776页。

② “以去为姓，得衣乃成。厥名有米，覆之以庚”暗藏了“袁康”两字；又有“禹来东征，死葬其疆”两句，表明作者是会稽人；又云“文属辞定，自于邦贤。以口为姓，丞之以天。楚相屈原，与之同名”，隐藏了同郡吴平之名。但袁康、吴平二人生平无从考证。

③ 乐祖谋点校：《越绝书》，上海：上海古籍出版社，1985年，第113页。

事的记述最能体现《公羊春秋》“大复仇”之义。《越绝篇叙外传记》评价伍子胥复仇之事时说：“臣不讨贼，子不复仇，非臣子也。故贤其冤于无道之楚，困不死也；善其以匹夫得一邦之众，并义复仇，倾诸侯也；非义不为，非义不死也。”① 这段话实际上是对《公羊传》中“君弑，臣不讨贼，非臣也。子不复仇，非子也”② 的转述与阐释。《越绝荆平王内传》中，伍子胥见吴王时说：“胥父无罪而平王杀之，而并其子尚。子胥遁逃出走，唯大王可以归骸骨者，惟大王哀之。”③ 伍子胥鞭平王之墓时说：“昔者吾先人无罪而子杀之，今此报子也！”④ 楚昭王派遣使者来吴见伍子胥时说：“昔者吾先人杀子之父，而非其罪也。寡人尚少，未有所识也。今子大夫报寡人也特甚，然寡人亦不敢怨子。”⑤ 这些都强调伍子胥之父伍奢乃无罪被杀，与《公羊传》“父不受诛，子复仇可也”的复仇标准相符合，证明伍子胥的复仇是正义、合理之举。

《吴越春秋》为东汉赵晔所著杂史，所述内容与《越绝书》相似，以记述春秋战国时期吴越两国史事为主，原书十二卷，今本十卷，前五卷记吴事，后五卷书越事。前五卷中，第一卷述吴国先祖吴太伯之事，第二卷即述吴王寿梦时期吴国与楚国结怨之事，第三卷、第四卷主讲伍子胥为父报仇之事，第五卷述吴国被越国所灭之事。后五卷中，除第六卷回顾越国先祖无余外，其余四卷皆为叙述越王勾践复仇始末。总体来说，《吴越春秋》前后分别以伍子胥与勾践的复仇为主线，并以小说的笔法对这些过程进行详细的描绘。如伍子胥报复楚平王，《史记》载伍子胥掘平王之墓，掘出其尸，鞭之三百；而《吴越春秋》中则是“掘平王之墓，出其尸，鞭之三百，左足践腹，右手抉其目。诮之曰：‘谁使汝用谗谀之口，杀我父兄，岂不冤哉！’即令阖闾妻昭王夫人，伍胥、孙武、白喜亦妻子

---

① 乐祖谋点校：《越绝书》，上海：上海古籍出版社，1985 年，第 106 页。

② 李学勤主编：《十三经注疏·春秋公羊传注疏》，北京：北京大学出版社，1999 年，第 65 页。

③ 乐祖谋点校：《越绝书》，上海：上海古籍出版社，1985 年，第 7 页。

④ 乐祖谋点校：《越绝书》，上海：上海古籍出版社，1985 年，第 7 页。

⑤ 乐祖谋点校：《越绝书》，上海：上海古籍出版社，1985 年，第 7 页。

常、司马成之妻，以辱楚之君臣也”①。与正史相比，《吴越春秋》增添了更多复仇过程中的情节与细节，将人物的复仇情绪表现得更为激烈，形象个性更加鲜明，复仇色彩更为浓郁。

在经过上述分析、梳理之后，我们不难发现，汉代散文作家及其作品所蕴含的许多思想内涵，都不是突然出现的，可以说是渊源有自。经生士大夫们从小阅读经典，研习经学，或多或少、或轻或重都会打上传统思想文化的烙印。当然，随着时代的发展，也因所面临的具体问题的不同，某些方面会有所变化，但其核心观念是相对稳定的，也是能够为我们所理解、认识与把握的。

① ［汉］赵晔著，［元］徐天祜音注：《吴越春秋》，南京：江苏古籍出版社，1986年，第42页。

第二章

经学与汉代文体

汉代是经学昌明的时代，也是中国古代文体发展较完备的阶段。清人包世臣尝言："文体莫备于汉，唐宋所有，汉皆有之，且有汉人所有而唐宋反无者。"① 刘师培亦云："文章各体，至东汉而大备。"② 据学者统计，汉代已经出现赋、诗、辞、诔、碑、箴、铭、颂、赞、连珠、诏、令、论、奏、议、章、表、书、记、吊、册、说、嘲、策、教、史论、哀辞、檄、盟、誓、制、难、答、辩、祝、荐、笺、戒、券、封事、谕、敕、符命、九咨、计簿、行状、起居注、牒、刺、传、序、移、占、术、叙、诰、启、封禅、簿、契、隐、谚等60余种文体③，可见汉代文体之繁盛。与之相应，中国古代又向有诸种文体皆源于经学的观念。如任昉认为："六经素有歌、诗、诔、箴、铭之类。《尚书》帝庸作歌，《毛诗》三百篇，《左传》叔向诒子产书、鲁哀公孔子诔、孔悝鼎铭、虞人箴。此等自秦汉以来，圣君贤士沿著为文章名之始。"④ 刘勰著《文心雕龙》亦谓："论说辞序，则《易》统其首；诏策章奏，则《书》发其源；赋颂歌赞，则《诗》立其本；铭诔箴祝，则《礼》总其端；纪传铭檄，则《春秋》为根；并穷高以树表，极远以启疆，所以百家

① 包世臣：《复李迈堂（祖陶）书》，《艺舟双楫》，上海：商务印书馆，1935年，第71页。

② 刘师培：《中国中古文学史》，北京：人民文学出版社，1984年，第23页。

③ 吕逸新：《汉代文体问题研究》，山东师范大学博士学位论文，2009年，第17页。

④ ［南朝梁］任昉：《文章缘起序》，见［明］陈懋仁《文章缘起注》，北京：中华书局，1985年，第1页。

腾跃，终入环内者也。”[①] 诸如此类，均将文体与经学紧密结合起来。那么，在汉代这样一个经学昌明、文体又繁盛的时代，经学与文体之关系又是如何体现的呢？

一、经学与文体发源

经学依托于“五经”（“六经”中《乐》经早佚），“五经”又各自有一定的体式，因此，经学与文体之关系首先便体现在“五经”含有不同文体的萌芽，促进文体发源上。据刘勰《文心雕龙》，源于“五经”的文体有：论、说、辞、序（《易》）；诏、策、章、奏（《书》）；赋、颂、歌、赞（《诗》）；铭、诔、箴、祝（《礼》）；纪、传、铭、檄（《春秋》）。稍晚于刘勰的颜之推也曾对“五经”文体进行过归纳：序、述、论、议（《易》）；诏、命、策、檄（《书》）；歌、咏、赋、颂（《诗》）；祭、祀、哀、诔（《礼》）；书、奏、箴、铭（《春秋》）。[②]

这种观念到后世得到进一步发展，如元代郝经在《郝氏续后汉书》卷六十六上上中将文艺分为《易》部、《书》部、《诗》部、《春秋》部：

> 《易》部：序、论、说、评、辨、解、问、难、语、言。《书》部：书、国语、诏、册、制、制策、赦、令、教、下记、檄、疏、表、封事、奏、议、笺、启、状、奏记、弹章、露布、连珠。《诗》部：骚、赋、古诗、乐府、歌、行、吟、谣、篇、引、辞、曲、琴操、长句、杂言。《春秋》部：国史、碑、墓碑、诔、铭、符命、颂、箴、赞、记、杂文。[③]

---

① ［南朝梁］刘勰著，范文澜注：《文心雕龙注》，北京：人民文学出版社，1958年，第22~23页。

② 《颜氏家训》：“夫文章者，原出五经：诏命策檄，生于《书》者也；序述论议，生于《易》者也；歌咏赋颂，生于《诗》者也；祭祀哀诔，生于《礼》者也；书奏箴铭，生于《春秋》者也。”见王利器：《颜氏家训集解》，北京：中华书局，1993年，第237页。

③ ［元］郝经：《郝氏续后汉书》，《景印文渊阁四库全书》第385册，台北：台湾商务印书馆，1986年，第608页。

到了明代，文体分类更加细密，黄佐著《六艺流别》将一百五十余种文体分属于《诗》《书》《礼》《乐》《易》《春秋》。文体分类不仅愈趋琐碎，而且相互之间还出现了矛盾。如刘勰将“奏”导源于《书》，颜之推则认为其发源于《春秋》；刘勰将“箴”导源于《礼》，颜之推则将之归宗于《春秋》；此外，与刘勰、颜之推不同，郝经根本未设“《礼》部”。这说明将文体依附于“五经”的做法存在一定的随意性。因此，四库馆臣为《六艺流别》所作提要曾批评云：“刘勰作《文心雕龙》，始以各体分配诸经，指为源流所自，其说已涉于臆创。佐更推而衍之，剖析名目殊无所据，固难免于附会牵合也。”① 刘勰、颜之推等关于文体源于“五经”的具体观点确实还有待商榷，但他们指出“五经”对后世文体的发生和发展产生作用，无疑是正确的。这种作用主要体现在三个方面：第一，“五经”中存在一些文体的萌芽，而到了汉代，则发展成为一种固定的文体；第二，“五经”中保存了一些文体的典范，为汉代文体提供了借鉴的对象；第三，“五经”中还最早出现了关于文体的论述和阐释。

“五经”中涉及的文章名目颇多，但有些在当时还只是一种萌芽，并无固定的体式。如《左传·哀公十六年》：

> 夏四月己丑，孔丘卒。公诔之曰：“旻天不吊，不慭遗一老，俾屏余一人以在位，茕茕余在疚。呜呼哀哉尼父！无自律。”②

这里所载的诔文还很简单，不过是一篇简短的悼念文辞。到了汉代，诔文大量出现，产生了诸如卓文君《司马相如诔》、扬雄《元后诔》、杜笃《大司马吴汉诔》、傅毅《明帝诔》、苏顺《和帝诔》《陈公诔》《贾逵诔》、崔瑗《和帝诔》《窦贵人诔》《司农卿鲍德诔》等诔文，不仅数量大增，而且在体式上逐渐划一，大多为整齐的四言，其中卓文君所作《司马相如诔》则为骚体。诔文到了汉代已明显向韵文和骈文转化，不过它典型地体现了汉代文体从

---

① ［清］永瑢：《四库全书总目》，北京：中华书局，1965 年，第 1746 页。

② 杨伯峻编著：《春秋左传注》，北京：中华书局，1981 年，第 1698 页。

“五经”中挖掘资源，与“五经”的源流关系。就散文而言，《易》传中的《说卦》对《易》之卦象原理和属性进行解释，并未体现出特别的文体上的特点。到了汉代，解经著作中出现了大量以“说”命名的著作，如《尚书》有《欧阳说义》，《诗经》有《鲁说》《韩说》，《礼》有《中庸说》《明堂阴阳说》；此外，《论语》有《齐说》《鲁夏侯说》《鲁安昌侯说》《鲁王骏说》《燕传说》，《孝经》有《长孙氏说》《江氏说》《翼氏说》《后氏说》《安昌侯说》。此类说均为解说儒家经典的注释之作，其与《易》之《说卦》性质相同，很可能就是借鉴了《说卦》的名目。又如《序卦》，附于《周易》末尾，对各卦的排列顺序一一作了交代：

> 有天地，然后万物生焉。盈天地之间者唯万物，故受之以《屯》，屯者，盈也。屯者，物之始生也。物生必蒙，故受之以《蒙》。蒙者，蒙也，物之稚也。物稚不可不养也，故受之以《需》。需者，饮食之道也。饮食必有讼，故受之以《讼》。①

这对汉代序文的兴起产生了直接的影响。汉代序文多置于文集之后，应与《序卦》附于《周易》之末有直接关系。此外，在形式上，汉代序文也明显承袭了《序卦》。如《史记·太史公自序》：

> 维昔黄帝，法天则地，四圣遵序，各成法度；唐尧逊位，虞舜不台；厥美帝功，万世载之。作《五帝本纪》第一。维禹之功，九州攸同，光唐虞际，德流苗裔；夏桀淫骄，乃放鸣条。作《夏本纪》第二。维契作商，爰及成汤；太甲居桐，德盛阿衡；武丁得说，乃称高宗；帝辛湛湎，诸侯不享。作《殷本纪》第三。维弃作稷，德盛西伯；武王牧野，实抚天下；幽厉昏乱，既丧酆镐；陵迟至赧，洛邑不祀。作《周本纪》第四。②

---

① 李学勤主编：《十三经注疏·周易正义》，北京：北京大学出版社，1999 年，第 335 页。
② ［汉］司马迁：《史记·太史公自序》，北京：中华书局，2014 年，第 4007~4008 页。

在形式上就与《序卦》十分相近。此后，班固《汉书》末附《叙传》又承袭了《史记》的形式，在序文中交代各篇作由，这也是承袭《周易·序卦》而来。

《诗经》是我国最早的诗歌总集，《诗》有“六艺”，其中“风、雅、颂”带有文体性质，“赋、比、兴”则主要是艺术手法。到了汉代，“赋”却发展成为蔚为壮观的一种文体。赋体之中又有一大宗，即散体大赋，在汉代赋作中占据主流地位，如枚乘《七发》、司马相如《天子游猎赋》、扬雄《长杨赋》、班固《两都赋》等为其中代表。既然“赋”原为《诗经》中的一种手法，汉赋这种文体自与《诗经》结下了密切的联系。班固《两都赋序》云“赋者，古诗之流也”，刘勰《文心雕龙·铨赋》亦云“赋也者，受命于《诗》人，而拓宇于《楚辞》也”，均揭示了赋体与《诗经》的源流关系。

“五经”中不仅存在一些文体萌芽，同时也出现了一些较为成熟的文体，这些文体到了汉代也得到进一步发展。如《尚书》中包含有典（如《尧典》）、谟（如《皋陶谟》）、誓（如《甘誓》）、诰（如《大诰》）、训（如《伊训》）、命（如《顾命》）等多种散文文体。这些文体有的就在汉代得到继承和发展。据严可均校辑《全上古三代秦汉三国六朝文》，汉代有《封爵誓》《蒐田誓》《授兵誓》《誓众》等“誓”类作品，有《大诰》《德诰》《东巡诰》等“诰”类作品，有《为燕王旦命令群臣》《策命孺子》《策命五威将》等“命”类作品。两相比较，不难发现这些作品继承《尚书》的痕迹。如《授兵誓》云“有不为新室者，社鬼记之”①，这与《甘誓》“用命，赏于祖。弗用命，戮于社，予则孥戮汝”十分相近，显然有承袭的地方。又如王莽时期所作《大诰》以“惟居摄二年十月甲子，摄皇帝若曰”② 开头，显然又继承《尚书·大诰》“王若曰”的开头而来。又如，《礼记·祭统》篇保存了一篇完整的“铭”文：

---

① ［清］严可均校辑：《全上古三代秦汉三国六朝文》，北京：中华书局，1958 年，第 456 页。

② ［清］严可均校辑：《全上古三代秦汉三国六朝文》，北京：中华书局，1958 年，第 446 页。

> 故卫孔悝之鼎铭曰："六月丁亥，公假于大庙。公曰：'叔舅！乃祖庄叔，左右成公。成公乃命庄叔随难于汉阳，即宫于宗周，奔走无射。启右献公。献公乃命成叔纂乃祖服。乃考文叔，兴旧耆欲，作率庆士，躬恤卫国。其勤公家，夙夜不解，民咸曰：休哉！'公曰：'叔舅！予女铭，若纂乃考服。'悝拜稽首曰：'对扬以辟之。勤大命，施于烝彝鼎。'"此卫孔悝之鼎铭也。①

到了汉代，铭文得到进一步发展，在体式上向韵文转化，但其源头也可追溯到"五经"。

"五经"中还最早出现了关于文体的论述和阐释。如《周礼·春官·大祝》："（大祝）作六辞，以通上下亲疏远近，一曰祠，二曰命，三曰诰，四曰会，五曰祷，六曰诔。"② 所谓"六辞"即六种文体。《春官·内史》又云："凡命诸侯及孤卿大夫，则策命之。"③《秋官·士师》也载："（士师）以五戒先后刑罚，毋使罪丽于民：一曰誓，用之于军旅。二曰诰，用之于会同。"④ 策、誓、诰也都是文体。《礼记》中也有不少关于文体的记载，如《檀弓》篇记载：

> 鲁庄公及宋人战于乘丘，县贲父御，卜国为右。马惊，败绩，公队（坠），佐车授绥。公曰："末之，卜也。"县贲父曰："他日不败绩，而今败绩，是无勇也。"遂死之。圉人浴马，有流矢在白肉。公曰："非其罪也。"遂诔之。士之有诔，自此始也。⑤

《曾子问》篇又载：

---

① 李学勤主编：《十三经注疏·礼记正义》，北京：北京大学出版社，1999 年，第 1362~1364 页。

② 李学勤主编：《十三经注疏·周礼注疏》，北京：北京大学出版社，1999 年，第 661 页。

③ 李学勤主编：《十三经注疏·周礼注疏》，北京：北京大学出版社，1999 年，第 710 页。

④ 李学勤主编：《十三经注疏·周礼注疏》，北京：北京大学出版社，1999 年，第 920 页。

⑤ 李学勤主编：《十三经注疏·礼记正义》，北京：北京大学出版社，1999 年，第 185 页。

贱不诔贵，幼不诔长，礼也。唯天子称天以诔之。诸侯相诔，非礼也。①

虽然没有直接保存成篇的诔文，但从这两处记述可以知道诔文的使用最初是有等级限制的，并且可以知道诔文下移于士阶层的原因及其时间。《礼记》关于“铭”也记载了重要的信息。《祭统》篇云：

夫鼎有铭，铭者自名也，自名以称扬其先祖之美，而明著之后世者也。为先祖者，莫不有美焉，莫不有恶焉。铭之义，称美而不称恶，此孝子孝孙之心也，唯贤者能之。铭者，论撰其先祖之有德善，功烈、勋劳、庆赏、声名，列于天下，而酌之祭器，自成其名焉，以祀其先祖者也。显扬先祖，所以崇孝也。身比焉，顺也；明示后世，教也。夫铭者，壹称，而上下皆得焉耳矣。是故君子之观于铭也，既美其所称，又美其所为。为之者，明足以见之，仁足以与之，知足以利之，可谓贤矣。贤而勿伐，可谓恭矣。②

这段记述交代了“铭”这种文体的名称含义、作用及所应包含的内容，使人对“铭”这种文体有清晰的认识。《左传》也保留了不少关于文体的相关论述。如“襄公十九年”：

季武子以所得于齐之兵作林钟而铭鲁功焉。臧武仲谓季孙曰：“非礼也。夫铭，天子令德，诸侯言时计功，大夫称伐。今称伐，则下等也；计功，则借人也；言时，则妨民多矣，何以为铭？且夫大伐小，取其所得，以作彝器，铭其功烈，以示子孙，昭明德而惩无礼也。今将借人之力以救其死，若之何铭之？小国幸于大国，而昭所获

① 李学勤主编：《十三经注疏·礼记正义》，北京：北京大学出版社，1999年，第601页。
② 李学勤主编：《十三经注疏·礼记正义》，北京：北京大学出版社，1999年，第1362页。

焉以怒之，亡之道也。”①

这一段记述臧武仲谏阻季孙氏“铭鲁功”，指出铭之性质在于“铭其功烈，以示子孙，昭明德而惩无礼也”。同时，臧武仲谏阻季孙氏“铭鲁功”，也表明这种文体并非随意使用。“五经”中关于文体的这些论述，往往涉及各文体的来源与使用规范，它们成为汉代文体发展的理论参照，无疑也会对汉代文体发展产生影响。

从上文的分析来看，“五经”之中出现了不少文体萌芽，保存了部分成熟的文体典范，其中许多文体在汉代得到了继承和发展。此外，“五经”之中还出现了关于文体发展的记述，以及先秦时期的人们对文体的阐释，为后人对相关文体的认识和学习提供了基础。刘勰、颜之推等将各种文体溯源于经，在具体细节上，或许不够准确，因为一种文体可能同时存在于多种著作中，因此很难确定究竟源自哪里，但就大的方向来说，有其合理之处。经学在汉代取得了独尊的地位，“五经”成为士人必读之书，这必然会对其创作产生影响。“五经”中保存的范文，其中关于文体的论述，都必然影响到汉代对文体的认识和创作。

二、宗经对汉代文体的影响

有汉一代，自汉武帝罢黜百家、独尊儒术之后，经学取得了崇高的地位，在汉人中也掀起一股宗经的风气。宗经对汉代文学影响深刻，对文体的影响也很显著。

汉人常常将弘扬经学、发展经学作为自己的责任，司马谈、司马迁父子是其中的显著代表。《史记·太史公自序》云：

先人有言：“自周公卒五百岁而有孔子。孔子卒后至于今五百岁，有能绍明世，正《易传》，继《春秋》，本《诗》《书》《礼》《乐》之际？”

① 杨伯峻编著：《春秋左传注》，北京：中华书局，1981年，第1047页。

意在斯乎！意在斯乎！小子何敢让焉。①

所谓“正《易传》，继《春秋》，本《诗》《书》《礼》《乐》”，无疑彰显了其尊经弘经的意图。从文体的角度说，《史记》之宗经，体现在它继承和发展了《春秋》以来的史传体。

《春秋》原是鲁国史书的通称，所谓“晋之《乘》，楚之《梼杌》，鲁之《春秋》，一也”②。但传说孔子曾对鲁国《春秋》作了修订，从此《春秋》便特指孔子所修的《春秋》一书，并被尊为“六经”之一。《史记》虽说是“继《春秋》”而作，但在文体上又与《春秋》有所不同：《春秋》按照时间顺序排列史事，是典型的编年体；《史记》则以人系事，开创了纪传体。然而，这种不同并非对经学的背离，相反，是汉代经学发展背景下的产物。

《史记》开创的纪传体，将全书分为《本纪》《表》《书》《世家》《列传》五个部分，其中涵义，在《太史公自序》中有所交代：

罔罗天下放失旧闻，王迹所兴，原始察终，见盛观衰，论考之行事，略推三代，录秦汉，上记轩辕，下至于兹，著十二本纪，既科条之矣。并时异世，年差不明，作十表。礼乐损益，律历改易，兵权山川鬼神，天人之际，承敝通变，作八书。二十八宿环北辰，三十辐共一毂，运行无穷，辅拂股肱之臣配焉，忠信行道，以奉主上，作三十世家。扶义俶傥，不令己失时，立功名于天下，作七十列传。凡百三十篇，五十二万六千五百字，为《太史公书》。③

显然，五体结构并非偶然，而是司马迁的有意安排。这种安排，首先体现出“大一统”的思想。“大一统”是汉代公羊家所宣扬的一种主张。《春秋·隐公元年》载“元年，春，王正月”，《公羊传》云：

---

① ［汉］司马迁：《史记·太史公自序》，北京：中华书局，2014 年，第 4002 页。

② 杨伯峻译注：《孟子译注》，北京：中华书局，1960 年，第 192 页。

③ ［汉］司马迁：《史记·太史公自序》，北京：中华书局，2014 年，第 4027 页。

元年者何？君之始年也。春者何？岁之始也。王者孰谓？谓文王也。曷为先言王而后言正月？王正月也。何言乎王正月？大一统也。①

司马迁《史记》的五体安排正继承了“大一统”的思想。首先，五体之中，《本纪》居于中央地位，所谓“王迹所兴，原始察终，见盛观衰”，均见于《本纪》，《世家》等篇就如同“二十八宿环北辰，三十辐共一毂，运行无穷，辅拂股肱之臣配焉，忠信行道，以奉主上”，始终围绕着《本纪》，是《本纪》的补充。显然，《本纪》占据着统治中心的地位，这与其记述帝王事迹的实质内容相匹配。其次，《本纪》“略推三代，录秦汉，上记轩辕，下至于兹”，诸《表》更将从黄帝至西汉的历史按照时间顺序进行排列，对“上记轩辕，下至于兹”进行细化。这就将历史的起源远溯到始祖黄帝，将史前到汉代的历史纳入同一统系，同样发挥的是“大一统”的经学思想。由此可见，《史记》继承了《春秋》的史传体，又受汉代经学的影响而创设纪传体，在共时性和历时性上都体现了《春秋》“大一统”思想。《史记》所开创的五体结构，班固撰《汉书》调整为纪、表、志、传四体，结构上虽然小有调整，但依然不离宗经的本旨。《汉书·叙传》云：

汉绍尧运，以建帝业，至于六世，史臣乃追述功德，私作本纪，编于百王之末，厕于秦、项之列。太初以后，阙而不录，故探撰前记，缀辑所闻，以述《汉书》，起元高祖，终于孝平王莽之诛，十有二世，二百三十年，综其行事，旁贯五经，上下洽通，为春秋考纪、表、志、传，凡百篇。②

又云：

凡《汉书》，叙帝皇，列官司，建侯王。准天地，统阴阳，阐元极，

---

① 李学勤主编：《十三经注疏·春秋公羊传注疏》，北京：北京大学出版社，1999年，第6~10页。

② ［汉］班固：《汉书·叙传下》，北京：中华书局，1962年，第4235页。

> 步三光。分州域，物土疆，穷人理，该万方。纬六经，缀道纲，总百氏，赞篇章。函雅故，通古今，正文字，惟学林。述《叙传》第七十。①

一言“旁贯五经”，又言“纬六经”，显然都将《汉书》的创作置于“宗经”的宗旨之下，尤其“综其行事，旁贯五经，上下洽通，为春秋考纪、表、志、传，凡百篇”一语，也表明其体制结构的设计和宗经有关。

《史记》《汉书》之受经学影响，不仅体现在继承《春秋》开创纪传体史书，还体现在继承发展了“史论”之体。《史记》绝大多数篇章在篇后（偶在篇首或篇中）都有一段“太史公曰”，溯其渊源，实来自《左传》。《左传》中有不少评论史事的“君子曰”，如“隐公元年”载：

> 君子曰：“颍考叔，纯孝也，爱其母，施及庄公。《诗》曰‘孝子不匮，永锡尔类’，其是之谓乎！”②

又如“隐公三年”：

> 君子曰：“信不由中，质无益也。明恕而行，要之以礼，虽无有质，谁能间之？苟有明信，涧、溪、沼、沚之毛，蘋、蘩、薀藻之菜，筐、筥、锜、釜之器，潢、污、行潦之水，可荐于鬼神，可羞于王公，而况君子结二国之信，行之以礼，又焉用质？《风》有《采蘩》《采蘋》，《雅》有《行苇》《泂酌》，昭忠信也。”③

这类“君子曰”置于一段史事之后，是对历史事件、历史人物的评论。《史记》“太史公曰”实源于此。《左传》“君子曰”常常引用经典或者圣贤的话来评论史事，如上引两则均具备这个特点，这在“太史公曰”中也得到了继

① ［汉］班固：《汉书·叙传下》，北京：中华书局，1962 年，第 4271 页。

② 杨伯峻编著：《春秋左传注》，北京：中华书局，1981 年，第 15~16 页。

③ 杨伯峻编著：《春秋左传注》，北京：中华书局，1981 年，第 27~28 页。

承。如《孝文本纪》“太史公曰”：

> 孔子言“必世然后仁。善人之治国百年，亦可以胜残去杀”。诚哉是言！汉兴，至孝文四十有余载，德至盛也。廪廪乡改正服封禅矣，谦让未成于今。呜呼，岂不仁哉！①

《吴太伯世家》“太史公曰”：

> 孔子言“太伯可谓至德矣，三以天下让，民无得而称焉”。余读《春秋》古文，乃知中国之虞与荆蛮句吴兄弟也。延陵季子之仁心，慕义无穷，见微而知清浊。呜呼，又何其闳览博物君子也！②

复如《孔子世家》“太史公曰”：

> 《诗》有之：“高山仰止，景行行止。”虽不能至，然心乡往之。余读孔氏书，想见其为人。适鲁，观仲尼庙堂车服礼器，诸生以时习礼其家，余祗回留之不能去云。天下君王至于贤人众矣，当时则荣，没则已焉。孔子布衣，传十余世，学者宗之。自天子王侯，中国言六艺者折中于夫子，可谓至圣矣！③

诸如此类皆可看出其继承《左传》“君子曰”的痕迹。《史记》继承《左传》“君子曰”的同时又有所发展，《左传》中“君子曰”出现的次数还比较少，且不固定，到了《史记》则基本上成为固定的部分，形成纪传体固有的体制。到了班固《汉书》，“太史公曰”又发展成“赞曰”，其中仍然保留了《左传》“君子曰”多引儒家经典及圣人语录的特点，如《高帝纪》《贾邹枚路传》引

---

① ［汉］司马迁：《史记·孝文本纪》，北京：中华书局，2014年，第552页。
② ［汉］司马迁：《史记·吴太伯世家》，北京：中华书局，2014年，第1781页。
③ ［汉］司马迁：《史记·孔子世家》，北京：中华书局，2014年，第2356页。

《春秋》，《景帝纪》《楚元王传》《樊郦滕灌傅靳周传》《蒯伍江息夫传》《万石卫直周张传》引孔子语，《食货志》《王贡两龚鲍传》《外戚传》引《易》，《淮南衡山济北王传》《严朱吾丘主父徐严终王贾传》《冯奉世传》引《诗》，《匈奴传》兼引《书》《诗》《春秋》等。从《左传》到《史记》《汉书》，史论一体的发展可以说是脉络清晰，传承有序，此后正史或云“赞曰”，或云“评曰”“史臣曰”，均承袭于此。不仅如此，史论中多引孔子及“五经”以评价历史人物和事件，这无疑又是宗经在史论文体中的显现。

汉代宗经，并非将经学视为纯学术，相反，从作出“罢黜百家，独尊儒术”的决策开始，就是出于政治的考量。这一点在董仲舒的对策中已表现得极为明显：

> 《春秋》大一统者，天地之常经，古今之通谊也。今师异道，人异论，百家殊方，指意不同，是以上亡以持一统；法制数变，下不知所守。臣愚以为诸不在六艺之科孔子之术者，皆绝其道，勿使并进。邪辟之说灭息，然后统纪可一而法度可明，民知所从矣。①

罢黜百家，独尊儒术，尊崇经学，从根本上是为了达到“统纪可一而法度可明，民知所从”的政治目的。也就是说，经学是汉代进行大一统统治的工具，因此，它对汉代文体的影响还集中体现在政论文上。例如汉武帝元光元年，董仲舒的三篇“贤良对策”，大量引用“五经”，将儒家的思想主张与国家治理紧密结合起来。如：

> 臣谨案《春秋》谓一元之意，一者万物之所从始也，元者辞之所谓大也。谓一为元者，视大始而欲正本也。《春秋》深探其本，而反自贵者始。故为人君者，正心以正朝廷，正朝廷以正百官，正百官以正万民，正万民以正四方。四方正，远近莫敢不壹于正，而亡有邪气奸其间者。

---

① ［汉］班固：《汉书·董仲舒传》，北京：中华书局，1962年，第2523页。

是以阴阳调而风雨时，群生和而万民殖，五谷孰而中木茂，天地之间被润泽而大丰美，四海之内闻盛德而皆徕巨，诸福之物，可致之祥，莫不毕至，而王道终矣。①

董仲舒从《春秋》的“一元”谈到人君与朝廷、百官、万民、四方的关系，强调通过人君“正心”而实现阴阳调和，最终实现王道。

又如：

臣闻圣王之治天下也，少则习之学，长则材诸位，爵禄以养其德，刑罚以威其恶，故民晓于礼谊而耻犯其上。武王行大谊，平残贼，周公作礼乐以文之，至于成康之隆，囹圄空虚四十余年，此亦教化之渐而仁谊之流，非独伤肌肤之效也。至秦则不然。师申商之法，行韩非之说，憎帝王之道，以贪狼为俗，非有文德以教训于下也。诛名而不察实，为善者不必免，而犯恶者未必刑也。是以百官皆饰虚辞而不顾实，外有事君之礼，内有背上之心，造伪饰诈，趣利无耻；又好用憯酷之吏，赋敛亡度，竭民财力，百姓散亡，不得从耕织之业，群盗并起。是以刑者甚众，死者相望，而奸不息，俗化使然也。故孔子曰“导之以政，齐之以刑，民免而无耻”，此之谓也。②

这里强调治国应以仁政教化与刑政措施相结合，评论周秦制度得失，而以《论语》中孔子“导之以政，齐之以刑，民免而无耻”一语作结，显然发挥了儒家的政治主张。

经学对汉代政论文的影响实际上并不始于此时，早在汉初贾谊所作的系列政论文中，已经有所表现。如其政论文的代表作《过秦论》，在长篇大论之后得出秦亡的原因是“仁义不施，而攻守之势异也”，“仁义”正是儒家思想的核心，显然贾谊在反观秦亡的这一段历史时，运用了儒家的批评标准。除

---

① ［汉］班固：《汉书·董仲舒传》，北京：中华书局，1962年，第2502~2503页。
② ［汉］班固：《汉书·董仲舒传》，北京：中华书局，1962年，第2510~2511页。

此之外，贾谊政论文中还大量援引“五经”。如《君道》篇：

> 《诗》曰：“济济多士，文王以宁。”言辅翼贤正，则身必已安也。又曰：“弗识弗知，顺帝之则。”言士民说其德义，则效而象之也。文王志之所在，意之所欲，百姓不爱其死，不惮其劳，从之如集。《诗》曰：“经始灵台。”“庶民攻之，不日成之。经始勿亟，庶民子来。”文王有志为台，令近规之。民闻之者麐裹而至，问业而作之，日日以众。故弗趋而疾，弗期而成。命其台曰灵台，命其囿曰灵囿，谓其沼曰灵沼，爱敬之至也。《诗》曰：“王在灵囿，麀鹿攸伏，麀鹿濯濯，白鸟皓皓。王在灵沼，於仞鱼跃。”文王之泽，下被禽兽，洽于鱼鳖，咸若攸乐，而况士民乎？
>
> 《诗》曰：“恺悌君子，民之父母。”言圣王之德也。《易》曰：“鸣鹤在阴，其子和之。”言士民之报也。《书》曰：“大道亶亶，其去身不远，人皆有之，舜独以之。”去射而不中者，不求之鹄，而反修之于己。君国子民者，反求之已，而君道备矣。①

《君道》引《诗》《易》《书》，宣传的其实是儒家理想的君道模式。类似的情况在贾谊政论文中还有很多，这表明，儒家思想、儒家典籍很早就对汉代的政论文产生了影响。在独尊儒术之后，这种影响势必会加强。如公孙弘《元光五年举贤良对策》：

> 臣闻之，仁者爱也，义者宜也，礼者所履也，智者术之原也。致利除害，兼爱无私，谓之仁；明是非，立可否，谓之义；进退有度，尊卑有分，谓之礼；擅杀生之柄，通〔壅〕塞之涂，权轻重之数，论得失之道，使远近情伪必见于上，谓之术：凡此四者，治之本，道之用也，皆当设施，不可废也。得其要，则天下安乐，法设而不用；不得其术，则

---

① ［汉］贾谊撰，阎振益、钟夏校注：《新书校注》，北京：中华书局，2000 年，第 287~288 页。

主蔽于上，官乱于下。此事之情，属统垂业之本也。①

公孙弘虽然没有直接引用《诗》《书》等儒家经典，但他将仁、义、礼、智与“术”结合，认为它们是“属统垂业之本”，显然也是经学在现实政治中的运用。公孙弘的对策得到了汉武帝的充分肯定，《汉书》载“时对者百余人，太常奏弘第居下。策奏，天子擢弘对为第一”②，这无疑更促进了经学在政论文中的影响。汉昭帝始元六年，“诏有司问郡国所举贤良文学民所疾苦。议罢盐铁榷酤”③，这就是历史上著名的盐铁会议。此次会议实际上是一次由官方组织的大规模的集体议政、论政活动。后来桓宽根据会议的原始档案资料，编纂了六十卷的《盐铁论》。据《盐铁论》所载，当时论政各方亦频繁征引“五经”以及《论语》《孟子》等儒家著作，从中也可看出经学在汉代政论文中影响之深远。

汉代宗经本是统治者的决策，汉代政论文多阐述经学要旨其实也受到统治者的诱导。如上引公孙弘对策，正是对汉武帝“仁义礼知四者之宜，当安设施”④ 一问的回答。实际上，汉武帝不止一次在诏令中涉及经学内容。如元朔元年十一月，武帝诏举孝廉，诏中有云“夫本仁祖义，褒德禄贤，劝善刑暴，五帝三王所繇昌也”⑤，这显然是儒家主张。其中又云“夫十室之邑，必有忠信；三人并行，厥有我师”⑥，这又是化用《论语》中的句子。元朔元年三月，诏曰：

朕闻天地不变，不成施化；阴阳不变，物不畅茂。《易》曰“通其变，使民不倦”。《诗》云“九变复贯，知言之选”。朕嘉唐虞而乐殷周，据旧以鉴新。其赦天下，与民更始。诸逋贷及辞讼在孝景后三年以前，

---

① ［汉］班固：《汉书·公孙弘卜式兒宽传》，北京：中华书局，1962 年，第 2616 页。
② ［汉］班固：《汉书·公孙弘卜式兒宽传》，北京：中华书局，1962 年，第 2617 页。
③ ［汉］班固：《汉书·昭帝纪》，北京：中华书局，1962 年，第 223 页。
④ ［汉］班固：《汉书·公孙弘卜式兒宽传》，北京：中华书局，1962 年，第 2614 页。
⑤ ［汉］班固：《汉书·武帝纪》，北京：中华书局，1962 年，第 166 页。
⑥ ［汉］班固：《汉书·武帝纪》，北京：中华书局，1962 年，第 166 页。

皆勿听治。①

这里更接连引用了《易》《诗》以作为实行大赦的根据。类似的例子还有不少，如元朔二年诏书益封卫青，引《诗》“薄伐猃允，至于太原”“出车彭彭，城彼朔方”②；元狩元年四月遣谒者巡行天下诏，引《诗》“忧心惨惨，念国之为虐”③；元狩六年三月诏封皇子制，其中引《礼》“支子不祭”④。不仅如此，一些诏令、策文在具体内容上还明显受到《尚书》的影响。元狩六年四月，武帝立皇子闳为齐王，旦为燕王，胥为广陵王，其策文显然继承《尚书》而来。如册立广陵王之诏：

维六年四月乙巳，皇帝使御史大夫汤庙立子胥为广陵王。曰：於戏，小子胥，受兹赤社！朕承祖考，维稽古建尔国家，封于南土，世为汉藩辅。古人有言曰：“大江之南，五湖之间，其人轻心。杨州保疆，三代要服，不及以政。”於戏！悉尔心，战战兢兢，乃惠乃顺，毋侗好轶，毋迩宵人，维法维则。《书》云“臣不作威，不作福，靡有后羞”。於戏，保国艾民，可不敬与！王其戒之。⑤

策文不仅直接引《尚书》，其体式、行文语气也颇具《尚书》的古典气质，显然是有意模仿《尚书》而作。

总之，汉代从政治角度作出的宗经决策，从上而下地影响着汉代文人在创作中引用“五经”原文，化用“五经”文句，发挥“五经”的宗旨，甚至是模拟“五经”的文风，由此不难看出汉代宗经对文体影响之深广。

汉代宗经，对文体的影响还体现在文体分类上。《汉书·艺文志》继承

① ［汉］班固：《汉书·武帝纪》，北京：中华书局，1962年，第169页。
② ［汉］班固：《汉书·卫青霍去病传》，北京：中华书局，1962年，第2473页。
③ ［汉］班固：《汉书·武帝纪》，北京：中华书局，1962年，第174页。
④ ［汉］司马迁：《史记·三王世家》，北京：中华书局，2014年，第2563页。
⑤ ［汉］司马迁：《史记·三王世家》，北京：中华书局，2014年，第2570页。

《七略》，将群书分为“辑略”“六艺略”“诸子略”“诗赋略”“兵书略”“术数略”“方技略”。其中“六艺略”又分为《易》、《书》、《诗》、《礼》、《乐》、《春秋》、《论语》、《孝经》、“小学”九种，相关典籍均附于这九种儒家经典之下。一些典籍的归类就体现了经学对汉代文体的影响。如《礼》类下，除了与《礼》经直接有关的著作，还包含《军礼司马法》《古封禅群祀》《封禅议对》等作品；《春秋》一类下，除了注解《春秋》的“三传”等，还包含了《国语》、《新国语》、《世本》、《战国策》、《楚汉春秋》、《太史公》（即《史记》）、冯商所续《太史公》、《太古以来年纪》、《汉著纪》、《汉大年纪》等作品；这些与《礼》以及《春秋》并无直接关联。《论语》类下所附《孔子家语》《孔子三朝》《孔子徒人图法》也和《论语》没有直接的关系。此外，《书》《礼》《春秋》《论语》等类下还附有《议奏》或《奏事》。如此分类，显然并不仅仅是从内容上来划分的，其中也有溯源的意味。如《国语》《世本》《战国策》《史记》等并非直接注解《春秋》的著作，但从文体上，它们继承了《春秋》以来的史传体，因此被附于《春秋》之下。这显然也将这些文体归宗于“五经”了，可以说为后来刘勰、颜之推等打下了基础。

宗经对汉代文体的影响，还体现在汉代的文体评论上，这在散体赋的评论上体现得尤为突出。《史记·司马相如列传》收录了司马相如所作的《天子游猎赋》，该篇“太史公曰”：

> 《春秋》推见至隐，《易》本隐之以显，《大雅》言王公大人而德逮黎庶，《小雅》讥小己之得失，其流及上。所以言虽外殊，其合德一也。相如虽多虚辞滥说，然其要归引之节俭，此与《诗》之风谏何异。杨雄以为靡丽之赋，劝百风一，犹驰骋郑卫之声，曲终而奏雅，不已亏乎？余采其语可论者著于篇。①

“虚辞滥说”“劝百风一”不仅是司马相如赋作的特点，而且是散体赋这种文

---

① ［汉］司马迁：《史记·司马相如列传》，北京：中华书局，2014年，第3722页。

体的整体特色，司马迁正是在经学体系中来观照和评价散体赋的这一特点。他将《春秋》《易》《诗》等经典进行比较，得出这些著作“言虽外殊，其合德一也”的结论，又在与《诗》的对比中，发现司马相如的赋作“虽多虚辞滥说，然其要归引之节俭”，和《诗》的讽谏精神并无出入。经过这样一番分析，司马相如的赋作与经学也就形成“言虽外殊，其合德一”的关系。显然，司马迁是以经学标准来评价散体赋的。

《汉书·王褒传》载：

上令褒与张子侨等并待诏，数从褒等放猎，所幸宫馆，辄为歌颂，第其高下，以差赐帛。议者多以为淫靡不急，上曰：“‘不有博弈者乎，为之犹贤乎已！’辞赋大者与古诗同义，小者辩丽可喜。辟（譬）如女工有绮縠，音乐有郑卫，今世俗犹皆以此虞说耳目，辞赋比之，尚有仁义风谕，鸟兽草木多闻之观，贤于倡优博弈远矣。”顷之，擢褒为谏大夫。①

这里提到宣帝与王褒等游猎，所作赋作与游猎、宫馆有关，应是与《天子游猎赋》《两都赋》等类似的散体大赋。宣帝认为“辞赋大者与古诗同义”，又云辞赋“尚有仁义风谕，鸟兽草木多闻之观”，所谓“仁义风谕”“鸟兽草木多闻之观”显然也是经学所倡导的，宣帝将“与古诗同义”视为“辞赋大者”，亦显现出经学标准的崇高地位。

以经论赋，这种观念还存在于赋作家身上，形成一种自觉意识。汉代著名赋家扬雄为其中代表。《汉书·扬雄传》载：

雄以为赋者，将以风也，必推类而言，极丽靡之辞，闳侈巨衍，竞于使人不能加也，既乃归之于正，然览者已过矣。往时武帝好神仙，相如上《大人赋》，欲以风，帝反缥缥有陵云之志。繇是言之，赋劝而不

① ［汉］班固：《汉书·王褒传》，北京：中华书局，1962年，第2829页。

止，明矣。又颇似俳优淳于髡、优孟之徒，非法度所存，贤人君子诗赋之正也，于是辍不复为。①

扬雄认为赋和《诗》一样，本是用来发挥讽谏作用的，但是其实际效果恰好相反，不仅不能起到讽谏作用，反而有可能诱导君主更趋于奢靡。因此，他认为赋“非法度所存，贤人君子诗赋之正也”，并“辍不复为”。由于与《诗》相悖，达不到讽谏效果，竟完全否定了赋，放弃了赋，不难看出扬雄受经学影响的深刻，而汉赋的发展无疑也受到宗经观念的巨大影响。至少，以辞赋闻名的扬雄“辍不复为”，对汉赋来说就是一大损失。

三、解经与汉代文体发展

经学昌明的一个重要表现是经典诠释，也即“解经”活动的发达。解经活动很早就产生了，《易》之“十翼”即为对《易》的诠释，《春秋》“三传”也是对《春秋》的解读（《左传》是否是对《春秋》的解读，历史上有争议，这里笼统而言之，暂不讨论）。汉代的解经活动促进了这些解经文体的发展，同时也促进了新的解经文体的产生，仅《汉书·艺文志》“六艺略”著录的解经著作就有章句、解故、说、义、传、记、故、训、微等多种名目。

“故”和“训”是常见的解经文体。“故”又作“诂”，常与“训”连言，称为“训诂”或者“诂训”。但“故”与“训”实际上又有所区别。《尔雅》并载《释故》与《释训》，可见二者不同。从《释故》来看，“故”主要是用同义词解释词义，如：

初、哉、首、基、肇、祖、元、胎、俶、落、权舆，始也。②

“训”则不同，《尔雅·释训》解释的词语大多是一种特定的词汇——联绵词，如：

① ［汉］班固：《汉书·扬雄传》，北京：中华书局，1962年，第3575页。

② ［清］王闿运：《尔雅集解》，长沙：岳麓书社，2010年，第1页。标点符号有校改。

明明、斤斤，察也。
条条、秩秩，智也。
穆穆、肃肃，敬也。
诸诸、便便，辩也。
肃肃、翼翼，恭也。[①]

有时所解释的还非词语，而是诗句，如：

如切如磋，道学也。
如琢如磨，自修也。
瑟兮僩兮，恂栗也。
赫兮烜兮，威仪也。
有斐君子，终不可谖兮。道盛德至善，民之不能忘兮。[②]

因此王闿运认为“训者义训，不诂字义，但传经意”[③]，与“故”显然不同。“故”“训”在汉代解经活动中经常运用，得到发展，以“故”命名的解经著作有《尚书大夏侯解故》《尚书小夏侯解故》《鲁诗故》《齐诗后氏故》《齐诗孙氏故》等，以“训”命名的解经著作则有卫宏所作《古文尚书训旨》等。

“传”也是一种重要的解经文体，汉代以前已有《春秋》“三传”，到了汉代，这种文体的作品更多。据《汉书·艺文志》，《书》类有《传》（即伏生《尚书大传》），《诗》类有《齐后氏传》《齐孙氏传》《韩内传》《韩外传》《毛诗故训传》，《礼》类有《周官传》，《春秋》类除了《左氏传》《公羊传》《穀梁传》，还有《邹氏传》《夹氏传》《虞氏微传》《公羊外传》《穀梁外传》。“传”和“诂”“训”又有不同。马瑞辰《毛诗传笺通释》曾将“传”

① ［清］王闿运：《尔雅集解》，长沙：岳麓书社，2010年，第122页。
② ［清］王闿运：《尔雅集解》，长沙：岳麓书社，2010年，第134页。
③ ［清］王闿运：《尔雅集解》，长沙：岳麓书社，2010年，第122页。

与“诂”“训”作过比较，认为“诂、训第就经文所言者而诠释之，传则并经文所未言者而引伸之”，“训、故不可以该传，而传可以统训、故”。① 核之以《春秋》“三传”，“传”对于经的阐释确实引申较多，马瑞辰的判断是有一定道理的。汉代注解经书的“传”也具有同样的特点。

以伏生《尚书大传》为例：

天子衣服，其文华虫、作缋、宗彝、藻火、山龙；诸侯，作缋、宗彝、藻火、山龙；子、男，宗彝、藻火、山龙；大夫，藻火、山龙；士，山龙。故《书》曰：“天命有德，五服五章哉！”②

又如：

武丁祭成汤，有飞雉升鼎耳而雊。武丁问诸祖己，祖己曰：“雉者，野鸟也，不当升鼎。今升鼎者，欲为用也。远方将有来朝者乎？”故武丁内反诸己，以思先王之道。三年，编发重译来朝者六国。③

或阐述经义，或补充故实，显然都非简单的训诂。这种特点也明显地存在于《韩诗外传》中，《韩诗外传》在体式上大多数都是先讲一个故事，然后再引相关《诗》句。如：

孔子南游适楚，至于阿谷之隧，有处子佩瑱而浣者。孔子曰：“彼妇人其可与言矣乎？”抽觞以授子贡，曰：“善为之辞，以观其语。”子贡曰：“吾北鄙之人也，将南之楚。逢天之暑，思心潭潭，愿乞一饮，以表我心。”妇人对曰：“阿谷之隧，隐曲之汜，其水载清载浊，流而趋海，欲饮则饮，何问于婢子！”受子贡觞，迎流而挹之，奂然而弃之，从流而

① ［清］马瑞辰：《毛诗传笺通释》，北京：中华书局，1989年，第4~5页。
② ［清］皮锡瑞：《尚书大传疏证》，北京：中华书局，2015年，第80页。
③ ［清］皮锡瑞：《尚书大传疏证》，北京：中华书局，2015年，第133页。

挹之，奂然而溢之，坐置之沙上。曰：“礼固不亲授。”子贡以告。孔子曰：“丘知之矣。”抽琴去其轸，以授子贡曰：“善为之辞，以观其语。”子贡曰：“向子之言，穆如清风，不悖我语，和畅我心。于此有琴而无轸，愿借子以调其音。”妇人对曰：“吾野鄙之人也，僻陋而无心，五音不知，安能调琴？”子贡以告。孔子曰：“丘知之矣。”抽絺纮五两以授子贡，曰：“善为之辞，以观其语。”子贡曰：“吾北鄙之人也，将南之楚。于此有絺纮五两，吾不敢以当子身，敢置之水浦。”妇人对曰：“行客之人，嗟然永久，分其资财，弃之野鄙。吾年甚少，何敢受子？子不早去，今窃有狂夫守之者矣。”《诗》曰：“南有乔木，不可休思，汉有游女，不可求思。”此之谓也。①

有时并不叙事，而是先发一段议论，然后再引《诗》以证之。如：

传曰：在天者莫明乎日月，在地者莫明于水火，在人者莫明乎礼义。故日月不高则所照不远，水火不积则光炎不博，礼义不加乎国家则功名不白。故人之命在天，国之命在礼。君人者降礼尊贤而王，重法爱民而霸，好利多诈而危，权谋倾覆而亡。《诗》曰：“人而无礼，胡不遄死。”②

这与《尚书大传》在体例上显然是一贯的，这是“传”体解经的特色。

除了诂、训、传，汉代解经活动还促进了说、义、记、章句等多种文体的产生或发展。“说”体著作，《诗》有《鲁说》《韩说》，《礼》有《中庸说》《明堂阴阳说》。“义”体著作，《尚书》有《欧阳说义》。“记”体著作，《尚书》有刘向《五行传记》、许商《五行传记》，《诗经》有《齐杂记》，《礼》有《记》百三十一篇，《乐》有《乐记》《王禹记》，《春秋》有《公羊杂记》《公羊颜氏记》。“章句”体著作，《尚书》有《欧阳章句》《大夏侯章

① 许维遹：《韩诗外传集释》，北京：中华书局，1980年，第2~5页。
② 许维遹：《韩诗外传集释》，北京：中华书局，1980年，第6~7页。

句》《小夏侯章句》，《春秋》有《公羊章句》《穀梁章句》。这些著作除少数留存，大多已经亡佚，很难窥探其具体情形。但我们从现存的一些著作，不难看出它们之间各有特点，存在区别。例如“章句”体，虽然《汉书·艺文志》所列的这些著作都已经亡佚了，但东汉赵岐所撰《孟子章句》流传下来，从中可以认识到这种解经文体的特点。

赵岐《孟子章句》中有《孟子题辞》一篇，其中说到“儒家惟有《孟子》，闳远微妙，缊奥难见，宜在条理之科。于是乃述已所闻，证以经传，为之章句，具载本文，章别其恉，分为上下，凡十四卷”。焦循《孟子正义》对此有所解释：“赵氏于孟子，既分其章，又依句敷衍而发明之，所谓‘章句’也。章有其恉，则总括于每章之末，是为‘章恉’也。”① 也就是说，赵岐首先将《孟子》分成若干章，然后逐句阐释其中意旨，而每章之末又概括每章的章旨。如《梁惠王章句上》的第一章“孟子见梁惠王”：

> 孟子见梁惠王（注：孟子适粱，魏惠王礼请孟子见之。）王曰：“叟不远千里而来，亦将有以利吾国乎？”（注：曰，辞也。叟，长老之称也。犹父也。孟子去齐，老而之魏，故王尊礼之曰父。不远千里之路而来至此，亦将有可以为寡人兴利除害乎。）孟子对曰：“王何必曰利，亦有仁义而已矣。（注：孟子知王欲以富国强兵为利，故曰王何必以利为名乎，亦惟有仁义之道者，可以为名。以利为名，则有不利之患矣。因为王陈之。）王曰‘何以利吾国’，大夫曰‘何以利吾家’，士庶人曰‘何以利吾身’，上下交征利，而国危矣！（注：征，取也。从王至庶人，故云上下交争。各欲利其身，必至于篡弑，则国危亡矣。《论语》曰：‘放于利而行，多怨。’故不欲使王以利为名也。又言交为俱也。）……”
>
> 章指言：治国之道明，当以仁义为名，然后上下和亲，君臣集穆。天经地义，不易之道，故以建篇立始也。②

① ［清］焦循：《孟子正义》，北京：中华书局，1987年，第25~26、27页。
② ［清］焦循：《孟子正义》，北京：中华书局，1987年，第35~43页。

《孟子章句》在每一句下有所阐释，其中虽也涉及个别字词的解释，但主要内容是阐发意旨，而在一章的末尾还对一章章旨进行集中说解。这与诂、训、传等又存在明显的区别。

汉代解经活动对文体的影响，还明显地体现在“序”上。前文提到《周易》之《序卦》引发了两汉史传文学中“序”这种文体的发生。《史记》《汉书》之序虽然受《序卦》影响，但已脱离解经活动，独立存在，而在汉代的解经活动中，“序”这种文体也依然活跃，其典型代表即《毛诗序》①。

《诗经》到了汉代，发展出鲁、齐、韩、毛四家学派，鲁、齐、韩三家为今文经学，但这三家都已亡佚，流传至今的是属于古文经学的《毛诗》。《毛诗》在每首诗题下有简短的序言，被称为“小序”；在第一首诗《关雎》下还有一篇篇幅较长、总论《诗经》的序，被称为“大序”。“大序”和“小序”都是解经的产物。如《国风·葛覃》的小序：

> 《葛覃》，后妃之本也。后妃在父母家，则志在于女功之事，躬俭节用，服浣濯之衣，尊敬师傅，则可以归安父母，化天下以妇道也。②

小序认为《葛覃》表现的是“后妃之本”，并作了阐释。大序则对《诗经》的内容作了更多的论述，如“诗者，志之所之也，在心为志，发言为诗”③，阐发的是对《诗》本质的认识；“先王以是经夫妇，成孝敬，厚人伦，美教化，移风俗”④，交代了《诗》的重要社会作用；“诗有六义焉：一曰风，二曰赋，三曰比，四曰兴，五曰雅，六曰颂”⑤，介绍了“诗六义”，其后还对“六义”作了具体的阐释；此外，大序还提出了“发乎情，止乎礼义”的文

---

① 关于《毛诗序》的作者，历史上有多种说法，或认为孔子作，或认为子夏作，或认为卫宏作。《隋书·经籍志》认为“序，子夏所创，毛公及敬仲又加润益”，此说或得其实，《毛诗序》的创作应该是一个较长的历史过程，其最终成型应在汉代。

② 李学勤主编：《十三经注疏·毛诗正义》，北京：北京大学出版社，1999年，第30页。

③ 李学勤主编：《十三经注疏·毛诗正义》，北京：北京大学出版社，1999年，第6页。

④ 李学勤主编：《十三经注疏·毛诗正义》，北京：北京大学出版社，1999年，第10页。

⑤ 李学勤主编：《十三经注疏·毛诗正义》，北京：北京大学出版社，1999年，第11页。

艺标准和原则，对后世影响深远。

汉代解经活动对文体的影响，除了体现在促进先秦已有解经文体发展以及产生新的解经文体外，还体现在另一方面，即产生于解经活动的各文体，也扩展到其他作品的诠释活动中。

如东汉王逸作《楚辞章句》，每篇作品篇题之下有一段解释作者及创作背景、作品主旨的文字，《离骚》之末还有一段“叙”，总论《离骚》等楚辞作品，体制颇与《毛诗》之大小序相似。王逸如此处理，应是有意模仿《毛诗序》，因为在王逸看来，《楚辞》与“五经”是相通的。《离骚》后叙云：

> 夫《离骚》之文，依托“五经”以立义焉：“帝高阳之苗裔”，则“厥初生民，时惟姜嫄”也；“纫秋兰以为佩”，则“将翱将翔，佩玉琼琚”也；“夕揽洲之宿莽”，则《易》“潜龙勿用”也；“驷玉虬而乘鹥”，则“时乘六龙以御天也”；“就重华而陈词”，则《尚书》咎繇之谋谟也；“登昆仑而涉流沙”，则《禹贡》之敷土也。故智弥盛者其言博，才益多者其识远。屈原之词，诚博远矣。自终没以来，名儒博达之士，著造词赋，莫不拟则其仪表，祖式其模范，取其要妙，窃其华藻，所谓金相玉质，百世无匹，名垂罔极，永不刊灭者矣。①

显然，王逸将《楚辞》比附于“五经”，而他为《楚辞》诸篇作品所作的序，也就类似于《毛诗序》了。

《楚辞章句》不仅在“序”这种文体上模拟解经之作，而且“章句”这种体式本身也是从解经活动中来。

这种现象不仅存在于《楚辞章句》中，实际上，两汉之际，在解经活动的影响下，对非经学典籍的注解活动也渐次展开，而源于解经的各种文体亦普及运用到非经学典籍的注解之中。如“训”体产生了《吕氏春秋训解》，“章句”体产生了《老子道德经河上公章句》《国语章句》《楚辞章句》，

① ［宋］洪兴祖：《楚辞补注》，北京：中华书局，1983年，第49页。

“解”体产生了《庄子后解》，“注”体产生了《列女传注》《战国策注》《淮南子注》，“义”体产生了《汉书许义》。

汉代解经活动下形成的解经文体及其在其他典籍注解活动中的情况，可以列表如下：

文体	经学典籍代表	非经学典籍举例
传	《尚书大传》	
故	《鲁诗故》	
说	《韩诗说》	
训	《古文尚书训》	《吕氏春秋训解》
章句	《尚书欧阳章句》	《老子道德经河上公章句》《国语章句》《楚辞章句》
解	《论语孔氏训解》	《庄子后解》
记	《春秋公羊颜氏记》	
注	《周易郑司农注》	《列女传注》《战国策注》《淮南子注》
义	《周易贾氏义》	《汉书许义》
笺	《毛诗郑笺》	
谱	《诗谱》	
述	《周易陆氏述》	

综合上表可以看出，解经对汉代文体的影响主要表现在两个方面：其一，解经活动下，出于注解经学典籍的需要，产生了诸如诂、训、传、章句等多种解经文体；其二，在解经活动的影响下，非经学典籍的诠释工作也得以展开，解经文体又挪移到非经学著作的阐释之中。

不能不提的是，解经活动对汉代文体还有一大影响，即促进了谶纬的大量出现。所谓“谶”，是一种得到应验的预言。谶并非到汉代才产生，先秦时期已有谶，如《左传·庄公二十二年》：

初，懿氏卜妻敬仲。其妻占之，曰：“吉。是谓‘凤皇于飞，和鸣锵锵。有妫之后，将育于姜。五世其昌，并于正卿。八世之后，莫之与京’。”

> 陈厉公，蔡出也，故蔡人杀五父而立之。生敬仲。其少也，周史有以《周易》见陈侯者，陈侯使筮之，遇《观》䷓之《否》䷋，曰："是谓'观国之光，利用宾于王'。此其代陈有国乎？不在此，其在异国；非此其身，在其子孙。光，远而自他有耀者也。《坤》，土也；《巽》，风也；《乾》，天也。风为天于土上，山也。有山之材，而照之以天光，于是乎居土上，故曰'观国之光，利用宾于王'。庭实旅百，奉之以玉帛，天地之美具焉，故曰'利用宾于王'。犹有观焉，故曰其在后乎！风行而著于土，故曰其在异国乎！若在异国，必姜姓也。姜，大岳之后也。山岳则配天。物莫能两大。陈衰，此其昌乎！"①

这里两则占、筮预言其后皆应验，实际上就是谶语。但此时，谶还没有用来解经。

"纬"相对于"经"而言，也是对经书的注解，但与其他解经文体不同的是，它大量地以阴阳五行、天人感应思想来附会经学，从而形成了别具一格的特色。纬书中常常包含谶语，汉人常常谶纬并称，有时甚至混称无别。与其他解经文体不同，谶纬有自己鲜明的特色，且有相当大的体量。汉代纬书遍及《易》《书》《诗》《礼》《乐》《春秋》《孝经》等儒家经典，使其成为不可忽视的一个部分。汉代谶纬依附于经学，同样是解经活动下兴盛起来的一种文体，也是解经活动影响于汉代文体发展的一大表现。

四、汉代文体发展对经学的影响

汉代文体的发展无疑也对经学产生了重要影响。首先，解经文体的发达，为经典诠释提供了多样化的途径与立体化的结构，促进经学向精细化和纵深化发展。以《毛诗》为例，毛亨、毛苌所传的《毛诗诂训传》（简称《毛诗传》）训解《诗经》，已同时容纳"诂训""传"两种文体，此外还包含小序、

① 杨伯峻编著：《春秋左传注》，北京：中华书局，1981年，第221~224页。

大序，这些解经文体各自有别，亦各有功能。前文已经指出，小序是揭示每篇诗的主旨，大序则对《诗经》作了整体性的阐释。诂训、传则发挥了另外的功能。如《卷耳》“寘彼周行”，《传》：“寘，置。行，列也。思君子官贤人，置周之列位。”① “寘，置。行，列也。”训解文字，此是诂训的内容。“思君子官贤人，置周之列位”并非从诗句上所能直接看出的内容，显然是注解者的引申，正是传的内容。诂训与传相结合，一方面将字词含义解释清楚，另一方面又阐发了诗句的深层涵义，实现对《诗经》的深度解读和阐释。

到了东汉，郑玄又为《毛诗诂训传》作笺，又作了进一步的阐发。如《关雎》“关关雎鸠”，《传》：“关关，和声也。雎鸠，王雎也，鸟挚而有别。”《笺》：“挚之言至也。谓王雎之鸟，雌雄情意至，然而有别。”② “寤寐思服”，《传》：“服，思之也。”《笺》：“服，事也。觉寐则思己职事，当谁与共之乎。”③ 郑《笺》显然在毛《传》的基础上更进一步，将《传》也作为训解对象，如“关关雎鸠”条，《笺》文就对《传》中的“挚”字作了训解；“寤寐思服”条，《笺》对“服”字提出了《传》之外的一种解读，并作了进一步阐释。显然，《笺》在《传》的基础上又有了进一步的深化。

至此，汉代《毛诗》的注解已包含了大序、小序、训诂、传、笺等多种文体，各种文体相互结合，使得对《诗经》的阐释小到一个词语、大到《诗经》主旨都包含其中，可以说是巨细无遗。显然，各种文体为经学的深入发展创造了条件。

其次，即使非解经文体也会起到发挥、促进甚至是践行经学主张的作用。如前文指出，《史记》开创的纪传体在结构安排上就践行了《春秋》公羊学“大一统”的思想主张。汉代散文的另一大代表散体赋也充分吸收并发扬了经学思想。两汉之际，谶纬大量兴起，除了大量纬书，谶纬在汉赋中也得到广泛运用和宣传。如扬雄《羽猎赋》：

---

① ［清］马瑞辰：《毛诗传笺通释》，北京：中华书局，1989 年，第 42 页。
② ［清］马瑞辰：《毛诗传笺通释》，北京：中华书局，1989 年，第 29~30 页。
③ ［清］马瑞辰：《毛诗传笺通释》，北京：中华书局，1989 年，第 33 页。

故甘露零其庭，醴泉流其唐，凤皇巢其树，黄龙游其沼，麒麟臻其囿，神爵栖其林。①

《长杨赋》：

于是上帝眷顾高祖，高祖奉命，顺斗极，运天关，横巨海，漂昆仑，提剑而叱之，所过麾城搟邑，下将降旗。一日之战，不可殚记。②

杜笃《论都赋》：

天命有圣，托之大汉。大汉开基，高祖有勋，斩白蛇，屯黑云，聚五星于东井，提干将而呵暴秦。蹈沧海，跨昆仑，奋彗光，埽项军，遂济人难，荡涤于泗沂。③

班固《西都赋》：

汉之西都，在于雍州，寔曰长安。左据函谷二崤之阻，表以太华、终南之山，右界褒斜、陇首之险，带以洪河泾渭之川。华实之毛，则九州之上腴焉；防御之阻，则天地之隩区焉。是故横被六合，三成帝畿。周以龙兴，秦以虎视，及至大汉受命而都之也。仰悟东井之精，俯协河图之灵，奉春建策，留侯演成。天人合应，以发皇明，乃眷西顾，寔惟作京。④

赋作中，都充满了祥瑞、天命等谶纬思想。类似的现象在汉赋中并不寡见，

---

① 赵逵夫主编：《历代赋评注》（汉代卷），成都：巴蜀书社，2010年，第264~265页。
② 赵逵夫主编：《历代赋评注》（汉代卷），成都：巴蜀书社，2010年，第292页。
③ 赵逵夫主编：《历代赋评注》（汉代卷），成都：巴蜀书社，2010年，第412~413页。
④ 赵逵夫主编：《历代赋评注》（汉代卷），成都：巴蜀书社，2010年，第489~490页。

这一方面说明谶纬思想在汉代影响深远，另一方面，这些作家未尝不是有意在赋作中宣扬谶纬，发挥谶纬思想。尤其明显的是，其中大量宣扬刘汉接受天命的内容，显然是在宣扬谶纬，为刘汉统治服务。

结语：汉代是经学昌明的时代，同时也是文体发展完备的历史阶段，经学和文体相互影响，相互辉映。所谓“孝武之后，雅尚斯文，扬葩振藻者如林，而二马、王、杨为之杰；东京之朝，兹道愈扇，咀徵含商者成市，而班、傅、张、蔡为之雄。……原夫文章之作，本乎情性。覃思则变化无方，形言则条流遂广。虽诗赋与奏议异轸，铭诔与书论殊涂，而撮其指要，举其大抵，莫若以气为主，以文传意。考其殿最，定其区域，摭‘六经’百氏之英华，探屈、宋、卿、云之秘奥。其调也尚远，其旨也在深，其理也贵当，其辞也欲巧”①。经学对汉代散文的影响主要体现在三个方面：首先，“五经”本身含有多种文体的萌芽，是多种文体的源头，为汉代文体兴盛提供了基础和源泉。其次，汉代罢黜百家，独尊儒术，经学的崇高地位带来了宗经的社会风尚，这使得各种文体纷纷向经学看齐，引经、用经，甚至按照经学思想来安排结构，成为一种风尚。再次，汉代的经学诠释活动兴盛起来，在解经的过程中，源于先秦的解经文体得以进一步发展，同时，新的解经文体又得以形成。此外，经学的诠释活动也影响到对非经学著作的阐释，而解经活动中形成的多种文体，又被普遍用来诠释非经学著作，从而促进了这些问题的普及和发展。与此同时，汉代各种文体的发展同样影响了汉代经学。首先，多种解经文体的发展，为经学阐释提供了更多的“工具”，而各种解经文体的综合运用，更促进了经学的精细化。其次，在宗经的大背景下，一些非解经文体也会起到发挥、促进甚至是践行经学主张的作用，从而扩大经学的社会影响。

① ［唐］令狐德棻：《周书》，北京：中华书局，1971 年，第 743~745 页。

第三章
今文经学与汉代散文

两汉时期，经学由春秋战国时期研究儒家经典的学问逐渐演变成国家的官方意识形态，而文化与政治的捆绑使得经学在意识形态领域的主体地位日渐突出，并随之对汉代作家群体的构成、士人心态及其文学创作都发挥了巨大的干预作用。散文作为两汉时期与政治、思想、学术联系得最为紧密的文学形式之一，受到经学影响是相当直接与明晰的。从大的历史时段上看，从西汉到东汉，散文创作的主体风格呈现出由疏荡雄奇逐渐趋向醇厚典雅的发展态势，而在西汉内部，又存在着武帝时期之前与之后散文风格的较大差异。

一、今文经学的兴起与重要特征

经学在产生之初并无“今文”“古文”之分，时至西汉，因书写文字的不同以及后来学者们不同的研究方式，为了方便标识讨论，被区分出“今文”与“古文”两个概念。“今文经”是经秦代焚书之后，由西汉学者口头传授、记录的儒经，以西汉通行的文字隶书书写，故称“今文经”。武帝以后，民间及孔子故宅旧壁中发现了用先秦文字籀书撰写的儒经，故称“古文经”。具体来说，今文经学可以说是“原始经学”① 吸纳阴阳五行说的结果，它继承、调整和扩充了原始儒家的思想基础和理论模式，适应了汉代重建天道信仰的需要，因而受到统治者的重视与利用。汉武帝所立五经博士均为今文经，亦

① 此借用徐复观语：“我把未大量掺入阴阳五行思想的经学，方便称为‘原始经学’。”见徐复观：《两汉思想史》第二卷，上海：华东师范大学出版社，2001 年，第 52 页。

即所谓“今文十四博士”之学。自此，今文经学登上了官方意识形态的宝座，并得到迅速发展，对两汉之际的学术发展产生了深广的影响。

今文经学与秦汉之际重建天道信仰、王权信仰的需要有着重要的联系，其理论特征可以说是经学与阴阳家学说的结合，或者说是经学的阴阳五行化。关于这一见解，东汉的班固在《汉书》中曾有提及，《五行志》云：“汉兴，承秦灭学之后，景、武之世，董仲舒治《公羊春秋》，始推阴阳，为儒者宗。”① 虽说班固“始推阴阳”之说未免略显不妥②，但其言董仲舒糅合《春秋》学与阴阳五行说，“以《春秋》灾异之变推阴阳所以错行”③，构建公羊《春秋》学思想体系，为儒家经生们所推重、效法，则完全是符合实际的。董仲舒之后，汉代经学加速了阴阳五行化，今文经学家增强了对“五经”的阐释与运用，致使经学与阴阳五行说有了更加紧密的联系。

如果说是伏生开启了依据五行变异来论灾异的先例，那么董仲舒就是在秦汉之际今文经学的基础上更自觉也更系统地将经学与阴阳家学说相融合，把阴阳五行提高到天道神学的体系上来，进而受到最高统治者的赏识与儒生们的追随。因此，董仲舒的这种理论从某种意义上讲，是周代天命—王权信仰在新的历史时期的复现。周代“天”的含义主要有三：一是人格神，或称主宰之天；二是自然之天；三是义理之天，或称道德之天。随着春秋战国时代生产力的发展与自然科学的进步，周代以降，天的“人格神”含义在一定程度上已经被否定了，而“自然之天”与“义理之天”的意义仍旧交织在一起。因为阴阳五行说既有自然方面的意义，又有义理方面的意义，于是今文经学家便巧妙地用当时普遍为世人接受的阴阳五行理论对“天”的含义进行重构，指出“五行”相生相克乃自然现象，所谓的“君权神授”不是迷信，是要讲求“天人感应”的，天是大宇宙，人是小宇宙，天人同构，人副天数，

---

① ［汉］班固：《汉书·五行志上》，北京：中华书局，1962 年，第 1317 页。

② 按：因为经学与阴阳五行说的自觉结合实自秦汉之际的伏生就已经开始了，伏生是汉初今文《尚书》的开创者，比董仲舒年长七八十岁，从事经学活动也要比董仲舒早几十年。

③ ［汉］班固：《汉书·董仲舒传》，北京：中华书局，1962 年，第 2524 页。

天之阴阳五行与人之阴阳五行相通相感，这是“科学”的感应论。这种理论具有某种自然主义性质，以我们现在的眼光看来，其实质就是给阴阳五行之说披上了一件看似“科学”的外衣，但这对当时的人来说无疑是极具说服力的。这样一来，今文经学家们得以顺利地将天道与人道联系起来，从而更好地为重建天道信仰与王权信仰服务。

在经学阴阳五行化过程中，今文经学逐渐具有一些重要的文化意义。比如，在重建天道—王权信仰的同时，使得原始儒学的一些重要内容落实到实践层面，如董仲舒以阴阳五行说为体，以原始儒家思想为用，来论证礼乐仁义的来源和合理性及必要性，进而为维护王权和宗法伦理制度发挥了积极作用。又如，伏生的五行感应说、董仲舒的灾异谴告说都对封建统治者有警示与制约作用，皮锡瑞《经学历史》就此议论："汉儒借此以匡正其主。其时人主方崇经术，重儒臣，故遇日食地震，必下诏罪己，或责免三公。"① 可见，儒生依经言灾，使得最高统治者多有惧辞，进而敦促他们勤于自省，采取一些救灾济民的有效措施。再如，五德始终说、三统说、齐《诗》五际说等，都包含着社会变革与革命的思想内涵。以五德始终说为例，统治者的行为必须符合德行的要求，不然便会被其他有德者所取代；董仲舒试图用五行相克的关系来阐释儒家的政治伦理，并将革命的正当性奉为神圣，谓民属木，君属土，民之革命犹以木克土（《春秋繁露·五行相胜》）；齐《诗》五际说更是把诗与阴阳五行、历法之间的匹配关系作为政治兴衰的“天学”依据，客观上肯定了“革命”是不以人的意志为转移的，是社会兴衰变化中的一种必然现象。

二、今文经学影响下的汉代作家群体

从汉代经学的发展脉络来看，西汉建立之初，刚刚历经战火的社会满目疮痍，民生凋敝，值此境况之下，汉初统治者选择遵循休养生息、因循自然的治国方略，因而黄老之学当道，儒学以一种较为边缘与隐秘的姿态自发地

① ［清］皮锡瑞：《经学历史》，北京：中华书局，1959 年，第 106 页。

向前发展。武帝时期国力渐盛，思想文化方面需要适应“大一统”需求的儒家思想站出来发挥作用，经学因此被统治者立为正统，武帝大张旗鼓招揽经生儒士并辅以政治手段，使经学得以迅速崛起为社会主流思想意识形态，并主要表现为今文经学的大行其道。然而武帝时代并非经学的鼎盛时期，经学真正的极盛时代是西汉后期：

> 经学自汉元、成至后汉，为极盛时代。其所以极盛者，汉初不任儒者，武帝始以公孙弘为丞相，封侯，天下学士靡然乡风。元帝尤好儒生，韦、匡、贡、薛，并致辅相。自后公卿之位，未有不从经术进者。①

皮锡瑞这段话不仅点明了西汉后期经学的极盛状态，更清晰地勾勒了汉代经学的兴起过程，儒家经典的研习之术从一开始的政治手段逐渐演变成人们的自觉追随乃至虔诚信仰，真正实现了学者士人的刻骨铭心。除了哀帝时期在刘歆的倡导下古文经学的暂时抬头，西汉绝大多数时间都是以今文经的流行为主；而到了王莽建立新朝，出于改制目的而极力推崇古文经，使古文经在新朝得以盛极一时；东汉以降，古文经又得到了更大程度的发展，尤其是东汉后期，出现了诸如马融、许慎、郑玄等几位治学严谨的古文经学大师，他们深究经义，兼采今文经学之长，使古文经学在学术上得以占据绝对优势。

欲明今文经学对汉代散文创作产生之影响，我们须先对联系此二者的媒介做一番考察。今文经学的兴盛离不开统治者的鼓励与政治手段的加持，反过来，今文经学开始在汉代尤其是西汉普遍流行开来之后，无疑在当时的政治、经济、文化各个领域也都发挥了重要作用。然而这种作用的发挥不会一蹴而就、一触即发，一种文化现象对整个社会的辐射必须要经过“人”这一媒介方能扩散开去，具体到文化、文学领域，我们可以发现，汉代士人或者说作家群体的心态，包括思维模式与行为模式，都较前代发生了明显的变化，这些变化产生的影响可从以下几个主要方面得以窥见。

---

① ［清］皮锡瑞：《经学历史》，北京：中华书局，1959 年，第 101 页。

第一，作家队伍的构成发生变化。西汉初期，“百家争鸣”的余韵还未完全散去，较之于其后儒家一家独大的局面，这个时期的思想界与学术界尚处于士人身份复杂且思维活跃的状态之中，也就是有所谓的“纵横之气”。这些作家，“有的是朝廷大臣，如晁错，学兼申、商；有的是具有相对独立意义的士人，如贾谊，学术上主要取法儒家而又兼有道、法思想；还有的是基本脱离主流政权的游士，如邹阳、枚乘等，学术上既有儒、法，亦有纵横”①。到了西汉中后期，汉初丰富多样的士人身份被逐渐统一肃清为地道的经生儒士，他们研习经典，孜孜不倦，按照正统的儒家标准规范自己，所以此时的作家队伍已基本全部由经生构成，若想要举例西汉后期知名度较高且不具儒门经生身份的作家，恐怕就只有扬雄了。②

第二，相较以往，今文经学的发展过程受到过多政治性因素的干预，作家群体独立思考的能力渐受压抑。这不得不令人思考，汉人为什么把“五经”看得如此重要？其原因大概是较为复杂的，王洲明先生认为，其中至少有两点值得我们思考：一是“五经”中确实含有原始民主的因素，值得而且应该成为人们社会生活的准则；二是“五经”强调的等级观正是建立新的王朝所需要的。③ “五经”原本是先秦时代人们对生活的记录，受各方面条件的限制，官方记录较民间方便太多，于是其中自然包含了较多治国理念、政策制度方面的智慧结晶，相较诸子带有明显的官方意识。既然“五经”方便使用且内容合理，索性直接由官方确立为正统，于是“罢黜百家，独尊儒术”就成了汉王朝意识形态领域的指导方针。地位稳固了，经书文本的修订工作自然也不能落后，纵观汉代经文的校订过程，仅举较为大型的校书活动就有：西汉刘向的校勘，东汉班固参与过的白虎观会议整理，汉末蔡邕的订正文字、书丹刻石，等等。这种严肃而有组织的校书活动直接反映出汉人对经书的重

---

① 张斌荣：《西汉经学的兴盛与西汉的散文创作》，《西北师大学报》（社会科学版）2000 年第 5 期。

② “雄少而好学，不为章句，训诂通而已，博览无所不见。”见［汉］班固：《汉书·扬雄传》，北京：中华书局，1962 年，第 3514 页。

③ 王洲明：《汉代散文风格与汉代经学的关系》，《泰安师专学报》1999 年第 5 期。

视程度，甚至可以上升到信仰的地步。今文经学家强调经书是“天道”的载体，其中的规定是不可变更的，久而久之，思维的创造性必然受到压抑，甚至导致士人思想僵化、精神气质萎靡、逐渐丧失自我独立意识的不良后果。

第三，从今文经学的内容来看，主要是董仲舒倡导的讲述“阴阳灾异”的《春秋》公羊学，而治《春秋》又要讲求“微言大义”的阐发，这就使得经学走上了一条神秘且繁琐的道路，作家群体也与原始的儒学渐行渐远。历史总是有相似之处，同先秦士人一样，汉初的学人也企图通过参与政治、迎合最高统治者来获取进身之路。然而与先前不同的是，受“大一统”号召的影响，汉代士人没能像前人一般充分发挥人类思维的无限性与创造性，相反，他们对经书字斟句酌、锱铢必较，甚至过度解读，加之每个人对“微言大义”的理解不甚相同，实际操作起来又陷入了过于繁琐的狭小格局，因而这种看似一丝不苟认真研经的行为实际上是在为死抠字眼的机械性重复作业寻找借口，正如班固在《汉书·艺文志》中的这段发人深省的议论：

> 古之学者耕且养，三年而通一艺，存其大体，玩经文而已，是故用日少而畜德多，三十而五经立也。后世经传既已乖离，博学者又不思多闻阙疑之义，而务碎义逃难，便辞巧说，破坏形体；说五字之文，至于二三万言。后进弥以驰逐，故幼童而守一艺，白首而后能言；安其所习，毁所不见，终以自蔽。此学者之大患也。①

班固对这种皓首穷经的研究方式给予了尖锐批评。学者们花费了大量时间精力，在品德方面却未增反减，这必然是背离了研经的初衷，而面对经学典籍日益“乖离”的现象，士人们不仅不积极探索新的出口，以求对时弊予以及时矫正，反而在琐碎的言辞桎梏中愈陷愈深，后人对这些问题更是采取视而不见的态度，使学术逐渐丧失了其应有的理性与价值。班固不仅看到了当时经学研究内部支离破碎的历史现象，也看到了受到这一现象影响的士人群体

---

① ［汉］班固：《汉书·艺文志》，北京：中华书局，1962年，第1723页。

思维模式方面发生的变异，并明确指出这种变异是极其危险的，而这也恰恰是汉代散文作品中之所以大量充斥着阴阳灾异等迷信内容的原因之一。

三、今文经学影响下的汉代散文

汉代散文，武帝前与武帝后，西汉与东汉的行文风格存在较大不同，造成这一现象的原因必然是纷繁复杂、多种多样的，但不可否认，经学所发挥的作用是较为显著的。武帝以前的散文受到战国遗风的影响，大都带有疏荡雄奇之势，贾谊《过秦论》、晁错《论贵粟疏》，包括司马迁《史记》《报任安书》等，都具备这一特点。武帝之后，文章风格开始逐渐向典雅醇厚的方向发展，到了东汉后期，又有骈俪化的趋向。

具体到今文经学影响下的散文创作，主要有以下几个特点。

第一，汉代散文大多说理性强，说理时注重依经立意，有较多的神学色彩。前文说到，汉人重视“五经”，尤其重视其道德教化的作用，贾谊《道德说》有言：

> 《书》者，著德之理于竹帛而陈之令人观焉，以著所从事……《诗》者，志德之理而明其指，令人缘之以自戒也……《易》者，察人之循德之理与弗循而占其吉凶……《春秋》者，守往事之合德之理与不合而纪其成败，以为来事师法……《礼》者，体德之理而为之节文，成人事。①

可见，“德”对社会的教化作用是汉代士人的理想追求，也是他们与统治者在实现沟通中所讨论的重要内容之一。“当在一定的程度上，这些说教还起作用的时候，汉代政治局面呈现出相对稳定的形势；当这种说教只变成了一厢情愿，王朝已到了不可收拾的时候，汉代士人的品格就发生裂变，他们的文章从内容到风格就都发生了变化。”② 作家群体的原始心态动摇，创作的内外部机制异化，文章内容与风格自然随之改变。

---

① 王洲明、徐超校注：《贾谊集校注》，北京：人民文学出版社，1996年，第328页。

② 王洲明：《汉代散文风格与汉代经学的关系》，《泰安师专学报》1999年第5期。

清代文学家刘熙载曾说："汉家制度，王霸杂用；汉家文章，周、秦并法。惟董仲舒一路无秦气。"① 汉家的政治不是纯正的儒家，即使在"罢黜百家，独尊儒术"之后，武帝也并未在政治实践中放弃前代已然证明行之有效的"王霸杂用"政策，所谓"独尊"的概念未能真正落实贯彻。刘熙载言董仲舒"无秦气"，是指董氏没有战国纵横家为文的恣意雄奇之势。以武帝元光元年《天人三策》的发表作为产生"秦文雄奇，汉文醇厚"转变的分水岭，董仲舒依经立意，把自己擅长的阴阳五行天灾异变之论附于其上。他文章中强调的，无非是劝为君者广施仁义，勤政爱民，心正而后朝廷、百官、万民方能渐趋于正，最终以达成天下归一、王道永存的目的。这些说法并不是董仲舒的创新，他却想方设法把"王道天命"与"阴阳灾异"紧密联系起来，使文章处处充斥着浓厚的神学意味。董仲舒之后，乐于掺杂阴阳灾异于经典阐释的作家不在少数，匡衡、刘向、贡禹、谷永等人均在此列，如匡衡的《上疏言政治得失》《上疏言治性正家》，刘向的《条灾异封事》《复上奏灾异》《日食对》等，这些文章大量援引经文，借灾异之事广发议论。元、成二帝之后，此类文风更是在当时占据主流地位，形成了某种言说格套的奏议文章失去了原本的说理优势，加之最高统治者昏聩无能、闭目塞听，使得这类文章难以发挥其应有的规劝作用。

第二，阴阳灾异理论的引入促使汉代散文逐渐端起架子，故作神秘地频频说教，文章风格从激烈恣肆变得平稳庄重。谈到汉代散文风格的转变，依旧无法绕开董仲舒，典雅醇厚的行文特征可以在《春秋繁露》一览无余，文章或援引经义，或坐而论道，或借古讽今，或侃侃而谈。后来沿着董仲舒开辟出的道路奋勇前进的士人作家们也同样因袭了这一庄重典丽、四平八稳的行文风格。前文提到匡衡的几篇上疏文章，其进言的目的是出于对西汉后期出现的社会问题的集中批评，但文章用词沉稳，不急不躁，不断援引经典，叙说先贤故事，试图用这种隐晦的规劝方式引起统治者的自省，进而推进社会改良，而诸如经济萎靡、民生凋敝、外戚专权等事关皇权稳定的严重问题

① ［清］刘熙载：《艺概》，上海：上海古籍出版社，1978年，第11页。

皆草草带过，这样的文章所产生的效果实在难以令人恭维。

当然，我们这里并不是仅凭文章风格来定论文章的高下优劣，疏荡雄奇也好，典雅醇厚也罢，都不过是外在表现形式，关键是要看文章的情感力度与深刻程度如何。遗憾的是，当我们反观由秦至汉散文风格的流变时，不得不承认，这种变化见证着士人精神的丧失、独立人格的丢弃。西汉中期以后，作家队伍已基本全部由经生儒士构成，他们在登上朝堂之前已经进行过大量的符合汉代政治需求的文章训练，因而在下笔行文之时受到思维惯性左右，形成“依经立意”的路径依赖，言事必先引经，所探讨的问题必须被放置在先圣先贤设定的框架下，一丝不苟地被纳入经学轨道中进行研究。虽然看上去文章结构严谨，言辞稳健，有理有据，但缺少了个人情感的张扬，甚至造成了士人独立意识的消弭。精神气质弱化了的文章，就如同浸泡过度的茶，形存而实亡，色淡而味寡，温和布道与悉心说教，导致文学力量的衰减。

第三，西汉中期以后的散文创作过程中，因袭摹拟与刻意仿古成为时尚。其实仔细想想，作家群体在上一环节中付出全部身心著文引经的行为自然容易引发接下来竞相拟经仿古的后果。刘勰《文心雕龙·诏策》有言：“武帝崇儒，选言弘奥。策封三王，文同训典。”① 可见，此时的文风已经呈现出“弘奥”的特征，而“文同训典”就是说册封一类的文书已经近似《尚书》典诰了，只是相比《尚书》略显浅显罢了。就连扬雄这样不能单以经学之士定其身份的渊博学者，早年也曾出于“润色鸿业”的需要，摹拟司马相如《子虚》《上林》而作《甘泉》《羽猎》，后又仿《论语》而作《法言》，依《周易》而作《太玄》。

刘歆《移让太常博士书》曾批评经生们“雷同相从，随声是非”②，这八个字道出了经学发展过程中的某种特点，揭示出汉代士人怀疑精神的失落。儒生经士在学习经典过程中深受前人威严的震慑，之后又将先圣言谈毕恭毕敬地搬来用于自己的文章，不敢妄自超出既定的条条框框。这种情形渗透到

① ［南朝梁］刘勰著，范文澜注：《文心雕龙注》，北京：人民文学出版社，1958 年，第 359 页。

② ［汉］班固：《汉书·楚元王传》，北京：中华书局，1962 年，第 1970 页。

文学领域，便形成了汉赋强调铺陈排比的特色，助长了散文因袭摹拟的风气，而论事必依典籍甚至难出“五经”的行为，实质上就是拟经仿古的一种表现。同时，放眼结构脉络、遣词造句、行文步骤等文章外在形式，也能明显看出它们大多依据相同程式套用而出，缺乏独立性与创造性，尤其是上疏、奏谏一类实用性较强的文章，均采用逐一排列阴阳灾异与历史事件而后转入正面论述的模式，形式上千篇一律与正面论述之前内容的冗长赘余令人产生繁复疲累之感，文章的可信度与说服力亦随之下降。

需要说明的是，摹拟作为文学创作手法的一种，并不是一个贬义的单一概念，所谓“信而好古”，人们要先“信”，随即产生“好”的情感倾向，而后才能生发出研究的动力，这是学术进步的必经之路。中国古代文学史上不乏长于模仿前人的作家和作品，“文学复古”的旗帜也曾不止一次地被人树起，并往往表现出积极、进步的历史意义，这很明显与汉代的因袭摹拟产生的效果不同。究其原因，大概在于这些进步的“复古”运动是在“复古”外衣下蕴含着试图创新的内在动力，他们力求“复古”是为了纠正时弊，让文学从死气沉沉的范式枷锁中挣脱出来，恢复到以往生机勃勃的状态，甚至借此机会实现更进一步的提升，这样的“复古”与摹拟才是有意义的。而汉代散文的摹拟与仿古不具备此类积极的创新意识，甚至可以说是陷入了繁重的经学桎梏，使得创新意识逐渐丧失，进而造成文章真情实感与感染力的缺席。

四、谶纬与两汉散文

所谓谶纬，是以天人感应为理论基础，以阴阳五行为诠释手段，以经学与神学合一为根本理念的一种特殊学术现象，是今文经学制约君权、预测并指导政治的某种极端化表现。作为今文经学的表现形式，谶纬同样对汉代作家及作品发生了一定的影响。

“谶”的含义是“验”，引申为能够灵验的预言预兆，通常指预言吉凶祸福的隐语、符、图、物等。用语言形式表达称为谶语、谶言、谶谣，或省称为谶；用符号、图画的形式来表达的叫图谶。附会《河图》《洛书》一类的书，叫谶书。从文献上看，关于《河图》《洛书》的神话传说很早就有了。

《论语·子罕》中有“凤鸟不至，河不出图，吾已矣夫”[①] 的话。《史记·孔子世家》中亦记“鲁哀公十四年春，狩大野。叔孙氏车子鉏商获兽，以为不祥。仲尼视之，曰：‘麟也。’取之。曰：‘河不出图，雒不出书，吾已矣夫！’”[②] 所谓《河图》《洛书》，实可视为一种“符瑞”，是古圣王新受命的象征，是“天意”的表露。谶书附会《河图》《洛书》，以言符命妖祥、王朝兴替等。

“纬书”是相对“经书”而言的。《说文》云：“纬，织衡丝也。”“衡丝”即横丝。段玉裁注：“引申为凡交会之称。汉人左右六经之书，谓之秘纬。”[③] 纬书一般托为孔子所作，常把经义的解释与阴阳五行、天人感应之论及各种方术迷信相掺和，以言吉凶祸福、治乱废兴。纬书中杂有相当多的谶语，如《易纬·是类谋》曰：“斗佮（太平）之世，卯金刀（劉）用治，谟修六史，宗术孔书。”[④]《春秋纬·演孔图》记录了一则孔子感黑帝而生的神话，接下来便是一连串的谶语：“孔胸文曰：制作定世符运。”[⑤] “得麟之后，天下血书鲁端门曰：趋作法，孔圣没。周姬亡，彗东出。秦政起，胡破术。书纪散，孔不绝。”[⑥] “孔子奉以告天，赤爵集书上，化为玉，刻曰：孔提命，作应法，为赤制。”[⑦] 纬书中多谶语，与其以天人感应言吉凶祸福的创作意图当有直接关系。

“谶纬”是“谶书”和“纬书”的合称或总称，《后汉书》或谓之“经谶”，如《后汉书·律历志》就有“章帝复发圣思，考之经谶……”[⑧] 的话。

---

① 杨伯峻译注：《论语译注》，北京：中华书局，1980 年，第 89 页。

② ［汉］司马迁：《史记·孔子世家》，北京：中华书局，2014 年，第 2350 页。

③ ［清］段玉裁：《说文解字注》，上海：上海古籍出版社，1988 年，第 644 页。

④ （日）安居香山、（日）中村璋八辑：《纬书集成》，石家庄：河北人民出版社，1994 年，第 284 页。

⑤ （日）安居香山、（日）中村璋八辑：《纬书集成》，石家庄：河北人民出版社，1994 年，第 576 页。

⑥ （日）安居香山、（日）中村璋八辑：《纬书集成》，石家庄：河北人民出版社，1994 年，第 578 页。

⑦ （日）安居香山、（日）中村璋八辑：《纬书集成》，石家庄：河北人民出版社，1994 年，第 578 页。

⑧ ［南朝宋］范晔：《后汉书》，北京：中华书局，1965 年，第 3027 页。

因为纬书中实杂有大量谶语，《河图》《洛书》类谶书在产生时间、主旨等方面又与纬书大体相同，所以习惯上也称“谶书”或“纬书”为“谶纬”。关于“谶书”与“纬书”连称为“谶纬”的原因及过程，《四库全书总目》卷六《易类》末附按语有一段概括性的话：“儒者多称谶纬，其实谶自谶，纬自纬，非一类也。谶者诡为隐语，预决吉凶……纬者经之支流，衍及旁义。……盖秦汉以来，去圣日远，儒者推阐论说，各自成书，与经原不相比附。如伏生《尚书大传》、董仲舒《春秋阴阳》，核其文体，即是纬书，特以显有主名，故不能托诸孔子。其他私相撰述，渐杂以术数之言，既不知作者为谁，因附会以神其说，迨弥传弥失，又益以妖妄之词，遂与谶合而为一。”① 《提要》以为纬书为“经之支流”，为秦汉以来儒者推阐经典至于“衍及旁义”之作，并逐渐“与谶合而为一”，殆合乎实际。《四库全书总目》不仅指出了经与纬的源流关系，更重要的是，它指出纬是对儒家经义的某种引申、演绎与诠释，只是这种诠释以阴阳灾变、符瑞谶说为其主干，也可以说，谶纬是天人感应观念泛化的结果。

西汉之时，谶纬对文学的影响还比较小。《汉书·翼奉传》载翼奉奏封事曰：“《诗》有五际。”扬雄的文章，有较明显的谶纬印记。《剧秦美新》中说：“逮至大新受命，上帝还资，后土顾怀。玄符灵契，黄瑞涌出。……于是乃奉若天命，穷宠极崇，与天剖神符，地合灵契，创亿兆，规万世，奇伟倜傥谲诡，天祭地事。其异物殊怪，存乎五威将帅，班乎天下者，四十有八章。”② 其间多有涉及谶纬之处。至东汉，学者文人通谶纬者甚多，谶纬对文章产生了更为显著的影响，兹将其荦荦大者略列如下，以备参考③：

1. 苏竟《与刘龚书》：“夫孔丘秘经，为汉赤制，玄包幽室，文隐事明。且火德承尧，虽昧必亮，承积世之祚，握无穷之符……皇天所以眷顾踟蹰，

① ［清］永瑢：《四库全书总目》，北京：中华书局，1965 年，第 47 页。

② ［汉］扬雄著，张震泽校注：《扬雄集校注》，上海：上海古籍出版社，1993 年，第 218~219 页。

③ 相关内容参阅了吴从祥：《谶纬与汉代文学》，北京：中国社会科学出版社，2015 年，324~331 页。

忧汉子孙者也。”①

2. 班彪的《王命论》大量引图谶，证明汉德承尧，受命于天。（见《汉书·叙传上》）

3. 桓谭上《抑谶重赏疏》反对谶纬，并“极言谶之非经”。②

4. 陈宠《奏请删除律令》引《春秋保乾图》曰：“王者三百年一蠲法。”③

5. 汉明帝《日食求言诏》：“日食之变，其灾尤大，《春秋》图谶所为至谴。”④ 依谶纬改大乐为大予乐，详见《后汉书·曹褒传》。

6. 杜笃《论都赋》：“（光武）推天时，顺斗极，排阊阖，入函谷。”⑤（《洛书》谓“圣人受命，必顺斗极”。）

7. 王充《论衡》一书大量引纬、化用纬书⑥，《是应》篇直接引用《尚书中候》“尧时景星见于轸”。

8. 班固《汉书》以“尧后火德”为主线，《两都赋》《幽通赋》多化用纬文。《洛都赋》谓“惟汉元之运会，世祖受命而弭乱，体神武之圣姿，握天人之契赞”⑦。

9. 汉章帝《议定礼乐诏》以及《改行四分历诏》等，大量引纬。（前者详见《后汉书·曹褒传》，后者详见《后汉书·律历志中》。）

10. 黄香《九宫赋》云：“握璇玑而布政，总四七而持纲。和日月之光曜，均节度以运行。”

11. 张衡《请禁绝图谶疏》引《春秋元命苞》《诗谶》《春秋谶》。（见《后汉书·张衡传》）

---

① ［南朝宋］范晔：《后汉书》，北京：中华书局，1965 年，第 1043 页。

② ［南朝宋］范晔：《后汉书》，北京：中华书局，1965 年，第 961 页。

③ ［南朝宋］范晔：《后汉书》，北京：中华书局，1965 年，第 1554 页。

④ ［南朝宋］范晔：《后汉书》，北京：中华书局，1965 年，第 111 页。

⑤ 费振刚、胡双宝、宗明华辑校：《全汉赋》，北京：北京大学出版社，1993 年，第 266 页。

⑥ 参见吴从祥：《〈论衡〉征引纬书一览表》，见《王充经学思想研究·附录五》，北京：中国社会科学出版社，2012 年，第 429~439 页。

⑦ 费振刚、胡双宝、宗明华辑校：《全汉赋》，北京：北京大学出版社，1993 年，第 278 页。

12. 王延寿《鲁灵光殿赋》化用纬书之处不少，如“五龙比翼，人皇九头”①。(五龙、九头之说，出自《春秋命历序》。)

13. 边韶《上言四分历之失》引《乾凿度》《河图帝览嬉》《洛书乾曜度》《保乾图》《感精符》等。(见《后汉书·律历志中》)

14. 蔡邕《对诏问灾异八事》引《潜潭巴》《演孔图》《合诚图》《河图秘征篇》等（见《后汉书·五行志》)，《历数议》引《元命苞》《乾凿度》等（见《后汉书·律历志中》)。

15. 黄琼《因大旱复上疏》:“昔鲁僖遇旱，以六事自让，躬节俭，闭女谒，放谗佞者十三人，诛税民受货者九人，退舍南郊，天立大雨。”②

16. 《春秋考异邮》曰:“僖公之时，雨泽不澍，比于九月，人大惊惧，率群臣祷山川，以六过自让，绌女谒，放下谗佞郭都之等十三人，诛领人之吏受货赂赵祝等九人，曰：辜在寡人，方今天旱，野无生稼，寡人当死，百姓何谤，请以身塞无状也。”③

刘勰在《文心雕龙·正纬》中谈及谶纬的文学影响时说:“若乃羲农轩皞之源，山渎钟律之要，白鱼赤乌之符，黄金紫玉之瑞，事丰奇伟，辞富膏腴，无益经典而有助文章。是以后来辞人，采摭英华。”④ 刘勰仅着眼于文辞方面，实际上，在文化内涵、思维方式上，谶纬对散文作家产生的影响更大些。

结语：本章重点分析阐述的仅是几个经学与散文之间联系较为紧密且表现较为显著的特征，并不否认其积极意义的存在。比如，通过儒家思想被确立为官方意识这一行为，使原始儒家重德爱民、关注现实、针砭时弊、自强不息等精神内核在一定程度上得以保存，前圣先贤赋予的历史责任感与儒者之心促使汉代士人敢于直面社会的阴暗，他们纷纷拿起手中的笔与现实问题不断斗争，汉代散文因此具有较强的批判意识和民本主义倾

---

① 费振刚、胡双宝、宗明华辑校:《全汉赋》，北京：北京大学出版社，1993年，第529页。

② ［南朝宋］范晔:《后汉书》，北京：中华书局，1965年，第2034页。

③ (日) 安居香山、(日) 中村璋八辑:《纬书集成》，石家庄：河北人民出版社，1994年，第783页。

④ ［南朝梁］刘勰著，范文澜注:《文心雕龙注》，北京：人民文学出版社，1958年，第31页。

向。另外，汉代散文浑厚典雅、沉稳从容、雄壮质实的特点也是其他任何一个时代的散文所不能代替的，为后世力求稳健的行文风格起到了一定的表率作用。要之，文学的发展自有其内部发展机制与外部影响因素，具体到汉代，今文经学发挥于散文创作方面的作用无疑是重大而深刻的。这些不论积极还是消极的影响共同塑造了汉代散文的独特气质，有助于后人更加深刻地挖掘政治、经济与文化、学术、文学之间的关系，还原历史的真实境况，以史为镜，警示后人注意吸取经验教训，同时折射出汉代士人所具有的独特理性意识与人文精神。

第四章
西汉前期政论文与经学

政论文在汉代散文中占有相当大的比重，在文学史、思想文化史上的地位也重要，其受经学的影响相当显著。西汉前期，士人十分注重对历史经验的总结，因而政论文章兴盛起来，尽管仍有战国纵横家之遗风，但也不难看出其中包含的经学色彩及与之相应的思想观念。遗憾的是，汉初文章与经学之关系并未引起学界足够的重视，故本章详加讨论之。

一、汉初诏令文的儒家经学色彩

诏令文是指皇帝所下的诏书文告，也属于政论文的范畴。如刘邦《十一年求贤诏》云：

盖闻王者莫高于周文，伯者莫高于齐桓，皆待贤人而成名。今天下贤者智能岂特古之人乎？患在人主不交故也，士奚由进！今吾以天之灵，贤士大夫定有天下，以为一家，欲其长久，世世奉宗庙亡绝也。贤人已与我共平之矣，而不与吾共安利之，可乎？贤士大夫有肯从我游者，吾能尊显之。布告天下，使明知朕意。御史大夫昌下相国，相国酂侯下诸侯王，御史中执法下郡守，其有意称明德者，必身劝，为之驾，遣诣相国府，署行、义、年。有而弗言，觉，免。年老癃病，勿遣。①

① ［汉］班固：《汉书·高帝纪》，北京：中华书局，1962年，第71页。

徐复观先生在谈到《十一年求贤诏》时说："十一年求贤诏中谓'盖闻王者莫高于周文，伯者莫高于齐桓，皆待贤人而成名'。这是受到陆贾的影响，而粗枝大叶的接触到儒家的典籍，但未尝直接引用到五经、六艺。……在他手敕太子的敕令中谓'吾遭乱世，当秦禁学，自喜谓读书无益。洎践祚以来，时方省书，乃使人知作者之意。追思昔所行，多不是'（《古文苑》卷四）。这已开启了帝室从事学问的端绪。"① 汉文帝刘恒虽好刑名之学，但同时也受到儒家思想的影响。如他的《策贤良文学诏》：

> 惟十有五年九月壬子，皇帝曰：昔者大禹勤求贤士，施及方外，四极之内，舟车所至，人迹所及，靡不闻命，以辅其不逮；近者献其明，远者通厥聪，比善戮力，以翼天子。是以大禹能亡失德，夏以长楙。高皇帝亲除大害，去乱从，并建豪英，以为官师，为谏争，辅天子之阙，而翼戴汉宗也。赖天之灵，宗庙之福，方内以安，泽及四夷。今朕获执天子之正，以承宗庙之祀，朕既不德，又不敏，明弗能烛，而智不能治，此大夫之所著闻也。故诏有司、诸侯王、三公、九卿及主郡吏，各帅其志，以选贤良明于国家之大体，通于人事之终始，及能直言极谏者，各有人数，将以匡朕之不逮。二三大夫之行当此三道，朕甚嘉之，故登大夫于朝，亲谕朕志。大夫其上三道之要，及永惟朕之不德，吏之不平，政之不宣，民之不宁，四者之阙，悉陈其志，毋有所隐。上以荐先帝之宗庙，下以兴愚民之休利，著之于篇，朕亲览焉，观大夫所以佐朕，至与不至。书之，周之密之，重之闭之。兴自朕躬，大夫其正论，毋枉执事。乌虖，戒之！二三大夫其帅志毋怠！②

诏书中，文帝从大禹勤求贤士以辅其不逮说起，兼及高祖时谏争之官辅天子之阙，非常谦逊地表示"朕既不德，又不敏，明弗能烛，而智不能治"，从而引出"故诏有司、诸侯王、三公、九卿及主郡吏，各帅其志，以选贤良明于

① 徐复观：《徐复观论经学史二种》，上海：上海书店出版社，2002 年，第 177 页。
② ［汉］班固：《汉书·爰盎晁错传》，北京：中华书局，1962 年，第 2290 页。

国家之大体，通于人事之终始，及能直言极谏者，各有人数，将以匡朕之不逮”的宗旨。他希望贤良文学从“朕之不德，吏之不平，政之不宣，民之不宁”四个方面，“悉陈其志，毋有所隐”，并颇为细心地提出对策的方式，“书之，周之密之，重之闭之”。文帝此诏对后世策问体颇有影响，汉武帝的《策贤良制》就有一定的模仿的痕迹。

另外，汉文帝的《元年赐南粤王赵佗书》①，字里行间充满了儒家的仁爱与忍让气息。书信中说：“……多杀士卒，伤良将吏，寡人之妻，孤人之子，独人父母，得一亡十，朕不忍为也。”② 又说：“争而不让，仁者不为也。”③其诏令文多引经书为证，如元年三月《养老诏》，引《孟子》“老者非帛不暖，非肉不饱”④，十三年五月《除肉刑诏》引《诗经》“恺弟君子，民之父母”⑤，等等，有显著的经学色彩。他倡导孝悌力田、恤孤敬老、躬行节俭并实行一些重本抑末的政策，也表明他受到了儒家的影响。

二、枚乘《谏吴王书》的“大一统”意识

早在汉朝初期，刘濞因破黥布有功，被高祖刘邦封为吴王。吴国有铜山之利，吴王刘濞招致天下的百姓铸钱，又“东煮海水为盐”，于是民无赋税，国用殷实。后因吴太子入长安被皇太子掷杀一事，吴王怀恨在心，“称疾不朝，阴有邪谋”，双方俱存疑惧。疑惧愈深，关系紧张。当时枚乘正在吴王手下任职，反对吴王的这一阴谋，因此写了《谏吴王书》进行劝阻：

---

① 赵佗，真定（治今河北正定）人。秦末为南海郡龙川县（今广东龙川西）令，不久代理南海尉。秦朝灭亡后，自立为南粤武王。汉初，刘邦派陆贾出使南粤，立赵佗为南粤王。吕后时，因禁止南粤与内地贸易，交换铁器，赵佗不满，又自立为南粤武帝，并发兵攻打长沙国。汉亦派遣隆虑侯周灶率兵出击，无功。吕后死后，军队撤回。文帝即位元年，为了安抚赵佗，再次派陆贾出使南粤，并写了这封信。信中言辞恳切，语气谦恭，表达了为了天下民众的安宁而停止战争的愿望。

② ［汉］班固：《汉书·西南夷两粤朝鲜传》，北京：中华书局，1962年，第3849页。

③ ［汉］班固：《汉书·西南夷两粤朝鲜传》，北京：中华书局，1962年，第3850页。

④ ［汉］班固：《汉书·文帝纪》，北京：中华书局，1962年，第113页。

⑤ ［汉］班固：《汉书·刑法志》，北京：中华书局，1962年，第1098页。

臣闻得全者全昌，失全者全亡。舜无立锥之地，以有天下；禹无十户之聚，以王诸侯。汤、武之土不过百里，上不绝三光之明，下不伤百姓之心者，有王术也。故父子之道，天性也；忠臣不避重诛以直谏，则事无遗策，功流万世。臣乘愿披腹心而效愚忠，唯大王少加意念恻怛之心于臣乘言。

夫以一缕之任系千钧之重，上县无极之高，下垂不测之渊，虽甚愚之人犹知哀其将绝也。马方骇鼓而惊之，系方绝又重镇之；系绝于天不可复结，队入深渊难以复出。其出不出，间不容发。能听忠臣之言，百举必脱。必若所欲为，危于絫卵，难于上天；变所欲为，易于反掌，安于太山。今欲极天命之寿，敝无穷之乐，究万乘之势，不出反掌之易，以居泰山之安，而欲乘絫卵之危，走上天之难，此愚臣之所以为大王惑也。……①

《谏吴王书》的第一句话，就明确提出“得全者全昌，失全者全亡”的中心论点，接着便用舜、禹、汤、武所以“有天下”的事实作为论据。这一论据不仅论证有力，而且表明了上书的宗旨。吴王濞要想“有天下”，就必须像舜、禹等那样“有王术”，而像如今这样的反汉活动则会自取灭亡。文章中分析了反汉形势的严峻性，指出“其出不出，间不容发”的紧急形势。由于写这封信的时候，吴王的反汉阴谋尚未公开，因而枚乘也只能采取含蓄曲折的方式说明自己的这番意思。在这里，枚乘指出吴王的目的，是想“敝无穷之乐，究万乘之势”，而想用这种行动来达到这一目的则好比“以一缕之任系千钧之重，上县无极之高”“走上天之难”，一旦失败，则类于“系绝于天不可复结”，通过这些“天”字隐用，也就含蓄地说明吴王濞的阴谋就是想夺取天子之位，是一种阴谋与汉王朝对立的活动。枚乘认为吴王“欲极天命之寿，敝无穷之乐，究万乘之势”本可“不出反掌之易”；计不出此而欲反汉，则是“乘絫卵之危，走上天之难”，是一种非常愚蠢的行为。

---

① ［汉］班固：《汉书·贾邹枚路传》，北京：中华书局，1962年，第2359页。

公元前154年，刘濞以“清君侧、杀晁错”为名，起兵叛乱，汉景帝杀了晁错以谢诸侯王。枚乘在此时又写了《重谏吴王书》，劝刘濞罢兵：

昔者，秦西举胡戎之难，北备榆中之关，南距羌笮之塞，东当六国之从。六国乘信陵之籍，明苏秦之约，厉荆轲之威，并力一心以备秦。然秦卒禽六国，灭其社稷，而并天下，是何也？则地利不同，而民轻重不等也。今汉据全秦之地，兼六国之众，修戎狄之义，而南朝羌笮，此其与秦，地相什而民相百，大王之所明知也。今夫谗谀之臣为大王计者，不论骨肉之义，民之轻重，国之大小，以为吴祸，此臣所以为大王患也。

夫举吴兵以訾于汉，譬犹蝇蚋之附群牛，腐肉之齿利剑，锋接必无事矣。天子闻吴率失职诸侯，愿责先帝之遗约，今汉亲诛其三公，以谢前过，是大王之威加于天下，而功越于汤武也。夫吴有诸侯之位，而实富于天子；有隐匿之名，而居过于中国。……①

在此书里，作者说“吴有诸侯之位，而实富于天子；有隐匿之名，而居过于中国”，认为吴王的反汉行为是“不论骨肉之义，民之轻重，国之大小”，因而“举吴兵以訾于汉，譬犹蝇蚋之附群牛，腐肉之齿利剑”，只能是自取灭亡。

总体看来，枚乘《谏吴王书》《重谏吴王书》的“大一统”意识是比较突出的。

三、陆贾《新语》中的天人关系论

陆贾，楚人，生卒年不详，主要活动于汉高祖刘邦、吕后、文帝之世。陆贾亲历了从秦灭六国到西汉立国的历史过程，《史记·郦生陆贾列传》中说他“以客从高祖定天下，名为有口辩士，居左右，常使诸侯”②。又说：“陆生时时前说称《诗》《书》。高帝骂之曰：‘乃公居马上而得之，安事《诗》

---

① ［汉］班固：《汉书·贾邹枚路传》，北京：中华书局，1962年，第2362~2363页。

② ［汉］司马迁：《史记·郦生陆贾列传》，北京：中华书局，2014年，第3267页。

《书》!’陆生曰：‘居马上得之，宁可以马上治之乎？且汤武逆取而以顺守之，文武并用，长久之术也。昔者吴王夫差、智伯极武而亡；秦任刑法不变，卒灭赵氏。乡使秦已并天下，行仁义，法先圣，陛下安得而有之？’高帝不怿而有惭色，乃谓陆生曰：‘试为我著秦所以失天下，吾所以得之者何，及古成败之国。’陆生乃粗述存亡之征，凡著十二篇。每奏一篇，高帝未尝不称善，左右呼万岁，号其书曰《新语》。”① 陆贾的《新语》是汉代最早的一部政论著作，包括《道基》《术事》《辅政》等十二篇。

陆贾从历史教训中看到了单纯重刑罚而弃仁义的害处，说“齐桓公尚德以霸，秦二世尚刑而亡”②；“秦以刑罚为巢，故有覆巢破卵之患；以李斯、赵高为杖，故有顿仆跌伤之祸”③。他在《新语·无为》篇中反复强调教化，认为“上之化下，犹风之靡草”④，“曾、闵之孝，夷、齐之廉，此宁畏法教而为之者哉？……化使其然也”⑤，并引用孔子“移风易俗”，说明统治者只有以身作则，才能树立一种良好的社会风气。在陆贾看来，仁义道德是维护社会关系的重要纽带，《道基》篇中说：

> 百姓以德附，骨肉以仁亲，夫妇以义合，朋友以义信，君臣以义序，百官以义承，曾、闵以仁成大孝，伯姬以义建至贞，守国者以仁坚固，佐君者以义不倾，君以仁治，臣以义平……鹿鸣以仁求其群，关雎以义鸣其雄，《春秋》以仁义贬绝，《诗》以仁义存亡，《乾》《坤》以仁和合，八卦以义相承，《书》以仁叙九族，君臣以义制忠，《礼》以仁尽节，乐以礼升降。仁者道之纪，义者圣之学。学之者明，失之者昏，背之者亡。⑥

---

① ［汉］司马迁：《史记·郦生陆贾列传》，北京：中华书局，2014年，第3269~3270页。
② 王利器：《新语校注》，北京：中华书局，1986年，第29页。
③ 王利器：《新语校注》，北京：中华书局，1986年，第51页。
④ 王利器：《新语校注》，北京：中华书局，1986年，第67页。
⑤ 王利器：《新语校注》，北京：中华书局，1986年，第65页。
⑥ 王利器：《新语校注》，北京：中华书局，1986年，第30~34页。

陆贾认为，“仁义”之行规范着君臣、官民、亲子、夫妇、朋友等种种人伦关系，文中结合《诗》《书》《春秋》等经典，力图把较为抽象的“仁义”具体可感地落实到现实生活中。

陆贾将“五经”看得很高，认为五经、六艺“承天统地，穷事察微，原情立本，以绪人伦，宗诸天地，纂修篇章，垂诸来世，被诸鸟兽，以匡衰乱，天人合策，原道悉备”①。从《新语》不少篇章中都可以看出，陆贾受《易传》的影响甚大。《易传·系辞下》中讲，古之圣人“仰则观象于天，俯则观法于地，观鸟兽之文，与地之宜，近取诸身，远取诸物，于是始作八卦，以通神明之德，以类万物之情”②，这样的认识，陆贾在其文章中予以认同与发挥，如《道基》篇中说：

> 张日月，列星辰，序四时，调阴阳，布气治性，次置五行，春生夏长，秋收冬藏，阳生雷电，阴成霜雪，养育群生，一茂一亡，润之以风雨，曝之以日光，温之以节气，降之以殒霜，位之以众星，制之以斗衡，苞之以六合，罗之以纪纲，改之以灾变，告之以祯祥，动之以生杀，悟之以文章。故在天者可见，在地者可量，在物者可纪，在人者可相。③

陆贾认为，圣人不同于一般人的地方，主要是能悉察天文、地理、人事，从而根据情况，应时举措，亦即所谓“行合天地，德配阴阳”④；“圣人怀仁仗义，分明纤微，忖度天地，危而不倾，佚而不乱者，仁义之所治也”⑤；“君子握道而治，据德而行，席仁而坐，杖义而强，虚无寂寞，通动无量”⑥。在《明诫》篇中，陆贾更具体地引用《易传》中的话，以说明人事基于天道，并明确地提出了基于天人感应的灾异论与祥瑞论：

---

① 王利器：《新语校注》，北京：中华书局，1986 年，第 18 页。
② 李学勤主编：《十三经注疏·周易正义》，北京：北京大学出版社，1999 年，第 298 页。
③ 王利器：《新语校注》，北京：中华书局，1986 年，第 2~5 页。
④ 王利器：《新语校注》，北京：中华书局，1986 年，第 28 页。
⑤ 王利器：《新语校注》，北京：中华书局，1986 年，第 25 页。
⑥ 王利器：《新语校注》，北京：中华书局，1986 年，第 28 页。

恶政生恶气，恶气生灾异。螟虫之类，随气而生；虹蜺之属，因政而见。治道失于下，则天文变于上；恶政流于民，则螟虫生于野。

圣人之理，恩及昆虫，泽及草木，乘天气而生，随寒暑而动者，莫不延颈而望治，倾耳而听化。①

在对天人关系上的认识上，陆贾的《新语》可以视为董仲舒《春秋》学中糅合儒家与阴阳家学说来讲灾异论的源流之一。

四、贾山《至言》与君主用人之法

贾山，颍川（今河南禹州）人。文帝颁布《废除民间铸钱令》，贾山上书，以为不应变更先帝之法。《汉书·艺文志·儒家类》著录“《贾山》八篇”。

贾山的《至言》是汉初很重要的政论文字。文章开篇先表明自己的态度，即作为忠臣，不避死亡之诛以直谏：“臣闻为人臣者，尽忠竭愚，以直谏主，不避死亡之诛者，臣山是也。臣不敢以久远谕，愿借秦以为谕，唯陛下少加意焉。”② 贾山的这种态度既来自儒家君臣伦理观念，也当源于他对国家的责任感。

在反思了秦王朝以暴力统一天下后为所欲为、不笃于礼义以至于败亡的教训之后，贾山用不小的篇幅来论析统治者如何对待臣下及忠贞之士的问题：

臣闻忠臣之事君也，言切直则不用而身危，不切直则不可以明道，故切直之言，明主所欲急闻，忠臣之所以蒙死而竭知也。地之硗者，虽有善种，不能生焉；江皋河濒，虽有恶种，无不猥大。昔者夏商之季世，虽关龙逢、箕子、比干之贤，身死亡而道不用。文王之时，豪俊之士皆得竭其智，刍荛采薪之人皆得尽其力，此周之所以兴也。故地之美者善养禾，君之仁者善养士。雷霆之所击，无不摧折者；万钧之所压，无不

① 王利器：《新语校注》，北京：中华书局，1986年，第155页。

② ［汉］班固：《汉书·贾邹枚路传》，北京：中华书局，1962年，第2327页。

> 糜灭者。今人主之威，非特雷霆也；势重，非特万钧也。开道而求谏，和颜色而受之，用其言而显其身，士犹恐惧而不敢自尽，又乃况于纵欲恣行暴虐，恶闻其过乎！震之以威，压之以重，则虽有尧舜之智，孟贲之勇，岂有不摧折者哉？如此，则人主不得闻其过失矣；弗闻，则社稷危矣。古者圣王之制，史在前书过失，工诵箴谏，瞽诵诗谏，公卿比谏，士传言谏，庶人谤于道，商旅议于市，然后君得闻其过失也。闻其过失而改之，见义而从之，所以永有天下也。……举贤以自辅弼，求修正之士使直谏。故以天子之尊，尊养三老，视孝也；立辅弼之臣者，恐骄也；置直谏之士者，恐不得闻其过也；学问至于刍荛者，求善无厌也；商人庶人诽谤已而改之，从善无不听也。①

贾山指出，人主应当善待正直的臣下和敢谏之士人，他们的切直之言绝对不会像谀言那样悦耳动听，却关系着国家的兴亡和人主的安危。夏桀、商纣不听忠臣之言而身死国灭，周文王使豪俊之士竭智尽力而兴盛强大。人主仁君善于养士纳谏而能拥有天下，暴君恣主则用威压手段拒谏。更可贵的是，作者顺此语势直指当朝："今人主之威，非特雷霆也；势重，非特万钧也。开道而求谏，和颜色而受之，用其言而显其身，士犹恐惧而不敢自尽，又乃况于纵欲恣行暴虐，恶闻其过乎！"这话说得很尖锐，也合乎历史事实。所以，贾山建议人主应当养直士，置谏臣，用一批有见识、敢讲话的官吏与士人，以防止国家统治因人主之过而发生颠覆性的危险。

在《至言》中，贾山还对汉文帝"日日猎射，击兔伐狐"提出批评，认为这是劳民扰民，是"功业方就，名闻方昭"的自满情绪的表现。发展下去，必然是"以伤大业，绝天下之望"！并引《诗》"靡不有初，鲜克有终"以警诫。② 殷切希望文帝今后节制宴游射猎，而注重于礼教，令群臣以高节正身尽心于国事，如此天下必能倡良好风俗，定万世之基。

林传甲以为，贾山《至言》为上皇帝书之创体："汉高帝时，元勋如萧

---

① ［汉］班固：《汉书·贾邹枚路传》，北京：中华书局，1962年，第2329~2330页。

② 以上引自［汉］班固：《汉书·贾邹枚路传》，北京：中华书局，1962年，第2336页。

何、张良，文学如随何、陆贾，皆未有言事之书疏著于世。施及孝文，颍川人贾山，始上书言治乱之道，借秦为喻，名曰《至言》。……西汉文继《战国策》后，一变其嚣张谲辩，归于纯正，所以开一代之风气也。”① 郭预衡先生论及《至言》时也说：“贾山认为秦之灭亡，在于重聚敛，严刑罚，崇侈靡，不修礼义……贾山告诫统治者要虚心以纳谏，爱敬以礼贤，更进一步批评了汉文帝的耽于游猎，提出了尊儒崇礼的建议。贾山所论，实已预示了汉代以儒术治国的历史趋势。”② 所言甚是。

五、贾谊散文与经学

贾谊（前200—前168），洛阳（今河南洛阳）人。据《史记·屈原贾生列传》载，贾谊“年十八，以能诵诗属书闻于郡中”。《汉书·儒林列传》中说他是《左传》的传习者③，说“谊为《左氏传》训故”。他对“五经”都非常重视。④ 文帝即位后，贾谊被召为博士，“每诏令议下，诸老先生不能言，贾生尽为之对，人人各如其意所欲出。诸生于是乃以为能不及也。孝文

---

① 林传甲：《中国文学史》，长春：吉林人民出版社，2013年，第117页。

② 郭预衡：《中国古代文学史长编·秦汉魏晋南北朝卷》，北京：首都师范大学出版社，1992年，第46页。

③ 姚成林指出：“贾谊从张苍授（受）《左氏（传）》，苍本故秦博士；故谊之学，亦出于博士派。……然答文帝问鬼神之事，并能道其所以然之状，所以然者，即儒道两家言生死之理，《左传》子产诸魂魄及其他言鬼事亦多，谊为左氏学，故能道其所以然。当文帝时，改正朔，易服色，制法度，定官名，兴礼乐，律令更定，及列侯就国，其说皆发自于谊；然谊之学出于博士，其议论辞藻，最可足观，词赋之流，是其余艺。”（姚成林：《西汉文学家学派思想之考索》，《安徽大学旅京同学会会刊》，1934年，创刊号。）

④ 贾谊在《新书·道德说》中说：“《书》者，著德之理于竹帛而陈之令人观焉，以著所从事，故曰：《书》者，此之著者也。《诗》者，志德之理而明其指，令人缘之以自成也，故曰：《诗》者，此之志者也。《易》者，察人之循德之理与弗循而占其吉凶，故曰：《易》者，此之占者也。《春秋》者，守往事之合德之理与不合而纪其成败，以为来事师法，故曰：《春秋》者，此之纪者也。《礼》者，体德理而为之节文，成人事，故曰：《礼》者，此之体者也。《乐》者，《书》《诗》《易》《春秋》《礼》五者之道备，则合于德矣。合则欢然大乐矣，故曰：《乐》者，此之乐者也。人能修德之理，则安利之谓福。”

帝说之，超迁，一岁中至太中大夫”①。后因遭到某些老臣的排挤，出任长沙王太傅。四年后，文帝念之，召见于宣室，问以鬼神之事。不久，被拜为梁怀王太傅。外任期间，贾谊多次上疏，希望更秦法、改汉制、加强中央集权。文帝十一年（前169），梁怀王坠马而死，贾谊自伤为傅无状，常常悲泣，一年后忧郁而死，年仅三十三岁。贾谊的著作，《汉书·艺文志》著录有文五十八篇，赋七篇。文即刘向所校定之《新书》（又名《贾子》），虽然在流传过程中有所错乱与散失，但基本可信，不是伪书。② 其《陈政事疏》③ 见载于《汉书·贾谊传》。

贾谊熟习儒家经典，又深切关注现实，他比一般人更容易觉察到国家祸患的隐伏滋生。汉文帝元年（前179），贾谊上《论定制度兴礼乐疏》：

> 汉承秦之败俗，废礼义，捐廉耻，今其甚者杀父兄，盗者取庙器，而大臣特以簿书不报朝会为故，至于风俗流溢，恬而不怪，以为是适然耳。夫移风易俗，使天下回心而乡（向）道，类非俗吏之所能为也。夫立君臣，等上下，使纲纪有序，六亲和睦，此非天之所为，人之所设也。人之所设，不为不立，不修则坏。汉兴至今二十余年，宜定制度，兴礼乐，然后诸侯轨道，百姓素朴，狱讼衰息。④

贾谊在疏文中批评了汉初以来礼义废弛的情况，并暗示只有中央政府才有改变这一情况的能力（“类非俗之所能为也”）。针对“废礼义，捐廉耻”之败俗，他提出了“定制度，兴礼乐”的总体改革设想，很可能还写了改制的具

---

① ［汉］司马迁：《史记·屈原贾生列传》，北京：中华书局，2014年，第3021页。

② 参王洲明：《新书非伪书考》，《文学遗产》1982年第2期。王洲明、徐超《贾谊集校注》（北京：人民文学出版社，1996年）前言部分，又提出了若干材料，说明《新书》非伪作。

③ 关于《陈政事疏》与《新书》的关系，历来说法不一，可参看吴云、李春台：《贾谊集校注》（增订版），天津：天津古籍出版社，2010年，第367~368页。

④ 王洲明、徐超校注：《贾谊集校注》，北京：人民文学出版社，1996年，第440页。

体方案。①

贾谊《新书》中的《礼》篇，专门谈“礼义”的社会广泛必需性和定亲疏、明等级的伦理政治：

> 道德仁义，非礼不成；教训正俗，非礼不备；分争辩讼，非礼不决；君臣、上下、父子、兄弟，非礼不定；宦学事师，非礼不亲；班朝治军，莅官行法，非礼威严不行；祷祠祭祀、供给鬼神，非礼不诚不庄……礼者，所以固国家，定社稷，使君无失其民者也。主主臣臣，礼之正也；威德在君，礼之分也；尊卑、大小、强弱有位，礼之数也。礼：天子爱天下，诸侯爱境内，大夫爱官属，士庶各爱其家。失爱不仁，过爱不义。故礼者，所以守尊卑之经、强弱之称者也。②

贾谊特别重视礼制，是因为他认识到，“凡人之智，能见已然，不能见将然。夫礼者禁于将然之前，而法者禁于已然之后，是故法之所用易见，而礼之所为生难知也”③（《陈政事疏》）。普通人对已发生的事能够看到，而对将要发生的事却难以预见。礼乐兴盛，能够在事情未发生前就使得人们的行为规范朝着和谐、正确的方向发展，而法（主要指刑法）则是在行为规范出现偏差之后的惩治办法。因此，将礼乐教化置于优先的地位是比较恰当的。他还曾提出以“六经”教太子，说“或称《春秋》，而为之耸善而抑恶，以革劝其心。教之《礼》，使知上下之则。或为之称《诗》，而广道显德，以驯（训）

---

① 《汉书·艺文志》阴阳家类有《五曹官制》五篇，班固自注云“汉制，似贾谊所条”。宋人王应麟更认定《五曹官制》为贾谊所作，近代也有人估计如果《五曹官制》不确系贾谊所作，那么它可能就是《论定制度兴礼乐疏》的附件。由于《五曹官制》已佚，具体内容不得而知，而贾谊的上疏应该有具体内容。在《论定制度兴礼乐疏》中，只是言明了改制原因及改制主张；《汉书》明言贾谊当时曾草具仪法，奏之文帝，而《五曹官制》从字面上理解，似较符合贾谊要奏明的内容。

② 王洲明、徐超校注：《贾谊集校注》，北京：人民文学出版社，1996年，第213~215页。

③ 王洲明、徐超校注：《贾谊集校注》，北京：人民文学出版社，1996年，第436页。

明其志。教之《乐》，以疏其秽，而填其浮气”①。

贾谊的《陈政事疏》（又名《治安策》）②，是其政论文的重要代表作，表现出很强的忧患意识③。他在文章一开篇就说：

> 臣窃惟事势，可为痛哭者一，可为流涕者二，可为长太息者六④，若其它背理而伤道者，难遍以疏举。进言者皆曰天下已安已治矣，臣独以为未也。曰安且治者，非愚则谀，皆非事实知治乱之体者也。夫抱火厝之积薪之下而寝其上，火未及燃，因谓之安，方今之势，何以异此！⑤

贾谊以抑扬顿挫的语调，表达出忧世伤时之感。在《陈政事疏》中，贾谊总结汉初所封异姓诸侯先后反叛的历史教训，指出“大抵强者先反”⑥，因而断言现在所封的同姓诸侯王数年之后必将有乱。他提出：“欲天下之治安，莫若众建诸侯而少其力。力少则易使以义，国小则亡邪心。令海内之势如身之使

---

① 王洲明、徐超校注：《贾谊集校注》，北京：人民文学出版社，1996年，第174页。

② 关于“疏”“策”之体的关系，清陆陇其论析说：“《虞书》曰‘敷纳以言’，又曰‘敷奏以言’，此即对策之始矣，但其时有策之实，无策之名。至汉晁错、公孙弘、董仲舒之徒，以策显于时，世遂谓对策始于汉。其实非也。策之体与奏疏相为表里，自其立朝之时，因事上献者则谓之疏。自其进身之始，承问敷对者，则谓之策。就汉言之，如贾山之陈《至言》，贾谊之论《治安》，此疏也，即策也。若晁错、公孙弘、董仲舒所对，此策也，即疏也。对策之制，诚古今不可易乎。……此直上法唐虞，非特为汉唐所为而已。”（［清］陆陇其：《三鱼堂外集》卷四《策学》，《景印文渊阁四库全书》第1325册，第242页。）

③ “忧患”一词，最早出现于《周易·系辞下》：“《易》之兴也，其于中古乎？作《易》者，其有忧患乎？”后来《孟子·告子下》也说：“生于忧患而死于安乐。”《庄子·骈拇》篇谓：“今世之仁人，蒿目而忧世之患。”

④ “可为长太息者六”，从本篇现存的文字中已看不出来了，这是班固为了简明扼要而将贾谊所说应为之深叹的事情，从原来的六件删减了三件的缘故。为《汉书》作注的颜师古在注到本篇最后时说：“谊上疏言可为长太息者六，今此至三而止，盖史家直取其要切者耳。”

⑤ 王洲明、徐超校注：《贾谊集校注》，北京：人民文学出版社，1996年，第427页。

⑥ 王洲明、徐超校注：《贾谊集校注》，北京：人民文学出版社，1996年，第430页。

臂，臂之使指，莫不制从，诸侯之君不敢有异心，辐凑并进而归命天子，虽在细民，且知其安，故天下咸知陛下之明。”① 文帝并未听取贾谊的建议，致使同姓王势力日益发展，终于在景帝三年（前 154）发生了“吴楚七国之乱”，证明了贾谊的远见。

贾谊在《陈政事疏》中再三批评秦王朝抛弃礼治而专主刑罚：“置天下于法令刑罚，德泽亡一有，而怨毒盈于世，下憎恶之如仇雠，祸几及身，子孙诛绝。”② “使赵高傅胡亥而教之狱……故胡亥今日即位而明日射人，忠谏者谓之诽谤，深计者谓之妖言，其视杀人若艾草菅然。”③ “商君遗礼义，弃仁恩，并心于进取，行之二岁，秦俗日败。”④ 这些批评之语，也可视为对汉王朝统治者的警示。林传甲《中国文学史》论贾谊《陈政事疏》说：“《陈政事疏》，因匈奴侵边，诸侯僭拟，欲匡建大略。所云‘臣窃惟事势可为痛哭者一，可为流涕者二，可为长太息者六’，何深切之至乎！谊之天姿极高，议论极伟，其大计在遏乱萌而厚风俗。文帝虽不能用，然谊之身后，汉有变故，仍赖其遗策以图治安。五千余言，痛切详尽，为古今敢言之士所宗。”⑤

贾谊看到当时土地高度集中，农民大批破产逃亡，农业遭到严重破坏的情况，又向汉文帝上《论积贮疏》⑥。这篇疏文论析了农业生产对治国安邦的重要性，建议发展农业，反对弃农经商，并从防灾与战备的角度阐述积贮粮食的重要性，表现出犀利锐敏的眼光。“汉之为汉几四十年矣，公私之积犹可哀痛。失时不雨，民且狼顾；岁恶不入，请卖爵、子”⑦ 数句，读来触目惊心。文章直抒胸臆，笔势流畅，说服力强。

贾谊特别重视民众的力量，他认识到，封建统治者成功的业绩，依靠民众主体才得以实现。《新书 · 大政》篇是这方面的代表作，兹摘引如下：

---

① 王洲明、徐超校注：《贾谊集校注》，北京：人民文学出版社，1996 年，第 430 页。

② 王洲明、徐超校注：《贾谊集校注》，北京：人民文学出版社，1996 年，第 437 页。

③ 王洲明、徐超校注：《贾谊集校注》，北京：人民文学出版社，1996 年，第 435 页。

④ 王洲明、徐超校注：《贾谊集校注》，北京：人民文学出版社，1996 年，第 432 页。

⑤ 林传甲：《中国文学史》，长春：吉林人民出版社，2013 年，第 118 页。

⑥ 此疏原见于《汉书 · 食货志》，标题为后人所加。

⑦ 王洲明、徐超校注：《贾谊集校注》，北京：人民文学出版社，1996 年，第 441 页。

闻之于政也，民无不为本也。国以为本，君以为本，吏以为本。故国以民为安危，君以民为威侮，吏以民为贵贱。此之谓民无不为本也。闻之于政也，民无不为命也。国以为命，君以为命，吏以为命。故国以民为存亡，君以民为盲明，吏以民为贤不肖。此之谓民无不为命也。闻之于政也，民无不为功也。故国以为功，君以为功，吏以为功。国以民为兴坏，君以民为强弱，吏以民为能不能。此之谓民无不为功也。闻之于政也，民无不为力也。故国以为力，君以为力，吏以为力。故夫战之胜也，民欲胜也；攻之得也，民欲得也；守之存也，民欲存也。故率民而守，而民不欲存，则莫能以存矣；故率民而攻，民不欲得，则莫能以得矣；故率民而战，民不欲胜，则莫能以胜矣。故其民之为其上也，接敌而喜，进而不能止，敌人必骇，战由此胜也。夫民之于其上也，接而惧，必走去，战由此败也。故夫灾与福也，非粹在天也，必在士民也。呜呼！戒之戒之！夫士民之志，不可不要也。呜呼！戒之戒之！①

……故夫民者，至贱而不可简也，至愚而不可欺也。故自古至于今，与民为仇者，有迟有速，而民必胜之。②

夫民者，万世之本也，不可欺。凡居于上位者，简士苦民者，是谓愚；敬士忧民者，是谓智。夫愚智者，士民命之也。故夫民者，大族也，民不可不畏也。故夫民者，多力而不可適（敌）也。呜呼！戒之哉！戒之哉！与民为敌者，民必胜之。③

篇名《大政》，最大的政事，引申为执政之要道。文章开门见山，先摆出论点："闻之于政也，民无不为本也。""闻之……"是古人的一种习惯说法，以此引出论点。为什么说"民无不为本也"？因为"国以（民）为本，君以（民）为本，吏以（民）为本"，国家、君主、官吏如果离开了民众，国将不成其为国，君无以为君，吏无以为吏。国家、君主、官吏的安危、威侮、贵

① 王洲明、徐超校注：《贾谊集校注》，北京：人民文学出版社，1996年，第332页。
② 王洲明、徐超校注：《贾谊集校注》，北京：人民文学出版社，1996年，第334页。
③ 王洲明、徐超校注：《贾谊集校注》，北京：人民文学出版社，1996年，第339页。

贱，均由人民决定。接下来所说的“民无不为命也”“民无不为功也”“民无不为力也”，也是同样的道理。国家的存亡、君王的盲明、官吏的贤与不肖，不是由“天命”决定的，而应当是由“民命”决定的，只有民众才是国家、君王、官吏命运的决定性力量。民之“功”则关系到一个国家的兴亡，君王的强弱，官吏的能与不能。民之“力”集中表现在民心向背决定战争胜负：民心向，则战必胜、攻必得、守必存；民心背，则战莫能胜、攻莫能得、守莫能存。基于此，便自然而然地得出“夫士民之志，不可不要（考察）也”的结论，即考察研究士民之志，以作为行事的重要依据。之所以说民众为国家的根本，是因为“夫民者，大族也”，民众人数众多，加在一起就好比汪洋大海一般，有极大的潜在力量，故“不可不畏也”，不可与之为敌，“夫民者，至贱而不可简也，至愚而不可欺也”。行文至此，贾谊反复告诫统治者，要认识到民心向背的重要性，千万不要与民为敌，因为“自古至于今，与民为仇者，有迟有速，而民必胜之”“与民为敌者，民必胜之”。

在汉初反思、总结历史经验教训的思潮中，“过秦”是一个重要题目。贾山《至言》、晁错《贤良文学对策》、严安《上书言世务》、吾丘寿王《骠骑论功论》等都有相关内容，其中以贾谊的《过秦论》影响最大。贾谊通过《过秦论》[①] 而借古讽今，为汉王朝提供统治的借鉴，具有强烈的现实意义。《过秦论》分上中下三篇。上篇总论秦朝兴亡，指出秦“以六合为家，殽函为宫，一夫作难而七庙堕，身死人手，为天下笑者，何也？仁义不施而攻守之势异也”[②]。中篇揭示秦朝统治者骄侈扰民，重点批评秦二世之过。秦二世继

① 《过秦论》载于《史记·秦始皇本纪》，《陈涉世家》中也有所引录。班固《汉书》和贾谊《新书》都曾收录。《文选》中分为上中下三篇。贾谊写《过秦论》的年代，史无明文记载，《新书》将它列为首篇，当是视为早期之作。

② 宋代文人曾就贾谊所谓“仁义不施而攻守之势异也”提出新的看法。如张耒针对《过秦论》专门写了《秦论》，文中说：“贾生论秦，曰‘仁义不施而攻守之势异也’，世以为确论，予独谓之不然。夫攻守殊而事相关，异施设而同利害，其守之安危，观其攻之善恶，其报应如表影声响之不差也。……故如是而取之，必如是而失之。安有以盗贼所以取之，而能以君子之道守之欤？”（《柯山集》卷三十五）胡宏也说：“攻守一道也。是故汤武由仁义以攻，由仁义以守。汉唐以仁义而攻，以仁义而守。子孙享之各数百年，盖得其道也。”（《知言》卷三）

位之时，“天下莫不引领而观其政”[1]，也就是看他能否“正先帝之过”[2]，可他非但没有拨乱反正，反而更无道、更扰民，故陈涉一呼而天下响应。下篇先说陈涉率众长驱“深入”的危急时刻，秦竟不善守，反而出兵东征，使子婴孤立而无良辅；次说由于实行杜塞言路的高压政策，使得“忠臣不谏，智士不谋”[3]，不能及时纠正秦王朝的过失；最后总结灭亡的教训。

为什么秦之兴与秦之亡反差如此之大？贾谊用一句话对此作了判断和总结：“攻守之势异也。”[4] 秦统一六国前，战略形势是攻，即以暴力方式统一中国，形势的要求与策略的运用是一致的。统一以后，战略形势改变了，应以“守”的战略方针处理统一后中国的方方面面。“守”就应当讲仁义，不能讲暴力。这是由统一前后矛盾的变化决定的。“攻”是为了实现新的统治集团的利益，“守”也是为了他们的利益，即守住统治者已取得的利益。“仁义不施”“为天下笑”，就是因为不懂“攻守之势异也”的变化法则和相应对策。

贾谊对秦王朝历史教训的总结，并没有停留在攻守战略的差异性及其后果的研究上，而是从政策、策略的探讨上升到高层次现实问题的探讨，强调了民本思想的重要性。从文中不难读出，以秦始皇为代表的统治者认识上的误区，就在于对“民本”毫无认识。由于统一六国的成功而导致的志得意满，使得他们不认识也不愿认识民众在历史进程中的伟大作用，也不懂得在统一以后如何正确处理统治者和民众的关系，以及这一问题的紧迫性。

从对后世影响的角度看，由于《过秦论》开“史论”之先河，先后被《史记》《文选》录入，从而奠定了其在史学与文学上的经典地位。晋代作家左思说“著论准《过秦》，作赋拟《子虚》”[5]；范晔写《后汉书》，自谓“《循吏》以下及《六夷》诸序论，笔势纵放，实天下之奇作。其中合者，往

---

① 王洲明、徐超校注：《贾谊集校注》，北京：人民文学出版社，1996年，第12页。

② 王洲明、徐超校注：《贾谊集校注》，北京：人民文学出版社，1996年，第12页。

③ 王洲明、徐超校注：《贾谊集校注》，北京：人民文学出版社，1996年，第19~20页。

④ 王洲明、徐超校注：《贾谊集校注》，北京：人民文学出版社，1996年，第8页。

⑤ ［南朝梁］萧统编，［唐］李善注：《文选》，上海：上海古籍出版社，1986年，第987页。

往不减《过秦》篇”(《狱中与诸甥侄书》),足见《过秦论》在后世文人心目中的重要地位。王炎评论贾谊文章说:“先秦古书不论,西汉以文名世者,自贾谊始。《政事》一疏,《过秦》一论,《鹏鸟》一赋,笔力顿挫卓诡,此天下之杰作也。”① 所言不虚。

六、晁错散文与经学

晁错(前200—前154),颍川(今河南禹州)人。早年从张恢学申商刑名之学,以文学为太常掌故。为人峭直刻深。文帝时,奉命从济南伏生学《尚书》,回京后为太子舍人,门大夫,迁博士。后任太子家令,其辩博之才深得太子(后来的景帝)赏识,被称为“智囊”。晁错多次上书文帝,言守边备塞、劝农力本及削诸侯之地等事,文帝奇其材。后举贤良文学,对策高第,迁中大夫。景帝即位,晁错被任为内史,迁御史大夫,他不顾个人安危,力主削藩。② 《汉书·艺文志》著录的《晁错》三十一篇,多已不存,《汉书·爰盎晁错传》引录有文章数篇。政论代表作有《论削藩疏》《论贵粟疏》《守边劝农疏》《募民徙塞下疏》《贤良文学对策》等。

《汉书·爰盎晁错传》载,汉文帝诏有司举贤良文学士,亲自策问,而晁错在其中。晁错的《贤良文学对策》采用逐条对答的形式,条理清晰,针对性强。前两条内容如下:

> 诏策曰“明于国家大体”,愚臣窃以古之五帝明之。臣闻五帝神圣,

---

① [宋]王炎:《双溪类稿》卷二十五《松窗丑镜序》,《景印文渊阁四库全书》第1155册,第721页。

② 汉初文人士大夫,为巩固“大一统”政权,往往出深远之计,且欲以极大的勇气落实之,晁错即典型。《史记·袁盎晁错列传》载:“景帝即位,以错为内史。错常数请间,言事辄听,宠幸倾九卿,法令多所更定。……迁为御史大夫,请诸侯之罪过,削其地,收其枝郡。奏上,上令公卿列侯宗室集议,莫敢难,独窦婴争之,由此与错有郤。错所更令三十章,诸侯皆喧哗疾晁错。错父闻之,从颍川来,谓错曰:‘上初即位,公为政用事,侵削诸侯,别疏人骨肉,人口议多怨公者,何也?’晁错曰:‘固也。不如此,天子不尊,宗庙不安。’”景帝三年(前154),吴楚七国以“清君侧”为名发动叛乱,景帝听从袁盎等人之言,将晁错腰斩。

其臣莫能及，故自亲事，处于法宫之中，明堂之上；动静上配天，下顺地，中得人。故众生之类亡不覆也，根著之徒亡不载也；烛以光明，亡偏异也；德上及飞鸟，下至水虫草木诸产，皆被其泽。然后阴阳调，四时节，日月光，风雨时，膏露降，五谷孰（熟），祆孽灭，贼气息，民不疾疫，河出图，洛出书，神龙至，凤鸟翔，德泽满天下，灵光施四海。此谓配天地，治国大体之功也。

诏策曰“通于人事终始”，愚臣窃以古之三王明之。臣闻三王臣主俱贤，故合谋相辅，计安天下，莫不本于人情。人情莫不欲寿，三王生而不伤也；人情莫不欲富，三王厚而不困也；人情莫不欲安，三王扶而不危也；人情莫不欲逸，三王节其力而不尽也。其为法令也，合于人情而后行之；其动众使民也，本于人事然后为之。取人以己，内恕及人。情之所恶，不以强人；情之所欲，不以禁民。是以天下乐其政，归其德，望之若父母，从之若流水；百姓和亲，国家安宁，名位不失，施及后世。此明于人情终始之功也。①

针对“明于国家大体”的策问，晁错标举了古之五帝，特别赞扬了他们高尚的品德以及对天下人负责的态度，认为他们是“明于国家大体”的典范。其中称扬五帝以德配天，从而使得“阴阳调，四时节，日月光，风雨时，膏露降，五谷孰，祆孽灭，贼气息，民不疾疫，河出图，洛出书，神龙至，凤鸟翔，德泽满天下，灵光施四海”。“河出图，洛出书”，相传伏羲时有龙马出于黄河，身上有文，伏羲仿之以画八卦；又传禹时有神龟出于洛水，背上有文字，即《洪范》。晁错的这些表述，可视为董仲舒《天人三策》相关内容之滥觞。针对“通于人事终始”的策问，晁错标举“三王”（指禹、汤、文王），称扬他们既顺乎人情又能坚持原则的做法，“是以天下乐其政，归其德，望之若父母，从之若流水；百姓和亲，国家安宁”，本质上还是儒家经典中常讲的德治。

① ［汉］班固：《汉书·爰盎晁错传》，北京：中华书局，1962 年，第 2293~2294 页。

晁错的《论贵粟疏》，是儒家重农思想的重要体现。文帝刘恒即位后，重视农桑，放松了山泽之禁，并采取一些促进商品流通的措施。农业丰收使粮价大跌，每石粟“至十余钱”（《史记·律书》）。谷贱伤农，大地方、大商人又乘机兼并土地，出现了农民流离失所的现象，这很有可能危及社会安定。一方面，农民及农业生产受到威胁，阶级矛盾渐趋激化；另一方面，民族矛盾也很尖锐，国防虚弱，储备不足。晁错对此深感忧虑，继贾谊上《论积贮疏》后，于文帝十二年（前168）再次就农民问题上疏①，提出重农贵粟的主张和具体办法：

民者，在上所以牧之，趋利如水走下，四方亡择也。夫珠玉金银，饥不可食，寒不可衣，然而众贵之者，以上用之故也。其为物轻微易臧，在于把握，可以周海内而亡饥寒之患。此令臣轻背其主，而民易去其乡，盗贼有所劝，亡逃者得轻资也。粟米布帛生于地，长于时，聚于力，非可一日成也；数石之重，中人弗胜，不为奸邪所利，一日弗得而饥寒至。是故明君贵五谷而贱金玉。

今农夫五口之家，其服役者不下二人②，其能耕者不过百亩，百亩之收不过百石。春耕夏耘，秋获冬臧，伐薪樵，治官府，给繇役；春不得避风尘，夏不得避暑热，秋不得避阴雨，冬不得避寒冻，四时之间亡日休息；又私自送往迎来，吊死问疾，养孤长幼在其中。勤苦如此，尚复被水旱之灾，急政暴赋，赋敛不时，朝令而暮改。当具有者半贾而卖，亡者取倍称之息，于是有卖田宅鬻子孙以偿责者矣。而商贾大者积贮倍息，小者坐列贩卖，操其奇赢，日游都市，乘上之急，所卖必倍。故其男不耕耘，女不蚕织，衣必文采，食必粱肉；亡农夫之苦，有仟伯之得。因其富厚，交通王侯，力过吏势，以利相倾；千里游敖，冠盖相望，乘

① 班固在《汉书》中将上疏分为两部分，论守边备塞的部分编入晁错本传，论贵粟的部分载入《汉书·食货志》。后人将《食货志》中的这一部分视为独立篇章，并加上《论贵粟疏》的标题。

② “服役者”，荀悦《汉纪》录《论贵粟疏》作“服作者”，谓从事耕作的人。

坚策肥，履丝曳缟。此商人所以兼并农人，农人所以流亡者也。

今法律贱商人，商人已富贵矣；尊农夫，农夫已贫贱矣。故俗之所贵，主之所贱也；吏之所卑，法之所尊也。上下相反，好恶乖迕，而欲国富法立，不可得也。方今之务，莫若使民务农而已矣。欲民务农，在于贵粟；贵粟之道，在于使民以粟为赏罚。今募天下入粟县官，得以拜爵，得以除罪。如此，富人有爵，农民有钱，粟有所渫。夫能入粟以受爵，皆有余者也；取于有余，以供上用，则贫民之赋可损，所谓损有余补不足，令出而民利者也。顺于民心，所补者三：一曰主用足，二曰民赋少，三曰劝农功。今令民有车骑马一匹者，复卒三人。车骑者，天下武备也，故为复卒。神农之教曰："有石城十仞，汤池百步，带甲百万，而亡粟，弗能守也。"以是观之，粟者，王者大用，政之本务。令民入粟受爵至五大夫以上，乃复一人耳，此其与骑马之功相去远矣。爵者，上之所擅，出于口而亡穷；粟者，民之所种，生于地而不乏。夫得高爵与免罪，人之所甚欲也。使天下人入粟于边，以受爵免罪，不过三岁，塞下之粟必多矣。①

在晁错看来，是重农还是重商，关键在于统治者如何引导，"夫珠玉金银，饥不可食，寒不可衣，然而众贵之者，以上用之故也"。如果不采取适当的措施，就必然会出现"法律贱商人，商人已富贵矣；尊农夫，农夫已贫贱矣"的现象。基于此，晁错提出，"欲民务农，在于贵粟；贵粟之道，在于使民以粟为赏罚"。入粟可拜爵除罪，商人以所囤积之粟上交国家而得爵位，如此可使国库充足，而且谷贱伤农的情况可得以缓解，贫民之赋税亦可减少——这实在是"损有余补不足，令出而民利"的好事。而且，这样势必使粟价提高，农民乐于耕种。按当时的法律规定，上交一匹战马可免三人兵役，而交纳粮食获得五大夫爵位以上才能免一人兵役，显然是看低了粮食的价值。若能有所改革，使得百姓乐于向边塞交粮，就可巩固国防，有利于阻止匈奴的侵扰。

① ［汉］班固：《汉书·食货志上》，北京：中华书局，1962年，第1131~1134页。

《论贵粟疏》中对当日官家及商贾的巧取豪夺、奢侈淫靡予以批评的同时，还对广大农民的疾苦给予极大的关注与同情。“今农夫五口之家……春耕夏耘，秋获冬臧，伐薪樵，治官府，给繇役”这段文字如实展现了农民生活的艰辛，字里行间饱含着忧伤与愤懑，给人留下非常深刻的印象。晁错上疏后不久，文帝予以采纳，实行相应的措施，以减轻农民负担，从而推动了农业的发展。

在《守边劝农疏》中，晁错先对比叙述了胡貉、杨粤（古扬州一带）两地地理气候及人民对水土的适应情况，指出“秦之戍卒不能其水土，戍者死于边，输者偾于道”导致陈涉率戍卒反抗的历史教训，继而分析了匈奴人的生活方式与侵扰特点，最后根据当时北方边境的实际状况提出了屯田戍边的主张与措施。

总体来看，此期文章的经学色彩已相当显著，过去我们对此重视不够。皇帝的诏令文，贾山的《至言》等，已多引经据典。枚乘的《上书谏吴王》《重谏吴王书》，体现出“大一统”意识。陆贾结合《诗》《书》《春秋》等经典，力图把较为抽象的“仁义”具体可感地落实到现实生活中；从《新语》不少篇章中都可以看出，陆贾受《易传》的影响甚大。他标榜圣人，尊崇“五经”，重视仁义道德，是为了给汉家指明前进的方向。贾谊熟习儒家经典，又深切关注现实，他比一般人更容易觉察到国家祸患的隐伏滋生。贾谊《新书》中的《礼》篇，专门谈“礼义”的社会广泛必需性和定亲疏、明等级的伦理政治，从某种意义上说，汉初作家为汉代散文创作定下了基调。

第五章
西汉中后期政论文与经学

汉初社会风气宽松，游士风尚仍在，士人可以自由往来于朝廷与藩国之间，个性上远绍战国谋臣策士，文章风格亦多奔放纵恣。而至汉武帝时，士人面对的则是大一统的集权政治局面和独尊儒术的思想氛围。用人方面，汉武帝实行察举制，常科有举孝廉、举茂才，特科有贤良方正、贤良文学、明经等。顾颉刚曾说："秦始皇的统一思想是不要人民读书，他的手段是刑罚的裁制；汉武帝的统一思想是要人民只读一种书，他的手段是利禄的诱引。"①这些，都必然影响到他们的创作心理及文章风格。西汉中后期，儒家经学逐渐占据了学术与思想的主导地位，政论文章的主要特征，表现为由汉初文章的言辞激切向引经据典、醇朴厚重转变。

一、汉武帝诏令文字的经学风格

此期政论文，从皇帝的诏令到大臣的上疏，乃至儒生的议论文字，大都带有引经据典的风格。对此，徐复观有段颇具概括性的文字：

> 到了武帝则情形为之一变，诏令中常直接引用到经传，此即《武帝纪》赞所谓"号令文章，焕焉可述"。自此以后，经传在诏令奏议中的作用，也就是当时常常说到的"经义"的作用……例如武帝援《春秋》复九世之仇之义以击匈奴，吕步舒以《公羊》治淮南大狱，隽不疑援《春

① 顾颉刚：《秦汉的方士与儒生》，上海：上海古籍出版社，1978年，第49页。

> 秋》以收缚“自谓卫太子”的男子，魏相援《春秋》以夺霍光家族的权势；宣帝“博问经学之士，有以应变”；元帝赐诸葛丰书“勉处中和，顺经术意”，报贡禹“守经据古，不阿当世”；成帝使王商诘问贾捐之弃珠崖之议，亏先帝功德，“经义何以处之”，孛星求直言诏“明以经对，无有所讳”，白虎殿策方正直言“天地之道何贵……当世之治何务，各以经对”，引孔子放郑声以罢乐府；哀帝以“皆背经义”蠲除改元之制书；元王皇后以“僻经妄说”罢申屠刚，以“诡经辟说”罢马宫，以“朝臣论议，靡不据经”策王莽九锡；平当“辄傅经义言得失”，张敞“以经术自辅”，王尊援“经所谓造狱”以悬磔娶母之子，匡衡“朝廷有政议，傅以经对，言多义法”等，可略见一般。①

这里主要引述了班固《汉书》中的相关材料，已足以显示当时政论文章与朝廷日常议论的浓厚的经学气息。汉武帝“罢黜百家”，立五经博士、开弟子员、设立太学，建立以经术取士为核心的察举制度等，对儒家经学的兴盛与发展起了很大的作用，经学从此成为官学，成为统治思想的重要理论基础与文本依据。两汉之际的桓谭称赞道：“汉武帝材质高妙，有崇先广统之规……兴起六艺，广进儒术，自开辟以来，惟汉家为最盛焉……可谓卓尔绝世之主矣。”②

统观汉武帝的一生，与经学关系最为密切的事情有三：一是“罢黜百家”；二是立五经博士、开弟子员，设太学；三是察举制度。武帝看到了经学在“教化”上的作用，有矫正当时社会“礼崩乐坏”的作用，并且认识到“夫本仁祖义，褒德禄贤，劝善刑暴，五帝三王所繇昌也”③。在武帝看来，德治的主旨就是“事天以礼，立身以义。事亲以孝，育民以仁”④。实际上，

---

① 徐复观：《徐复观论经学史二种》，上海：上海书店出版社，2002年，第178~179页。

② ［清］严可均校辑：《全上古三代秦汉三国六朝文》，北京：中华书局，1958年，第546页。

③ ［汉］班固：《汉书·武帝纪》，北京：中华书局，1962年，第166页。

④ ［汉］班固：《汉书·武帝纪》，北京：中华书局，1962年，第191页。

武帝之通过征辟选用儒学之士，立五经博士和博士弟子，客观上已在朝廷形成一个仁义道德宣化中心。① 他的诏令文字，也染上了浓厚的今文经学色彩，如《汉书·武帝纪》载武帝元光元年（前134）五月的《诏贤良》：

朕闻昔在唐虞，画象而民不犯，日月所烛，莫不率俾。周之成康，刑错不用，德及鸟兽，教通四海。海外肃慎，北发渠搜，氐羌徕服。星辰不孛，日月不蚀，山陵不崩，川谷不塞；麟凤在郊薮，河洛出图书。呜虖，何施而臻此与！今朕获奉宗庙，夙兴以求，夜寐以思，若涉渊水，未知所济。猗与伟与！何行而可以章先帝之洪业休德，上参尧舜，下配三王！朕之不敏，不能远德，此子大夫之所睹闻也。贤良明于古今王事之体，受策察问，咸以书对，著之于篇，朕亲览焉。②

文中大谈天人感应、祥瑞休咎。在武帝心目中，唐虞、成康之世的统治者都能与天地合其德，故能“德及鸟兽，教通四海”“麟凤在郊薮，河洛出图书”，使全社会达到和谐美好的理想状态——这完全是今文经学家的口气。毫无疑问，这样的表述对当时的经生颇有吸引力。班固接下来写道，“于是董仲舒、公孙弘等出焉”③。

又如汉武帝元光年间的《策贤良制》（亦作《策贤良董仲舒制》）：

盖闻五帝三王之道，改制作乐而天下洽和，百王同之。当虞氏之乐莫盛于《韶》，于周莫盛于《勺》。圣王已没，钟鼓管弦之声未衰，而大道微缺，陵夷至虖桀、纣之行，王道大坏矣。夫五百年之间，守文之君，当涂之士，欲则先王之法以戴翼其世者甚众，然犹不能反，日以仆灭，至后王而后止，岂其所持操或悖缪（谬）而失其统与？固天降命不可复

① 详参边家珍：《论汉武帝在经学史上的作用与影响》，《河南大学学报》（社会科学版）2004年第3期。

② ［汉］班固：《汉书·武帝纪》，北京：中华书局，1962年，第160~161页。

③ ［汉］班固：《汉书·武帝纪》，北京：中华书局，1962年，第161页。

反，必推之于大衰而后息与？乌虖！凡所为屑屑，夙兴夜寐，务法上古者，又将无补与？三代受命，其符安在？灾异之变，何缘而起？性命之情，或夭或寿，或仁或鄙，习闻其号，未烛厥理。伊欲风流而令行，刑轻而奸改，百姓和乐，政事宣昭，何修何饬而膏露降，百谷登，德润四海，泽臻草木，三光全，寒暑平，受天之祜，享鬼神之灵，德泽洋溢，施虖方外，延及群生？①

“制”，表示皇帝下令。“贤良”又称贤良方正，是汉代选拔官员吏的科目之一。文中表达了汉武帝对如何让社会长治久安的忧虑，目的是为当下的治国理政服务。他从“五帝三王”说起，讲治乱盛衰之变，并由此发出深沉的慨叹：“夫五百年之间，守文之君，当涂之士，欲则先王之法以戴翼其世者甚众，然犹不能反，日以仆灭，至后王而后止，岂其所持操或悖缪（谬）而失其统与？固天降命不可复反，必推之于大衰而后息与？乌虖！凡所为屑屑，夙兴夜寐，务法上古者，又将无补与？”从接下来的“三代受命，其符安在？灾异之变，何缘而起？……何修何饬而膏露降，百谷登，德润四海，泽臻草木，三光全，寒暑平，受天之祜，享鬼神之灵，德泽洋溢，施虖方外，延及群生？”数问来看，汉武帝所希望从董仲舒那里了解的，正是秦汉之际今文经学家讲的受命符瑞、天降灾异以及王道理想政治局面这一类的内容。他治理社会的最高理想，就是力图达到“风流而令行，刑轻而奸改，百姓和乐，政事宣昭”的理想状态。文中的相关描述与《诏贤良》一样，具有明显的今文经学色彩。

二、董仲舒政论文的今文经学色彩

董仲舒，汉时广川（今河北衡水景县）人。他的生卒年，《史记》《汉书》均无记载，苏舆《春秋繁露义证·董子年表》说：“董子生卒年月无可考。要生于景帝前，至武帝朝，以老寿终。”② 据《史记·儒林列传》载，董仲舒“以治《春秋》，孝景时为博士。下帷讲诵，弟子传以久次相受业，或莫

① ［汉］班固：《汉书·董仲舒传》，北京：中华书局，1962年，第2496~2497页。
② ［清］苏舆撰，钟哲点校：《春秋繁露义证》，北京：中华书局，1992年，第491页。

见其面，盖三年董仲舒不观于舍园，其精如此”①。汉兴革秦之弊，广开献书之路，惠帝时除“挟书律”，于是文帝时“天下众书往往颇出，皆诸子传说”②，这些都为董仲舒研读经书提供了良好的客观环境。他习经而能学以致用，身体力行，进退容止皆合礼数，且善于著书立说③，受到经生士大夫们的普遍尊敬。

董仲舒治经，最擅长《春秋》。《史记·儒林列传》载：“言《春秋》于齐鲁自胡毋生，于赵自董仲舒。”④ 董仲舒的师承，《汉书·儒林传》载：“胡母生字子都，齐人也。治《公羊春秋》，为景帝博士。与董仲舒同业，仲舒著书称其德。”⑤ 董仲舒与胡母生都是公羊寿的弟子。董仲舒讲《春秋》，一个突出的特点就是“以《春秋》灾异之变推阴阳所以错行”⑥，把讲《春秋》与讲灾异结合起来，以天人感应来讲政事。⑦

---

① ［汉］司马迁：《史记·儒林列传》，北京：中华书局，2014 年，第 3798 页。

② ［汉］班固：《汉书·楚元王传》，北京：中华书局，1962 年，第 1969 页。

③ 董仲舒的著述，《汉书·董仲舒传》先概括地说“仲舒所著，皆明经术之意”，然后大致分为两类。第一类是“上疏条教，凡百二十三篇”。这里说的“百二十三篇”，大约即《汉书·艺文志》著录的“董仲舒百二十三篇”，是其上疏的汇集，其书今已不传。文献中今天我们能看到的上疏对问类的文章主要有：《汉书·董仲舒传》中的《天人三策》，《汉书·五行志》中的《庙殿火灾对》，《汉书·食货志》中的《说武帝使关中民种麦》《说武帝宜限民名田》，《西京杂记》卷五所载《雨雹对》，《春秋繁露》中的《郊事对》和《粤有三仁对》。第二类是“说《春秋》事得失，《闻举》《玉杯》《蕃露》《清明》《竹林》之属，复数十篇，十余万言，皆传于后世”。这应当是指现在所传的《春秋繁露》一书。《史记·儒林列传》中说“……中废为中大夫，居舍，著《灾异之记》”。《灾异之记》今已不传，其书内容，大概可与《汉书·五行志》所载互见。《艺文类聚》中还收有董仲舒的《士不遇赋》，亦见于《古文苑》。

④ ［汉］司马迁：《史记·儒林列传》，北京：中华书局，2014 年，第 3788 页。

⑤ ［汉］班固：《汉书·儒林传》，北京：中华书局，1962 年，第 3615 页。

⑥ ［汉］司马迁：《史记·儒林列传》，北京：中华书局，2014 年，第 3798 页。

⑦ 如汉武帝建元六年，“辽东高庙灾”，“高园便殿火”，董仲舒认为：“《春秋》之道举往以明来……天灾若语陛下：当今之世，虽敝而重难，非以太平至公，不能治也。视亲戚贵属在诸侯远正最甚者，忍而诛之，如吾燔辽东高庙乃可；视近臣在国中处旁仄及贵而不正者，忍而诛之，如吾燔高园殿乃可。”（见［汉］班固：《汉书·五行志》，北京：中华书局，1962 年，第 1331~1332 页。）

董仲舒关心民瘼，他的《说武帝使关中民种麦》谓：“《春秋》它谷不书，至于麦禾不成则书之……今关中俗不好种麦，是岁失《春秋》之所重，而损生民之具也。愿陛下幸诏大司农，使关中民益种宿麦，令毋后时。”① 他还在《诣丞相公孙弘记室书》中说：“仁者所以理人伦也，故圣王以为治首……方今关东五谷咸贵，家有饥饿，其死伤者半，盗贼并起，发亡不止，良民被害，为圣主忧，咎皆由仲舒等典职防禁无素，当先坐。……仲舒至愚，以为扶衰止奸，本在吏耳。宜一考察天下领民之吏，留心署置，以明消灭邪枉之迹，使百姓各安其产业。”②

董仲舒的《天人三策》（或称《举贤良对策》《贤良对策》）③，是董仲舒的重要政论文章，见载于《汉书·董仲舒传》。董仲舒先后回答汉武帝的三次策问，多涉及天人关系问题，故被后人称为《天人三策》。

第一次对策说：

陛下发德音，下明诏，求天命与情性，皆非愚臣之所能及也。臣谨案《春秋》之中，视前世已行之事，以观天人相与之际，甚可畏也。国家将有失道之败，而天乃先出灾害以谴告之，不知自省，又出怪异以警惧之，尚不知变，而伤败乃至。以此见天心之仁爱人君而欲止其乱也。自非大亡道之世者，天尽欲扶持而全安之，事在强勉而已矣。强勉学问，则闻见博而知益明；强勉行道，则德日起而大有功：此皆可使还至而有效者也。《诗》曰“夙夜匪解”，《书》云“茂哉茂哉！”皆强勉之谓也。

道者，所繇适于治之路也，仁义礼乐皆其具也。故圣王已没，而子孙长久安宁数百岁，此皆礼乐教化之功也。王者未作乐之时，乃用先王之乐宜于世者，而以深入教化于民。教化之情不得，雅颂之乐不成，故

① ［汉］班固：《汉书·食货志上》，北京：中华书局，1962 年，第 1137 页。

② ［清］严可均校辑：《全上古三代秦汉三国六朝文》，北京：中华书局，1958 年，第 258 页。

③ “贤良”，汉代选拔官吏的科目之一。对策以考核人才时，把要问的政事、经义等问题写在简策上，根据对答内容来评定优劣。董仲舒这次以贤良的身份参加对策是在元光元年（前 134），一说建元元年（前 140）。

王者功成作乐，乐其德也。乐者，所以变民风，化民俗也；其变民也易，其化人也著。故声发于和而本于情，接于肌肤，臧于骨髓。故王道虽微缺，而管弦之声未衰也。夫虞氏之不为政久矣，然而乐颂遗风犹有存者，是以孔子在齐而闻《韶》也。夫人君莫不欲安存而恶危亡，然而政乱国危者甚众，所任者非其人，而所繇者非其道，是以政日以仆灭也。夫周道衰于幽厉，非道亡也，幽厉不繇也。至于宣王，思昔先王之德，兴滞补弊，明文武之功业，周道粲然复兴，诗人美之而作，上天祐之，为生贤佐，后世称颂，至今不绝。此夙夜不解行善之所致也。孔子曰“人能弘道，非道弘人”也。故治乱废兴在于己，非天降命不可得反，其所操持悖谬失其统也。

臣闻天之所大奉使之王者，必有非人力所能致而自至者，此受命之符也。天下之人同心归之，若归父母，故天瑞应诚而至。《书》曰“白鱼入于王舟，有火复于王屋，流为乌”，此盖受命之符也。周公曰“复哉复哉”，孔子曰“德不孤，必有邻”，皆积善累德之效也。及至后世，淫佚衰微，不能统理群生，诸侯背畔，残贼良民以争壤土，废德教而任刑罚。刑罚不中，则生邪气；邪气积于下，怨恶畜于上。上下不和，则阴阳缪盭而妖孽生矣。此灾异所缘而起也。①

文章一开头，董仲舒就以《春秋》公羊家的口吻，回答汉武帝所提出的“三代受命，其符安在？灾异之变，何缘而起”② 的疑问：“臣谨案《春秋》之中，视前世已行之事，以观天人相与之际，甚可畏也。国家将有失道之败，而天乃先出灾害以谴告之，不知自省，又出怪异以警惧之，尚不知变，而伤败乃至。”这几句话讲天人之际，特别是天以灾异对国家“失道之败”的谴告，为后面的内容提供了某种理论基础。接着，董仲舒引孔子所说的“人能弘道，非道弘人”，强调“故治乱废兴在于己”，鼓励汉武帝积极努力，以达于王道政治。值得注意的是，他一方面引《尚书》“白鱼入于王舟，有火复于

---

① ［汉］班固：《汉书·董仲舒传》，北京：中华书局，1962年，第2498~2500页。
② ［汉］班固：《汉书·董仲舒传》，北京：中华书局，1962年，第2496页。

王屋，流为乌”，谓王者之兴是有“受命之符”的，一方面又倡言君主“积善累德”。也就是说，在天人关系的问题上，他认为应更加重视“人为”。具体到行政措施上，董仲舒指出，不可以废弃道德教化而纯任刑罚，因为“刑罚不中，则生邪气；邪气积于下，怨恶畜于上。上下不和，则阴阳缪盭而妖孽生矣”。

臣谨案《春秋》之文，求王道之端，得之于正。正次王，王次春。春者，天之所为也；正者，王之所为也。其意曰，上承天之所为，而下以正其所为，正王道之端云尔。然则王者欲有所为，宜求其端于天。天道之大者在阴阳。阳为德，阴为刑；刑主杀而德主生。是故阳常居大夏，而以生育养长为事；阴常居大冬，而积于空虚不用之处。以此见天之任德不任刑也。天使阳出布施于上而主岁功，使阴入伏于下而时出佐阳；阳不得阴之助，亦不能独成岁。终阳以成岁为名，此天意也。王者承天意以从事，故任德教而不任刑。刑者不可任以治世，犹阴之不可任以成岁也。为政而任刑，不顺于天，故先王莫之肯为也。今废先王德教之官，而独任执法之吏治民，毋乃任刑之意与！孔子曰：“不教而诛为之虐。”虐政用于下，而欲德教之被四海，故难成也。①

董仲舒再次阐发《春秋》之义，把王道与天道联系起来，谓“求王道之端，得之于正。正次王，王次春。春者，天之所为也；正者，王之所为也”，指出“天道之大者在阴阳。阳为德，阴为刑；刑主杀而德主生。……以此见天之任德不任刑也”，批评当下政治是“废先王德教之官，而独任执法之吏治民”，是虐民之政。

臣谨案《春秋》谓一元之意，一者万物之所从始也，元者辞之所谓大也。谓一为元者，视大始而欲正本也。《春秋》深探其本，而反自贵者

① ［汉］班固：《汉书·董仲舒传》，北京：中华书局，1962年，第2501~2502页。

始。故为人君者，正心以正朝廷，正朝廷以正百官，正百官以正万民，正万民以正四方。四方正，远近莫敢不壹于正，而亡有邪气奸其间者。是以阴阳调而风雨时，群生和而万民殖，五谷孰而屮木茂，天地之间被润泽而大丰美，四海之内闻盛德而皆徕臣，诸福之物，可致之祥，莫不毕至，而王道终矣。

孔子曰："凤鸟不至，河不出图，吾已矣夫！"自悲可致此物，而身卑贱不得致也。今陛下贵为天子，富有四海，居得致之位，操可致之势，又有能致之资，行高而恩厚，知明而意美，爱民而好士，可谓谊主矣。然而天地未应而美祥莫至者，何也？凡以教化不立而万民不正也。夫万民之从利也，如水之走下，不以教化堤防之，不能止也。是故教化立而奸邪皆止者，其堤防完也；教化废而奸邪并出，刑罚不能胜者，其堤防坏也。古之王者明于此，是故南面而治天下，莫不以教化为大务。立大学以教于国，设庠序以化于邑，渐民以仁，摩民以谊，节民以礼，故其刑罚甚轻而禁不犯者，教化行而习俗美也。

圣王之继乱世也，埽除其迹而悉去之，复修教化而崇起之。教化已明，习俗已成，子孙循之，行五六百岁尚未败也。至周之末世，大为亡道，以失天下。秦继其后，独不能改，又益甚之，重禁文学，不得挟书，弃捐礼谊而恶闻之，其心欲尽灭先王之道，而颛为自恣苟简之治，故立为天子十四岁而国破亡矣。自古以徕，未尝有以乱济乱，大败天下之民如秦者也。其遗毒余烈，至今未灭，使习俗薄恶，人民嚚顽，抵冒殊扞，孰烂如此之甚者也。孔子曰："腐朽之木不可雕也，粪土之墙不可圬也。"今汉继秦之后，如朽木粪墙矣，虽欲善治之，亡可奈何。法出而奸生，令下而诈起，如以汤止沸，抱薪救火，愈甚亡益也。窃譬之琴瑟不调，甚者必解而更张之，乃可鼓也；为政而不行，甚者必变而更化之，乃可理也。当更张而不更张，虽有良工不能善调也；当更化而不更化，虽有大贤不能善治也。故汉得天下以来，常欲善治而至今不可善治者，失之于当更化而不更化也。古人有言曰："临渊羡鱼，不如退而结网。"今临政而愿治七十余岁矣，不如退而更化；更化则可善治，善治则灾害日去，

> 福禄日来。《诗》云："宜民宜人，受禄于天。"为政而宜于民者，固当受禄于天。夫仁谊礼知信五常之道，王者所当修饬也；五者修饬，故受天之祐，而享鬼神之灵，德施于方外，延及群生也。①

董仲舒第三次阐发《春秋》大义，说"《春秋》谓一元之意，一者万物之所从始也，元者辞之所谓大也。谓一为元者，视大始而欲正本也"。"正本"，要从居于最高统治地位的"人君"做起——"为人君者，正心以正朝廷，正朝廷以正百官，正百官以正万民，正万民以正四方"。君主顺应天命，作表率以"正百官""正万民"，这就必然要涉及"更化"（革新政治）的问题："更化则可善治，善治则灾害日去，福禄日来。"从君主做起的"更化"，是董仲舒所言治国方略的落脚点，与儒家经学所体现的德治思想一致。

第二次对策的内容，主要是回答汉武帝关于如何看待君主有为与无为的问题。董仲舒肯定了有为政治，建议武帝将"王心"加于百姓，强调使用贤材，培养贤材。主张"兴太学，置明师，以养天下之士"②，然后让他们担任官吏，教化百姓。在官吏任用上要区分贤与不肖，"量材而授官，录德而定位"。

第三次对策，进一步回答汉武帝在天人关系上的疑问。董仲舒仍借助于《春秋》公羊学来讲灾异之论："孔子作《春秋》，上揆之天道，下质诸人情，参之于古，考之于今。故《春秋》之所讥，灾害之所加也；《春秋》之所恶，怪异之所施也。"③ 他还提出，"道之大原出于天，天不变，道亦不变"④，

---

① ［汉］班固：《汉书·董仲舒传》，北京：中华书局，1962年，第2502~2505页。

② ［汉］班固：《汉书·董仲舒传》，北京：中华书局，1962年，第2512页。董仲舒主张"兴太学，置明师，以养天下之士"，奠定了汉代以降教育以"养士"为宗旨的准则。"士"本来是"四民"之一，所以太学的学生主要从民间招收。博士弟子可得到"复其身"的待遇，即免除其徭役赋税，主要是针对其为民间子弟而言的。汉代太学生中家境卑微者举不胜举，例如匡衡"父世农夫"，"家贫，庸作以供资用"；翟方进"家世微贱"，"给事太守府为小史"，其母"织屦以给方进读"；桓荣受业太学，"贫窭无资，常客佣以自给"等。

③ ［汉］班固：《汉书·董仲舒传》，北京：中华书局，1962年，第2515页。

④ ［汉］班固：《汉书·董仲舒传》，北京：中华书局，1962年，第2518~2519页。

“王者有改制之名，亡变道之实”①，并劝告汉武帝要效法尧、舜、禹、汤、文、武之道。文末，基于《春秋》公羊学的“大一统”论，董仲舒提出罢黜百家、独尊儒术的建议：“《春秋》大一统者，天地之常经，古今之通谊也。今师异道，人异论，百家殊方，指意不同，是以上亡以持一统；法制数变，下不知所守。臣愚以为诸不在六艺之科孔子之术者，皆绝其道，勿使并进。邪辟之说灭息，然后统纪可一而法度可明，民知所从矣。”② 这一建议有利于强化君权，巩固统治，完全符合统治者的利益，因而得到肯定，所以班固说：“推明孔氏，抑黜百家。立学校之官，州郡举茂材孝廉，皆自仲舒发之。”③

从文学风格上看，董仲舒的《天人三策》语言朴实平易，语调舒缓，层次清楚，多引经典阐明事理，与汉初政论的铺排文风有明显的不同。④ 文中“言《春秋》者九，引《诗》者五，引《书》者二，而其中言唐虞三代者皆本于《书》；引《易》者一，言礼、言乐在教化及济经生活上的重大意义；

---

① ［汉］班固：《汉书·董仲舒传》，北京：中华书局，1962年，第2518页。

② ［汉］班固：《汉书·董仲舒传》，北京：中华书局，1962年，第2523页。

③ ［汉］班固：《汉书·董仲舒传》，北京：中华书局，1962年，第2525页。

④ 关于董仲舒《天人三策》的风格特点，《石遗室论文》中也有一大段精彩的论析，对我们理解董仲舒散文与经学的关系颇有帮助，兹征引如下：“汉代文章，世称贾茂董醇。茂盛也，即树木枝叶畅茂之意，贾生之策论，根本盛大，枝叶扶疏，茂不难解也。董之醇在何处乎？均是此意此言，在他人言之透露，而董言之含蓄；他人言之激烈，而董言之委婉，不肯求其简捷。三策原以灾异作主，而第一篇开口曰以观天人相与之际，曰天尽欲扶持而安全之，曰事在强勉而已矣，曰可使还至而立有效者也，皆说得亲切近情。曰非道亡也，幽厉不繇也，曰非天降命不可得反其所操持悖谬失其统也，委婉中又说得郑重，视天难谌命靡常者较亲切矣。曰刑罚不中，则生邪气云云，曰天任德不任刑，曰阳不得阴之助云云，曰故先王莫之肯为也，皆颇有至理。曰四方正，远近莫敢不一于正，而亡有邪气奸其间者，则煞句颇峭，以其上正心以正朝廷各句已堂堂正正说之，此处正收太平，故反足一句；又足以阴阳调，风雨时，至王道终矣一段，以鼓舞修德之心，文气可谓厚矣；又反足以凤鸟不至，至不得致也数句，厚之至也。曰自古以来未尝有以乱济乱，大败天下之民如秦者也，文气已足矣；又重之曰，其遗毒余烈，至今未灭，使习俗薄恶，人民嚚顽，抵冒殊扞熟烂如此之甚者也，皆文气至厚处；又肯说多余话，而说来不讨厌，使人动听，如人君莫不欲安存而恶危亡云云是也。”

引《论语》者十三，引曾子者一，引有孟子之言而未出其名”①。引经虽多，而以《春秋》公羊学的天人感应论为核心理论，是今文经学在政治领域的成功运用。《历代古文国玮集》西汉文卷五董仲舒《贤良策对一》尾评云：“董生深于《春秋》，对策即举其说归之于此，即《春秋》书‘春王正月’四字，按而析其义，便已终篇，汉儒治经之精，亦后世所罕及也。篇中欲武帝更化，即贾生说文帝之旨也，但贾言英博，董言醇雅，其词气不同。”② 这里比较了董仲舒文章与汉初贾谊文章的不同，“贾言英博，董言醇雅”八字，甚是精到。刘勰《文心雕龙·议对》篇中称赞说：“仲舒之对，祖述《春秋》，本阴阳之化，究列代之变，烦而不慁者，事理明也。”③ 张溥《汉魏六朝百三家集·董胶西集·题辞》甚至将《天人三策》和《礼记》相比，说“三策三对，君臣喜起，文章大醇，《礼记》俦也”④，评价很高。

三、司马相如《难蜀父老》的政治内涵

司马相如的《难蜀父老》借助论难的对话形式⑤，张扬大汉声威，体现出显著的“大一统”观念。

---

① 徐复观：《徐复观论经学史二种》，上海：上海书店出版社，2002 年，第 171 页。又，董仲舒在《春秋繁露·玉杯》篇有一段总论六艺的话，可以看出他对六经极为重视：“君子知在位者之不能以恶服人也，是故简六艺以赡养之。《诗》《书》序其志，《礼》《乐》纯其美，《易》《春秋》明其知。六学皆大，而各有所长。《诗》道志，故长于质；《礼》制节，故长于文；《乐》咏德，故长于风；《书》著功，故长于事；《易》本天地，故长于数；《春秋》正是非，故长于治人。”

② 《四库全书存目丛书》集部第 366 册，济南：齐鲁书社，1997 年，第 445 页。

③ ［南朝梁］刘勰著，范文澜注：《文心雕龙注》，北京：人民文学出版社，1958 年，第 439 页。

④ ［明］张溥著，殷孟伦注：《汉魏六朝百三家集题辞注》，北京：人民文学出版社，1960 年，第 7 页。

⑤ 用设难、答难对某一种思想或问题进行论析，是源于辞赋的一种论说方式，如东方朔的《答客难》和扬雄的《解嘲》都是。它的优点是论点集中，有针对性。这种形式影响很深，东汉末年以迄魏晋的许多政论文也都采用了这种方式。

汉兴七十有八载，德茂存乎六世，威武纷云，湛恩汪濊，群生沾濡，洋溢乎方外。于是乃命使西征，随流而攘，风之所被，罔不披靡。因朝冉从駹，定筰存邛，略斯榆，举苞蒲，结轨还辕，东乡将报，至于蜀都。

耆老大夫搢绅先生之徒二十有七人，俨然造焉。辞毕，进曰："盖闻天子之于夷狄也，其义羁縻勿绝而已。今罢三郡之士，通夜郎之涂，三年于兹，而功不竟，士卒劳倦，万民不赡；今又接之以西夷，百姓力屈，恐不能卒业，此亦使者之累也，窃为左右患之。且夫邛、筰、西僰之与中国并也，历年兹多，不可记已。仁者不以德来，强者不以力并，意者殆不可乎！今割齐民以附夷狄，弊所恃以事无用，鄙人固陋，不识所谓。"

使者曰："乌谓此乎？必若所云，则是蜀不变服而巴不化俗也，仆尚恶闻若说。然斯事体大，固非观者之所觏也。余之行急，其详不可得闻已。请为大夫粗陈其略：

"盖世必有非常之人，然后有非常之事；有非常之事，然后有非常之功。非常者，固常人之所异也。故曰非常之元，黎民惧焉；及臻厥成，天下晏如也。

"昔者，洪水沸出，泛滥衍溢，民人升降移徙，崎岖而不安。夏后氏戚之，乃堙洪原，决江疏河，洒沈澹灾，东归之于海，而天下永宁。当斯之勤，岂惟民哉？心烦于虑，而身亲其劳，躬傶骿胝无胈，肤不生毛，故休烈显乎无穷，声称浃乎于兹。

"且夫贤君之践位也，岂特委琐握龊，拘文牵俗，循诵习传，当世取说云尔哉！必将崇论谹议，创业垂统，为万世规。故驰骛乎兼容并包，而勤思乎参天贰地。且《诗》不云乎？'普天之下，莫非王土；率土之滨，莫非王臣。'是以六合之内，八方之外，浸淫衍溢，怀生之物有不浸润于泽者，贤君耻之。今封疆之内，冠带之伦，咸获嘉祉，靡有阙遗矣。而夷狄殊俗之国，辽绝异党之域，舟车不通，人迹罕至，政教未加，流风犹微，内之则犯义侵礼于边境，外之则邪行横作，放杀其上，君臣易位，尊卑失序，父兄不辜，幼孤为奴虏，系累号泣。内乡而怨，曰：'盖闻中国有至仁焉，德洋恩普，物靡不得其所，今独曷为遗己！’举踵思慕，若枯旱之望雨，盭夫为之垂涕，况乎上圣，又乌能已？故北出师以讨强胡，南驰使以诮劲越。四面风德，二方之君鳞集仰流，愿得受号者以亿计。故乃关沫、若，徼牂牁，镂灵山，梁孙原，创道德之涂，垂仁义之统，将博恩广施，远抚长驾，使疏逖不闭，曶爽暗昧得耀乎光明，以偃甲兵于此，而息讨伐于彼。遐迩一体，中外禔福，不亦康乎？夫拯民于沈溺，奉至尊之休德，反衰世之陵夷，继周氏之绝业，天子之急务也。百姓虽劳，又恶可以已哉？

“且夫王者固未有不始于忧勤，而终于佚乐者也。然则受命之符合在于此。方将增太山之封，加梁父之事，鸣和鸾，扬乐颂，上咸五，下登三。观者未睹指，听者未闻音，犹焦朋已翔乎寥廓，而罗者犹视乎薮泽，悲夫！”

于是诸大夫茫然丧其所怀来，失厥所以进，喟然并称曰：“允哉汉德，此鄙人之所愿闻也。百姓虽劳，请以身先之。”敞罔靡徙，迁延而辞避。①

班固在《汉书·司马相如传》中说，“相如使时，蜀长老多言通西南夷之不为用，大臣亦以为然。相如欲谏，业已建之，不敢，乃著书，借蜀父老为辞，而己诘难之，以风（讽）天子”②，似乎是说相如不同意汉武帝通西南夷的战略，细读《难蜀父老》全文，我们发现并无此意。文中引《诗经》“普天之下，莫非王土；率土之滨，莫非王臣”为立论依据，其倾向性是很鲜明的。

蜀父老们“为辞”的原因，主要是怕“劳”蜀地人民之力，伤蜀地人民之财，于己不利。这些理由表面看来好似有理，但他们只是站在巴蜀官民的立场上，而未能站在刘汉王朝的立场上；他们只看到过去的历史，而未能看到“汉兴七十有八载，德茂存乎六世”的新的大一统的封建帝国已经十分巩固的历史现实，这就给作者留下了诘难的空间。

---

① ［汉］班固：《汉书·司马相如传下》，北京：中华书局，1962 年，第 2582~2589 页。
② ［汉］班固：《汉书·司马相如传下》，北京：中华书局，1962 年，第 2582 页。

司马相如特别提出了“非常”一词，正因为“非常者，固常人之所异也”，所以在一项伟大的“非常之业”刚刚开始进行的时候，常常不能被一般人所了解，只有到了最后显示出“非常之功”以后，才会受到万民的信服和赞叹，“休烈显乎无穷，声称浃乎于兹”。对此，作者以禹王治水作为论据来加以说明，意在指出通西南夷是一件拯济人民使“天下永宁”的“非常之业”，虽然现在“心烦于虑”“身亲其劳”，但其伟大的业绩将会显赫于无穷的后世，给千万人民的子孙后代带来无穷的好处。文中指出，一个英明的统治者，不能因循守旧，不能局限于一般和过去，“拘文牵俗，循诵习传，当世取说”，而必须适应新的现实需要，进行自己独出的创造。“贤君之践位”，要在兼容并包中纵横驰骋，要与天地之化育比德。因而，武帝作为一个“贤君”，就要使“六合之内，八方之外”的所有“怀生之物”，都要“浸润”着他的恩泽，而不能只限于“六合之内”的人民。进而具体指出，出征西夷的原因。现在在“封疆之内”的“冠带之伦”，虽然已经“咸获嘉祉，靡有阙遗”，但在那“夷狄殊俗之国，辽绝异党之域”，却依然是“政教未加，流风犹微”，因之经常对中原区域进行边境骚扰，对自己内部则是邪恶横行，无恶不作，君臣易位，尊卑失序。那些无辜而被系囚沦为奴隶的人们，“举踵思慕，若枯旱之望雨”，希望中国的“至仁”“上圣”能前去拯救他们。正是基于这样的现实，皇帝才有北讨强胡、南平劲越、西征夷狄的壮举，使得远近统一，内外安定。要之，空前的大一统政权，必然要求有与之相适应的国家观念，而个人的情感和志向也都被不断扩张的整个民族精神“消融”了，枚乘的《谏吴王书》、司马相如的《难蜀父老》等文，都自觉不自觉地体现了这一趋势，要求个体或小众的利益必须服从于当时国家“非常之业”的需要，服从于“大一统”的需要。应当说，在当时的历史情境之下，这一要求对民族融合、社会发展是有积极意义的。

据《汉书·司马相如传》载，相如“从上至长杨猎，是时天子方好自击熊豕，驰逐壄（野）兽，相如因上疏谏”①。《文选》题为《上书谏猎》，列

---

① ［汉］班固：《汉书·司马相如传下》，北京：中华书局，1962年，第2589页。

入“上书”一类，后人或题为《谏猎疏》：

> 臣闻物有同类而殊能者，故力称乌获，捷言庆忌，勇期贲、育。臣之愚暗，窃以为人诚有之，兽亦宜然。今陛下好凌岨险，射猛兽，卒然遇轶才之兽，骇不存之地，犯属车之清尘，舆不及还辕，人不暇施功，虽有乌获、逢蒙之伎，力不得用，枯木朽株尽为难矣。是胡越起于毂下，而羌夷接轸也，岂不殆哉！虽万全无患，然本非天子所宜近也。
>
> 且夫清道而后行，中路而驰，犹时有衔橛之变。而况乎涉丰草，骋丘墟，前有利兽之乐，而内无存变之意，其为害也，不亦难矣！夫轻万乘之重不以为安，而乐出万有一危之涂以为娱，臣窃为陛下不取也。盖闻明者远见于未萌，而智者避危于无形，祸固多藏于隐微，而发于人所忽者也。故鄙谚曰：家累千金，坐不垂堂。此言虽小，可以喻大。臣愿陛下留意幸察！①

一般人对此文只当作劝阻汉武帝畋猎涉险来看，并不深究什么。今人龚克昌、苏瑞隆提出：“……这些话好像仅批评汉武帝不该亲自搏拿凶兽，指出这样做的危险性，但实际是语含双关，它也隐含着对汉武帝政治上的批评，以为这种荒废朝政的行为如不加节制而任其发展下去，后果是不堪设想的。”② 颇有道理。胡学常先生也有类似的看法，认为“且夫清道而后行，中路而驰，犹时有衔橛之变。而况乎涉丰草，骋丘墟，前有利兽之乐，而内无存变之意，其为害也，不亦难矣！夫轻万乘之重不以为安，而乐出万有一危之涂以为娱，臣窃为陛下不取也”这段话中，“由于有了诸如‘清道’‘中路’‘万乘’等富有隐喻意味的意象，武帝不顾险阻的娱乐性田猎行为便获得了象征意义，

① ［南朝梁］萧统编，［唐］李善注：《文选》，上海：上海古籍出版社，1986 年，第 1777～1778 页。

② 龚克昌、苏瑞隆：《司马相如》，沈阳：春风文艺出版社，1999 年，第 34 页。

它象征着武帝不以国家为念而骄奢淫逸、恣意妄为”①，颇有道理。若以此种眼光再审视全文，那么“卒然遇轶才之兽，骇不存之地，犯属车之清尘，舆不及还辕，人不暇施功，虽有乌获、逢蒙之伎，力不得用，枯木朽株尽为难矣。是胡越起于毂下，而羌夷接轸也，岂不殆哉”数句，也完全可以有相似的解读，就是说，这里的隐喻意义在于，如果肆意开疆拓土，妄启边衅，则可能有败亡的危险！如此看来，此文实在大有深意，司马相如真正想强调是，“盖闻明者远见于未萌，而智者避危于无形，祸固多藏于隐微，而发于人所忽者也”，旨在借谏猎给汉武帝敲警钟，因而包含了更多的政治意义，正如文中所提醒的，“此言虽小，可以喻大”。

四、《盐铁论》中贤良文学的儒家精神

《盐铁论》是记录西汉昭帝时盐铁会议的文献，作者桓宽，字次公，汝南（今河南上蔡）人，生卒年不详。治《公羊春秋》，博通善属文，宣帝时举为郎，官至庐江太守丞。汉昭帝始元六年（前81），昭帝诏令各郡国推举的贤良、文学到京师，询问民间疾苦。贤良文学提出，盐铁官营、酒榷、平准、均输等经济政策是民间疾苦的原因，要求废除盐铁官营等。这一主张受到御史大夫桑弘羊的反对，双方展开了全面辩论，此为著名的盐铁会议。盐铁会议是中国古代极少有的关于政府重大政策的公开大辩论，参加者主要有：贤良、文学，诸如鲁万生、茂陵唐生、汝南朱子伯、中山刘子雍、九江祝生等共六十余人；桑弘羊及其僚属；丞相田千秋及其僚属。班固在《汉书·公孙刘田王杨蔡陈郑传》赞中，概括地叙述了《盐铁论》的成书情况：

> 所谓盐铁议者，起始元中，征文学贤良问以治乱，皆对愿罢郡国盐铁、酒榷均输，务本抑末，毋与天下争利，然后教化可兴。御史大夫弘羊以为此乃所以安边竟，制四夷，国家大业，不可废也。当时相诘难，

① 胡学常：《文学话语与权力话语——汉赋与两汉政治》，杭州：浙江人民出版社，2000年，第65页。

> 颇有其议文。至宣帝时，汝南桓宽次公治《公羊春秋》①，举为郎，至庐江太守丞，博通善属文，推衍盐铁之议，增广条目，极其论难，著数万言，亦欲以究治乱，成一家之法焉。②

王充曾说："两刃相割，利钝乃知；二论相订，是非乃见。"③ 所谓"两刃相割""二论相订"，正是盐铁会议中论辩的特点。桓宽根据有关材料，"推衍盐铁之议，增广条目，极其论难，著数万言"，是为《盐铁论》。《盐铁论》虽有剪裁，但基本上保存了论辩双方的主要论点和论据。其中《本议》篇作为《盐铁论》的首篇，摆出了双方的基本观点，有提纲挈领的意义。最后一篇《杂论》，可视为全书的"后序"，桓宽假借"客曰"而发表个人见解。

《盐铁论》充分体现了以贤良文学为代表的儒生以古之圣贤为榜样、忧世伤时、以天下为己任的儒家精神气质，他们在论辩时多引经据典，表现出儒生特有的语言色彩。④《盐铁论》论辩中言"古者"及经典之处颇不少，略举如下：

> 文学曰："古者，贵以德而贱用兵。孔子曰：'远人不服，则修文德以来之。既来之，则安之。'今废道德而任兵革，兴师而伐之，屯戍而备之，

---

① 《盐铁论》引《春秋》公羊义处颇多，诸如《非鞅》引《春秋》曰："末言尔，祭仲亡也。"《晁错》引《春秋》之法："君亲无将，将而必诛。"《刺权》引《传》曰："河海润千里。"《论儒》祭仲自贬损以行权，时也。段熙仲有详细辑录，参见段熙仲著，鲁同群等点校：《春秋公羊学讲疏》，南京：南京师范大学出版社，2002年，第729~731页。

② ［汉］班固：《汉书·公孙刘田王杨蔡陈郑传》，北京：中华书局，1962年，第2903页。

③ 黄晖：《论衡校释·案书》，北京：中华书局，2018年，第1023页。

④ 郭预衡先生认为，《盐铁论》的主要倾向是尊儒的，但其中也有持平之论。作者不是简单地肯定一方而否定另一方，而是认为双方主张不同，却都各有根据。他对于贤良文学的言论是赞扬的，对于他们的意见"废而不行"，是引为遗憾的。特别是对于"中山刘子雍言王道"，称之为"弘博君子"，称赞备至。但他对于桑弘羊之"合时变，推道术"，也称之为"博物通士"，也有所肯定。桓宽最不赞成的，是那"括囊不言，容身而去"以及"阿意苟合，以悦其上"的人。（详参郭预衡：《中国散文史》，上海：上海古籍出版社，2000年，第263页。）

暴兵露师，以支久长，转输粮食无已，使边境之士饥寒于外，百姓劳苦于内。立盐、铁，始张利官以给之，非长策也。故以罢之为便也。”①

文学曰：“古者，贵德而贱利，重义而轻财。三王之时，迭盛迭衰。衰则扶之，倾则定之。是以夏忠、殷敬、周文，庠序之教，恭让之礼，粲然可得而观也。及其后，礼义弛崩，风俗灭息，故自食禄之君子，违于义而竞于财，大小相吞，激转相倾。此所以或储百年之余，或无以充虚蔽形也。古之仕者不穑，田者不渔，抱关击柝，皆有常秩，不得兼利尽物。如此，则愚智同功，不相倾也。《诗》云：‘彼有遗秉，此有滞穗，伊寡妇之利。’言不尽物也。”②

文学曰：“古者，制地足以养民，民足以承其上。千乘之国，百里之地，公侯伯子男，各充其求赡其欲。秦兼万国之地，有四海之富，而意不赡，非宇小而用菲，嗜欲多而下不堪其求也。语曰：‘厨有腐肉，国有饥民，厩有肥马，路有馁人。’今狗马之养，虫兽之食，岂特腐肉肥马之费哉！无用之官，不急之作，服淫侈之变，无功而衣食县官者众，是以上不足而下困乏也。今不减除其本而欲赡其末，设机利，造田畜，与百姓争荐草，与商贾争市利，非所以明主德而相国家也。”③

贤良曰：“古者，政有德，则阴阳调，星辰理，风雨时。故行修于内，声闻于外，为善于下，福应于天。周公载纪而天下太平，国无夭伤，岁无荒年。当此之时，雨不破块，风不鸣条，旬而一雨，雨必以夜。无丘陵高下皆熟。《诗》曰：‘有渰萋萋，兴雨祁祁。’今不省其所以然，而曰‘阴阳之运也’，非所闻也。《孟子》曰：‘野有饿殍，不知收也；狗豕食人食，不知检也；为民父母，民饥而死，则曰，非我也，岁也，何异乎以刃杀之，则曰，非我也，兵也？’方今之务，在除饥寒之患，罢盐、铁，退权利，分土地，趣本业，养桑麻，尽地力也。寡功节用，则

① 王利器：《盐铁论校注》，北京：中华书局，1992年，第2~3页。

② 王利器：《盐铁论校注》，北京：中华书局，1992年，第56页。

③ 王利器：《盐铁论校注》，北京：中华书局，1992年，第171~172页。

民自富。如是，则水旱不能忧，凶年不能累也。”①

不难看出，贤良文学们对于儒家经典都相当熟悉，并完全认同其中所蕴含的思想观念。

从文学角度看，《盐铁论》是一部对话体政论散文，六十篇各有标目，首尾相属，内容连贯，使论点不断深化，具有独特的写作风格与思想文化意义。如《散不足》篇里记大夫以威胁的口气说：“吾以贤良为少愈，乃反其幽明，若胡车相随而鸣。诸生独不见季夏之螇乎？音声入耳，秋至而声无。者（诸）生无易由言，不顾其患，患至而后默，晚矣。”贤良则不为所惧，从容对答说：“孔子读史记，喟然而叹，伤正德之废，君臣之危也。夫贤人君子，以天下为任者也。任大者思远，思远者忘近。诚心闵悼，恻隐加尔，故忠心独而无累。此诗人所以伤而作，比干、子胥遗身忘祸也。其恶劳人若斯之急，安能默乎？《诗》云：‘忧心如惔，不敢戏谈。’孔子栖栖，疾固也。墨子遑遑，闵世也。”② 又如《取下》篇记贤良之言曰：

人之言曰：“安者不能恤危，饱者不能食饥。”故余粱肉者难为言隐约，处佚乐者难为言勤苦。夫高堂邃宇、广厦洞房者，不知专屋狭庐、上漏下湿者之瘏也。系马百驷、货财充内、储陈纳新者，不知有旦无暮、称贷者之急也。……衣轻暖、被美裘、处温室、载安车者，不知乘边城、飘胡代、乡（向）清风者之危寒也。妻子好合、子孙保之者，不知老母之憔悴、匹妇之悲恨也。耳听五音、目视弄优者，不知蒙流矢、距敌方外者之死也。东向伏几、振笔如调文者，不知木索之急、棰楚者之痛也。坐旃茵之上，安图籍之言若易然，亦不知步涉者之难也。③

这段批评统治者不念百姓苦痛的话语，纯以排比句式构成，颇有震撼力。

① 王利器：《盐铁论校注》，北京：中华书局，1992年，第428~429页。
② 王利器：《盐铁论校注》，北京：中华书局，1992年，第348页。
③ 王利器：《盐铁论校注》，北京：中华书局，1992年，第462~463页。

五、刘向的政论文与经学

西汉后期，政治危机加剧，散文作家不得不面对严峻的现实问题。伴随着古文经学的兴起，此期文章风格转向深沉，批判现实的因素也有所增加。刘向的奏议文放言直谏，辞气剀切。刘勰说："雄、向以后，颇引书以助文。"[①] 认为刘向等人的文章多采摭经史以助成之。

刘向，字子政，初名更生，成帝建始元年（前32）改名为刘向，西汉沛（今江苏沛县）人，生于汉昭帝元凤二年（前79）。他是楚元王刘交的四世孙。刘交是汉高祖刘邦的同父少弟，汉兴后封王，是刘邦诸兄弟中仅有的读书人，"好书，多材艺"，少时曾与鲁穆生、白生、申公俱受《诗》于荀子门人浮丘伯，是《鲁诗》的重要传人，"亦次之《诗》传，号曰《元王诗》"。刘交有子五人，其中刘富封休侯，是刘向的曾祖。刘富有四个儿子，其中刘辟疆为刘向祖父，"亦好读《诗》，能属文。武帝时，以宗室子随二千石论议，冠诸宗室。清静少欲，常以书自娱，不肯仕"。刘向的父亲刘德，"字路叔，修黄老术，有智略。少时数言事，召见甘泉宫，武帝谓之'千里驹'"[②]。昭帝时任宗正，宣帝时赐爵关内侯，后封阳城侯，"家产过百万"。可见，刘向不仅贵为宗室，而且有着较多的经学文化素养。

刘向十二岁为辇郎，二十岁擢为谏大夫。宣帝曾征他受《穀梁》学，并参与讨论《公羊》《穀梁》同异之事。元帝之时，弘恭、石显等宦官干政，刘向以灾异警诫天子。成帝继位，石显等伏诛，刘向乃以"故九卿召拜为中郎，使领护三辅都水。数奏封事，迁光禄大夫"[③]，并领校中"五经"秘书。《汉书·艺文志》多次言及刘向校雠整理"五经"的情况。如《易》类云："……《易》为筮卜之事，传者不绝。汉兴，田何传之。讫于宣、元，有施、孟、梁丘、京氏列于学官，而民间有费、高二家之说。刘向以中《古文易经》

---

① ［南朝梁］刘勰著，范文澜注：《文心雕龙注》，北京：人民文学出版社，1958年，第700页。

② ［汉］班固：《汉书·楚元王传》，北京：中华书局，1962年，第1927页。

③ ［汉］班固：《汉书·楚元王传》，北京：中华书局，1962年，第1949页。

校施、孟、梁丘经，或脱去‘无咎’‘悔亡’，唯费氏经与古文同。”① 《书》类云：“《古文尚书》者，出孔子壁中。……孔安国者，孔子后也，悉得其书，以考二十九篇，得多十六篇。安国献之。遭巫蛊事，未列于学官。刘向以中古文校欧阳、大小夏侯三家经文，《酒诰》脱简一，《召诰》脱简二。率简二十五字者，脱亦二十五字，简二十二字者，脱亦二十二字，文字异者七百有余，脱字数十。”② 又《乐》类云：“武帝时，河间献王好儒，与毛生等共采《周官》及诸子言乐事者，以作《乐记》，献八佾之舞，与制氏不相远。其内史丞王定传之，以授常山王禹。禹，成帝时为谒者，数言其义，献二十四卷记。刘向校书，得《乐记》二十三篇，与禹不同。”③ 又据《汉书·楚元王传》说，刘向“为人简易无威仪，廉靖乐道，不交接世俗，专积思于经术”④，他曾“集合上古以来历春秋、六国至秦汉符瑞灾异之记，推迹行事，连传祸福”⑤，著《洪范五行传论》十一篇。《洪范五行传论》在许多方面以天意来解释历史，甚至比董仲舒走得更远。⑥ 刘向又以世俗奢淫，乃“采取

---

① ［汉］班固：《汉书·艺文志》，北京：中华书局，1962年，第1704页。

② ［汉］班固：《汉书·艺文志》，北京：中华书局，1962年，第1706页。

③ ［汉］班固：《汉书·艺文志》，北京：中华书局，1962年，第1712页。

④ ［汉］班固：《汉书·楚元王传》，北京：中华书局，1962年，第1963页。

⑤ ［汉］班固：《汉书·楚元王传》，北京：中华书局，1962年，第1950页。

⑥ 《汉书·艺文志》著录称《洪范五行传记》十一卷，归入《六艺略》。《洪范五行传论》虽未完整地保存下来，但其基本内容载于《汉书·五行志》中。《汉书·五行志》中凡标有“刘向以为”字眼的，均是该书的内容。刘向列举的灾异与对应的人事现象，举其要者，如木类：“木冰”是贵臣御大夫有害之象；火类：“御廪灾”是夫人不可以奉宗庙之告；土类：“大亡麦禾”是土气不养，稼穑不成而致，原因在于统治者奢侈荒淫；金类：“石言”属白色吉祥之应；水类：“桓公元年秋，大水”是桓公弑兄隐公，民臣痛隐而贱桓所致。另外，还有“星孛”是君臣乱于朝，政令亏于外所造成；“马生角”预示吴王刘濞兴兵作乱；等等。值得强调的一点是，刘向在论灾异时特别注重人事的作用。作为符瑞灾异，或显于人事之前作为预告，或显于人事之后作为惩劝，在大多数情况下，刘向将这两方面同时并提，比如，刘向解释《春秋》成公二十年，“夏，齐大灾”：“以为齐桓好色听女口，以妾为妻，適庶数更，故致大灾”，天既然以大灾预告，就应及时补救，改过自新，但“桓公不寤，及死，適庶分争，九月不得葬”（上引见《汉书·五行志》），所以刘向认定，灾异不可怕，关键是见灾异而知天意，因天意而行事。

《诗》《书》所载贤妃贞妇，兴国显家可法则，及孽嬖乱亡者，序次为《列女传》”；又采传记行事，著《新序》《说苑》等①。明人张溥辑有《刘中垒集》。

刘向为宗室，心性忠直，其奏议“言多痛切，发于至诚”（《汉书·楚元王传》）。建始二年（前31），汉成帝在渭城延陵亭动工为自己营建陵墓，到鸿嘉元年（前20）忽又放弃，另选新丰的戏乡建昌陵。永始元年（前16）又放弃昌陵，续建延陵，刘向为此上《谏营昌陵疏》②：

> 臣闻《易》曰：“安不忘危，存不忘亡，是以身安而国家可保也。”故贤圣之君，博观终始，穷极事情，而是非分明。王者必通三统，明天命所授者博，非独一姓也。孔子论《诗》，至于“殷士肤敏，祼将于京”，喟然叹曰：“大哉天命！善不可不传于子孙，是以富贵无常；不如是，则王公其何以戒慎，民萌何以劝勉?”盖伤微子之事周，而痛殷之亡也。虽有尧舜之圣，不能化丹朱之子；虽有禹汤之德，不能训末孙之桀纣。自古及今，未有不亡之国也。昔高皇帝既灭秦，将都雒阳，感寤刘敬之言，自以德不及周，而贤于秦，遂徙都关中，依周之德，因秦之阻。

① 刘向《新序》《说苑》二书的经学色彩颇浓厚。徐复观先生说，据他本人的“粗略统计”，发现“《新序》较《说苑》，吸收《韩传》者为多。若《新序》之三十卷未残，则《韩传》几全为两书所吸收。由此可以断言《新序》《说苑》之作，盖承《韩传》之统绪而有所发展”。（徐复观：《两汉思想史》第三卷，上海：华东师范大学出版社，2001年，第47页。）徐复观还提道：“《新序》《说苑》中引用孔子的材料，在比例上超过了《韩诗传》。《新序》引用《论语》者有十一条，《杂事》第五（卷五）‘孔子侍坐于季孙’条，正式出有‘《论语》’之名称。《论语》以外，引用孔子的故事或语言的共九条。此九条中《杂事》第四（卷四）‘郑人游乡校’条的‘仲尼闻是语也曰，以是观之，人谓子产不仁，吾不信也’，全出自襄公三十一年的《左传》。《杂事》五（卷五）‘孔子北之山戎’条，内容与《礼记·檀弓》下‘孔子过泰山侧’条，内容全同；惟《檀弓》之文字较精简，而此处文字较平衍。”（徐复观：《两汉思想史》第三卷，上海：华东师范大学出版社，2001年，第48~49页。）

② 这里采用的是高步瀛的说法。高步瀛说：“子政此疏，盖上于罢昌陵复延陵之初，当时规画已逾初制，故详论昌陵以为鉴。或谓此疏乃谏延陵，非谏昌陵，失其意矣。”（见高步瀛选注，陈新点校：《两汉文举要》，北京：中华书局，1990年，第176页。）

> 世之长短，以德为效，故常战栗，不敢讳亡。孔子所谓“富贵无常”，盖谓此也。
>
> …………
>
> 陛下即位，躬亲节俭，始营初陵，其制约小，天下莫不称贤明。及徙昌陵，增埤为高，积土为山，发民坟墓，积以万数，营起邑居，期日迫卒，功费大万百余。死者恨于下，生者愁于上，怨气感动阴阳，因之以饥馑，物故流离以十万数，臣甚惑焉。以死者为有知，发人之墓，其害多矣；若其无知，又安用大？谋之贤知则不说，以示众庶则苦之；若苟以说愚夫淫侈之人，又何为哉！陛下慈仁笃美甚厚，聪明疏达盖世，宜弘汉家之德，崇刘氏之美，光昭五帝、三王，而顾与暴秦乱君竞为奢侈，比方丘陇，说愚夫之目，隆一时之观，违贤知之心，亡万世之安，臣窃为陛下羞之。唯陛下上览明圣黄帝、尧、舜、禹、汤、文、武、周公、仲尼之制，下观贤知穆公、延陵、樗里、张释之之意。孝文皇帝去坟薄葬，以俭安神，可以为则；秦昭、始皇增山厚臧，以侈生害，足以为戒。初陵之橅，宜从公卿大臣之议，以息众庶。①

文章一开头就引《易》引《诗》，从天人之际、国家兴亡的方面着眼，谓“天命所授者博，非独一姓”“自古及今，未有不亡之国”，旨在警诫。受董仲舒《春秋》公羊学的影响，刘向认识到天命迁移不属一姓，所谓“无长安之国，无恒治之民”，“世异则事变，事变则时移，时移则俗易”②。刘向作为宗室，有强烈的责任感，他以历史必然改朝换代的法则警诫君王，目的在于挽救日渐衰亡的刘姓王朝，而当别人讲出类似的话时，刘向便会怀疑其动机而视其为大逆不道了。③ 接着，刘向用汉文帝和黄帝、尧、舜、禹、周公、孔子等圣帝明君、贤臣智士都主张薄葬，以及吴王阖闾、秦始皇等昏主暴君厚

---

① ［汉］班固：《汉书·楚元王传》，北京：中华书局，1962年，第1950~1957页。

② ［汉］刘向撰，向宗鲁校证：《说苑校证》，北京：中华书局，1987年，第418页。

③ 如当刘向得知齐人甘忠可造《天官历包元太平经》十二卷，便奏告“忠可假鬼神罔上惑众”，使之被捕下狱。

葬而被掘的事例，从正反两方面阐明了厚葬的严重危害。在刘向看来，成帝营造陵墓造成了十分恶劣的后果：“死者恨于下，生者愁于上，怨气感动阴阳，因之以饥馑，物故流离以十万数。”收尾处作者痛心直言：“宜弘汉家之德，崇刘氏之美，光昭五帝、三王，而顾与暴秦乱君竞为奢侈，比方丘陇，说愚夫之目，隆一时之观，违贤知之心，亡万世之安，臣窃为陛下羞之。”此文情理交融，有内在的力量与气势，表现出儒家所崇尚的敢言直谏的精神。正如郭预衡先生所说：“刘向写这谏书之时，又是当他因触犯宦官石显而被废十余年之后，仍然遇事敢言，这是难能可贵的。”①

刘向的《谏外戚当权封事》，同样表现出敢言的勇气，而且立论几乎全从《春秋》《尚书》《周易》等经典而来：

> 臣闻人君莫不欲安，然而常危，莫不欲存，然而常亡，失御臣之术也。夫大臣操权柄，持国政，未有不为害者也。昔晋有六卿，齐有田、崔，卫有孙、甯，鲁有季、孟，常掌国事，世执朝柄。终后田氏取齐；六卿分晋；崔杼弑其君光；孙林父、甯殖出其君衎，弑其君剽；季氏八佾舞于庭，三家者以《雍》彻，并专国政，卒逐昭公。周大夫尹氏管朝事，浊乱王室，子朝、子猛更立，连年乃定。故经曰“王室乱”，又曰“尹氏杀王子克”，甚之也。《春秋》举成败，录祸福，如此类甚众，皆阴盛而阳微，下失臣道之所致也。故《书》曰：“臣之有作威作福，害于而家，凶于而国。”孔子曰“禄去公室，政逮大夫”，危亡之兆。秦昭王舅穰侯及泾阳、叶阳君专国擅势，上假太后之威，三人者权重于昭王，家富于秦国，国甚危殆，赖寤范雎之言，而秦复存。二世委任赵高，专权自恣，壅蔽大臣，终有阎乐望夷之祸，秦遂以亡。近事不远，即汉所代也。
>
> 汉兴，诸吕无道，擅相尊王。吕产、吕禄席太后之宠，据将相之位，兼南北军之众，拥梁、赵王之尊，骄盈无厌，欲危刘氏。赖忠正大臣绛

① 郭预衡：《中国散文史》，上海：上海古籍出版社，2000年，第266页。

侯、朱虚侯等竭诚尽节以诛灭之，然后刘氏复安。今王氏一姓乘朱轮华毂者二十三人，青紫貂蝉充盈幄内，鱼鳞左右。大将军秉事用权，五侯骄奢僭盛，并作威福，击断自恣，行污而寄治，身私而托公，依东宫之尊，假甥舅之亲，以为威重。尚书九卿州牧郡守皆出其门，管执枢机，朋党比周。称誉者登进，忤恨者诛伤；游谈者助之说，执政者为之言。排摈宗室，孤弱公族，其有智能者，尤非毁而不进。远绝宗室之任，不令得给事朝省，恐其与己分权；数称燕王、盖主以疑上心，避讳吕、霍而弗肯称。内有管、蔡之萌，外假周公之论，兄弟据重，宗族磐互。历上古至秦汉，外戚僭贵未有如王氏者也。虽周皇甫、秦穰侯、汉武安、吕、霍、上官之属，皆不及也。

物盛必有非常之变先见，为其人微象。孝昭帝时，冠石立于泰山，仆柳起于上林。而孝宣帝即位，今王氏先祖坟墓在济南者，其梓柱生枝叶，扶疏上出屋，根臿（插）地中，虽立石起柳，无以过此之明也。事势不两大，王氏与刘氏亦且不并立，如下有泰山之安，则上有累卵之危。陛下为人子孙，守持宗庙，而令国祚移于外亲，降为皂隶，纵不为身，奈宗庙何！妇人内夫家，外父母家，此亦非皇太后之福也。孝宣皇帝不与舅平昌、乐昌侯权，所以安全之也。

夫明者起福于无形，销患于未然。宜发明诏，吐德音，援近宗室，亲而纳信，黜远外戚，毋授以政，皆罢令就弟，以则效先帝之所行，厚安外戚，全其宗族，诚东宫之意，外家之福也。王氏永存，保其爵禄，刘氏长安，不失社稷，所以褒睦外内之姓，子子孙孙无疆之计也。如不行此策，田氏复见于今，六卿必起于汉，为后嗣忧，昭昭甚明，不可不深图，不可不蚤虑。《易》曰："君不密，则失臣；臣不密，则失身；几事不密，则害成。"唯陛下深留圣思，审固几密，览往事之戒，以折中取信，居万安之实，用保宗庙，久承皇太后，天下幸甚。①

---

① ［汉］班固：《汉书·楚元王传》，北京：中华书局，1962年，第1958~1962页。

文章见载于《汉书·楚元王传》。文中历数春秋以来“禄去公室，政逮大夫”的史事，特别分析了汉初诸吕欲危刘氏的事例，暗自与王氏的威势与作为相参照，指出“历上古至秦汉，外戚僭贵未有如王氏者也”。接下来再援据天道，历数昭帝以来民间崛起的灾异之事，以王氏祖坟梓木之异，提醒成帝消祸患于未然，一则可使刘氏江山永固，二则可保王氏外戚的世禄。文末复引《易·系辞》之言，告诫成帝要注意保密，早下决断。“书奏，天子召见向……以向为中垒校尉。”①

《条灾异封事》也是刘向政论文的代表作之一，为后世学人所重视。文章因灾异而抨击石显、弘恭等专权，请除“佞邪之党”。文中以西周、春秋战国及秦朝史事为鉴，杂引《诗》14条、《易》4条、《论语》1条及《春秋》所言灾异，结合当时灾异情况，反复论析，揭露时弊，发人警醒。兹节录其部分内容，以见一斑：

> 臣闻舜命九官，济济相让，和之至也。众贤和于朝，则万物和于野。故箫《韶》九成，而凤皇来仪；击石拊石，百兽率舞。四海之内，靡不和宁。及至周文，开基西郊，杂遝众贤，罔不肃和，崇推让之风，以销分争之讼。文王既没，周公思慕，歌咏文王之德，其《诗》曰：“於穆清庙，肃雍显相；济济多士，秉文之德。”当此之时，武王、周公继政，朝臣和于内，万国欢于外，故尽得其欢心，以事其先祖。其《诗》曰：“有来雍雍，至止肃肃，相维辟公，天子穆穆。”言四方皆以和来也。诸侯和于下，天应报于上，故《周颂》曰“降福穰穰”，又曰“饴我釐辨”。釐辨，麦也，始自天降。此皆以和致和，获天助也。
>
> 下至幽、厉之际，朝廷不和，转相非怨，诗人疾而忧之曰：“民之无良，相怨一方。”众小在位而从邪议，歙歙相是而背君子，故其《诗》曰：“歙歙訿訿，亦孔之哀！谋之其臧，则具是违；谋之不臧，则具是依！”君子独处守正，不桡众枉，勉强以从王事则反见憎毒谗诉，故其

① ［汉］班固：《汉书·楚元王传》，北京：中华书局，1962年，第1963页。

《诗》曰："密勿从事，不敢告劳。无罪无辜，谗口嗸嗸！"当是之时，日月薄蚀而无光，其《诗》曰："朔月辛卯，日有蚀之，亦孔之丑！"又曰："彼月而微，此日而微，今此下民，亦孔之哀！"又曰："日月鞠凶，不用其行；四国无政，不用其良！"天变见于上，地变动于下，水泉沸腾，山谷易处。其《诗》曰："百川沸腾，山冢卒崩，高岸为谷，深谷为陵。哀今之人，胡憯莫惩！"霜降失节，不以其时，其《诗》曰："正月繁霜，我心忧伤；民之讹言，亦孔之将！"言民以是为非，甚众大也。此皆不和，贤不肖易位之所致也。

自此之后，天下大乱，篡杀殃祸并作，厉王奔彘，幽王见杀。至乎平王末年，鲁隐之始即位也，周大夫祭伯乖离不和，出奔于鲁，而《春秋》为讳，不言来奔，伤其祸殃自此始也。是后尹氏世卿而专恣，诸侯背畔而不朝，周室卑微。二百四十二年之间，日食三十六，地震五，山陵崩阤二，彗星三见，夜常星不见，夜中星陨如雨一，火灾十四。长狄入三国，五石陨坠，六鹢退飞，多麋，有蜮、蜚，鸜鹆来巢者，皆一见。昼冥晦。雨木冰。李梅冬实。七月霜降，草木不死。八月杀菽。大雨雹。雨雪靁霆失序相乘。水、旱、饥、蝝、螽、螟蠭午并起。当是时，祸乱辄应，弑君三十六，亡国五十二，诸侯奔走，不得保其社稷者，不可胜数也。周室多祸：晋败其师于贸戎；伐其郊；郑伤桓王；戎执其使；卫侯朔召不往，齐逆命而助朔；五大夫争权，三君更立，莫能正理。遂至陵夷不能复兴。

由此观之，和气致祥，乖气致异；祥多者其国安，异众者其国危，天地之常经，古今之通义也。①

奏疏先以古鉴今，从周朝政治的嬗变讲起，引用《周颂》中《清庙》《邕》《执竞》《思文》等诗，以说明西周政通人和，获得天助；而后又引《小雅》中的《角弓》《小旻》《十月之交》《正月》等篇，以证幽、厉时期朝政失和，引发灾

① ［汉］班固：《汉书·楚元王传》，北京：中华书局，1962年，第1933~1941页。

异。讲到东周以降，又引《春秋》为证："至乎平王末年，鲁隐之始即位也，周大夫祭伯乖离不和，出奔于鲁，而《春秋》为讳，不言来奔，伤其祸殃自此始也……"在详细罗列了《春秋》记载的各项灾异之后，又说："当是时，祸乱辄应，弑君三十六，亡国五十二，诸侯奔走，不得保其社稷者，不可胜数也。周室多祸……遂至陵夷不能复兴。"最后得出结论："由此观之，和气致祥，乖气致异；祥多者其国安，异众者其国危，天地之常经，古今之通义也。"文章整体风格，几如恂恂老儒对后生之耳提面命，谆谆教诲。

又，刘向的《新序》《说苑》旨在彰显儒家的政治理想以致君尧舜，是其说理散文的代表作。二书各篇均围绕某一主题，纂辑若干则与主题相关的前代遗闻佚事加以论说。书中有不少地方是以对话形式来展开故事的，以此刻画人物的性格特点，具有较强的文学性，可视为魏晋小说之滥觞。刘向编撰的《列女传》，汇集贤妃贞妇兴国显家可法则者，作为正面范例；又录孽嬖乱亡者，作为反面鉴戒。该书故事性强，对后世小说中的女性描写有一定的影响。

六、扬雄的政论文与经学

扬雄字子云，汉蜀郡成都人。生于宣帝甘露元年（前53），卒于新莽天凤五年（18）。曾从学于严君平，博览群书，多识古文奇字。成帝时赴京师，为给事黄门郎。王莽时迁为大夫，校书天禄阁，专门以著述为事。早年好辞赋，曾作《长杨赋》《甘泉赋》《羽猎赋》等散体大赋，后鄙薄之，不复为。有《解嘲》《剧秦美新》等文。他的《太玄》《法言》是模仿《周易》《论语》写成的。另有语言学著作《方言》等。《隋书·经籍志》著录《扬雄集》五卷，已散佚；明代张溥辑有《扬侍郎集》。据《汉书·扬雄传》说：

> 扬雄字子云……其先出自有周伯侨者，以支庶初食采于晋之扬，因氏焉……扬季官至庐江太守。汉元鼎间避仇复溯江上，处岷山之阳曰郫，有田一壥，有宅一区，世世以农桑为业。自季至雄，五世而传一子……雄少而好学，不为章句，训诂通而已，博览无所不见。为人简易佚荡，口吃不能剧谈，默而好深湛之思，清静亡为，少耆欲，不汲汲于富贵，不

戚戚于贫贱，不修廉隅以徼名当世。家产不过十金，乏无儋石之储，晏如也。自有大度，非圣哲之书不好也；非其意，虽富贵不事也。①

扬雄生于一个普通的农家，“有田一壥，有宅一区，世世以农桑为业”，一壥（廛）即一百亩地，用晁错的话说，“百亩之收不过百石”，加上伐薪樵、治官府、给徭役，普通的有百亩之地的农家，“四时之间亡日休息”②。扬雄在其《逐贫赋》中展示了其早年的生活情形：“徒行负笈，出处易衣。身服百役，手足胼胝。或耘或耔，沾体露肌。”③ 扬雄把清明政治称作“善政”，把与之相反的昏暗政治称作“恶政”。他认为这两种政治的判定，主要是人民对政治的反映。人民的反映因政治的好坏而有“思”“斁”两种态度：

或问“思斁”。曰：“昔在周公，征于东方，四国是王；召伯述职，蔽芾甘棠，共思矣夫！齐桓欲径陈，陈不果内，执袁涛涂，其斁矣乎……”或问：“何思？何斁？”曰：“老人老，孤人孤，病者养，死者葬，男子亩，妇人桑之谓思。若污人老，屈人孤，病者独，死者逋，田亩荒，杼轴空之谓斁。”④

扬雄还把当时农民受压迫的情形概括为“三勤”：“政善而吏恶，一勤也；吏善而政恶，二勤也；政、吏骈恶，三勤也。”⑤ 他面对的是一个日趋没落、社会矛盾及思想文化领域均面临严重危机的时代，土地高度集中，农业人口大量流散，吏治败坏，社会矛盾不断激化。成帝阳朔三年（前22），颍川铁官徒申屠圣等百八十人杀长吏，盗库兵，自称将军，经历九郡。鸿嘉三年（前18），广汉男子郑躬等六十余人攻官寺、篡囚徒，盗库兵，自称山君。永

① ［汉］班固：《汉书·扬雄传上》，北京：中华书局，1962年，第3513~3514页。
② ［汉］班固：《汉书·食货志上》，北京：中华书局，1962年，第1132页。
③ 张震泽：《扬雄集校注》，上海：上海古籍出版社，1993年，第146页。
④ ［清］汪荣宝撰，陈仲夫点校：《法言义疏》，北京：中华书局，1987年，第286页。
⑤ ［清］汪荣宝撰，陈仲夫点校：《法言义疏》，北京：中华书局，1987年，第290页。

始三年（前 14），山阳铁官徒苏令等二百二十八人攻杀长吏，盗库兵，自称将军，经历郡国十九……在这种情势下，扬雄所好的“圣哲之书”，当是偏于讲仁政的儒家经传之类。他特别强调宗圣，最为服膺孔子，他说：“仲尼之道，犹四渎也，经营中国，终入大海。它人之道者，西北之流也，纲纪夷貉，或入于沱，或沦于汉。”① 他认为孔子之道代表了思想学术的最高真理，可以作为判断是非的最高标准。《法言·吾子》：“或曰：‘人各是其所是，而非其所非，将谁使正之？’曰：‘万物纷错则悬诸天，众言淆乱则折诸圣。’”②“好书而不要诸仲尼，书肆也。好说而不要诸仲尼，说铃也。”③《法言·学行》：“川有渎，山有岳，高而且大者，众人所能逾也。”④“视日月而知众星之蔑也，仰圣人而知众说之小也。”⑤

扬雄还认为圣人之道的精粹集中在“五经”之中⑥，他赞叹说：“大哉！

① ［清］汪荣宝撰，陈仲夫点校：《法言义疏》，北京：中华书局，1987 年，第 503～504 页。

② ［清］汪荣宝撰，陈仲夫点校：《法言义疏》，北京：中华书局，1987 年，第 82 页。

③ ［清］汪荣宝撰，陈仲夫点校：《法言义疏》，北京：中华书局，1987 年，第 74 页。

④ ［清］汪荣宝撰，陈仲夫点校：《法言义疏》，北京：中华书局，1987 年，第 13 页。

⑤ ［清］汪荣宝撰，陈仲夫点校：《法言义疏》，北京：中华书局，1987 年，第 21 页。

⑥《法言》中有关“五经”的议论甚多，如：(1)“观书者譬诸观山及水，升东岳而知众山之逦迤也，况介丘乎？浮沧海而知江河之恶沱也，况枯泽乎？舍舟航而济乎渎者，末矣；舍‘五经’而济乎道者，末矣。弃常珍而嗜乎异馔者，恶睹其识味也；委大圣而好乎诸子者，恶睹其识道也。”（《吾子》）(2)“虞夏之书浑浑尔，商书灏灏尔，周书噩噩尔，下周者其书谯乎。”（《问神》）(3)“或问：‘圣人之经不可使易知与？’曰：‘不可。天俄而可度，则其覆物也浅矣；地俄而可测，则其载物也薄矣。大哉！天地之为万物郭，“五经”之为众说郛。’”（《问神》）(4)“书不经，非书也；言不经，非言也。言、书不经，多多赘矣。”（《问神》）(5)“或问‘经之艰易’。曰：‘存亡（指经之存亡）。’或人不谕，曰：‘其人（司马光以“人”当作“文”）存则易，亡则艰。延陵季子之于乐也，其庶矣乎！如乐弛，虽札末如之何矣。’”（《问神》）(6)“或问：‘天地简易，而圣人法之，何“五经”之支离？’曰：‘支离盖其所以为简易也。已简，已易，焉支？焉离？’”（《五百》）(7)“或问‘泰和’。曰：‘其在唐、虞、成周乎？观《书》及《诗》温温乎，其和可知也。’”（《孝至》）(8)“或曰：‘经可损益与？’曰：‘《易》始八卦，而文王六十四，其益可知也。《诗》《书》《礼》《春秋》，或因或作，而成于仲尼，其益可知也。故夫道非天然，应时而造者，损益可知也。’”（《问神》）

天地之为万物郭，‘五经’之为众说郛。”① 就像天地包容万物一样，“五经”包容众说。他还具体阐述了各经的特长：“说天者莫辩乎《易》，说事者莫辩乎《书》，说体者莫辩乎《礼》，说志者莫辩乎《诗》，说理者莫辩乎《春秋》。”② 认为学问之博大、精深、纯正，非“五经”莫属。扬雄称赞儒家经学，当是崇奉其中所包含的仁义、礼制等政治思想，他学习“圣哲之书”而不为章句之学，显然是着意于“求道”，而不是把经学作为汲汲于仕进利禄的工具。

扬雄的《法言》模仿《论语》，不过从内容上看，对其他儒家经典也多有吸纳，如其中的《修身》篇，可以视为对《论语》《孟子》《仪礼》等典籍相关内容的重要发挥。例如，其中言道：

> 修身以为弓，矫思以为矢，立义以为的，奠而后发，发必中矣。③
>
> 或问：“何如斯谓之人？”曰：“取四重，去四轻，则可谓之人。”曰：“何谓四重？”曰：“重言，重行，重貌，重好。言重则有法，行重则有德，貌重则有威，好重则有观。”“敢问四轻。”曰：“言轻则招忧，行轻则招辜，貌轻则招辱，好轻则招淫。”④
>
> 《礼》多仪。或曰：“日昃不食肉，肉必干；日昃不饮酒，酒必酸。宾主百拜而酒三行，不已华乎？”曰：“实无华则野，华无实则贾，华实副则礼。”⑤
>
> 天下有三门：由于情欲，入自禽门；由于礼义，入自人门；由于独智，入自圣门。⑥
>
> 仁，宅也。义，路也。礼，服也。智，烛也。信，符也。处宅，由

---

① ［清］汪荣宝撰，陈仲夫点校：《法言义疏》，北京：中华书局，1987年，第157页。
② ［清］汪荣宝撰，陈仲夫点校：《法言义疏》，北京：中华书局，1987年，第215页。
③ ［清］汪荣宝撰，陈仲夫点校：《法言义疏》，北京：中华书局，1987年，第84页。
④ ［清］汪荣宝撰，陈仲夫点校：《法言义疏》，北京：中华书局，1987年，第96页。
⑤ ［清］汪荣宝撰，陈仲夫点校：《法言义疏》，北京：中华书局，1987年，第97页。
⑥ ［清］汪荣宝撰，陈仲夫点校：《法言义疏》，北京：中华书局，1987年，第104页。

路，正服，明烛，执符。君子不动，动斯得矣。①

先秦儒家特别突出修身，讲修身齐家、治国平天下②，扬雄发挥说："修身以为弓，矫思以为矢，立义以为的。"这里的"义"，即"宜"，指在社会关系上表现适宜。"奠而后发"，"奠"字当定讲，静定而后行动，则可以无失。一个人是否做到了修身，就得看他的言、行、貌、好合不合乎义的准则，四个方面都合于义，扬雄称为"四重"，相反，他视为"四轻"。并且，他认为一个人"取四重，去四轻"才"可谓之人"，算是真正做到了修身。在礼仪的内容与形式上，扬雄提出要华实相副，一如《论语·雍也》所说的"质胜文则野，文胜质则史；文质彬彬，然后君子"。扬雄在《法言·先知》篇里也提道："圣人，文质者也。车服以彰之，藻色以明之，声音以扬之，《诗》《书》以光之。笾豆不陈，玉帛不分，琴瑟不铿，钟鼓不抎，则吾无以见圣人矣。"③ 依人性善恶的不同，扬雄将人分为圣人、贤人、众人三个等次，并以神、义及富、贵、生作为他们不同的本质特点。那些贪图富贵、苟且偷生的人，因恶多善少、放纵情欲而入"禽门"；笃行礼义的贤人善多恶少，则进入合于礼义的"人门"；能够如神明一般契合道德的圣人善极多恶绝少，就会升入"圣门"。众人要避免堕入禽兽之门，更离不开自觉的修身。"仁，宅也。义，路也。"这句话当源自《孟子·告子上》："仁，人心也；义，人路也。舍其路而弗由，放其心而不知求，哀哉！"④ 而"君子不动，动斯得矣"，则源自《论语·述而》篇孔子所说的"仁远乎哉？我欲仁，斯仁至矣"⑤。

《法言》中的政论性文字不少，大多基于扬雄对现实问题的认识，有感而

---

① ［清］汪荣宝撰，陈仲夫点校：《法言义疏》，北京：中华书局，1987年，第92页。

② 周予同先生说："《大学》主张以格物、致知、诚意、正心、修身为个人内心修养的阶梯……从格物、致知到平天下，这正是儒者所谓'体用一原'、'显微无间'的理想人格的圣人。"（见朱维铮编：《周予同经学史论著选集》，上海：上海人民出版社，1983年，第411页。）

③ ［清］汪荣宝撰，陈仲夫点校：《法言义疏》，北京：中华书局，1987年，第291页。

④ 杨伯峻译注：《孟子译注》，北京：中华书局，1960年，第267页。

⑤ 杨伯峻译注：《论语译注》，北京：中华书局，1980年，第74页。

发，如他强烈反对法家依靠刑罚暴力来作为维护统治的手段：

> 申、韩之术，不仁之至矣，若何牛羊之用人也？若牛羊用人，则狐狸、蝼螾不膢腊也与？或曰："刀不利，笔不铦，而独加诸砥，不亦可乎？"曰："人砥，则秦尚矣。"①

秦朝使用申韩之术，以人为砥，所以才遭覆国的命运，不过，扬雄同样反对道家无为而治的政治主张：

> 或问"无为"。曰："奚为哉？在昔虞、夏袭尧之爵，行尧之道，法度彰，礼乐著，垂拱而视天下民之阜也，无为矣。绍桀之后，纂纣之余，法度废，礼乐亏，安坐而视天下民之死，无为乎？"②

扬雄主张推行仁义来代替刑罚酷政，说"为政日新。或人：'敢问日新。'曰：'使之利其仁，乐其义。厉之以名，引之以美，使之陶陶然之谓日新。'"③

《剧秦美新》是扬雄的一篇重要的政论文，见载于《文选》，扬雄自称意在劝王莽行巡狩封禅之事，说"往时司马相如作《封禅》一篇，以彰汉氏之休。臣……敢竭肝胆，写腹心，作《剧秦美新》一篇"④。文中批评秦王朝说："……至（嬴）政破纵擅衡，并吞六国，遂称乎始皇。盛纵鞅、仪、韦、斯之邪政，驰骛起、翦、恬、贲之用兵，刬灭古文，刮语烧书，弛礼崩乐，涂民耳目。"⑤ 作者又顺势"剧汉"道："秦余制度，项氏爵号，虽违古而犹

① ［清］汪荣宝撰，陈仲夫点校：《法言义疏》，北京：中华书局，1987年，第130页。

② ［清］汪荣宝撰，陈仲夫点校：《法言义疏》，北京：中华书局，1987年，第125页。

③ ［清］汪荣宝撰，陈仲夫点校：《法言义疏》，北京：中华书局，1987年，第290页。

④ ［南朝梁］萧统编，［唐］李善注：《文选》，上海：上海古籍出版社，1986年，第2149页。

⑤ ［南朝梁］萧统编，［唐］李善注：《文选》，上海：上海古籍出版社，1986年，第2150页。

袭之。是以帝典阙而不补，王纲弛而未张，道极数殚，暗忽不还。”[①] 与批评秦、汉相对照，文中赞颂了王莽的新政措施：“夫改定神祇，上仪也。钦修百祀，咸秩也。明堂雍台，壮观也。九庙长寿，极孝也。制成‘六经’，洪业也。北怀单于，广德也。若复五爵，度三壤，经井田，免人役……郁郁乎焕哉！”[②] 近人吕思勉认为：“先秦之世，仁人志士，以其时之社会组织为不善，而思改正之者甚多……新莽之所行，盖先秦以来志士仁人之公意。”[③]《剧秦美新》的写作时间当在始建国元年（9）或二年，王莽的改革政策初步实施，其负面影响还没有表现出来。从构思谋篇上来看，《剧秦美新》将秦政之酷虐与新政之仁惠加以对比，虽有所夸饰而不失真，给读者留下鲜明、深刻的印象。从文体上看，此文以论说为主，与贾谊“论而似赋”的政论文颇有相似之处[④]，只是文字更为典重、受赋的影响更大一些罢了。

结语：无疑，西汉中后期的散文创作是相当丰富的，其经学文化内涵体现得也相当充分。随着政治危机加剧，散文作家不能不面对更多更严峻的现实问题，如刘向的奏议文放言直谏、辞气剀切。此期古文经学兴起，受其影响，文章风格也趋于深沉。毋庸讳言，在汉代大一统专制的新形势下，士人与朝廷的关系需要重新定位——他们只有顺从统治者设定的套路，用心于经典、经学，才能获取一定的社会地位与发展机会，这无疑会压抑他们个性的自由发展，也使得汉代文章在总体风格上不那么活泼，不那么富于个性色彩。这也是我们在论及汉代散文与经学之关系时应当注意到的。

---

① ［南朝梁］萧统编，［唐］李善注：《文选》，上海：上海古籍出版社，1986 年，第 2151~2152 页。

② ［南朝梁］萧统编，［唐］李善注：《文选》，上海：上海古籍出版社，1986 年，第 2153~2154 页。

③ 吕思勉：《秦汉史》，上海：上海古籍出版社，2005 年，第 174 页。

④ 钱锺书先生说：“贾生作论而似赋。”见钱锺书：《管锥编》第 3 册，北京：中华书局，1979 年，第 891 页。

第六章

司马迁《史记》与经学[1]

司马迁受学于董仲舒，又曾“问故”于孔安国。[2] 司马迁写《史记》，自言要“考信于六蓺（艺）”[3]，“六艺”即“六经”。司马迁对他心中的真实历史的确认及断代，都是以“六艺”特别是《诗》《书》为依据的。经学的历史诠释、价值评判，必然会对司马迁的《史记》创作产生重要的影响。“六经”之中，司马迁又特别重视《春秋》。春秋笔法是《春秋》的精髓所在，

① 本章主要内容，参见边家珍：《论司马迁〈史记〉创作与〈春秋〉学之关系》，《浙江学刊》2014年第1期。

② 据《汉书·儒林传》载：“孔氏有古文《尚书》，孔安国以今文字读之，因以起其家逸《书》，得十余篇，盖《尚书》兹多于是矣。遭巫蛊，未立于学官。安国为谏大夫，授都尉朝，而司马迁亦从安国问故。迁书载《尧典》《禹贡》《洪范》《微子》《金縢》诸篇，多古文说。”

③ ［汉］司马迁：《史记·伯夷列传》，北京：中华书局，2014年，第2581页。司马迁深受“六经”之影响，这一点古人也是看到了的。黄淳耀《陶庵全集》卷四《史记评论·太史公自序》云：“世多谓太史公序六家要指，进道德而绌儒术，余按此非迁意，乃述其父司马谈之言也。迁进孔子于世家，退老子于列传，左儒右老，一览可知。今述其父谈之言，乃独推道家者，盖谈本学黄老，此论必其精神所寄，迁不敢没，故谨识之尔。若其与上大夫壶遂相答问语，发明‘六经’大旨，隐然欲继《春秋》于五百载之后，岂绌儒术者之言哉！且其言曰：‘余闻之先人曰，伏羲至纯厚，作《易》八卦；尧舜之盛，《尚书》载之，礼乐作焉；汤武之隆，诗人歌之；《春秋》采善贬恶，推三代之德，褒周室，非独刺讥而已也。’是谈于‘六经’之旨亦非抵牾者，其谓儒者博而寡要，劳而少功，盖是指当时俗学之弊耳。以辞害意，虽班固且不免，况其他哉。”（见《景印文渊阁四库全书》第1297册，第710页。）

对司马迁创作《史记》影响甚大，他常于叙事中寄寓褒贬，以达到“善善恶恶”的写作目的。《春秋》公羊学家们讲微言大义，讲天人感应，对司马迁也有一定的影响。要之，效法孔子作《春秋》的著述宗旨，使司马迁站在当时可能达到的认识水平与思想高度，俯察两千多年来的政治、经济、军事、法律、学术文化及形形色色的历史事件与人物，进行系统的分析研究，阐明自己的看法，用他自己的话说就是要成“一家之言”。本章拟以《春秋》为中心，论析《史记》与经学之内在关联。

一、《史记》与“六经”

司马迁对他心中的真实历史的确认及断代，都是以“六艺”特别是《诗》《书》为依据的，如他说：

夫学者载籍极博，犹考信于六蓺，《诗》《书》虽缺，然虞夏之文可知也。①

学者多称五帝，尚矣。然《尚书》独载尧以来。②

夫神农以前，吾不知已。至若《诗》《书》所述虞夏以来，耳目欲极声色之好，口欲穷刍豢之味，身安逸乐，而心夸矜埶能之荣使，俗之渐民久矣。③

农工商交易之路通，而龟贝金钱刀布之币兴焉。所从来久远，自高辛氏之前尚矣，靡得而记云。故《书》道唐虞之际，《诗》述殷周之世。④

又，《太史公自序》云：“夫《诗》《书》隐约者，欲遂其志之思也。昔西伯拘羑里，演《周易》；孔子厄陈蔡，作《春秋》；屈原放逐，著《离骚》；

① ［汉］司马迁：《史记·伯夷列传》，北京：中华书局，2014年，第2581页。

② ［汉］司马迁：《史记·五帝本纪》，北京：中华书局，2014年，第54页。

③ ［汉］司马迁：《史记·货殖列传》，北京：中华书局，2014年，第3949页。

④ ［汉］司马迁：《史记·平准书》，北京：中华书局，2014年，第1738页。

左丘失明，厥有《国语》；孙子膑脚，而论兵法；不韦迁蜀，世传《吕览》；韩非囚秦，《说难》《孤愤》；《诗》三百篇，大抵贤圣发愤之所为作也。"① 这段话中也比较集中地提到了"六经"中的《诗》《书》《易》《春秋》。冯天瑜先生说得好："元典的重视历史诠释，着意于给历史以价值评判，特别表现在对历史人物的扬抑臧否上，《诗》《书》对尧、舜、禹、汤、文、武、周公及其他诸先贤的赞颂，对桀、纣、幽、厉的抨击，早已为人所熟知……其视角多样，有道德的，有事功的，有情趣的，显示了一种生机盎然的论史方式。"② 那么，"六经"中的这些历史诠释、价值评判，必然会对司马迁的《史记》创作产生重要的影响。李长之《司马迁之人格与风格》一书中，论司马迁与孔子及"六经"之关系，有其独到之处。他就《孔子世家》与《十二诸侯年表序》中的相关记载阐发道："……（孔子）一生功罪之所系了。假若说六艺中的其他经典也许多少还有身外之物之意，《春秋》却是孔子真正性命心灵中所呼息着的。《春秋》不是记'实然'的史实，却是'应然'的理想的发挥。据鲁亲周故殷，就是公羊派所谓三科。何休说'新周，故宋，以《春秋》当新王'，故宋即故殷（宋为殷后），新周即亲周（《大学》上：'在亲民'即'在新民'），以《春秋》当新王即据鲁（孔子说：'吾其为东周乎？'孔子原想建一个新的东方周帝国！）。故殷者，是因为孔子本是殷后，不忘本。亲周者，是因为孔子有集权思想，他一部整个《春秋》，都是表现一种政治上的向心力的。据鲁者，乃是因为新帝国的理想建设，就以鲁为根据地。这就是《春秋》的大义微言！孔子志在周公，只有在《春秋》里表现得最明显。"③ 分析甚为确当。

二、孔子作《春秋》对司马迁著史动机的影响

从现存文献来看，孟子第一次明确地说孔子"作《春秋》"，其后经过

① ［汉］司马迁：《史记·太史公自序》，北京：中华书局，2014年，第4006页。

② 冯天瑜：《中华元典精神》，上海：上海人民出版社，1994年，第244页。

③ 李长之：《司马迁之人格与风格》，北京：生活·读书·新知三联书店，1984年，第59页。

儒家后学特别是《春秋》公羊学派的阐发，完整的孔子作《春秋》的理论最终形成。孔子为什么要作《春秋》？孟子讲：“世衰道微，邪说暴行有作，臣弑其君者有之，子弑其父者有之。孔子惧，作《春秋》。《春秋》，天子之事也；是故孔子曰：‘知我者其惟《春秋》乎！罪我者其惟《春秋》乎！’”①孟子认为，《春秋》实非孔子偶然所为，而是出于对君臣纲常紊乱现实的巨大深沉的忧患、抱着一定的政治用意而作《春秋》，这用意就是要正名，就是要恢复西周盛世之礼制，以达于“王道”之理想，所以说“《春秋》，天子之事也”。孟子又说：“晋之《乘》，楚之《梼杌》，鲁之《春秋》，一也：其事则齐桓、晋文，其文则史。孔子曰：‘其义则丘窃取之矣。’”② 这里清楚地说明了孔子“作《春秋》”的“作”字的含义。孔子“作”《春秋》，是在“鲁之《春秋》”的基础上加以修订改造，不是说原先什么也没有，孔子无中生有地硬造出一部《春秋》来。就内容来说，孔子“作”的《春秋》所讲依然是齐桓、晋文之类的霸业，其文体也与“鲁之《春秋》”旧文一样，是一部史书；不同之处就在于孔子作《春秋》时把“义”即政治思想加进去了。按照儒家后学的说法，孔子在《春秋》中寄寓了许多微言大义，由于害怕受到当时诸侯贵族的迫害，所以这些微言大义没有明确写出来，而是由孔子口头授给弟子，再由弟子口口相传，最后在汉代才著于竹帛，《春秋公羊传》和《春秋穀梁传》就是为阐释《春秋》微言大义而作。这就使得“鲁之《春秋》”与孔子所“作”之《春秋》有了本质的区别：一个还是与“晋之《乘》，楚之《梼杌》”无甚区别的一般史书，一个是借助历史材料来讲政治的经典式巨著。孟子的见解，可谓敏锐而准确。至《公羊传》，便将未经孔子加工的鲁《春秋》叫作《不修春秋》，以表明经过孔子修过的《春秋》与《不修春秋》有本质的不同。③ 关于孔子“作《春秋》”的意义，孟子说：

---

① 杨伯峻译注：《孟子译注》，北京：中华书局，1960 年，第 155 页。

② 杨伯峻译注：《孟子译注》，北京：中华书局，1960 年，第 192 页。

③ 《公羊传·庄公七年》：“……曷为谓之如雨？《不修春秋》曰：‘雨星不及地尺而复。’君子修之曰：‘星賈如雨。’何以书？记异也。”（［清］阮元校刻：《十三经注疏》，北京：中华书局，1980 年，第 2228 页。）此“君子”，当指孔子。何休《公羊解诂》说：“《不修春秋》，谓史记也。”说明“雨星不及地尺而复”，乃是旧史的原文，是孔子修订为“星賈如雨”的。

"昔者禹抑洪水而天下平，周公兼夷狄，驱猛兽而百姓宁，孔子成《春秋》而乱臣贼子惧。"① 在孟子看来，孔子作《春秋》为社会树立了合乎西周礼制的王道理想，使"乱臣贼子"无所逃于诛责，完全可以与大禹治洪水、周公"兼夷狄，驱猛兽"相提并论。《公羊传》继承并发展了孟子关于《春秋》讲天子之事的观点，说："君子曷为为《春秋》？拨乱世，反诸正，莫近诸《春秋》……制《春秋》之义，以俟后圣。"② 这话显然是从孟子那里脱胎而来。鲁哀公十四年（前481）发生了获麟事件，孔子认为这是上天赐予他的受命符瑞，董仲舒说："孔子作《春秋》，先正王而系万事，见素王之文焉。"③《史记·儒林列传》云："汉兴至于五世之间，唯董仲舒名为明于《春秋》，其传公羊氏也。"④ 董氏所言乃《春秋》公羊家说。

司马迁上承孟子与董仲舒的看法，对孔子作《春秋》评价甚高。《太史公自序》中说"桀、纣失其道而汤、武作，周失其道而《春秋》作"⑤，把孔子作《春秋》与汤、武伐桀、纣以及陈涉起义相提并论。他还阐发董仲舒之言，突出强调了《春秋》的划时代意义："余闻董生曰：'周道衰废，孔子为鲁司寇，诸侯害之，大夫壅之。孔子知言之不用，道之不行也，是非二百四十二年之中，以为天下仪表，贬天子，退诸侯，讨大夫，以达王事而已矣。'子曰：'我欲载之空言，不如见之于行事之深切著明也。'夫《春秋》，上明三王之道，下辨人事之纪，别嫌疑，明是非，定犹豫，善善恶恶，贤贤贱不肖，存亡国，继绝世，补敝起废，王道之大者也。……为人君父而不通于《春秋》之义者，必蒙首恶之名；为人臣子而不通于《春秋》之义者，必陷篡弑之诛，死罪之名。"⑥ 董仲舒以为孔子处于乱世，不满自己的意见不被采用，政治理想不能实现，便通过对二百四十二年的记述，表明自己的是非观念，以达到

① 杨伯峻译注：《孟子译注》，北京：中华书局，1960年，第155页。
② ［清］阮元校刻：《十三经注疏》，北京：中华书局，1980年，第2354页。
③ ［汉］班固：《汉书·董仲舒传》，北京：中华书局，1962年，第2509页。
④ ［汉］司马迁：《史记·儒林列传》，北京：中华书局，2014年，第3799页。
⑤ ［汉］司马迁：《史记·太史公自序》，北京：中华书局，2014年，第4017页。
⑥ ［汉］司马迁：《史记·太史公自序》，北京：中华书局，2014年，第4003页。

其贬天子①、退诸侯、讨大夫以达于王道的目的。

可以看出，司马迁完全接受了董仲舒对孔子作《春秋》的认识，而且他对《春秋》历史意义的阐发，对《春秋》政治作用的称颂，几乎到了无以复加的地步。② 另外，《十二诸侯年表序》中说，孔子作《春秋》后，“七十子之徒口受其传指，为有所刺讥褒讳挹损之文辞不可以书见也。鲁君子左丘明惧弟子人人异端，各安其意，失其真，故因孔子史记具论其语，成《左氏春秋》”③。《匈奴列传》赞曰：“孔氏著《春秋》，隐桓之间则章，至定哀之际则微，为其切当世之文而罔褒，忌讳之辞也。”④ 在司马迁看来，《春秋》褒贬并用、赏罚分明。在《儒林列传》中，司马迁还说“仲尼干七十余君无所遇，曰‘苟有用我者，期月而已矣’。西狩获麟，曰‘吾道穷矣’。故因史记作《春秋》，以当王法，以辞微而指博，后世学者多录焉”⑤，完全是《春秋》公羊学家的口吻。《太史公自序》记司马谈临终前对司马迁说：

> 太史公执迁手而泣曰：“余先周室之太史也。自上世尝显功名于虞

---

① 按封建社会的常理而论，孔子作《春秋》的矛头主要应对着下头的“乱臣贼子”，而对于周天子这个“王”，他是无论如何也要“尊”的。这里，司马迁引董仲舒之言竟说“贬天子，退诸侯，讨大夫，以达王事而已矣”。过去读《史记》的人们读到这里，发现这“贬天子”不是孔子的思想，于是便怀疑这里的文字有问题，如清末李笠说：“三字衍。孔子作《春秋》所以扶君抑臣，明上下之分……‘贬天子’非其义矣。”而班固在写《汉书·司马迁传》时，则早已将这三个字删掉了。按照韩兆琦先生的说法，这当是司马迁的一种手法，是把他自己的理想加在了孔子头上——如果孔子以“贬天子”作为写《春秋》的目的之一，那么司马迁《史记》讥刺天子也是“合法”的了。（参见韩兆琦主编：《史记通论》，北京：北京师范大学出版社，1990 年，第 173 页。）

② 过常宝先生指出：“‘《春秋》长于治人’，但并非假借天的威力，而是因为它是‘礼义之大宗’，‘夫礼禁未然之前，法施已然于后’，所以没有天，它也可以‘贬天子、退诸侯、讨大夫’。它通过裁决当世而警省后世，并为后世制订出种种道德、政治标准。”［参见过常宝：《司马迁批判精神探源》，《北京师范大学学报》（社会科学版）1994 年第 1 期。］

③ ［汉］司马迁：《史记·十二诸侯年表》，北京：中华书局，2014 年，第 648 页。

④ ［汉］司马迁：《史记·匈奴列传》，北京：中华书局，2014 年，第 3525~3526 页。

⑤ ［汉］司马迁：《史记·儒林列传》，北京：中华书局，2014 年，第 3785 页。

夏，典天官事。后世中衰，绝于予乎？汝复为太史，则续吾祖矣。今天子接千岁之统，封泰山，而余不得从行，是命也夫，命也夫！余死，汝必为太史；为太史，无忘吾所欲论著矣。且夫孝始于事亲，中于事君，终于立身。扬名于后世，以显父母，此孝之大者。夫天下称诵周公，言其能论歌文武之德，宣周邵之风，达太王王季之思虑，爰及公刘，以尊后稷也。幽厉之后，王道缺，礼乐衰，孔子修旧起废，论《诗》《书》，作《春秋》，则学者至今则之。自获麟以来四百有余岁，而诸侯相兼，史记放绝。今汉兴，海内一统，明主贤君忠臣死义之士，余为太史而弗论载，废天下之史文，余甚惧焉，汝其念哉！"迁俯首流涕曰："小子不敏，请悉论先人所次旧闻，弗敢阙。"①

司马谈的遗命实际上是希望司马迁效法孔子，写出像《春秋》那样的史书。司马迁十分理解其父的遗愿，说："先人有言：'自周公卒五百岁而有孔子。孔子卒后至于今五百岁，有能绍明世，正《易传》，继《春秋》，本《诗》《书》《礼》《乐》之际？'意在斯乎！意在斯乎！小子何敢让焉。"② 司马迁明确表示要以孔子为榜样，继承他作《春秋》的精神，为汉家树立一个辨别是非、善恶、贤与不肖的标准：

夫《春秋》，上明三王之道，下辨人事之纪，别嫌疑，明是非，定犹豫，善善恶恶，贤贤贱不肖，存亡国，继绝世，补敝起废，王道之大者也。《易》著天地阴阳四时五行，故长于变；《礼》经纪人伦，故长于行；《书》记先王之事，故长于政；《诗》记山川溪谷禽兽草木牝牡雌雄，故长于风；《乐》乐所以立，故长于和；《春秋》辩是非，故长于治人。是故《礼》以节人，《乐》以发和，《书》以道事，《诗》以达意，《易》以道化，《春秋》以道义。拨乱世反之正，莫近于《春秋》。《春秋》文成数万，其指数千。万物之散聚皆在《春秋》。《春秋》之中，弑

① ［汉］司马迁：《史记·太史公自序》，北京：中华书局，2014年，第4000~4001页。
② ［汉］司马迁：《史记·太史公自序》，北京：中华书局，2014年，第4002页。

> 君三十六，亡国五十二，诸侯奔走不得保其社稷者不可胜数。察其所以，皆失其本已。故《易》曰‘失之豪厘，差以千里’。故曰‘臣弑君，子弑父，非一旦一夕之故也，其渐久矣’。故有国者不可以不知《春秋》，前有谗而弗见，后有贼而不知；为人臣者不可以不知《春秋》，守经事而不知其宜，遭变事而不知其权。为人君父而不通于《春秋》之义者，必蒙首恶之名；为人臣子而不通于《春秋》之义者，必陷篡弑之诛，死罪之名。其实皆以为善，为之不知其义，被之空言而不敢辞。夫不通礼义之旨，至于君不君，臣不臣，父不父，子不子。夫君不君则犯，臣不臣则诛，父不父则无道，子不子则不孝。此四行者，天下之大过也。以天下之大过予之，则受而弗敢辞。故《春秋》者，礼义之大宗也。夫礼禁未然之前，法施已然之后；法之所为用者易见，而礼之所为禁者难知。①

通过上面这一大段话，司马迁将自己的创作心迹表白得相当清楚了。于迎春先生说：“对于‘上无明君，下不得任用’的孔子来说，他的述作就不仅是具有政治目的和意义的文化行为，其《春秋》也不仅是具有政治、现实批判意味的一般的历史著作，而几乎成为一种直接的政治参与行动。……‘垂空文’的一部历史著作也就可能成为施展其不为世用的政治热情、救世怀抱的特殊方式和场所。我们必须在此意义下，才能了解司马迁对自己撰作一部中国通史的庄严意识，才能了解司马迁寄托于《史记》中的深远意义。”②

另外，司马迁《太史公自序》又说“孔子厄陈蔡，作《春秋》”，又说自己“厄困鄱、薛、彭城”③，显然有意识地以孔子自况，或者说用孔子的事迹来鞭策激励自己。《孔子世家》中，司马迁更不无深情地写道：“子曰：‘弗乎弗乎，君子病没世而名不称焉。吾道不行矣，吾何以自见于后世哉？’乃因史记作《春秋》……约其文辞而指博。”④ 可以说，司马迁是第二个孔

---

① ［汉］司马迁：《史记·太史公自序》，北京：中华书局，2014年，第4003~4004页。
② 于迎春：《汉代文人与文学观念的演进》，北京：东方出版社，1997年，第74~75页。
③ ［汉］司马迁：《史记·太史公自序》，北京：中华书局，2014年，第4006、3999页。
④ ［汉］司马迁：《史记·孔子世家》，北京：中华书局，2014年，第2352页。

子，《史记》是第二部《春秋》。近人梁启超说司马迁“著书最大目的，乃在发表司马氏‘一家之言’，与荀卿著《荀子》、董生著《春秋繁露》，性质正同”①，这话固然不错，不过笔者以为首先应当说司马迁著书与孔子作《春秋》“性质正同”，方为知本之论；实际上孔子作《春秋》也是在发表他不尽同于春秋其他思想家的“一家之言”。李长之先生有几句话说得非常好：“司马迁是否真因李陵之祸才动手写《史记》，孔子到司马迁是否已经恰有五百岁，我们都不必管。我们注意的是，不在事实而在心理上，司马迁的话有它的真实性。——这就是：司马迁是第二个孔子，《史记》是第二部《春秋》！”“中国的历史家，一方面是要懂得天道，一方面是要知道并非是记录‘实然’的史实，而是发挥‘应然’的理想，司马迁在前者是得自《易》教，在后者就是得自《春秋》。”② 司马迁认为孔子之后五百年，自己要继先圣而出，确有其“心理上的真实性”的。

三、《史记》与“春秋笔法”

司马迁在《孔子世家》中记孔子作《春秋》，“笔则笔，削则削，子夏之徒不能赞一辞。弟子受《春秋》，孔子曰：‘后世知丘者以《春秋》，而罪丘者亦以《春秋》。’”③ 后世遂将孔子行“笔削”、立褒贬、寄寓微言大义称为“春秋笔法”。“春秋笔法”是《春秋》的精髓所在，对司马迁创作《史记》影响甚大。

《春秋》常在称谓上体现褒贬，如《春秋·庄公六年》：“春，王正月，王人子突救卫。”④ 王人指周天子下面的一个小官，官虽卑微，但其所负的“救卫”的责任重大，所以孔子郑重地书其表字“子突”以示褒扬。又，“僖

① 梁启超：《要籍解题及其读法·史记》，《饮冰室合集·专集》之七十二，北京：中华书局，1989 年，第 18 页。

② 李长之：《司马迁之人格与风格》，北京：生活·读书·新知三联书店，1984 年，第 56、61 页。

③ ［汉］司马迁：《史记·孔子世家》，北京：中华书局，2014 年，第 2353 页。

④ ［清］阮元校刻：《十三经注疏》，北京：中华书局，1980 年，第 1764 页。

公二十三年"记："十有一月，杞子卒。"① 其实，杞原是侯爵之国。《春秋·庄公二十七年》有"杞伯来朝"之语，为何这里又称"子"了呢？《左传》曰："书曰'子'。杞，夷也。"② "杞，夷也"，指杞伯舍华夏之礼而行夷礼，这是孔子贬抑他的根据。《孔子世家》中说："吴楚之君自称王，而《春秋》贬之曰'子'；践土之会实召周天子，而《春秋》讳之曰'天王狩于河阳'：推此类以绳当世。"③

司马迁继承发展了《春秋》在称谓上体现褒贬的笔法，还体现在他所创造的《史记》"五体"上。所谓"五体"，指本纪、世家、列传、表、书，其中以人物为中心的是前三体。天子称本纪，诸侯曰世家，列传是叙列人臣事迹。可见，司马迁所创造的这些体裁，是依照封建秩序来定等级的。可是，他在写作时又不完全按照这个等级分类，就属于"破例"。如项羽并没有建号天子，但作者为了表彰他在推翻秦王朝统治中的重要作用，而将他列入本纪。为了表彰孔子对学术文化的巨大贡献，把他列入世家。清代赵翼说："孔子无公侯之位，而《史记》独列于世家，尊孔子也。凡列国世家与孔子毫无相涉者，亦皆书是岁孔子相鲁、孔子卒，以其系天下之重轻也。"④ 如把算不上诸侯的萧何、曹参、张良、陈平、周勃诸人列入世家，以表彰他们的开国之功。相反，吴王刘濞、衡山王刘赐等诸侯，因为叛逆刘姓王室，反而被贬入列传。司马迁还把游侠和商贾写入列传，以示褒扬。后人对司马迁的这些"破例"有颇多微词，殊不知这正是对"春秋笔法"的继承与发扬。

于叙事中寄寓褒贬是《春秋》的又一笔法。如《春秋·庄公二十三年》记："秋，丹桓宫楹。"《公羊传》谓："何以书？讥。何讥尔？丹桓宫楹，非礼也。"⑤《春秋》只通过看似平常的记述加以展现，实际上已注入了贬斥态度。《史记》对《春秋》这种写作方法予以继承与发扬光大，褒的方面，如

---

① ［清］阮元校刻：《十三经注疏》，北京：中华书局，1980年，第1814页。

② ［清］阮元校刻：《十三经注疏》，北京：中华书局，1980年，第1815页。

③ ［汉］司马迁：《史记·孔子世家》，北京：中华书局，2014年，第2352页。

④ ［清］赵翼撰，曹光甫校点：《陔馀丛考》，上海：上海古籍出版社，2011年，第79页。

⑤ ［清］阮元校刻：《十三经注疏》，北京：中华书局，1980年，第2237页。

《郑世家》写“郑相子产卒，郑人皆哭泣，悲之如亡亲戚。子产者，郑成公少子也。为人仁爱人，事君忠厚。孔子尝过郑，与子产如兄弟云。及闻子产死，孔子为泣曰：‘古之遗爱也！’”① 《李将军列传》写李广“终不能复对刀笔之吏”而引刀自刭后，“广军士大夫一军皆哭。百姓闻之，知与不知，无老壮皆为垂涕”②。如此，作者对传主的态度与评价也就不言自明了。贬的方面，如《高祖本纪》写刘邦为皇帝后，五日一朝太公。太公家令以人主拜人臣，皇帝“威重不行”来点醒太公，以至于出现了父亲向回家的儿子“拥彗，迎门却行”的场景，司马迁写刘邦“心善家令言，赐金五百斤”③。这看似平常的叙述，堪称婉而多讽、刺讥入骨。试想，刘邦方陶醉于“吾乃今日知为皇帝之贵也”④ 的意得志满之境地，对乃父却苦于不得不例行朝拜，不情愿又不便明言。这时，太公家令先意承旨主动劝导太公成功，当然就要重赏了。《平准书》写武帝为表彰卜式“输家之半县官助边”“有余辄助县官之用”以及愿为朝廷而死的表现，“赐爵关内侯，金六十斤，田十顷”，然而“布告天下，天下莫应”。⑤ 这“天下莫应”四字，说明天下人皆知正是武帝穷兵黩武、穷奢极欲，致使国库虚竭，天下疲敝，故无人响应。又如《酷吏列传》写宁成等人因用法严酷而受到武帝的重用与提拔。赵禹、张汤、义纵、尹齐诸人传记中，都提及“上以为能”；王温舒“好杀伐行威不爱人”，杀人“至流血十余里”，“天子闻之，以为能”，真可谓无声之讽。⑥

司马迁通过运用春秋笔法，达到了“善善恶恶”的写作目的。班固《汉书·司马迁传赞》评论《史记》说：“自刘向、扬雄博极群书，皆称迁有良史之材，服其善序事理，辨而不华，质而不俚，其文直，其事核，不虚美，不隐恶，故谓之实录。”⑦ 需要指出的是，《史记》运用了春秋笔法，又在很

① ［汉］司马迁：《史记·郑世家》，北京：中华书局，2014年，第2140页。
② ［汉］司马迁：《史记·李将军列传》，北京：中华书局，2014年，第3476页。
③ ［汉］司马迁：《史记·高祖本纪》，北京：中华书局，2014年，第481页。
④ ［汉］司马迁：《史记·刘敬叔孙通列传》，北京：中华书局，2014年，第3298页。
⑤ ［汉］司马迁：《史记·平准书》，北京：中华书局，2014年，第1727、1735页。
⑥ ［汉］司马迁：《史记·酷吏列传》，北京：中华书局，2014年，第3820~3821页。
⑦ ［汉］班固：《汉书·司马迁传》，北京：中华书局，1962年，第2738页。

大程度上突破了孔子的某种局限。《春秋》是一部政治教科书，它体现了孔子的政治思想，倾向性十分鲜明；然而孔子又主张为尊者讳，为亲者讳，为贤者讳，“父为子隐，子为父隐。——直在其中矣”①，这就带来了很大的局限性。刘知幾《史通·疑古》篇有言：“鲁史之有《春秋》也，外为贤者，内为本国，事靡洪纤，动皆隐讳。”②《春秋》的褒贬，事实既非一般人所能知，又常不一概而论，而是因人情之易惑者特加显示。为了避讳，《春秋》记事详远而略近。司马迁创作《史记》则有所不同，他不为王者讳，不为尊者讳，记事略远而详近，秦汉史部分在《史记》中所占篇幅相当大。更重要的是，《史记》写人有本有末，所言所行多通过写实的方法表出，美丑善恶显而易见，这是对《春秋》的大超越。

四、《史记》与《春秋》公羊学

《春秋》学的发展过程，由孔子所修订的《春秋》开始，到汉初由公羊寿、胡母子都著于竹帛的《公羊传》，再到董仲舒的《春秋》公羊学。周予同先生指出：“《公羊传》是‘《春秋》学’里第一部重要的经典……是《春秋》的第一次扩大。”③《公羊传》着眼于政治，重在阐发《春秋》的微言大义，它为此后的公羊学家进一步阐发《春秋》奠定了某种思想基础。董仲舒熟习儒家经典，但他于学术上的立足之点还是《春秋》公羊学，《汉书·儒林传》说“丞相公孙弘本为《公羊》学，比辑其议，卒用董生”④。《春秋》公羊学家们讲微言大义，讲天人感应，旨在为维护王权服务。通观《史记》，我们注意到，司马迁的“究天人之际”，强调的是历史规律，强调的是人事活动，而不是天意。他说“国之将兴，必有祯祥，君子用而小人退。国之将亡，贤人隐，乱臣贵”⑤，突显的是人事活动而不是天命迷信。然而，作为大儒董

---

① 杨伯峻译注：《论语译注》，北京：中华书局，1980 年，第 139 页。

② ［唐］刘知幾撰，［清］浦起龙通释，吕思勉评，李永圻、张耕华导读整理：《史通》，上海：上海古籍出版社，2008 年，第 271 页。

③ 朱维铮编：《周予同经学史论著选集》，上海：上海人民出版社，1983 年，第 500 页。

④ ［汉］班固：《汉书·儒林传》，北京：中华书局，1962 年，第 3617 页。

⑤ ［汉］司马迁：《史记·楚元王世家》，北京：中华书局，2014 年，第 2417 页。

仲舒的学生，司马迁又认同董仲舒的“三统”说。①《历书》中说：“夏正以正月，殷正以十二月，周正以十一月。盖三王之正若循环，穷则反本。天下有道，则不失纪序；无道，则正朔不行于诸侯。”②《高祖本纪》太史公曰：“夏之政忠，忠之敝，小人以野，故殷人承之以敬。敬之敝，小人以鬼，故周人承之以文。文之敝，小人以僿，故救僿莫若以忠。三王之道若循环，终而复始。周秦之间，可谓文敝矣。秦政不改，反酷刑法，岂不缪乎？故汉兴，承敝易变，使人不倦，得天统矣。”③意思是说，秦之所以败亡，是因为秦王朝逸出了三统及三统所要求的施政方略，汉王朝顺应了三统循环的要求，可以说是得天道而兴。因此，司马迁在《历书》中提出“王者易姓受命，必慎始初，改正朔，易服色，推本天元，顺承厥意”④，并积极参加武帝时的改制活动，也就不难理解了。

受《春秋》公羊学的影响，司马迁还在某种程度上认同了天人感应、君权神授观念，如《高祖本纪》写刘邦是蛟龙感生的，说“刘媪尝息大泽之陂，梦与神遇。是时雷电晦冥，太公往视，则见蛟龙于其上。已而有身，遂产高祖”⑤。《高祖本纪》中又说“高祖为人，隆准而龙颜，美须髯，左股有七十二黑子”；又记“秦始皇帝常曰‘东南有天子气’，于是因东游以厌之”。⑥凡此，都意在表明刘邦成就功业是所谓天授，非人力也。《天官书》中又说：“汉之兴，五星聚于东井。平城之围，月晕参、毕七重。诸吕作乱，日蚀，昼晦。吴楚七国叛逆，彗星数丈，天狗过梁野；及兵起，遂伏尸流血其下。……由是观之，未有不先形见而应随之者也。”⑦这些句子与董仲舒的天人感应论非常相似，如董仲舒说：“凡灾异之本，尽生于国家之失。国家之失

① 董仲舒认为夏王朝是黑统，商王朝是白统，周王朝是赤统，历史就依三统顺序循环，是谓三统循环论。可参《汉书·董仲舒传》。

② ［汉］司马迁：《史记·历书》，北京：中华书局，2014年，第1503页。

③ ［汉］司马迁：《史记·高祖本纪》，北京：中华书局，2014年，第493~494页。

④ ［汉］司马迁：《史记·历书》，北京：中华书局，2014年，第1500页。

⑤ ［汉］司马迁：《史记·高祖本纪》，北京：中华书局，2014年，第435页。

⑥ ［汉］司马迁：《史记·高祖本纪》，北京：中华书局，2014年，第437、444页。

⑦ ［汉］司马迁：《史记·天官书》，北京：中华书局，2014年，第1606页。

乃始萌芽，而天出灾害以谴告之；谴告之而不知变，乃见怪异以惊骇之，惊骇之尚不知畏恐，其殃咎乃至。”① 司马迁在对天人关系的认识上表现出的某种矛盾，我们似乎可以从其师董仲舒《春秋》学神道设教以维护王权的理论中得到比较合理的解释。

《史记》还继承了《春秋》公羊学的“大一统”观念。《春秋·隐公元年》“春，王正月”，所谓“王正月”就是周王朝所采用的历法的正月，即周正。对此，《公羊传》作了细致的解释：“元年者何？君之始年也。春者何？岁之始也。王者孰谓？谓文王也。曷为先言王而后言正月？王正月也。何言乎王正月？大一统也。”文中的“大”字，作为动词，是推重、张大的意思；一统，指天下万民皆统系于周天子。徐彦疏：“王者受命制正月以统天下，令万物无不一一皆奉之以为始，故言大一统也。”② 从某种意义上讲，《春秋》公羊家讲“大一统”，就是要一统于皇帝，形成中央集权的政治局面。董仲舒说：“《春秋》立义……有天子在，诸侯不得专地，不得专封，不得专执天子之大夫，不得舞天子之乐，不得致天子之赋，不得适天子之贵。君亲无将，将而诛。大夫不得世，大夫不得废置君命。”③ 司马迁颇受《春秋》公羊家大一统观念的影响，他在《秦始皇本纪》中录贾谊《过秦论》之言，称颂秦统一天下之功：“秦并海内，兼诸侯，南面称帝，以养四海，天下之士斐然乡（向）风，若是者何也？曰：近古之无王者久矣。周室卑微，五霸既殁，令不行于天下，是以诸侯力政，强侵弱，众暴寡，兵革不休，士民罢敝。今秦南面而王天下，是上有天子也。”④ 战国时代兵革不休，广大百姓都渴望天下统一安定，司马迁称颂秦的大一统，是符合当时人民的愿望的。

在夷夏关系问题上，孔子曾说“夷狄之有君，不如诸夏之亡也”⑤，当是从保存周代传下来的道德礼义的意义上来讲的，意思是说如果诸夏不注意继

---

① ［清］苏舆撰，钟哲点校：《春秋繁露义证》，北京：中华书局，1992 年，第 259 页。

② 李学勤主编：《十三经注疏·春秋公羊传注疏》，北京：北京大学出版社，1999 年，第 6~10 页。

③ ［清］苏舆撰，钟哲点校：《春秋繁露义证》，北京：中华书局，1992 年，第 112~114 页。

④ ［汉］司马迁：《史记·秦始皇本纪》，北京：中华书局，2014 年，第 356 页。

⑤ 杨伯峻译注：《论语译注》，北京：中华书局，1980 年，第 24 页。

承和发扬自己的文化传统，尊夷狄为君，就有道德礼义沦丧的危险。至《公羊传》，一方面强调“严夷夏之大防”，一方面又认为“夷”与“夏”可以互变。《公羊传》对夷狄仰慕、遵守礼义者则“中国之”。如《春秋·宣公十二年》记“晋荀林父帅师及楚子战于邲，晋师败绩”，《公羊传》阐释说：“大夫不敌君，此其称名氏以敌楚子何？不与晋而与楚子为礼也。”① 董仲舒发挥公羊家说曰：“《春秋》之常辞也，不予夷狄而予中国为礼，至邲之战，偏然反之，何也？曰：《春秋》无通辞，从变而移。今晋变而为夷狄，楚变而为君子，故移其辞以从其事。”②《春秋》公羊学对夷狄仰慕、遵守礼义者则“中国之”的认识，为汉王朝制定民族政策提供了理论依据。受其影响，为了论证融夷入夏的合理性，司马迁从血缘上加以追溯，以为众多的少数民族与华夏实际上是出于同源的。清李景星说：“太史公记史，始于五帝，重种族也。盖五帝始于黄帝，为我国种族之所自出。黄帝之子二十五人，后世或居中国，或居夷狄。”③ 如谓“匈奴，其先祖夏后氏之苗裔也，曰淳维”④；“闽越王无诸及越东海王摇者，其先皆越王句践之后也，姓驺氏”⑤；“楚之先祖出自帝颛顼高阳。高阳者，黄帝之孙，昌意之子也”⑥；“秦之先，帝颛顼之苗裔孙，曰女脩”⑦；等等。也就是说，从族源上看他们也都是正统的华夏后裔，只是在发展的过程中，由于地域环境不同而接受了不同的文化，脱离了原来的华夏文化圈，才被视为“夷狄”的。

五、寄寓褒贬的《春秋》“实录”精神

司马迁继承发扬了孔子作《春秋》寄寓褒贬的精神，以他自己评判历史

---

① 李学勤主编：《十三经注疏·春秋公羊传注疏》，北京：北京大学出版社，1999年，第349页。

② ［清］苏舆撰，钟哲点校：《春秋繁露义证》，北京：中华书局，1992年，第46页。

③ 李景星：《史记评议》，上海：上海古籍出版社，2008年，第91页。

④ ［汉］司马迁：《史记·匈奴列传》，北京：中华书局，2014年，第3483页。

⑤ ［汉］司马迁：《史记·东越列传》，北京：中华书局，2014年，第3609页。

⑥ ［汉］司马迁：《史记·楚世家》，北京：中华书局，2014年，第2039页。

⑦ ［汉］司马迁：《史记·秦本纪》，北京：中华书局，2014年，第223页。

的尺度辨别是非、扬善抑恶，体现出可贵的“实录”精神，使得《史记》具有极为丰厚的思想内涵，并由此开启了写真人真事的传记文学的新篇章。

《史记》的“实录”精神首先表现在对历史发展进程及历史事件的客观评价上。例如，汉初政治舆论对秦王朝只是一味否定，甚至不把它看作一个朝代（认为汉朝是上承周朝的）。在司马迁看来，秦统一天下，统一文字及度量衡，实行郡县制等，都是符合历史发展进程的，其功业是非凡的。司马迁力图还原历史人物的本来面目，不把传主抽象化或简单化，也不为某些不实传闻所蔽。例如，司马迁把陈涉写入世家，同时也没有掩盖他身上的弱点，如写他称王后设“中正”“司过”暗中窥伺群臣，致使诸将不亲附等。

其次，表现在对历史上明君贤臣、忠臣良将的赞颂上，颂所当颂，无虚夸溢美之词。在《夏本纪》《殷本纪》《周本纪》中，司马迁歌颂了禹、汤、文王等明君以及他们周围的贤臣。《循吏列传》中司马迁记述了孙叔敖、子产、公仪休、石奢、李离等人的政绩。在《孝文本纪》里，司马迁写汉文帝即位二十三年，宫室苑囿、狗马服御无所增益，务以德化民，海内殷富，兴于礼义，从而树立了一个宽仁俭朴、与民休息、对国家发展起了重要作用的明君典型。

再次，《史记》的“实录”精神还体现在不为王者讳、不为尊者讳上。司马迁继承了古代“良史”的优秀传统①，善恶必书。他称颂不以天下之病而利一人的明君，同时也在《夏本纪》《殷本纪》《周本纪》中揭露夏桀王、殷纣王、周厉王、周幽王的残忍暴虐，在《秦本纪》中揭露秦武公、秦穆公用人殉葬，在《秦始皇本纪》里揭露秦始皇不恤民力、坑杀儒生等。秦朝大将蒙恬卖力地推助秦始皇的暴政，临死前却说是因自己修长城断了地脉才遭到天罚的。《伯夷列传》写伯夷、叔齐义不食周粟，二人在所唱《采薇歌》里指出姬周王朝取代殷商不过是以暴易暴，亦当包含着司马迁本人对刘汉政权的认识与感受。

另外，《史记》的“实录”精神还体现在对儒学末流的讥讽、批判上。

---

①　先秦史官有秉笔直书、书法不隐的文化传统。晋太史董狐记载“赵盾弑其君”，被孔子赞为“古之良史”（《左传·宣公二年》）。

一些儒者表面上尊奉孔子，宣扬仁义道德，实际上却趋炎附势，对统治者阿谀奉承，只考虑一己之私利。如《平津侯主父列传》中的公孙弘，起初武帝下诏征召贤良文学之士，公孙弘对策，被拜为博士，受到重用。然而，公孙弘却一味迎合顺从皇帝的旨意，司马迁认为公孙弘在很大程度上已经失去了儒家士人的独立精神。

司马迁效法孔子作《春秋》，在《史记》中寄寓王道理想以及对历史的价值评判。春秋笔法是《春秋》的精髓所在，对司马迁创作《史记》影响甚大；《史记》体例上的“破例”，正是司马迁对春秋笔法的继承与发扬。司马迁在思想上受《春秋》公羊家的影响，但在《史记》创作中又体现出对今文经学的超越。正如清人章学诚所称赞的：“史迁绝学，《春秋》之后，一人而已。其范围千古、牢笼百家者，惟创例发凡，卓见绝识，有以追古作者之原，自具《春秋》家学耳。”① 《史记》在唐代之后获得了巨大声誉，说明司马迁效法孔子作《春秋》的目的是达到了的。

六、附论：《史记》与《论》《孟》

东汉赵岐《孟子题辞》中说：“孝文皇帝欲广游学之路，《论语》《孝经》《孟子》《尔雅》皆置博士。”② 也就是说，汉初时，《论语》《孟子》皆有了近于“五经”的地位，二书对司马迁《史记》的影响也是相当显著的。

司马迁写《史记》不仅寓褒贬于叙事，还在篇首序言和篇末“太史公曰”中予以评论，其中征引了不少《论语》中的孔子言论。例如，《史记·宋微子世家》载太史公曰：“孔子称‘微子去之，箕子为之奴，比干谏而死，殷有三仁焉’。”③ 赞美仁义礼让的家风。《酷吏列传》引《论语·为政》：“导之以政，齐之以刑，民免而无耻。导之以德，齐之以礼，有耻且格。”又引《论语·颜渊》孔子曰：“听讼，吾犹人也，必也使无讼乎。”④ 对

---

① ［清］章学诚著，叶瑛校注：《文史通义校注》，北京：中华书局，1994年，第464页。

② ［清］焦循：《孟子正义》，北京：中华书局，1987年，第17页。

③ ［汉］司马迁：《史记·宋微子世家》，北京：中华书局，2014年，第1971页。

④ ［汉］司马迁：《史记·酷吏列传》，北京：中华书局，2014年，第3803页。

本朝的吏治，司马迁似乎不便直接站出来批评，而以《论语》中孔子的言论作为衡量的标尺，让读者自己得出善恶是非的判断来。其他如：

孔子言“必世然后仁。善人之治国百年，亦可以胜残去杀”。诚哉是言！[①]（语出《论语·子路》）

孔子曰：“伯夷、叔齐，不念旧恶，怨是用希。”“求仁得仁，又何怨乎？”[②]（语出《论语·公冶长》《论语·述而》）

子曰“道不同不相为谋”，亦各从其志也。故曰“富贵如可求，虽执鞭之士，吾亦为之。如不可求，从吾所好”。“岁寒，然后知松柏之后凋”。……“君子疾没世而名不称焉。”[③]（语出《论语·卫灵公》《论语·述而》《论语·子罕》《论语·卫灵公》）

夫子罕言利者，常防其原也。故曰“放于利而行，多怨”。[④]（语出《论语·里仁》）

仲尼有言曰“君子欲讷于言而敏于行”，其万石、建陵、张叔之谓耶？[⑤]（语出《论语·里仁》）

孔子称曰“居是国必闻其政”，田叔之谓乎！[⑥]（语出《论语·学而》）

据陈桐生先生统计，在《史记》一百三十篇文章的序言和论赞中，有十六篇征引孔子语录作为立论依据，占《史记》全部篇章的十分之一以上。[⑦]这个引用率是相当高的。

《孟子》对《史记》的影响，除了张扬孔子作《春秋》的重大意义之

---

① ［汉］司马迁：《史记·孝文本纪》，北京：中华书局，2014年，第552页。
② ［汉］司马迁：《史记·伯夷列传》，北京：中华书局，2014年，第2583页。
③ ［汉］司马迁：《史记·伯夷列传》，北京：中华书局，2014年，第2587~2588页。
④ ［汉］司马迁：《史记·孟子荀卿列传》，北京：中华书局，2014年，第2847页。
⑤ ［汉］司马迁：《史记·万石张叔列传》，北京：中华书局，2014年，第3356页。
⑥ ［汉］司马迁：《史记·田叔列传》，北京：中华书局，2014年，第3363页。
⑦ 陈桐生：《〈史记〉与诸子百家之学》，合肥：安徽大学出版社，2006年，第26页。

外，还表现在对一些重要的史料的汲取上。例如有关尧、舜、禹的事迹，见下表：

《尚书》	《孟子》	《史记》
（无载）	孟子曰："尧崩，三年之丧毕，舜避尧之子于南河之南，天下诸侯朝觐者，不之尧之子而之舜；讼狱者，不之尧之子而之舜；讴歌者，不讴歌尧之子而讴歌舜，故曰：天也。夫然后之中国，践天子位焉。"（《孟子·万章上》）	尧崩，三年之丧毕，舜让辟丹朱于南河之南。诸侯朝觐者不之丹朱而之舜，狱讼者不之丹朱而之舜，讴歌者不讴歌丹朱而讴歌舜。舜曰："天也夫！"而后之中国践天子位焉，是为帝舜。（《史记·五帝本纪》）
（无载）	孟子曰："大舜有大焉，善与人同，舍己从人，乐取于人以为善。自耕稼、陶、渔以至为帝，无非取于人者。"（《孟子·公孙丑上》）	舜耕历山，历山之人皆让畔；渔雷泽，雷泽上人皆让居；陶河滨，河滨器皆不苦窳。（《史记·五帝本纪》）
父顽，母嚣，象傲。（《尚书·尧典》）	万章曰："父母使舜完廪，捐阶，瞽瞍焚廪。使浚井，出，从而掩之。象曰：'谟盖都君咸我绩，牛羊父母，仓廪父母，干戈朕，琴朕，弤朕，二嫂使治朕栖。'象往入舜宫，舜在床琴。象曰：'郁陶思君尔。'忸怩。舜曰：'惟兹臣庶，汝其于予治。'"（《孟子·万章上》）	瞽叟尚复欲杀之，使舜上涂廪，瞽叟从下纵火焚廪。舜乃以两笠自扞而下，去，得不死。后瞽叟又使舜穿井，舜穿井为匿空旁出。舜既入深，瞽叟与象共下土实井，舜从匿空出，去。瞽叟、象喜，以舜为已死。象曰："本谋者象。"象与其父母分，于是曰："舜妻尧二女与琴，象取之；牛羊仓廪，予父母。"象乃止舜宫居，鼓其琴。舜往见之。象鄂不怿，曰："我思舜正郁陶！"舜曰："然，尔其庶矣！"（《史记·五帝本纪》）

（续表）

《尚书》	《孟子》	《史记》
（无载）	孟子曰：“禹崩，三年之丧毕，益避禹之子于箕山之阴。朝觐讼狱者不之益而之启，曰：‘吾君之子也。’讴歌者不讴歌益而讴歌启，曰：‘吾君之子也。’丹朱之不肖，舜之子亦不肖。舜之相尧、禹之相舜也，历年多，施泽于民久。启贤，能敬承继禹之道。益之相禹也，历年少，施泽于民未久。”（《孟子·万章上》）	十年，帝禹东巡狩，至于会稽而崩。以天下授益。三年之丧毕，益让帝禹之子启，而辟居箕山之阳。禹子启贤，天下属意焉。及禹崩，虽授益，益之佐禹日浅，天下未洽。故诸侯皆去益而朝启，曰“吾君帝禹之子也”。于是启遂即天子之位，是为夏后帝启。（《史记·夏本纪》）

有关孔子的事迹，见下表：

《论语》	《孟子》	《史记》
（无载）	孟子曰：“昔者孔子没，三年之外，门人治任将归，入揖于子贡，相向而哭，皆失声，然后归。子贡反，筑室于场，独居三年，然后归。”（《孟子·滕文公上》）	孔子葬鲁城北泗上，弟子皆服三年。三年心丧毕，相诀而去，则哭，各复尽哀；或复留。唯子赣庐于冢上，凡六年，然后去。（《史记·孔子世家》）
（无载）	孟子曰：“他日，子夏、子张、子游以有若似圣人，欲以所事孔子事之。”（《孟子·滕文公上》）	孔子既没，弟子思慕，有若状似孔子，弟子相与共立为师，师之如夫子时也。（《史记·仲尼弟子列传》）

从对照表中可以看出，司马迁对相关史实的记述，是从《孟子》中来的。陈桐生先生指出：“战国时代的大师都善于编造古代故事以证明自己的学说，

孟子所说的这些掌故是有所本还是出于他本人的创造，现在已不得而知。在上古三代史料缺佚的情况下，孟子所提供的这些史料就显得弥足珍贵，所以司马迁将它们载入史册。"① 所言甚是。

总体看来，《论语》《孟子》作为与"六经"同一文化体系与思想倾向的典籍，《孟子》中更对《春秋》《尚书》《诗经》等多有阐释与发挥，对司马迁《史记》创作产生了重要影响，这是我们研究《史记》与经学这一课题时不能忽视的。

① 陈桐生：《〈史记〉与诸子百家之学》，合肥：安徽大学出版社，2006年，第37页。

第七章
东汉政论文与经学

汉代经学可分为古文经学和今文经学。一般而言，今文经学的特点是关注现实政治，讲阴阳五行、灾异谴告之论，致力于发掘、发挥经文背后的微言大义。今文经学家多尊崇孔子，认为他是托古改制的“素王”，重《春秋》公羊学。古文经学多把“六经”当成信史，讲文字训诂，留意典章制度，注重历史事实，具有浓厚的实证色彩。东汉政论家们大都是古文经学家，多是经古文、今文兼通的。东汉伊始，朝廷便显现出儒雅的文化气象，汉明帝重视经学，博通六艺，章帝亦雅好文章，他们厚待文士，提倡著述。桓谭把自己写《新论》与孔子作《春秋》相提并论，并自谓写《新论》的目的在于“兴治”。随着太学渐趋兴盛，经生们常通过问难、辩论来切磋学问、以学会友，展露才学，影响到东汉文章，更为注重思辨析理，政论文由此出现了新面貌。王充《论衡》明显受到经学辩难学风的影响，全书常常可见问答式的论辩，在设问作答的阐释过程中兼备了主客二体的思想交流，以质疑—设问—作答的行文方式使逻辑更为明晰。汉末的政论家虽行文直截了当，但文中仍能看出经学的影响。

一、桓谭的政论文与经学

桓谭（前23—56）[①]，字君山，沛国相（今安徽濉溪）人。《后汉书·桓谭冯衍列传》说他“好音律，善鼓琴。博学多通，遍习‘五经’，皆诂训大

---

① 关于桓谭的生卒年，众说不一，此从陆侃如《中古文学系年》说。

义，不为章句。能文章，尤好古学，数从刘歆、杨雄辩析疑异”。成帝时以父任为郎。王莽居摄时，天下之士竞为符命以求媚，而“谭独自守，默然无言”。① 官为掌乐大夫。光武帝即位，桓谭为议郎给事中。遭贬，卒于途中。著有《新论》二十九篇，早佚；清严可均有辑本，收入《全后汉文》。

《后汉书》本传载，桓谭见光武帝“信谶，多以决定嫌疑”，上书说：

> 臣前献瞽言，未蒙诏报，不胜愤懑，冒死复陈。愚夫策谋，有益于政道者，以合人心而得事理也。凡人情忽于见事而贵于异闻，观先王之所记述，咸以仁义正道为本，非有奇怪虚诞之事。盖天道性命，圣人所难言也。自子贡以下，不得而闻，况后世浅儒，能通之乎！今诸巧慧小才伎数之人，增益图书，矫称谶记，以欺惑贪邪，诖误人主，焉可不抑远之哉！臣谭伏闻陛下穷折方士黄白之术，甚为明矣；而乃欲听纳谶记，又何误也！其事虽有时合，譬犹卜数只偶之类。陛下宜垂明听，发圣意，屏群小之曲说，述“五经”之正义，略雷同之俗语，详通人之雅谋。②

文中“增益图书”之“图书”，指谶纬符命之类。郭预衡先生说：“象这样的文章，不仅比《太玄》《法言》通俗易懂，而且比扬雄的奏疏、书信文字也要通俗一些。”③

桓谭曾说：“余为《新论》，术古今（王）今，亦欲兴治也，何异《春秋》褒贬邪？”④ 他把自己写《新论》与孔子作《春秋》相提并论。王充也曾评论说：“《新论》之义，与《春秋》会一也。”⑤ 从现存《新论》文字来看，应当说桓谭对“五经”相当熟悉，他说：

---

① ［南朝宋］范晔：《后汉书》，北京：中华书局，1965 年，第 955、956 页。

② ［南朝宋］范晔：《后汉书》，北京：中华书局，1965 年，第 959~960 页。

③ 郭预衡：《中国散文史》，上海：上海古籍出版社，2000 年，第 276 页。

④ ［清］严可均校辑：《全上古三代秦汉三国六朝文》，北京：中华书局，1958 年，第 537 页。

⑤ 黄晖：《论衡校释 · 案书》，北京：中华书局，2018 年，第 1023 页。

《易》：一曰《连山》，二曰《归藏》，三曰《周易》。《连山》八万言，《归藏》四千三百言。《连山》藏于兰台，《归藏》藏于太卜。（《新论·正经》）①

谶出《河图》《洛书》，但有兆朕，而不可知。后人妄复加增依托，称是孔丘，误之甚也。（《新论·启寤》）②

《左氏传》于《经》，犹衣之表里，相待而成。《经》而无《传》，使圣人闭门思之，十年不能知也。（《新论·正经》）③

又，桓谭自谓写《新论》的目的在于“兴治”（《新论·本造》），当是针对当时大地主、大商贾、大官僚三位一体的豪强势力控制朝政，政权不稳定的局面而提出来的。他在上给光武帝的《陈时政疏》中也指出，政不合时，应该“解而更张”，改弦易辙。桓谭认为，要“兴治”就必须抓住“纲领”。什么是治国的纲领？桓谭在《新论·王霸》中明确指出：“唯王霸二盛之义，以定古今之理焉。夫王道之治，先除人害而足其衣食，然后教以礼义，使知好恶去就，是故大化四凑，天下安乐。此王者之术。霸功之大者，尊君卑臣，权统由一，政不二门，赏罚必信，法令著明，百官修理，威令必行。此霸者之术。王者纯粹，其德如彼；霸道驳杂，其功如此。俱有天下，而君万民，垂统子孙，其实一也。”④ 这就是桓谭所倡导的“霸王道杂之”的兴治纲领。《陈便宜》文中说：“所谓霸功者，法度明正，百官修治，威令流行者也。”⑤桓谭把王道解释为“先除人害而足其衣食，然后教以礼义”，这种思路，与

---

① ［清］严可均校辑：《全上古三代秦汉三国六朝文》，北京：中华书局，1958年，第545页。

② ［清］严可均校辑：《全上古三代秦汉三国六朝文》，北京：中华书局，1958年，第544页。

③ ［清］严可均校辑：《全上古三代秦汉三国六朝文》，北京：中华书局，1958年，第546页。

④ ［清］严可均校辑：《全上古三代秦汉三国六朝文》，北京：中华书局，1958年，第537页。

⑤ 此辑佚文字，见安徽大学中文系桓谭新论校注小组：《桓谭及其新论》，合肥：安徽大学出版社，1976年，第157页。

《孟子》中讲的仁政之道是一致的。

《新论》中对王莽的败亡进行了反思，认为王莽骄傲自大，“自以通明贤圣，而谓群下才智莫能出其上。是故举措兴事，辄欲自信任，不肯与诸明习者通兵（共）”①。又说，“王翁行甚类暴秦，故亦十五岁而亡”②。桓谭推重那些“知大体”的人，他说：“夫言是而计当，遭变而用权，常守正，见事不惑，内有度量，不可倾移而诳以谲异，为知大体矣。”③

桓谭反对“效古”。桓谭强调治理国家，要“政合于时”④，政策措施要适合实际情况。他批评王莽说：

> 王翁（指王莽）嘉慕前圣之治，而简薄汉家法令，故多所变更，欲事事效古。美先圣制度，而不知已之不能行其事。释近趋远，所尚非务，故以高义退致废乱，此不知大体者也。⑤

他把王莽“事事效古”，斥为“不知大体”。他说：“前圣后圣，未必相袭。”⑥ 认为前世圣人所作，后人未必都要承袭，既体现了从实际出发的精神，也包含了历史是发展进化的进步观点。

《谴非》篇是《新论》中重要的一篇，具有鲜明的政论性质：

---

① ［清］严可均校辑：《全上古三代秦汉三国六朝文》，北京：中华书局，1958年，第539页。

② ［清］严可均校辑：《全上古三代秦汉三国六朝文》，北京：中华书局，1958年，第542页。

③ ［清］严可均校辑：《全上古三代秦汉三国六朝文》，北京：中华书局，1958年，第539页。

④ ［清］严可均校辑：《全上古三代秦汉三国六朝文》，北京：中华书局，1958年，第540页。

⑤ ［清］严可均校辑：《全上古三代秦汉三国六朝文》，北京：中华书局，1958年，第540页。

⑥ ［清］严可均校辑：《全上古三代秦汉三国六朝文》，北京：中华书局，1958年，第546页。

王者初兴，皆先建根本，广立藩屏，以自树党，而强固国基焉。是以周武王克殷，未下舆而封黄帝、尧、舜、夏、殷之后，及同姓亲属、功臣、德行，以为羽翼，佐助鸿业，永垂流于后嗣。乃者强秦罢去诸侯，而独自恃任一身，子弟无所封，孤弱无与，是以为帝十四岁而亡。汉高祖始定天下，背亡秦之短计，导殷、周之长道，褒显功德，多封子弟，后虽多以骄佚败亡，然汉之基本得以定成，而异姓强臣不能复倾。至景、武之世，见诸王数作乱，因抑夺其权势，而王但得虚尊，坐食租税，故汉朝遂弱，孤单特立，是以王翁不兴兵领士而径取天下。又怀贪功独专之利，不肯封建子孙及同姓戚属，为藩辅之固，故兵起莫之救助也。传曰："与死人同疾者，不可为医；与亡国同政者，不可为谋。"王翁行甚类暴秦，故亦十五岁而亡。失猎射禽兽者，始欲中之，恐其创不大也；既已得之，又恶其伤肉多也。鄙人有得脡酱而美之，及饭，恶与人共食，即小唾其中，共者怒，因涕其酱，遂弃而俱不得食焉。彼亡秦、王翁欲取天下时，乃乐与人分之；及已得而重爱不肯与，是惜肉唾脡之类也。

昔齐桓公出，见一故墟而问之。或对曰："郭氏之墟也。"复问："郭氏曷为墟?"曰："善善而恶恶焉。"桓公曰："善善恶恶乃所以为存，而反为墟，何也?"曰："善善而不能用，恶恶而不能去。彼善人知其贵己而不用，则怨之；恶人见其贱己而不好，则仇之。夫与善人为怨，恶人为仇，欲毋亡得乎?"乃者王翁善天下贤智材能之士，皆征聚而不肯用，使人怀诽谤而怨之。更始帝恶诸王假号无义之人，而不能去，令各心恨而仇之。是以王翁见攻而身死，宫室烧尽；更始帝为诸王假号而出走，令城郭残。二主皆有善善恶恶之费，故不免于祸难大灾，卒使长安大都，坏败为墟，此大非之行也。①

《遣非》篇中所谴之"非"，为政治体制、司法、君民关系、民族关系等方面的问题，均是为政之要。桓谭判断是非的标准，大体上为儒家学说。在

---

① ［清］严可均校辑：《全上古三代秦汉三国六朝文》，北京：中华书局，1958年，第542页。

制度层面上，桓谭认为分封诸侯以“广立藩屏”，有“强固国基”的作用。他赞赏“周武王克殷，未下舆而封黄帝、尧、舜、夏、殷之后，及同姓亲属、功臣、德行，以为羽翼”的做法，认为这是周王朝得以安定的基础。与政体密切相关的是官员的选拔、任用，即人才问题。他认为帝王治国，务必善善而能用，恶恶而能去；要善待天下贤智才能之士而加以任用，厌恶无义小人而予以罢免。他联系古今，从郭氏之墟、王莽之灭、更始之败，得出如果“善善而不能用，恶恶而不能去”，必然会遭到祸难大灾，自趋灭亡的重要结论。

桓谭反对刑讯逼供，他批评当时的司法官吏“皆务酷虐过度。欲见未尽力而求获功赏，或著能立事而恶劣弱之谤，是以役以棰楚，舞文成恶，及事成狱毕，虽使皋陶听之，犹不能闻也”①。这一批评可以说是一针见血，入木三分。他还对有司所谓“下尚执重，而令上得施恩泽”予以反驳，说“故言之当，必可行也；罪之当，必可刑也。如何苟欲阿指乎？”② 反诘有力。

王充称《新论》“论世间事，辩照然否，虚妄之言，伪饰之辞，莫不证定”③，给予了很高的评价。

二、王充《论衡》与经学

王充，字仲任，东汉会稽郡上虞（今浙江上虞）人。生于光武三年（27），卒于永元中（学界拟定在永元九年，即公元97年），历东汉前期光武、明、章、和四朝。王充《论衡·自纪》说自己的家族，向来有着任气好勇的传统，王充本人在个性上亦有任气自负的遗风。《自纪》篇中他还说自己“为人清重，游必择友，不好苟交。所友位虽微卑，年虽幼稚，行苟离俗，必与之友。好杰友雅徒，不泛结俗材。……充既疾俗情，作《讥俗》之书”④。不

---

① ［清］严可均校辑：《全上古三代秦汉三国六朝文》，北京：中华书局，1958年，第543页。

② ［清］严可均校辑：《全上古三代秦汉三国六朝文》，北京：中华书局，1958年，第543页。

③ 黄晖：《论衡校释·超奇》，北京：中华书局，2018年，第532页。

④ 黄晖：《论衡校释·自纪》，北京：中华书局，2018年，第1038~1042页。

肯合于流俗，不与俗人交结，因痛恶世俗而著书，均可视为“任气”的表现。“任气”，在王充的身上表现为不能容忍一切虚伪和矫饰，《后汉书·王充王符仲长统列传》说他“仕郡为功曹，以数谏争不合去。充好论说，始若诡异，终有理实”①。汉代经学与文学有着密不可分的联系，作为东汉论辩散文的《论衡》也不例外。

《论衡》行文深受当时论辩式文风的影响，这种设问作答的形式继承了先秦散文中的对话精神，但又并非纯粹的语言架构，而是在设问作答的阐释过程中兼备了主客二体的思想交流，以质疑—设问—作答的行文方式使答辩逻辑更为明晰。与《论语》《孟子》等语录体散文不同，《论衡》书中的论辩几乎都是由王充一个人独立完成的，那么这种问答之辩就必须进行思维立场的转换。既要设问，又要作答，作者不仅要考虑到自己的想法，也要考虑到世人的观点。他一边提出疑问，一边回答疑问，在自我与非我的转换体系中自我博弈。但是由于《论衡》中所构想的提问客体往往是假设的，故王充设问作答的论辩难免具有一定程度的倾向性，如《答佞》篇云：

> 问曰：“佞与贤者同材，材行宜钧，而佞人曷为独以情自败？”曰：富贵皆人所欲也，虽有君子之行，犹有饥渴之情。君子则（耐）以礼防情，以义割欲，故得循道，循道则无祸；小人纵贪利之欲，逾礼犯义，故进得苟佞，苟佞则有罪。夫贤者，君子也；佞人，小人也。君子与小人，本殊操异行，取舍不同。②

此处对贤、佞之别的阐释可以明显体会到王充对君子之操行的推崇，故他所提出的“佞人曷为独以情自败”并不能看作是普遍现象。此外，《定贤》篇中王充认为应有善心、善言、善行才能称为“贤者”，并将孔子、桓谭俱推为“贤”，以孔子作《春秋》为素王，以桓谭作《新论》为素丞相。而王充所谓

① ［南朝宋］范晔：《后汉书》，北京：中华书局，1965年，第1629页。
② 黄晖：《论衡校释·答佞》，北京：中华书局，2018年，第451~452页。

的“善”须“治家亲戚有伦，治国则尊卑有序”①，可见《论衡》之“贤”与“非贤”的标准依然是基于儒家修身、齐家、治国、平天下的基本价值观，而其“然否之义定，心善之效明，虽贫贱困穷，功不成而效不立，犹为贤矣”② 的言论，倒更似是一种自我表彰。

《论衡》以“论”为主，辨照是非，其中虽有立论文与自序文，但整体看来还是以驳论文居多，这与王充“疾虚务实”的宗旨是一脉相承的。《论衡》中的论辩不仅驳今，同时也问古，并且不止一次地对孔子提出质疑，甚至专门写了《问孔》一篇：

> 子贡问政，子曰：“足食，足兵，民信之矣。”曰：“必不得已而去，于斯三者何先？”曰：“去兵。”曰：“必不得已而去，于斯二者何先？”曰：“去食。自古皆有死，民无信不立。”信最重也。
>
> 问：使治国无食，民饿，弃礼义。礼义弃，信安所立？传曰：“仓廪实，知礼节；衣食足，知荣辱。”让生于有余，争生于不足。今言去食，信安得成？春秋之时，战国饥饿，易子而食，析骸而炊。口饥不食，不暇顾恩义也。夫父子之恩，信矣，饥饿弃信，以子为食。孔子教子贡去食存信，如何？夫去信存食，虽不欲信，信自生矣；去食存信，虽欲为信，信不立矣。
>
> 子适卫，冉子仆。子曰：“庶矣哉！”曰：“既庶矣，又何加焉？”曰：“富之。”曰：“既富矣，又何加焉？”曰：“教之。”语冉子先富而后教之，教子贡去食而存信，食与富何别？信与教何异？二子殊教，所尚不同，孔子为国，意何定哉？③

王充善用对比和问答，在这一段中表现得十分明显，一正一反，一问一答，条理清晰，并在驳辩中分层递进，乍一看是极有信服力的。但王充之驳辩从

① 黄晖：《论衡校释·定贤》，北京：中华书局，2018年，第976页。
② 黄晖：《论衡校释·定贤》，北京：中华书局，2018年，第976页。
③ 黄晖：《论衡校释·问孔》，北京：中华书局，2018年，第368页。

源头上就产生了误解，子贡问政是以统治阶级为主体的，因而去兵、去食是针对上层统治者而言的，所以足兵、足食才可让“民信之矣”。[①] 而冉子所问的“又何加焉”，主体则是百姓，所以富之、教之也是针对众多百姓而言的，前后并不矛盾。所以王充的论辩并不是完全准确无误的，甚至对很多根本问题的理解都存在着一定的局限性，他“设问作答”的论辩只是一种行文方式，与思维的准确性并非完全一致。王充的出发点是好的，但在具体的散文写作中，他往往为了求实而求实，并为之设问作答，甚至囿于其中不可自拔，这便有了矫枉过正的意味。

王充的散文往往是一个系列的，仅将《问孔》《刺孟》《非韩》三篇的题目并列来看，就可知在王充看来，孔子的地位明显是超过其他圣贤的，他虽写了“问孔”二字，但内心依然是尊信孔子的，所以他只是摘取疑惑之处举例来引证问题，而非从整体上完全地批判孔子。从某种程度上来说，王充文章中所流淌的依然是经学的血液，所以他真正反对的其实不是孔子与儒家，而是在当时时代背景下发生过度异变的经学本身与迷信糊涂的儒生们。故而王充对某些问题反复论证、极力证明，都是为了将这些论辩强调得更清楚，以更接近他心中的真实。

《论衡》散文的气势非常强，几无缠绵之音，王充不能在朝廷中做实事，但凭一支枯笔为提倡经学的正统性而发声，故直言：“五经以道为务，事不如道，道行事立，无道不成。”[②] “五经”是道的载体，本来也该是儒生们高举的理想信念，但因为这个时代“将相知经学至道，而不尊经学之生，彼见经学之生，能不及治事之吏也”[③]，这种道统观念成了一种落空的理想。从这个层面上来看，王充对“经学至道”的坚持，实际上也是对自己理想的坚持，而他所谓“儒生治本，文吏理末，道本与事末比，定尊卑之高下，可得程

① 参见徐复观：《两汉思想史》第二卷，上海：华东师范大学出版社，2001 年，第 366 页。

② 黄晖：《论衡校释 · 程材》，北京：中华书局，2018 年，第 474 页。

③ 黄晖：《论衡校释 · 程材》，北京：中华书局，2018 年，第 475 页。

矣”① 的解释，亦是对这种现象的概叹。对于“道本事末”这一概念的阐发，《论衡》中将之具化为儒、吏形象，既直接对比了当时经生中普遍存在的儒、吏之别的社会问题，更揭示着儒、吏背后之经学“为道”与“为事”的地位之争。《量知》篇云：

> 夫儒生之所以过文吏者，学问日多，简练其性，雕琢其材也。故夫学者所以反情治性，尽材成德也。材尽德成，其比于文吏，亦雕琢者，程量多矣。贫人与富人，俱赍钱百，并为赙礼死哀之家。知之者，知贫人劣能共百，以为富人饶羡有奇余也；不知之者，见钱俱百，以为财货贫富皆若一也。文吏儒生，有似于此。
>
> 贫人好滥，而富人守节者，贫人不足而富人饶侈。儒生不为非，而文吏好为奸者，文吏少道德，而儒生多仁义也。贫人富人，并为宾客，受赐于主人，富人不惭而贫人常愧者，富人有以效，贫人无以复也。儒生、文吏，俱以长吏为主人者也。儒生受长吏之禄，报长吏以道；文吏空胸，无仁义之学，居住食禄，终无以效，所谓“尸位素餐”者也。②

王充虽然对当时“抱道贸禄”的儒生有所不满，但是与徒用笔墨赚取钱财的文吏相比，儒生依然是高人一等的，因为他们以“五经”为务，心中有“道”，故可陶冶性情、尽才成德。

这种“经学至道”的观念对于王充强调“通经”的态度不无影响。《论衡》在引用经书时，既不拘泥于今、古文经，也不局限于家法、师法，只要不违背“经学至道”，便皆可为用，如“抱布贸丝，交易有亡，各得所愿”引自《齐诗》，而“月离于毕，出房北道，希有不雨”则引自《毛诗》③。从这个层面来看，王充虽以经为至道，但在根本上他所维护的是“经学之道”而非经书本身，故《论衡》中出现了“以经为史”的倾向，也是因为王充对

① 黄晖：《论衡校释·程材》，北京：中华书局，2018 年，第 474 页。
② 黄晖：《论衡校释·量知》，北京：中华书局，2018 年，第 477、478 页。
③ 岳宗伟：《〈论衡〉引书研究》，复旦大学博士学位论文，2006 年，第 235、238 页。

"经书为用"与"经学为道"的态度不同。故王充常对经书中存在的不合理之处发难，也是因为想要从"正经"入手以达"正道"之境，这种经学功用性的渗透与他"经学至道"的道统观念并不相悖。

《论衡》中也饱含着王充对汉王朝与汉代帝王的歌颂之辞，如《宣汉》篇云：

> 使汉有弘文之人，经传汉事，则《尚书》《春秋》也。儒者宗之，学者习之，将袭旧六为七，今上上至高祖，皆为圣帝矣。观杜抚、班固等所上《汉颂》，颂功德符瑞，汪濊深广，滂沛无量，逾唐、虞，入皇域。
>
> 三代隘辟，厥深洿沮也。"殷监不远，在夏后之世。"且舍唐、虞、夏、殷，近与周家断量功德，实商优劣，周不如汉。①

王充将汉代的地位直接拔高到周代之上，且颂称皇帝解为"圣帝"。在王充看来，"臣子当褒君父"②，作为臣民对大汉王朝歌功颂德是理所当然的，对于不愿意赞美"汉德"的儒生他甚至发起批评："涉圣世不知圣主，是则盲者不能别青黄也；知圣主不能颂，是则喑者不能言是非也。"③ 对身处汉室并赋辞歌颂汉代之圣，王充感到与有荣焉，他说："汉家著书，多上及殷、周，诸子并作，皆论他事，无褒颂之言，《论衡》有之。"④

对于王充的这种前后矛盾的行为，亦不能轻言他一定是为了邀功取宠，而应当放置在东汉的时代背景中加以考察。王充一再强调《论衡》一书的写作动机是"疾虚妄"，并坚持"折衷以圣道，析理于通材，如衡之平，如鉴之开"⑤，但颂汉诸篇显然与这种初心相悖，这两种写作动因之间的反差不免让

① 黄晖：《论衡校释·宣汉》，北京：中华书局，2018年，第717页。
② 黄晖：《论衡校释·须颂》，北京：中华书局，2018年，第740页。
③ 黄晖：《论衡校释·须颂》，北京：中华书局，2018年，第742页。
④ 黄晖：《论衡校释·须颂》，北京：中华书局，2018年，第742页。
⑤ 黄晖：《论衡校释·自纪》，北京：中华书局，2018年，第1055页。

人疑惑。《对作》一篇其末段云：

> 古有命使采爵，欲观风俗，知下情也。诗作民间，圣王可云“汝民也，何发作”，囚罪其身，殁灭其诗乎？今已不然，故《诗》传亚（至）今。《论衡》《政务》，其犹诗也，冀望见采，而云有过。斯盖《论衡》之书所以兴也。且凡造作之过，意其言妄而谤诽也。《论衡》实事疾妄，《齐世》《宣汉》《恢国》《验符》《盛褒》《须颂》之言，无诽谤之辞，造作如此，可以免于罪矣。①

王充这段话读来是很诚恳的，从中可知当时“述而不作”的观念影响很深，平民不能轻易为“作”，而王充的《论衡》《政务》之作可能招致“囚罪其身，殁灭其诗”之祸，故王充对颂汉诸篇加以说明，强调其“无诽谤之辞”，故可“免于罪矣”。《会稽典录》云“《论衡》造于永平末，定于建初之年”②，而永平十七年（74）发生了著名的诏书事件，明帝诏书云：“司马迁著书成一家之言，扬名后世，至以身陷刑之故，反微文刺讥，贬损当世，非谊士也。司马相如洿行无节，但有浮华之辞，不周于用，至于疾病而遗忠，主上求取其书，竟得颂述功德，言封禅事，忠臣效也。至是贤迁远矣。”③ 班固等文人迫于明帝的压力，不得不提笔顿首云：“不胜区区，窃作《典引》一篇，虽不足雍容明盛万分之一，犹启发愤满，觉悟童蒙，光扬大汉，轶声前代，然后退入沟壑，死而不朽。”④ 因此，王充作颂汉诸篇很可能也是受到了强大的政治压力的影响。所以，《论衡》前后诸篇的分歧和矛盾更似是理想和现实狭路相逢却不得不调和而产生的漩涡。在这中间我们可以发现，即便是以溢美之词为主的文字里，王充仍将《尚书》《春秋》《诗》等经学概念纳入

---

① 黄晖：《论衡校释·对作》，北京：中华书局，2018 年，第 1034 页。

② 黄晖：《论衡校释·附编二·王充年谱》，北京：中华书局，2018 年，第 1070 页。

③ ［南朝梁］萧统编，［唐］李善注：《文选》，上海：上海古籍出版社，1986 年，第 2158 页。

④ ［南朝梁］萧统编，［唐］李善注：《文选》，上海：上海古籍出版社，1986 年，第 2159 页。

其中。我们不能轻易断言王充的文章究竟是谄媚献上还是避祸自保，或二者兼而有之，但不论是为跻身朝廷或为保身避祸，他这种“崇汉颂圣”的散文中均未抹去受经学渗透的印迹。

值得注意的是，王充的散文虽有一定的客观性，但其根本上依然是文人的散文，是从文字到文字的推论和类比，有时缺乏科学的考证依据。故《论衡》中所谓“考之以心，效之以事”的论证逻辑认为只要能够予以事例进行说明，就可以证明其命题的正误，因此其篇章中大量化用历史典故和引用经书原文来论证或者反驳，如“子胥为涛”①“周兵不血刃”②“董仲舒三年不窥园菜”③等，均存在一定程度的片面性。但不可否认的是，从其举证多源于历史传说或书籍记载的间接经验来看，这与经学的影响是息息相关的。一方面，汉代经学发展繁荣，引用经传对于作者和读者来说均能得到一定程度的共鸣；另一方面，只有说理而没有举例和对比，其文章说理的可信度更容易受到质疑。王充的文风重质而不尚文，长篇累牍地一声声扣着“疾虚务实”的门板，希望能够起到振聋发聩的作用，这种指摘时弊的行为是值得肯定的。但需要强调的是，王充的“疾虚务实”是他自己的一家之言，其存在的局限性也是相当明显的，因此对王充的论点不能一味轻信。

三、王符《潜夫论》与经学

王符，字节信，生卒年不详，主要生活于东汉和帝、安帝时期，安定临泾（今甘肃镇原）人。《后汉书·王符列传》说他“少好学，有志操，与马融、窦章、张衡、崔瑗等友善”④。当时进入仕途需要多方引荐，王符是庶出，又无外家援引，且性格耿介，不同流俗，因此不得升进。“志意蕴愤，乃隐居著书三十余篇，以讥当时失得，不欲章显其名，故号曰《潜夫论》。其指

① 黄晖：《论衡校释·书虚》，北京：中华书局，2018年，第162页。
② 黄晖：《论衡校释·语增》，北京：中华书局，2018年，第299页。
③ 黄晖：《论衡校释·儒增》，北京：中华书局，2018年，第325页。
④ ［南朝宋］范晔：《后汉书》，北京：中华书局，1965年，第1630页。

讦时短，讨谪物情，足以观见当时风政”①。

王符十分重视“五经”，《赞学》篇指出士人学习经典的重要意义：

> 是故工欲善其事，必先利其器；士欲宣其义，必先读其书。《易》曰：“君子以多志前言往行以畜其德。”是以人之有学也，犹物之有治也。故夏后之璜，楚和之璧，虽有玉璞卞和之资，不琢不错，不离砾石。夫瑚簋之器，朝祭之服，其始也，乃山野之木、蚕茧之丝耳。使巧倕加绳墨而制之以斤斧，女工加五色而制之以机杼，则皆成宗庙之器，黼黻之章，可羞于鬼神，可御于王公。而况君子敦贞之质，察敏之才，摄之以良朋，教之以明师，文之以《礼》《乐》，导之以《诗》《书》，赞之以《周易》，明之以《春秋》，其不有济乎？②
>
> 先圣之智，心达神明，性直道德，又造经典以遗后人，试使贤人君子，释于学问，抱质而行，必弗具也；及使从师就学，按经而行，聪达之明，德义之理，亦庶矣。是故圣人以其心来造经典，后人以经典往合圣心也，故修经之贤，德近于圣矣。③

在王符看来，学习经典可以使人聪达明理，成为贤人君子。因为“圣人以其心来造经典，后人以经典往合圣心”，所以修习经典，“德近于圣矣”。圣贤君子如果放弃学问，也不会有知识、德义，所以一定要学习、求学问。

《潜夫论》全书多引用或化用《诗经》《周易》《尚书》等经典之言，使得文章的儒家气息相当浓厚。如《贤难》篇云：“夫众小朋党而固位，谗妒群吠啮贤，为祸败也岂希？三代之以覆，列国之以灭，后人犹不能革，此万官所以屡失守，而天命数靡常者也。《诗》云：‘国既卒斩，何用不监！’呜呼！时君俗

---

① ［南朝宋］范晔：《后汉书》，北京：中华书局，1965 年，第 1630 页。

② ［汉］王符著，［清］汪继培笺，彭铎校正：《潜夫论笺校正》，北京：中华书局，2014 年，第 3~4 页。

③ ［汉］王符著，［清］汪继培笺，彭铎校正：《潜夫论笺校正》，北京：中华书局，2014 年，第 17 页。

主不此察也。”① 又如《遏利》篇论及古之因好财货而亡的情况时说：“昔周厉王好专利，芮良夫谏而不入，退赋《桑柔》之诗以讽，言是大风也，必将有隧；是贪民也，必将败其类。王又不悟，故遂流死于彘。虞公屡求以失其国，公叔戌崇贿以为罪，桓魋不节饮食以见弒。此皆以货自亡，用财自灭。”② 《毛诗·桑柔》小序云：“《桑柔》，芮伯刺厉王也。”③《左传·哀公十四年》有云：“宋桓魋之宠害于公，公使夫人骤请享焉，而将讨之。”④ “弒”当为“讨”。又如《忠贵》篇引《易》以加强论证：“季世之臣，不思顺天，而时主是谀，谓破敌者为忠，多杀者为贤。白起、蒙恬，秦以为功，天以为贼。息夫、董贤，主以为忠，天以为盗。此等之俦，虽见贵于时君，然上不顺天心，下不得民意，故卒泣血号咷，以辱终也。《易》曰：‘德薄而位尊，智小而谋大，力少而任重，鲜不及矣。’是故德不称其任，其祸必酷；能不称其位，其殃必大。”⑤ 据刘文英先生不完全统计，《潜夫论》“全书直接举出五经、《论语》书名或完整引用其语录者，共 137 次。其中引《诗经》44 次，引《尚书》22 次，引《周易》经传 29 次，引《礼记》3 次，引《春秋》经传 20 次，引《论语》19 次”⑥。

王符不但精通儒家经典，而且也通晓诸子百家及各种史籍，如《老子》《孙子》《商君书》《荀子》《韩非子》《国语》《周书》《世本》《战国策》《史记》等，并能将各家著作融会贯通且结合社会实际而形成一家之言。可以说，他既是一个博学多识的鸿儒，同时也是一个对社会现实具有清醒认识的思想家。《潜夫论》全书 36 篇，论及当时的政治、经济、边防、教化等诸多

① ［汉］王符著，［清］汪继培笺，彭铎校正：《潜夫论笺校正》，北京：中华书局，2014 年，第 68 页。

② ［汉］王符著，［清］汪继培笺，彭铎校正：《潜夫论笺校正》，北京：中华书局，2014 年，第 35 页。

③ 李学勤主编：《十三经注疏·毛诗正义》，北京：北京大学出版社，1999 年，第 1177 页。

④ 杨伯峻编著：《春秋左传注》，北京：中华书局，1981 年，第 1686 页。

⑤ ［汉］王符著，［清］汪继培笺，彭铎校正：《潜夫论笺校正》，北京：中华书局，2014 年，第 145 页。

⑥ 刘文英：《〈潜夫论〉与汉代经学》，《孔子研究》1994 年第 3 期。

方面，对政治策略、文教德化、经济方针、边防建设、人才选用、修学立身、交际处世、宇宙本原、人类起源、远古帝系、姓氏源流、上古制度、卜筮祝咒、看相占梦等都作了颇有价值的探讨与剖析，对社会弊端的批判是其中的精华。在《论荣》篇他批评“以族举德，以位命贤”的阀阅取士制度的荒谬：“尧，圣父也，而丹凶傲；舜，圣子也，而叟顽恶；叔向，贤兄也，而鲋贪暴；季友，贤弟也，而庆父淫乱。论若必以族，是丹宜禅而舜宜诛，鲋宜赏而友宜夷也。”① 又如《三式》篇抨击当时普遍存在的懒政现象：“昔仲尼有言：‘政宽则民慢，慢则纠之以猛；猛则民残，残则施之以宽。宽以济猛，猛以济宽，政是以和。’今者刺史、守相，率多怠慢，违背法律，废忽诏令，专情务利，不恤公事。细民冤结，无所控告，下土边远，能诣阙者，万无数人，其得省治，不能百一。郡县负其如此也，故至敢延期，民日往上书。”② 在《潜叹》篇中，王符慨叹贤人所处的恶劣环境说：“明圣之君于正道也，不专驱于贵宠，惑于嬖媚，不弃疏远，不轻幼贱，又参而任之……末世则不然，徒信贵人骄妒之议，独用苟媚蛊惑之言，行丰礼者蒙愆咎，论德义者见尤恶，于是谀臣又从以诋訾之法，被以议上之刑，此贤士之始困也。夫诋訾之法者，伐贤之斧也，而骄妒者，噬贤之狗也。人君内秉伐贤之斧，权噬贤之狗，而外招贤，欲其至也，不亦悲乎！”③

受今文经学影响，他在批判现实时多联系天道信仰，如《本政》篇云：“否泰消息，阴阳不并，观其所聚，而兴衰之端可见也。稷、卨、皋陶聚而致雍熙，皇父、蹶、踽聚而致灾异。”④ 又说：“民安乐则天心顺，民愁苦则天心逆。”⑤

---

① ［汉］王符著，［清］汪继培笺，彭铎校正：《潜夫论笺校正》，北京：中华书局，2014年，第45~46页。

② ［汉］王符著，［清］汪继培笺，彭铎校正：《潜夫论笺校正》，北京：中华书局，2014年，第271~272页。

③ ［汉］王符著，［清］汪继培笺，彭铎校正：《潜夫论笺校正》，北京：中华书局，2014年，第137~139页。

④ ［汉］王符著，［清］汪继培笺，彭铎校正：《潜夫论笺校正》，北京：中华书局，2014年，第119页。

⑤ ［汉］王符著，［清］汪继培笺，彭铎校正：《潜夫论笺校正》，北京：中华书局，2014年，第115页。

又如《遏利》篇中讲义利之辨，把“以民为心”的“天”视为终极依据：“且夫利物莫不天之财也。天之制此财也，犹国君之有府库也。赋赏夺与，各有众寡，民岂得强取多哉？故人有无德而富贵，是凶民之窃官位盗府库者也，终必觉，觉必诛矣。盗人必诛，况乃盗天乎？得无受祸焉？邓通死无簪，胜、跪伐其身。是故天子不能违天富无功，诸侯不能违帝厚私劝。非违帝也，非违天也。帝以天为制，天以民为心，民之所欲，天必从之。”① 正如刘文英先生所言：“王符不但从今文经学那里吸取了不少思想资料，也常常使用今文家的方式、方法进行社会批判。……以‘天心逆’和‘阴阳乖’来批判‘君政恶’，完全是今文经学的思想模式。……‘潜夫’甚至还说：那些‘贵戚宠臣’横行霸道、胡作非为，‘自以我密，人莫之知’，然‘皇天从上鉴其奸，神明自幽照其态，岂有误哉！’（《忠贵》）这里，批判的锋芒十分尖锐，但处处把‘皇天’抬出来，仍然是今文家的武器和今文家的方法。”②

王符的政论文章，大都针对现实而发，言之有物，力求辩明是非，指示方向，发明大义，可以说是对当时虚夸文风的自觉反拨。他在《遏利》篇中说：“财贿不多，衣食不赡，声色不妙，威势不行，非君子之忧也。行善不多，申道不明，节志不立，德义不彰，君子耻焉。”③ 他在《务本》篇中说：“教训者，以道义为本，以巧辩为末；辞语者，以信顺为本，以诡丽为末。”④ 又说：“夫教训者，所以遂道术而崇德义也。今学问之士，好语虚无之事，争著雕丽之文，以求见异于世，品人鲜识，从而高之，此伤道德之实，而或（惑）蒙夫之大者也。诗赋者，所以颂善丑之德，泄哀乐之情也，故温雅以广文，兴喻以尽意。今赋颂之徒，苟为饶辩屈蹇之辞，竞陈

---

① ［汉］王符著，［清］汪继培笺，彭铎校正：《潜夫论笺校正》，北京：中华书局，2014年，第33~34页。

② 刘文英：《〈潜夫论〉与汉代经学》，《孔子研究》1994年第3期。

③ ［汉］王符著，［清］汪继培笺，彭铎校正：《潜夫论笺校正》，北京：中华书局，2014年，第39页。

④ ［汉］王符著，［清］汪继培笺，彭铎校正：《潜夫论笺校正》，北京：中华书局，2014年，第20页。

诬罔无然之事，以索见怪于世，愚夫戆士，从而奇之，此悖孩童之思，而长不诚之言者也。”① 他希望以儒家经学的基本精神为指导，端正当时的学风与文风。

王符善用比喻说理，如他论证对官员必须进行严格考核的问题时说：“夫剑不试则利钝暗，弓不试则劲挠诬，鹰不试则巧拙惑，马不试则良驽疑。此四者之有相纷也，由不考试故得然也。今群臣之不试也，其祸非直止于诬、暗、疑、惑而已，又必致于怠慢之节焉。”② （《考绩》）《潜夫论》中的文章大都不长，但题旨鲜明，结构整饬，语言朴实，词锋犀利，颇似战国诸子文风。《潜夫论》中大量运用排偶，体现出东汉后期政论文的骈化趋势。

王符十分注意运用对比的方法，如《忠贵》篇，揭示某种社会现象说：“且夫窃位之人，天夺其鉴，神惑其心。是故贫贱之时，虽有鉴明之资，仁义之志，一旦富贵，则背亲捐旧，丧其本心。皆疏骨肉而亲便辟，薄知友而厚狗马。财货满于仆妾，禄赐尽于猾奴。宁见朽贯千万，而不忍赐人一钱；宁积粟腐仓，而不忍贷人一斗。人多骄肆，负债不偿。骨肉怨望于家，细民谤𬄴于道。前人以败，后争袭之，诚可伤也。”③ 在鲜明的对比中，传达出作者对庸俗市侩的否定态度。

王符善用排比、对偶句。例如：“群僚举士者，或以顽鲁应茂才，以桀逆应至孝，以贪饕应廉吏，以狡猾应方正，以谀谄应直言，以轻薄应敦厚，以空虚应有道，以嚚暗应明经，以残酷应宽博，以怯弱应武猛，以愚顽应治剧，名实不相副，求贡不相称。”④ （《考绩》）“摄之以良朋，教之以明师，文之

---

① ［汉］王符著，［清］汪继培笺，彭铎校正：《潜夫论笺校正》，北京：中华书局，2014年，第25页。

② ［汉］王符著，［清］汪继培笺，彭铎校正：《潜夫论笺校正》，北京：中华书局，2014年，第82页。

③ ［汉］王符著，［清］汪继培笺，彭铎校正：《潜夫论笺校正》，北京：中华书局，2014年，第147页。

④ ［汉］王符著，［清］汪继培笺，彭铎校正：《潜夫论笺校正》，北京：中华书局，2014年，第89页。

以《礼》《乐》，导之以《诗》《书》，赞之以《周易》，明之以《春秋》。”①(《赞学》)随处可见。

四、崔寔《政论》与经学

崔寔（？—约170），字子真，一名台，字元始，涿郡安平（今河北安平）人。他的祖父崔骃、父亲崔瑗，皆有文名。崔寔性格沉静，爱好典籍，“桓帝初，诏公卿郡国举至孝独行之士。寔以郡举，征诣公车，病不对策，除为郎。明于政体，吏才有余，论当世便事数十条，名曰《政论》。指切时要，言辩而确，当世称之”②。《政论》约在北宋时佚失，部分内容保存于《后汉书》及《群书治要》中；清严可均有辑本。

受儒家经学的影响，崔寔《政论》在论析问题、作出某种判断时，常常引用经典作为论据或加强论证的效果。例如，《政论》言当时官吏对贫苦百姓的各种压榨、掠夺时说：

> 《易》曰：“言行，君子所以动天地也。”仲尼曰：“人而无信，不知其可。”今官之接民，甚多违理，苟解面前，不顾先哲。作使百工，及从民市，辄设计加以诱来之，器成之后，更不与直。老弱冻饿，痛号道路，守关告哀，终不见省。历年累岁，乃才给之，又云“逋直，请十与三”，此逋直岂物主之罪邪？不自咎责，反复灭之，冤抑酷痛，足感和气。既尔复平弊败之物与之，至有车舆、故谒者冠，卖之则莫取，复之则不可。其余杂物，略皆此辈。是以百姓创艾，咸以官为忌讳，遁逃鼠窜，莫肯应募。因乃补（捕）之，劫以威势，心苟不乐，则器械行沽，虚费财用，不周于事。故曰：上为下效，然后谓之教。上下相效殆如此，将何以防之？罚则不恕，不罚则不治，是以风移于诈，俗易于欺，狱讼繁多，民好残伪。为政如此，未睹其利。斯皆起于典藏之吏不明为国之体，苟割

① ［汉］王符著，［清］汪继培笺，彭铎校正：《潜夫论笺校正》，北京：中华书局，2014年，第3页。

② ［南朝宋］范晔：《后汉书》，北京：中华书局，1965年，第1725页。

> 胫以肥头，不知胫弱亦将颠仆也。《礼》讥“聚敛之臣”，《诗》曰“贪人败类”，盖伤之也。(《群书治要》)①

这是说，现在的官吏对待人民，很多事都违反情理，只图眼前私利，不顾先哲的教训，如使用百工和向人民买东西，常常用欺骗的手法，引诱他们前来，到器物制成和东西买到之后，却不付钱，致使他们家中老小饥寒冻馁，满路号哭。守在门外苦苦哀求，却没人理睬，一直过了数年才付钱，并说这是旧欠，要打三折。这是什么理由，难道这旧欠是债主之罪吗？当官的不责备自己，却克扣百姓，从而造成冤枉痛苦的惨状而感天动地，铸成灾难。而且已经打了三折，还不发给现钱，只给一些破旧的物品作代价，诸如官家用过的破车子、旧帽子，百姓拿去之后，出卖没人要，用之为犯法。其他杂物，大都如此。因此，百姓极为痛苦，不敢再与官吏打交道，官府叫他们去，就逃避流窜，不肯应募。官府只好派人搜捕，威胁逼迫。百姓心里不高兴，制成的器物十分粗劣，不能使用，白费钱财，一点用处都没有。古人说上面人做的事情有可以叫下面人仿效的叫作教，如今上面叫下面仿效的是这样，又怎么能防备下面不干坏事呢！如果罚他们是不公平，不罚则民不能治，所以风俗变成诈伪、欺骗，刑罚因而繁多，人民变得凶横狡诈。如此行政，没有好处。这些都是由主管财务的官吏胡作非为，不顾国体，只知割了腿上的肉补脑袋，却不知腿软弱了就会摔倒。《礼记·大学》讽刺聚敛财富的官吏不如强盗，《诗经》说贪腐的人会带坏同类，现在官吏的这种种情况真是太可悲了。又如，崔寔说：“夫风俗者，国之脉诊也。年谷如其肥肤，肥肤虽和，而脉诊不和，诚未足为休。《书》曰‘虽休勿休’，况不休而可休乎？”② 意思是说，国家就好比一个人，本来脉搏与肌肉已经失常，已不是健康的身体，即使是好了也不要认为已经全好，更何况把不好的认为是很好的呢？这是征引《尚

---

① ［汉］崔寔、仲长统撰，孙启治校注：《政论校注　昌言校注》，北京：中华书局，2012 年，第 101 页。

② ［清］严可均校辑：《全上古三代秦汉三国六朝文》，北京：中华书局，1958 年，第 722 页。

书》的例子。

崔寔深受儒家思想的影响，《政论》中说："夫刑罚者，治乱之药石也；德教者，兴平之粱肉也。"① 他重视的德教，就是基于"五经"的儒家教化。他极力主张"荡亡秦之俗，遵先圣之风，弃苟全之政，蹈稽古之踪，复五等之爵，立井田之制。然后选稷、契为佐，伊、吕为辅，乐作而凤皇仪，击石而百兽舞"②。与汉初的贾谊、晁错一样，崔寔十分重视农业问题，《政论》中对重农抑商的问题非常重视："农桑勤而利薄，工商逸而入厚，故农夫辍耒而雕镂，工女投杼而刺绣。躬耕者少，末作者众，生土虽皆垦乂，而地功不致，苟无力穑，焉得有年？财郁蓄而不尽出，百姓穷匮而为奸寇，是以仓廪空而囹圄实，一谷不登，则饥馁流死。上下相匮，无以相济。国以民为根，民以谷为命，命尽则根拔，根拔则本颠。此最国家之毒忧，可为热心者也。"③

崔寔常常从保民、爱民这一根本点出发，来论析相关的社会问题，贯穿着法先王、师孔子的政治理念。如《政论》中说，"昔唐、虞之制，三载考绩，三考黜陟，所以表善而简恶，尽臣力也"④，并由此批评当时对官吏考核过于促迫而造成的弊端：

> 今长吏下车百日，无他异观，则州郡睥睨，待以恶意，满岁寂漠，便见驱逐。正使豹、产复在，方见怨诅，应时奔驰，何缘得成易歌之勋，垂不朽之名者哉！犹冯唐评文帝之不能用李牧矣。近汉世所谓良吏，黄侯、召父之治都，视事皆且十年，然后功业乃著。且以仲尼之圣，由曰"三年有成"，况凡庸之士，而责以造次之效哉。故夫卒成之政，必有横

① ［清］严可均校辑：《全上古三代秦汉三国六朝文》，北京：中华书局，1958年，第723页。

② ［清］严可均校辑：《全上古三代秦汉三国六朝文》，北京：中华书局，1958年，第723页。

③ ［清］严可均校辑：《全上古三代秦汉三国六朝文》，北京：中华书局，1958年，第724页。

④ ［清］严可均校辑：《全上古三代秦汉三国六朝文》，北京：中华书局，1958年，第725页。

暴酷烈之失。而世俗归称，谓之辨治，故绌已复进，弃已复用，横迁超取，不由次第。是以残猛之人，遂奋其毒，仁贤之士，劫俗为虐，本操虽异，驱出一揆。故朝廷不获温良之用，兆民不蒙宽惠之德，则百姓之命委于酷吏之手，嗷嗷之怨，咎归于上。夫民善之则畜，恶之则仇，仇满天下，可不惧哉！是以有国有家者，甚畏其民。既畏其怨，又畏其罚，故养之如伤病，爱之如赤子，兢兢业业，惧以终始，恐失群臣之和，以堕先王之轨也。①

崔寔指出，“卒成之政，必有横暴酷烈之失”，由于上面“考功课吏”期限甚短，官员们往往不得不急功近利，甚至胡乱作为，驱迫民众，大失孔子“三年有成”之教。更令人愤懑的是，这些官吏越是横暴残酷，越是受到上级的称扬，即便是因错被罢官免职，不久也会重新起用，甚至被破格提拔。崔寔进一步指出，“残猛之人，遂奋其毒，仁贤之士，劫俗为虐，本操虽异，驱出一揆”，不良风气愈演愈烈，凶残者更为毒辣，仁贤者也受大环境的影响而变坏，整个吏治都变得一团糟。在这种政治生态之下，被压迫、被残害的百姓“嗷嗷之怨，咎归于上”，甚至是仇满天下。

尊崇儒家，效法先王，还体现在他任贤的政治主张上。《政论》篇说：

自尧、舜之帝，汤、武之王，皆赖明哲之佐、博物之臣。故皋陶陈谟而唐虞以兴，伊箕作训而殷周用隆。及继体之君，欲立中兴之功者，曷尝不赖贤哲之谋乎！……且守文之君，继陵迟之绪，譬诸乘弊车矣。当求巧工，使辑治之，折则接之，缓则楔之，补琢换易，可复为新。新新不已，用之无穷。若遂不治，因而乘之，摧拉捌裂，亦无可奈何矣。若武丁之获傅说，宣王之得申甫，是则其巧工也。②

① ［清］严可均校辑：《全上古三代秦汉三国六朝文》，北京：中华书局，1958 年，第 725 页。

② ［清］严可均校辑：《全上古三代秦汉三国六朝文》，北京：中华书局，1958 年，第 722 页。

大凡圣明帝王、开国之君，为了建立法律规章、道德秩序，必然需要依靠明哲之士来帮助出谋划策，方能建立功业，留名史册。那些继体之君、中兴之主，要想使国家政治稳定，上下和谐，人民安乐，中兴复国，就更需要依赖“贤哲之谋”了。他认为，如果“理世不得真贤，犹治病无真药，当用人参，反得芦菔根”①。《政论》中还批评汉朝统治者不懂得用贤的重要性，而且也不能真正地识贤：“夫以文帝之明，贾生之贤，绛、灌之忠，而有此患，况其余哉！况其余哉！且世主莫不愿得尼、轲之伦以为辅佐，卒然获之，未必珍也。自非题榜其面曰鲁孔丘、邹孟轲，殆必不见敬信。”②

当然，对于儒家及经典，他并非很迂腐地恪守，儒家特别是孔子的“权变”意识，对他的《政论》有着明显的影响。他说，“故宜量力度德，《春秋》之义”③。又说，“昔孔子作《春秋》，褒齐桓，懿晋文，叹管仲之功。夫岂不美文、武之道哉，诚达权救弊之理也”④。崔寔认为：“自汉兴以来，三百五十余岁矣。政令垢玩，上下怠懈，风俗雕敝，人庶巧伪，百姓嚣然，咸复思中兴之救矣。”⑤“凡天下之所以不治者，常由世主承平日久，俗渐弊而不寤，政浸衰而不改，习乱安危，逸不自睹。”⑥崔寔认识到，每个朝代的开国之君都有一定的作为，国家经过一段繁荣稳定之后，就逐渐产生弊端而出现不安定。他指出当时的政治制度极需变革，而统治者只知墨守成规，“其顽士暗于时权，安习所见，殆不知乐成，况可与虑始乎？心闪意舛，不知所云，

---

①［清］严可均校辑：《全上古三代秦汉三国六朝文》，北京：中华书局，1958 年，第 728 页。

②［清］严可均校辑：《全上古三代秦汉三国六朝文》，北京：中华书局，1958 年，第 723 页。

③［清］严可均校辑：《全上古三代秦汉三国六朝文》，北京：中华书局，1958 年，第 723 页。

④［清］严可均校辑：《全上古三代秦汉三国六朝文》，北京：中华书局，1958 年，第 723 页。

⑤［清］严可均校辑：《全上古三代秦汉三国六朝文》，北京：中华书局，1958 年，第 722 页。

⑥［清］严可均校辑：《全上古三代秦汉三国六朝文》，北京：中华书局，1958 年，第 722 页。

则苟云率由旧章而已”[1]。对此，崔寔提出“圣人执权，遭时定制”[2] 的变法原则，认为要平息日趋严重的社会危机，唯一能行的是“沛然改法”[3]。“盖孔子对叶公以来远，哀公以临民，景公以节礼，非其不同，所急异务也。是以受命之君，每辄创制；中兴之主，亦匡时失。”[4] 意思是说，孔子在回答不同问题时，常根据具体情况灵活变通，类似于我们今天所说的实事求是、具体问题具体分析。对于那些只信书本而不知变通的书呆子，崔寔发议道：“俗人拘文牵古，不达权制，奇玮所闻，简忽所见。策不见珍，计不见信。夫人既不知善之为善，又将不知不善之为不善，乌足与论国家之大事哉？”[5]

《政论》的字里行间，又洋溢着崔寔基于其儒学价值观的爱憎之情。如论及文帝除肉刑时说：“文帝虽除肉刑，当劓者笞三百，当斩左趾者笞五百，当斩右趾者弃市。右趾者既损其命，鞭挞者往往至死，虽有轻刑之名，其实杀也！”[6] 又如论及贤能遭弃时，不无感慨地说：“夫淳淑之士，固不曲道以媚时，不诡行以邀名，耻乡原之誉，绝比周之党，必待题其面曰鲁仲尼、邹孟轲，不可得也。而世主凡君，明不能别异量之士，而适足受谮润之诉。前君既失之于古，后君又蹈之于今，是以命世之士，常抑于当时，而见思于后人。”[7]

---

① ［清］严可均校辑：《全上古三代秦汉三国六朝文》，北京：中华书局，1958 年，第 722 页。

② ［清］严可均校辑：《全上古三代秦汉三国六朝文》，北京：中华书局，1958 年，第 722 页。

③ ［清］严可均校辑：《全上古三代秦汉三国六朝文》，北京：中华书局，1958 年，第 725 页。

④ ［清］严可均校辑：《全上古三代秦汉三国六朝文》，北京：中华书局，1958 年，第 722 页。

⑤ ［清］严可均校辑：《全上古三代秦汉三国六朝文》，北京：中华书局，1958 年，第 722 页。

⑥ ［清］严可均校辑：《全上古三代秦汉三国六朝文》，北京：中华书局，1958 年，第 723 页。

⑦ ［清］严可均校辑：《全上古三代秦汉三国六朝文》，北京：中华书局，1958 年，第 723 页。

从儒家“法先王”的基本观念出发，《政论》文字常常作古今对比，用儒家的标准批评时政。这样的例子可以说俯拾皆是。如说：“昔圣王之治天下，咸建诸侯以临其民。国有常君，君有定臣，上下相安，政如一家。……自顷以来，政教稍改，重刑阙于大臣，而密网刻于下职，鼎辅不思在宽之德，牧牧守守逐之，各竞摘微短，吹毛求疵，重案深诋，以中伤贞良。”① 又如：“昔子产相郑，殊尊卑，异章服，而国用治。岂大汉之明主，曾不如小藩之陪臣？在修之与不耳。”② 都是如此。

仲长统十分推崇崔寔的《政论》，谓“凡为人主，宜写一通，置之坐侧”③。

五、仲长统《昌言》与经学

仲长统（180—220），字公理，山阳高平（今山东金乡西北）人。《后汉书·仲长统列传》说他“少好学，博涉书记，赡于文辞”④。“性俶傥，敢直言，不矜小节，默语无常，时人或谓之狂生。每州郡命召，辄称疾不就。常以为凡游帝王者，欲以立身扬名耳，而名不常存，人生易灭，优游偃仰，可以自娱。”⑤ “每论说古今及时俗行事，恒发愤叹息。”⑥ 著《昌言》三十四篇，十余万言，今存《理乱》《损益》《法诫》三篇，载于《后汉书·仲长统列传》，其余则残存于《群书治要》《意林》等书。清严可均有辑本。

《昌言》书名的含义，《后汉书·仲长统列传》注曰：“昌，当也。”⑦ 认为“昌言”即当理之言。据《说文解字》，“昌”的本义为“美言”。《尚书·大禹谟》曰“禹拜昌言”，《史记·夏本纪》正作“禹拜美言”。因为

---

① ［清］严可均校辑：《全上古三代秦汉三国六朝文》，北京：中华书局，1958年，第725页。

② ［清］严可均校辑：《全上古三代秦汉三国六朝文》，北京：中华书局，1958年，第724页。

③ ［南朝宋］范晔：《后汉书》，北京：中华书局，1965年，第1725页。

④ ［南朝宋］范晔：《后汉书》，北京：中华书局，1965年，第1643页。

⑤ ［南朝宋］范晔：《后汉书》，北京：中华书局，1965年，第1644页。

⑥ ［南朝宋］范晔：《后汉书》，北京：中华书局，1965年，第1646页。

⑦ ［南朝宋］范晔：《后汉书》，北京：中华书局，1965年，第1646页。

“美言”为“当”，所以“昌”才有“当”的意思。又，《尚书·大禹谟》之“禹拜昌言”，《孟子·公孙丑》赵岐注又作“禹拜谠言”。由此看来，《昌言》之题应该兼有美言、当言、直言多层含义。① 大约受到《尚书》等史籍的影响，仲长统在研究社会问题时颇具历史眼光。如《理乱》篇中说：

> 昔春秋之时，周氏之乱世也。逮乎战国，则又甚矣。秦政乘并兼之势，放虎狼之心，屠裂天下，吞食生人，暴虐不已，以招楚、汉用兵之苦，甚于战国之时也。汉二百年而遭王莽之乱，计其残夷灭亡之数，又复倍乎秦、项矣。以及今日，名都空而不居、百里绝而无民者，不可胜数。此则又甚于亡新之时也。悲夫！不及五百年，大难三起，中间之乱，尚不数焉。变而弥猜，下而加酷，推此以往，可及于尽矣。嗟乎！不知来世圣人救此之道，将何用也？又不知天若穷此之数，欲何至邪？②

不难看出，仲长统视社会历史的变迁、演化、发展为治与乱的总和。他认为治久则乱，乱极归治；由治而乱，由乱返治的治乱相间，便是人世的历程。“变而弥猜，下而加酷，推此以往，可及于尽矣”，意思是说，按照这种阶级压迫、奴役越来越残酷的趋势，人类社会总有一天会毁灭。他在悲观中又希望未来的人们或许会找到“救此之道”，尽管他想象不出彼时的圣人会用什么办法。

《昌言》具有显著的儒家经学色彩。新旧《唐志》明确把《昌言》归于儒家。《昌言》中，仲长统主张“德主刑佐”，提出“教化以礼义为宗，礼义以典籍为本”③。书中又说，“古之圣帝明王……召天地之嘉应，降鬼神之吉

---

① 参见刘文英：《王符评传（附崔寔、仲长统评传）》，南京：南京大学出版社，2011 年，第 298 页。

② ［汉］崔寔、仲长统撰，孙启治校注：《政论校注　昌言校注》，北京：中华书局，2012 年，第 270~271 页。

③ ［汉］崔寔、仲长统撰，孙启治校注：《政论校注　昌言校注》，北京：中华书局，2012 年，第 321 页。

灵”①，而当时“怨气并作，阴阳失和，三光亏缺，怪异数至，虫螟食稼，水旱为灾”，都是“戚宦之臣所致然也”②。而唯有天下大治，才会得到天地神灵的佑护。从这些论断中，不难看出董仲舒以降今文家们的影响，具有明显的今文经学色彩。

从儒家君臣观念出发，《昌言·理乱》篇中对“后嗣之愚主”予以无情的嘲讽：

> 彼后嗣之愚主，见天下莫敢与之违，自谓若天地之不可亡也，乃奔其私嗜，骋其邪欲，君臣宣淫，上下同恶。目极角抵之观，耳穷郑、卫之声。入则耽于妇人而不反，出则驰于田猎而不还。荒废庶政，弃亡人物，澶漫弥流，无所底极。信任亲爱者，尽佞谄容说之人也；宠贵隆丰者，尽后妃姬妾之家也。使饿狼守庖厨，饥虎牧牢豚，遂至熬天下之脂膏，斫生人之骨髓。怨毒无聊，祸乱并起，中国扰攘，四夷侵叛，土崩瓦解，一朝而去。昔之为我哺乳之子孙者，今尽是我饮血之寇仇也。至于运徙势去，犹不觉悟者，岂非富贵生不仁、沈溺致愚疾邪？③

仲长统认为每一皇朝的历史，皆可分为下列三个阶段：创业、守成与衰亡。在他看来，皇朝在血与火中奠基。当原先的统治者，以其“熬天下之脂膏，斫生人之骨髓”的酷政，使整个社会沦入“怨毒无聊”之时，酿成“中国扰攘，四夷侵叛”，其结果是旧皇朝“土崩瓦解，一朝而去”。

《昌言·理乱》篇中，仲长统基于儒家的仁政观念，对贫富悬殊的社会现实极为不满，批评权贵豪强兼并土地及生活上的骄奢淫逸：

---

① ［汉］崔寔、仲长统撰，孙启治校注：《政论校注　昌言校注》，北京：中华书局，2012年，第321页。

② ［汉］崔寔、仲长统撰，孙启治校注：《政论校注　昌言校注》，北京：中华书局，2012年，第309页。

③ ［汉］崔寔、仲长统撰，孙启治校注：《政论校注　昌言校注》，北京：中华书局，2012年，第261页。

豪人之室，连栋数百，膏田满野，奴婢千群，徒附万计。船车贾贩，周于四方；废居积贮，满于都城。琦赂宝货，巨室不能容；马牛羊豕，山谷不能受。妖童美妾，填乎绮室；倡讴伎乐，列乎深堂。宾客待见而不敢去，车骑交错而不敢进。三牲之肉，臭而不可食；清醇之酎，败而不可饮。睇盼则人从其目之所视，喜怒则人随其心之所虑。此皆公侯之广乐、君长之厚实也。苟能运智诈者，则得之焉；苟能得之者，人不以为罪焉。①

这些触目惊心的描述，很容易让人想起《孟子·梁惠王上》所说的："庖有肥肉，厩有肥马，民有饥色，野有饿莩，此率兽而食人也。"②《损益》篇讲到限制豪族兼并，主张恢复井田，也当是受到了《孟子》的影响：

井田之变，豪人货殖，馆舍布于州郡，田亩连于方国。身无半通青纶之命，而窃三辰龙章之服；不为编户一伍之长，而有千室名邑之役。荣乐过于封君，势力侔于守令。财赂自营，犯法不坐。刺客死士，为之投命。至使弱力少智之子，被穿帷败，寄死不敛，冤枉穷困，不敢自理。虽亦由网禁疏阔，盖分田无限使之然也。今欲张太平之纪纲，立至化之基趾，齐民财之丰寡，正风俗之奢俭，非井田实莫由也。③

郭预衡先生在论及《损益》篇关于恢复井田制时指出："当初王莽改制，就包括井田制。王莽已经失败了，为什么仲长统仍作此想呢？这大概是由于土地兼并问题到了后汉末期更加严重，于无可奈何之中，只能恢复古制。"④ 言之有理。

仲长统《昌言》的思想内容，大体上可以说就是先秦以降儒家所讲的圣

① ［汉］崔寔、仲长统撰，孙启治校注：《政论校注　昌言校注》，北京：中华书局，2012年，第264~265页。

② 杨伯峻译注：《孟子译注》，北京：中华书局，1960年，第9页。

③ ［汉］崔寔、仲长统撰，孙启治校注：《政论校注　昌言校注》，北京：中华书局，2012年，第279~280页。

④ 郭预衡：《中国散文史》，上海：上海古籍出版社，2000年，第290页。

贤之道、治平之术。《损益》篇中有一段相当概括的文字，可为佐证：

> 明版籍以相数阅，审什伍以相连持，限夫田以断并兼，定五刑以救死亡，益君长以兴政理，急农桑以丰委积，去末作以一本业，敦教学以移情性，表德行以厉风俗，核才艺以叙官宜，简精悍以习师田，修武器以存守战，严禁令以防僭差，信赏罚以验惩劝，纠游戏以杜奸邪，察奇刻以绝烦暴。审此十六者以为政务，操之有常，课之有限，安宁忽懈堕，有事不迫遽，圣人复起，不能易也。①

文中以铺排的句式一连列出十六条政务，突显了儒家以德教为主、以廉洁为用的一般原则。从文学风格上看，《昌言》思路敏锐，激切深刻，“笔致骏发腾踔”②。

东汉不仅是文体大备的阶段，也是汉代经学的进一步发展及出现反思的时期。通过上述论析，我们不难看出，受其时经学等因素的影响，散文的发展总体上也即将进入新变期。桓谭自谓写《新论》的目的在于“兴治”（《新论·本造》），他认为前世圣人所作，后人未必都要承袭，既体现了从实际出发的精神，也包含了历史是发展进化的进步观点。《论衡》以推理与实证相结合的方式进行论辩说理，同时反映了东汉经学在散文中的渗透与文章功用性对文人的影响，是汉代散文文体形态发展中的重要代表作，其散文风格与经学思想不仅映射了当时的政治与学术变迁状况，亦影响着后代文章的创作与文论的发展。王符的《潜夫论》全书多引用或化用《诗经》《周易》《尚书》等经典之言，使得文章的儒家气息相当浓厚。在王符看来，学习经典可以使人聪达明理，成为贤人君子。受今文经学影响，他在批判现实时多联系天道信仰，并且把“以民为心”的“天”视为终极依据。崔寔常常从保民、爱民这一根本点出发，来论析相关的社会问题，贯穿着法先王、师孔子的政治理念。儒家特别是孔子的“权变”意识，对他的《政论》有着明显的影响。仲

---

① ［汉］崔寔、仲长统撰，孙启治校注：《政论校注　昌言校注》，北京：中华书局，2012 年，第 288 页。

② 钱锺书：《管锥编》第 3 册，北京：中华书局，1979 年，第 1031 页。

长统的《昌言》具有显著的儒家经学色彩，认为大圣大贤才会得到天地神灵的佑护。在研究社会问题时，仲长统颇具历史眼光，他认为治久则乱，乱极归治。另外，汉末政论文，批评时政，大都有感而发，带有“清议”性质，针砭时弊，作品近于“时评”，风格由和缓而激切，文章句式渐趋俳偶，讲究辞藻，对后来骈体文的产生有直接的影响。

第八章

班固《汉书》与经学

明帝、章帝之际，经学隆盛，以经学标准评判史学成为时尚。班固的伯父班嗣、父班彪俱以学问显名当世，家风儒学色彩浓厚，班彪的名篇《王命论》更与今文经学家们以阴阳迷信来维护王权有相通之处。班固在写作《汉书》时，自觉地、有意识地突显"六经"的重要地位，并在评判是非方面向儒家圣贤看齐，因此《汉书》带有显著的经学色彩，以下详论之。

一、班固的经学思想

据《汉书·叙传》及《后汉书·班彪列传》的记载，班固的七世祖班壹当秦末汉初之际，为著名的边地豪强，至牛羊数千群，以财雄边，出入弋猎，旌旗鼓吹。影响所及，以至于北方多以"壹"为字者。班壹之子班孺，有侠义之气，为州郡之人所称道。从五世祖班长起，班氏即由富而贵，从豪强变成了官吏，从农村进入了庙堂。班固的大伯祖班伯，少受《诗》于师丹，成帝召见于晏昵殿，见班伯容貌甚丽，诵说有法，拜为中常侍。二伯祖班斿博学有俊材，举贤良方正，以对策为议郎，迁谏大夫、右曹中郎将，与刘向校秘书，每奏事，斿以选受诏进读群书。祖父班穉少为黄门郎中常侍，哀帝即位，出为西河属国都尉，迁广平相。

班固的伯父班嗣，父班彪，俱以学问显名当世。然而，伯父班嗣虽修儒学，却贵道家老庄之术，在班家算是比较特别的一个人。而班固的父亲班彪，受当时儒家经学的影响甚深，“唯圣人之道然后尽心焉”①。他反对“崇黄老而薄‘五经’”，主张“依‘五经’之法言，同圣人之是非”②，处处以儒家经学为原则来观察形势、指导言行。

在王莽失败、群雄逐鹿之际，班彪从符瑞迷信的宿命论观点出发，力说刘氏正统不可动摇。他在《王命论》中说：“神器有命，不可以智力求也。悲夫！此世所以多乱臣贼子者也。若然者，岂徒暗于天道哉？又不睹之于人事矣！夫饿馑流隶，饥寒道路，思有短褐之亵，儋石之畜，所愿不过一金，然终于转死沟壑。何则？贫穷亦有命也。况乎天子之贵，四海之富，神明之祚，可得而妄处哉？……盖在高祖，其兴也有五：一曰帝尧之苗裔，二曰体貌多奇异，三曰神武有征应，四曰宽明而仁恕，五曰知人善任使。加之以信诚好谋，达于听受，见善如不及，用人如由己，从谏如顺流，趣时如向赴……若乃灵瑞符应，又可略闻矣。初刘媪任高祖而梦与神遇，震电晦冥，有龙蛇之怪。及其长而多灵，有异于众，是以王、武感物而折券，吕公睹形而进女；秦皇东游以厌其气，吕后望云而知所处；始受命则白蛇分，西入关则五星聚。故淮阴、留侯谓之天授，非人力也。”③ 班彪的此种思想观念与今文经学家们以阴阳迷信来维护王权有相通之处。

班彪“才高而好述作”④，有“赋、论、书、记、奏事合九篇”⑤，其中他所撰写的《史记后传》，为《汉书》的写作开启了先路。在范晔的《后汉书·班彪列传》中，载有班彪作史时写的一篇《略论》，其中谈到他作史的动机，一方面对司马迁“采《左氏》《国语》，删《世本》《战国策》，据楚、汉列国时事，上自黄帝，下讫获麟，作本纪、世家、列传、书、表凡百三十篇”表示肯定；一方面又对《史记》表示了不满乃至批评，谓“采经摭传，分散百家之事，甚多疏略，不如其本，务欲以多闻广载为功，论议浅而不笃。

---

① ［汉］班固：《汉书·叙传上》，北京：中华书局，1962年，第4207页。
② ［南朝宋］范晔：《后汉书·班彪列传》，北京：中华书局，1965年，第1325页。
③ ［汉］班固：《汉书·叙传上》，北京：中华书局，1962年，第4209~4212页。
④ ［南朝宋］范晔：《后汉书·班彪列传》，北京：中华书局，1965年，第1324页。
⑤ ［南朝宋］范晔：《后汉书·班彪列传》，北京：中华书局，1965年，第1329页。

其论术学，则崇黄老而薄‘五经’；序货殖，则轻仁义而羞贫穷；道游侠，则贱守节而贵俗功：此其大敝伤道，所以遇极刑之咎也。然善述序事理，辩而不华，质而不野，文质相称，盖良史之才也。诚令迁依‘五经’之法言，同圣人之是非，意亦庶几矣”。① 班彪对司马迁的崇尚黄老思想、重视游侠、推崇货殖表示了反对，认为不符合儒家经学正宗，应予以纠正。这些认识无疑对班固也产生了重大的影响。

班固在《汉书·叙传》里全文征引其父班彪的《王命论》，并介绍了此文写作之缘起：

> 叔皮唯圣人之道然后尽心焉。年二十，遭王莽败，世祖即位于冀州。时隗嚣据垄拥众，招辑英俊，而公孙述称帝于蜀汉，天下云扰，大者连州郡，小者据县邑。嚣问彪曰："往者周亡，战国并争，天下分裂，数世然后乃定，其抑者从横之事复起于今乎？将承运迭兴在于一人也？愿先生论之。"对曰："周之废兴与汉异。昔周立爵五等，诸侯从政，本根既微，枝叶强大，故其末流有从横之事，其势然也。汉家承秦之制，并立郡县，主有专己之威，臣无百年之柄，至于成帝，假借外家，哀、平短祚，国嗣三绝，危自上起，伤不及下。故王氏之贵，倾擅朝廷，能窃号位，而不根于民。是以即真之后，天下莫不引领而叹，十余年间，外内骚扰，远近俱发，假号云合，咸称刘氏，不谋而同辞。方今雄桀带州城者，皆无七国世业之资。《诗》云：'皇矣上帝，临下有赫，鉴观四方，求民之莫。'今民皆讴吟思汉，乡仰刘氏，已可知矣。"嚣曰："先生言周、汉之势，可也，至于但见愚民习识刘氏姓号之故，而谓汉家复兴，疏矣！昔秦失其鹿，刘季逐而掎之，时民复知汉虖！"既感嚣言，又愍狂狡之不息，乃著《王命论》以救时难。②

班彪在《王命论》中力言高祖刘邦得天命，大汉王朝可以延续；全篇通过历

① ［南朝宋］范晔：《后汉书·班彪列传》，北京：中华书局，1965年，第1325页。
② ［汉］班固：《汉书·叙传上》，北京：中华书局，1962年，第4207页。

史的回顾，讲述了历代天子的受命渊源，他们应天顺人，从而四海归心。尤其是秦末农民战争以来，豪杰并起，纷纷割据为王，但最终得天下者却是刘邦。刘邦的兴起有五个征兆，且当时人即认为乃是天授。虽然王莽之祸导致再次政权播迁，群雄并起，但天命不改，民心仍旧归汉，所以班彪劝说隗嚣归顺汉朝，而当时光武帝刘秀在群雄中已享有威望，很有可能收拾残局，成为下一任皇帝。班彪层层论述，反复言说，既有正面劝说，又有反面例证，从而达到了以古为鉴、借古讽今的目的。范晔作《后汉书》曾评论说："班彪以通儒上才，倾侧危乱之间，行不逾方，言不失正，仕不急进，贞不违人，敷文华以纬国典，守贱薄而无闷容。彼将以世运未弘，非所谓贱焉耻乎？何其守道恬淡之笃也！"① 这是对班彪在两汉之际历史境遇中的高洁操守和明智选择的概括。《黄氏日抄》卷四七《读史二·叙传》谓："班彪《王命论》，所以破奸雄觊幸之心，深切著明，犹不见听，则纳履而去之。当天下靡沸之时，从容无愧，可谓贤矣。"李兆洛《骈体文钞》评此篇为"安徐重固"，言其议论稳固，语气从容。

班固重视典籍文献，对一些经传的传播情况予以详载。如《汉书·鲁共王传》叙鲁共王好治宫室，坏孔子宅，广其宫，因得壁中古书。《河间献王传》载：

> 河间献王德以孝景前二年立，修学好古，实事求是。从民得善书，必为好写与之，留其真，加金帛赐以招之。繇是四方道术之人不远千里，或有先祖旧书，多奉以奏献王者，故得书多，与汉朝等。是时，淮南王安亦好书，所招致率多浮辩。献王所得书皆古文先秦旧书，《周官》《尚书》《礼》《礼记》《孟子》《老子》之属，皆经传说记，七十子之徒所论。其学举六艺，立《毛氏诗》《左氏春秋》博士。②

这里有关河间献王的学术特色及典籍传播情况，是司马迁《史记》所未载的。

---

① ［南朝宋］范晔：《后汉书·班彪列传》，北京：中华书局，1965 年，第 1329~1330 页。
② ［汉］班固：《汉书·景十三王传》，北京：中华书局，1962 年，第 2410 页。

班固的经学思想比较复杂。从官方经学来看，东汉前期今文经学达到了一个高潮。公元79年即东汉章帝即位后的第四年，大臣杨终上疏道："宣帝博征群儒，论定'五经'于石渠阁。方今天下少事，学者得成其业，而章句之徒，破坏大体。宜如石渠故事，永为后世则。"① 于是，"天子会诸儒讲论'五经'，作《白虎通德论》，令（班）固撰集其事"②。这里所谓"撰集"，应该是先集，然后撰，对繁杂的议奏有所取舍，定其精要之旨。《白虎通义》的根本思想是政治神学，在此书中，自古至今的政治制度、政治等级和礼仪活动等，都被神圣化、神秘化了。《白虎通义》继承了董仲舒以"天"为宇宙中心的神学理论，视天为人世间的"镇物"，居高而理下，俯瞰大地。《天地》篇说："天者，何也？天之为言镇也。居高理下，为人镇也。地者，元气之所生，万物之祖也。地者，易也。万物怀任，交易变化。"③"天"尽管是宇宙的主宰，但无具体的形象。《白虎通义》中偶尔也讲"天圆地方"，但这"圆"只是视觉的反映，并非"天"作为神灵显现出来的形象，"天"仍然是抽象的。虽然抽象，但不失其神性的存在。《白虎通义》建立天道的目的，是为其论证帝王的神圣性服务的，它列举了历史上三皇、五帝、三王、五霸的丰功伟业，以作为活的见证。《白虎通义》极力宣扬祥瑞和灾异观念。祥瑞灾异由来已久，大儒董仲舒加以发挥弘扬后，为《白虎通义》所继承。另外，从经学学术发展自身来看，此时古文经学已有相当大的影响，扬雄、桓谭、王充的思想，不可能不对班固发生影响。

二、突显"六经"，弘扬圣人之道

与《史记》相比，《汉书》有着自己鲜明的特色，此种特色的形成与经学因素有内在的关联。早在西汉末年，扬雄就指责司马迁"不与圣人同，是

---

① ［南朝宋］范晔：《后汉书·杨李翟应霍爰徐列传》，北京：中华书局，1965年，第1599页。

② ［南朝宋］范晔：《后汉书·班彪列传》，北京：中华书局，1965年，第1373页。

③ ［清］陈立：《白虎通疏证》，北京：中华书局，1994年，第420页。

非颇谬于经"①，其思想"杂乎杂"（《法言·问神》）。至东汉初年，诸儒多持此论。建武四年（28），范升上书指出"太史公违戾'五经'，谬孔子言"②，班彪也认为司马迁不能"依'五经'之法言，同圣人之是非"；批评《史记》"其论术学，则崇黄老而薄'五经'；序货殖，则轻仁义而羞贫穷；道游侠，则贱守节而贵俗功"③。至明帝、章帝之际，经学昌盛，扬雄等人的这种观点影响更大，以经学标准来评判史学成为某种风尚。最高统治者还直接干预史学，如汉明帝先以"私改国史"的罪名，下诏拘捕班固，后又欣赏其才，任命其为兰台令史，继续此前事业，《汉书》遂由私人撰述转为官修史书。明帝又于永平十七年（74）诏见班固等人，谓司马迁作史书"微文刺讥，贬损当世"，远不如"颂述功德"的司马相如。（班固《典引》）明帝对史学的直接干预，更使班固在撰写《汉书》时极力向经学靠拢。班固在《汉书·司马迁传》中评价司马迁说："……其涉猎者广博，贯穿经传，驰骋古今，上下数千载间，斯以勤矣。又其是非颇缪于圣人，论大道则先黄老而后六经，序游侠则退处士而进奸雄，述货殖则崇势利而羞贱贫，此其所蔽也。"④ 这是承袭其父班彪的意思而发挥之。由此可知，班固在写作《汉书》时，必然会自觉地、有意识地突显"六经"的重要地位，并在评判是非方面向"圣人"看齐。

就其中提到的"述货殖"而言，班固重礼而轻利，较之司马迁所写的相关内容，明显突出言礼、淡化言利。《汉书·货殖传》在讲商业发展史时，大体上祖述《史记》，而前面的绪论部分，在立意上则有显著的不同。司马迁强调的是，各地的货物种类有所差异，"待农而食之，虞而出之，工而成之，商而通之"⑤，也就是说，他落脚在货物流通的必要性上。然后又引《周书》说："农不出则乏其食，工不出则乏其事，商不出则三宝绝。"⑥ 继而感叹道：

① ［汉］班固：《汉书·扬雄传》，北京：中华书局，1962 年，第 3580 页。
② ［南朝宋］范晔：《后汉书·郑范陈贾张列传》，北京：中华书局，1965 年，第 1229 页。
③ ［南朝宋］范晔：《后汉书·班彪列传》，北京：中华书局，1965 年，第 1325 页。
④ ［汉］班固：《汉书·司马迁传》，北京：中华书局，1962 年，第 2737~2738 页。
⑤ ［汉］司马迁：《史记·货殖列传》，北京：中华书局，2014 年，第 3950 页。
⑥ ［汉］司马迁：《史记·货殖传》，北京：中华书局，2014 年，第 3951 页。

"夫千乘之王，万家之侯，百室之君，尚犹患贫，而况匹夫编户之民乎！"①《汉书·货殖传》则说："昔先王之制，自天子公侯卿大夫士至于皂隶抱关击㮏者，其爵禄奉养宫室车服棺椁祭祀死生之制各有差品，小不得僭大，贱不得逾贵。夫然，故上下序而民志定。……然后四民因其土宜，各任智力，夙兴夜寐，以治其业，相与通功易事，交利而俱赡，非有征发期会，而远近咸足。故《易》曰'后以财成辅相天地之宜，以左右民'，'备物致用，立成器以为天下利，莫大乎圣人'，此之谓也。……于是在民上者，道之以德，齐之以礼，故民有耻而且敬，贵谊而贱利。此三代之所以直道而行，不严而治之大略也。"② 班固从"先王之制"讲起，把社会分工纳入礼制的范畴之内，并引《易》之言，将商业的发展归功于圣人及三代先王。

再就对财富的态度而言，《史记·货殖列传》指出："渊深而鱼生之，山深而兽往之，人富而仁义附焉。"又指出："'天下熙熙，皆为利来；天下壤壤，皆为利往。'夫千乘之王，万家之侯，百室之君，尚犹患贫，而况匹夫编户之民乎！"③ 认为追求财富是人类的本性，这与经学思想不相容。班固《汉书》将此序作了全面修改，突出强调"先王之制，自天子公侯卿大夫士至于皂隶抱关击㮏者，其爵禄奉养宫室车服棺椁祭祀死生之制各有差品，小不得僭大，贱不得逾贵。……四民因其土宜，各任智力，夙兴夜寐，以治其业，相与通功易事，交利而俱赡，非有征发期会，而远近咸足"，申明儒家的等级观念，说明圣人的理财观。

又，较之《史记》对游侠扶危济困的个人品质的赞美，《汉书》的《游侠传》更突出王朝"大一统"的政治理念，如序文中讲到：

古者天子建国，诸侯立家，自卿大夫以至于庶人各有等差，是以民服事其上，而下无觊觎。孔子曰："天下有道，政不在大夫。"百官有司奉法承令，以修所职，失职有诛，侵官有罚。夫然，故上下相顺，而庶

① ［汉］司马迁：《史记·货殖列传》，北京：中华书局，2014 年，第 3952 页。

② ［汉］班固：《汉书·货殖传》，北京：中华书局，1962 年，第 3679~3680 页。

③ ［汉］司马迁：《史记·货殖列传》，北京：中华书局，2014 年，第 3952 页。

事理焉。①

及至汉兴，禁网疏阔，未之匡改也。是故代相陈豨从车千乘，而吴濞、淮南皆招宾客以千数。外戚大臣魏其、武安之属竞逐于京师，布衣游侠剧孟、郭解之徒驰骛于闾阎，权行州域，力折公侯。众庶荣其名迹，觊而慕之。虽其陷于刑辟，自与杀身成名，若季路、仇牧，死而不悔也。故曾子曰："上失其道，民散久矣。"非明王在上，视（示）之以好恶，齐之以礼法，民曷繇知禁而反正乎！古之正法：五伯（霸），三王之罪人也；而六国，五伯（霸）之罪人也。夫四豪者，又六国之罪人也。况于郭解之伦，以匹夫之细，窃杀生之权，其罪已不容于诛矣。观其温良泛爱，振（赈）穷周急，谦退不伐，亦皆有绝异之姿。惜乎不入于道德，苟放纵于末流，杀身亡宗，非不幸也！②

"古者天子建国，诸侯立家，自卿大夫以至于庶人各有等差""郭解之伦，以匹夫之细，窃杀生之权，其罪已不容于诛"云云，是对周代礼制观念的坚守，表现出维护专制统治的鲜明姿态。

另外，《汉书》中许多人物评价，都蕴含着圣人所讲的"中庸之道"。廷尉于定国"为人谦恭，尤重经术士，虽卑贱徒步往过，定国皆与钧礼"③；疏受"好礼恭谨，敏而有辞"④；尹翁归"清洁自守，语不及私，然温良嗛退，不以行能骄人"⑤；张安世"温良，塞渊其德"⑥；杜延年"为人安和，备于诸事"⑦。上述人格评价，都与班固的中庸人格模式相契合，符合中和审美标准。相反，当对象悖逆了他的中和审美观念，则予以否定性

---

① ［汉］班固：《汉书·游侠传》，北京：中华书局，1962 年，第 3697 页。

② ［汉］班固：《汉书·游侠传》，北京：中华书局，1962 年，第 3698~3699 页。

③ ［汉］班固：《汉书·隽疏于薛平彭传》，北京：中华书局，1962 年，第 3042~3043 页。

④ ［汉］班固：《汉书·隽疏于薛平彭传》，北京：中华书局，1962 年，第 3039 页。

⑤ ［汉］班固：《汉书·赵尹韩张两王传》，北京：中华书局，1962 年，第 3209 页。

⑥ ［汉］班固：《汉书·叙传下》，北京：中华书局，1962 年，第 4256 页。

⑦ ［汉］班固：《汉书·杜周传》，北京：中华书局，1962 年，第 2665 页。

的评价。一方面《杨胡朱梅云传》褒美王孙裸葬以矫世之奢，胡建临敌之敢断，朱云、梅福之不畏强圉；一方面《叙传》又说："王孙裸葬，建乃斩将。云廷讦禹，福逾刺凤，是谓狂狷，敞近其衷（中）。"① 以中庸人格来规范人的行为气质情感，则杨王孙、胡建、朱云、梅福四人超越了中和的审美标准，所以斥为"狂狷"；而云敞近于中行，符合他的中庸人格的审美标准。又如班固对王章、盖宽饶的评价亦是如此。王章，元、成间人，少贫，卧牛衣中，与妻对泣。成帝时为谏议大夫，京兆尹。时帝舅王凤擅权，章欲上书弹劾，章妻止之，曰："人当知足，独不念牛衣中涕泣时耶？"章曰："非女子所知也。"② 书遂上。终为王凤所害，下狱死。对于这样一位敢于直言、不畏权贵、舍命上书的忠臣，班固却评价道："王章刚直守节，不量轻重，以陷刑戮，妻子流迁，哀哉！"③ 盖宽饶，少"明经为郡文学，以孝廉为郎。举方正，对策高第"④，左迁为卫司马。当时宣帝不专用儒生，而尚刑罚。宽饶上书陈辞，以为"圣道浸废，儒术不行"⑤。被朝官诬为大逆不道，宣帝遂下宽饶吏，宽饶引佩刀自刭北阙下。当时谏大夫郑昌为宽饶说情，以为他"居不求安，食不求饱，进有忧国之心，退有死节之义"⑥。班固对于这位为捍卫儒学而死的人，给予赞扬："盖宽饶为司臣，正色立于朝，虽《诗》所谓'国之司直'无以加也。"但同时又说："若采王生之言以终其身，斯近古之贤臣矣。"⑦ 既以儒家中庸人格为贤，我们也就不难理解他对屈原人生观的基本评价了："今若屈原，露才扬己，竞乎

① ［汉］班固：《汉书·叙传下》，北京：中华书局，1962年，第4258页。

② ［汉］班固：《汉书·赵尹韩张两王传》，北京：中华书局，1962年，第3239页。

③ ［汉］班固：《汉书·赵尹韩张两王传》，北京：中华书局，1962年，第3240页。

④ ［汉］班固：《汉书·盖诸葛刘郑孙毋将何传》，北京：中华书局，1962年，第3243页。

⑤ ［汉］班固：《汉书·盖诸葛刘郑孙毋将何传》，北京：中华书局，1962年，第3247页。

⑥ ［汉］班固：《汉书·盖诸葛刘郑孙毋将何传》，北京：中华书局，1962年，第3247页。

⑦ ［汉］班固：《汉书·盖诸葛刘郑孙毋将何传》，北京：中华书局，1962年，第3269页。

危国群小之间，以离谗贼。然责数怀王，怨恶椒兰，愁神苦思，非其人，忿怼不容，沈江而死，亦贬絜狂狷景行之士。”① 屈原的情感激诡，悖逆了哀而不伤、怨而不怒的中和情感模式，行为狂狷远离了中庸人格的规范。实际上，儒家根据中和原则而设计的理想的中庸人格，在现实中很难完全落实。班固这方面的认识受到后世之儒的批评，傅玄就曾依照班彪批评《史记》的句式，说他“叙世教则贵取容而贱直节”②，可谓的评。

三、《汉书》的“大一统”意识

如前所述，班固之父班彪，历经两汉之际的社会动荡，为避战乱至天水，依附于隗嚣，欲劝说隗嚣归依汉室，作《王命论》感化之，以天命观论刘汉一统的合法性，终未能如愿。为了历史地再现西汉王朝的一统成就，班彪著《后传》60余篇，以补续《史记》之缺录。班固的大一统观念更为明显，文章从太极写起，以表明“汉刘”渊源自天意，体现盛德；继而说神器有命、难以动摇；最后以汉德与唐尧紧密起来作结：“天乃归功元首，将授汉刘。……盖以膺当天之正统，受克让之归运，蓄炎上之烈精，蕴孔佐之弘陈云尔。……唐哉皇哉，皇哉唐哉！”③

班固把“宣汉”作为一种指导思想，贯彻于《汉书》创作中，他在《汉书·叙传》中说：“汉绍尧运，以建帝业，至于六世，史臣乃追述功德，私作本纪，编于百王之末，厕于秦、项之列。太初以后，阙而不录，故探纂前记，缀辑所闻，以述《汉书》。”④ 汉皇绍尧运，建帝业，以至于六代，史学家司马迁应详录于《史记》，可惜止于太初之时，武帝之后历史阙如。褚少孙、刘向、刘歆、冯商、卫衡、扬雄、班彪等人，都曾补续《史记》，然而均无法与

---

① ［清］严可均校辑：《全上古三代秦汉三国六朝文》，北京：中华书局，1958年，第611页。

② ［唐］刘知幾撰，［清］浦起龙通释，吕思勉评，李永圻、张耕华导读整理：《史通》，上海：上海古籍出版社，2008年，第166页。

③ ［南朝梁］萧统编，［唐］李善注：《文选》，上海：上海古籍出版社，1986年，第2159~2166页。

④ ［汉］班固：《汉书·叙传下》，北京：中华书局，1962年，第4235页。

之相匹。再者，《史记》是纪传通史，“述历黄帝以来至太初而讫”①，无法突出西汉的一统规模和成就，给人的感觉是“编于百王之末，厕于秦、项之列”。而且，司马迁的某些思想观点于刘汉一统也不利，所谓“是非颇缪于圣人，论大道则先黄老而后六经，序游侠则退处士而进奸雄，述货殖则崇势利而羞贱贫”②。因而，班固要以“纯正”的儒家思想观念，来“宣汉”之一统及多方面的成就。

四、《汉书》的褒贬态度

《汉书》的十二帝纪、七十传，构成了宫廷内外、朝野上下众多历史人物的画廊。在看似客观的叙述、描写中，常蕴含着作者的思想倾向及爱憎褒贬的态度。

班固有较强的儒家正统观念及忠君爱国思想，反映在《汉书》中，他有意表彰那些在这些方面有突出表现的人物。《霍光金日磾传》塑造了霍光这位忠心耿耿的中兴功臣形象，表彰了他临大节而不可夺的人格精神。《张骞李广利传》写张骞出使西域时被羁留匈奴十余年，表彰他始终忠于汉朝的高尚气节。《李广苏建传》所附《苏武传》，着力刻画了苏武这位大义凛然的爱国使臣形象。苏武出使匈奴被扣留长达十九年，不论匈奴以杀头威胁，还是以封官赐爵利诱，他都不为所动，刚强不屈。后来匈奴又以极其恶劣的生存环境来折磨他，但强烈的爱国精神使他无所畏惧，克服了常人难以克服的困难。

班固还热情赞颂了那些清廉正直、有所作为的官吏。《赵尹韩张两王传》是五位政绩卓著的京兆尹的合传，文中写赵广汉不仅精于吏职，制裁豪强，而且和颜接士，常将功劳归之于下。赵广汉在任时，京兆地区政治清明，长老传以为自汉兴以来治京兆者莫能及。

在不少人物传记里，班固敢于批评弊政，揭露统治者的罪恶。《贾邹枚路传》中载录路温舒的《尚德缓刑疏》，讲汉景帝时冤狱遍地，批评治狱之吏的

---

① ［汉］司马迁：《史记·太史公自序》，北京：中华书局，2014 年，第 4029 页。

② ［汉］班固：《汉书·司马迁传》，北京：中华书局，1962 年，第 2737~2738 页。

残暴之行。《眭两夏侯京翼李传》记夏侯胜当着汉宣帝的面批评武帝开边，多杀士众，竭民财力，奢泰亡度，天下虚耗。在《严朱吾丘主父徐严终王贾传》中班固还借贾捐之的话，表达了对百姓疾苦的同情。《景十三王传》记江都王刘建杀人如同儿戏，残忍之极，令人发指。在《外戚传》中，作者披露了宫闱黑幕下的种种丑剧，如霍光之妻指使女医淳于衍毒死许皇后、得立霍女为皇后之事，赵飞燕姊妹在成帝后宫专宠之事，陈皇后失宠居长门宫之事，等等。内宫争宠相害，是君主专制下的严重弊病，是朝廷内部权力斗争的特殊反映，因发生在深宫之内而不易为史官所了解和记述，《汉书》触及这方面的题材，且对帝王、后妃均持批判态度，写得很有故事性和震撼力，对于后代描写宫廷秘史一类的文学有一定的影响。在《匡张孔马传》中，班固揭露了匡衡、张禹、孔光、马宫这四位丞相阿谀逢迎、尸位素餐而又贪得无厌的通病。文末论赞尖锐指出，汉武帝独尊儒术之后，公孙弘、蔡义、韦贤等靠经学起家、掌握大权的人，根本没有尽到应尽的社会责任，他们只不过是些一心做官、只知持禄保位的无耻之徒。

“讳”的方法，肇始于《春秋》经，“观夫子修《春秋》也，多为贤者讳。狄实灭卫，因桓耻而不书；河阳召王，成文美而称狩”①。此例一开，正史传记中为本朝避讳似乎就成了顺理成章之事。譬如说汉成帝刘骜，本来沉湎女色，在位时迷恋赵飞燕、赵合德姐妹，并且亲手杀死亲子，《汉书》却说他“尊严若神，可谓穆穆天子之容者”② 云云。班固的为尊者讳、为贤者讳、为亲者讳，一旦与其秉笔直书的写人原则相冲突，往往不惜违背原则。这一点是我们研究班固时必须明确的。

五、《汉书》对《易》学的接受及天道观

班固作《汉书》，十分重视对《易》学的接受。《汉书·儒林传》将

---

① ［唐］刘知幾撰，［清］浦起龙通释，吕思勉评，李永圻、张耕华导读整理：《史通》，上海：上海古籍出版社，2008年，第289页。

② ［汉］班固：《汉书·成帝纪》，北京：中华书局，1962年，第330页。

《易》列为“五经”之首。[①] 在《汉书》中，引用、化用《周易》经传之处甚多。另外，统观《汉书》不难发现，阴阳观念对《汉书》的影响甚大，或者说，《汉书》对阴阳观念多有接受。《汉书·五行志》也可以看作对阴阳五行观念的充分演绎。

《周易》当初是卜筮之书，后来发展成为一部思想内涵很丰富、哲理性很强的著作。总体看来，它虽然不免含有一些宣扬天命、神意的唯心论成分，但是其中也包含朴素唯物主义和辩证法，包含有丰富的历史观以及儒家的政治观、伦理观，是民族智慧的结晶。汉初《易》学的主流是“主义理，切人事，不言阴阳术数”[②]，所谓“先人事而后说卦”[③]“善为《易》者不占”[④]，说的就是这种情况。司马迁继承《周易》的变化观，撰著史书，考察历史盛衰，可说是这方面的楷模。汉初的丁宽是传授《易》学的重要人物，他受《易》于田何，尽得其学；作《易说》三万言，训故举大谊而已。由丁宽而传授田王孙，田王孙再传施雠、孟喜、梁丘贺。孟喜曾“改师法”，他作了一番自我宣传，编造一个自田氏得《易》的故事。《汉书·儒林传》说，孟喜“好自称誉，得《易》家候阴阳灾变书，诈言师田生且死时枕喜膝，独传喜，诸儒以此耀之”[⑤]。这里说孟喜因为“得《易》家候阴阳灾变书”而夸耀，当是合乎实际的。阴阳之学，由孟喜而传焦延寿，由焦延寿而传京房。京房《易》长于灾变，分六十四卦更直日用事，以风雨寒温为候，各有占验。他的《易》说卦气、说阴阳灾异，从而成为《易》学之大宗，影响了整个汉代学术文化。皮锡瑞称：“经学有正传，有别传，以《易》而论，别传非独京氏而已，如孟氏之卦气、郑氏之爻辰，皆别传也。”[⑥] 其后，孟、京易学、谶纬灾异论等纠缠在一起，汇成一股思潮，影响到社会

---

① 《史记·儒林列传》以《诗》为首，然后是《书》《礼》《易》《春秋》。

② ［清］皮锡瑞：《经学通论·易经》，北京：中华书局，1954 年，第 16 页。

③ ［清］顾炎武撰，［清］黄汝成集释：《日知录集释》，长沙：岳麓书社，1994 年，第 30 页。

④ ［清］王先谦：《荀子集解》，北京：中华书局，1988 年，第 507 页。

⑤ ［汉］班固：《汉书·儒林传》，北京：中华书局，1962 年，第 3599 页。

⑥ ［清］皮锡瑞：《经学通论·易经》，北京：中华书局，1954 年，第 18 页。

生活及学术文化的许多方面。

在根据刘歆《七略》整理而成的《汉书·艺文志》中，班固把《周易》抬到了至高无上的地位，认为《周易》是儒家“六经”之原①，并说“《易》不可见，则乾坤或几乎息矣”②，视其为与天地共存在的永恒真理。《汉书·艺文志》首先著录施、孟、梁丘三家之《易》，意味着班固将《易》学放置于六艺之首的位置上，而孟喜、京房的《易》学系列占有十分重要的地位，这与西汉时将《诗》置于六艺之首不同。在著录各家《易》中，《孟氏京房》十一篇，《灾异孟氏京房》六十六篇，五鹿充宗《略说》三篇，《京氏段嘉》十二篇，《章句》施、孟、梁丘各二篇。在班固眼里，京氏的《易》是大宗，班氏看重的是西汉中期以后神学化的象数易学。

班固在《汉书》创作中，多处引用或阐发《易》学，但从其主要的思想倾向来说，他继承发挥了今文《易》学的天命、天人感应、阴阳灾变等思想。这比较集中地体现在《汉书》的《律历志》《五行志》中。

《律历志》牵涉到农业生产的根本问题，所以被置于《汉书》十志之首。《律历志》分为上、下两篇，叙述数、声、律、度、量、衡、历等，主要记叙当时人们对自然规律的认识情况。班固在《律历志》中用了相当多的篇幅来叙述“历”，以表明大汉王朝是承天命、得天统的合法政权。他根据《易》中“炮牺氏之王天下也”，以为“炮牺继天而王，为百王先，首德始于木，故为帝太昊”。③据《易》“炮牺氏没，神农氏作”之语，他认为神农氏“以火承木，故为炎帝”。据《易》“神农氏没，黄帝氏作”之语，他认为黄帝以“火生土，故为土德”，依次推到周代“水生木，故为木德”。然后笔锋一转，以庄重的口气说

---

①　依班固的意见，儒家的经籍之间有密切联系。论《书》，班固谓：“《易》曰：‘河出图，雒出书，圣人则之。’故《书》之所起远矣。”因此，《书》与《易》有紧密的联系。论《礼》，班固说：“《易》曰：‘有夫妇父子君臣上下，礼义有所错。’而帝王质文世有损益，至周曲为之防，事为之制。”这是依《序卦》作出的阐释。礼的产生合乎《易》的精神。论《乐》，班固说：“《易》曰：‘先王作乐崇德，殷荐之上帝，以享祖考。’故自黄帝下至三代，乐各有名。”这是以《豫》卦象辞来说《乐》之起源。

②　［汉］班固：《汉书·艺文志》，北京：中华书局，1962年，第1723页。

③　［汉］班固：《汉书·律历志下》，北京：中华书局，1962年，第1011~1012页。

道："汉高祖皇帝，著《纪》，伐秦继周。木生火，故为火德。天下号曰汉。距上元年十四万三千二十五岁，岁在大棣之东井二十二度，鹑首之六度也。"① 这样，从炮牺氏"继天为王"为木德，到汉高祖"伐秦继周"为火德，一篇有关汉朝承天命、得天统的神话便创制出来了，为班固在《汉书·高帝纪》中说"汉承尧运……协于火德，自然之应，得天统矣"② 打下理论与历史的基础。

《律历志》引证或论述《周易》之处，有二十多例，可谓是用《易》来贯彻其始终。其中，虽偶有论述合理之处，但牵强附会之处甚多。例如，班固认为："权者，铢、两、斤、钧、石也……二十四铢为两。十六两为斤。三十斤为钧。四钧为石。忖为十八，《易》十有八变之象也。"③ 又说："两者，两黄钟律之重也。二十四铢而成两者，二十四气之象也。斤者，明也，三百八十四铢，《易》二篇之爻，阴阳变动之象也。"④ 这是以《易》的"象""爻"来解释、比附事物，含有唯心成分。

《五行志》开头即引《易》语曰："天垂象，见吉凶，圣人象之；河出图，雒出书，圣人则之。"⑤ 我们可以把这句话看成是一个纲领。《五行志》系统地论述了自春秋以来至王莽时期的天人感应、阴阳灾异等，及其与历史事件、政治得失的某种内在联系。在行文中，班固大量地引用《京房易传》以及董仲舒、谷永、刘向、刘歆等人的论述，同时也发表了他个人的意见。唐人刘知幾曾对《汉书·五行志》宣扬天人感应、阴阳灾异方面进行过深刻的批评。他说，该志"所定多目，凡二十种。但其失既众，不可殚论。……亦有穿凿成文，强生异义。如蜮之为惑，麋之为迷，陨五石者齐五子之征，溃七山者汉七国之象，叔服会葬，郕伯来奔，亢阳所以成妖，郑易许田，鲁

① ［汉］班固：《汉书·律历志下》，北京：中华书局，1962年，第1023页。
② ［汉］班固：《汉书·高帝纪》，北京：中华书局，1962年，第82页。
③ ［汉］班固：《汉书·律历志上》，北京：中华书局，1962年，第969页。
④ ［汉］班固：《汉书·律历志上》，北京：中华书局，1962年，第969页。
⑤ ［汉］班固：《汉书·五行志上》，北京：中华书局，1962年，第1315页。

谋莱国，食苗所以为祸。诸如此比，其类弘多。徒有解释，无足观采”①。这个批评，应该说是很有见识的。②

然而，《汉书》的天人感应体系中，也包含着一些进步思想。在《郊祀志》中，班固记载了殷武丁时“有雉登鼎耳而雊，武丁惧。祖己曰：‘修德。’武丁从之，位以永宁”③，武丁听从了祖己“修德”之言，使得自己的大位得以永远安宁。汉哀帝时灾祸连连，国家处于危险之中，此时哀帝不去从国家大政方面加以努力，而仅信夏贺良诸人之说，以为“汉家历运中衰，当再受命，宜改元易号”，于是“以建平二年为太初元将元年。号曰陈圣刘太平皇帝”④。结果却是“卒亡嘉应”，汉朝仍沿着败亡道路继续下滑。可见，如果不修人事而只是乞求于天命，是不会有任何效果的。班固通过正反两方面的例证，说明了天只是起着被动地反映人事的作用，对于人事的具体变化，是不会有任何效力的。这个君王“修德”以胜天道的思想，是中国古代思想史上的一个优良传统，它把人事看得比天道还重要。在两汉时期天人感应之说十分盛行的情况下，班固着意阐发这一思想，对人的作用做出这样高的评价，是很不容易的。⑤

《汉书》还把天意与民心解说成了一个统一体。“天人同心，人心说（悦）则天意解矣”⑥，是说只要人民欣悦，那么天神也就会对你满意。“为政而宜于民者，功成事立，则受天禄而永年命。”⑦只要是有利于人民的政治，一旦事功成立，便会接受天禄而永远享有天命。归根结底，这里还是强调民心的重要性。

---

① ［唐］刘知幾撰，［清］浦起龙通释，吕思勉评，李永圻、张耕华导读整理：《史通》，上海：上海古籍出版社，2008 年，第 407～408 页。

② 参林晓平：《〈周易〉对司马迁、班固史学的影响初探》，《赣南师范学院学报》（哲学社会科学版）1989 年第 1 期。

③ ［汉］班固：《汉书·郊祀志》，北京：中华书局，1962 年，第 1192～1193 页。

④ ［汉］班固：《汉书·哀帝纪》，北京：中华书局，1962 年，第 340 页。

⑤ 参许殿才：《论〈汉书〉中的天人关系》，《历史研究》1992 年第 4 期。

⑥ ［汉］班固：《汉书·王贡两龚鲍传》，北京：中华书局，1962 年，第 3092 页。

⑦ ［汉］班固：《汉书·刑法志》，北京：中华书局，1962 年，第 1112 页。

《汉书》中还有“人则天”“顺其时气，以应天道”① 等要求人顺应天的思想。这里的“天”，主要是指客观的自然界，而非人格神。《货殖传》中说：“辩（辨）其土地川泽丘陵衍沃原隰之宜，教民种树畜养；五谷六畜及至鱼鳖鸟兽雚蒲材干器械之资，所以养生送终之具，靡不皆育。育之以时，而用之有节。草木未落，斧斤不入于山林；豺獭未祭，罝网不布于野泽；鹰隼未击，矰弋不施于徯隧。既顺时而取物，然犹山不槎蘖，泽不伐夭，蝝鱼麛卵，咸有常禁。所以顺时宣气，蕃阜庶物，稸足功用，如此之备也。然后四民因其土宜，各任智力，夙兴夜寐，以治其业，相与通功易事，交利而俱赡，非有征发期会，而远近咸足。故《易》曰‘后以财成辅相天地之宜，以左右民’，‘备物致用，立成器以为天下利，莫大乎圣人’。”② 这就是在生产活动中“顺其时气，以应天道”的最好注解。此处所说的顺时气以应天道，是人顺应自然的结果，而不是天人感应的反映。班固就人作为自然的一部分，应当怎么生活作出很好的说明。人生活在自然之中，要受到自然的制约，但“天功人其代之”③，说明班固已经认识到人对自然并非完全无能为力。

从上述班固对天人及天人关系的认识中可以看出，他与董仲舒思想体系的差别显而易见。董仲舒认为，天是世间万事万物的创造者，是宇宙中所有一切的最高主宰，它具有人格力量，“有和有德，有平有威，有相受之意，有为政之理”④，统辖着人们的行为，规定着人间的事理。人虽然具有特殊本领，“唯人道为可以参天”⑤，但这种“可以参天”的反作用，一定是受到人副天数前提的限定。班固尽管没有跳出“天人感应”说的窠臼，但他更多强调的个人的意志，是人的活动对世间事务以及历史客观进程的影响。因而，在班固《汉书》中，我们主要感受到的不是宗教，而应当是一种人文气息。

① ［汉］班固：《汉书·律历志上》，北京：中华书局，1962 年，第 963、973 页。
② ［汉］班固：《汉书·货殖传》，北京：中华书局，1962 年，第 3679 页。
③ ［汉］班固：《汉书·律历志上》，北京：中华书局，1962 年，第 963 页。
④ ［清］苏舆撰，钟哲点校：《春秋繁露义证》，北京：中华书局，1992 年，第 462 页。
⑤ ［清］苏舆撰，钟哲点校：《春秋繁露义证》，北京：中华书局，1992 年，第 330 页。

《后汉书》班固本传说班固“博贯载籍，九流百家之言，无不穷究。所学无常师，不为章句，举大义而已”①。班固是一个经学家，但从《汉书》创作来看，他确有超出一般经学家之处，具有通变之识。他在《两都赋》中批评了那些虽颇识旧典，却驰骋乎末流的俗儒，因为他们“但知诵虞、夏之《书》，咏殷、周之《诗》，讲羲、文之《易》，论孔氏之《春秋》。罕能精古今之清浊，究汉德之所由”②。他在《元帝纪》中突出了汉宣帝与太子的一段对话，其中宣帝有“俗儒不达时宜，好是古非今，使人眩于名实，不知所守，何足委任”③之语，李景星《汉书评议》说：“虽寥寥数语，已说尽帝（元帝）之生平。”又说《元帝纪》“赞语‘帝多材艺’云云，美其小节，寓贬于褒”。再如，班固又在《汉书·匡张孔马传》赞中说：“自孝武兴学，公孙弘以儒相，其后蔡义、韦贤、玄成、匡衡、张禹、翟方进、孔光、平当、马宫及当子晏咸以儒宗居宰相位，服儒衣冠，传先王语，其酝藉可也，然皆持禄保位，被阿谀之讥。彼以古人之迹见绳，乌能胜其任乎！”④可见他主张因时制宜，反对什么事情都受“周政”“先王语”“古人之迹”的限制。

结语：不难看出，班固《汉书》的经学意识十分浓厚。“五经”之中，班固十分重视对《易》学的接受。《汉书·儒林传》将《易》列为“五经”之首。在《汉书》中，引用、化用《周易》经传之处甚多，就其中主要的思想倾向来看，他继承了今文《易》学，表现出天命、天人感应、阴阳灾变的思想。《五行志》为班固所独创，开篇即引用了《周易》“天垂象、见吉凶”诸语，并围绕着这个纲领来大谈天人感应、阴阳灾变。又，较之《史记》对游侠扶危济困的个人品质的赞美，《汉书》的《游侠传》更突出王朝“大一统”的政治理念。在“述货殖”方面，班

① ［南朝宋］范晔：《后汉书》，北京：中华书局，1965年，第1330页。

② 费振刚、胡双宝、宗明华辑校：《全汉赋》，北京：北京大学出版社，1993年，第331页。

③ ［汉］班固：《汉书·元帝纪》，北京：中华书局，1962年，第277页。

④ ［汉］班固：《汉书·匡张孔马传》，北京：中华书局，1962年，第3366页。

固重礼而轻利，较之司马迁所写的相关内容，明显突出言礼、淡化言利。要之，班固旗帜鲜明地坚守周代礼制观念，表现出维护专制统治的鲜明姿态。班固在《典引》中以饱含感情的笔触，热烈地颂扬汉德。也应当看到，班固在为尊者讳、为贤者讳、为亲者讳的经学观念与秉笔直书的传记原则相冲突时，往往不惜违背原则。另外，《汉书》中许多人物评价，都蕴含着圣人所讲的“中庸之道”，也显然受到经学的影响。

第九章

《吴越春秋》与经学

《吴越春秋》是一部主要记述春秋战国时期吴、越两国史事的文学著作，为东汉时期赵晔所撰。据考证，赵晔生卒年限约为光武帝建武十一年（35）至和帝永元二年（90），历光武、明、章、和帝四朝，主要生活于东汉前期。①《吴越春秋》应为赵晔晚年所作，即成于章帝、和帝时期。东汉前期经学发展十分繁盛，前期的几位皇帝如光武帝、明帝、章帝都十分重视经学，由于统治者的提倡，整个社会形成了崇经重学的风气，经学发展一时大盛。赵晔正是生活在这一时期，《后汉书·儒林列传》记载："诣杜抚受《韩诗》，究竟其术。积二十年，绝问不还。"② 赵晔曾学《韩诗》二十余年，作为受到今文经学深刻影响的一代儒生，必然对今文经学家以经典来阐发义理的章句之学十分熟悉，同时也对新时代的社会和政治抱有很大的热情。经历了激烈的社会动荡，政权初立的东汉王朝迫切需要政权的稳固和社会的安定，需要重新加强思想控制，以巩固其封建统治地位。为了重新构建思想统治体系，儒生们一方面将今文经学与神学谶纬相结合，将董仲舒以来的天命信仰观发挥到极致，使儒家思想进一步宗教化，另一方面从历史中寻找政权秩序合理性的依据，加之中国自古以来就有观前车之鉴以益其志的史学传统，如董仲

① 梁宗华：《论〈吴越春秋〉的作者和成书年代》，《苏州大学学报》（哲学社会科学版）1999 年第 3 期。

② ［南朝宋］范晔：《后汉书》，北京：中华书局，1965 年，第 2575 页。

舒所述："古之人有言曰：不知来，视诸往。"① "吾按《春秋》而观成败，乃切悁悁于前世之兴亡也。"② 许多经士文人纷纷撰述过往历史，上古帝王的故事传说、国家的兴亡教训都可为当下的政治提供借鉴。在这种背景下产生的《吴越春秋》，必然被深深地打上了经学的烙印。书中虽然记述的是春秋时期吴、越两国间的历史，但当我们透过具体的历史事件去看时，便会发现其中所包含的汉代经学的思想内核。

一、《吴越春秋》中的"大一统"观念

"大一统"一词首先见于《公羊传·隐公元年》："何言乎王正月？大一统也。"何休注云："统者，始也，总系之辞。夫王者，始受命改制，布政施教于天下，自公侯至于庶人，自山川至于草木昆虫，莫不一一系于正月，故云政教之始。"徐彦疏云："王者受命制正月以统天下，令万物无不一一皆奉之以为始，故言大一统也。"③ "大"即张大之意。"统"，始也，即开端。正月为王者政教的开端，张大这一开端，使得政教遍布天下。春秋时期各诸侯国使用的历法并不一致，《春秋》原本为鲁史，鲁用周历，故《春秋》也以周历为正，称"王正月"，《公羊传》借此发挥《春秋》大义，认为书"王正月"是奉周之正统，以此来强调"一统"的观念。

在今文经学家的眼中，孔子作《春秋》正是为了恢复周室法度，为万世立法，正如《孟子》云："世衰道微，邪说暴行有作，臣弑其君者有之，子弑其父者有之，孔子惧，作《春秋》。"赵岐注："世衰道微，周衰之时也。孔子惧王道遂灭，故作《春秋》。因鲁史记，设素王之法，谓天子之事也。……言孔子以《春秋》拨乱也。"④ 眼见诸侯相争及其肆意僭越行为，面对礼崩乐坏、周王室威严扫地的局面，孔子通过作《春秋》暗寓褒贬以尊周室、崇礼

---

① ［清］苏舆撰，钟哲点校：《春秋繁露义证》，北京：中华书局，1992 年，第 96 页。

② ［清］苏舆撰，钟哲点校：《春秋繁露义证》，北京：中华书局，1992 年，第 97 页。

③ 李学勤主编：《十三经注疏·春秋公羊传注疏》，北京：北京大学出版社，1999 年，第 9~10 页。

④ ［清］焦循：《孟子正义》，北京：中华书局，1987 年，第 452 页。

乐，维护周天子的权威和国家一统的局面。到了汉代，今文经学提出“春秋大一统”的命题，正是为汉代政治和思想的统一提供理论上的依据，正如董仲舒在《天人三策》中说：“《春秋》大一统者，天地之常经，古今之通谊也。”① 伴随着儒家思想影响的深入，大一统的观念也逐渐得到人们的普遍认同。生活在东汉经学极盛时期的赵晔，自然也会受到这种“大一统”观念的影响，在《吴越春秋》中，我们也可以窥见其“天下一家”的大一统观念。

第一，《吴越春秋》写的是吴越两国之间斗争、博弈的历史，但是作者在叙述时，却先用不少篇幅追述两国先祖以前的历史。在记叙吴国历史时，从立国始祖吴太伯开始往前溯源到周代始祖后稷。记述越国历史亦如此。越国先祖无余为夏禹之苗裔，而后稷和夏禹都是黄帝的子孙，如此，吴越两国就与华夏民族拥有共同的祖先。虽然远古时期的神话传说不一定确有其事，吴越两国相对于中原各国被视为蛮夷之地，但是我们可以透过这种结构看到作者这种“天下一家”的一统观念。

第二，中原华夏民族基于优越的地理环境发展农耕，相比于远离中原的少数民族落后的游牧采集文明，一直以先进文明自居，故在看待相对落后的少数民族时，常带有贬低的色彩。如《礼记・王制》中说：“凡居民材，必因天地寒暖燥湿。广谷大川异制，民生其间者异俗，刚柔、轻重、迟速异齐。五味异和，器械异制，衣服异宜。……东方曰夷，被发文身，有不火食者矣。南方曰蛮，雕题交趾，有不火食者矣。西方曰戎，被发衣皮，有不粒食者矣。北方曰狄，衣羽毛穴居，有不粒食者矣。中国、夷、蛮、戎、狄，皆有安居、和味、宜服、利用、备器。五方之民，言语不通，嗜欲不同。”② 将落后的少数民族斥为蛮夷戎狄。但应该注意的是，华夏民族虽以先进自居，对四夷却一直采取的是以文修之的怀柔政策，而非武力征服。如《史记・周本纪》中载：“穆王将征犬戎，祭公谋父谏曰：‘不可，先王耀德不观兵。……先王之于民也，茂正其德而厚其性，阜其财求而利其器用，明利害之乡，以文修之，

---

① ［汉］班固：《汉书・董仲舒传》，北京：中华书局，1962 年，第 2523 页。

② 李学勤主编：《十三经注疏・礼记正义》，北京：北京大学出版社，1999 年，第 398～399 页。

使之务利而辟害，怀德而畏威，故能保世以滋大。'"① 可以看到，周代对于四夷民族一直采取文化招徕的态度，并欲以文修之、以德化之，企图"正其德而厚其性"来感化甚至改造蛮夷，这也体现出春秋以来一直存在的"用夏变夷"、夷夏统一的思想意识，以获得一种文化上的大一统。

故而在《吴太伯世家》中，作者不仅着力写吴太伯三让其国的高风亮节之举，还写了吴太伯以义感化并改造荆蛮的事迹。

> 古公卒，太伯、仲雍归。赴丧毕，还荆蛮。国民君而事之，自号为勾吴。吴人或问："何像而为勾吴？"太伯曰："吾以伯长居国，绝嗣者也。其当有封者，吴仲也。故自号勾吴。非其方乎？"荆蛮义之，从而归之者千有余家，共立以为勾吴。数年之间，民人殷富。遭殷之末世衰，中国侯王数用兵。恐及于荆蛮，故太伯起城，周三里二百步，外郭三百余里，在西北隅，名曰故吴。人民皆耕田其中。②

吴太伯一方面以自己的道义令楚地民众从心理上归服，另外还建立城郭，并教化民众耕田，用华夏农耕文明来改造荆蛮。

第三，春秋时周王室衰微，失去了对各诸侯国的控制力，四方的各异族国家势力也逐渐发展起来，纷纷逼近中原。孔子作《春秋》，其中重要一义是尊王攘夷，以维护周室，企图恢复周朝初始的一统局面。赵晔撰述吴越历史用"春秋"之名，一方面是对经典的推崇和向往，另一方面也表现其以继承《春秋》大义为旨归。其中如《勾践伐吴外传》中，勾践伐吴成功，意欲自立为王，范蠡却反对勾践称王：

> 越王曰："善哉。吾不称王，其可悉乎？"蠡曰："不可。昔吴之称

---

① （日）泷川资言考证，杨海峥整理：《史记会注考证》，上海：上海古籍出版社，2015年，第186页。

② ［汉］赵晔著，［元］徐天祜音注：《吴越春秋》，南京：江苏古籍出版社，1986年，第3~4页。

王，僭天子之号，天变于上，日为阴蚀。今君遂僭号不归，恐天变复见。”①

范蠡认为，“王”是天子才可以称用的名号，而诸侯只能称“公、侯、伯”等，诸侯如果称王就是僭越。所以范蠡的一番话，便是春秋以来宗周观念的体现，也是作者基于大一统观念作出的评价。

另外还应注意的是《吴越春秋》内吴外越的写作模式。从《吴越春秋》的写作体例来看，前五卷写吴国历史，为内卷；后五卷写越国历史，为外卷。《公羊传·成公十五年》载：“《春秋》，内其国而外诸夏，内诸夏而外夷狄。”② 赵晔本是越人，且吴越两国从地理位置上来看相较于中原各国也都属于夷狄，为何作者会内吴而外越？应该说是赵晔受到《春秋》公羊学影响的结果。

《春秋》公羊学一方面十分强调诸夏与夷狄的内外之别，即“内诸夏而外夷狄”，但另一方面区别诸夏与夷狄的标准并非仅仅在血缘和地域上，而更多在文化礼仪制度上。如《公羊传·隐公七年》云：“不与夷狄之执中国也。”何休注曰：“中国者，礼义之国也。执者，治文也。君子不使无礼义制治有礼义，故绝不言执，正之言伐也。”③ 又《昭公二十三年》云：“中国亦新夷狄也。”何休注：“中国所以异乎夷狄者，以其能尊尊也。王室乱莫肯救，君臣上下坏败，亦新有夷狄之行，故不使主之。”④ 公羊学认为诸夏与夷狄的区别主要在于礼仪文化，如果不按照圣人之礼行事，则不被视为中国，而成为夷狄，但如果夷狄在文化上进步而行圣人之礼，便进为诸夏，与中原各国平等。故而此段末写“吴少进也”，何休注云：“能结日偏战，行少进，故从中国辞

① ［汉］赵晔著，［元］徐天祜音注：《吴越春秋》，南京：江苏古籍出版社，1986年，第144页。

② 李学勤主编：《十三经注疏·春秋公羊传注疏》，北京：北京大学出版社，1999年，第400页。

③ 李学勤主编：《十三经注疏·春秋公羊传注疏》，北京：北京大学出版社，1999年，第57页。

④ 李学勤主编：《十三经注疏·春秋公羊传注疏》，北京：北京大学出版社，1999年，第518页。

治之。"① 由于吴之行为符合礼仪，便用"中国"之语称之。

吴国先祖太伯三让其国，以德行著称，孔子亦赞其曰："泰伯，其可谓至德也已矣。三以天下让，民无得而称焉。"② 且吴国一直保留这种让位传统，至吴王寿梦之时，季札按礼制坚持辞位不受，作者亦多次以赞扬的态度铺陈季札的让位言行。这种仁德之举符合中原诸夏的礼义，可将其与中原诸国平等视之。而越王勾践以阴谋对待吴国，不符合崇礼厚信的春秋之义，如董仲舒云："仁人者正其道不谋其利，修其理不急其功……《春秋》之义，贵信而贱诈。诈人而胜之，虽有功，君子弗为也。"③ 认为越王靠行诈而称霸，并非为修行正道而只是谋求功利，并称"君子弗为也"，显然对勾践的行为持批判态度。《吴越春秋》内吴外越的写作模式完全符合公羊学以礼作为夷夏之别的春秋之义，作者也正是设计了这种写作模式来表现其大一统的《春秋》观念。

二、《吴越春秋》天人感应的天命信仰

"天"本是一个由来已久的概念，先秦的《诗》《书》等典籍中有很多关于"天"的记载。如，《诗经·周颂·维天之命》中有"维天之命，於穆不已"④，《大雅·大明》中"有命自天，命此文王"⑤。《尚书·康诰》中有"天乃大命文王，殪戎殷，诞受厥命"⑥。《墨子·天志》中有："然则天亦何欲何恶？天欲义而恶不义。然则率天下之百姓以从事于义，则我乃为天之所欲也。我为天之所欲，天亦为我所欲。"⑦ 在这里，天被看作一位有意志、有能力，可以主宰一切的人格神而存在。

---

① 李学勤主编：《十三经注疏·春秋公羊传注疏》，北京：北京大学出版社，1999 年，第 518 页。

② 杨伯峻译注：《论语译注》，北京：中华书局，1980 年，第 78 页。

③ ［清］苏舆撰，钟哲点校：《春秋繁露义证》，北京：中华书局，1992 年，第 268 页。

④ 李学勤主编：《十三经注疏·毛诗正义》，北京：北京大学出版社，1999 年，第 1284 页。

⑤ 李学勤主编：《十三经注疏·毛诗正义》，北京：北京大学出版社，1999 年，第 972 页。

⑥ 李学勤主编：《十三经注疏·尚书正义》，北京：北京大学出版社，1999 年，第 360 页。

⑦ ［清］孙诒让撰，孙启治点校：《墨子间诂》，北京：中华书局，2001 年，第 193 页。

到了汉代，由于思想统治的需要，董仲舒利用阴阳五行学说来解释天人感应，以重建春秋战国时期逐渐动摇的天命信仰体系，维护君主的封建统治地位。一方面强调君权神授，张扬君主的权力，认为君主的权力是来自天。首先从“王”这个字上进行解释，“古之造文者，三画而连其中，谓之王。三画者，天地与人也，而连其中者，通其道也。取天地与人之中以为贯而参通之，非王者孰能当是?”① “王”的字形就表示了只有“王”可以贯通天、人。同时君主都是受命于天，即“受命之君，天意之所予也”②。“唯天子受命于天，天下受命于天子。”③ 同时，天授命于君主也必定会有一定的祥瑞来证明，即“凡帝王者之将兴也，天必先见祥乎下民”④。另一方面，又发展了春秋以来的“天人感应”思想，从天道的角度来制约君主的权力，认为君主必须要按照天道行事，“故号为天子者，宜视天如父，事天以孝道也”⑤。否则天便会降下灾异以示警告，“与天同者大治，与天异者大乱”⑥。“王正则元气和顺、风雨时、景星见、黄龙下。王不正则上变天，贼气并见。”⑦ 汉代人把各种灾异谴告看作是上天对君主不合天道之行为的提醒，但若君主不知悔过，上天便会降下更大的灾难，如董仲舒在回应汉武帝策问时云：“臣谨案《春秋》之中，视前世已行之事，以观天人相与之际，甚可畏也。国家将有失道之败，而天乃先出灾害以谴告之，不知自省，又出怪异以警惧之，尚不知变，而伤败乃至。”⑧ 若君主仍一意孤行，便会遭到上天的弃绝甚至诛杀，正所谓“天子不能奉天之命，则废而称公，王者之后是也”⑨。

在《吴越春秋》中，“天”出现了近两百次，董仲舒“天人感应”的天

① ［清］苏舆撰，钟哲点校：《春秋繁露义证》，北京：中华书局，1992年，第328～329页。

② ［清］苏舆撰，钟哲点校：《春秋繁露义证》，北京：中华书局，1992年，第286页。

③ ［清］苏舆撰，钟哲点校：《春秋繁露义证》，北京：中华书局，1992年，第319页。

④ 许维遹撰，梁运华整理：《吕氏春秋集释》，北京：中华书局，2009年，第284页。

⑤ ［清］苏舆撰，钟哲点校：《春秋繁露义证》，北京：中华书局，1992年，第286页。

⑥ ［清］苏舆撰，钟哲点校：《春秋繁露义证》，北京：中华书局，1992年，第341页。

⑦ ［清］苏舆撰，钟哲点校：《春秋繁露义证》，北京：中华书局，1992年，第101页。

⑧ ［汉］班固：《汉书·董仲舒传》，北京：中华书局，1962年，第2498页。

⑨ ［清］苏舆撰，钟哲点校：《春秋繁露义证》，北京：中华书局，1992年，第412页。

命观在书中表现得尤为突出，作者或通过“受命于天”来显示君主的无上权威，或将各种祥瑞、灾异事件作为君主政治得失的征兆，构筑了一幅天人感应的天命信仰图式。

首先，《吴越春秋》中的君主都宣扬自己“受命于天”，以显示自己的权威无可置疑。如，吴王夫差曰：“吾天之所生，神之所使。”① “寡人承天之神灵，前王之遗德。”② 禹曰：“我受命于天，竭力以劳万民。”③ 越王勾践曰：“昔天以越赐吴，吴不受也。今天以吴赐越，其可逆乎？”④ 他们认为自己的权力都为天所赐，具有不可动摇的权威。

其次，书中的人物都认为天对于人间的各种人事变迁有着绝对的主宰权，国家力量的此消彼长和命运兴衰都由上天来掌控。如：

> 吴兵逐之，谓随君曰：“周之子孙在汉水上者，楚灭之。谓天报其祸，加罚于楚，君何宝之？”⑤
>
> 大夫扶同曰：“何言之鄙也！昔汤系于夏台，伊尹不离其侧。文王囚于石室，太公不弃其国。兴衰在天，存亡系于人。”⑥
>
> 大夫种、范蠡曰：“……君王之危，天道之数，何必自伤哉？”⑦

---

① ［汉］赵晔著，［元］徐天祜音注：《吴越春秋》，南京：江苏古籍出版社，1986年，第60页。

② ［汉］赵晔著，［元］徐天祜音注：《吴越春秋》，南京：江苏古籍出版社，1986年，第97页。

③ ［汉］赵晔著，［元］徐天祜音注：《吴越春秋》，南京：江苏古籍出版社，1986年，第82页。

④ ［汉］赵晔著，［元］徐天祜音注：《吴越春秋》，南京：江苏古籍出版社，1986年，第71页。

⑤ ［汉］赵晔著，［元］徐天祜音注：《吴越春秋》，南京：江苏古籍出版社，1986年，第41页。

⑥ ［汉］赵晔著，［元］徐天祜音注：《吴越春秋》，南京：江苏古籍出版社，1986年，第90页。

⑦ ［汉］赵晔著，［元］徐天祜音注：《吴越春秋》，南京：江苏古籍出版社，1986年，第91~92页。

谓范蠡曰："今三月甲辰，时加日昳，孤蒙上天之命，还归故乡，得无后患乎？"①

越王深念远思，侵辱于吴，蒙天祉福，得越国。②

吴王辞曰："天降祸于吴国，不在前后，正孤之身，失灭宗庙社稷者。"③

通过吴越君臣之口，便可看出他们的天命观。他们认为吴越间国家和个人命运的兴衰均系之于天，若顺应上天旨意便会受到天的福庇，昔日天以越赐吴，而吴国不顺应上天之意，故天命转向支持越国，越顺应天意，得蒙福祉，获得了吴越之战的最终胜利。作者的这种叙述鲜明地体现出今文经学家"奉天之旨"，顺应天道规律的历史观。

另外，《吴越春秋》中也写了许多祥瑞和灾异事件。君主如果行事为人顺应天道，施行仁德，便会有祥瑞之兆出现。如禹即位期间，恩德显明，天下大治，于是出现"凤凰栖于树，鸾鸟巢于侧，麒麟步于庭，百鸟佃于泽"④的祥瑞盛况。而在禹去世之后，便"众瑞并去"。又如勾践归国之后，范蠡为其筑城，"城既成，而怪山自生者"，范蠡认为他筑城是顺应天地规律，"臣乃承天门制城，合气于后土"，故"昆仑之象存焉"。而昆仑之山乃是天地之镇柱，"帝处其阳陆，三王居其正地"，故"岳象已设，昆仑故出，越之霸也"。⑤ 他们认为，怪山之来，正是昆仑之象，便可看作是越将称霸之征兆。

---

① ［汉］赵晔著，［元］徐天祜音注：《吴越春秋》，南京：江苏古籍出版社，1986年，第103页。

② ［汉］赵晔著，［元］徐天祜音注：《吴越春秋》，南京：江苏古籍出版社，1986年，第116页。

③ ［汉］赵晔著，［元］徐天祜音注：《吴越春秋》，南京：江苏古籍出版社，1986年，第143~144页。

④ ［汉］赵晔著，［元］徐天祜音注：《吴越春秋》，南京：江苏古籍出版社，1986年，第85页。

⑤ ［汉］赵晔著，［元］徐天祜音注：《吴越春秋》，南京：江苏古籍出版社，1986年，第107~108页。

《吴越春秋》对各种灾异事件的描写更是鲜明地体现了今文经学“天人感应”的灾异观。如吴王阖闾由于痛失爱女，便“舞白鹤于吴市中，令万民随而观之，还使男女与鹤俱入羡门，因发机以掩之。杀生以送死，国人非之。湛卢之剑恶阖闾之无道也，乃去而出，水行如楚”①。吴王这种“杀生以送死”的行为可谓残忍至极，正如楚臣风湖子所言：“然人君有逆理之谋，其剑即出，故去无道以就有道。”② 湛卢剑离吴国而去，就是上天对吴王无道行为的不满和警告。又如“十四年，夫差既杀子胥，连年不熟，民多怨恨”③。夫差穷兵黩武，面对伍子胥的多次劝谏，不但固执己见、听信谗言，还赐死伍子胥。“连年不熟”也是上天对夫差枉杀忠臣的不满和惩戒，但夫差仍执迷不悟，最终以亡国收场。

三、谶纬与《吴越春秋》的神学色彩

《说文解字》曰：“谶，验也。”《仓颉篇》曰：“谶书，河洛书也。”《四库全书总目》以为“谶者诡为隐语，预决吉凶”④，是一种预测吉凶的政治性隐语，与现实政治有着十分密切的联系。纬是相对于经而言的，《说文解字》曰：“经，织也，从糸，巠声。”“纬，织横丝也。”⑤《释名·释典艺》：“纬，围也。反覆围绕以成经也。”王先谦《释名疏证补》引苏舆曰：“纬之为书，比傅于经，辗转牵合，以成其谊，今所传《易纬》《诗纬》诸书，可得其大概，故云反覆围绕以成经。”⑥ 纬即为解经之作，是对经所作的带有神秘色彩、偏于神学化的解释。从本质上来看，谶纬是“西汉经学吸纳邹衍阴阳五行说之后开始形成的、以天人感应之说为核心、与经学相联系的宗教化学说，

① ［汉］赵晔著，［元］徐天祜音注：《吴越春秋》，南京：江苏古籍出版社，1986年，第36~37页。

② ［汉］赵晔著，［元］徐天祜音注：《吴越春秋》，南京：江苏古籍出版社，1986年，第37页。

③ ［汉］赵晔著，［元］徐天祜音注：《吴越春秋》，南京：江苏古籍出版社，1986年，第67页。

④ ［清］永瑢等：《四库全书总目》，北京：中华书局，1965年，第47页。

⑤ ［汉］许慎：《说文解字》，北京：中华书局，1963年，第271页。

⑥ ［清］王先谦撰集：《释名疏证补》，上海：上海古籍出版社，1984年，第309页。

它比附经传或依托孔子，是渗透着阴阳五行的经学与谶语等神学迷信合流的结果，是汉代经学宗教化的产物”①。

东汉前期的经学一方面继承了西汉经学的传统，另一方面又与谶纬相结合而趋于神学化。西汉时期，今文经学家们就将天命信仰作为神化君主和限制王权的工具；在两汉之际社会动荡、改朝换代的背景之下，谶纬更是被用来作为受命于天的符咒。王莽、光武帝刘秀都利用谶纬，为其称帝大造舆论，将谶纬作为政治斗争的思想武器；取得政权以后，发诏颁命、施政用人也运用谶纬。汉光武帝中元元年（56）又正式“宣布图谶于天下”，积极鼓励群臣讲解图谶，“言五经者，皆凭谶纬说”。汉章帝时，又召集博士和儒生于白虎观讨论“五经”同异，由班固写成的《白虎通德论》，将谶纬与今文经学相糅合，使经学进一步谶纬化。谶纬在东汉初期不仅被定为官学，还被称为“内学”，而原来的经书反称为“外学”，谶纬的地位凌驾于经书之上。在这样的背景下，学界普遍形成了崇尚、讲习谶纬的风气。

《吴越春秋》作者赵晔曾师从《韩诗》博士官薛汉的弟子杜抚学习，据《后汉书·儒林列传》：“汉少传父业，尤善说灾异谶纬，教授常数百人。建武初，为博士，受诏校定图谶。当世言《诗》者，推汉为长。……弟子犍为杜抚、会稽澹台敬伯、钜鹿韩伯高最知名。”② 薛汉善说灾异谶纬，又曾奉命校定图谶，赵晔之师杜抚是薛汉的最为知名的弟子之一，汉代今文经学又十分固守师法，由此也可推知，赵晔亦精于谶纬之学，这一点在他的书中也体现得尤为明显。吴越两国的谋臣大都通晓天地义理，精于谶纬占卜，书中出现的阴阳占卜和象天法地、相人形貌等术都为汉时数术的基本内容。凡此种种，都使得《吴越春秋》带有东汉时期所特有的时代印记，呈现出种种神秘色彩。

《吴越春秋》中的谶纬色彩首先体现在其对“圣王”的崇拜。“圣王”即神圣而有德的君王，如上古时代的尧、舜，三代圣王禹、汤、文武，他们都建立了不朽的功业，同时又有十分美好的仁德，而为后世所称颂，如《墨子》中就常提到三代圣王的事迹，“故唯昔三代圣王尧舜禹汤文武之所以王天下、

---

① 边家珍：《汉代经学发展史论》，北京：中国文史出版社，2003 年，第 199 页。

② ［南朝宋］范晔：《后汉书》，北京：中华书局，1965 年，第 2573 页。

正诸侯……”① 而汉代的谶纬之书则进一步将圣王神圣化，“充满了种种关于先人的光荣与耻辱的故事，并掺入了神秘的、来自天命的、有关得失的传说”②。这些圣王均感天地而生，具有异于常人的外表，并建立了不朽的功业，如《孝经钩命决》：“华胥履迹，怪生皇牺。”③《春秋合诚图》：“尧母庆都，有名于世……奄然阴风雨，赤龙与庆都合婚，有娠，龙消不见。既乳，视尧貌如图表。”④《礼纬》：“禹母修已，吞薏苡而生禹，因姓姒氏。”⑤《尚书刑德放》：“禹姓姒，祖昌意，以薏苡生。”⑥ 在纬书中，历史上的三皇五帝均有异于常人的出生经历，纬书中这种借神异、受命等来神化圣王的方法对汉代文学也产生了影响。如《吴越春秋》中的感生故事，周始祖后稷之母姜嫄“出游于野，见大人迹而观之，中心欢然，喜其形像，因履而践之。身动，意若为人所感。后妊娠”⑦。而禹之母有莘氏之女“嬉于砥山，得薏苡而吞之，意若为人所感，因而妊孕，剖胁而产高密”⑧。这些先祖感生事迹可以说是深受谶纬影响的结果。

另外，纬书中对圣王的神化还体现在其受命方面，纬书认为受命不仅是圣王的标志，也是其君权天授的证据，《论语素王受命谶》中有“河授图，天下归心”⑨。纬书中有不少禹受河图洛书或授天书治水的记载，如《尚书中候》：

---

① ［清］孙诒让撰，孙启治点校：《墨子间诂》，北京：中华书局，2001年，第50页。

② 葛兆光：《中国思想史》第一卷，上海：复旦大学出版社，2013年，第266页。

③ （日）安居香山、（日）中村璋八辑：《纬书集成》，石家庄：河北人民出版社，1994年，第1005页。

④ （日）安居香山、（日）中村璋八辑：《纬书集成》，石家庄：河北人民出版社，1994年，第764页。

⑤ （日）安居香山、（日）中村璋八辑：《纬书集成》，石家庄：河北人民出版社，1994年，第531页。

⑥ （日）安居香山、（日）中村璋八辑：《纬书集成》，石家庄：河北人民出版社，1994年，第381页。

⑦ ［汉］赵晔著，［元］徐天祜音注：《吴越春秋》，南京：江苏古籍出版社，1986年，第1页。

⑧ ［汉］赵晔著，［元］徐天祜音注：《吴越春秋》，南京：江苏古籍出版社，1986年，第79页。

⑨ （日）安居香山、（日）中村璋八辑：《纬书集成》，石家庄：河北人民出版社，1994年，第1078页。

“禹理洪水，观于河，见白面长人鱼身，出曰：吾河精也。授禹河图，而远于渊。”①《尚书刑德放》：“禹长于地理水泉九州，得括象图，故尧以为司空。”②《吴越春秋》中亦言：“禹乃登山，仰天而啸。因梦见赤绣衣男子，自称玄夷苍水使者。‘闻帝使文命于斯，故来候之。非厥岁月，将告以期，无为戏吟，故倚歌覆釜之山。’东顾谓禹曰：‘欲得我山神书者，斋于黄帝岩岳之下，三月庚子，登山发石，金简之书存矣。’禹退又斋。三月庚子，登宛委山，发金简之书，案金简玉字，得通水之理。”③ 禹得金简之书也是受到纬书中圣王受河图洛书以得天命之论的影响。

其次，《吴越春秋》中记载了许多关于预示吉凶的谶语。“谶”是带有迷信色彩的预言，是古代通过卜筮占梦之类迷信手段得出并得以应验的隐语、符咒之类的内容，具有很强的神秘色彩。如《史记·秦始皇本纪》载，燕人卢生从出海使者那里得到谶语说“亡秦者胡也”④。秦始皇末年，“有坠星下东郡，至地为石，黔首或刻其石曰‘始皇帝死而地分’”⑤。都是历史上已有的例子。在《吴越春秋》中，作者也写到了吴越历史上一些预测国家或个人命运的谶言，如季孙观察莫邪剑刃处有缺，预言了吴的灭亡：“季孙拔，剑之锷中缺者大如黍米，叹曰：‘……夫剑之成也，吴霸。有缺，则亡矣……’”⑥ 勾践在吴国服役，其间范蠡、文种预言其无法归国：“遂召越王，久之不见。范蠡、文种忧而占之曰：‘吴王见擒也。’有顷，太宰嚭出，

---

① （日）安居香山、（日）中村璋八辑：《纬书集成》，石家庄：河北人民出版社，1994 年，第 408 页。

② （日）安居香山、（日）中村璋八辑：《纬书集成》，石家庄：河北人民出版社，1994 年，第 381 页。

③ ［汉］赵晔著，［元］徐天祜音注：《吴越春秋》，南京：江苏古籍出版社，1986 年，第 80~81 页。

④ （日）泷川资言考证，杨海峥整理：《史记会注考证》，上海：上海古籍出版社，2015 年，第 354 页。

⑤ （日）泷川资言考证，杨海峥整理：《史记会注考证》，上海：上海古籍出版社，2015 年，第 363 页。

⑥ ［汉］赵晔著，［元］徐天祜音注：《吴越春秋》，南京：江苏古籍出版社，1986 年，第 26~27 页。

见大夫种、范蠡而言越王复拘于石室。”① 范蠡预言文种被杀：“行谓文种曰：‘子来去矣，越王必将诛子。’”② 文种预言己死：“吾见王时，正犯玉门之第八也，辰克其日，上贼于下，是为乱丑，必害其良。今日克其辰，上贼下止，吾命须臾之间耳。”③ 要之，两汉之际社会动荡，各种关于符命之谶盛行，《吴越春秋》中的许多谶语记载显然受到两汉时期谶纬学说的影响。

最后，纬书中保留了许多神话传说素材，包括许多圣王传说、地理博物等，十分丰富，对当时及后世的文学作品均有重要影响。《吴越春秋》中的许多神话故事都是来自纬书，这也是其受谶纬神学影响的重要体现。如卷六《越王无余外传》中，禹娶妻遇九尾白狐的故事：

> 禹三十未娶，行到涂山，恐时之暮，失其度制，乃辞云：“吾娶也，必有应矣。”乃有白狐九尾造于禹。禹曰：“白者，吾之服也。其九尾者，王之证也。涂山之歌曰：‘绥绥白狐，九尾痝痝。我家嘉夷，来宾为王。成家成室，我造彼昌。’天人之际于兹，则行明矣哉！”④

禹因娶涂山，谓之女娇。在纬书《尚书中候考河命》中亦有禹梦白狐的记载：“长九尺九寸，梦自洗河，以手取水饮之，乃见白狐九尾。”⑤ 在纬书中，白狐为神物，是德行祥瑞的象征，如《孝经援神契》：“德至鸟兽，则狐九尾。”⑥

---

① ［汉］赵晔著，［元］徐天祜音注：《吴越春秋》，南京：江苏古籍出版社，1986年，第98页。

② ［汉］赵晔著，［元］徐天祜音注：《吴越春秋》，南京：江苏古籍出版社，1986年，第145页。

③ ［汉］赵晔著，［元］徐天祜音注：《吴越春秋》，南京：江苏古籍出版社，1986年，第149页。

④ ［汉］赵晔著，［元］徐天祜音注：《吴越春秋》，南京：江苏古籍出版社，1986年，第81~82页。

⑤ （日）安居香山、（日）中村璋八辑：《纬书集成》，石家庄：河北人民出版社，1994年，第431页。

⑥ （日）安居香山、（日）中村璋八辑：《纬书集成》，石家庄：河北人民出版社，1994年，第978页。

《易纬乾凿度》："文王下吕，九尾见。"郑注云："文王师吕尚，遂致九尾狐瑞也。"① 可见，《吴越春秋》中禹遇九尾狐娶妻之事应是受到纬书记载的影响。

《吴越春秋》卷八《勾践归国外传》中范蠡为勾践铸城之后怪山自至：

> 城既成，而怪山自生者，琅琊东武海中山也。一夕自来，故名怪山。范蠡曰："臣之筑城也，其应天矣，昆仑之象存焉。"越王曰："寡人闻昆仑之山乃地之柱，上承皇天，气吐宇内，下处后土，禀受无外，滋圣生神，呕养帝会，故帝处其阳陆，三王居其正地。吾之国也，扁天地之壤，乘东南之维，斗去极北，非粪土之城，何能与王者比隆盛哉？"范蠡曰："君徒见外，未见于内。臣乃承天门制城，合气于后土，岳象已设，昆仑故出，越之霸也。"②

在早期神话中，昆仑山地处西北，是天帝之都邑，《山海经·海内西经》有："海内昆仑之虚，在西北，帝之下都。"③ 这种观点在汉代纬书中得到继承，《龙鱼河图》："昆仑山，天中柱也。"④《河图括地象》："地中央曰昆仑。昆仑东南，地方五千里，名曰神州。其中有五山，帝王居之。"⑤ 由于昆仑山为天帝所居之地，故被认为是天地之间顶天立地的神柱，《吴越春秋》中勾践就把昆仑山看作"帝处其阳陆，三王居其正地"，乃"地之柱，上承皇天，气吐宇内，下处后土"，范蠡认为昆仑之象的出现，预示着帝国将兴，越之将霸。这些创作正是在纬书的影响下完成的。

---

① （日）安居香山、（日）中村璋八辑：《纬书集成》，石家庄：河北人民出版社，1994年，第5页。

② ［汉］赵晔著，［元］徐天祜音注：《吴越春秋》，南京：江苏古籍出版社，1986年，第107~108页。

③ 袁珂：《山海经校注》，成都：巴蜀书社，1992年，第344页。

④ （日）安居香山、（日）中村璋八辑：《纬书集成》，石家庄：河北人民出版社，1994年，第1154页。

⑤ （日）安居香山、（日）中村璋八辑：《纬书集成》，石家庄：河北人民出版社，1994年，第1089页。

另外如上文已经提到的后稷和禹的出生、禹得治水天书、鲧投水化为黄熊等诸如此类的神话传说，都可以看出谶纬神学对《吴越春秋》之创作的影响。

四、《吴越春秋》的复仇观念

复仇是一个十分古老的主题，也是文学领域的重要母题。在原始氏族部落时期，人与人或部族与部族之间出现不可调和的矛盾时，复仇行为就成为部落成员维护本族利益的普遍手段。在中国的上古神话传说中就已经出现了关于复仇主题的故事，如《山海经·北山经》和《海外西经》就有精卫填海、刑天复仇的记载，王立先生就认为“神话传说中的复仇故事构成了民族复仇文化的原始母题，集中体现了沉积在民族心理深层中的‘大仇不报，死不瞑目’的抗争精神和坚强意志”①。到了封建社会，虽然时代发生了变化，这种原始观念却仍保留在人类的血液中，以亲亲为基础建立起来的血缘宗法制度也为复仇提供了文化上的支持。《礼记·檀弓》载：“子夏问于孔子曰：‘居父母之仇，如之何？’夫子曰：‘寝苫枕干，不仕，弗与共天下也。遇诸市朝，不反兵而斗。’曰：‘请问居昆弟之仇，如之何？’曰：‘仕弗与共国，衔君命而使，虽遇之，不斗。’曰：‘请问居从父昆弟之仇，如之何？’曰：‘不为魁。主人能，则执兵而陪其后。’”② 此外，《礼记·曲礼》说：“父之仇弗与共戴天，兄弟之仇不反兵，交游之仇不同国。”③《孟子·尽心下》中也有这样的话：“吾今而后知杀人亲之重也。杀人之父，人亦杀其父；杀人之兄，人亦杀其兄。”④ 都充分肯定了血亲复仇的正义性。这种观念在公羊春秋学那里更是得到进一步的张扬，如《春秋公羊传·隐公十一年》：“子沈子曰：‘君弑，臣不讨贼，非臣也。子不复仇，非子也。葬，生者之事也。《春秋》君弑贼不讨，不书葬，以为不系乎臣子也。’”⑤ 不但支持复仇，还对有仇不报之行为进行谴责。《定公四年》：“父不

---

① 王立：《中国古代复仇文学主题》，长春：东北师范大学出版社，1998 年，第 45 页。

② 李学勤主编：《十三经注疏·礼记正义》，北京：北京大学出版社，1999 年，第 213 页。

③ 李学勤主编：《十三经注疏·礼记正义》，北京：北京大学出版社，1999 年，第 84 页。

④ ［清］焦循：《孟子正义》，北京：中华书局，1987 年，第 968 页。

⑤ 李学勤主编：《十三经注疏·春秋公羊传注疏》，北京：北京大学出版社，1999 年，第 65 页。

受诛，子复仇可也。父受诛，子复仇，推刃之道也。”① 认为子为父复仇乃是天经地义之事。《庄公四年》“纪侯大去其国”，《公羊传》解释为：“大去者何？灭也。孰灭之？齐灭之。曷为不言齐灭之？为襄公讳也。《春秋》为贤者讳，何贤乎襄公？复仇也。何仇尔？远祖也。……远祖者，几世乎？九世矣。九世犹可以复仇乎？虽百世可也。”② 由此可见，《公羊传》不仅强调复仇，而且提出了“九世复仇”的理论，认为复仇行为可以突破时间的限制。

儒家思想为复仇者提供思想上的支持，再加上汉代决狱的原则为“原心定罪”，如果犯罪者的动机符合儒家的伦理道德准则，便会减轻处罚，如《春秋繁露·精华》曰：“《春秋》之听狱也，必本其事而原其志。志邪者不待成，首恶者罪特重，本直者其论轻。”③ 受到这种社会思潮的影响，汉代的复仇之风也十分浓烈。在这种社会背景下创作的《吴越春秋》，也不可避免地具有强烈的复仇意识。书中除第一、二、六卷简略追溯吴、越两国先祖历史之外，其余大量篇目着重讲伍子胥和勾践的复仇经历，其中复仇之义十分突出。在吴国历史部分，从第三卷开始，作者对于吴国史事采用略写，却用大量篇幅写伍子胥的身世情况，甚至连伍子胥的祖父、父亲之事都不厌其烦地大肆渲染。伍氏三世为楚忠臣，楚王却听信小人谗言，子胥父兄均被楚王所戮，他没有选择与父兄一同死去，“与父俱诛，何明于世？冤仇不除，耻辱日大”④，而是忍辱负重，为父兄报仇。子胥遇申包胥时的话更表现出其复仇的意志：“吾闻父母之仇，不与戴天履地；兄弟之仇，不与同域接壤；朋友之仇，不与邻乡共里。今吾将复楚辜，以雪父兄之耻。”⑤ 正如《大戴礼记·曾

---

① 李学勤主编：《十三经注疏·春秋公羊传注疏》，北京：北京大学出版社，1999年，第562页。

② 李学勤主编：《十三经注疏·春秋公羊传注疏》，北京：北京大学出版社，1999年，第122页。

③ ［清］苏舆撰，钟哲点校：《春秋繁露义证》，北京：中华书局，1992年，第92页。

④ ［汉］赵晔著，［元］徐天祜音注：《吴越春秋》，南京：江苏古籍出版社，1986年，第13页。

⑤ ［汉］赵晔著，［元］徐天祜音注：《吴越春秋》，南京：江苏古籍出版社，1986年，第14~15页。

子制言》言："父母之仇，不与同生；兄弟之仇，不与聚国；朋友之仇，不与聚乡；族人之仇，不与聚邻。"① 可以看到，伍子胥所言与儒家所强调的复仇意识如出一辙。而伍子胥在平王死后仍不忘复仇，乃掘平王之墓鞭其尸的行为虽然残忍，却也符合《公羊传》所言"九世复仇"的理论，伍子胥历经千难万险，终于借助吴国的力量打败楚国，大仇得报。

在越国历史部分，除第一卷回顾越国先祖之外，之后的全部篇幅都放在勾践的复仇上，而对越国历史上的其他事件几乎不提，也可以看出作者的独具匠心。勾践被吴灭国之后，始终不忘复仇，面对子贡时言曰："昔者，吴王分其民之众以残吾国，杀败吾民，鄙吾百姓，夷吾宗庙，国为墟棘，身为鱼鳖。孤之怨吴，深于骨髓，而孤之事吴，如子之畏父，弟之敬兄。此孤之死言也。今大夫有赐，故孤敢以报情。孤身不安重席，口不尝厚味，目不视美色，耳不听雅音，既已三年矣。焦唇干舌，苦身劳力，上事群臣，下养百姓，愿一与吴交战于天下平原之野，正身臂而奋吴，越之士继踵连死，肝脑涂地者，孤之愿也。"② 而勾践从吴归国后，也无一日不念复仇，"念复吴仇，非一旦也。苦身劳心，夜以接日。目卧则攻之以蓼，足寒则渍之以水。冬常抱冰，夏还握火。愁心苦志，悬胆于户，出入尝之，不绝于口。中夜潸泣，泣而复啸"③。对于勾践十年蛰伏的痛苦、一雪前耻的渴望，作者均饱蘸着深情去描写。他们二人的复仇之举均受到汉人的赞扬，如司马迁赞伍子胥"弃小义，雪大耻，名垂于后世"④，还称赞其为"烈丈夫"，称赞勾践"苦身焦思，终灭强吴……号称霸王。句践可不谓贤哉！盖有禹之遗烈焉"⑤。

---

① ［清］王聘珍：《大戴礼记解诂》，北京：中华书局，1983 年，第 91 页。

② ［汉］赵晔著，［元］徐天祜音注：《吴越春秋》，南京：江苏古籍出版社，1986 年，第 55~56 页。

③ ［汉］赵晔著，［元］徐天祜音注：《吴越春秋》，南京：江苏古籍出版社，1986 年，第 109 页。

④ （日）泷川资言考证，杨海峥整理：《史记会注考证》，上海：上海古籍出版社，2015 年，第 2814 页。

⑤ （日）泷川资言考证，杨海峥整理：《史记会注考证》，上海：上海古籍出版社，2015 年，第 2173 页。

另外，书中还用对比的手法批评夫差忘记复仇的行为。勾践破吴杀夫差时，述夫差六宗大过，其中一过就是不顺从天命复仇，后酿成大患，“昔越亲戕吴之前王，罪莫大焉，而幸伐之，不从天命而弃其仇，后为大患，大过六也”①。这也正是《公羊传》观点的阐发，即“君弑，臣不讨贼，非臣也。子不复仇，非子也。葬，生者之事也。《春秋》君弑贼不讨，不书葬，以为不系乎臣子也”②。认为为君为父复仇是作臣子应尽的责任，而对忘记复仇的行为进行谴责。作者也在字里行间对夫差贪图仁义浮名而忘记杀父之仇的行为进行了强烈的批评和讽刺。

作者始终以褒扬的态度来看待伍子胥、勾践的复仇，淋漓尽致地刻画了二人身上所折射出来的复仇意识，浓墨重彩地渲染了他们的复仇行为，这种创作倾向正是受时代思潮影响的结果。

徐复观《两汉思想史》说：“思想家表达自己的思想，概略言之，有两种方式。一种方式，或者可以说是属于《论语》《老子》的系统。把自己的思想，主要用自己的语言表达出来，赋予概念性的说明。这是最常见的诸子百家所用的方式。另一种方式，或者可以说是属于《春秋》的系统。把自己的思想，主要用古人的言行表达出来；通过古人的言行，作自己思想得以成立的根据。这是诸子百家用作表达的一种特殊方式。”③《吴越春秋》的作者使用的显然是后一种方式，《吴越春秋》不同于汉代其他经学家如董仲舒、扬雄、桓谭等人著述个人思想进行创作的方式，而是寓思想于传奇性的历史故事之中。作为经学之士的赵晔作《吴越春秋》不仅表达对《春秋》经典的崇敬，更是通过历史的兴衰得失表达自己的思想，告诫当世之人以史为鉴。作品中不仅反映出汉代经学对史学的深刻影响，同时也以其独特的文学性散发着特殊的光芒。

---

① ［汉］赵晔著，［元］徐天祜音注：《吴越春秋》，南京：江苏古籍出版社，1986年，第74页。

② 李学勤主编：《十三经注疏·春秋公羊传注疏》，北京：北京大学出版社，1999年，第65页。

③ 徐复观：《两汉思想史》第三卷，上海：华东师范大学出版社，2001年，第1页。

第十章

散体赋创作与经学

本书将散体赋纳入考察的内容，是考虑到较之楚辞，汉赋更近于散文，是汉人所谓“文章”的重要组成部分。尽管散体赋“不歌而诵”的诵读方式、铺陈的艺术手段与《诗经》、楚辞有一定关系，但其体裁的基本构成则是源于先秦诸子尤其是纵横家言，所以刘师培说：“骋词之赋，其源出于纵横家。”① 文学史家刘大杰先生亦指出：“由楚辞到汉赋，是诗的成分减少，散文的成分加多；抒情的成分减少，咏物叙事的成分加多。”② 从创作指导思想上，汉代散体赋直接受到“诗教”的影响，由此决定了散体赋作者在接受以屈骚为主的楚辞影响的同时，抛弃了其中的抒情特点，从而构成散体赋创作以言志、讽谏为主的基本格调，而与谏章、奏书有某种近似之处。③ 可以说，汉代散体赋无论从思想文化内涵上还是文学表现手法上，都与经学有着内在联系，以下详论之。

---

① 刘师培：《中国中古文学史　论文杂记》，北京：人民文学出版社，1959 年，第 116 页。

② 刘大杰：《中国文学发展史》第 1 册，上海：上海人民出版社，1973 年，第 132 页。

③ 郭预衡先生《中国散文史 · 序言》中亦如是说：“从汉语文章的实际出发，这部散文史的文体范围，还不仅包罗了各体论说杂文，而且连那骈文辞赋也都包括在内。这不仅因为骈文辞赋乃是汉语文章走向俪偶的一个极端，最能体现汉语文章的语言特点，而且也因为骈文辞赋早被世人统统看作古文（即散文）了。这并非我个人的创见或偏见，历来的文章选本如《古文观止》以及近时的《古代散文选》《历代文选》《中国历代散文选》等书的编者们，大抵都是这样看的。有些辞赋虽然介乎诗文之间，但多数作品不近于诗，而近于文。”（见郭预衡：《中国散文史》，上海：上海古籍出版社，2000 年，第 1~2 页。）

一、汉赋与“民本”“仁政”观念

汉初，贾谊作《旱云赋》，表达了对民生的忧虑。赋中写道：

> 廓荡荡其若涤兮，日照照而无秽。隆盛暑而无聊兮，煎砂石而烂渭。汤风至而含热兮，群生闷满而愁愦。畎亩枯槁而失泽兮，壤石相聚而为害。农夫垂拱而无聊兮，释其锄耨而下泪。忧疆畔之遇害兮，痛皇天之靡惠。惜稚稼之旱夭兮，离天灾而不遂。①

在赋中，贾谊还将大旱与统治者的治国联系起来，借以警醒统治者的作为。贾谊指出，正是由于掌权者有过错，才会出现大旱的后果：“怀怨心而不能已兮，窃托咎于在位。独不闻唐虞之积烈兮，与三代之风气。时俗殊而不还兮，恐功久而坏败。何操行之不得兮，政治失中而违节。阴气辟而留滞兮，厌暴至而沈没。”② 贾谊将统治者的作为与上天的警告联系在一起，也有促使统治者善待百姓的正面意义。

此后，民本、仁政观念在赋作中一直有所体现。司马相如的《难蜀父老》，借助于“蜀父老”之辞以讽谕，他们反对通西南夷，认定西南夷历史悠久，与中国并存，从而具有独立存在的合法性。赋中还表达了汉儒的民本理念：“士卒劳倦，万民不赡……百姓力屈，恐不能卒业。”③ 这显然是站在传统儒家民本仁政思想的立场而言说的。《上林赋》在天子喟叹“此大奢侈”后写道：

> 于是乎乃解酒罢猎，而命有司曰：“地可垦辟，悉为农郊，以赡氓隶，陨墙填堑，使山泽之民得至焉。实陂池而勿禁，虚宫馆而勿仞，发仓廪以救贫穷，补不足，恤鳏寡，存孤独。出德号，省刑罚，改制度，易

---

① 费振刚、胡双宝、宗明华辑校：《全汉赋》，北京：北京大学出版社，1993年，第12页。
② 费振刚、胡双宝、宗明华辑校：《全汉赋》，北京：北京大学出版社，1993年，第12页。
③ 费振刚、胡双宝、宗明华辑校：《全汉赋》，北京：北京大学出版社，1993年，第106页。

服色。革正朔，与天下为始。”于是历吉日以斋戒，袭朝服，乘法驾，建华旗，鸣玉鸾，游于六艺之囿，驰骛乎仁义之涂，览观《春秋》之林，射狸首，兼驺虞，弋玄鹤，舞干戚，载云罕，揜群雅，悲《伐檀》，乐乐胥，修容乎礼园，翱翔乎书圃。述易道，放怪兽；登明堂，坐清庙；恣群臣，奏得失。四海之内，靡不受获。于斯之时，天下大说。乡风而听，随流而化，芔然兴道而迁义，刑错而不用。德隆于三皇，功羡于五帝。①

接着话头一转，批评武帝的“独乐”：“若夫终日驰骋，劳神苦形，罢车马之用，抗士卒之精，费府库之财，而无德厚之恩。务在独乐，不顾众庶，忘国家之政，贪雉菟之获，则仁者不繇也。”② 这与《孟子》中孟子回答梁惠王的话非常相似。③

再看看扬雄的《羽猎赋》中的民本意识。《汉书》本传谓：“其十二月羽猎，雄从。以为昔在二帝三王，宫馆台榭沼池苑囿林麓薮泽财足以奉郊庙，御宾客，充庖厨而已，不夺百姓膏腴谷土桑柘之地。……武帝广开上林……游观侈靡，穷妙极丽。虽颇割其三垂以赡齐民，然至羽猎田车戎马器械储偫禁御所营，尚泰奢丽夸诩，非尧、舜、成汤、文王三驱之意也。又恐后世复修前好，不折中以泉台，故聊因《校猎赋》以风。”④ 赋文以大量笔墨铺采体物，再现羽猎场面的侈靡豪华，最后，一派歌舞升平中，呼拥左右的贤士们

① 费振刚、胡双宝、宗明华辑校：《全汉赋》，北京：北京大学出版社，1993 年，第 67 页。

② 费振刚、胡双宝、宗明华辑校：《全汉赋》，北京：北京大学出版社，1993 年，第 67~68 页。

③ 《孟子·梁惠王下》：“臣请为王言乐。今王鼓乐于此，百姓闻王钟鼓之声，管籥之音，举疾首蹙頞而相告曰：‘吾王之好鼓乐，夫何使我至于此极也？父子不相见，兄弟妻子离散！’今王田猎于此，百姓闻王车马之音，见羽旄之美，举疾首蹙頞而相告曰：‘吾王之好田猎，夫何使我至于此极也？父子不相见，兄弟妻子离散。’此无他，不与民同乐也。今王鼓乐于此，百姓闻王钟鼓之声，管籥之音，举欣欣然有喜色而相告曰：‘吾王庶几无疾病与，何以能鼓乐也？’今王田猎于此，百姓闻王车马之音，见羽旄之美，举欣欣然有喜色而相告曰：‘吾王庶几无疾病与，何以能田猎也？’此无他，与民同乐也。”

④ ［汉］班固：《汉书·扬雄传上》，北京：中华书局，1962 年，第 3540~3541 页。

喟然称曰："崇哉乎德，虽有唐、虞、大夏、成周之隆，何以侈兹！太古之觐东岳，禅梁基，舍此世也，其谁与哉？"① 此时，天子却并不以贤士们的称颂为然，他大概是经由这一番奢靡泰侈之后突然有了醒悟，于是，痛改前非，"罕徂离宫而辍观游，土事不饰，木功不雕；承民乎农桑，劝之以弗迨，侪男女使莫违。恐贫穷者不遍被洋溢之饶，开禁苑，散公储，创道德之囿，弘仁惠之虞。驰弋乎神明之囿，览观乎群臣之有亡；放雉菟，收罝罘，麋鹿刍荛与百姓共之……未皇苑囿之丽，游猎之靡也，因回轸还衡，背阿房，反未央"②。劝导统治者捐弃奢侈淫靡，以民为本，施行仁政，是此赋的画龙点睛之处。

东汉张衡在《二京赋》中写道："方其用财取物，常畏生类之殄也。赋政任役，常畏人力之尽也。……今公子苟好剿民以媮乐，忘民怨之为仇也；好殚物以穷宠，忽下叛而生忧也。夫水所以载舟，亦所以覆舟。坚冰作于履霜，寻木起于蘖栽。"③ "民怨" "下叛" "载舟" "覆舟" 之说，是对不恤民生艰苦的统治者的有力警示。

蔡邕《述行赋》亦体现出浓厚的民本意识。赋前小序云："延熹二年秋，霖雨逾月。是时梁翼新诛，而徐璜、左悺等五侯擅贵于其处。又起显阳苑于城西，人徒冻饿，不得其命者甚众。白马令李云以直言死，鸿胪陈君以救云抵罪。璜以余能鼓琴，白朝廷，敕陈留太守发遣余。到偃师，病不前，得归。心愤此事，遂托所过，述而成赋。"序文中直斥权贵擅权，残害忠良，为所欲为。他们滥用民力，致使百姓冻饿而死者甚众。赋中更以犀利之笔，反映了当时社会存在的尖锐的阶级对立："命仆夫其就驾兮，吾将往乎京邑。皇家赫而天居兮，万方徂而星集。贵宠煽以弥炽兮，佥守利而不戢。前车覆而未远兮，后乘驱而竞及。穷变巧于台榭兮，民露处而寝湿。消嘉谷于禽兽兮，下

---

① ［汉］班固：《汉书·扬雄传上》，北京：中华书局，1962 年，第 3552 页。

② ［汉］扬雄著，张震泽校注：《扬雄集校注》，上海：上海古籍出版社，1993 年，第 111 页。

③ ［汉］张衡著，张震泽校注：《张衡诗文集校注》，上海：上海古籍出版社，2009 年，第 160~164 页。

糠秕而无粒。”① 作者在批评权贵腐朽统治的同时，也对民众的处境给予深切同情。其中“穷变巧于台榭兮，民露处而寝湿。消嘉谷于禽兽兮，下糠秕而无粒”的对比，颇似《孟子·梁惠王上》中的“庖有肥肉，厩有肥马，民有饥色，野有饿莩，此率兽而食人也”②。

在民本思想影响下，散体赋中呈现着赋作家的仁政理想：

承民乎农桑，劝之以弗迨，侪男女使莫违。恐贫穷者不遍被洋溢之饶，开禁苑，散公储……（《羽猎赋》）③

除工商之淫业，兴农桑之上务。遂令海内弃末而反本，背伪而归真，女修织纴，男务耕耘。器用陶匏，服尚素玄。（《东都赋》）④

访万机，询朝政，勤恤民隐，而除其眚。……荷天下之重任，匪怠皇以宁静。发京仓，散禁财，赉皇寮，逮舆台。（《东京赋》）⑤

兆民劝于疆埸，感懋力以耘耔。（《东京赋》）⑥

日月会于龙狵，恤民事之劳疚。因体力以息勤，致欢忻于春酒。（《东京赋》）⑦

徒垂意于持平守实，务在爱育元元，苟有便于王政者，圣主纳焉。（《论都赋》）⑧

---

① ［汉］蔡邕：《蔡中郎文集（附蔡中郎外传）》，北京：中华书局，1991年，第63~64页。

② 杨伯峻译注：《孟子译注》，北京：中华书局，1960年，第9页。

③ ［汉］扬雄著，张震泽校注：《扬雄集校注》，上海：上海古籍出版社，1993年，第111页。

④ 费振刚、胡双宝、宗明华辑校：《全汉赋》，北京：北京大学出版社，1993年，第331页。

⑤ ［汉］张衡著，张震泽校注：《张衡诗文集校注》，上海：上海古籍出版社，2009年，第119页。

⑥ ［汉］张衡著，张震泽校注：《张衡诗文集校注》，上海：上海古籍出版社，2009年，第135页。

⑦ ［汉］张衡著，张震泽校注：《张衡诗文集校注》，上海：上海古籍出版社，2009年，第137页。

⑧ 费振刚、胡双宝、宗明华辑校：《全汉赋》，北京：北京大学出版社，1993年，第269页。

作家们的仁政理想，具体表现为爱惜民力、救济百姓、为民除害、重农轻商等内容。君王在实施这些予民以德的德政的同时，还大兴教化，推行德教："惧其侈心之将萌，而怠于东作也，乃申旧章，下明诏，命有司，班宪度，昭节俭，示大（太）素。"（《东都赋》）① "乃营三宫，布教颁常。""清风协于玄德，淳化通于自然。""降至尊以训恭，送迎拜乎三寿。敬慎威仪，示民不偷。……声教布濩，盈溢天区。"（《东京赋》）②这些对理想社会的描述，与《礼记》中所写的小康社会、大同社会的政治蓝图，都有相通之处。

二、"大一统"观念对散体赋的影响

1. 从赋家对纵横家的态度看"大一统"观念的渗透

郭预衡先生曾指出："当楚汉之际，某些纵横学者虽曾一度活动，但汉朝统一之后，纵横活动便受限制了。这时尽管依附藩国活动，但终于无所作为。于是其中有些人便摇身一变而为宫廷侍从之臣，成为'润色鸿业'的辞赋作家。"③ 与这一转变同步的是在大一统政治背景下，汉代作家对"纵横"活动的态度发生变化。

汉初陆贾从维护大一统政治出发，表达了他对纵横家的不满，《新语·怀虑》篇中提出，"怀异虑者不可以立计，持两端者不可以定威"，而"苏秦、张仪身尊于位，名显于世，相六国，事六君，威振山东，横说诸侯，国异辞，人异意，欲合弱而制强，持衡而御纵，内无坚计，身无定名，功业不平，中道而废，身死于凡人之手，为天下所笑"。④ 又，辞赋家枚乘两次谏吴王，含蓄地传达出大汉一统天下，广施恩义，民心所向，四夷宾服，谋反不可能成功的意思。

《汉书·艺文志·诸子略》谈及纵横家时说："纵横家者流，盖出于行人之官。……言其当权事制宜，受命而不受辞，此其所长也。及邪人为之，则

---

① 费振刚、胡双宝、宗明华辑校：《全汉赋》，北京：北京大学出版社，1993 年，第 330 页。

② ［汉］张衡著，张震泽校注：《张衡诗文集校注》，上海：上海古籍出版社，2009 年，第 114、120、137 页。

③ 郭预衡：《中国散文史》，上海：上海古籍出版社，2000 年，第 199 页。

④ ［汉］陆贾：《新语》，沈阳：辽宁教育出版社，1998 年，第 12~13 页。

上诈谖而弃其信。"① 这个说法当出自刘向、刘歆父子，还算比较客观，没有全盘否定。扬雄对苏秦、张仪也有过定评。《法言·渊骞》篇载：

或问："仪、秦学乎鬼谷术，而习乎纵横言，安中国者各十余年，是夫？"曰："诈人也，圣人恶诸。"曰："孔子读，而仪、秦行，何如也？"曰："甚矣！凤鸣而鸷翰也。""然则子贡不为与？"曰："乱而不解，子贡耻诸；说而不富贵，仪、秦耻诸。"②

在扬雄看来，苏秦、张仪乃奸诈之人，其行为不为圣贤所称许。

两汉之际的冯衍，曾作有《说廉丹》《复说廉丹书》，有纵横家气象；光武定鼎之后，他"追览上古得失之风，愍道陵迟，伤德分崩。夫睹其终必原其始，故存其人而咏其道。疆理九野，经营五山，眇然有思陵云之意。乃作赋自厉，命其篇曰《显志》"③。《显志赋》中，冯衍以对历史的反思，显示其向往大一统政治的思想观念：

美《关雎》之识微兮，愍王道之将崩；拔周唐之盛德兮，捃桓文之谲功。忿战国之遘祸兮，憎权臣之擅强；黜楚子于南郢兮，执赵武于溴梁。善忠信之救时兮，恶诈谋之妄作；聘申叔于陈、蔡兮，禽荀息于虞、虢。诛犁锄之介圣兮，讨臧仓之诉知；嫫子反于彭城兮，爵管仲于夷仪。疾兵革之浸滋兮，苦攻伐之萌生，沈孙武于五湖兮，斩白起于长平。恶丛巧之乱世兮，毒纵横之败俗；流苏秦于洹水兮，幽张仪于鬼谷。澄德化之陵迟兮，烈刑罚之峭峻；燔商鞅之法术兮，烧韩非之说论。诮始皇之跋扈兮，投李斯于四裔；灭先王之法则兮，祸浸淫而弘大。④

---

① ［汉］班固：《汉书·艺文志》，北京：中华书局，1962 年，第 1740 页。

② ［清］汪荣宝撰，陈仲夫点校：《法言义疏》，北京：中华书局，1987 年，第 442 页。

③ ［南朝宋］范晔：《后汉书·冯衍列传》，北京：中华书局，1965 年，第 987 页。

④ 费振刚、胡双宝、宗明华辑校：《全汉赋》，北京：北京大学出版社，1993 年，第 260~261 页。

其中提到“恶丛巧之乱世兮，毒纵横之败俗；流苏秦于洹水兮，幽张仪于鬼谷”，表达了对纵横家的不满，大概认为纵横家应对乱世负相当之责任。

东汉班固以其正统的儒家大一统观念，在《答宾戏》中表达了对纵横家的批评，以为“非君子之法”：

> 曩者王涂芜秽，周失其御，侯伯方轨，战国横骛。于是七雄虓阚，分裂诸夏，龙战而虎争。游说之徒，风飏电激，并起而救之，其余猋飞景附，煜霅其间者，盖不可胜载。当此之时，搦朽摩钝，铅刀皆能壹断。是故鲁连飞一矢而蹶千金，虞卿以顾眄而捐相印也。夫啾发投曲，感耳之声，合之律度，淫蠅而不可听者，非韶、夏之乐也。因势合变，偶时之会，风移俗易，乖忤而不可通者，非君子之法也。[①]

2. 汉武帝时的“大一统”观念与司马相如赋

所谓“大一统”，是中国古代政治观念和国家学说的一种具体表述，体现在政治上则是君主的绝对权威和对“天下”的绝对主权，用《尚书》中的话说就是“皇天眷命，奄有四海，为天下君”[②]。早在夏商时期，大一统的思想萌芽就出现了。《左传》曰：“禹合诸侯于涂山，执玉帛者万国。”[③] 禹以诸侯联盟的形式，把散落在黄河中下游的“万国”统一在一起。《禹贡》将那里的地域总称为“九州”，大体包括了黄河中下游地区和长江下游地区。《诗经·商颂·玄鸟》中说：“古帝命武汤，正域彼四方。方命厥后，奄有九有。”“邦畿千里，维民所止，肇域彼四海。四海来假，来假祁祁。”[④] 这首古诗说：当时天帝命成汤，征伐天下，安定四方。昭告部落各首领，九州土地，为大商所占。又谓：国土疆域上千里，百姓得安居，开拓疆域，达于四海。四夷

---

① 费振刚、胡双宝、宗明华辑校：《全汉赋》，北京：北京大学出版社，1993 年，第 357～358 页。

② 李学勤主编：《十三经注疏·尚书正义》，北京：北京大学出版社，1999 年，第 87 页。

③ 杨伯峻编著：《春秋左传注》，北京：中华书局，1981 年，第 1642 页。

④ 李学勤主编：《十三经注疏·毛诗正义》，北京：北京大学出版社，1999 年，第 1445 页。

小国，争先恐后地来朝拜。可见，作为大一统思想的物质基础，在殷商时已经存在了。西周初年，人们的头脑中形成了这样的观念：“溥天之下，莫非王土。率土之滨，莫非王臣”①，天子是“作民父母，以为天下王”② 的人。

儒家“大一统”理论的形成与发展，有一个较长期的过程。周王朝衰微之后，天下出现了春秋乱世，礼乐不兴，各自为政。孔子面对礼崩乐坏的局面，主张应恢复周礼，重新回到周初的统一和安定上来。孔子所作《春秋》中载，鲁隐公“元年，春，王正月”③。《公羊传》曰：“王者孰谓？谓文王也。曷为先言王而后言正月？王正月也。何言乎王正月？大一统也。”④ 唐徐彦疏曰：“王者受命制正月以统天下，令万物无不一一皆奉之以为始，故言大一统也。”⑤ 孔子以“正名”为宗旨的《春秋》，寓有“大一统”始自周文王之意。孔子曾说，礼乐征伐自天子出，所有的国家大事，都应该由周天子来决定。他认为“天无二日，土无二王，家无二主，尊无二上”⑥，就像天上没有两个太阳一样，周天子至高无上，大权独揽。孔子还认为，周天子是全国的中心，“譬如北辰居其所”，而各地的诸侯就像“众星”那样，环绕而“共（拱）之”。⑦ 可见，其中也寄予了孔子对周初安定局面的崇敬之情。因此，他对管仲辅佐齐桓公谋求统一的努力，是赞赏的：“管仲相桓公，霸诸侯，一匡天下，民到于今受其赐。微管仲，吾其被发左衽矣。”⑧ 如果不是管仲，我们还是野蛮人，正因为他的“一匡天下”，百姓至今还享受着他的恩德。孔子的后学们也都提倡政治上的大一统。例如有人问孟子：“天下恶乎定？”孟子

---

① 李学勤主编：《十三经注疏·毛诗正义》，北京：北京大学出版社，1999 年，第 797 页。

② 李学勤主编：《十三经注疏·尚书正义》，北京：北京大学出版社，1999 年，第 312 页。

③ 李学勤主编：《十三经注疏·春秋公羊传注疏》，北京：北京大学出版社，1999 年，第 5 页。

④ 李学勤主编：《十三经注疏·春秋公羊传注疏》，北京：北京大学出版社，1999 年，第 7~10 页。

⑤ 李学勤主编：《十三经注疏·春秋公羊传注疏》，北京：北京大学出版社，1999 年，第 10 页。

⑥ 李学勤主编：《十三经注疏·礼记正义》，北京：北京大学出版社，1999 年，第 1403 页。

⑦ 杨伯峻译注：《论语译注》，北京：中华书局，1980 年，第 11 页。

⑧ 杨伯峻译注：《论语译注》，北京：中华书局，1980 年，第 151 页。

对曰："定于一。"① 荀子对大一统也持肯定态度，说"文王载百里地而天下一"②。

汉朝立国之初，刘邦戒于亡秦孤立之败，分封同姓王，实行郡国并行政策。同姓王之建立，意在拱卫王室，但随着其势力膨胀，离心倾向日趋严重，不但"诸侯王僭拟，地过古制"③，而且"大者叛逆，小者不轨于法"④。对此，贾谊、晁错曾提出"众建诸侯"和"削藩"的建议，但由于文景之时执行的是休养生息政策，朝廷对侯王一般采取放任态度，所以贾、晁的建议未被采纳，而侯王之势力却进一步扩大，以至于"夸州兼郡，连城数十，宫室百官同制京师"⑤，有的甚至废先帝之法，不行天子治。当时虽然平定了"七国之乱"，但仍有割据势力存在，到处暗伏着危机。武帝当政，他在思想上推重儒家，尤其重视《春秋》公羊学，同时采纳主父偃推行"推恩令"的意见，以削弱诸侯的势力。他先是平定淮南王、衡山王之乱，然后以各种理由剥夺诸侯爵位、废除封国之事。中央集权至此才趋于稳定。

与武帝政治相呼应，董仲舒进一步从理论上阐述了专制集权的合理性。董仲舒说孔子作《春秋》的要义在于恢复周初的"大一统"，即"损抑诸侯"，"四海来臣"，"一统乎天子"。他甚至认为，"《春秋》大一统者，天地之常经，古今之通谊也"⑥，汉朝的统一只不过是恢复周初天下受命于天子的大一统格局罢了。董仲舒认为，作为最高统治者的君主，是举国上下的中心。他说，全国受命于君，身以心为本，国以君为主，"君人者，国之元，发言动作，万物之枢机"⑦。董仲舒从君民关系、君臣关系、君主与诸侯关系三个方面论证了君主中心思想。就君民关系而言，董仲舒说："传曰……君者，民之

① 杨伯峻译注：《孟子译注》，北京：中华书局，1960年，第12页。

② ［清］王先谦：《荀子集解》，北京：中华书局，1988年，第109页。

③ ［汉］班固：《汉书·贾谊传》，北京：中华书局，1962年，第2230页。

④ ［汉］司马迁：《史记·汉兴以来诸侯王年表》，北京：中华书局，2014年，第968~969页。

⑤ ［汉］班固：《汉书·诸侯王表》，北京：中华书局，1962年，第394页。

⑥ ［汉］班固：《汉书·董仲舒传》，北京：中华书局，1962年，第2523页。

⑦ ［清］苏舆撰，钟哲点校：《春秋繁露义证》，北京：中华书局，1992年，第166页。

心也；民者，君之体也。”① 故而君唱而民和，君动而民随。不仅是一般的民，即使贤者也当如此。就君臣关系而言，臣是受命于君的，“君臣之礼，若心之与体，心不可以不坚……体不可以不顺，臣不可以不忠”，群臣百官，“同望异路，一之者在主，率之者在相”。② 就君主与诸侯的关系而言，诸侯受命于天子，如果不能奉天子之命，则“名绝而不得就位”③；“号为诸侯者，宜谨视所候奉之天子也”④。为维护君主的中心地位，应使君主有位有势有威有权。因为，无威则失权，失权则君贱，君贱则谈不到成为天下的中心。

大一统的封建经济和政治，需要相应的文化形态为之服务，从这个意义上讲，经学家与文学家们负载着相同的“任务”。我们知道，经学受统治者重视，主要是因为它在列君臣父子之礼、序夫妇长幼之别方面有着特殊的价值。西汉初期，无为而治，在思想文化领域表现为道家黄老之学占据统治地位，诸子思想在一定程度上得到复兴，而在辞赋创作上的约束较少，像贾谊的《鹏鸟赋》《吊屈原赋》，庄忌的《哀时命》，淮南小山的《招隐士》，等等。枚乘的《七发》虽然是小赋向大赋过渡的产物，却也未见有太多儒家经学的影子。而且从总体上讲，汉初的辞赋创作并不兴盛。文学艺术领域的这一特点是与当时整个思想文化领域的主导倾向相一致的。儒家经学的影响虽在悄然增长，但由于最高统治集团偏好道家黄老之学，“诸博士具官待问，未有进者”⑤，而“景帝不好辞赋”⑥。

汉武帝独尊儒家经学之后，作为汉赋典范的大赋应运而生。有这种价值的文学作品自然也会受到统治者的青睐。汉武帝曾明确要求士人极文采、竟条贯、终统纪，这样，作为张扬经术、倡导礼乐的一个重要步骤，以“润色鸿业”、歌功颂德为特征的大赋得到提倡和鼓励。正如刘大杰所说：“到了武帝当权，政治、学术都起了变化。儒家定于一尊，儒家正统的观念，成为文

---

① ［清］苏舆撰，钟哲点校：《春秋繁露义证》，北京：中华书局，1992 年，第 320 页。
② ［清］苏舆撰，钟哲点校：《春秋繁露义证》，北京：中华书局，1992 年，第 461、158 页。
③ ［清］苏舆撰，钟哲点校：《春秋繁露义证》，北京：中华书局，1992 年，第 412 页。
④ ［清］苏舆撰，钟哲点校：《春秋繁露义证》，北京：中华书局，1992 年，第 286 页。
⑤ ［汉］司马迁：《史记·儒林列传》，北京：中华书局，2014 年，第 3788 页。
⑥ ［汉］司马迁：《史记·司马相如列传》，北京：中华书局，2014 年，第 3637 页。

学理论的准则，大家都以此指导文学，批评文学。在这种情况下，汉赋带着讽喻的美名，古诗的遗意，顺利地发展起来。”①

汉代设有献赋和考赋取士制度，“诸生竞利，作者鼎沸”②，许多士人通过此途为官得势，平步青云。如武帝时有司马相如、东方朔、枚皋，宣帝时有王褒、张子侨，成帝时有扬雄，章帝时有崔骃，和帝时有李尤，通经和献赋成为士人踏入仕途的两条捷径，有的士人则一身二任，既是经学大师，又是辞赋大家。而在价值取向和运思理路上，辞赋大家与经学大师也是基本一致的。如“在武、宣之世，经学大师董仲舒、萧望之等将哲学神学化、模式化的过程，辞赋大家司马相如、王褒等将思想文学化、艺术化的过程，实与封建王朝君主集权制的进程同步，经学与文学同为大一统政治服务”③。“就汉文化的整体结构而言，相如等作家创制大赋作品表现的思想正与强盛的帝国行政模式，经学家宇宙同人事、阴阳五行同王道政治结合的大一统思想匹配，以其独特的赋家之心建构起宏伟壮丽的艺术殿堂。”④ 而《子虚》《上林》等赋是宣扬大一统的典范作品，是宗经意识的重要体现。

司马相如生于汉文帝前元元年（前179），主要活动在汉武帝当政之时。那时，汉王朝国力强盛，一个多民族的帝国日益巩固。受到这种蒸蒸日上的时代精神的感召，大汉子民也随之感动、振奋。《史记》本传未记司马相如学经、治经的事，但是据《汉书·地理志》：“景、武间，文翁为蜀守，教民读书法令……繇文翁倡其教，相如为之师。”⑤ 再据《三国志·蜀书·秦宓传》：“蜀本无学士，文翁遣相如东受七经，还教吏民，于是蜀学比于齐、鲁。”⑥可以看出他曾受七经，对儒家经典十分熟悉。《汉书》说司马相如为官“未尝肯与公卿国家之事，常称疾闲居，不慕官爵”⑦。事实上，相如如此行事，当

---

① 刘大杰：《中国文学发展史》第1册，上海：上海人民出版社，1973年，第139页。
② ［南朝宋］范晔：《后汉书·蔡邕列传》，北京：中华书局，1965年，第1996页。
③ 许结：《汉代文学思想史》，南京：南京大学出版社，1990年，第126页。
④ 许结：《汉代文学思想史》，南京：南京大学出版社，1990年，第128页。
⑤ ［汉］班固：《汉书·地理志下》，北京：中华书局，1962年，第1645页。
⑥ ［晋］陈寿：《三国志》，北京：中华书局，1959年，第973页。
⑦ ［汉］班固：《汉书·司马相如传》，北京：中华书局，1962年，第2589页。

主要出于全身远祸的考虑。武帝刚愎自用，多欲而好杀伐，加上彼时朝廷与诸侯王的内部矛盾，因此对相关大臣有防范猜忌之心。特别是元狩元年（前122）平定淮南王刘安的叛乱之后，朝廷某些大臣与叛臣私通之事被揭发出来，他对大臣与诸侯王的活动予以严密监视。与司马相如同时的严助、朱买臣、吾丘寿王和主父偃等，都曾深得汉武帝的信任，但不久都坐事被杀。司马相如与严助等一样，早年以文学侍奉诸侯王，并由地方走向朝廷，为免遭猜忌，保全性命，所以才"称疾闲居"的。

鲁迅先生曾把司马相如归入不满于被皇帝视为弄臣之列的人，说他"常常称病，不到武帝面前去献殷勤，却暗暗的作了关于封禅的文章，藏在家里，以见他也有计画大典——帮忙的本领"①。司马相如既淡泊于仕宦，不与政事，为何又写《封禅书》？《封禅书》在当时曾引起时人极大的重视，尽管它多言祥瑞、符命，宣扬唯心的天道观，有虚无神秘的色彩，但司马相如企图为大汉的一统天下寻找神圣的理论依据，从而有利于巩固武帝的统治，发展中央集权，这在当时还是有其积极意义的，以至于刘勰称之为"维新之作"②。

据《汉书》载，司马相如的赋作有二十九篇，今天可以见到的有《子虚》《上林》《大人》《哀二世》《长门》《美人》赋六篇，其中以《子虚》《上林》二赋为其代表作。一般认为，司马相如的代表作，迎合了汉武帝好大喜功的心理需要，表现了汉帝国社会物质财富的极大丰富，客观上也颂扬了广大人民的创造力，等等。这些说法虽都有一定道理，但忽略了两赋中所包蕴的尊君抑臣、强干弱枝、反对封建割据、维护中央集权的重大主题，忽视了其在当时的意义。

从"知人论世"的角度说，司马相如对汉武帝加强中央集权、抵御外敌侵略及开边的政策，是认同的。刘跃进先生谈及司马相如《子虚》《上林》

---

① 鲁迅：《从帮忙到扯淡》，《鲁迅全集》第六卷，北京：人民文学出版社，1981年，第344页。

② ［南朝梁］刘勰撰，范文澜注：《文心雕龙注》，北京：人民文学出版社，1958年，第394页。

赋的意义时指出，赋中“比较了诸侯与天子的异同，最终归结到天子，归结到一统，反映了当时士人经过一百多年的思索而得出的结论，即国家需要强大的统治，对内对外，无不如此。唯其如此，司马相如献赋之后，马上得到格外重视”①。司马相如曾出使西南夷，在《喻巴蜀檄》《难蜀父老》二文中，更以赞颂的口气，来宣谕大汉王朝的政策法令。又，据龚克昌先生考证，《子虚》《上林》二赋就作于武帝颁布“推恩令”前七八年。② 在两篇赋作中，作者先通过子虚、乌有先生各自颂扬其主出游的壮盛，并得到亡是公的讥嘲，待到亡是公以上林园之美和天子出猎之“巨丽”来压倒对方时，二人则“愀然改容，超若自失”的描写，表现出作者尊天子、贬诸侯的鲜明立场。其中一段写天子行猎归来，观赏歌舞的文字，向来为论者所称赏：“于是乎游戏懈怠，置酒乎颢天之台，张乐乎胶葛之宇，撞千石之钟，立万石之虡，建翠华之旗，树灵鼍之鼓。奏陶唐氏之舞，听葛天氏之歌；千人倡，万人和；山陵为之震动，川谷为之荡波。巴、渝、宋、蔡，淮南干遮，文成颠歌，族居递奏，金鼓迭起，铿鎗闛鞈，洞心骇耳。荆、吴、郑、卫之声，韶、濩、武、象之乐，阴淫案衍之音，鄢郢缤纷，激楚结风。俳优侏儒，狄鞮之倡，所以娱耳目乐心意者，丽靡烂漫于前。”③ 真可谓古今之歌、四方之乐尽集于前，以至于千人唱、万人和，山陵川谷为之震荡。随着政治统一，经济繁荣，汉帝国实行兼容并包的文化政策，古今四方的音乐歌舞方能为我所用！司马相如生活在这样的政治环境和文化环境中，感受不能不深。所以这段夸张而集中的描写，既表现了时代特征，也深刻地透露出他对大一统政治与文化的向往与肯定。宋人程大昌《演繁露》卷十一评《上林赋》云：“亡是公赋上林，盖该四海言之。其叙分界，则曰‘左苍梧，右西极’；其举四方，则曰‘日出东沼，入乎西陂’‘南则隆冬生长，涌水跃波’‘北则盛夏含冻，裂地涉水揭

① 刘跃进：《秦汉文学论丛》，南京：凤凰出版社，2008 年，第 81~82 页。

② 龚克昌先生《司马相如论》（载《社会科学战线》1983 年第 3 期）一文通过对《史记》《西京杂记》等书中有关材料的分析，结合时代背景，认为《子虚》《上林》两赋写作时间当在公元前 135 年左右。

③ 费振刚、胡双宝、宗明华辑校：《全汉赋》，北京：北京大学出版社，1993 年，第 66 页。

河’。至论猎之所及，则曰‘江河为阹，泰山为橹’，此言环四海皆天子园囿，使齐楚所夸，俱在包笼中。彼于日月所照，霜露所坠，凡土毛川珍，孰非园囿中物?”① 一座上林苑，即天下大一统的象征。

司马相如还通过对齐、楚二王游猎的批评突出天子至高无上的权威，认为齐、楚二王权为自娱、娱宾而游猎，是“不顾众庶，忘国家之政”“仁者不繇”② 的行为。而子虚、乌有两人“不务明君臣之义，正诸侯之礼……欲以奢侈相胜，荒淫相越”③，只能是贬君自损。在《上林赋》末尾，司马相如又通过亡是公之口再一次强调，齐、楚“地方不过千里，而囿居九百，是草木不得垦辟，而民无所食也。夫以诸侯之细，而乐万乘之所侈，仆恐百姓被其尤也”④，明确指出诸侯与天子之间存在着主从尊卑之别，而“以诸侯之细，而乐万乘之所侈”，是一种违反礼义的僭越行为。

司马相如的上述观念与儒家《礼》学相表里，与汉初加强礼制建设的努力是一致的。天子和诸侯游猎，有供奉宗庙、简集士众、为田除害之功，因此，“无事，则岁三田”是正当的行为，“无事而不田，曰不敬。田不以礼，曰暴天物”⑤。但天子和诸侯的范围大小、出猎规模则有严格区别。就苑囿大小而言，规定“天子百里，诸侯三十里”；就出猎规模而言，则规定“天子不合围，诸侯不掩群。天子杀则下大绥，诸侯杀则下小绥，大夫杀则止佐车”⑥。汉初，由于统一的中央集权还没有巩固，如何分尊卑、别贵贱，使人人安分守己，是统治者急于要解决的问题。刘邦刚为皇帝时，群臣因饮酒争功，喧哗妄为。为明君臣之礼仪，叔孙通制定了为后世所效法的朝仪。萧何主持建长乐与未央二宫，刘邦嫌其过于豪奢，萧何回答说：“天子以四海为家，非令壮丽亡以重威，且亡令后世有以加也。”⑦ 萧何以为君主必须以壮大

① ［宋］程大昌：《演繁露》，北京：中华书局，1991 年，第 126 页。
② 费振刚、胡双宝、宗明华辑校：《全汉赋》，北京：北京大学出版社，1993 年，第 68 页。
③ 费振刚、胡双宝、宗明华辑校：《全汉赋》，北京：北京大学出版社，1993 年，第 62 页。
④ 费振刚、胡双宝、宗明华辑校：《全汉赋》，北京：北京大学出版社，1993 年，第 68 页。
⑤ 李学勤主编：《十三经注疏 · 礼记正义》，北京：北京大学出版社，1999 年，第 373 页。
⑥ 李学勤主编：《十三经注疏 · 礼记正义》，北京：北京大学出版社，1999 年，第 373 页。
⑦ ［汉］班固：《汉书 · 高帝纪》，北京：中华书局，1962 年，第 64 页。

的宫阙来象征其威严。文景之时，爰盎“常引大体慷慨”，主张帝王要壮威严而弃谦让。武帝时，丞相公孙弘更直谓“人主病不广大，人臣病不俭节”①。这一层意思，司马迁曾在《史记·礼书》中总结道：“故天子大路越席，所以养体也；侧载臭茝，所以养鼻也；前有错衡，所以养目也；和鸾之声，步中《武》《象》，骤中《韶》《濩》，所以养耳也；龙旂九斿，所以养信也；寝兕持虎，鲛韅弥龙，所以养威也。”② 可见，当时统治者所追求的生活上的高级享受，是“养体”“养鼻”“养目”“养耳”“养信”“养威”的需要，是合乎礼仪的、必要的和神圣的。司马相如之所以在《子虚》《上林》赋中极尽夸张地铺排天子游猎的壮伟，正是为了显示皇权的威严，这与他在《喻巴蜀檄》与《难蜀父老》中对大汉威严的描写也是一致的。当然，《子虚》《上林》赋也有辞浮于理的缺点，但就总体看来，作者是把铺排作为一种手段，让其服务于树立权威、张扬皇权这一总目的的。③ 司马迁指出：“相如以‘子虚’，虚言也，为楚称；‘乌有先生’者，乌有此事也，为齐难；‘无是公’者，无是人也，明天子之义。故空借此三人为辞，以推天子诸侯之苑囿。其卒章归之于节俭，因以风谏。”④ 又说：“相如虽多虚辞滥说，然其要归引之节俭，此与《诗》之风谏何异。”⑤ 可见，归根结底，仍是“宗经”意识在起作用。

至于司马相如赋的思维艺术亦即所谓“赋家之心”与经学之关系，纳兰性德有一段话说得好：“相如之词，虽称侈丽闳衍，失讽谕之义，然考之佚传，相如尝受经于胡安，蜀人多传其业，其功至与文翁等，故曰：‘文翁倡其教，相如为之师。’（《地里志》语）后世以俳优目相如之词者，非也。班固书称枚皋善为赋，特以皋不通经术，为赋颂，好嫚戏，以故得媟黩贵幸，仅比东方朔、郭舍人。而皋亦自言为赋不如相如。由此观之，则知相如之赋之所以独工于千古者，以其能本于经术故也。其言曰：‘赋家之心，包括宇宙，

① ［汉］班固：《汉书·公孙弘卜式兒宽传》，北京：中华书局，1962 年，第 2619 页。
② ［汉］司马迁：《史记·礼书》，北京：中华书局，2014 年，第 1376 页。
③ 参汪涌豪：《重论司马相如及其赋》，《思想战线》1989 年第 4 期。
④ ［汉］司马迁：《史记·司马相如列传》，北京：中华书局，2014 年，第 3640 页。
⑤ ［汉］司马迁：《史记·司马相如列传》，北京：中华书局，2014 年，第 3722 页。

总览人物，斯乃得之于内，不可得而传。’推相如之意，盖真有所谓不可传者哉！其可传者，侈丽闳衍之词，而不可传者，其赋之心也。若能原本经术，以上溯其所为不传之赋之心，则所可传者出矣。”①

3. 大一统观念与礼乐教化

基于大一统观念，汉赋作家特别重视礼乐教化。在儒家经学的思想观念中，礼乐源于天地，《乐记》：“大乐与天地同和，大礼与天地同节。”② 礼乐又为圣人制作，故《乐记》又谓“先王之制礼乐，人为之节”③。因此，散体赋的作者们对礼乐文明总是心怀敬意：

> 鸿生巨儒，俄轩冕，杂衣裳，修唐典，匡《雅》《颂》，揖让于前。(《羽猎赋》)④
>
> 令斯人扬乐和之声，作画一之歌。……总礼官之甲科，群百郡之廉孝。(《西都赋》)⑤
>
> 盛三雍之上仪，修衮龙之法服。敷洪藻，信景铄，扬世庙，正予乐。(《东都赋》)⑥
>
> 献酬交错，俎豆莘莘。下舞上歌，蹈德咏仁。(《东都赋》)⑦
>
> 礼事展，乐物具。《王夏》阕，《驺虞》奏。(《东京赋》)⑧
>
> 涤濯静嘉，礼仪孔明。《万舞》奕奕，钟鼓喤喤。(《东京赋》)⑨

---

① ［清］纳兰性德：《通志堂集》，上海：上海古籍出版社，1979年，第554~555页。

② 李学勤主编：《十三经注疏·礼记正义》，北京：北京大学出版社，1999年，第1087页。

③ 李学勤主编：《十三经注疏·礼记正义》，北京：北京大学出版社，1999年，第1084页。

④ ［汉］扬雄著，张震泽校注：《扬雄集校注》，上海：上海古籍出版社，1993年，第109页。

⑤ 费振刚、胡双宝、宗明华辑校：《全汉赋》，北京：北京大学出版社，1993年，第314页。

⑥ 费振刚、胡双宝、宗明华辑校：《全汉赋》，北京：北京大学出版社，1993年，第329页。

⑦ 费振刚、胡双宝、宗明华辑校：《全汉赋》，北京：北京大学出版社，1993年，第331页。

⑧ ［汉］张衡著，张震泽校注：《张衡诗文集校注》，上海：上海古籍出版社，2009年，第137页。

⑨ ［汉］张衡著，张震泽校注：《张衡诗文集校注》，上海：上海古籍出版社，2009年，第131页。

朝廷上下盛礼兴乐，歌舞升平，既感动神灵，又整肃群臣，所谓“人神之和允洽，群臣之序既肃”（《东都赋》）①。

深受礼乐文化影响的作家在赋作中往往反对臣下对礼制的破坏，赞扬合乎礼制规定的行为或事物。司马相如的《子虚赋》，写于相如游梁之时，赋中对梁孝王的侈靡骄淫进行讽谏的意味十分明显，旨在明君臣上下之义，已如前述。又如，武帝时丞相公孙弘奏言“民不得挟弓弩”②，以为民挟弓弩则一旦为盗贼，官吏不敢前捕，禁民挟弓弩乃是措刑之道。吾丘寿王③予以反驳，他说：“秦兼天下，废王道，立私议，灭《诗》《书》而首法令，去仁恩而任刑戮……犯法滋众，盗贼不胜，至于赭衣塞路，群盗满山，卒以乱亡。”④ 在他看来，民备弓弩，一可遇非常而自卫，二可习大射之礼。更为重要的是，息盗措刑关键在于施行礼乐教化，“圣王务教化而省禁防，知其不足恃也”⑤。再如东汉张衡的《二京赋》，亦是如此。关于此赋的创作动机，《后汉书·张衡列传》谓：“（和帝）时天下承平日久，自王侯以下，莫不逾侈。衡乃拟班固《两都》，作《二京赋》，因以讽谏。精思傅会，十年乃成。”⑥ 批评统治者奢侈逾礼，即如此。《西京赋》以“凭虚公子”之口描述西都长安的奢侈，其宫室建筑，“览秦制，跨周法”⑦，巍峨壮丽；其后宫“虽厥裁之不广，侈靡逾乎至尊”⑧；帝王居然还“惧尊卑之不殊……思比象于紫微，恨阿房之不可庐”⑨，于

① 费振刚、胡双宝、宗明华辑校：《全汉赋》，北京：北京大学出版社，1993年，第329页。

② ［汉］班固：《汉书·严朱吾丘主父徐严终王贾传》，北京：中华书局，1962年，第2795页。

③ 吾丘寿王“以善格五召待诏”（《汉书·吾丘寿王传》），又从董仲舒受《春秋》，后征入为光禄大夫侍中。

④ ［汉］班固：《汉书·严朱吾丘主父徐严终王贾传》，北京：中华书局，1962年，第2796页。

⑤ ［汉］班固：《汉书·严朱吾丘主父徐严终王贾传》，北京：中华书局，1962年，第2796页。

⑥ ［南朝宋］范晔：《后汉书》，北京：中华书局，1965年，第1897页。

⑦ 费振刚、胡双宝、宗明华辑校：《全汉赋》，北京：北京大学出版社，1993年，第413页。

⑧ 费振刚、胡双宝、宗明华辑校：《全汉赋》，北京：北京大学出版社，1993年，第414页。

⑨ 费振刚、胡双宝、宗明华辑校：《全汉赋》，北京：北京大学出版社，1993年，第414页。

是又广建苑囿台榭，极一时之盛；天子田猎上林，“盘于游畋，其乐只且”①；旋即嬉戏于昆明之池，“取乐今日，遑恤我后”②；又微行淫乐，“历掖庭，适欢馆。捐衰色，从嬿婉”③。《东京赋》里“安处先生”斥责“凭虚公子”谬称西京之奢华却“不能节之以礼”，随后盛赞东京世祖（光武）和显宗（明帝）朝推行礼乐，崇尚节俭，“思仲尼之克己，履老氏之常足。将使心不乱其所在，目不见其可欲”④，于是海内同悦，共颂大汉之德。

三、古文经学对散体赋创作之影响

一般说来，“今文经学”指西汉董仲舒以后吸纳了齐学阴阳五行说的儒家经学，其特点是关注现实政治，讲阴阳五行、灾异谴告之论，致力于发掘、发挥经文背后的微言大义；“古文经学”则多讲文字训诂，留意典章制度，注重历史事实的展示与清理，具有浓厚的实证色彩。今文经学家尊崇孔子，认为他是托古改制的“素王”，重《春秋公羊》之学，如董仲舒说：“有非力之所能致而自至者，西狩获麟，受命之符是也。然后托乎《春秋》正不正之间，而明改制之义。”⑤ 古文经学家尊崇周公，把“六经”当作信史，重《周礼》之学。刘师培《经学教科书·序例》总结说：“大抵两汉之时，经学有今文古文之分，今文多属齐学，古文多属鲁学。今文家言，多以经术饰吏治，又详于礼制，喜言灾异、五行；古文家言，详于训诂，穷声音文字之原。各有偏长，不可诬也。”⑥

西汉中期，古文经学虽已形成，也有传本，但主要流传于民间，力量尚不够集中和统一，无力与今文经学抗衡。西汉后期，今文经学弊端日显，古文经学则为越来越多的士人所重视。汉哀帝时，以刘歆《移让太常博士书》为标志，作为一个完整意义上的学派，古文经学正式开始了与今文经学的对垒和斗争。这自然也波及辞赋创作领域，其重要表现是扬雄对大赋的否定。

---

① 费振刚、胡双宝、宗明华辑校：《全汉赋》，北京：北京大学出版社，1993年，第418页。
② 费振刚、胡双宝、宗明华辑校：《全汉赋》，北京：北京大学出版社，1993年，第419页。
③ 费振刚、胡双宝、宗明华辑校：《全汉赋》，北京：北京大学出版社，1993年，第420页。
④ 费振刚、胡双宝、宗明华辑校：《全汉赋》，北京：北京大学出版社，1993年，第445页。
⑤ [清] 苏舆撰，钟哲点校：《春秋繁露义证》，北京：中华书局，1992年，第157页。
⑥ 劳舒编，雪克校：《刘师培学术论著》，杭州：浙江人民出版社，1998年，第171页。

扬雄本是继司马相如之后颇有影响的辞赋作家，所作《甘泉赋》《河东赋》《羽猎赋》《长杨赋》都是大赋中的名作。然而，在写出这些大赋五六年后，扬雄却一改前辙，否定了自己的赋作。《汉书·扬雄传》说："雄以为赋者，将以风也，必推类而言，极丽靡之辞，闳侈巨衍，竞于使人不能加也，既乃归之于正，然览者已过矣。往时武帝好神仙，相如上《大人赋》，欲以风，帝反缥缥有凌云之志。繇是言之，赋劝而不止，明矣。又颇似俳优淳于髡、优孟之徒，非法度所存，贤人君子诗赋之正也，于是辍不复为。"① 扬雄在《法言·吾子》中指出"诗人之赋丽以则，辞人之赋丽以淫"，将大赋归入"丽以淫"之列，称其是"童子雕虫篆刻"，"壮夫不为"。② 后来刘勰谈及这一问题时说，大赋作品中，"逐末之俦，蔑弃其本，虽读千赋，愈惑体要，遂使繁华损枝，膏腴害骨，无贵风轨，莫益劝戒，此扬子所以追悔于雕虫，贻诮于雾縠者也"③。在这里，扬雄笼统地否定了汉赋踵事增华、铺张扬厉的文艺描写，显得有些偏激，有些矫枉过正，但也应看到，扬雄赋论又是针对昔日文坛弊端，有感而发，在一定程度上批判了汉赋创作中的不良倾向，指出当时作品忽视思想内容、徒具靡丽形式的缺点。

扬雄此举显示了古文经学的立场。应该说，古文经学同样是儒家经学的组成部分，在基本指导思想特别是在维护封建宗法政治方面与今文经学并无二致。但在治学风格方面，它更为客观、平实、严谨，且与谶纬之学较少联系。这与大赋的取向大异其趣。扬雄拟《易》而作《太玄》，拟《论语》而作《法言》，不仅显示其宗经、征圣、明道的思想倾向，而且说明他要建立一个有别于当时盛行的今文经学思潮的独具特色的思想体系，表现了一种立足实际、直面现实的治学态度，表现了对正统解经、注经内容和方式的不满。在撰著《太玄》《法言》前后，扬雄还创作了一些抒情小赋，包括《太玄赋》《解嘲》《逐贫赋》《酒赋》等。他在这些赋中流露出强烈的忧患意识，也抒

① ［汉］班固：《汉书·扬雄传》，北京：中华书局，1962年，第3575页。

② ［清］汪荣宝撰，陈仲夫点校：《法言义疏》，北京：中华书局，1987年，第49、45页。

③ ［南朝梁］刘勰著，范文澜注：《文心雕龙注》，北京：人民文学出版社，1958年，第136页。

发了安贫乐道的自然之情。这些小赋已不见那种繁缛的经学说教，给人以别开生面的感觉。当然，除了古文经学因素，此时重新抬头的道家思想也对扬雄及其赋作颇有影响。

随着经学的这种变化，汉赋创作也呈现出某些新的特点。由于今文经学继续处于官方地位，与之相辅相成的大赋依然受到重视，产生了被后世推为大赋极轨的班固《两都赋》和张衡《二京赋》。但值得注意的是，二人的赋作又都表现出与以往大赋的一些不同。班固《两都赋》讥讽了西汉的“穷泰而极侈”①，颂扬了东汉皇朝的兴盛、繁荣，在结构形式上明显模仿了司马相如的《子虚》《上林》赋。《两都赋》减少了夸饰成分，更加注重史实，能够运用较多的史地材料，对当时社会风貌的描写有相当强的真实性。其间虽用了一些夸张、比喻，但还是比较真切、具体的。在布局谋篇、遣词用句方面，也经过了严谨的考虑，有较强的逻辑性，表现出较为严整、富赡、平实、晓畅的特色。班固即自称其赋：“义正乎扬雄，事实乎相如。”② 范晔在《后汉书·班彪列传》中说：“固文赡而事详。若固之序事，不激诡，不抑抗，赡而不秽，详而有体，使读之者亹亹而不猒，信哉其能成名也。”③ 尽管此处主要就《汉书》而言，但班固赋作也表现出同样的风格。更为重要的是，“整个‘西都’正是为‘东都’赋立靶的，作对照，以标举出东都‘奢不可逾，俭不能侈’的作赋本旨，从而对东汉王朝道德之盛、制度之美进行竭力的颂扬。‘西都’中‘穷泰极侈’的内容正是西汉赋家趋鹜向往的，在司马相如、扬雄赋中属‘劝’的部分。班固这里表面上仍踵武司马相如而来，实际上规模和内容已被反讽化了。其原先价值被打破，性质也发生了变化，于是，传统赋的‘劝—讽’结构在《两都赋》里便实际变成了‘讽—颂’结构”④。

班固赋作的变化，与他的经学思想是一致的。班固“博贯载籍，九流

① 费振刚、胡双宝、宗明华辑校：《全汉赋》，北京：北京大学出版社，1993 年，第 312 页。
② 费振刚、胡双宝、宗明华辑校：《全汉赋》，北京：北京大学出版社，1993 年，第 331 页。
③ ［南朝宋］范晔：《后汉书·班彪列传》，北京：中华书局，1965 年，第 1386 页。
④ 董治安、杨九诠：《两汉辞赋发展与经学演变》，《中文自学指导》1991 年第 4 期。

百家之言，无不穷究。所学无常师，不为章句，举大义而已”①。虽然班固曾受命编集《白虎通义》，对今文经学的思想也有所认同和宣传，但在总体上则倾向于古文经学。他曾批评眭弘、京房等今文经师推演灾异，“假经设谊，依托象类，或不免乎‘亿则屡中’”② 的治学方法，赞同刘歆等古文学者不以空言说经而“据行事，仍人道”③ 的解经态度和治学风格。王莽专权时将古文经立于学官，班固对此予以肯定，认为“所以罔罗遗失，兼而存之，是在其中矣”④。可见，班固是赞同并支持古文经学的，进而在辞赋创作中贯彻了其求真务实的运思理路。当然，由班固《两都赋序》表述的赋说即可看出，在辞赋要为现实政治服务这一点上，今古文经学并没有什么不同。⑤

受古文经学影响较深的是张衡的《二京赋》。《二京赋》不言谶纬，行文多依从古文经。《二京赋》在形式上模拟《两都赋》，但并没有如班固那样大言谶纬，而且客观地叙述了光武中兴，这显然是古文经学的作风。⑥《二京赋》行文依从古文经表现在以下几个方面：

第一，与其他汉代人的作品一样，张衡也爱化用经籍上的文句，但张衡更爱化用古文经上的文句，有时甚至直接借用。如《二京赋》“且天子有道，守在海外”⑦ 出自《左传·昭公二十三年》“天子守在四夷”⑧；“且夫挈瓶之智，守不假器”⑨ 出自《左传·昭公七年》之“虽有挈瓶之知，守不假器，礼也”⑩；

---

① ［南朝宋］范晔：《后汉书·班彪列传》，北京：中华书局，1965 年，第 1330 页。

② ［汉］班固：《汉书·眭两夏侯京翼李传》，北京：中华书局，1962 年，第 3195 页。

③ ［汉］班固：《汉书·艺文志》，北京：中华书局，1962 年，第 1715 页。

④ ［汉］班固：《汉书·儒林传》，北京：中华书局，1962 年，第 3621 页。

⑤ 参张涛：《经学与汉赋的发展》，《殷都学刊》2000 年第 1 期。

⑥ 参刘培：《经学的演进与汉大赋的嬗变》，《南开学报》2001 年第 1 期

⑦ ［汉］张衡著，张震泽校注：《张衡诗文集校注》，上海：上海古籍出版社，2009 年，第 100 页。

⑧ 杨伯峻编著：《春秋左传注》，北京：中华书局，1981 年，第 1448 页。

⑨ ［汉］张衡著，张震泽校注：《张衡诗文集校注》，上海：上海古籍出版社，2009 年，第 160 页。

⑩ 杨伯峻编著：《春秋左传注》，北京：中华书局，1981 年，第 1288 页。

“增九筵之迫胁”[①] 出自《周礼·考工记·匠人》之“周人明堂，度九尺之筵”[②]；“鬻良杂苦”[③] 化用《周礼·天官·典妇功》之“辨其苦良、比其小大而贾之”[④]；“经途九轨，城隅九雉”[⑤] 出自《周礼·考工记·匠人》之“经涂九轨”和“城隅之制九雉”[⑥]；“度堂以筵，度室以几”[⑦] 出自《周礼·考工记·匠人》之“室中度以几，堂上度以筵”[⑧]；等等。

第二，《二京赋》行文中所涉经旨，多依从古文经之说。如“徒恨不能以靡丽为国华，独俭啬以龌龊，忘《蟋蟀》之谓何”[⑨]，其《诗·蟋蟀》之旨，就依从《毛诗》之说，小序曰：“《蟋蟀》，刺晋僖公也。俭不中礼，故作是诗以闵之，欲其及时以礼自虞乐也。”[⑩]

第三，在赋中涉及典礼，多从《周礼》之制度。其中写到的籍田、郊祀天地、大饮、大阅、大傩等典礼，除籍田礼依《礼记》而外，其他典礼均依《周礼》之制度。

第四，对于朝代之兴衰，张衡抛弃了今文经学的“五德相生”说，他指出：“苟好剿民以媮乐，忘民怨之为仇也；好殚物以穷宠，忽下叛而生忧也。

---

① ［汉］张衡著，张震泽校注：《张衡诗文集校注》，上海：上海古籍出版社，2009年，第27页。

② 李学勤主编：《十三经注疏·周礼注疏》，北京：北京大学出版社，1999年，第1152页。

③ ［汉］张衡著，张震泽校注：《张衡诗文集校注》，上海：上海古籍出版社，2009年，第50页。

④ 李学勤主编：《十三经注疏·周礼注疏》，北京：北京大学出版社，1999年，第198页。

⑤ ［汉］张衡著，张震泽校注：《张衡诗文集校注》，上海：上海古籍出版社，2009年，第103页。

⑥ 李学勤主编：《十三经注疏·周礼注疏》，北京：北京大学出版社，1999年，第1154、1155页。

⑦ ［汉］张衡著，张震泽校注：《张衡诗文集校注》，上海：上海古籍出版社，2009年，第103页。

⑧ 李学勤主编：《十三经注疏·周礼注疏》，北京：北京大学出版社，1999年，第1153页。

⑨ ［汉］张衡著，张震泽校注：《张衡诗文集校注》，上海：上海古籍出版社，2009年，第90页。

⑩ 李学勤主编：《十三经注疏·毛诗正义》，北京：北京大学出版社，1999年，第377页。

夫水所以载舟，亦所以覆舟。"① "必以肆奢为贤，则是黄帝合宫，有虞总期，固不如夏癸之瑶台、殷辛之琼室也，汤武谁革而用师哉？盍亦览东京之事以自寤乎？"② 他清醒地看到朝代之陵替在于民心之所向、君王之德行，而不是上天受命。张衡的这种历史观显然与古文经学崇尚实学的学风有一定联系。

四、经学与散体赋创作的衰落

汉代散体赋创作衰落的原因较为复杂，从经学角度看，以下两个因素值得我们注意。

其一，"纯粹"的赋家希望靠近经学，但他们并未取得经术士的社会地位。大赋的兴盛和衰退与帝王本人爱好的变化和对大赋的利用程度有着直接的关系。武帝于建元元年（前 140）采纳卫绾的建议，罢黜所举贤良中"治申、商、韩非、苏秦、张仪之言"③ 者。建元六年（前 135），窦太后去世当年，武帝直接起用好儒术的田蚡为相，彻底战胜了以窦太后为首的黄老势力，又把除儒家"五经"以外的太常博士一律罢黜，将黄老刑名百家之言排斥于主流意识形态之外，而以优厚的礼遇招纳儒生数百人。元光元年（前 134），武帝又采纳董仲舒的建议："诸不在六艺之科孔子之术者，皆绝其道，勿使并进。"④ 这就是中国历史上有名的"罢黜百家，独尊儒术"的思想战役。从此以后，儒家与皇权结合，形成高度统一的意识形态。从官制上看，各级官吏也主要出自儒生阶层。此后，尽管几经变化，但在整个封建社会的意识形态中，儒家思想基本上还是占据统治地位。在汉代，自武帝开始，经学的传授出现了一个昌盛的局面。武帝时有博士弟子五十人，成帝时增加至三千人，东汉顺帝之时已有三万之众。经学的昌盛和博士弟子的众多，直接影响着儒生的个人前途。经学从理论上根据皇权的统治需要为其寻找理论依据并进行

---

① ［汉］张衡著，张震泽校注：《张衡诗文集校注》，上海：上海古籍出版社，2009年，第 161~164 页。

② ［汉］张衡著，张震泽校注：《张衡诗文集校注》，上海：上海古籍出版社，2009年，第 100 页。

③ ［汉］班固：《汉书·武帝纪》，北京：中华书局，1962 年，第 156 页。

④ ［汉］班固：《汉书·董仲舒传》，北京：中华书局，1962 年，第 2523 页。

辩护，统治者也对儒生们投桃报李，广开“禄利之路”①。在此种历史背景下，较之经术士，“纯粹”赋家的地位要低得多。《汉书·枚皋传》曰：“皋不通经术，诙笑类俳倡，为赋颂，好嫚戏，以故得媟黩贵幸，比东方朔、郭舍人等，而不得比严助等得尊官。”故其晚年常叹“为赋乃俳，见视如倡”。②《汉书·东方朔传》谓东方朔“与枚皋、郭舍人俱在（武帝）左右，诙啁而已”③。宣帝时的著名赋家王褒、张子侨等，数从宣帝游猎，“所幸宫馆，辄为歌颂，第其高下，以差赐帛”。“其后太子体不安，苦忽忽善忘，不乐。诏使褒等皆之太子宫虞侍太子，朝夕诵读奇文及所自造作。疾平复，乃归。”④连司马相如也常郁郁不乐，“常称疾避事”。因此扬雄总结赋家的地位是“颇似俳优淳于髡、优孟之徒”⑤。这几位赋家有比较相似的命运，既不善经术，又没有什么背景，只是依靠献赋而待诏。再者，如刘向、班固等人，既是赋家，又是学者，大多因为宗族关系进入朝廷。再一类，既是赋家，也是经生，如严助、吾丘寿王、朱买臣等，做官靠的是通晓经术。

从写作上看，赋的创作并非易事。虽然是“能读千赋，则善赋”⑥，但赋的写作毕竟是一个艺术创作的过程，需要具备创造性的思维和才能，并非人人可以习而得之，习而专之。如枚皋创作上以才思敏捷著称，但他每自叹其才气不如司马相如。扬雄某次应皇帝诏作赋，思虑精苦，赋成困倦小卧，遂梦见自己的五脏流出在地，以手纳入，醒后病了一年。张衡撰成《二京赋》，花了十年的功夫，可见作赋之不易。

其二，随着汉王朝的衰朽，与经学的衰落相呼应，赋家亦失去以赋为谏章的作赋动机。东汉后半期，皇帝多安乐奢侈，不复有励精图治的气象，虽有贾逵、黄香、李尤、苏顺、张衡、马融、王逸、王延寿、班昭等赋家，但

---

① ［汉］班固：《汉书·儒林传》，北京：中华书局，1962年，第3620页。

② ［汉］班固：《汉书·贾邹枚路传》，北京：中华书局，1962年，第2366~2367页。

③ ［汉］班固：《汉书·东方朔传》，北京：中华书局，1962年，第2863页。

④ ［汉］班固：《汉书·严朱吾丘主父徐严终王贾传》，北京：中华书局，1962年，第2829页。

⑤ ［汉］班固：《汉书·扬雄传下》，北京：中华书局，1962年，第3575页。

⑥ ［汉］桓谭：《新论》，上海：上海人民出版社，1977年，第51页。

是帝王对辞赋已经兴趣不大。安帝元初二年（115），马融上《广成颂》来讽谏兴文德、废武功的朝廷当权者，得罪了当权的邓氏，马融只好待在东观，十年不得升迁。此后，除张衡的《二京赋》之外，汉代再无其他大赋作品出现。虽然汉末灵帝时设鸿都门学，但“侍中祭酒乐松、贾护，多引无行趣埶之徒，并待制鸿都门下，喜陈方俗闾里小事，帝甚悦之，待以不次之位。又市贾小民，为宣陵孝子者，复数十人，悉除为郎中、太子舍人”①。这本是一群取悦皇帝的无行小人，所谓“能为尺牍辞赋者”，不过以此换取个人功名利禄而已，完全抛弃了文学的讽喻价值和审美价值。

东汉中期以后，道家思想再度兴盛，并为魏晋玄学的产生导夫先路。张衡的思想理论中就有不少道家的自然主义倾向、社会批判意识，这给他的辞赋创作注入了新的活力，提供了更多的养料。张衡在《二京赋》中已有崇尚老庄的倾向：“遵节俭，尚素朴，思仲尼之克己，履老氏之常足。将使心不乱其所在，目不见其可欲。”② 他的抒情小赋《思玄赋》《归田赋》《髑髅赋》更是有着一种道家的思想情怀。这些小赋的推出，也标志着赋坛的重大变化，即大赋那种陈陈相因而相对滞涩、繁复的格式趋于解体，篇幅短小、述志述怀的抒情小赋逐渐兴盛起来了。抒情小赋在很大程度上摆脱了经学特别是今文经学的依附，没有曲意逢迎和歌功颂德，比较真实、深刻地反映了民心民意和个人情感，显示出巨大的生命力和感染力，所以很快成为赋坛的主角。

不难看出，汉代散体赋与经学有着多方面的内在联系。民本、仁政观念在赋作中一直有所体现。汉初贾谊作《旱云赋》，表达了对民生的忧虑。司马相如的《难蜀父老》是站在传统儒家民本仁政思想的立场而言说的。司马相如的《上林赋》批评武帝“独乐”的话语，与《孟子》中孟子回答梁惠王的话非常相似。扬雄的《羽猎赋》劝导统治者捐弃奢侈淫靡，以民为本，施行仁政。在民本思想影响之下，呈现在作家笔下的仁政（美政）理想，集中于爱惜民力、救济百姓、为民除害等内容。在两汉“大一统”政治背景下，汉

---

① ［南朝宋］范晔：《后汉书·蔡邕列传》，北京：中华书局，1965年，第1992页。

② ［汉］张衡著，张震泽校注：《张衡诗文集校注》，上海：上海古籍出版社，2009年，第156页。

代作家对“纵横”的态度发生变化，如汉初陆贾就从维护大一统政治出发，表达了他对纵横家的不满。深受礼乐文化影响的作家在赋作中往往反对臣下对礼制的破坏，赞扬合乎礼制规定的行为或事物。两汉之际的冯衍在《显志赋》中对历史加以反思，显示其对大一统政治的向往。东汉班固以其正统的儒家大一统观念，在《答宾戏》中表达了对纵横家的批评。随着今文经学弊端日显，古文经学则为越来越多的士人所重视，这自然也波及辞赋创作领域，其重要表现是扬雄对大赋的否定。张衡的《二京赋》行文多依从古文经。《二京赋》在形式上模拟《两都赋》，但并没有如班固那样大言谶纬，而且客观地叙述了光武中兴，这显然是古文经学的作风。汉代赋家希望靠近经学，但他们并未取得经术士的社会地位；同时，随着汉王朝的衰朽，与经学的衰落相呼应，赋家亦失去以赋为谏章的作赋动机。这些当是散体赋创作衰落的主要原因。

结　语

通过前面的考察，我们可以得出一个比较明确的结论：经典、经学既是在中国古代特定的历史文化土壤上产生的，具有丰富的文化内涵，为统治者所利用而具有某种意识形态的特点，又对汉代散文作家的创作，对散文的文体生成、思想内容、文学风格等，产生了相当显著的影响。当然，这种影响有时是显在的，比如引经据典，但更多、更深的影响则体现为一种观念，或内化为一种思维方式，让人体会到一种独特的文化气息。也正如王洲明先生指出的，对于汉代散文的发展嬗变而言，“深层思想意识方面的影响，往往不是以突破的形式或偶发事件而显现，而是……伴随思想观念的变化，而呈现出渐进的过程，并最终表现出明显的不同”①。经学作为汉代主流意识形态，深刻影响到了两汉散文，例如两汉《诗》学中的“诗言志”“美刺”“主文谲谏”等内容，对汉代散文产生了弥散性影响；散文作家在调节个人感情、整合伦理秩序等方面继承了《诗》学的文化内涵，使汉代散文带上了实用理性的特点。

从思想方法论的角度看，本课题属于“文化与文学研究”的范畴。詹福瑞先生曾言：

> “自在的艺术作品”从来就不存在。文学无论如何拒绝社会、忽视社会，却总是深固地植根于社会之中，带有大量的文化意义，是一种文化意义的载体。因此，对中国古代文学作文化的研究，决定于文学自身的

---

① 王洲明：《汉代散文风格与汉代经学的关系》，《泰安师专学报》1999年第5期。

> 文化性质。中国古代文学的文化研究，也不仅仅是所谓的研究方法的革新问题，而是寻找切近中国古代文学性质的最佳研究思维问题。①

汉代的经学，正是切近汉代散文特性的“最佳研究思维”之所在。汉人尊崇经典，用力于经学，其目的都在于明道。刘勰指出：“道沿圣以垂文，圣因文而明道。”② 概括了“道”“圣”“经”的基本关系。圣人所垂之“文”就是“经”，这不仅因为“五经含文”，且“圣贤书辞，总称文章”③。圣人之道，须借助经典而得传，道因圣人之传而更加彰明。可以说，圣人的权威就是经典的权威，经典的权威也就是圣人的权威。因此，随着圣人权威的确立，相关的文献便上升为经典。“六经”传说为孔子手订，故儒者把它们视为圣人沟通天人、整饬人伦、平治天下的工具，所谓“六艺者，王教之典籍，先圣所以明天道，正人伦，致至治之成法也”④。汉代人的“经典意识”，说到底，就是张扬王道，宣扬德政。在汉人看来，人人都可能通过学习经典，继圣道之传，立言立德立功名于世。需要说明的是，儒家虽然将一批上古帝王推崇为圣人，但他们崇拜的中心则是处于“先师”地位的孔子，从某种意义上讲，崇经、尊圣本质上是经生士大夫们的自我肯定与彰显，同时成为他们的某种思想武器以及文学创作的指南。也就是说，他们可以在圣人及其经书的旗帜下格君心之非，为政治服务，为现实服务，实现学以致用、学以明道的人生理想——这在汉代散文中表现非常明显。从董仲舒开始，不少士大夫在奏议文中常联系经典发表政论，“在这些奏议中，气象博大刚正，为人民作了沉痛的呼号，对弊政作了深切的抨击，这都是由经学教养中所鼓铸而出，为以后

---

① 詹福瑞：《文化研究：寻找中国古代文学研究的最佳思维》，见詹福瑞《汉魏六朝文学论集》，石家庄：河北大学出版社，2001 年，第 403 页。

② ［南朝梁］刘勰著，范文澜注：《文心雕龙注》，北京：人民文学出版社，1958 年，第 3 页。

③ ［南朝梁］刘勰著，范文澜注：《文心雕龙注》，北京：人民文学出版社，1958 年，第 537 页。

④ ［汉］班固：《汉书 · 儒林传》，北京：中华书局，1962 年，第 3589 页。

各朝代所难企及。……没有经学，便不能出现这些掷地有声的奏议”①。司马迁创作《史记》，旨在“究天人之际，通古今之变，成一家之言”②。扬雄从小就喜好经书，后又仿《易》作《太玄》，仿《论语》作《法言》，自称写作宗旨是“文之以五行，拟之以道德仁义礼知。无主无名，要合‘五经’，苟非其事，文不虚生”③。在班固《两都赋》序里举出的辞赋家中，除东方朔、枚皋是被“俳优畜之”④，不见治经业绩外，兒宽是《尚书》博士；孔臧“代以经学为家”；董仲舒是公羊《春秋》大师，今文经学开创者；萧望之被称为“‘五经’名儒”⑤；刘向也是著名的今文经学家。班固本人也是深通经学的，曾编辑白虎观会议讲论“五经”经义同异的内容为《白虎通义》。这些情况，在汉代散文发展史上不胜枚举。

要之，经学里蕴含的积极入世精神及修齐治平的人文理想，对汉代作家创作影响很大，他们进行文学创作时，常常游于“六经”之中，留意圣人之旨。因此，我们只有抓住了经学这把“钥匙”，才能较深刻地理解汉代作家的创作思想及其变化。

---

① 徐复观：《徐复观论经学史二种》，上海：上海书店出版社，2002年，第176页。

② ［汉］班固：《汉书·司马迁传》，北京：中华书局，1962年，第2735页。

③ ［汉］班固：《汉书·扬雄传》，北京：中华书局，1962年，第3575页。

④ ［汉］班固：《汉书·严朱吾丘主父徐严终王贾传》，北京：中华书局，1962年，第2775页。

⑤ ［汉］班固：《汉书·儒林传》，北京：中华书局，1962年，第3618页。

附录一

经学视角下的汉代散文评论辑要①

是以子政论文，必征于圣；稚圭劝学，必宗于经。

——［南朝梁］刘勰《文心雕龙·征圣》

至孝武之世，则相如撰《篇》。及宣、成二帝，征集小学，张敞以正读传业，扬雄以奇字纂训，并贯练《雅》《颂》，总阅音义，鸿笔之徒，莫不洞晓。且多赋京苑，假借形声，是以前汉小学，率多玮字，非独制异，乃共晓难也。……故陈思称："扬、马之作，趣幽旨深，读者非师传不能析其辞，非博学不能综其理。"岂直才悬，抑亦字隐。

——［南朝梁］刘勰《文心雕龙·练字》

自是著述滋繁，体制匪一。孝武之后，雅尚斯文，扬葩振藻者如林，而二马、王、杨为之杰；东京之朝，兹道愈扇，咀徵含商者成市，而班、傅、张、蔡为之雄。……原夫文章之作，本乎情性，覃思则变化无方，形言则条流遂广。虽诗赋与奏议异轸，铭诔与书论殊涂，而撮其指要，举其大抵，莫若以气为主，以文传意。考其殿最，定其区域，摭六经百氏之英华，探屈、宋、卿、云之秘奥。其调也尚远，其旨也在深，其理也贵当，其辞也欲巧。

——［唐］令狐德棻《周书·王褒庾信列传》

---

① 《经学视角下的汉代散文评论辑要》，旨在让读者了解古人是如何从经学视角认识汉代作家及其散文作品的。

故秦火既冷，而汉代诸生为辞，不敢自信其心，而曰我歌颂帝王盛德，与夫论述世故，皆出入六经，峻有师法，不可疵纇。此西汉文所以见高于世，而东京以下学士不易其说也。虽然，亦其说如此。刘向之文未尝似仲舒，而相如之文未尝似马迁，扬雄之文亦不效孟子也。张衡、左思等辈，于道如从管间窥豹，故其所作文赋，紧持扬、马襟袖而不敢纵其握，自是文章世衰一世，几于童子之临模矣。

——［宋］吕南公《灌园集》卷一一《与汪秘校论文书》

西汉自王褒以下，文字专事词藻，不复简古。而谷永等书杂引经传，无复己见，而古学远矣。此学者所宜深戒。

——［宋］王正德《馀师录》卷三引吕居仁

汉人多引逸经之词。汉武元朔诏曰："九变复贯，知言之选。"元鼎诏曰："《诗》云'四牡翼翼，以征不服'。"杨终曰："《诗》云'皎皎练丝，在所染之'。"张衡曰："立功立事，式昭德音。"注："逸《诗》曰：'祈招之愔愔，式招德音。'"引逸《诗》者如此。《晁错赞》："《书》曰：'毋为权首，将受其咎。'"《王商传》："《周书》曰：'以左道事君者诛。'"师古注："逸《书》之词。"《萧何传》："《周书》曰：'天予不取，反受其咎。'"《律历志》："《书》曰：'先其算命。'"《萧望之传》："《书》曰：'戎狄荒服。'"《陈汤传》："《周书》曰：'记人之功，忘人之过。'"《主父偃传》："《周书》曰：'安危在出令，存亡在所用。'"师古注："此《周书》者，本《尚书》之余。"引逸《书》者如此。

——［宋］王楙《野客丛书》卷一四《汉人多引逸经》

西汉气质雄健，文在按据经典中。

——［元］陈绎曾《文筌·古文矜式》

汉兴，文章有数等。蒯通、隋何、陆贾、郦生游说之文，宗战国；贾山、贾谊政事之文，宗管、晏、申、韩；司马相如、东方朔谲谏之文，宗《楚辞》；董仲舒、匡衡、刘向、扬雄说理之文，宗经传；李寻、京房术数之文，宗谶纬；司马迁纪事之文，宗《春秋》。呜呼盛矣！

——［明］杨慎《丹铅续录》卷五《汉文》

古无文人之名，文即史，史即经尔。至春秋列国，而竞词命以相胜，始有为文之意，然非为文也，为国事也。文导源于左氏，澒洞于二马，而流沫于班扬。譬之兵家，左氏夹谷之会乎，马氏钜鹿之战乎，班、扬则细柳矣。

——［明］詹景凤《詹氏性理小辨》卷三七《人道辨·适自篇·摛藻》

孔子曰："辞达而已矣。"又曰："修辞立其诚。"盖辞无所不修，而意则主于达。今《易·系》《礼经》《家语》《鲁论》《春秋》之篇存者，抑何尝不工也。扬雄氏避其达而故晦之，作《法言》；太史避其晦，故译而达之，作帝王本纪。

——［明］王世贞《艺苑卮言》卷一

汉尚经术，故学问之士在经术。

汉之为经者仲舒、康成，为史者马迁、中垒，为子者子云、淮南，为赋者孟坚、平子，无非博极之士。

——［明］胡应麟《少室山房笔丛》卷三九《华阳博议下》

西京之文，惟董仲舒、刘向经术最纯，故其文最尔雅。彼扬雄之徒，品行自诡于圣人，务掇奇字，以自矜尚，安知所谓文哉？

——［清］朱彝尊《曝书亭集》卷三一《与李武曾论文书》

经术之要，莫过于《三百篇》，以《三百篇》为赋者，屈原、荀卿而下，至于相如之徒是也。以《三百篇》为诗者，苏、李而下，至于晋、魏、六朝、三唐以及于今之作者皆是也。

——［清］纳兰性德《通志堂集》卷一四《赋论》

汉之兴也，名儒则有董仲舒、贾谊、兒宽、司马迁、萧望之、扬雄，刘向、歆父子；东京则有班固、崔骃、崔寔、张衡、蔡邕之徒，多者至数十篇，少者亦数篇，而其最著者曰司马相如。相如之词，虽称侈丽闳衍，失讽谕之义，然考之佚传，相如尝受经于胡安，蜀人多传其业，其功至与文翁等，故曰："文翁倡其教，相如为之师。"（《地里志》语）后世以俳优目相如之词者，非也。班固书称枚皋善为赋，特以皋不通经术，为赋颂，好嫚戏，以故得媟黩贵幸，仅比东方朔、郭舍人。而皋亦自言为赋不如相如。由此观之，则知相如之赋之所以独工于千古者，以其能本于经术故也。其言曰："赋家之心，包括宇宙，总览人物，斯乃得之于内，不可得而传。"推相如之意，盖真有所谓不可传者哉！其可传者，侈丽闳衍之词，而不可传者，其赋之心也。若能原本经术，以上溯其所为不传之赋之心，则所可传者出矣。

——［清］纳兰性德《通志堂集》卷一四《赋论》

吾尝论两汉之文，皆有六经气味浸溢乎其中。唐、宋诸名家不过引经文为证据耳，其实气味远甚。

——［清］费锡璜《汉诗总说》

盖汉尚辞赋，所称能文，必工于赋颂者也。《艺文志》先六经，次诸子，次诗赋，次兵书，次术数，次方技：六经谓之六艺。兵书、术数、方技，亦子也。班氏序诸子曰："今异家者，各推所长，穷知究虑，以明其指，虽有蔽短，合其要归，亦六经支与流裔。"据此则西京以经与子为艺，诗赋为文矣。

——［清］阮元《学海堂集》卷七《文笔考》

古之作者，无意于文也。理至而文则随之，如印印泥，如风行水上，纵横错综，灿然而成者。夫岂待绳削而后合哉？六经之书，皆是物也。逮左氏传《春秋》，屈原作《离骚》，始以文自成为一家而稍与经分。汉公孙弘、董仲舒、萧望之、匡衡，以经术显者也。司马迁、相如、枚乘、王褒，以文章著者也。当是时，已不能合而为一，况凌夷至于后世流别而为六七，靡靡然入于流连光景之文哉？

——［宋］汪藻《浮溪集》卷一七《鲍吏部集序》

当文帝时，始得贾生明儒术，武帝尤好焉。而公孙弘、董仲舒、司马迁、相如之徒作，风雅益盛，敷施天下，自天子至公卿大夫庶人咸通焉。于是宣于诏策，达于奏议，讽于辞赋，传于歌谣，由高帝迄于哀、平、王莽之诛，四方之文章盖烂然矣。

——［唐］柳宗元《柳河东集》卷二一《柳宗直西汉文类序》

文者，贯道之器也，不深于斯道，有至焉者不也？《易》繇爻象，《春秋》书事，《诗》咏歌，《书》《礼》剔其伪，皆深矣乎！秦汉已前，其气浑然；追乎司马迁、相如、董生、扬雄、刘向之徒，尤所谓杰然者也。至后汉、曹魏，气象萎尔。

——［唐］李汉《昌黎先生集序》

惟唐虞三代之道，载于六经。六经之作者，皆圣贤也，虽不专意文辞，而后世之文辞其不开于此乎？然汉承秦灭学之后，高祖宜兴文事而不遑，文景而下，得贾谊、董仲舒、司马迁、扬雄，而文章始焕然可述。东都以降日渐衰弱。……然通达国体者，贾谊之文也；正谊明道者，董仲舒之文也；善序事理者，司马迁之文也；议论不诡于圣人者，扬雄之文也。

——［明］谢肃《密庵集》卷六《送车义初归京师序》

苏老泉曰：经以道法胜，史以事辞胜。经不得史，无以证其褒贬；史不得经，无以要其归宿，言经史之相表里也。元儒山东云门山人张绅士行序定宇陈氏《通鉴续编》衍其说云：史之为体，不有以本乎经，不足以成一家之言；史之为体，不有以本乎经，不足以为一代之制。故太史公之史，其体本乎《尚书》；司马公之《通鉴》，其体本乎《左氏》；朱子之《纲目》，其体本乎《春秋》；杜佑之《通典》，其体本乎《周礼》。惟《易》《诗》之体未有得之者，而韩婴之《韩诗外传》，邵雍之《皇极演易》，可谓杰出矣。

——［明］杨慎《升庵集》卷四七《经史相表里》

两汉诏诰，职在尚书。王言之大，动入史策。其出如綍，不反若汗。……逮光武拨乱，留意斯文，而造次喜怒，时或偏滥。诏赐邓禹，称司徒为尧；敕责侯霸，称黄钺一下。若斯之类，实乖宪章。暨明、章崇学，雅诏间出。安、和政弛，礼阁鲜才。每为诏敕，假手外请。建安之末，文理代兴，潘勖《九锡》，典雅逸群。卫觊禅诰，符采炳耀，弗可加已。

——［南朝梁］刘勰《文心雕龙·诏策》

汉之文章，犹有六经余味。及建武中兴，礼乐法度粲然如西京时，惟文章顿衰。自班孟坚已不能望太史公之淳深，崔、蔡晚出，遂坠卑弱，识者累欷而已。

——［宋］陆游《渭南文集》卷一五《陈长翁文集序》

文莫古于六经，莫备于《史》《汉》。六经蔑以尚矣，《史》《汉》之文，庸非后世之准衡也欤？

——［明］朱右《白云稿》卷五《秦汉文衡序》

东汉多碑诔书序论难之文。又其时崇重经术，复多训诂。凡（《后汉书》）传中录其篇数者四十九人，其中多者如曹褒、应劭、刘陶、蔡邕、荀爽、王逸各百余篇，少者卢植六篇，黄香五篇，刘驹驗、崔烈、曹众、曹朔各四篇，桓彬三篇。而于《郑玄传》云："玄依《论语》作《郑志》八篇，所注诸经百余万言，通人颇讥其繁。"是解经多而不必善也。

——［清］顾炎武《日知录》卷一九《文不贵多》

西京承战国、先秦之后，故其文雄峭多奇气，晁、贾诸疏是也。承平既久，士气薾弱，见之于文章者，为啴缓曼衍而不振，朱子所谓衰世之文也。

东汉因之，虽以光武之讲论经理，明、章之崇儒重道，而文体日趋骈俪，遂滥觞晋、魏、六朝，不能遏也。岂风气使然，虽甚权力，不能与之争乎？昔司马迁文尚矜奇，故公孙弘、董仲舒传不录其对策，而班固收之。东汉之书成于蔚宗，其所授述时人书疏，多更删润。是三书者，遂各成一代之文。则著作之家，固风气所从出也，可不慎与！

——［清］姜宸英《湛园集》卷四《东汉文论》

东汉之世，崇尚经术，学者为文，朴茂者多，纵横者少。然其间如王充、王符、桓谭、荀爽、崔寔、仲长统、诸葛亮等，议论时政，条达疏畅，犹有西汉之风。

——［清］陈康黼《古今文派述略·两汉三国时之文派》

……至如诗有韦孟《讽谏》，赋有赵壹《嫉邪》，篇则贾谊《过秦》，论则班彪《王命》，张华述箴于女史，张载题铭于剑阁，诸葛表主以出师，王昶书字以诫子，刘向、谷永之上疏，晁错、李固之对策，荀伯子之弹文，山巨源之启事，此皆言成轨则，为世龟镜，求诸历代，往往而有。苟书之竹帛，持以不刊，则其文可与三代同风，其事可与五经齐列。

——［唐］刘知幾《史通·内篇·载文》

至于光武之世，笃信斯术，风化所靡，学者比肩。沛献集纬以通经，曹褒撰谶以定礼，乖道谬典，亦已甚矣。是以桓谭疾其虚伪，尹敏戏其浮假，张衡发其僻谬，荀悦明其诡诞，四贤博练，论之精矣。

——［南朝梁］刘勰《文心雕龙·正纬》

《文章流别论》曰："颂，《诗》之美者也。古者圣帝明王，功成治定，而颂声兴。于是史录其篇，工歌其章，以奏于宗庙，告于神明。故颂之所美，则以为名，或以颂形，或以颂声，其细已甚，非古颂之意。昔班固为《安丰戴侯颂》，史岑为《出师颂》《和熹邓后颂》，与《鲁颂》体意相类，而文辞之异，古今之变也。扬雄《赵充国颂》，颂而似雅；傅毅《显宗颂》，文与《周颂》相似，而杂以《风》《雅》之意。若马融《广成》《上林》之属，纯为今赋之体，而谓之颂，失之远矣。”

——［宋］李昉《太平御览》卷五八八《文部四·颂》

图谶之属，虽非正文之制，然以取其纵横有义，反复成章。

——［晋］挚虞《文章流别论》

然古文必推事，叙事实出史学，其源本于《春秋》“比事属辞”。左、史、班、陈，家学渊源，甚于汉廷经师之授受。马曰“好学深思，心知其意”，班曰“纬六经，缀道纲”，“函雅故，通古今”者，《春秋》家学，递相祖述，虽沈约、魏收之徒，去之甚远，而别识心裁，时有得其仿佛。

——［清］章学诚《上朱大司马论文》

昔《诗》《书》既成，而毛、孔立传。传之时义以训诂为主，亦犹《春秋》之传配经而行也。降及中古，始名传曰注。盖传者，转也，转授于无穷；注者，流也，流通而靡绝。惟此二名，其归一揆，如韩、戴、服、郑，钻仰六经，裴、李、应、晋，训解三史，开导后学，发明先义，古今传授，是曰儒宗。

——［唐］刘知幾《史通·内篇·补注》

凡经籍缘起，皆至简也，而其卒归于至繁。……编年昉自《春秋》，荀悦、袁宏浸盛，至李焘《长编》一千六十三卷，极矣。

——［明］胡应麟《少室山房笔丛》卷二《经籍会通二》

晋、唐至今，诸儒训释六经，否则自立佳名，盖各以百数，其书曰传，曰解，曰章句而已。若战国迨汉，则其名简雅。一曰故，故者，通其指义也；《书》有《夏侯解故》，《诗》有《鲁故》《后氏故》《韩故》也。《毛诗故训传》，颜师古谓："流俗改'故训传'为'诂'字，失真耳。"小学有杜林《苍颉故》。二曰微，谓释其微指，如《春秋》有《左氏微》《铎氏微》《张氏微》《虞卿微传》。三曰通，如洼丹《易通论》名为《洼君通》，班固《白虎通》、应劭《风俗通》、唐刘知幾《史通》、韩滉《春秋通》。凡此诸书，唯《白虎通》《风俗通》仅存耳。

——［宋］洪迈《容斋五笔》卷六《经解之名》

……臧嗣爵，历位九卿。武帝时，迁御史大夫，辞曰："臣世以经学为家，相承作训法。今俗儒繁说远本，杂以妖妄，难可以训。侍中安国受诏缀集古义，臣乞为太常，典臣家业，与安国纪纲古训，使永垂后嗣。"帝从之，礼赐如三公，著书十篇。安国，臧从弟也。

——《山东通志》卷二八《人物志·孔臧》

贾生陈政事，大抵以礼为根极。刘歆《移让太常博士书》云："在汉朝之儒，惟贾生而已。"一"儒"字下得极有分晓。何太史公但称其明申、商也？贾生谋虑之文，非策士所能道；经制之文，非经生所能道。汉臣后起者，得其一支一节，皆足以建议朝廷，擅名当世，然孰若其笼罩群有而精之哉！

——［清］刘熙载《艺概·文概》

西汉承暴秦之余习，公卿多刀笔吏，皆以簿书钱谷为事，而不知大体。即所谓学士大夫如兒宽、公孙弘者，亦不过缘饰为进身之具，曲学阿世以自保其身家。求其沉潜经术，学贯天人，上足以匡君，下足以救世，卓然自立，不愧为一代之大儒者，吾得二人焉，一为洛阳贾谊，一为广川董仲舒。贾子上《治安策》，述《易》之"差以毫厘，失之千里"，《书》之"一人有庆，兆民赖之"，其所著《新书》，引伸《诗》义如《驺虞》《灵台》之类，皆周秦旧说。《保傅》《容经》诸篇亦与《大戴礼》相表里。董子与韩婴说《易》于上前，每有问难，《天人三策》多根据于《尚书》，其所著《玉杯》《繁露》亦援引《雅》诗以证《郊礼》。是二子之学，于诸经固多所发明。而其学之最精者，尤在于《春秋》。贾子学《春秋》于张苍传左氏之学，张苍学于荀卿，荀卿学于子夏。董子学《春秋》于胡母子都传公羊之学，胡母子都学于公羊寿，寿之祖高亦学于子夏。是二子之经术所学，本同而渊源于圣门，亦相符合。

——［清］刘毓崧《通义堂文集》卷八

《西汉两大儒董子贾子经术孰优论》

初，公视肃以友，肃亦仰公犹师，每申之以话言，必先道德而后文学。且曰："后世虽有作者，六籍其不可及已。荀孟朴而少文，屈宋华而无根。有以取正，其贾生、史迁、班孟坚云尔。"

——［唐］梁肃《毗陵集后序》

《史记》载司马相如文独多，非贪其美于文，为其切时事而合于风谏之义也。孔子定六经，宏纤毕备。当时六经之外，百氏之书，非学者之所尚，而不经孔子之讲论，而因没不传者，不识有几也。即六经之内，复乱琐曲，无当典要，而遂弃不录者，又不识有几也。史公上罗三代来载籍，放失旧闻，下兼当世故实，繁不能杀，驳不能贯，其书尚可读乎！故辞不美不著，美矣而无取乎尔又缺之。屈原，词之宗也，只载其《怀沙赋》，贾生，材足用也，与原传合，而只载其《鹏鸟赋》与吊原之词，其取若去，有深旨存，非时俗之所知也。相如文士，而立言能得其体。《子虚》《上林》，风当时之苑囿也；《喻巴蜀檄》《难父老》，风开塞也；《大人赋》，风好仙也；《封禅书》，风夸功也；从长杨猎而陈谏书，过宜春宫而哀二世，文必指事，文备而事著矣，故并载之。后之为史者，取厌其靡，去伤于刿，抑独何哉？

——［清］蒋彤《丹棱文钞》卷二《书司马相如传后》

《诗》之流三变，《国风》《雅》《颂》美刺以正，《子虚》《上林》风劝以私，晋宋以来嘲吟风月、摹写卉木而已。

——［宋］刘炎《迩言》卷十《经籍》

间如《上林》《甘泉》，极其铺张，终归于讽谏，而风之义未泯；《两都》等赋，极其眩曜，终折以法度，而雅颂之义未泯；《长门》《自悼》等赋，缘情发义，托物兴辞，咸有和平从容之意，而比兴之义未泯。一代所见，其与几何？诚以其时经焚坑之秦，故古诗之义未免没而或多淫；近风雅之周，故古诗之义犹有存而或可则。

——［元］祝尧《古赋辩体》卷三

楼迂斋曰："委曲回护，最善为辞，深得告谕之体。"

刘诚意曰："武帝本好大喜功之主，相如乃逢君恶之臣，一时君臣殆如鱼水哉，不知民何以堪。此檄文虽佳，所繇殆与命诰异矣。"

——［明］顾锡畴《秦汉鸿文》之《两汉鸿文》卷六《喻巴蜀檄》尾评引

西汉文章之盛，气体雄直，而奇文奥旨，足以副其气而举其辞，故巍然浩然，如山海之富，而蛟龙万变皇惑，出没于其中。盖扬、马于斯，尤为极轨，此文章之瑰玮大观也。学文者固当导源于此，而后上穷六经，下该百家，一以贯之矣。

——吴闿生《古文范》评《难蜀父老》

封禅颂美王道，告成功于天也。太史公《乐书》："今上作《十九章》，令侍中李延年序次其声。"盖刺其非颂声，不载其词。于长卿《封禅书》，则述之列传，其声清穆和昶，允为《周颂》之遗。

——［清］朱嘉徵《乐府广序》卷二二《封禅颂序》

《淮南子》连类喻义，本诸《易》与《庄子》，而奇伟宏富，又能自用其才，虽使与先秦诸子同时，亦足成一家之作。

——［清］刘熙载《艺概·文概》

申韩苏张之习，汩没人心已久，武帝策士，慨然以则先王、法上古为问。两京之经学昌明，儒修蔚起，肇端于此矣。(《策贤良制》)

武帝感仲舒之对策，因复策多士。当时崇尚经术，登进才贤，意亦勤矣。(《复策贤良制》)

制辞屡进益切，其于天人化理之源流，可谓孜孜不倦矣。(《复策贤良制》)

——《圣祖仁皇帝御制文》三集卷二八《古文评论·汉武帝》

仲舒之对，祖述《春秋》，本阴阳之化，究列代之变，烦而不慁者，事理明也。

——［南朝梁］刘勰《文心雕龙·议对》

此策每段引孔子之言为证，此仲舒所以为汉儒宗。

董生深于《春秋》，对策即举其说归之于此，即《春秋》书“春王正月”四字，按而析其义，便已终篇，汉儒治经之精，亦后世所罕及也。篇中欲武帝更化，即贾生说文帝之旨也，但贾言英博，董言醇雅，其词气不同。

——［明］方岳贡《历代古文国玮集》西汉文卷五《贤良三策》

董仲舒可并列于诸子哉。道之大原出于天，汉儒以前曾未有识此者。即汉儒以后识此者几人？若正谊明道之论，分明孟子何必曰利之真传，强勉学问行道之言，分明孔子困知勉行之遗旨。使若人者得圣门为依归，岂不可附于游、夏之末哉！乃后儒或惜其学之流于灾异也，或疑其施展之未必得也。嗟乎，彼谓有国者不可不知《春秋》，岂终惑于灾异之说乎。彼谓正心以正朝廷，岂不能大其施展乎！无奈世之莫宗，而一腔经济仅见于天人之三策耳。然两相骄主，而非礼不行，时方取容，而正身率下，卒老于家，无愧无怍。迹其行岂遂不及宋之诸儒耶。且不独董子也，若大小戴、毛公、申公、伏生辈，岂皆不及伊洛之门人耶。偶生宋时，则并列于诸儒，偶生汉世，则并列于诸子，且有弃不及收者，可胜叹哉！愚故欲特摘董子附孔、孟绝学之后，以待后世之兴者，使不混湮没于荀、杨之列也。高明者幸虚心一评焉。

——［明］姚舜牧《性理指归》卷二《诸子》

汉承秦敝，文教未兴。高祖拨乱返正，文景休养生息。至于孝武，表章六经，兴学校之政，首举贤良方正之士，策之于廷，而董江都以宿学硕儒实对其问。首策陈天人相感之理；二策言修明教化，兴太学以养天下之士；三策劝帝法天尽性，知仁义，重礼节，安处善乐循理。盖内圣外王之道，修己治人之方，无不备于三策之中。而所谓“诸不在六艺之科，孔子之术者，皆绝其道，勿使并进”，武帝用之，以罢申、韩、苏、张之学，尤为有功于圣教。使武帝信任仲舒，大究其用，则将有光于文、景，而贤相若萧、曹辈俯出其下，又岂有穷兵黩武之祸、舟车缗钱之失哉？而摈之江都以终其身，君子读其策，想见其为人。盖不为江都惜，抑为武帝惜也。世之论者，谓汉儒通晓经术，宋儒深于理学。夫穷经即所以明理，而理学未尝不衷之于经术。汉之董子，宋之程、朱，又岂可以经术理学限哉！程子曰“董仲舒有儒者气象”，可谓的论矣。

——［清］张廷玉《皇清文颖》卷一四《读董江都贤良三策》

汉儒之文，有益于世，得圣人之意者，惟董仲舒、贾谊。

——［明］方孝孺《逊志斋集》卷一一《答王秀才书》

董仲舒学本《公羊》，而进退容止，非礼不行，则其于礼也深矣。至观其论大道，深奥宏博，又知于诸经之义，无所不贯。

——［清］刘熙载《艺概·文概》

《春秋繁露》十卷。世多以为伪书，余反复考之，其《玉杯》《竹林》《玉英》至《十指》，皆说《春秋》事，宛然《公羊》之义、《公羊》之文也。虽或过差，而笃信其师之说，可谓深于《春秋》者也。

——［明］王鏊《震泽长语》卷上

为文以造语为工，当意深而语简，取则于六经，《庄》、《骚》、司马迁、扬雄之流，皆以此也。

——［宋］王洙《王氏谈录·为文》

司马迁有“变风”“变雅”意，惜乎无“正风”意。

——［宋］吕祖谦《东莱外集》卷六《杂说》

迁以迈往不群之气，无辜受辱，激为文章，雄视千古。呜呼，亦壮矣！惜乎其未闻道也。盖吾夫子病纷纷者之诬民也，讨论坟典，断自唐虞以下讫于周，周衰不足以训，复约史记以修《春秋》，百王之大法尽在是矣。今迁之所取，皆吾夫子之所已弃，而迁文足以诏世，遂使里巷不经之说，间亦得为万世不刊之信史。斯说也，闻之故师席王宗瑜（文贯）。

——［宋］黄震《黄氏日抄》卷四七《读史二·司马迁》

史迁之文，不离经传，其妙在绝去蹊径，随手拈来，即为己有，错综络脉，长短生情，而成一家之文。

——阙名《静居绪言》

儒者以六艺为法，经传以千万数，不如老子之约，司马谈之言也。司马迁之书，继《春秋》而作，子长盖儒者也。子云言之不分别，班固亦然，何也？谈生汉景之世，时尚黄老，故其言如此。子长在武帝时，则不然矣。孔子作世家，老子与韩非同传，列国世家书孔子卒，不先黄老而后六经，明甚。

——［清］冯班《钝吟杂录》卷八《遗言》

司马迁亦从安国问故。迁书载《尧典》《禹贡》《洪范》《微子》《金縢》诸篇，多古文说。

——［汉］班固《汉书·儒林传》

《太史公书》又以接《尚书》《春秋》之统绪，而下逮秦汉，其用功略与《左氏》同，而不敢比假《春秋》，是以变为纪传、世家、书、表耳。

——［宋］陈傅良《止斋先生文集》卷三五《答贾端老五》

《史记》帝纪、世家从二《雅》、十五《国风》来，八书从《禹贡》《周官》来。

——［宋］李耆卿《文章精义》

《诗》《书》《春秋》之后，惟太史公号称良史，作为纪、传、书、表。纪、传以述理乱兴衰，八书以述典章经制。后之执笔操简牍者，卒不易其体。

——［元］马端临《文献通考·自序》

（葛洪）《西京杂记》曰："司马迁发愤作《史记》一百三十篇，先达称为良史之才。其以伯夷居列传之首，以为善而无报也；次为《项羽本纪》，以据高位者非关有德也。及其叙屈原、贾谊，辞旨抑扬，悲而不伤，亦一代之伟才。然观太史公之言曰：'夫《诗》《书》隐约者，欲遂其志之思。故述往事，思来者。'嗟乎，知迁之志，洪其庶几乎。"

——［宋］高似孙《纬略》卷八

六经而下，左丘明传《春秋》，而千万世文章实祖于此。继丘明者，司马子长。子长为《史记》而力量过之，在汉为文中之雄。

——［明］叶盛《水东日记》卷二三

"临川李性学《古今文章精义》"条

六艺各为一经，夫子且述而不作，迁各序其所长，乃猎涉其事为三十篇，成一家之言，协异传而齐杂说，将尽三千年事，以俟后圣君子，不自掩乎阙如，何其简也。若在孔氏之门，其亦裁于进取之列矣乎。盖其乱臣贼子作，夫子志在《春秋》，上行天子之道，以知我罪我自任，文成数万，事指数千，褒贬于一字之间，而游、夏不能赞者其义则独取，非概因乎旧史也。故本鲁国一儒，而迁为立于《世家》，其曰“虽不能至，然心乡往之”，其志可知已。又以“言六艺者必折中于夫子”，其义可知已。乃志继麟止，则上历于黄帝，而变其编年，各自以为义，前无所袭，后以为法，而与《左氏传》语皆为百世不可废，非命世之才其孰能与于斯，余之所与者志也，义也，而才非所论矣，彼狂简者其才不庶几哉？讥于乡原而为其所短，裁于圣人则必有所长，要之于狷加一等矣。迁实史之狂简，而班固又其次也。

——［明］徐中行《天目先生集》卷一三《史记百家评林序》

司马迁大集群书为《史记》，上下数千载，亦云备矣。然而议论或驳而不纯，取其纯而舍其驳，可也。后世史记，皆宗迁法，大同而小异。其创法立制，纂承六经，取三代之余烬，为百世之准绳，若迁者可为史氏之良者也。

——［明］朱荃宰《文通》卷一《叙学》

司马氏以命世之才，旷代之识，高视千载，创立《史记》。本纪、年表祖《春秋》之凡例，六书、世家、列传变《国风》之条目。班氏父子因之，用炎汉一代之彝典，整齐其文，而后史家之体要，炳如日星。考祖祢于史局，圣作明述，二氏其庶矣乎！

——［清］钱谦益《汲古阁毛氏新刻十七史序》

司马迁作《史记》，志在上继麟经，其识甚高，其学甚博，而其才又足以济之，故其文峻洁雄伟，自成一家，而属辞比事，亦深得《春秋》大意。

——［清］李晚芳《读史管见·读史摘微》

太史公修《史记》以继《春秋》，成一家言。其述作依乎经，其议论兼乎子。班氏父子因其例而损益之，遂为史家之宗。

——［清］钱大昕《潜研堂文集》卷二四《史记志疑序》

《史记》述五帝三王时事，无不取信《尚书》，宜皆本于古文者也。然取迁书而读之，凡所引《尧典》《禹贡》《洪范》《微子》《金縢》诸篇，文有增损，字有通假，义有补缀，或且随笔窜易，以成己一家言。……大抵迁书以文章树奇于《左》《国》《楚汉春秋》诸书，翦缀而运量之，扬榷而变化，孰为己出，孰为非己出，若淄渑混合，但见其沦涟浩渺而已，不能以目辨之也。其于《尚书》，亦若是焉已矣。

——［清］阮元《诂经精舍文集》卷一一引邵保和

孔子作《春秋》，而太史公得因之以表十二诸侯本末盛衰之迹也。

——［明］茅坤《史记钞》卷八

夫刑法、礼乐、风土、山川，求诸文籍，出于三《礼》。及班、马著史，别裁书志。考其所记，多效《礼经》。且纪传之外，有所不尽，只字片文，于斯备录。语其通博，信作者之渊海也。

——［唐］刘知幾《史通·内篇·书志》

司马上继六经，纂述近古。效周作谱，桓君山美之于前；法孔题经，刘舍人称之于后。即肖《周礼》《仪礼》之体，亦采《礼记》《大戴》之篇。试观《乐书》之旨多精微，来自《乐记》；《律书》之律重兵械，不出《夏官》；《封禅》戒神仙，足见虞舜祀典之正；《河渠》惩力役，历言夏禹治水之源。知不独书法悉本《尚书》，编年必规鲁史也。所谓折衷六艺，推见百世者，此其一。

——［清］谭献《经心书院续集》卷三

夫六经之称命罕矣，独《诗》屡称命，皆言妃匹之际，帷房之故者也。……汉司马迁引而申之，于其序外戚也，言命者四，言之皆累歔。善乎迁之能读《三百篇》，阐幽微，告万世也。

——［清］龚自珍《龚自珍全集》第一辑《尊命二》

夫纪传之兴，肇于《史》《汉》。盖纪者编年也，传者列事也。编年者，历帝王之岁月，犹《春秋》之经；列事者，录人臣之行状，犹《春秋》之传。《春秋》则传以解经，《史》《汉》则传以释纪。

——［唐］刘知幾《史通·内篇·列传》

自汉以来，奏事或称上疏，儒雅继踵，殊采可观。若夫贾谊之务农，晁错之兵事，匡衡之定郊，王吉之观礼，温舒之缓狱，谷永之谏仙，理既切至，辞亦通畅，可谓识大体矣。

——［南朝梁］刘勰《文心雕龙·奏启》

汉桓宽著《盐铁论》，引孔子曰："吾于《河广》，知德之至也。"又引《孟子》"尧舜之道，非远人也，而人不思之耳"，今皆不见所出。

——［宋］史绳祖《学斋占毕·经言》

董仲舒、匡衡、刘向诸人文字，皆善弱无气焰。司马迁、贾生文字，雄豪可爱，只是逞快，下字时有不稳处，段落不分明。匡衡文字却细密，他看得经书极子细，能向里做工夫，只是做人不好，无气节。仲舒读书不如衡子细，疏略甚多，然其人纯正开阔，衡不及也。

——［宋］朱熹《朱子语类》卷一一六《朱子十三·训门人四》

董仲舒、刘向之文，通儒之文也。发明经术，究极天人。

——［唐］裴度《寄李翱书》

汉兴，文章有数等……董仲舒、匡衡、刘向、扬雄，说理之文，宗经传。

——［明］杨慎《丹铅续录》卷五《汉文》

后人论两汉，以为西京擅文章，东京擅气节，余则谓不然。自古文章未有不出于气节，而足传于后世者也。西汉论文自初以至盛者，若陆氏、贾氏、董氏、两司马氏，高文典册，俱冠一时。及中宗以后而刘向之文始出，所言原本经术，尽归于雅驯，蔚然为西京儒宗举首，而俱出自惓惓，忧国至计，质先其文。盖西汉文章之事，至向而止矣。

——［清］李邺嗣《西汉节义传论·刘向传论》

西京匡、刘之文称引《书》《诗》，含咀经训，精华贵重。……西京匡、刘诸子，其源实出小戴《大学》《中庸》等篇，而称引《书》《诗》，含咀义蕴，以发其文。《大学》为尤备。其至妙者如“治国必先齐其家”章，正义发舒已尽，“故治国在齐其家”一语已收结矣，引《桃夭》等三诗，一唱三叹，铿锵鼓舞，又如风水相遭，烟高澜远，使通篇精神津润充溢，此文之至也。

——［清］黄永年《静子日记》

刘向文足继董仲舒。仲舒治《公羊》，向治《穀梁》。仲舒对策，向上封事，引《春秋》并言“天地之常经，古今之通义”，亦可见所学之务乎其大，不似经生习气，譊譊置辩于细故之异同也。刘向、匡衡文皆本经术。向倾吐肝胆，诚恳悱恻，说经却转有大意处；衡则说经较细，然觉志不逮辞矣。

——［清］刘熙载《艺概·文概》

贾山告汉文借秦为喻，刘向（《条灾异封事》）告汉成亦引《国》与《春秋》之事。其言周之兴衰而证以《诗》，及引《春秋》所书灾异，文法皆自《左氏》来。其重厚博大，犹有汉初气象。

——［明］顾锡畴《秦汉鸿文》之《两汉鸿文》卷一一《条灾异封事》尾评引林次崖

《汉书·杨雄传》：“雄好古学……”今观其《问明》篇曰：“明哲煌煌，傍烛无疆，逊于不虞，以保天命。”盖《诗》明哲保身之义也。世议其投阁《美新》，煌煌何在？余以为此正其逊不虞以保命者也，岂真以莽贤为可相周旋乎？雄又作《太玄》以拟《易》曰：“潜心于渊，美厥灵根。测曰：潜心于渊，神不昧也。”即《易》所言洗心退藏，神明其德，周濂溪氏所谓“厥彰厥微，匪灵弗莹”者也。子云之学盖至根位，其于《易》深矣。桓谭以为绝伦，张衡以拟五经，宋司马君实有言：“杨子云真大儒也，孔子没后知圣人之道者非雄而谁？”其崇尚若此。

——［明］沈津《百家类纂》卷九《法言题辞》

古之圣贤，或相祖述，或相师友。生乎同时，则见而师之；生乎异世，则闻而师之。……扬雄作《太玄》以准《易》，《法言》以准《论语》，作《州箴》以准《虞箴》……虽华藻随时，而体律相仿。

——［宋］张表臣《珊瑚钩诗话》卷一

汉初文字驳杂，至扬子云压之以五经，驱天下之文，尽归之于孔、孟，后之文人不敢乱说，扬子之功也。韩退之、曾南丰皆极重之，是也。儒者颇讥之。吾以为此人有心于圣学，但其人文士，于圣人立身行己之道，讲之不尽，止知惟寂惟寞，不汲汲于富贵，便谓了事，此其所短也。比之孟子则过矣，直以为有罪无功，亦未平。

——［清］冯班《钝吟杂录》卷八《遗言》

楼昉曰：(《移让太常博士书》)辨难攻击之体，峻洁有力。

茅鹿门曰：典礼之文，百世不易，“孔子忧道”以下，叙六经所由作；“及孔子没”以下，叙六经所由废。

——［明］方岳贡《历代古文国玮集》西汉文卷一四《移太常博士书》眉批

林次崖曰：(《移让太常博士书》)所叙经术废兴完阙之端，历历可见。文字典实峻洁，无一句浮词冗语，三复诵玩，方见趣味。盖治儒守经之士笔作自别，不可以文人词客视之也。

——［明］闵迈德《秦汉文钞》尾评引

序者，所以叙作者之意也。窃以《书》列典谟，《诗》含此兴，若不先叙其意，难以曲得其情。故每篇有序，敷畅厥义。降逮《史》《汉》，以记事为宗，至于表志杂传，亦时复立序。文兼史体，状若子书，然可与诰誓相参，风雅齐列矣。

——［唐］刘知幾《史通·内篇·序例》

迁之辞，淳健简直，足称一家，而乃裂取六经传记，杂于其间，以破碎汩乱其体。五帝三代纪，多《尚书》之文；齐、鲁、晋、楚、宋、卫、陈、郑、吴、越世家，多《左传》《国语》之文，《孔子世家》《仲尼弟子传》多《论语》之文。

——［宋］苏洵《嘉祐集》卷九《史论下》

文有目人之体，有列氏之体。《论语》曰“德行：颜渊、闵子骞、冉伯牛、仲弓；言语：宰我、子贡；政事：冉有、季路；文学：子游、子夏”，此目人之体也，而扬雄、班固得之（扬子《法言》曰，美行：园公、绮里、季夏、黄公、角里先生；言辞：娄敬、陆贾；执政：王陵、申屠嘉；折节：周昌、汲黯；守儒：辕固、申公；灾异：董相、夏侯胜、京房。班固作《公孙弘传赞》曰：儒雅则公孙弘、董仲舒、兒宽；笃行则石建、石庆；质直则汲黯、卜式；推贤则韩安国、郑当时）。《左氏传》曰“殷民六族：条氏、徐氏、萧氏、索氏、长勺氏、尾勺氏”，此列氏之体也，而庄周、司马迁得之（庄子曰：子不见至德之世乎，容成氏、大庭氏、柏皇氏、中央氏、栗陆氏、骊畜氏云云；司马迁作《夏本纪赞》曰：其后分封，用国为姓，故有夏后氏、有扈氏、有男氏、斟寻氏、彤城氏、褒氏云云）。

——［宋］陈骙《文则》卷上

《春秋》，以字为褒贬者也；《左传》，以词为褒贬者也；马、班，以事为褒贬者也。以事者繁于词，文人能之；以词者显于字，君子能之；以字者微而彰，简而核，非大圣大贤弗能也。

——［明］胡应麟《少室山房笔丛》卷一三《史书占毕一》

班孟坚之赋《两都》，张平子之赋《二京》，不独为五经鼓吹，直足以佐大汉之光明，诚千载之杰作也。国家定都大梁，虽仍前世之旧，当四通五达之会。贡赋地均，不恃险阻，真得周家有德易以王之意。祖宗仁泽深厚，承平百年，高掩千古，异才间出，曾未有继班张之作者。

——［宋］楼钥《攻媿集》卷五一《清真先生文集序》

东汉之儒，其博洽多闻则推之于杜林，闭户讲论则推之于鲁恭，五经复兴则推之于鲁丕，经为人师则推之伏湛，博学多通尤好古学则推之桓谭。

——［宋］章如愚《群书考索后集》卷三三《两汉诸儒》

后汉伏湛奏引《书》“股肱良哉，庶事康哉”及《诗》“济济多士，文王以宁”，不直引其文，而曰“唐虞以股肱康，文王以多士宁。是故《诗》称‘济济’，《书》曰‘良哉’”。湛之言亦有《左氏》《国语》之遗法乎！晋以后不复有此工致矣。

——［明］杨慎《升庵集》卷五二《伏湛奏》

夫经典沈深，载籍浩瀚，实群言之奥区，而才思之神皋也。扬班以下，莫不取资。任力耕耨，纵意渔猎。操刀能割，必裂膏腴。是以将赡才力，务在博见。狐腋非一皮能温，鸡跖必数千而饱矣。是以综学在博，取事贵约。校练务精，捃理须核。众美辐辏，表里发挥。

——［南朝梁］刘勰《文心雕龙·事类》

终东汉之世，以通七纬者为内学，通五经者为外学。盖自桓谭、张衡而外，鲜不为所惑焉。

——［清］朱彝尊《曝书亭集》卷六〇《说纬》

冯敬通以野王之孙，不仕王莽。天下兵起，说廉丹弃新就汉，恳欵再三，丹不悟而死。后归更始，与鲍永、田邑拒光武，屡招不下。更始殁，乃降，身亦终废。其所著赋、诔、铭、说、《问交》、《德诰》、《慎情》、书记、说、自序、官录、说策五十篇，遗逸者多。即今所传，慷慨论列，可谓长于《春秋》。

——［明］张溥《汉魏六朝百三家集》卷十《汉冯衍集题词》

其书（指王充《论衡》）好辨论，喜逞机锋，蔡伯喈秘以为谈助，不虚矣。……若《明雩》《顺鼓》《正说》《书解》，略得经子端绪，兼存汉儒旧义，又为不可不读之书。

——［清］臧琳《经义杂记》卷一六

昔王充设论，有《问孔》之篇，虽《论语》群言，多见指摘，而《春秋》杂义，曾未发明。是用广彼旧疑，增其新觉，将来学者，幸为详之。

——［唐］刘知幾《史通·外篇·惑经》

《潜夫论》醇厚，略近董广川。

——［清］刘熙载《艺概·文概》

自后汉以来，碑碣云起。才锋所断，莫高蔡邕。观《杨赐》之碑，骨鲠训典；《陈》《郭》二文，词无择言。《周》《胡》众碑，莫非精允。其叙事也该而要，其缀采也雅而泽。清词转而不穷，巧义出而卓立。察其为才，自然至矣。孔融所创，有摹伯喈，《张》《陈》两文，辨给足采，亦其亚也。

——［南朝梁］刘勰《文心雕龙·诔碑》

附录二

经学与汉代散文学术编年[①]

秦始皇二十八年（前219）

△伏生为秦博士。

秦始皇三十四年（前213）

△刘交、鲁穆生、白生、申公受《诗》于浮丘伯。

△伏生壁藏《尚书》。

秦二世元年（前209）

△刘邦作《帛书射城上与沛父老》。《史记·高祖本纪》："秦二世元年……刘季乃书帛射城上，谓沛父老曰……"

△赵佗作《移檄告横浦阳山湟溪关》。《汉书·南粤传》："南粤王赵佗，真定人也……嚣死，佗即移檄告横浦、阳山、湟溪关曰……"

△冒顿作《习射令》。《史记·匈奴列传》："冒顿乃作为鸣镝，习勒其骑射，令曰……"

秦二世二年（前208）

△李斯作《上书对二世》《上书言赵高》《狱中上书》。参见《史记·李

① 《经学与汉代散文学术编年》，旨在见出经学与汉代散文发展之轨迹，便于读者整体观照之。对某些有分歧之处，略作考证，见于页下注。

斯列传》："使者覆案三川相属，诮让斯居三公位，如何令盗如此。李斯恐惧，重爵禄，不知所出，乃阿二世意，欲求容，以书对曰……李斯不得见，因上书言赵高之短曰……李斯乃从狱中上书曰……"

秦二世三年（前207）

△项羽作《斩宋义出令军中》。《史记・项羽本纪》："项羽晨朝上将军宋义，即其帐中斩宋义头，出令军中曰……"

△郦食其作《踵军门上谒》。《史记・郦生陆贾列传》："初，沛公引兵过陈留，郦生踵军门上谒曰……"

汉高帝元年（前206）

△汉平三秦，袭秦正，以十月为岁首，色尚赤。《汉书・郊祀志》："汉兴，高祖初起，杀大蛇，有物曰：'蛇，白帝子，而杀者赤帝子也。'……遂以十月至霸上，立为汉王。因以十月为年首，色上赤。"

△收秦图籍。《汉书・萧何传》："沛公至咸阳，诸将皆争走金帛财物之府分之，何独先入收秦丞相御史律令图书臧之。"

△刘邦作《入关告谕》。《汉书・高帝纪》："元年冬十月……沛公至霸上……十一月，召诸县豪杰曰……"

△张良作《遗项王书》《又以齐反书遗项王》。《汉书・张良传》："时汉王还定三秦，良乃遗项羽书曰……又以齐反书遗羽……"

汉高帝二年（前205）

△高帝作《发使告诸侯》《重祠诏》。《汉书・高帝纪》："于是汉王为义帝发丧，袒而大哭，哀临三日。发使告诸侯曰……"《汉书・郊祀志》："悉召故秦祀官，复置太祝、太宰，如其故仪礼。因令县为公社。下诏曰……"

汉高帝三年（前204）

△郦食其作《请说齐王》。《史记・郦生陆贾列传》："（汉王）乃从其画，

复守敖仓，而使郦生说齐王曰……”

汉高帝四年（前 203）

△高祖作《数项羽十罪》《下令恤士死者》。《汉书·高帝纪》：“汉王、羽相与临广武之间而语。羽欲与汉王独身挑战，汉王数羽曰……汉王下令：军士不幸死者，吏为衣衾棺敛，转送其家。四方归心焉。”

汉高帝五年（前 202）

△田何徙关中。《汉书·儒林传》：“……《易》为筮卜之书，独不禁，故传受者不绝也。汉兴，田何以齐田徙杜陵，号杜田生，授东武王同子中、雒阳周王孙、丁宽、齐服生，皆著《易传》数篇。同授淄川杨何，字叔元，元光中征为太中大夫。齐即墨城，至城阳相。广川孟但，为太子门大夫。鲁周霸、莒衡胡、临淄主父偃，皆以《易》至大官。要言《易》者本之田何。”刘汝霖《汉晋学术编年》卷一考证：“《汉书·高帝纪》，以是年徙诸侯王子关中。则何之被徙，当在此时，故志之于此。”

△高帝作八诏：《下令立韩信为楚王彭越为梁王》《下令赦天下》《答诸侯王韩信等上尊号》《立吴芮为长沙王诏》《以亡诸为闽粤王诏》《罢兵赐复诏》《赦田横令》《诏卫尉郦商》。前七诏见《汉书·高帝纪》本年。《诏卫尉郦商》见《汉书·田儋传》：“使还报，高帝乃诏卫尉郦商曰……”

△刘敬作《上书谏高祖》。《史记·刘敬列传》：“上召入见，赐食。已而问娄敬，娄敬说曰……赐姓刘氏，拜为郎中，号为奉春君。”

汉高帝六年（前 201）

△作《昭容乐》《礼容乐》。参《汉书·礼乐志》。

△张苍为北平侯。《汉书·儒林传》：“汉兴，北平侯张苍及梁太傅贾谊、京兆尹张敞、太中大夫刘公子皆修《春秋左氏传》。”许慎《说文解字叙》：“壁中书者，鲁恭王坏孔子宅而得《礼记》《尚书》《春秋》《论语》《孝经》。又北平侯张苍献《春秋左氏传》。郡国亦往往于山川得鼎彝……”

△申培等至楚。刘邦以天下初定，子幼，昆弟少，惩秦孤立而亡，欲大封同姓以镇抚天下。立同父少弟刘交为楚王。楚王好书，多材艺，少时尝与鲁穆生、白生、申培俱受《诗》于浮丘伯。及秦焚书，各别去。汉兴，高祖过鲁，申公以弟子从师入见于鲁南宫。至是，刘交既至楚，遂以穆生、白生、申培为中大夫。参《史记·儒林列传》《汉书·楚元王传》。

△高祖作七诏：《赦诏》《上太公尊号诏》《择立齐王荆王诏》《赐韩王信书》《封爵誓》《又与群臣刑白马而盟》《丹书铁券》。前三诏见《汉书·高帝纪》本年。《赐韩王信书》见《汉书·韩王信传》：“上赐信书责让之曰……”《封爵誓》见《汉书·高惠高后文功臣表》：“五年东克项羽，即皇帝位，八载而天下乃平，始论功而定封……封爵之誓曰……”《又与群臣刑白马而盟》见《汉书·王陵传》：“高皇帝刑白马而盟曰：‘非刘氏而王者，天下共击之。’”《丹书铁券》见《太平御览》卷五百九十八引陆贾《楚汉春秋》曰：“高帝初侯者，皆书券曰：‘使黄河如带，泰山如砺，汉有宗庙，无绝世也。’”

汉高帝七年（前200）

△叔孙通定朝仪。

△高帝作《疑狱诏》。《汉书·刑法志》：“高皇帝七年，制诏御史……”

汉高帝八年（前199）

△高帝作《复吏卒限制衣冠令》《立灵星祠诏》。前者见《汉书·高帝纪》本年。后者见《汉书·郊祀志》：“二年……后四岁，天下已定……其后二岁……于是高祖制诏御史……”

汉高帝九年（前198）

△高帝作《捕赵王张敖诏》《天子所服第八》。前者见《史记·田叔列传》：“汉下诏捕赵王及群臣反者。于是赵午等皆自杀，唯贯高就系。是时汉下诏书……”后者见下萧何条。

△萧何作《天子所服议》。《汉书·魏相传》："高皇帝所述书《天子所服第八》曰：'大谒者臣章受诏长乐宫，曰："令群臣议天子所服，以安治天下。"相国臣何、御史大夫臣昌谨与将军臣陵、太子太傅臣通等议……'"

△刘敬作《作丹书铁券与匈奴分土界》。《史记·刘敬列传》：高帝患匈奴，"使刘敬往结和亲约。刘敬从匈奴来，因言……"

汉高帝十一年（前196）

△陆贾上《新语》。《汉书·陆贾传》："陆贾，楚人也。以客从高祖定天下，名有口辩，居左右，常使诸侯。……贾时时前说称《诗》《书》。高帝骂之曰：'乃公居马上得之，安事《诗》《书》！'贾曰：'马上得之，宁可以马上治乎？且汤、武逆取而以顺守之，文武并用，长久之术也。昔者吴王夫差、智伯极武而亡；秦任刑法不变，卒灭赵氏。乡使秦以并天下，行仁义，法先圣，陛下安得而有之？'高帝不怿，有惭色，谓贾曰：'试为我著秦所以失天下，吾所以得之者，及古成败之国。'贾凡著十二篇。每奏一篇，高帝未尝不称善，左右呼万岁，称其书曰《新语》。"

△下求贤诏。《汉书·高帝纪》："诏曰：'……贤士大夫有肯从我游者，吾能尊显之……'"

△高帝作五诏：《择立代王诏》《定口赋诏》《择立梁王淮阳王诏》《立赵它为南粤王诏》。见《汉书·高帝纪》本年。

△张良作《与四皓书》，四皓作《答张良书》。《殷芸小说》卷二："良白：仰惟先生……四皓答书曰……"

汉高帝十二年（前195）

△十一月，刘邦过鲁，以太牢祠孔子。

△高祖作六诏：《择立吴王诏》《置秦皇楚王陈胜等守冢诏》《议立燕王诏》《立南武侯织为南海王诏》《布告天下诏》《手敕太子》。前五诏见《汉书·高帝纪》本年。《手敕太子》见《古文苑》卷十，其中言太子"友四皓""以如意母子相累"，则当作于本年。

△惠帝作《重吏禄诏》。《汉书·惠帝纪》："又曰：'吏所以治民也，能尽其治则民赖之，故重其禄，所以为民也。今吏六百石以上父母妻子与同居，及故吏尝佩将军都尉印将兵及佩二千石官印者，家唯给军赋，他无有所与。'"

汉惠帝三年（前192）

△冒顿作《遗高后谩书》，高后作《报匈奴冒顿书》。《汉书·匈奴传》："孝惠、高后时，冒顿浸骄，乃为书，使使遗高后曰……（高后）令大谒者张泽报书曰……"

汉惠帝四年（前191）

△除挟书律。初，秦燔灭文章以愚黔首，下令敢有挟书者族，六艺自此缺焉。于是经学之士，或藏书于山崖屋壁，或以口授生徒。高祖因秦律，未遑除去。至是年三月，惠帝乃下诏除之。于是壁藏者纷纷出世，而口授者亦得书于简策矣。参《汉书·惠帝纪》《汉书·艺文志》。

△伏生传《尚书》。

△鲁高堂生传《士礼》。

高皇后元年（前187）

△申培至长安从浮丘伯受《春秋穀梁传》。浮丘伯在长安，楚元王闻之，遣子郢客与申培俱卒业。相传秦孝公时有鲁人穀梁子者（名俶，字元始，一名赤），学出于子夏，为《春秋》作传，故曰《穀梁传》。传至荀卿，卿传浮丘伯。于是申培受《诗》及《春秋》。参《汉书·楚元王传》《汉书·儒林传》《春秋穀梁传序疏》。刘汝霖《汉晋学术编年》卷一考证："按《楚元王交传》载申培、郢客于高后时至长安求学，又载高后以郢客为宗正，封上邳侯。考《百官表》，刘郢客于吕后二年为宗正，其初至长安求学当在前，故志之于此。"

△高后作《除重罪诏》。见《汉书·高后纪》本年。

高皇后二年（前186）

△高后作《议定列侯功次诏》。见《汉书·高后纪》本年。

高皇后七年（前181）

△高后作《议昭灵等尊号诏》。见《汉书·高后纪》本年。

高皇后八年（前180）

△陈平作《上代王即位议》。《汉书·文帝纪》本年："闰月己酉，（代王）入代邸。群臣从至，上议曰：'丞相臣平、太尉臣勃……'"

△刘恒作《即位赦诏》。《汉书·文帝纪》："（代王）遂即天子位……皇帝即日夕入未央宫。夜拜宋昌为卫将军，领南北军，张武为郎中令，行殿中。还坐前殿，下诏曰……"

汉文帝元年（前179）

△贾谊为博士。《汉书·贾谊传》："贾谊，雒阳人也……廷尉乃言谊年少，颇通诸家之书。文帝召以为博士。"

△张苍授贾谊《左氏传》。《汉书·儒林传》载："汉兴，北平侯张苍及梁太傅贾谊、京兆尹张敞、太中大夫刘公子皆修《春秋左氏传》。"

△陆贾著《楚汉春秋》。《汉书·艺文志·六艺略·春秋》："《楚汉春秋》九篇。"班固注："陆贾所记。"

△文帝下十诏：《封赐周勃等诏》《答有司请建太子诏》《振贷诏》《养老诏》《修代来功诏》《益封高帝从臣诏》《却献千里马诏》《答陈武》《赐南粤王赵佗书》《议除连坐诏》。前六诏见《汉书·文帝纪》本年。《却献千里马诏》见《汉书·贾捐之传》："至孝文皇帝，闵中国未安，偃武行文……时有献千里马者，诏曰……"《答陈武》见《史记·律书》："历至孝文即位，将军陈武等议曰：'南越、朝鲜自全秦时内属为臣子，后且拥兵阻阸，选蠕观望……今陛下仁惠抚百姓，恩泽加海内，宜及士民乐用，征讨逆党，以一封疆。'孝文曰……"《赐南粤王赵佗书》见《汉书·南粤传》："文帝元年……

上召贾为太中大夫，谒者一人为副使，赐佗书曰……”《议除连坐诏》见《汉书·刑法志》：“孝文二年，又诏丞相、太尉、御史：‘法者，治之正，所以禁暴而卫善人也。今犯法者已论，而使无罪之父母妻子同产坐之及收，朕甚弗取。其议。’左右丞相周勃、陈平奏言……文帝复曰……平、勃乃曰……”而《汉书·文帝纪》与《史记·孝文本纪》均载于元年。《文帝纪》：“十二月……尽除收帑相坐律令。”《孝文本纪》：“十二月，上曰：‘法者，治之正也，所以禁暴而率善人也。今犯法已论，而使毋罪之父母妻子同产坐之，及为收帑，朕甚不取。其议之。’有司皆曰……上曰……有司皆曰……”泷川资言考证：“《汉书·刑法志》为文帝二年事，误。”①

△申公以《鲁诗》立为博士。《汉书·楚元王传》：“文帝时，闻申公为《诗》最精，以为博士……申公为博士，失官，随郢客归，复以为中大夫。”

△赵佗作《下令国中》《上文帝书》。《汉书·南粤传》：“陆贾至，南粤王恐，乃顿首谢，愿奉明诏，长为藩臣，奉贡职。于是下令国中曰……因为书称……”

汉文帝二年（前178）

△贾山上《至言》。贾山，颍川人。祖父袪为故魏王时博士弟子。山受学袪所言，涉猎书记。至是，上书言治乱之道，借秦为喻，名曰《至言》。参《汉书·贾山传》。刘师培《左氏学行于西汉考》云：贾山《至言》所述古制，悉本《左传·襄公十四年》传文，盖山为博士弟子贾袪后，故亲见《左传》。

△文帝作六诏：《令列侯之国诏》《日食求言诏》《开藉田诏》《王辟彊等诏》《除诽谤妖言法诏》《劝农诏》。见《汉书·文帝纪》本年。

---

① 王益之《西汉年纪》、荀悦《汉纪》亦系于元年。《西汉年纪》：“十二月……诏丞相、太尉、御史，尽除收律相坐法。”《考异》曰：“《汉书·刑法志》以为文帝二年，按，《史记》《汉书》二纪并载于元年，今从之。”《汉纪》：“十有二月……除收孥相坐法律。”刘跃进《秦汉文学编年史》、易小平《西汉文学编年史》均以为作于文帝二年（前178），似为不妥。

△陈平、周勃作《奉诏除连坐法议》。见《汉书·刑法志》。

△贾谊作《过秦论》《论积贮疏》《忧民》。①

汉文帝三年（前177）

△贾谊为长沙王太傅，作《吊屈原赋》。《汉书·贾谊传》："……天子后亦疏之，不用其议，以谊为长沙王太傅。谊既以適去，意不自得。及度湘水，为赋以吊屈原……其辞曰……"

△文帝作三诏：《复遣周勃率列侯之国诏》《赦济北吏民诏》《遣灌婴击匈奴诏》。前二诏见《汉书·文帝纪》本年。《遣灌婴击匈奴诏》见《汉书·匈奴传》："至孝文即位，复修和亲。其三年夏，匈奴右贤王入居河南地为寇，于是文帝下诏曰……"

汉文帝四年（前176）

△贾谊作《上疏陈政事》《阶级》。《汉书·贾谊传》："天下初定，制度疏阔。诸侯王僭拟，地过古制，淮南、济北王皆为逆诛。谊数上疏陈政事，多所欲匡建，其大略曰……"又《汉书·文帝纪》："四年……绛侯周勃有罪，逮诣廷尉诏狱。""人主之尊"以下内容与《新书·阶级》篇基本相同。

△冒顿作《遗文帝书》。《史记·匈奴列传》："其三年五月……其明年，单于遗汉书曰……"

汉文帝五年（前175）

△贾谊作《谏除盗铸钱令使民放铸》《铜布》《铸钱》。《汉书·食货志》：

---

① 《西汉文学编年史》系《过秦论》《忧民》于本年，而将《论积贮疏》系于文帝十二年（前168年）。《秦汉文学编年史》系《论积贮疏》于本年。王洲明、徐超《贾谊集校注》（北京：人民文学出版社，1996年）系《无蓄》（按《论积贮疏》即《新书·无蓄》的内容）、《忧民》于本年。吴云、李春台《贾谊集校注》（天津：天津古籍出版社，2010年）系《论积贮疏》《忧民》于本年。王兴国《贾谊评传》（南京：南京大学出版社，2011年）认为贾谊于本年作《过秦论》《论积贮疏》《忧民》《瑰玮》等篇。姑取众家之说于此。

“孝文五年，为钱益多而轻，乃更铸四铢钱，其文为‘半两’。除盗铸钱令，使民放铸。贾谊谏曰……”《新书》中《铜布》《铸钱》二篇与此内容相近。

△贾山作《对诘谏除盗铸钱令》。《汉书·贾山传》：“其后文帝除铸钱令，山复上书谏，以为变先帝法，非是……章下诘责，对以为……”

汉文帝六年（前174）

△文帝作二诏：《徙淮南王长制》《遗匈奴书》。前者见《史记·淮南衡山列传》：“六年，令男子但等七十人与棘蒲侯柴武太子奇谋……事觉，治之，使使召淮南王。淮南王至长安……制曰……”后者见《汉书·匈奴传》：“孝文前六年，遗匈奴书曰……”

△张苍作《奏论淮南王长罪》。《汉书·淮南王传》：“王至长安，丞相张苍、典客冯敬行御史大夫事，与宗正、廷尉杂奏……”

△贾谊作《鹏鸟赋》。《史记·屈原贾生列传》：“贾生为长沙王太傅三年，有鸮飞入贾生舍，止于坐隅。楚人命鸮曰‘鹏’。贾生既以適居长沙，长沙卑湿，自以为寿不得长，伤悼之，乃为赋以自广。其辞曰……”

汉文帝八年（前172）

△贾谊作《上疏谏王淮南诸子》《淮难》。《汉书·文帝纪》：“八年夏，封淮南厉王长子四人为列侯。”《汉书·贾谊传》：“时又封淮南厉王四子皆为列侯。谊知上必将复王之也，上疏谏曰……”其内容与《新书·淮难》篇相近。

汉文帝九年（前171）

△贾谊作《旱云赋》。《汉书·文帝纪》：“九年春，大旱。”《旱云赋》当作于此时。

汉文帝十年（前170）

△伏生传《尚书》于晁错。《汉书·晁错传》：“孝文时，天下亡治《尚书》者。独闻齐有伏生，故秦博士，治《尚书》，年九十余，老不可征。乃诏

太常，使人受之。太常遣错受《尚书》伏生所，还，因上书称说。诏以为太子舍人，门大夫，迁博士。”按晁错受《尚书》的时间，宋王益之《西汉年纪》卷七系于本年。

汉文帝十一年（前169）

△贾谊作《上疏请封建子弟》。《汉书·贾谊传》：“居数年，梁王胜死，亡子。谊复上疏曰……”《汉书·文帝纪》载梁王薨于十一年夏六月。

△晁错还作《上书言皇太子宜知术数》《上书言兵事》《言守边备塞务农力本当世急务二事》《复言募民徙塞下》。[①]《汉书·晁错传》：“诏以为太子舍人，门大夫，迁博士。又上书言……是时匈奴强，数寇边，上发兵以御之。错上言兵事曰……错复言守边备塞、劝农力本，当世急务二事，曰……上从其言，募民徙塞下。错复言……”

汉文帝十二年（前168）

△贾谊卒。初，梁怀王骑，堕马而死，无后。太傅贾谊自伤为傅无状，常哭泣，至是岁余，卒，年三十三。著书五十八篇，儒家者言。

△贾谊作《一通》。其《新书》，《汉书·艺文志·诸子略·儒家》：“《贾谊》五十八篇。”

△文帝作《劝农诏》《置三老孝悌力田常员诏》。见《汉书·文帝纪》本年。

△晁错作《说文帝令民入粟受爵》（今名《论贵粟疏》）、《复奏勿收农民租》。《汉书·食货志》：“于是上感谊言，始开籍田，躬耕以劝百姓。晁错复说上曰……错复奏言……”

汉文帝十三年（前167）

△文帝作五诏：《耕桑诏》《劝农诏》《除秘祝诏》《增神祠制》《除肉刑

---

① 此四文，《资治通鉴》卷十五、《西汉年纪》卷八系于本年，严可均《全汉文》、荀悦《汉纪》系于文帝十四年（前166）。

诏》。前二诏见《汉书·文帝纪》本年。《除秘祝诏》《增神祠制》见《史记·封禅书》:"其后十八年，孝文帝即位。即位十三年，下诏曰……是岁，制曰……"《除肉刑诏》见《汉书·刑法志》:"(孝文)即位十三年，齐太仓令淳于公有罪当刑，诏狱逮系长安……其少女缇萦，自伤悲泣，乃随其父至长安，上书曰……书奏天子，天子怜悲其意，遂下令曰……丞相张苍、御史大夫冯敬奏言……"

△张苍作《奏议除肉刑》。

汉文帝十四年(前166)

△公孙臣上书陈终始五德之传。《汉书·郊祀志》:"鲁人公孙臣上书曰:'始秦得水德，及汉受之，推终始传，则汉当土德。土德之应，黄龙见。宜改正朔，服色上黄。'时丞相张苍好律历，以为汉乃水德之时，河决金堤，其符也。年始冬十月，色外黑内赤，与德相应。公孙臣言非是，罢之。"

△文帝作《增祀无所祈诏》《玺书赐答晁错》。前者见《汉书·文帝纪》本年。后者见《汉书·晁错传》。①

△张苍作《奏驳公孙臣汉应土德议》。见《史记·孝文本纪》。

汉文帝十五年(前165)

△文帝作《议郊祀诏》《策贤良文学诏》。《汉书·郊祀志》:"明年，黄龙见成纪。文帝召公孙臣，拜为博士，与诸生申明土德，草改历、服色事。其夏，下诏曰……"《汉书·文帝纪》:"十五年春，黄龙见于成纪。上乃下诏议郊祀……九月，诏诸侯王、公卿、郡守举贤良能直言极谏者，上亲策之，傅纳以言。"

△新垣平作《上言设五庙》。《汉书·郊祀志》:"文帝即位十三年……明年……明年……赵人新垣平以望气见上，言……"

---

① 《玺书赐答晁错》，严可均《全汉文》、荀悦《汉纪》系于本年，《西汉年纪》《资治通鉴》系于十一年(前169)。

汉文帝十六年（前164）

△使博士、诸生作《王制》，谋议巡狩、封禅事。参《汉书·郊祀志》。

△刘安为淮南王。《汉书·淮南王传》："十六年……阜陵侯安为淮南王……淮南王安为人好书，鼓琴，不喜弋猎狗马驰骋，亦欲以行阴德拊循百姓，流名誉。招致宾客方术之士数千人，作为《内书》二十一篇，《外书》甚众，又有《中篇》八卷，言神仙黄白之术，亦二十余万言。"

△晁错作《贤良文学对策》，擢为中大夫。作书三十篇。《汉书·晁错传》："后诏有司举贤良文学士，错在选中……错对曰……时贾谊已死，对策者百余人，唯错为高第，繇是迁中大夫。错又言宜削诸侯事，及法令可更定者，书凡三十篇。"

汉文帝后元元年（前163）

△文帝作《求言诏》。《汉书·文帝纪》："后元年冬十月，新垣平诈觉，谋反，夷三族……诏曰……"

△新垣平作《又言日中》《又言迎周鼎》。《汉书·郊祀志》："平又言'臣候日再中'。居顷之，日却复中。于是始更以十七年为元年，令天下大酺。平言曰：'周鼎亡在泗水中……'"

汉文帝后元二年（前162）

△文帝作《与匈奴和亲诏》《遗匈奴和亲书》《与匈奴和亲布告天下诏》。前一诏见《汉书·文帝纪》本年。后二诏见《汉书·匈奴传》："孝文十四年……后二年，使使遗匈奴书曰……单于既约和亲，于是制诏御史……"

汉文帝后元三年（前161）

△伏生卒。

△《尚书大传》。《清史稿·艺文志一》："汉伏胜《尚书大传》四卷。"

汉文帝后元六年（前158）

△文翁为蜀郡守。庐江舒人文翁，少好学，通《春秋》。约当此时出任蜀

郡守，仁爱好教化。见蜀地辟陋，有蛮夷风，文翁欲诱进之，乃选郡县小吏开敏有材者张叔等十余人，亲自饬厉，遣诣京师，受业博士，或学律令。减省少府用度买刀布蜀物，赍计吏以遗博士。数岁，蜀生皆成就还归，文翁以为右职，用次察举，官有至郡守刺史者。又修起学官于成都市中，招下县子弟以为学官弟子，为除更徭，高者以补郡县吏，次为孝弟力田。常选学官僮子，使在便坐受事。每出行县，益从学官诸生明经饬行者与俱，使传教令，出入闺阁。县邑吏民见而荣之，数年，争欲为学官弟子，富人至出钱以求之。由是大化，蜀地学于京师者比齐鲁焉。至武帝时，乃令天下郡国皆立学校官，自文翁为之始云。又，武帝时，张叔征为博士。叔明天文灾异，始作《春秋章句》，官至侍中扬州刺史。参《汉书·循吏传》、《华阳国志》卷三。

汉文帝后元七年（前157）

△文帝作《遗诏》。《汉书·文帝纪》："七年夏，六月己亥，帝崩于未央宫。遗诏曰……"

汉景帝元年（前156）

△胡母生、董仲舒为博士。《汉书·儒林传》："胡母生……治《公羊春秋》，为景帝博士。与董仲舒同业，仲舒著书称其德。"

△公羊寿与胡母生将《公羊传》著于竹帛。唐代徐彦《公羊传疏》中引戴宏《序》云："子夏传与公羊高，高传与其子平，平传与其子地，地传与其子敢，敢传与其子寿。至汉景帝时，寿乃共弟子胡母子都著于竹帛。"

△景帝作四诏：《定孝文帝庙乐诏》《听民徙宽大地诏》《议著令诏》《减笞诏》。前三诏见《汉书·景帝纪》本年。《减笞诏》见《汉书·刑法志》："景帝元年，下诏曰……"

△邹阳作《上书吴王》。《汉书·邹阳传》："邹阳，齐人也……吴王以太子事怨望，称疾不朝，阴有邪谋，阳奏书谏。为其事尚隐，恶指斥言，故先引秦为谕，因道胡、越、齐、赵、淮南之难，然后乃致其意。其辞曰……"

汉景帝二年（前155）

△申公归鲁退居家教。见《汉书·儒林传》。

△河间献王立《毛氏诗》《左氏春秋》博士。见《汉书·景十三王传》。

△景帝作《封萧何孙嘉诏》。《汉书·萧何传》："景帝二年，制诏御史……"

△晁错作《说景帝削吴》。《汉书·荆燕吴传》："及景帝即位，错为御史大夫，说上曰……"之后即言"三年冬"，则说在二年。

汉景帝三年（前154）

△丁宽为梁国将军。丁宽字子襄，梁国人也。初，梁项生从田何受《易》，时宽为项生从者，读《易》精敏，才过项生，遂事何。学成，何谢宽，宽东归，何谓门人曰："《易》以东矣。"宽至雒阳，复从周王孙受古义，号《周氏传》。至是，吴、楚反，宽为梁将军，距吴、楚，号丁将军。作《易说》三万言，训故举大谊而已。参《汉书·儒林传》《汉书·艺文志》。

△景帝作《原襄平侯纪嘉诏》《赦吴吏民诏》《击七国诏》。前二诏见《汉书·景帝纪》本年。《击七国诏》见《汉书·吴王濞传》："（景帝三年）二月，吴王兵既破，败走，于是天子制诏将军……"

△刘濞作《下令国中》《发使遗诸侯王书》。《史记·吴王濞列传》："七国之发也，吴王悉其士卒，下令国中曰……孝景帝三年正月甲子，初起兵于广陵。西涉淮，因并楚兵。发使遗诸侯书曰……"

△晁错作《请诛楚王》。《汉书·吴王濞传》："三年冬，楚王来朝，错因言……"

△枚乘作《上书重谏吴王》。《汉书·枚乘传》："景帝即位，御史大夫晁错为汉定制度，损削诸侯，吴王遂与六国谋反，举兵西乡，以诛错为名。汉闻之，斩错以谢诸侯。枚乘复说吴王曰……"《汉晋学术编年》卷一系于景帝四年。

汉景帝中元元年（前149）

△邹阳作《狱中上书自明》。见《史记·邹阳列传》。

汉景帝中元二年（前148）

△董仲舒以五行对河间献王问。刘汝霖《汉晋学术编年》卷一考证："仲舒之见献王，当在献王来朝时。然当武帝时献王来朝，仲舒已出为江都相，无由得见。故知必在景帝时。考《史记·诸侯年表》，献王当景帝时来朝者凡三，姑志之于此以俟考。"

汉景帝中元三年（前147）

△齐《诗》家辕固为清河大夫。见《史记·儒林传》。刘汝霖《汉晋学术编年》卷一考证："按辕固之为清河王太傅，史不明载何年。然考《汉书·景十三王传》，清河王立于是年，后六年而景帝崩。《史记》辕固本传既称'为清河王太傅，久之病免，武帝初即位，复以贤良征'，则至迟当免于景帝之末，至久亦不得过六年，故志之于此。"

汉景帝中元五年（前145）

△韩婴为常山太傅。韩婴，燕人也。孝文时为博士，至是，为常山太傅。婴推诗人之意，而作内、外《传》数万言，其语颇与齐、鲁间殊，然归一也。淮南贲生受之。燕、赵间言《诗》者由韩生。韩生亦以《易》授人，推《易》意而为之传。燕、赵间好《诗》，故其《易》微，唯韩氏自传之。参《汉书·儒林传》《汉书·艺文志》。

△景帝作《谳狱诏》。见《汉书·景帝纪》本年。

△司马相如作《子虚赋》。《史记·司马相如列传》："相如得与诸生游士居数岁，乃著子虚之赋。会梁孝王卒，相如归……"梁孝王三十五年薨，即景帝中元六年，则将《子虚赋》完成时间系于本年。

汉景帝中元六年（前144）

△景帝作《定长吏车服诏》《减笞法诏》《诏定棰令》。前一诏见《汉书·景帝纪》本年。后二诏见《汉书·刑法志》："景帝元年……犹尚不全。至中六年，又下诏曰：'加笞者，或至死而笞未毕，朕甚怜之。其减笞三百曰

二百，笞二百曰一百。’又曰：‘笞者，所以教之也，其定棰令。’”

汉景帝后元元年（前143）

△景帝作《谳狱诏》。见《汉书·景帝纪》本年。

汉景帝后元二年（前142）

△景帝作《重廉士诏》《令二千石修职诏》。见《汉书·景帝纪》本年。

汉景帝后元三年（前141）

△鲁恭王坏孔子宅得古文经传。《汉书·景十三王传》：“鲁恭王馀以孝景前二年立为淮阳王。吴、楚反破后，以孝景前三年徙王鲁。……恭王初好治宫室，坏孔子旧宅以广其宫，闻钟磬琴瑟之声，遂不敢复坏，于其壁中得古文经传。”这些古文经传的具体篇目，有不同的说法。《汉书·艺文志》说：“武帝末，鲁共王坏孔子宅，欲以广其宫，而得《古文尚书》及《礼记》《论语》《孝经》凡数十篇。”又，刘歆《移让太常博士书》云：“及鲁恭王……而得古文于坏壁之中，《逸礼》有三十九，《书》十六篇。”许慎《说文解字叙》说“鲁恭王坏孔子宅而得《礼记》《尚书》《春秋》《论语》《孝经》。”《论衡·案书》说：“《春秋左氏传》者，盖出孔子壁中。”刘师培《左氏学行于西汉考》认为《汉书》不言孔壁得《左氏》，盖由孔安国所藏，未及献秘府之故。

△景帝作《颂系老幼诏》《劝农桑诏》。前者见《汉书·刑法志》：“（孝景）后元年……三年复下诏曰……”后者见《汉书·景帝纪》本年。

汉武帝建元元年（前140）

△诏举贤良方正直言极谏之士。《汉书·武帝纪》：“建元元年冬十月，诏丞相、御史、列侯、中二千石、二千石、诸侯相举贤良方正直言极谏之士。丞相绾奏：‘所举贤良，或治申、商、韩非、苏秦、张仪之言，乱国政，请皆罢。’奏可。”

△迎申公问治乱事。见《汉书·武帝纪》《儒林传》《礼乐志》。

△武帝作《复高年子孙诏》《修山川祠诏》《省卫士罢苑马诏》《策贤良制》。前三诏见《汉书·武帝纪》本年，后一诏见《汉书·董仲舒传》。

△董仲舒作《举贤良对策》《粤有三仁对》《奏江都王求雨》。前二诏见《汉书·董仲舒传》，后一诏见《后汉书志·礼仪》。

△东方朔作《上书自荐》。见《汉书·东方朔传》。

△枚皋作《平乐馆赋》。见《汉书·枚皋传》。

△司马相如作《天子游猎赋》。见《史记·司马相如列传》。

汉武帝建元二年（前139）

△窦太后杀赵绾、王臧，贬抑儒臣。见《史记·魏其武安侯列传》《史记·儒林列传》《汉书·儒林传》。

△刘安入朝，献《淮南子内篇》，作《离骚传》《颂德》《长安都国颂》。《史记·淮南衡山列传》："及建元二年，淮南王入朝。"《汉书·淮南王传》："初，安入朝，献所作《内篇》，新出，上爱秘之。使为《离骚传》，旦受诏，日食时上。又献《颂德》及《长安都国颂》。"

汉武帝建元三年（前138）

△中山王刘胜作《闻乐对》。见《汉书·景十三王传》。

△东方朔作《谏除上林苑》，奏《泰阶》。见《汉书·东方朔传》。

汉武帝建元五年（前136年）

△置五经博士。博士本秦官也，取学通行修，博学多艺，晓古文《尔雅》。自汉文帝欲广游学之路，《论语》《孝经》《尔雅》《孟子》皆置博士。至是，罢传记博士，独立五经而已。参《汉书·武帝纪》、《汉旧仪》、赵岐《孟子题辞》。

汉武帝建元六年（前135）

△五月，窦太后崩。

△六月，重新启用武安侯田蚡为丞相。为废弃黄老之学，尊崇儒学提供了时机和条件。初，孝惠、高后时，公卿皆武力功臣，孝文时颇登用，然孝文本好刑名之言。及至孝景，不任儒，窦太后又好黄老术，故诸博士具官待问，未有进者。至是窦太后崩，武安侯田蚡为丞相，始黜黄老刑名百家之言而延文学儒者矣。参见《汉书·儒林传》。

△武帝作《诏罢王恢韩安国兵》《答淮南王安谏伐越诏》。前者见《史记·东越列传》，后者见《汉书·严助传》。

△韩安国作《匈奴和亲议》。见《史记·韩长孺列传》。

△淮南王刘安作《上疏谏伐南越》，严助作《谕意淮南王》。见《汉书·严助传》。

△司马谈作《论六家要指》。《西汉年纪》："谈之仕始于建元而终于元封，此论必作于建元。盖是时窦太后已崩，武帝相田蚡隆儒术而贬道家，故其言如此，今附于建元六年窦太后已崩之后。"

汉武帝元光元年（前134）

△冬十一月，初令郡国举孝廉各一人。见《汉书·武帝纪》。

△五月，诏举贤良、文学之士；董仲舒、公孙弘对策。《汉书·武帝纪》："五月，诏贤良曰……于是董仲舒、公孙弘等出焉。"

△主父偃作《上书谏伐匈奴》。见《史记·主父偃列传》。

△徐乐作《上武帝书言世务》，严安作《上书言世务》。见《史记·主父偃列传》。

△董仲舒作《雨雹对》《殿庙火灾对》。前者见《古文苑》卷十一，后者见《汉书·五行志上》。

汉武帝元光二年（前133）

△董仲舒以《春秋》治国。《汉书·董仲舒传》："仲舒为江都相……仲舒治国，以《春秋》灾异之变推阴阳所以错行，故求雨，闭诸阳，纵诸阴，其止雨反是；行之一国，未尝不得所欲。"刘汝霖《汉晋学术编年》卷二：按

《春秋繁露·止雨》有“二十一年八月，江都相仲舒告内史中尉，阴雨太多，恐伤五谷，趣止雨”之语，是年为易王二十一年，故志之于此。

△武帝作《赐严助书》《欲伐匈奴诏》。前者见《汉书·严助传》，后者见《汉书·武帝纪》本年。

△严助作《上书谢罪》。见《汉书·严助传》。

△武帝遣方士求神仙。见《史记·封禅书》。

汉武帝元光五年（前 130）

△河间献王献雅乐。初，周衰乐坏。汉兴，制氏以雅乐声律，世在乐官，颇能纪其铿锵鼓舞而不能言其义。河间献王有雅才，以为治道非礼乐不成，遂与毛生等共采《周官》及诸子言乐事者以作《乐记》。是年十月，王来朝，献雅乐，对三雍宫，诏策所问三十余事，推道术而言，得事之中，文约指明。帝以王所献雅乐下大乐官，常存肄之，岁时以备数，然不常御。参《汉书·礼乐志》《汉书·艺文志》《汉书·景十三王传》。

△公孙弘复为博士。《汉书·公孙弘传》：“公孙弘，菑川薛人也。少时为狱吏，有罪，免。家贫，牧豕海上。年四十余，乃学《春秋》杂说。武帝初即位，招贤良文学士，是时，弘年六十，以贤良征为博士。使匈奴，还报，不合意，上怒，以为不能，弘乃移病免归。元光五年，复征贤良文学，菑川国复推上弘。弘谢曰：‘前已尝西，用不能罢，愿更选。’国人固推弘，弘至太常。上策诏诸儒……时对者百余人，太常奏弘第居下。策奏，天子擢弘对为第一。召入见，容貌甚丽，拜为博士，待诏金马门。”

△武帝作《策废陈皇后》《元光五年策贤良制》《册书答公孙弘》。前一诏见《汉书·外戚传》，后二诏见《汉书·公孙弘传》。

△公孙弘作《元光五年举贤良对策》《上疏言治道》《对册书问治道》。见《汉书·公孙弘传》。

△司马相如作《喻巴蜀檄》。见《史记·司马相如列传》。《汉书·武帝纪》本年：“夏，发巴蜀治南夷道，又发卒万人治雁门阻险。”

汉武帝元光六年（前129）

△武帝作《赦雁门代郡军士诏》。见《汉书·武帝纪》本年。

△司马相如作《难巴蜀父老》《答盛览问作赋》。前者见《史记·司马相如列传》，按文中有“汉兴七十有八载”，集解徐广曰：“元光六年也。”后者见《西京杂记》卷二。

汉武帝元朔元年（前128）

△下诏议不举孝廉者之罪。见《汉书·武帝纪》。

△董仲舒为中大夫。十二月，江都易王非死，董仲舒废，又为中大夫。先是辽东高庙、长陵高园殿灾，仲舒居家推说其意，草稿未上，主父偃候仲舒，私见，嫉之，窃其书而奏焉。上召视诸儒，仲舒弟子吕步舒不知其师书，以为大愚。于是下仲舒吏，当死，诏赦之。仲舒遂不敢复言灾异。参《汉书·董仲舒传》。刘汝霖《汉晋学术编年》卷二考证：“仲舒于元光二年为江都相，其中废必在后，而为中大夫当更在后。考主父偃于明年被诛，其谗仲舒必在其前，窃意仲舒之废，必因易王之薨，故志之于此。”

△枚皋作《皇太子生赋》《立皇太子禖祝》，东方朔作《皇太子生赋》《皇太子生禖》。见《汉书·枚皋传》。

△韩安国作《上书言罢屯》。见《史记·韩长孺列传》。按其中言：“明年，匈奴大入边，杀辽西太守，及入雁门，所杀略数千人。车骑将军卫青击之，出雁门。”《汉书·武帝纪》本年：“秋，匈奴入辽西，杀太守；入渔阳、雁门，败都尉，杀略三千余人。遣将军卫青出雁门。”

汉武帝元朔二年（前127）

△武帝作《许诸侯王分子弟邑诏》《益封卫青》《报李广》《赐吾丘寿王玺书》。分见《汉书·武帝纪》本年、《汉书·卫青传》、《汉书·李广传》、《汉书·吾丘寿王传》。

△主父偃作《说武帝令诸侯得分封子弟》《说武帝徙豪杰茂陵》。见《史记·主父偃列传》。

汉武帝元朔三年（前 126）

△兒宽为廷尉文学卒史。参《汉书·公孙弘卜式兒宽传》《汉书·儒林传》。刘汝霖《汉晋学术编年》卷二考证："兒宽补廷尉文学卒史之时，张汤为廷尉。之北地数年还，汤仍为廷尉。则其初补此职，当在汤初为廷尉之时，故志之于此。"

△武帝作《赦诏》。见《汉书·武帝纪》本年。

△公孙弘作《郭解罪议》。见《汉书·游侠传》。《西汉年纪》系于本年。

△张骞归汉，作《具言西域地形》。见《史记·大宛列传》。其中言"留岁余，单于死，左谷蠡王攻其太子自立，国内乱"，按《汉书·匈奴传》："是岁，元朔二年也。其后冬，军臣单于死，其弟左谷蠡王伊稚斜自立为单于，攻败军臣单于太子於单。""其后冬"即元朔三年之冬。

汉武帝元朔五年（前 124）

△公孙弘代薛泽为丞相，封平津侯。丞相封侯自弘始。《史记·儒林列传》："及今上（武帝）即位……而公孙弘以《春秋》白衣为天子三公，封以平津侯。天下之学士靡然乡风矣。"作《请为博士置弟子员议》《上言徙汲黯为右内史》《奏禁民挟弓弩》。分见《汉书·儒林传》《史记·汲黯列传》《汉书·吾丘寿王传》。

△为博士置弟子员。见《汉书·儒林传》。

△诏郡国立学宫。刘汝霖《汉晋学术编年》卷二："按《汉书·文翁传》载武帝时令天下郡国皆立学校官，不知在何年。《玉海》所引，不知何所本，姑志之于此以俟考。"

△武帝作《劝学诏》《又益封卫青》《诏御史封公孙敖等》《封公孙弘为平津侯诏》。《劝学诏》见《汉书·武帝纪》本年。《又益封卫青》《诏御史封公孙敖等》见《汉书·卫青传》。《封公孙弘为平津侯诏》见《汉书·公孙弘传》。

△董仲舒作《诣丞相公孙弘记室书》。见《古文苑》卷十。其中言"君侯以周召自然休质，擢升三公，统理海内，总缉百寮，未有半言之教……"

显然是在公孙弘本年拜相之后所言，故系于此。

汉武帝元朔六年（前123）

△董仲舒与江公议《公羊》《穀梁》之学。瑕丘江公受《穀梁春秋》及《诗》于申公，与董仲舒并。仲舒通五经，能持论，善属文，江公讷于口，上使与仲舒议，不如仲舒。而公孙弘本为《公羊》学，比辑其议，卒用董生。参《汉书·儒林传》。刘汝霖《汉晋学术编年》卷二考证："《汉书·儒林传》既称丞相公孙弘助董仲舒，则必在其为丞相之后，即元朔五年之后也。仲舒本传又称仲舒'为胶西相，以病免，归居。朝廷如有大议，使使者及廷尉张汤就其家而问之'。考张汤以元狩三年由廷尉为御史大夫，则仲舒之免胶西相必在其前，初为胶西相及与江公议《公》《穀》之学，当更在前，故志之于此。"

△武帝作《议置武功驰赏官诏》《封霍去病等》。前者见《汉书·武帝纪》本年，后者见《汉书·霍去病传》。

汉武帝元狩元年（前122）

△淮南王刘安谋反，事泄自杀。

△武帝作《报公孙弘》《遣谒者巡行天下诏》。前者见《汉书·公孙弘传》，后者见《汉书·武帝纪》本年。

△刘彭祖作《淮南王安罪议》。见《汉书·淮南王传》。

△公孙弘作《上书乞骸骨》。见《汉书·公孙弘传》。

△终军作《白麟奇木对》。见《汉书·终军传》。

△董仲舒作《郊事对》。《古文苑》卷十一："廷尉臣汤昧死言：臣汤承制，以郊事问故胶西相仲舒。臣仲舒对曰……"按张汤为廷尉从元朔三年至元狩二年，而董仲舒元朔五年出为胶西相。其后至张汤迁御史大夫前，《武帝纪》唯本年有幸雍祠祭记载，则仲舒致仕对问当在此。

△张骞作《言通大夏宜从蜀》。见《汉书·西南夷传》。

汉武帝元狩二年（前121）

△胶西相董仲舒以病免。《汉书·董仲舒传》：“胶西王闻仲舒大儒，善待之。仲舒恐久获罪，病免。凡相两国，辄事骄王，正身以率下，数上疏谏争，教令国中，所居而治。及去位归居，终不问家产业，以修学著书为事。仲舒在家，朝廷如有大议，使使者及廷尉张汤就其家而问之，其对皆有明法。自武帝初立，魏其、武安侯为相而隆儒矣。及仲舒对册，推明孔氏，抑黜百家。立学校之官，州郡举茂材孝廉，皆自仲舒发之。年老，以寿终于家。家徙茂陵，子及孙皆以学至大官。仲舒所著，皆明经术之意，及上疏条教，凡百二十三篇。而说《春秋》事得失，《闻举》《玉杯》《蕃露》《清明》《竹林》之属，复数十篇，十余万言，皆传于后世。”

△公孙弘卒。《汉书·公孙弘传》：“元朔中，代薛泽为丞相……其后以为故事，至丞相封，自弘始也。时上方兴功业，娄举贤良。弘自见为举首，起徒步，数年至宰相封侯，于是起客馆，开东阁以延贤人，与参谋议。弘身食一肉，脱粟饭，故人宾客仰衣食，奉禄皆以给之，家无所余。然其性意忌，外宽内深。诸常与弘有隙，无近远，虽阳与善，后竟报其过。杀主父偃，徙董仲舒胶西，皆弘力也。”公孙弘著书凡十篇，皆儒家言。

△武帝作《议后土祠》《公孙弘诔》《益封霍去病》《又益封霍去病》《浑邪王降益封霍去病》。《议后土祠》见《汉书·郊祀志》。《公孙弘诔》见《汉武故事》（公孙雄当公孙弘之误）、《文章缘起》。后三诏见《汉书·霍去病传》。

汉武帝元狩三年（前120）

△兒宽为中大夫。兒宽自北地还至府，上畜簿，会廷尉时有疑奏，已再见却矣，掾史莫知所为。宽为言其意，掾史因使宽为奏。奏成，读之皆服，以白廷尉汤。汤大惊，召宽与语，乃奇其材，以为掾。上宽所作奏，即时得可。异日，汤见上。问曰：“前奏非俗吏所及，谁为之者？”汤言兒宽。上曰：“吾固闻之久矣。”汤由是乡学，以宽为奏谳掾，以古法义决疑狱，甚重之。及汤为御史大夫，以宽为掾，举侍御史。见上，语经学，上说之，从问《尚书》一篇。擢为中大夫，迁左内史。参《汉书·兒宽传》。

△武帝作《诏封萧何曾孙》。见《汉书·萧何传》及《汉书·武帝纪》本年。

△董仲舒作《说武帝使关中民种麦》。见《汉书·食货志》及《汉书·武帝纪》本年。

汉武帝元狩四年（前119）

△武帝作《益封霍去病》。见《史记·卫将军骠骑列传》。

△吾丘寿王作《骠骑论功论》。《艺文类聚》卷五十九："骠骑将军霍去病征匈奴，立克胜之功，寿王作士大夫之论，称武帝之德曰……"按《汉书·百官公卿表》，霍去病元狩三年始为骠骑将军，其后的"克胜之功"唯在今年，故系于此。

△司马相如作《封禅文》。见《史记·司马相如列传》。按相如死于元狩五年，故将此文系于本年。

汉武帝元狩五年（前118）

△终军作《自请使匈奴》。见《汉书·终军传》。按终军上书中言及"得列宿卫，食禄五年"，从终军元狩元年上书拜为谒者，至此五年。

汉武帝元狩六年（前117）

△使博士褚大、徐偃等循行天下。见《汉书·武帝纪》。

△武帝作《诏封皇子制》《封皇子制》《策封齐王闳》《策封燕王旦》《策封广陵王胥》。见《史记·三王世家》。

汉武帝元鼎二年（前115）

△武帝作《遣博士循行振饥诏》《振流民诏》。分见《汉书·武帝纪》本年、《史记·平准书》。

△张骞作《请招乌孙居浑邪故地》《谕指乌孙》。见《史记·大宛列传》。据《汉书·百官公卿表》当系于本年。

汉武帝元鼎四年（前 113）

△武帝作《封周子南君诏》《封栾大为乐通侯诏》《得宝鼎》。前一诏见《汉书·武帝纪》本年，后二诏见《汉书·郊祀志》。

△司马谈作《祠后土议》。见《史记·孝武本纪》。《汉书·郊祀志》则明言太史公为司马谈。

汉武帝元鼎五年（前 112）

△武帝作《郊祠泰畤诏》《以石庆为丞相诏》《赐卜式爵诏》《封韩千秋子等》《征南粤诏》。前三诏分见《汉书·武帝纪》本年、《汉书·石奋传》、《汉书·卜式传》，后二诏见《汉书·南粤传》。

△司马谈作《议立泰畤坛》。见《史记·孝武本纪》本年。

汉武帝元鼎六年（前 111）

△司马迁为郎中。迁字子长，太史谈之子也。生于龙门，耕牧河山之阳。年十岁则诵古文。尝从董仲舒问《春秋》，亦曾读《春秋》古文。二十而南游江淮，上会稽，探禹穴，窥九疑，浮于沅湘，北涉汶泗，讲业齐鲁之都，观孔子之遗风。乡射邹峄，厄困鄱、薛、彭城，过梁楚以归。至是，仕为郎中，奉使西征巴蜀以南，南略邛、笮、昆明。刘汝霖《汉晋学术编年》卷二："按武帝以是年平西南夷，以为五郡，而明年太史谈即卒。将卒时，迁适反，见之河洛之间，则其为郎中出使，当在是年也。"

△武帝作《减内史稻田租挈诏》《敕责杨仆书》《议郊祀乐》。分见《汉书·沟洫志》《汉书·杨仆传》《汉书·郊祀志》。

△兒宽作《封禅议对》。见《汉书·沟洫志》。《汉书·艺文志》礼家："《封禅议对》十九篇。"《秦汉文学编年史》认为是兒宽等人之作。

汉武帝元封元年（前 110）

△太史公司马谈卒。见《史记·太史公自序》："是岁天子始建汉家之封，而太史公留滞周南，不得与从事，故发愤且卒。而子迁适使反，见父于河洛

之间。太史公执迁手而泣曰……”

△武帝作《巡边诏》《临北河遣使者告单于》《迁东越民诏》《增太室祠诏》《改元大赦诏》《令诸侯治邸泰山下诏》《泰山刻石文》《与奉车子侯家诏》。前五诏见《汉书·武帝纪》本年。《令诸侯治邸泰山下诏》见《汉书·郊祀志》。《泰山刻石文》见《后汉书志·祭祀上》及注引《风俗通》。《与奉车子侯家诏》见《史记·封禅书》及索隐。

△兒宽作《封泰山还登明堂上寿》。见《汉书·兒宽传》及《汉书·百官公卿表》本年。

△东方朔作《封泰山》。见《资治通鉴》本年及《汉书·东方朔传》。

汉武帝元封二年（前109）

△武帝作《产芝赦诏》《尊祠灵星诏》《使公孙遂往朝鲜》。分见《汉书·武帝纪》本年、《汉书·郊祀志》、《汉书·朝鲜传》。

汉武帝元封四年（前107）

△东方朔对武帝问。见《汉书·东方朔传》。刘汝霖《汉晋学术编年》卷二考证，谓东方朔对辞当在兒宽为御史大夫之后，姑志于此。

△武帝作《祠后土诏》《报石庆》。分见《汉书·武帝纪》本年、《汉书·石奋传》。

汉武帝元封五年（前106）

△武帝作《增封泰山诏》《求贤诏》。见《汉书·武帝纪》本年。

汉武帝元封六年（前105）

△武帝作《礼首山祠后土诏》。见《汉书·武帝纪》本年。

汉武帝太初元年（前104）

△定仪礼。初武帝招致儒术之士，令共定仪，十余年不就。或言古者太

平，万民和喜，瑞应辨至，乃采风俗，定制作。上闻之，制诏御史曰："盖受命而王，各有所由兴，殊路而同归，谓因民而作，追俗为制也。议者咸称太古，百姓何望？汉亦一家之事，典法不传，谓子孙何？化隆者闳博，治浅者褊狭，可不勉与！"乃以太初之元改正朔，易服色，封太山，定宗庙百官之仪，以为典常，垂之于后云。参《史记·礼书》。

△司马迁继《春秋》作《史记》。《史记·太史公自序》。

△武帝作《定礼仪诏》《诏兒宽》《定正朔改元太初诏》。前一诏见《史记·礼书》，后二诏见《汉书·律历志》。

△兒宽作《改正朔议》。见《汉书·兒宽传》。

△东方朔作《化民有道对》。见《汉书·东方朔传》。其中言"今陛下以城中为小，图起建章"，建章宫之起在本年，故系于此。

汉武帝太初四年（前101）

△武帝作《封李广利为海西侯诏》《击匈奴诏》。分见《汉书·李广利传》《汉书·匈奴传》。

汉武帝天汉四年（前97）

△夏侯始昌为昌邑太傅。《汉书·夏侯始昌传》："夏侯始昌，鲁人也。通五经，以《齐诗》《尚书》教授。自董仲舒、韩婴死后，武帝得始昌，甚重之。始昌明于阴阳，先言柏梁台灾日，至期日果灾。时，昌邑王以少子爱，上为选师，始昌为太傅。"

汉武帝太始二年（前95）

△武帝作《改铸黄金诏》。见《汉书·武帝纪》本年。

汉武帝太始四年（前93）

△孔安国献《尚书传》。《文选》卷四十五孔安国《尚书序》："《书序》，序所以为作者之意，昭然义见，宜相附近，故引之各冠其篇首，定五十八篇。

既毕，会国有巫蛊事……”巫蛊事发于征和元年、二年之间，则孔安国献《尚书传》当在本年前后，故系于本年。

汉武帝征和元年（前92）

△巫蛊狱起，戾太子亡走。见《汉书·外戚传》。

汉武帝征和二年（前91）

△司马迁作《报任安书》。《汉书·司马迁传》：“迁既被刑之后，为中书令，尊宠任职。故人益州刺史任安予迁书，责以古贤臣之义。迁报之曰……”

△武帝作《以刘屈氂为左丞相诏》《赐丞相刘屈氂玺书》《责问暴胜之》《封莽通等诏》《封李寿张富昌诏》《以刘去为广川王诏》。前四诏见《汉书·刘屈氂传》。《封李寿张富昌诏》见《汉书·武五子传》。《以刘去为广川王诏》见《汉书·景十三王传》。

汉武帝征和三年（前90）

△《史记》基本成书。王国维《太史公系年考略》：“今观《史记》中最晚之记事，得信为出自公手者，唯《匈奴列传》之李广利降匈奴事（征和三年），余皆出后人续补也。”

汉武帝征和四年（前89）

△武帝下诏悔征伐之事，作《报桑弘羊等请屯田轮台诏》（《轮台罪己诏》）、《报车千秋》、《力农诏》。《汉书·西域传》：“自武帝初通西域、置校尉，屯田渠犁。是时军旅连出，师行三十二年，海内虚耗。征和中，贰师将军李广利以军降匈奴。上既悔远征伐…………乃下诏，深陈既往之悔……由是不复出军。而封丞相车千秋为富民侯，以明休息，思富养民也。”后二诏分见《汉书·车千秋传》《汉书·食货志》。

汉武帝后元二年（前87）

△燕王刘旦作《上书请立武帝庙》。见《汉书·武五子传》。

汉昭帝始元元年（前86）

△闰九月，遣故廷尉王平等五人持节行郡国，举贤良，问民疾苦、冤、失职者。

汉昭帝始元二年（前85）

△王吉为昌邑中尉。《汉书·王吉传》："王吉字子阳，琅邪皋虞人也。少好学明经，以郡吏举孝廉为郎，补若卢右丞，迁云阳令。举贤良为昌邑中尉，而王好游猎，驱驰国中，动作亡节，吉上疏谏曰……昌邑群臣坐在国时不举奏王罪过，令汉朝不闻知，又不能辅道，陷王大恶，皆下狱诛。唯吉与郎中令龚遂以忠直数谏正得减死，髡为城旦。"

△昭帝作《免田租诏》。见《汉书·昭帝纪》本年。

汉昭帝始元四年（前83）

△昭帝作《止出马诏》。见《汉书·昭帝纪》本年。

汉昭帝始元五年（前82）

△昭帝作《举贤良文学诏》，六月，诏令三辅、太常举贤良各一人，郡国举文学高第各一人。又增博士弟子员满百人。见《汉书·昭帝纪》本年。

△王吉作《上书谏昌邑王》。见《汉书·王吉传》。按《汉书·诸侯王表》昌邑王："始元元年，王贺嗣。"始元元年之后举贤良事，唯有本年，故系于此。

汉昭帝始元六年（前81）

△议罢盐铁榷酤。参见《汉书·昭帝纪》《盐铁论》。

△苏武归汉。李陵作《与苏武书》《答苏武书》，苏武作《报李陵书》《书》。《汉书·苏武传》："武以始元六年春至京师。"《与苏武书》《报李陵

书》见《艺文类聚》卷三十。《答苏武书》见《文选》卷四十一。《书》见《文选》卷二十九张协《杂诗》李注。

△魏相作《贤良对策》。见《汉书·魏相传》《汉书·韩延寿传》。

△燕王刘旦作《上疏请入宿卫》。见《汉书·武五子传》。

汉昭帝元凤元年（前80）

△昭帝作《赐韩福等诏》《赏诛上官桀等功诏》《赦燕太子等诏》《赐燕王旦玺书》。前三诏见《汉书·昭帝纪》本年，后一诏见《汉书·武五子传》。

汉昭帝元凤二年（前79）

△孟卿教《春秋》于兰陵。孟卿，东海兰陵人，从嬴公受《春秋》，从萧奋学《礼》，故善《春秋》及《礼》。授后苍、疏广、闾丘卿。世所传《后氏礼》《疏氏春秋》，皆出孟卿。孟卿以《礼经》多，《春秋》烦杂，乃使子喜从田王孙受《易》。喜好自称誉，得《易》家候阴阳灾变书，诈言师田生且死时，枕喜膝，独传喜，诸儒以此耀之。参《汉书·儒林传》。刘汝霖《汉晋学术编年》卷二："按孟卿之设教，当非一年之事。考疏广、后苍俱在宣帝之初任职，则其受教于孟卿当在昭帝时。且元凤三年眭孟被杀，孟与卿出一门下，其年代当相差不远，故志之于此。"

△刘向生。参钱穆《刘向歆父子年谱》。

△昭帝作《免今年马口钱诏》。见《汉书·昭帝纪》本年。

汉昭帝元凤三年（前78）

△眭弘言事被诛。见《汉书·眭两夏侯京翼李传》。

△昭帝作《免明年漕诏》。见《汉书·昭帝纪》本年。

汉昭帝元凤四年（前77）

△京房生。《汉书·京房传》："京房字君明，东郡顿丘人也。"后载建昭

二年京房弃市，“死时年四十一”。可推知京房生于本年。

△昭帝作《封范明友为平陵侯诏》《封傅介子为义阳侯诏》。前者见《汉书·昭帝纪》本年，后者见《汉书·傅介子传》。

汉昭帝元凤五年（前76）

△韦贤为大鸿胪。韦贤字长孺，鲁国邹人也。贤为人质朴少欲，笃志于学，兼能《礼》《尚书》，以《诗》教授，号称邹鲁大儒。征为博士，给事中，进授昭帝《诗》，稍迁光禄大夫、詹事。至是年，迁大鸿胪。参《汉书·韦贤传》《汉书·儒林传》。

汉昭帝元凤六年（前75）

△昭帝作《以叔粟当赋诏》《封张安世为富平侯诏》。前者见《汉书·昭帝纪》本年，后者见《汉书·张汤传》。

汉昭帝元平元年（前74）

△昭帝作《减口赋钱诏》。见《汉书·昭帝纪》本年。

△霍光立宣帝。昭帝崩，无子，征昌邑王贺嗣位，狂乱失道，光废之，更立昭帝兄卫太子之孙，是为宣帝。昌邑王以行淫乱废，昌邑群臣皆下狱诛，唯中尉王吉、郎中令龚遂以数谏减死论。王式系狱当死，治事使者责问曰：“师何以亡谏书？”式对曰：“臣以《诗》三百五篇朝夕授王，至于忠臣孝子之篇，未尝不为王反复诵之也；至于危亡失道之君，未尝不流涕为王深陈之也。臣以三百五篇谏，是以亡谏书。”使者以闻，亦得减死论。参《汉书·宣帝纪》《汉书·儒林传》。

△张敞作《上书谏昌邑王》。见《汉书·张敞传》。

△夏侯胜迁长信少府。《汉书·夏侯胜传》：“夏侯胜字长公。初，鲁共王分鲁西宁乡以封子节侯，别属大河，大河后更名东平，故胜为东平人。胜少孤，好学，从始昌受《尚书》及《洪范五行传》，说灾异。后事蕳卿，又从欧阳氏问。为学精孰，所问非一师也。善说礼服。征为博士、光禄大夫。会

昭帝崩，昌邑王嗣立，数出。胜当乘舆前谏曰……”

汉宣帝本始元年（前73）

△宣帝作《封赐功臣诏》《议戾太子庙谥诏》《益封张安世诏》《益封霍光诏》。诏内郡国举文学、高第各一人。前二诏见《汉书·昭帝纪》本年，后二诏分见《汉书·张汤传》《汉书·霍光传》。

△河内女子上古文旧籍。河内女子发老屋，得逸《易》《礼》《尚书》各一篇奏之。宣帝下示博士，博士集而读之，然后《易》《礼》《尚书》各增一篇。参《经典释文》、《文选》李善注引《七略》、《汉书·楚元王传》。

汉宣帝本始二年（前72）

△夏侯胜下狱。《汉书·夏侯胜传》：“宣帝初即位，欲褒先帝，诏丞相御史曰：‘朕以眇身，蒙遗德，承圣业，奉宗庙，夙夜惟念。孝武皇帝躬仁谊，厉威武，北征匈奴，单于远遁，南平氐羌、昆明、瓯骆两越……廓地斥境，立郡县，百蛮率服，款塞自至，珍贡陈于宗庙；协音律，造乐歌，荐上帝，封太山，立明堂，改正朔，易服色；明开圣绪，尊贤显功，兴灭继绝，褒周之后；备天地之礼，广道术之路。上天报况，符瑞并应，宝鼎出，白麟获，海效巨鱼，神人并见，山称万岁。功德茂盛，不能尽宣，而庙乐未称，朕甚悼焉。其与列侯、二千石、博士议。’于是群臣大议廷中，皆曰：‘宜如诏书。’长信少府胜独曰……”

△宣帝作《议武帝庙乐诏》。见《汉书·宣帝纪》本年。

△后苍为少府。见《汉书·百官公卿表》本年。后苍为汉代《齐诗》大师。《汉书·儒林传》：“后苍字近君，东海郯人也。事夏侯始昌。始昌通五经，苍亦通《诗》《礼》，为博士，至少府，授翼奉、萧望之、匡衡……由是《齐诗》有翼、匡、师、伏之学。”《汉书·艺术志》应劭注曰：“申公作《鲁诗》，后苍作《齐诗》，韩婴作《韩诗》。”

汉宣帝本始三年（前71）

△韦贤为丞相。

汉宣帝本始四年（前70）

△赦夏侯胜。《汉书·夏侯胜传》：“至四年夏，关东四十九郡同日地动，或山崩，坏城郭室屋，杀六千余人。上乃素服，避正殿，遣使者吊问吏民，赐死者棺钱。下诏曰：‘盖灾异者，天地之戒也。朕承洪业，托士民之上，未能和群生。曩者地震北海、琅邪，坏祖宗庙，朕甚惧焉。其与列侯、中二千石博问术士，有以应变，补朕之阙，毋有所讳。’因大赦，胜出为谏大夫给事中。”

△宣帝作《振贷贫民诏》《地震诏》《议罚广川王去制》。前二诏见《汉书·宣帝纪》本年，后一诏见《汉书·景十三王传》。

汉宣帝地节二年（前68）

△刘向以父德任为辇郎。

△霍光卒。

△宣帝作《霍光薨下诏》，亲政。见《汉书·宣帝纪》本年。

△魏相作《上封事夺霍氏权》《上封事荐张安世》。分见《汉书·魏相传》《汉书·张汤传》。

汉宣帝地节三年（前67）

△疏广为太子太傅。《汉书·疏广传》：“疏广字仲翁，东海兰陵人也。少好学，明《春秋》，家居教授，学者自远方至。征为博士太中大夫。地节三年，立皇太子，选丙吉为太傅，广为少傅。数月，吉迁御史大夫，广徙为太傅。广兄子受字公子，亦以贤良举为太子家令。受好礼恭谨，敏而有辞。宣帝幸太子宫，受迎谒应对，及置酒宴，奉觞上寿，辞礼闲雅，上甚欢说。顷之，拜受为少傅，太子外祖父特进平恩侯许伯以为太子少，白使其弟中郎将舜监护太子家。上以问广，广对曰：‘太子国储副君，师友必于天下英俊，不宜独亲外家许氏。且太子自有太傅、少傅，官属已备，今复使舜护太子家，视陋，非所以广太子德于天下也。’上善其言，以语丞相魏相，相免冠谢曰：‘此非臣等所能及。’广繇是见器重，数受赏赐。太子每朝，因进见，太傅在

前，少傅在后。父子并为师傅，朝廷以为荣。”

△宣帝作《赐王成爵秩诏》《诏二千石》《地震诏》《举孝弟诏》《封霍云为冠阳侯》《置廷平诏》。前四诏见《汉书·宣帝纪》本年。后二诏分见《汉书·霍光传》《汉书·刑法志》。

△魏相作《上书自陈》。见《汉书·魏相传》及《汉书·百官公卿表》本年。

△萧望之作《雨雹对》《劾奏赵广汉》。分见《汉书·萧望之传》《汉书·赵广汉传》。

△路温舒作《上书言宜尚德缓刑》。见《汉书·路温舒传》。

汉宣帝地节四年（前66）

△梁丘贺为太中大夫。《汉书·儒林传》：“宣帝时，闻京房为《易》明，求其门人，得贺。贺时为都司空令。坐事，论免为庶人。待诏黄门数入说教侍中，以召贺。贺入说，上善之，以贺为郎。会八月饮酎，行祠孝昭庙，先驱旄头剑挺堕坠，首垂泥中，刃乡乘舆车，马惊。于是召贺筮之，有兵谋，不吉。上还，使有司侍祠。是时，霍氏外孙代郡太守任宣坐谋反诛，宣子章为公车丞，亡在渭城界中，夜玄服入庙，居郎间，执戟立庙门，待上至，欲为逆。发觉，伏诛。故事，上常夜入庙，其后待明而入，自此始也。贺以筮有应，繇是近幸，为太中大夫，给事中。”

△宣帝作《丧不徭诏》《子匿父母等罪勿坐诏》《诛霍禹等诏》《减盐贾诏》《岁上系囚诏》《策废霍皇后》《以黄霸为颍川太守诏》《赐封外祖母等诏》。前五诏见《汉书·宣帝纪》本年。《策废霍皇后》见《汉书·外戚传》及《汉书·宣帝纪》本年。《以黄霸为颍川太守诏》见《汉书·循吏传》。《赐封外祖母等诏》见《汉书·外戚传》。

△张敞作《为霍氏上封事》。见《汉书·张敞传》。按封事云“今两侯以出”，事在今年，随后两侯与霍禹等谋反被诛。

汉宣帝元康元年（前65）

△八月，诏博举吏民，厥身修正，通文学，明于先王之术，宣尽其意者，各二人，中二千石各一人。

△选博士、谏大夫通政事者补郡国守相。

△宣帝作《凤凰集甘露降诏》《博举诏》。见《汉书·宣帝纪》本年。

△萧望之作《上疏请选谏官》《冯奉世封爵议》。见《汉书·萧望之传》。

△魏相作《宗庙议》。见《汉书·韦贤传》。

汉宣帝元康二年（前64）

△夏侯胜复为长信少府。《汉书·夏侯胜传》："胜为人质朴守正，简易亡威仪。见时谓上为君，误相字于前，上亦以是亲信之。尝见，出道上语，上闻而让胜，胜曰：'陛下所言善，臣故扬之。尧言布于天下，至今见诵。臣以为可传，故传耳。'朝廷每有大议，上知胜素直，谓曰：'先生通正言，无惩前事。'"至是年，胜复为长信少府，迁太子太傅。

△宣帝作《赦诏》《平法诏》《更讳诏》《为张贺置守冢诏》《赐张敞玺书》《谕意萧望之》。前三诏见《汉书·宣帝纪》本年，后三诏分见《汉书·张汤传》《汉书·武五子传》《汉书·萧望之传》。

汉宣帝元康三年（前63）

△宣帝作《封丙吉等诏》《禁春夏弹射诏》《封昌邑王贺为海昏侯诏》《报丙吉》《封张彭祖诏》。前二诏见《汉书·宣帝纪》本年，后三诏分见《汉书·武五子传》《汉书·丙吉传》《汉书·张汤传》。

汉宣帝元康四年（前62）

△宣帝作《耆老勿坐罪诏》《神爵集宫苑诏》《赐尹翁归子黄金诏》《躬亲郊祀诏》《报张安世》。前二诏见《汉书·宣帝纪》本年，后三诏分见《汉书·尹翁归传》《汉书·郊祀志》《汉书·张汤传》。

△张敞作《上书自请治胶东勃海盗贼》《奏书谏胶东王太后数出游猎》

《为胶东相与朱邑书》。前二书见《汉书·张敞传》，后一书见《汉书·循吏传》。

△魏相作《上书谏伐匈奴右地》。见《汉书·魏相传》。

汉宣帝神爵元年（前61）

△张敞学古文。张敞字子高，本河东平阳人也。祖父孺为上谷太守，徙茂陵。敞父福事孝武帝，官至光禄大夫。敞后随宣帝徙杜陵。常修《左氏传》。至是，由胶东相征守京兆尹。会帝召通《仓颉》读者，敞从受焉。参《汉书·张敞传》《汉书·艺文志》《汉书·郊祀志》。刘汝霖《汉晋学术编年》卷二考证："敞之学古文，当在居京城时。而考敞之居官，除京兆尹外，皆在郡国。且得鼎之时，已识古文，故其初学古文，当在初为京兆尹时……故志其事于此年。"

△遣谏大夫王褒求金马碧鸡之神于益州。

△宣帝作《改元神爵诏》《止诸侯王入朝诏》《祠江海诏》《赐朱邑子黄金诏》《赐陈遂玺书》《制诏酒泉太守》《以张敞守京兆尹诏》《敕让赵充国书》《赐赵充国书》《报赵充国》《复赐书报赵充国》《报赵充国听留屯》。前二诏见《汉书·宣帝纪》本年。《祠江海诏》见《汉书·郊祀志》。《赐朱邑子黄金诏》见《汉书·循吏传》。《赐陈遂玺书》见《汉书·游侠传》。《制诏酒泉太守》见《观堂集林》卷十七所载汉简。《以张敞守京兆尹诏》见《汉书·张敞传》。后五诏见《汉书·赵充国传》。

△赵充国作《击罕开议》《上书谢罪因陈兵利害》《上屯田奏》《条上屯田便宜十二事状》《复奏屯田便宜》。见《汉书·赵充国传》。

△魏相作《条奏便宜》。见《汉书·魏相传》。

△张敞作《上书请令入谷赎罪》《答两府入谷赎罪难问》，萧望之作《驳张敞入谷赎罪议》《对两府难问入谷赎罪议》。见《汉书·萧望之传》。

汉宣帝神爵二年（前60）

△刘向被擢为谏大夫。

△九月，司隶校尉盖宽饶自刭北阙下。《汉书·盖宽饶传》："宽饶奏封事曰：'方今圣道浸废，儒术不行，以刑余为周、召，以法律为《诗》《书》。'又引《韩氏易传》言：'五帝官天下，三王家天下，家以传子，官以传贤，若四时之运，功成者去，不得其人则不居其位。'书奏，上以宽饶怨谤终不改，下其书中二千石。时执金吾议，以为宽饶指意欲求禭，大逆不道。谏大夫郑昌愍伤宽饶忠直忧国……上不听，遂下宽饶吏。宽饶引佩刀自刭北阙下，众莫不怜之。"

△王褒作《四子讲德论》《圣主得贤臣颂》。见《汉书·王褒传》。

汉宣帝神爵三年（前59）

△刘向待诏金马门。刘向本名更生，字子政。系出高祖同父少弟楚元王交后，宗正刘德子。以父任为辇郎，至是既冠，以行修饬，擢为谏大夫。时宣帝循武帝故事，讲论六经群书，博进奇异之好。招选名儒俊材，置左右。征能为《楚辞》九江被公，召见诵读。益召高材刘更生、张子侨、华龙、柳褒等，待诏金马门，更生献赋颂凡数十篇。参《汉书·楚元王传》。

△魏相卒。《汉书·魏相传》："相明《易经》，有师法……数表采《易阴阳》及《明堂月令》奏之……"

△丙吉相。《汉书·丙吉传》："……吉又尝出，逢清道群斗者，死伤横道，吉过之不问，掾史独怪之。吉前行，逢人逐牛，牛喘吐舌。吉止驻，使骑吏问：'逐牛行几里矣？'掾史独谓丞相前后失问，或以讥吉，吉曰：'民斗相杀伤，长安令、京兆尹职所当禁备逐捕，岁竟丞相课其殿最，奏行赏罚而已。宰相不亲小事，非所当于道路问也。方春少阳用事，未可大热，恐牛近行用暑故喘，此时气失节，恐有所伤害也。三公典调和阴阳，职当忧，是以问之。'掾史乃服，以吉知大体。"

△宣帝作《益吏奉诏》《策丙吉为丞相》《封郑吉为安远侯诏》。分见《汉书·宣帝纪》本年、《汉旧仪》、《汉书·郑吉传》。

△张敞作《与严延年书》《上言请增吏俸》。分见《汉书·酷吏传》、《通典》卷三十五"禄秩"条引应劭注《汉书》。

汉宣帝神爵四年（前58）

△四月，令内郡国举贤良可亲民者各一人。

汉宣帝五凤元年（前57）

△刘向下狱。《汉书·楚元王传》："向字子政，本名更生。……更生以通达能属文辞，与王褒、张子侨等并进对，献赋颂凡数十篇。上复兴神仙方术之事，而淮南有《枕中鸿宝苑秘书》。书言神仙使鬼物为金之术，及邹衍重道延命方，世人莫见，而更生父德武帝时治淮南狱得其书。更生幼而读诵，以为奇，献之，言黄金可成。上令典尚方铸作事，费甚多，方不验。上乃下更生吏，吏劾更生铸伪黄金，系当死。更生兄阳城侯安民上书，入国户半，赎更生罪。上亦奇其材，得逾冬减死论。"

△萧望之作《对诏问因乱灭匈奴议》《驳耿寿昌增海租及近籴计》《自奏》《又自陈》。《对诏问因乱灭匈奴议》见《汉书·萧望之传》。《驳耿寿昌增海租及近籴计》见《汉书·食货志》。《自奏》《又自陈》见《汉书·韩延寿传》。

汉宣帝五凤二年（前56）

△萧望之为太子太傅。

△宣帝作《嫁娶不禁具酒食诏》《左迁萧望之策》《赐刘德谥诏》。分见《汉书·宣帝纪》本年、《汉书·萧望之传》、《汉书·楚元王传》。

汉宣帝五凤三年（前55）

△刘向受《穀梁传》。《汉书·楚元王传》："会初立《穀梁春秋》，征更生受《穀梁》。"

△宣帝作《匈奴来降赦诏》《策杜延年为御史大夫》。分见《汉书·宣帝纪》本年、《汉旧仪》。

△张敞作《奏劾黄霸》。见《汉书·循吏传》。

汉宣帝五凤四年（前54）

△宣帝作《日食诏》，非太子好儒。《日食诏》见《汉书·宣帝纪》本年。

△杨恽作《报孙会宗书》，被诛。《报孙会宗书》见《汉书·杨恽传》。其中言“会有日食变”，《汉书·宣帝纪》本年：“夏四月辛丑晦，日有蚀之。”杨恽之论罪，当在日食后。

△张敞作《告絮舜教》。见《汉书·张敞传》。

汉宣帝甘露元年（前53）

△平《公羊》《榖梁》同异。见《汉书·儒林传》。

△扬雄生。

△王褒作《甘泉宫颂》《洞箫赋》。见《汉书·王褒传》。

汉宣帝甘露三年（前51）

△石渠阁会议。《汉书·宣帝纪》：“诏诸儒讲五经同异，太子太傅萧望之等平奏其议，上亲称制临决焉。乃立梁丘《易》、大小夏侯《尚书》、榖梁《春秋》博士。”

△宣帝作《嫁母不制服诏》《凤皇集诏》。分见《通典》卷八十九、《汉书·宣帝纪》本年。

汉宣帝黄龙元年（前49）

△增博士弟子员十二人。

△宣帝作《察计簿诏》《毋得举六百石为廉吏诏》。见《汉书·宣帝纪》本年。

△王吉作《上疏宣帝言得失》。见《汉书·王吉传》。

汉元帝初元元年（前48）

△翼奉为中郎，作《上封事言邪正》《日辰时对》。《汉书·翼奉传》：

"翼奉字少君，东海下邳人也。治《齐诗》，与萧望之、匡衡同师。三人经术皆明，衡为后进，望之施之政事，而奉惇学不仕，好律历阴阳之占。元帝初即位，诸儒荐之，征待诏宦者署，数言事宴见，天子敬焉。时平昌侯王临以宣帝外属侍中，称诏欲从奉学其术。奉不肯与言，而上封事曰……"

△匡衡为郎中。见《汉书・匡衡传》。

△征王吉、贡禹。《汉书・王吉传》："吉与贡禹为友，世称'王阳在位，贡公弹冠'，言其取舍同也。元帝初即位，遣使者征贡禹与吉。吉年老，道病卒，上悼之，复遣使者吊祠云。"贡禹作《奏宜放古自节》。见《汉书・贡禹传》。

△元帝作《遣使循行天下诏》《免灾民租赋诏》《节省诏》《封王禁制书》《令孔霸奉孔子祀诏》。前三诏见《汉书・元帝纪》本年。后二诏分见《汉书・五行志中之上》《汉书・孔光传》。

△萧望之作《建白宜罢中书宦官》。见《汉书・萧望之传》。

△刘向为宗正。见《汉书・楚元王传》。

汉元帝初元二年（前 45）

△刘向、萧望之、周堪下狱，皆免为庶人。萧望之自杀。

△元帝作《灾异求言诏》《又诏》《赐萧望之爵邑诏》《原萧望之诏》。前三诏见《汉书・元帝纪》本年，后一诏见《汉书・萧望之传》。

△翼奉上书言事，作《因灾异应诏上封事》。《汉书・翼奉传》："明年二月戊午，地震……七月己酉，地复震……因赦天下，举直言极谏之士。奉奏封事曰……"

汉元帝初元三年（前 46）

△元帝作《赦诏》《求言诏》《诘问贾捐之》《罢珠崖郡诏》。前二诏见《汉书・元帝纪》本年，后二诏见《汉书・贾捐之传》。六月，诏丞相、御史举天下明阴阳灾异者各三人。

△贾捐之作《弃珠崖议》。见《汉书・贾捐之传》。

△贡禹作《上书言得失》。见《汉书·贡禹传》。

△翼奉作《因灾异上疏》《上疏请徙都洛阳》《庙祀对》。见《汉书·翼奉传》。

汉元帝初元四年（前45）

△京房举孝廉，作《律术对》。见《汉书·儒林传》。又，《后汉书志·律历上》："而元帝时，郎中京房知五声之音、六律之数。上使太子太傅玄成、谏议大夫章，杂试问房于乐府。房对……"

△王莽出生。《汉书·王莽传》："王莽字巨君，孝元皇后之弟子也。"《汉书·五行志中之上》："王莽生于元帝初元四年，至成帝封侯，为三公辅政，因以篡位。"

汉元帝初元五年（前44）

△博士弟子不限员，以广学者。令民有能通一经者，免本身徭赋。

△元帝作《因灾异改行新政诏》《议律令诏》《报贡禹》。分见《汉书·元帝纪》本年、《汉书·刑法志》、《汉书·贡禹传》。

△贡禹作《上书乞骸骨》《奏请正定庙制》《送匈奴侍子议》。分见《汉书·贡禹传》《汉书·韦玄成传》《汉书·陈汤传》。

△匡衡作《华阴守丞嘉封事对》《以孔子世为殷后议》。分见《汉书·朱云传》《汉书·梅福传》。

△王尊作《安定太守属县教》《又敕掾功曹教》。见《汉书·王尊传》。

汉元帝永光元年（前43）

△二月，诏丞相、御史举质朴、敦厚、逊让、有行者，光禄勋岁以此四科考校郎及从官，定其等第高下。作《赦诏》《复诏条奏丞相御史》《报于定国》《诏免诸葛丰》《左迁周堪张猛诏》。《赦诏》见《汉书·元帝纪》本年。《复诏条奏丞相御史》《报于定国》见《汉书·于定国传》。《诏免诸葛丰》见《汉书·诸葛丰传》。《左迁周堪张猛诏》见《汉书·楚元王传》。

△刘向上书言事。《汉书·楚元王传》："更生见堪、猛在位，几己得复

进，惧其倾危，乃上封事谏曰……”

△贾捐之作《与杨兴共为荐石显奏》《又共为荐杨兴奏》。见《汉书·贾捐之传》。

汉元帝永光二年（前42）

△元帝作《大赦诏》《日食诏》《赦诏》《玺书劳冯奉世且让之》《留屯田》。前三诏见《汉书·元帝纪》本年，后二诏见《汉书·冯奉世传》。

△匡衡作《上疏言政治得失》。见《汉书·匡衡传》。

汉元帝永光三年（前41）

△十一月，元帝以国用不足，令复盐铁官；置博士弟子员千人。

△京房为魏郡太守。见《汉书·儒林传》。

△元帝作《责吏诏》《封冯奉世关内侯诏》。分见《汉书·元帝纪》本年、《汉书·冯奉世传》。

汉元帝永光四年（前40）

△议罢郡国庙。见《汉书·韦玄成传》。

△元帝作《赦诏》《日蚀求言诏》《初陵勿置县邑诏》《征周堪诏》。前三诏见《汉书·元帝纪》本年，后一诏见《汉书·楚元王传》。

△京房作《奏考功课吏法》。见《汉书·儒林传》。

汉元帝永光五年（前39）

△元帝作《正毁庙迁主礼仪诏》。韦玄成作《毁庙迁主议》。见《汉书·韦玄成传》。

△匡衡作《上疏言治性正家》。见《汉书·匡衡传》。

汉元帝建昭元年（前38）

△韦玄成作《复言罢文昭太后寝祠园》。见《汉书·韦玄成传》。

汉元帝建昭二年（前37）

△京房作《拜魏郡太守上封事》《因邮上封事》《至陕复上封事》，遇害。见《汉书·儒林传》。

△元帝作《赐淮阳王钦玺书》。见《汉书·宣元六王传》。

汉元帝建昭三年（前36）

△议复诸毁庙。见《汉书·韦玄成传》。

△韦玄成作《奏发陈咸朱云事》。见《汉书·朱云传》。

△匡衡为相。见《汉书·匡衡传》。

△陈汤作《上疏自理》。见《汉书·陈汤传》。

汉元帝建昭四年（前35）

△四月，遣使循行郡国，举茂才特立之士。

△谷永作《三月雨雪对》。见《汉书·五行志中之下》。

汉元帝建昭五年（前34）

△元帝作《禁妨农诏》《赦诏》《诏免丙显官》《申明毁庙制书》。前二诏见《汉书·元帝纪》本年，后二诏分见《汉书·丙吉传》《汉书·韦玄成传》。

汉元帝竟宁元年（前33）

△翟方进为议郎。《汉书·翟方进传》："翟方进字子威，汝南上蔡人也。家世微贱，至方进父翟公，好学，为郡文学……经博士受《春秋》。积十余年，经学明习，徒众日广，诸儒称之。以射策甲科为郎。二三岁，举明经，迁议郎。"

△元帝作《改元竟宁诏》《以张谭为御史大夫诏》《使许嘉口谕呼韩邪单于》《赦甘延寿陈汤矫制罪诏》。分见《汉书·元帝纪》本年、《汉书·冯奉世传》、《汉书·匈奴传》、《汉书·陈汤传》。

△成帝即位，向经学。见《汉书·成帝纪》。

△刘向作《理甘延寿陈汤疏》，匡衡作《甘延寿陈汤封爵议》《奏免陈

汤》《奏罢诸毁庙》。前三篇奏疏见《汉书·陈汤传》，后一篇见《汉书·韦玄成传》及《汉书·元帝纪》本年。

△杜钦作《上疏追讼冯奉世前功》《说王凤重后父》。分见《汉书·冯奉世传》《汉书·外戚传》。

汉成帝建始元年（前32）

△刘向迁光禄大夫。《汉书·楚元王传》："成帝即位，显等伏辜，更生乃复进用，更名向。向以故九卿召拜为中郎，使领护三辅都水。数奏封事，迁光禄大夫。"作《对成帝甘泉泰畤问》。见《汉书·郊祀志》。

△成帝作《大赦诏》《报王凤》。前者见《汉书·成帝纪》本年，后者见《汉书·元后传》。

△匡衡作《上疏戒妃匹劝经学威仪之则》《奏徙南北郊》《上言罢郊坛伪饰》《又言罢雍鄜密上下祠》。前一疏见《汉书·匡衡传》，后三疏见《汉书·郊祀志》。

△王凤作《因灾异上书辞谢》。见《汉书·元后传》。

△杜钦作《说王凤》《复说王凤》。见《汉书·杜钦传》。

△薛宣作《上疏言吏多苛政》。见《汉书·薛宣传》。

△孔光为博士。见《汉书·孔光传》。

汉成帝建始二年（前31）

△成帝作《赦罪减赋诏》《报匡衡》。分见《汉书·成帝纪》本年、《汉书·匡衡传》。二月，诏三辅内郡举贤良方正各一人。

△匡衡作《复条奏罢群祠》。见《汉书·郊祀志》。

△王尊作《劾奏匡衡》。见《汉书·王尊传》。

汉成帝建始三年（前30）

△成帝作《遣使循行天下诏》《举贤良方正诏》《策许嘉》。前二诏见《汉书·成帝纪》本年，后一诏见《汉书·外戚传》。十二月，日食，夜地震，诏举贤良方正能直言极谏之士，谷永以待诏对策。

△谷永作《请赐谥郑宽中疏》。见《汉书·儒林传》。

汉成帝建始四年（前29）

△成帝作《白虎殿策方正直言》。杜钦作《举贤良方正对策》《白虎殿对策》。见《汉书·杜钦传》。

△谷永作《举方正对策》《对策毕复言灾异》《日食地震对》《复对》《谢王凤书》《上疏讼陈汤》。前五疏见《汉书·谷永传》，后一疏见《汉书·陈汤传》。

汉成帝河平元年（前28）

△成帝作《改元河平诏》《日蚀求言大赦诏》《诏有司复东平削县》《报许皇后》《议减省律令诏》。前二诏见《汉书·成帝纪》本年。《诏有司复东平削县》见《汉书·宣元六王传》。《报许皇后》见《汉书·外戚传》。《议减省律令诏》见《汉书·刑法志》。

△刘向作《日食对》。见《汉书·五行志下之下》。

汉成帝河平二年（前27）

△谷永作《受降议》。见《汉书·匈奴传》。

△杜钦作《说王凤处置夜郎等国》。见《汉书·西南夷传》。

汉成帝河平三年（前26）

△成帝作《闵楚王被疾诏》。见《汉书·宣元六王传》。

△刘歆为黄门侍郎。《汉书·楚元王传》："歆字子骏，少以通《诗》《书》能属文召见成帝，待诏宦者署，为黄门郎。"①

---

① 《西汉文学编年史》将此条与下条"刘向作《诫子歆书》"均系于建始四年（前29）："《汉书·刘歆传》：'少以通《诗》《书》能属文召见成帝，待诏宦者署，为黄门侍郎。'之后即言'河平中'事，则为郎在河平之前。故系其为郎于河平前一年的今年。"陆侃如《中古文学系年》仅见此条，系之于河平三年（前26）："据《成帝纪》，向于三年奉命校中秘书。歆于二年以（王）凤故未拜，则为郎当亦三年事。"此从陆说。

△刘向作《诫子歆书》。《初学记》卷十二："刘向《诫子歆书》曰：'今若年少得黄门侍郎……'"《艺文类聚》卷二十三："刘向《诫子书》曰：'汝有厚德，蒙恩甚厚，将何以报……'"

△诏刘向等整理古籍。《汉书·艺文志》："……至成帝时，以书颇散亡，使谒者陈农求遗书于天下。诏光禄大夫刘向校经传诸子诗赋，步兵校尉任宏校兵书，太史令尹咸校数术，侍医李柱国校方技。每一书已，向辄条其篇目，撮其指意，录而奏之。"

△刘向上《洪范五行传论》。《汉书·楚元王传》："成帝即位，显等伏辜，更生乃复进用，更名向。向以故九卿召拜为中郎，使领护三辅都水。数奏封事，迁光禄大夫。是时，帝元舅阳平侯王凤为大将军，秉政，倚太后，专国权，兄弟七人皆封为列侯。时数有大异，向以为外戚贵盛，凤兄弟用事之咎。而上方精于《诗》《书》，观古文，诏向领校中五经秘书。向见《尚书·洪范》，箕子为武王陈五行阴阳休咎之应。向乃集合上古以来历春秋六国至秦、汉符瑞灾异之记，推迹行事，连传祸福，著其占验，比类相从，各有条目，凡十一篇，号曰《洪范五行传论》，奏之。"

△杜钦作《说王凤治河》。见《汉书·沟洫志》。

汉成帝河平四年（前25）

△三月，令举纯厚有行能言直谏之士。

△张霸上百两篇《尚书》。刘汝霖《汉晋学术编年》卷三据《汉书·儒林传》及王充《论衡·佚文》："百两篇《尚书》，出东莱张霸，分析今二十九篇，以为数十，又采《左氏传书叙》，为作首尾。凡百二篇。篇或数简，文意浅陋。帝求为古文者，霸以能为百两征。帝出秘《尚书》以校考之，无一字相应者。下霸于吏，吏当器辜，大不敬。霸辞受父，父有弟子尉氏樊并。时太中大夫平当，侍御史周敞，劝上存之。成帝奇霸之才，赦其辜，亦不灭其经。后樊并谋反，乃黜其书。"

△谷永出为安定太守，作《与段会宗书》。见《汉书·谷永传》。

汉成帝阳朔元年（前24）

△诏举博士。《汉书·成帝纪》："诏曰：'古之立太学，将以传先王之业，流化于天下也……"

△杜钦作《戒王凤》《复说王凤起就位》《复说王凤举直言极谏》《奏记王凤理冯野王》。前三篇见《汉书·杜钦传》，后一篇见《汉书·冯野王传》。

△王凤作《因日蚀上言宜遣定陶王之国》《上疏乞骸骨》。见《汉书·元后传》。

△扬雄作《反离骚》《广骚》《畔牢愁》。见《汉书·扬雄传》。

汉成帝阳朔二年（前23）

△成帝作《顺时令诏》《举博士诏》。见《汉书·成帝纪》本年。

△刘向为中垒校尉。据钱穆《刘向歆父子年谱》。

△桓谭出生。详见刘汝霖《汉晋学术编年》。

汉成帝阳朔三年（前22）

△谷永作《与王谭书》《说王音》《与王音书》。前两篇见《汉书·谷永传》，后一篇见《艺文类聚》卷二十四。

汉成帝鸿嘉元年（前20）

△成帝作《封丙吉孙诏》《封史丹为武阳侯诏》《幼弱减死罪令》《封王音为安阳侯诏》《赐王音策书》《治冤狱诏》。《封丙吉孙诏》见《汉书·丙吉传》。《封史丹为武阳侯诏》见《汉书·史丹传》。《幼弱减死罪令》见《汉书·刑法志》。《封王音为安阳侯诏》《赐王音策书》见《汉书·元后传》。《治冤狱诏》见《汉书·成帝纪》本年。

汉成帝鸿嘉二年（前19）

△成帝作《选贤诏》。见《汉书·成帝纪》本年。

△陈汤作《上封事请徙初陵》。见《汉书·陈汤传》。

△谷永作《谏成帝微行》。见《汉书·五行志中之上》。

汉成帝鸿嘉四年（前17）

△成帝作《恤民诏》。见《汉书·成帝纪》本年。

△谷永议治河，作《塞河议》，李寻等亦作《塞河议》。见《汉书·沟洫志》。

汉成帝永始元年（前16）

△刘向上《列女传》《新序》《说苑》等书。《汉书·楚元王传》："向睹俗弥奢淫，而赵、卫之属起微贱，逾礼制。向以为王教由内及外，自近者始。故采取《诗》《书》所载贤妃贞妇，兴国显家可法则，及孽嬖乱亡者，序次为《列女传》，凡八篇，以戒天子。及采传记行事，著《新序》《说苑》凡五十篇奏之。数上疏言得失，陈法戒。书数十上，以助观览，补遗阙。上虽不能尽用，然内嘉其言，常嗟叹之。"

△谷永作《日食对》《日食上书》。分见《汉书·五行志下之下》、《后汉书志·五行六》注。

△王莽为新都侯。见《汉书·王莽传》。

汉成帝永始二年（前15）

△成帝作《龙见日蚀诏》《吏民助振赡者赐爵诏》《封淳于长等诏》《册免薛宣》《徙陈汤制》《徙解万年制》。前三诏见《汉书·成帝纪》本年，《册免薛宣》见《汉书·薛宣传》，后二诏见《汉书·陈汤传》。

△谷永作《黑龙见东莱对》《又日食对》《日食上书》《星陨对》。《黑龙见东莱对》见《汉书·谷永传》。《又日食对》《星陨对》见《汉书·五行志下之下》。《日食上书》见《后汉书志·五行六》注。

汉成帝永始三年（前14年）

△成帝作《遣使循行诏》《赐史丹策》。分见《汉书·成帝纪》本年、

《汉书·史丹传》。

△扬雄作《县邸铭》《王佴颂》《阶闼铭》《成都城四隅铭》《绵竹颂》《蜀都赋》《蜀王本纪》。详见陆侃如《中古文学系年》。

△扬雄待诏承明庭。《汉书·扬雄传》："扬雄字子云，蜀郡成都人也……孝成帝时，客有荐雄文似相如者，上方郊祠甘泉泰畤、汾阴后土，以求继嗣，召雄待诏承明之庭。"①

△元后作《诏有司复甘泉泰畤等祠》。见《汉书·郊祀志》。

△谷永作《说成帝距绝祭祀方术》《上疏理梁王立》。分见《汉书·郊祀志》《汉书·文三王传》。

△张霸《百两篇》受黜。《汉书·儒林传》："后樊并谋反，乃黜其书。"按樊并谋反事在本年。

△刘向作《列子书录》。《列子》载《列子书录》曰："护左都水使者光禄大夫臣向所校《列子书录》，永始三年八月壬寅上。"按《玉海》卷五十三云："向校《列子》书永始二年八月壬寅上。"与此不同。

△梅福作《上书言王凤专权》。见《汉书·梅福传》。《西汉年纪》系于本年。

汉成帝元延元年（前12）

△成帝作《孛星见求直言诏》。见《汉书·成帝纪》本年。诏公卿与内郡国举方正、能直言极谏者各一人。

△谷永作《灾异对》《门牡自亡对》《星孛对》，言灾异之意。《汉书·谷永传》："元延元年，为北地太守。时灾异尤数，永当之官，上使卫尉淳于长受永所欲言。永对曰……"

△刘向作《星孛对》。见《汉书·五行志下之下》。

---

① 此据《秦汉文学编年史》："依据诸家考证，扬雄之游历京师，时在本年前后。今姑系于此。"《西汉文学编年史》系于永始四年（前13），《中古文学系年》系于元延二年（前11）。

汉成帝元延二年（前11）

△扬雄作《甘泉赋》《河东赋》《羽猎赋》，除为郎。《汉书·扬雄传》："孝成帝时，客有荐雄文似相如者，上方郊祠甘泉泰畤、汾阴后土，以求继嗣，召雄待诏承明之庭。正月，从上甘泉，还奏《甘泉赋》以风。其辞曰……其三月，将祭后土，上乃帅群臣横大河，凑汾阴。既祭，行游介山，回安邑，顾龙门，览盐池，登历观，陟西岳以望八荒，迹殷、周之虚，眇然以思唐、虞之风。雄以为临川羡鱼不如归而结罔，还，上《河东赋》以劝，其辞曰……"《汉书·成帝纪》："四年春正月，行幸甘泉，郊泰畤，神光降集紫殿。大赦天下。赐云阳吏民爵，女子百户牛酒，鳏寡孤独高年帛。三月，行幸河东，祠后土，赐吏民如云阳，行所过无出田租。"①

△扬雄作《长杨赋》。《汉书·扬雄传》："秋，命右扶风发民入南山，西自褒斜，东至弘农，南驱汉中，张罗罔罝罘，捕熊罴、豪猪、虎豹、狖玃、狐菟、麋鹿，载以槛车，输长杨射熊馆。以罔为周阹，纵禽兽其中，令胡人手搏之，自取其获，上亲临观焉。是时，农民不得收敛。雄从至射熊馆，还，上《长杨赋》。"

汉成帝元延三年（前10）

△刘向复上书言灾异事。《汉书·楚元王传》："向为人简易无威仪，廉靖乐道，不交接世俗，专积思于经术，昼诵书传，夜观星宿，或不寐达旦。元延中，星孛东井，蜀郡岷山崩雍江。向恶此异，语在《五行志》。怀不能已，

---

① 对于《甘泉赋》《河东赋》《羽猎赋》的创作年代及扬雄为郎的时间，学界目前尚无定论，有三种观点：一是认为作于永始三年（前14），证据为《文选》卷八《羽猎赋》李善注引《七略》曰："《羽猎》，永始三年十二月上。"二是认为作于永始四年（前13）。三是认为作于元延二年（前11）。《西汉年纪》、《资治通鉴》、钱穆《刘向歆父子年谱》、《中古文学系年》、《秦汉文学编年史》认为应系于元延二年，今从此说。《汉书补注·扬雄传》引沈钦韩考证曰："愚案《成帝纪》，永始四年正月，元延二年正月、四年正月，俱有行幸甘泉事。据此传下云'其三月，将祭后土；其十二月，羽猎'，不别年头，则为一年以内之事。奏《甘泉赋》当在元延二年，与《纪》文方合。"《西汉文学编年史》则系《羽猎赋》于永始三年，系《甘泉赋》《河东赋》及为郎事于永始四年。

复上奏，其辞曰……"

△李寻作《说王根》，见《汉书·李寻传》。

汉成帝绥和元年（前8）

△王莽为大司马。

△王根荐李寻。见《汉书·李寻传》。

△增太学弟子员三千人。岁余，复如故。

△成帝作《立定陶王欣为皇太子诏》《封孔吉诏》《报乌珠留若鞮单于诏》《还许旦及亲属诏》《还冯参诏》《报翟方进》。前二诏见《汉书·成帝纪》本年。《报乌珠留若鞮单于诏》见《汉书·匈奴传》。《还许旦及亲属诏》见《汉书·外戚传》。《还冯参诏》见《汉书·冯奉世传》。《报翟方进》见《汉书·翟方进传》。

△梅福作《上书请封孔子孙为殷后》。《汉书·梅福传》："成帝久亡继嗣，福以为宜建三统，封孔子之世以为殷后，复上书曰……至成帝时，梅福复言宜封孔子后以奉汤祀。绥和元年，立二王后，推迹古文，以《左氏》《穀梁》《世本》《礼记》相明，遂下诏封孔子世为殷绍嘉公。语在《成纪》。"

△刘向作《说成帝定礼乐》，卒。《汉书·楚元王传》："居列大夫官前后三十余年，年七十二卒。卒后十三岁而王氏代汉。"《汉书·礼乐志》："至成帝时，犍为郡于水滨得古磬十六枚，议者以为善祥。刘向因是说上……成帝以向言下公卿议，会向病卒。丞相大司空奏请立辟雍，案行长安城南。"《汉书补注·楚元王传》引钱大昕曰："依此推检，向当卒于成帝绥和元年。"

△刘歆复为中垒校尉。见《汉书·楚元王传》。

△谷永卒。《汉书·谷永传》："曲阳侯根为票骑将军，荐永，征入为大司农。岁余，永病，三月，有司奏请免。故事，公卿病，辄赐告，至永独即时免。数月，卒于家。"《汉书·百官公卿表》元延四年载谷永为大司农，"一年免"，故系于本年。

汉成帝绥和二年（前7）

△成帝作《赐翟方进册》。见《汉书·翟方进传》。

△哀帝即位，作《尊定陶傅太后等诏》《罢乐府官诏》《益封河间王良诏》《议限列名田诏》《遣使循行水灾诏》《益封王根等诏》《遣王根就国诏》《诏王莽》《白太后》《益封王莽诏》《策免何武》。前五诏见《汉书·哀帝纪》本年。《益封王根等诏》《遣王根就国诏》见《汉书·元后传》。《诏王莽》《白太后》《益封王莽诏》见《汉书·王莽传》。《策免何武》见《汉书·何武传》。

△元后尊为太皇太后，作《治问成帝发病状诏》《诏有司复长安南北郊》。分见《汉书·外戚传》《汉书·郊祀志》。

△李寻作《奏记翟方进》《对诏问灾异》。分见《汉书·翟方进传》《汉书·李寻传》。按《汉书·哀帝纪》本年："诏曰……间者日月亡光，五星失行，郡国比比地动。乃者河南、颍川郡水出，流杀人民，坏败庐舍。"与《李寻传》中诏问内容相同，故系《对诏问灾异》于本年。

△王莽去位。见《汉书·王莽传》。

△刘歆作《孝武庙不毁议》《惠景及太上皇寝园议》，继父业作《七略》，议《太平经》。《孝武庙不毁议》《惠景及太上皇寝园议》见《汉书·韦玄成传》。作《七略》见《汉书·楚元王传》。议《太平经》见《汉书·李寻传》。

△桓谭作《仙赋》。

汉哀帝建平元年（前6）

△哀帝作《举贤诏》。见《汉书·哀帝纪》本年。

△刘歆上《山海经》。歆校定《山海经》上之，奏曰：凡三十二篇，今定为一十八篇，已定。《山海经》者，出于唐虞之际。

△刘歆请立《左传》等古文经，作《移让太常博士书》。见《汉书·楚元王传》。

△李寻以待诏黄门对策。《汉书·李寻传》："哀帝初即位，召寻待诏黄门，使侍中卫尉傅喜问寻曰：'间者水出地动，日月失度，星辰乱行，灾异仍重，极言毋有所讳。'寻对曰……"

△刘歆作《遂初赋》。见《古文苑》卷五《遂初赋序》。

△刘歆改名秀，字颖叔。

汉哀帝建平二年（前5）

△哀帝作《尊恭皇太后诏》《葬丁太后》《大赦改元诏》《蠲除改元制书诏》《策免傅喜》《策免孔光》《策免彭宣》。前四诏见《汉书·哀帝纪》本年，后三诏分见《汉书·傅喜传》《汉书·孔光传》《汉书·彭宣传》。

△谶纬之说起。《汉书·哀帝纪》本年："待诏夏贺良等言赤精子之谶，汉家历运中衰，当再受命，宜改元易号。"应劭曰："高祖感赤龙而生，自谓赤帝之精，良等因是作此谶文。"《汉书补注·哀帝纪》引齐召南曰："谶字始见于此……赤精子之说亦起于此。张平子谓谶起哀平之间，信哉。"

△夏贺良等被诛。《汉书·李寻传》："初，成帝时，齐人甘忠可诈造《天官历》、《包元太平经》十二卷……光禄勋平当、光禄大夫毛莫如与御史中丞、廷尉杂治，当贺良等执左道，乱朝政，倾覆国家，诬罔主上，不道。贺良等皆伏诛。寻及解光减死一等，徙敦煌郡。"

△李寻、扬雄论鼓妖。《汉书·五行志中之下》："哀帝建平二年四月乙亥朔，御史大夫朱博为丞相，少府赵玄为御史大夫，临延登受策，有大声如钟鸣，殿中郎吏陛者皆闻焉。上以问黄门侍郎扬雄、李寻，寻对曰……"

汉哀帝建平三年（前4）

△哀帝始幸董贤。见《汉书·佞幸传》。按建平四年哀帝即册封董贤为侯，册文言及前东平王云事曰"董贤等以闻"，而东平王事发于建平三年，则董贤本年已幸于哀帝无疑。

△元后作《诏有司复甘泉泰畤汾阴后土祠》。见《汉书·郊祀志》及《汉书·哀帝纪》本年。

汉哀帝建平四年（前3）

△杜邺作《灾异对》。《汉书·五行志下之上》："其夏，京师郡国民聚会

里巷仟佰，设张博具，歌舞祠西王母……是时，帝祖母傅太后骄，与政事，故杜邺对曰……”

△鲍宣作《上书谏哀帝》。见《汉书·鲍宣传》。

汉哀帝元寿元年（前2）

△哀帝作《日蚀诏》《左迁毋将隆诏》《册免丁明》《册董贤为大司马卫将军》《免傅嘉诏》《责问王嘉》《免息夫躬孙宠诏》。《日蚀诏》见《汉书·哀帝纪》本年。《左迁毋将隆诏》见《汉书·毋将隆传》。《册免丁明》《册董贤为大司马卫将军》见《汉书·董贤传》。《免傅嘉诏》见《汉书·孔光传》。《责问王嘉》见《汉书·王嘉传》。《免息夫躬孙宠诏》见《汉书·息夫躬传》。

△正月，上诏公卿大夫举贤良方正能直言者各一人。

△杜邺作《元寿元年举方正直言对》。见《汉书·杜邺传》。

△鲍宣作《复上书》。见《汉书·鲍宣传》。

△扬雄作《太玄》。《汉书·扬雄传》："哀帝时，丁、傅、董贤用事，诸附离之者或起家至二千石。时雄方草《太玄》，有以自守，泊如也。或嘲雄以玄尚白，而雄解之，号曰《解嘲》。"①

汉哀帝元寿二年（前1）

△平帝即位。

△元后临朝，作《禁举赦前事诏》《册罢董贤》《令傅皇后退居桂宫诏》《贬徙赵太后诏》《废赵皇后诏》《策免彭宣》。《汉书·平帝纪》："帝年九岁，太皇太后临朝，大司马莽秉政，百官总己以听于莽。"前二诏见《汉书·平帝纪》本年。《令傅皇后退居桂宫诏》《贬徙赵太后诏》《废赵皇后诏》见《汉书·外戚传》。《策免彭宣》见《汉书·彭宣传》。

△刘歆为右曹太中大夫。见《汉书·刘歆传》。

△扬雄作《解嘲》《解难》《太玄赋》。《解嘲》《解难》见《汉书·扬雄

① 《中古文学系年》系于建平三年（前4）。此从《西汉文学编年史》。

传》,《太玄赋》见《古文苑》卷四。[①]

汉平帝元始元年（1）

△元后作《令王莽勿辞安汉公诏》《益封孔光等四辅诏》《以王莽为太傅诏》《策王莽为安汉公》《听王莽让益封诏》《令王莽平决奏事诏》《拜平帝母卫姬为中山孝王后诏》《封王坚固为邛成侯诏》《还傅喜诏》。前六诏见《汉书·王莽传》。《拜平帝母卫姬为中山孝王后诏》《封王坚固为邛成侯诏》见《汉书·外戚传》。《还傅喜诏》见《汉书·傅喜传》。

△王莽为安汉公，作《上书让定策功赏》《白太后隔绝卫氏》。见《汉书·王莽传》本年。

△刘歆为羲和官、京兆尹。《汉书·平帝纪》本年："二月，置羲和官，秩二千石。"《汉书·刘歆传》："迁……羲和、京兆尹，使治明堂辟雍。"

△五月，诏举敦厚能直言者各一人。

△六月，封鲁顷公之八世孙公子宽为褒鲁侯，奉同公祀；封褒成君孔霸曾孙均为褒成侯，奉孔子祀。追谥孔子曰褒成宣尼公。

汉平帝元始二年（2）

△郡国大旱，蝗，民流亡。莽因上书，愿出钱百万，献田三十顷，付大司农助给贫民。于是公卿皆慕效焉。参《汉书·王莽传》。

△元后作《更名诏》《诏群臣》《诏王莽》《赐公孙弘子孙当为后者爵诏》《策遣龚胜邴汉》。《更名诏》见《汉书·平帝纪》本年。《诏群臣》《诏王莽》见《汉书·王莽传》本年。《赐公孙弘子孙当为后者爵诏》见《汉书·公孙弘传》。《策遣龚胜邴汉》见《汉书·龚胜传》。

汉平帝元始三年（3）

△王莽奏车服制度、吏民养生送终嫁娶奴婢器械之品，立官稷及学官，

---

① 《中古文学系年》系于建平三年。此从《西汉文学编年史》。

郡国曰学，县道邑侯国曰校，校学置经师一人。乡曰庠，聚曰序。序庠置《孝经》师一人。参《汉书·平帝纪》。

△元后作《勿采王莽女诏》《为平帝纳采王莽女诏》《诏王莽》《罢申屠刚诏》《封师丹为义阳侯诏》。前三诏见《汉书·王莽传》本年。《罢申屠刚诏》见《后汉书·申屠刚列传》。《封师丹为义阳侯诏》见《汉书·师丹传》。

△王莽作《奏请为平帝纳后》《上言己女不与选》《谢益封国邑》《奏诛子宇》。见《汉书·王莽传》本年。

△刘歆定婚礼。《汉书·平帝纪》："三年春，诏有司为皇帝纳采安汉公莽女……又诏光禄大夫刘歆等杂定婚礼。"

△张竦作《为陈崇草奏称莽功德》。见《汉书·王莽传》。

△扬雄作《法言》。见《汉书·扬雄传》。刘师培《杨子法言校补》于"汉兴二百一十载而中天"下按："此乃杨子自述其作书之岁也。以史考之，当为平帝三年。此书成于居摄前，故称新莽为汉公。"①

△班彪出生。《后汉书·班彪列传》："班彪字叔皮，扶风安陵人也。祖况，成帝时为越骑校尉。父稚，哀帝时为广平太守……建武三十年，年五十二，卒官。"可推知班彪生于本年。

汉平帝元始四年（4）

△广征经艺之士。《汉书·王莽传》："是岁，莽奏起明堂、辟雍、灵台，为学者筑舍万区，作市、常满仓，制度甚盛。立《乐经》，益博士员，经各五人。征天下通一艺教授十一人以上，及有逸《礼》、古《书》、《毛诗》、《周官》、《尔雅》、天文、图谶、钟律、月令、兵法、《史篇》文字，通知其意者，皆诣公车。网罗天下异能之士，至者前后千数，皆令记说廷中，将令正乖缪，壹异说云。"

△更定官名及十二州界。《汉书·王莽传》记此事在五年，此据《汉书·平帝纪》。

---

① 《中古文学系年》系于元始二年（2）。

△元后作《非坐不道无得系妇女老弱诏》《诏孔光》《诏孔光等》《许刻宰衡太傅大司马印章诏》《答群臣请加王莽九锡诏》。其一见《汉书·平帝纪》本年，其二见《汉书·孔光传》，后三诏见《汉书·王莽传》本年。

△王莽作《受宰衡上书》《奏定郊祀》。分见《汉书·王莽传》本年、《后汉书志·祭祀》。

△刘歆等迎王莽女。见《汉书·外戚传》及《汉书·平帝纪》本年。

汉平帝元始五年（5）

△刘歆治明堂辟雍，著《三统历谱》及《钟历书》。《汉书·平帝纪》："诏曰……羲和刘歆等四人使治明堂辟廱，令汉与文王灵台、周公作洛同符。"《汉书·楚元王传》："使（歆）治明堂辟雍，封红休侯，典儒林史卜之官，考定律历，著《三统历谱》。"

△征天下通知逸经、古记、天文、历算、钟律、小学、《史篇》、方术、《本草》及以五经、《论语》、《孝经》、《尔雅》教授者。《汉书·平帝纪》："征天下通知逸经、古记、天文、历算、钟律、小学、《史篇》、方术、《本草》及以五经、《论语》、《孝经》、《尔雅》教授者，在所为驾一封轺传，遣诣京师。至者数千人。"

△刘歆等封列侯。

△元后作《置宗师诏》《封刘歆王恽等列侯诏》《出平帝媵妾诏》《议九锡礼仪诏》《策安汉公九锡文》《令安汉公居摄诏》《诏赐免马宫策》《改葬傅太后及丁姬诏》。前三诏见《汉书·平帝纪》本年。《议九锡礼仪诏》《策安汉公九锡文》《令安汉公居摄诏》见《汉书·王莽传》本年。《诏赐免马宫策》见《汉书·马宫传》。《改葬傅太后及丁姬诏》见《汉书·外戚传》。

△王莽作《上书辞赏新野田》《奏羌豪内附》《奏复长安南北郊》《奏改郊祀礼》《奏分群神为五部兆》《言立官稷》《复言发傅太后及丁姬冢》《奏更傅太后及丁姬梓宫珠玉衣》。前二书见《汉书·王莽传》本年。《奏复长安南北郊》《奏改郊祀礼》《奏分群神为五部兆》《言立官稷》见《汉书·郊祀志》。《复言发傅太后及丁姬冢》《奏更傅太后及丁姬梓宫珠玉衣》见《汉

书·外戚传》。

△扬雄作《训纂》。见《汉书·扬雄传》。《汉书·艺文志》："扬雄《苍颉训纂》一篇……至元始中，征天下通小学者以百数，各令记字于庭中。扬雄取其有用者以作《训纂篇》，顺续《苍颉》，又易《苍颉》中重复之字，凡八十九章。"按通小学者当属本年所征经艺之士。

△符命初起。《汉书·王莽传》："十二月，平帝崩……是月，前辉光谢嚣奏武功长孟通浚井得白石，上圆下方，有丹书著石，文曰：'告安汉公莽为皇帝。'符命之起，自此始矣。"

孺子婴居摄元年（6）

△桓谭为谏大夫。见《后汉书·桓谭冯衍列传》。刘汝霖《汉晋学术编年》卷三考证："《汉书·王莽传》称莽以居摄二年'放《大诰》作策，遣谏大夫桓谭等班于天下'。其初为谏大夫必在其前。然本传称'哀平间位不过郎'则是迁中大夫必在其后也。故志之于此。"

△元后作《封刘嘉为帅礼侯诏》《封孔光孙等诏》。见《汉书·王莽传》本年。

△张竦作《为刘嘉作奏称莽功德》。见《汉书·王莽传》本年。

△扬雄续《史记》。《后汉书·班彪列传》："武帝时，司马迁著《史记》，自太初以后阙而不录。后好事者颇或缀集时事，然多鄙俗，不足以踵继其书。"章怀注："好事者谓杨雄、刘歆、阳城衡、褚少孙、史孝山之徒也。"《论衡·须颂》："司马子长纪黄帝以至孝武，杨子云录宣帝以至哀、平。"扬雄续至哀、平，则撰著当在元始五年以后，故系于此。据陆侃如《中古文学系年》。

孺子婴居摄二年（7）

△王莽作《大诰》《破翟义下诏》《族诛翟义等下诏》。见《汉书·翟方进传》。

△更造错刀、契刀、大钱，与五铢钱并行。

△封桓谭为明告里附城。见《汉书·翟方进传》。①

孺子婴居摄三年（8）

△王莽作《奏请诸将帅封爵》《下书议功显君未周丧作乐》《上奏符命》《下书即真》，篡汉。见《汉书·王莽传》本年。

△元后作《进封莽二子及兄子诏》。见《汉书·王莽传》。

△刘歆作《功显君丧服议》。见《汉书·王莽传》本年。

△扬雄作《州箴》《官箴》。见《汉书·扬雄传》及《汉书·艺文志》。陆侃如《中古文学系年》以为上述箴的写作大约在王莽改十三州为十二州之后，即元始五年以后，而在王莽更改官制之前，即始建国元年以前。此处从陆先生之说。

新莽始建国元年（9）

△王莽班符命四十二篇，作二十二文：《下诏更太后为新室文母》《自说德祥事》《铜权铭》《策命孺子》《策群司》《置司五事策》《改诸侯王号》《封古圣人后》《五姓名籍》《祠汉庙》《去刚卯除刀钱》《益封刘殷》《限田禁奴婢》《下书禁挟五铢钱》《总说符命》《策命五威将》《策命统睦侯陈崇》《命说符侯崔发》《命明威侯王级》《命尉睦侯王嘉》《命掌威侯王奇》《命怀羌子王福》。班符命事见《汉书·王莽传》本年。《下诏更太后为新室文母》见《汉书·元后传》。《自说德祥事》见《汉书·五行志中之下》。《铜权铭》见《隋书·律历志》上。后十九诏见《汉书·王莽传》本年。

△刘秀（刘歆）为国师、嘉新公。参《汉书·王莽传》。

△扬雄转为中散大夫，作《剧秦美新》。初，扬雄给事黄门，与王莽、刘歆并。哀帝之初，又与董贤同官。当成、哀、平间，莽、贤皆为三公，权倾人主，所荐无不拔擢，而雄三世不徙官。至是，莽篡位，谈说之士用符命称功德，获封爵者甚众。雄不复侯，以耆老久次转为中散大夫，常校书天禄阁。

---

① 此从《中古文学系年》《刘向歆父子年谱》说。《西汉文学编年史》系于居摄三年（8）。

（参《汉书·扬雄传》、《书钞》一百引《扬雄集》。）严可均《全汉文》卷五十三载扬雄《剧秦美新》："诸吏中散大夫臣雄……作《剧秦美新》一篇。"

△王莽依经行井田制，又更名奴婢曰"私属"。见《汉书·王莽传》。

△桓谭为王莽典乐大夫。《后汉书·桓谭列传》："当王莽居摄篡弑之际，天下之士，莫不竞褒称德美，作符命以求容媚，谭独自守，默然无言。莽时为掌乐大夫。"

新莽始建国二年（10）

△王莽作《报孙建奏废刘氏》《伐匈奴》《下书改钱币》《下诏立五均官》《设五均科条诏》。前三诏见《汉书·王莽传》本年。后二诏见《汉书·食货志》。又："初设六管之令。"见《汉书·王莽传》本年。

新莽始建国三年（11）

△王莽作《因汉律令仪法》《下书责司监》《封王舜二子》。见《汉书·王莽传》本年。

△收捕甄丰子寻、刘歆子棻、棻弟泳及歆门人丁隆等。见《汉书·王莽传》。

△扬雄从天禄阁自投下，几死。见《汉书·扬雄传》。

△为太子置师友、师友祭酒。《汉书·王莽传》："为太子置师友各四人，秩以大夫。以故大司徒马宫为师疑，故少府宗伯凤为傅丞，博士袁圣为阿辅，京兆尹王嘉为保拂，是为四师；故尚书令唐林为胥附，博士李充为奔走，谏大夫赵襄为先后，中郎将廉丹为御侮，是为四友。又置师友祭酒及侍中、谏议、六经祭酒各一人，凡九祭酒，秩上卿。琅邪左咸为讲《春秋》、颍川满昌为讲《诗》、长安国由为讲《易》、平阳唐昌为讲《书》、沛郡陈咸为讲《礼》、崔发为讲《乐》祭酒。"

新莽始建国四年（12）

△王莽作《下书授诸侯茅土》《下书改限田买卖奴婢》《下书更名高句骊

为下句骊》《下书东巡狩》《下书止巡狩》。见《汉书·王莽传》本年。

△废井田制。《汉书·王莽传》："莽知民怨，乃下书曰：'诸名食王田，皆得卖之，勿拘以法。犯私买卖庶人者，且一切勿治。'"

△陈钦为厌难将军。钦习《左氏春秋》，事黎阳贾护，与刘歆同时，而自名《陈氏春秋》，遂以授王莽。时王莽遣孙建等击匈奴，十道并出。时陈钦为厌难将军，出云中。参《汉书·儒林传》《汉书·王莽传》《后汉书·陈元列传》。

新莽始建国五年（13）

△王莽作《禁撤长安室宅》。见《汉书·王莽传》本年。

△扬雄作《元后诔》。见《汉书·元后传》。

新莽天凤元年（14）

△王莽作《巡狩》《止巡狩》《策免逯并》《选置和叔敕》《下书改郡县名》《制诏陈留大尹太尉》。见《汉书·王莽传》本年。

新莽天凤三年（16）

△王莽作《报王邑》《下吏禄制度》《损御膳吏禄》。见《汉书·王莽传》本年。

△刘歆与扬雄书，从取《方言》，为扬雄所拒。

△刘歆使郑兴撰《左氏条例》等。《后汉书·郑兴列传》："郑兴字少赣，河南开封人也。少学《公羊春秋》。晚善《左氏传》，遂积精深思，通达其旨，同学者皆师之。天凤中，将门人从刘歆讲正大义，歆美兴才，使撰条例、章句、传诂，及校《三统历》。"

新莽天凤四年（17）

△王莽作《封唐林纪逡》《授诸侯茅土于明堂》。见《汉书·王莽传》本年。

新莽天凤五年（18）

△王莽作《下诏收军吏财产》《追贬孙宗》。见《汉书·王莽传》本年。

△扬雄卒。见《汉书·扬雄传》。

△桓谭赞扬雄。见《汉书·扬雄传》。

新莽天凤六年（19）

△王莽作《下书顺符命》《策免严尤》。见《汉书·王莽传》本年。

△征有奇技术可以攻匈奴者。《汉书·王莽传》："……博募有奇技术可以攻匈奴者，将待以不次之位。"

新莽地皇元年（20）

△王莽作《出军下书》《因天变下书》《下书厌盗贼》《大风毁王路堂下书》《下书令衣绛》《下书筑明堂太庙》《大作下书》。见《汉书·王莽传》本年。

新莽地皇二年（21）

△王莽作《策书赐太子临谥》《又诏国师公》《为新迁王安作奏使上言》《下书责七公》。见《汉书·王莽传》本年。

△立《周官》于学官。初，河南献王开献书之路，时有李氏上《周官》五篇，失其《冬官》一篇，乃购以千金，不得。取《考工记》补之。既出于山岩屋壁，复入于秘府。五家之儒，莫得见焉。成帝时，刘向父子校理秘书，始得列序，著于《录》《略》。时众儒并出，共排以为非是。唯歆独识，其年尚幼，务在广览博观，又多锐精于《春秋》。至是，乃知其周公致太平之迹，迹具在斯。遂奏莽立于学官。（参贾公彦《序周礼废兴》、《汉书·艺文志》。）刘汝霖《汉晋学术编年》卷三考证："班固谓《周礼》于王莽时，刘歆置博士。《〈周礼〉废兴》引马融语谓歆'末年乃知其周公致太平之迹，迹具在斯。奈遭天下仓卒，兵戈并起'。故其立《周礼》必在末年。又必在兵戈之起之前。故志之于此。"

新莽地皇三年（22）

△王莽作《霸桥灾下书》《遣太师赈贷》《恣听采取山泽物》《下书赐廉丹谥》《忧时下诏》《追诏廉丹》。前四诏见《汉书·王莽传》本年。后二诏分见《汉书·食货志》《后汉书·冯衍列传》。

△刘秀起兵。见《后汉书·光武帝纪》。

汉淮阳王更始元年（23）

△刘歆自杀。《汉书·王莽传》："卫将军王涉素养道士西门君惠，君惠好天文谶记，为涉言：'星孛扫宫室，刘氏当复兴，国师公姓名是也。'涉信其言，以语大司马董忠……皆服。中黄门各拔刃将忠等送庐，忠拔剑欲自刎，侍中王望传言大司马反，黄门持剑共格杀之……刘歆、王涉皆自杀。"

△王莽作《大赦天下复下书购捕刘伯升等》《诏王匡等》《授兵誓》，被杀。见《汉书·王莽传》本年。

△刘玄立为更始帝。见《后汉书·刘玄列传》。

△桓谭为更始太中大夫。见《后汉书·桓谭列传》。

汉光武帝建武元年（25）

△四月，李熊作《说公孙述》《复说公孙述》。

△七月，议选大司空，刘秀以《赤伏符》"王梁主卫作玄武"，遂以野王令王梁为大司空。

△冯异作《遗李轶书》，李轶作《报冯异书》。并见《后汉书·冯岑贾列传》及袁宏《后汉纪》卷三。

△桓谭被征待诏，上书失旨。《后汉书·桓谭列传》："世祖即位，征待诏，上书言事失旨，不用。"

△班彪自长安至天水依隗嚣，作《北征赋》。

汉光武帝建武二年（26）

△桓谭为议郎给事中，作《陈时政疏》《抑谶重赏疏》。

△冯衍作《遗田邑书》。田邑作《报冯衍书》。

△伏隆作《移檄告郡国》《被执遣间使上书》。

△范升作《上疏让博士》。

△尹敏校图谶，作《上疏陈洪范消灾之术》。《后汉书·儒林列传》："帝以敏博通经记，令校图谶，使蠲去崔发所为王莽著录次比。敏对曰：'谶书非圣人所作，其中多近鄙别字，颇类世俗之辞，恐疑误后生。'帝不纳。敏因其阙文增之曰：'君无口，为汉辅。'帝见而怪之，召敏问其故。敏对曰：'臣见前人增损图书，敢不自量，窃幸万一。'帝深非之，虽竟不罪，而亦以此沈滞。"

△范升拜议郎，迁博士。参《后汉书·范升列传》。

△崔篆本年前后作《慰志赋》。

汉光武帝建武三年（27）

△十月，朱浮作《上疏乞援师》。

汉光武帝建武四年（28）

△韩歆上书争立《费氏易》《左氏春秋》，范升、陈元等辩论。见《后汉书》范升本传、陈元本传。

△正月，范升作《奏难费氏易左氏春秋立博士》，反对立《左传》为学官。

汉光武帝建武五年（29）

△四月，窦融作《复遣长史刘钧上书归诚》。封为凉州牧。

△起太学，立十四博士。初，王莽、更始之际，天下散乱，礼乐分崩。及光武中兴，爱好经术，未及下车而先访儒雅，采求阙文，补缀遗逸。于是四方学士之怀挟图书遁逃林薮者，莫不抱负坟策，云会京师。遂立五经博士，各以家法教授。《易》有施、孟、梁丘、京氏，《尚书》有欧阳、大小夏侯，《诗》有鲁、齐、韩，《礼》有大、小戴，《春秋》有严、颜，凡十四博士，

太常差次总领焉。至是，修起太学，稽式古典，笾豆干戚之容，备之于列，服方领习矩步者，委乎其中。修明礼乐，焕然文物可观矣。参《后汉书·光武帝纪》《后汉书·儒林列传》。

△班彪作《王命论》，离天水至张掖，为窦融从事。

△方储有《建武五年旱灾对策》。见《后汉书志·五行一》注。

△王元作《说隗嚣》，力主偏霸一方。

△王遵作《谏隗嚣谋杀来歙》。

△马援作《上疏言隗嚣》，劝其归降。

△范升作《奏毁周党等》。

汉光武帝建武六年（30）

△隗嚣作《上书止讨蜀》《上疏谢罪》，并见《后汉书·隗嚣公孙述列传》。

△郑兴为太中大夫。兴字少赣，河南开封人。少学《公羊春秋》，后从博士金子严为《左氏春秋》，遂积精深思，通达其旨，同学者皆师事之。天凤中，将门人从刘歆讲正大义，歆美其才，使撰条例、章句、传诂，及校《三统历》。更始时，为谏议大夫，又拜凉州刺史。经赤眉之乱，乃西归隗嚣。至是，以葬父母东归。杜林先与兴同寓陇右，乃荐之曰：窃见河南郑兴，执义坚固，敦悦《诗》《书》，好古博物，见疑不惑，有公孙侨、观射父之德，宜侍帷幄，典职机密。乃征为太中大夫。参《后汉书·郑兴列传》、《北堂书钞》卷五十六引《续汉书》。

△五月，窦融作《与隗嚣书》，入据金城。

△九月，冯衍上书陈八事，颇得光武器重，然遭谗毁。

△十月，召公卿举贤良方正各一人。

△杜林作《上书荐郑兴》。

△贾逵生。陆侃如《中古文学系年》：“以永平十三年卒年七十二推之，当生于本年。”

汉光武帝建武七年（31）

△三月，郑兴作《日食上疏》。

△四月，诏公卿、司隶、州牧举贤良方正各一人。

△四月前后，朱浮作《上书请广选博士》。太仆朱浮请广博士之选。见《后汉书·朱浮列传》。

△五月，杜林作《上疏议郊祀故事》。

汉光武帝建武八年（32）

△王遵作《喻牛邯书》，劝邯归降刘秀。见《后汉书·隗嚣公孙述列传》。

△杜林作《请徙张步降兵疏》。

汉光武帝建武九年（33）

△二月，来歙作《上书言陇右事》。平定陇右，功高第一。

△春，班彪作《复护羌校尉疏》。

△范升作《上疏请谥祭遵》。

汉光武帝建武十年（34）

△杜诗作《乞退郡疏》。

△张汜作《河决上言》。乐俊作《上言止营河功》。

汉光武帝建武十一年（35）

△六月，来歙作《被刺自书遗表》。

△丁恭为少府。《后汉书·儒林列传》："丁恭字子然，山阳东缗人也。习《公羊严氏春秋》。恭学义精明，教授常数百人，州郡请召不应。建武初，为谏议大夫、博士，封关内侯。十一年，迁少府。诸生自远方至者，著录数千人，当世称为大儒。"

汉光武帝建武十二年（36）

△杜诗作《请以虎符发兵疏》。

△梁统作《刑罚务中疏》《复上言》《对尚书问状》等。

△杨统之父春卿作《临命戒子统》。

汉光武帝建武十三年（37）

△陈元作《上疏驳江冯督察三公议》。

△杜诗作《荐伏湛疏》。

汉光武帝建武十四年（38）

△杜林作《奏谏从梁统增科禁》。

△四月，封孔子后孔志为褒成侯。

汉光武帝建武十五年（39）

△三月，窦融作《封皇子议》。

汉光武帝建武十六年（40）

△伏恭为博士。《后汉书·儒林列传》："恭性孝，事所继母甚谨，少传黯学，以任为郎。建武四年，除剧令。视事十三年，以惠政公廉闻。青州举为尤异，太常试经第一，拜博士，迁常山太守。敦修学校，教授不辍，由是北州多为伏氏学。"

汉光武帝建武十七年（41）

△戴凭为侍中。见《后汉书·儒林列传》。

△马援作《上书请正印文》。

汉光武帝建武十八年（42）

△四月，马援作《铜柱铭》。

汉光武帝建武十九年（43）

△张纯与朱浮作《奏除亲庙》。戴涉、窦融作《庙祭议》。

△桓荣为博士。见《后汉书·桓荣列传》。

△包咸入授皇太子《论语》。《后汉书·儒林列传》："建武中，入授皇太子《论语》，又为其章句。拜谏议大夫、侍中、右中郎将。"

△世间传诵乐府歌谣《日重光》等赞美太子。

汉光武帝建武二十年（44）

△班彪讲学太学，作《奏事》，又论前史得失，续《史记》，作《别录》。

△王充至京师求学。充字仲任，会稽上虞人。其先自魏郡元城徙焉。充以建武三年生，少孤，乡里称孝。至是年到京师受业太学。师事班彪，好博览而不守章句。彪少子固，年方十三，充见之，拊其背谓彪曰："此儿必记汉事。"充家贫无书，常游洛阳市肆，阅所卖书，一见辄能诵忆，遂博通众流百家之言。（参《后汉书》王充本传、班固本传，王充《论衡·自纪》。）刘汝霖《汉晋学术编年》卷四考证："《后汉书·班固传》引《谢承书》有王充见班固之事。考班固死于永元四年，年六十二。其十三岁，正当此年，故知王充亦必于是年居京师也。"

△杜笃作《吴汉诔》及《论都赋》。

汉光武帝建武二十二年（46）

△刘昆为光禄勋。见《后汉书·儒林列传》。

汉光武帝建武二十三年（47）

△班彪作《上言选置东宫及诸王国官属》。

汉光武帝建武二十五年（49）

△耿舒作《与兄弇书》。

△朱勃作《诣阙上书理马援》。

△班彪作《上言宜复置乌桓校尉》，时年四十七岁。

汉光武帝建武二十六年（50）

△正月，窦融作《寿陵议》。

△张纯作《奏行禘祫祭》。又奏议立明堂等制度。

汉光武帝建武二十七年（51）

△臧宫作《与马武上书请灭匈奴》。

汉光武帝建武二十八年（52）

△桓荣作《上疏谢皇太子》。

△桓荣为太子少傅。《后汉书·桓荣列传》："二十八年，大会百官，诏问谁可傅太子者，群臣承望上意，皆言太子舅执金吾原鹿侯阴识可。博士张佚正色曰：'今陛下立太子，为阴氏乎？为天下乎？即为阴氏，则阴侯可；为天下，则固宜用天下之贤才。'帝称善，曰：'欲置傅者，以辅太子也。今博士不难正朕，况太子乎？'即拜佚为太子太傅，而以荣为少傅，赐以辎车、乘马。荣大会诸生，陈其车马、印绶，曰：'今日所蒙，稽古之力也，可不勉哉！'"

△班彪五十岁，作《奏议答北匈奴》。

△冯衍出妻，作书与妇弟。归杜陵，与阴就书，作《杨节赋》。

△梁鸿娶孟光，入霸陵山，作《安丘严平颂》等。

汉光武帝建武三十年（54）

△班固作《通幽赋》。

△冯衍作《上疏自陈》。又作《显志赋》。其作哀叹生不逢时，颇有屈骚之风也。

△张纯作《奏宜封禅》。

汉光武帝中元元年（56）

△初起明堂、灵台、辟雍；宣布图谶于天下。《后汉书·光武帝纪》："是岁，初起明堂、灵台、辟雍，及北郊兆域。宣布图谶于天下。"

△桓谭上《新论》，议灵台，出为六安丞，道卒。

△二月，张纯作《泰山刻石文》。三月，作《临终敕家丞歙》。

△二月，马第伯作《封禅仪记》。

汉光武帝中元二年（57）

△杜抚为骠骑将军西曹掾。抚字叔和，犍为资中人也。少有高才，受业于薛汉，治五经，定《韩诗章句》，后归乡里教授，沉静乐道，举动必以礼。弟子千余人。太守王卿召为功曹，司徒辟，不应，闻公免，必往承问。至是，骠骑将军东平王苍辟为西曹掾。参《后汉书·儒林列传》《华阳国志》《后汉书·光武十王列传》。

△班固作《奏记东平王苍》。

△张奋作《上书辞袭封》。

汉明帝永平元年（58）

△杜子春讲《周官》于南山。初，刘歆既立《周官》于学官，值天下仓卒，兵革并起，疾疫丧荒，弟子死丧。河南缑氏有杜子春者，受业于歆，至是年且九十，家于南山，能通其读，颇识其说，郑众、贾逵往受业焉。参贾公彦《序周礼废兴》。

△五月，东海王彊作《临命上疏》。

汉明帝永平二年（59）

△崔骃作《达旨》《西巡颂》等。

△正月，东平王刘苍作《南北郊冕服议》。

△三月，王充观天子临辟雍，作《六儒论》。

△桓荣为五更。《后汉书·桓荣列传》："显宗即位，尊以师礼，甚见亲

重，拜二子为郎。荣年逾八十，自以衰老，数上书乞身，辄加赏赐。乘舆尝幸太常府，令荣坐东面，设几杖，会百官骠骑将军东平王苍以下及荣门生数百人，天子亲自执业，每言辄曰“大师在是”。既罢，悉以太官供具赐太常家。其恩礼若此。永平二年，三雍初成，拜荣为五更。每大射养老礼毕，帝辄引荣及弟子升堂，执经自为下说。乃封荣为关内侯，食邑五千户。”

汉明帝永平四年（61）

△春，东平王刘苍作《上书谏猎》。又作《上疏归职》。

△梁竦作《悼骚赋》。

汉明帝永平五年（62）

△崔骃作《安丰侯诗》。

△召班固诣校书部，除兰台史令。参《后汉书·班固列传》。

△郑众为郎中。参《后汉书·郑众列传》《东观汉记》。

△秋，沛献王刘辅作《上书对易林占雨》。

汉明帝永平七年（64）

△八月，傅毅作《北海王诔》。

汉明帝永平八年（65）

△三月，郑众北使匈奴，作《上疏谏遣使报单于》《上言辞使匈奴》等。

汉明帝永平九年（66）

△班固成列传、载记二十八篇，奉命撰《汉书》。

△为四姓小侯开立学校置五经师。明帝崇尚经学，自皇太子、诸王侯及功臣子弟，莫不受经。又为外戚樊氏、郭氏、阴氏、马氏诸子弟立学于南宫，号四姓小侯，置五经师。张酺以《尚书》教授。参袁宏《后汉纪》、《后汉书·明帝纪》。

△无名氏作《开通褒斜道摩崖》。

汉明帝永平十年（67）

△丁鸿为侍中。丁鸿字孝公，颍川定陵人也。年十三，从桓荣受《欧阳尚书》，三年而明章句，善论难，为都讲，遂笃志精锐，布衣荷担，不远千里。至是年被明帝拜为侍中。参《后汉书·丁鸿列传》。

△贾逵上《左传》《国语》解诂。《后汉书·贾逵列传》：“（逵）尤明《左氏传》《国语》，为之解诂五十一篇，永平中上疏献之。”

汉明帝永平十二年（69）

△班固作《两都赋》，时年三十八岁。

汉明帝永平十三年（70）

△耿秉作《上书言匈奴事》。

汉明帝永平十四年（71）

△明帝自作《五家要说章句》。

△桓郁为侍中。《后汉书·桓郁列传》：“郁字仲恩，少以父任为郎。敦厚笃学，传父业，以《尚书》教授，门徒常数百人。荣卒，郁当袭爵，上书让于兄子汎，显宗不许，不得已受封，悉以租入与之。帝以郁先师子，有礼让，甚见亲厚，常居中论经书，问以政事，稍迁侍中。帝自制《五家要说章句》，令郁校定于宣明殿，以侍中监虎贲中郎将。”

汉明帝永平十五年（72）

△三月，明帝至鲁，幸孔子宅，祠孔子及七十二弟子。亲御讲堂，命皇太子、诸王说经。

△刘苍上《光武受命中兴颂》。

△贾逵为刘苍《中兴赋》训诂。

△班固定《建武注记》。

汉明帝永平十六年（73）

△班固上《汉书》。《后汉书·班固列传》："固以为汉绍尧运，以建帝业，至于六世，史臣乃追述功德，私作本纪，编于百王之末，厕于秦、项之列，太初以后，阙而不录，故探撰前记，缀集所闻，以为《汉书》。起元高祖，终于孝平王莽之诛，十有二世，二百三十年，综其行事，傍贯五经，上下洽通，为《春秋》考纪、表、志、传凡百篇。固自永平中始受诏，潜精积思二十余年，至建初中乃成。当世甚重其书，学者莫不讽诵焉。"刘汝霖《汉晋学术编年》卷四考证："《南史·刘之遴传》云：'鄱阳王范得班固所撰《汉书》真本，献东宫，皇太子令之遴与张缵、到溉、陆襄等参校同异，之遴录其异状数十事，大略云：古本称永平十六年五月二十一日己酉郎班固上，而今本无上书年月。'则《汉书》成于此年明甚，而范史称永平中受诏，建初中上之。盖蔚宗未见《汉书》真本，故不免臆断耳。"

汉明帝永平十七年（74）

△班固至云龙门对策，作《神雀颂》、《秦纪论》及《典引》。

△贾逵作《神雀颂》及《永平赋》，拜为郎，对策。

△傅毅亦对策作赋。

△贾逵上《左氏传》《国语》解诂五十一篇。《后汉书·贾逵列传》："贾逵字景伯，扶风平陵人也。九世祖谊，文帝时为梁王太傅。曾祖父光，为常山太守，宣帝时以吏二千石自洛阳徙焉。父徽，从刘歆受《左氏春秋》，兼习《国语》《周官》，又受《古文尚书》于涂恽，学《毛诗》于谢曼卿，作《左氏条例》二十一篇。逵悉传父业，弱冠能诵《左氏传》及五经本文，以《大夏侯尚书》教授，虽为古学，兼通五家《穀梁》之说。自为儿童，常在太学，不通人间事。身长八尺二寸，诸儒为之语曰：'问事不休贾长头。'性恺悌，多智思，俶傥有大节。尤明《左氏传》《国语》，为之《解诂》五十一篇，永平中，上疏献之。显宗重其书，写藏秘馆。"

汉明帝永平十八年（75）

△六月，鲍昱作《救耿恭关宠议》。

△八月，刘苍作《明帝庙乐议》。

△八月，傅毅作《明帝诔》。

△十一月，第五伦为司空，作《上书请抑损后族》。

△班固作《为第五伦荐谢夷吾疏》，时年四十四岁。

汉章帝建初元年（76）

△正月，鲍昱作《对灾眚问》。

△正月，杨终作《建初元年大旱上疏》《复上疏》。

△孔丰作《建初元年大旱上疏》。

△鲁丕作《举贤良方正对策》。

△马廖作《上明德太后疏》。

△《后汉书·肃宗孝章帝纪》："肃宗孝章皇帝讳炟，显宗第五子也。母贾贵人。永平三年，立为皇太子。少宽容，好儒术，显宗器重之。"《后汉书·贾逵列传》："肃宗立，降意儒术，特好《古文尚书》《左氏传》。"

△贾逵奏《左氏》长于《公羊》《穀梁》二传。见《后汉书·贾逵列传》。

△李育为议郎。见《后汉书·儒林列传》。

汉章帝建初二年（77）

△班固与弟超书，讥傅毅。又作《答宾戏》。

△许慎举孝廉。《后汉书·儒林列传》："许慎字叔重，汝南召陵人也。性淳笃，少博学经籍，马融常推敬之，时人为之语曰：'五经无双许叔重。'为郡功曹，举孝廉。"刘汝霖《汉晋学术编年》卷四考证："按此事本无详细年代可考，姑依陶方琦《许君年表考证》志之于此。"

△召贾逵等典校书。《后汉书·文苑列传》："建初中，肃宗博召文学之士，以毅为兰台令史，拜郎中，与班固、贾逵共典校书。"据陆侃如《中古文学系年》考证，此事应系本年。

△东平王刘苍《谏为原陵显节陵起立郭邑疏》。

△王充作《备乏》《禁酒》诸篇。

△河南偃师出土《汉侍廷里父老僤买田约束石券》。见高文《汉碑集释》。

汉章帝建初三年（78）

△四月，班超在西域作《请兵平定西域疏》，时年四十七岁。

△第五伦作《上疏论马防》《上疏褒称盛美以劝成风德》。

汉章帝建初四年（79）

△白虎观会议召开，议五经同异。《后汉书·杨终列传》："终又言：'宣帝博征群儒，论定五经于石渠阁。方今天下少事，学者得成其业，而章句之徒，破坏大体。宜如石渠故事，永为后世则。'于是诏诸儒于白虎观论考同异焉。"《后汉书·肃宗孝章帝纪》："十一月壬戌，诏曰：'盖三代导人，教学为本。汉承暴秦，褒显儒术，建立五经，为置博士。其后学者精进，虽曰承师，亦别名家。孝宣皇帝以为去圣久远，学不厌博，故遂立大、小夏侯《尚书》，后又立京氏《易》。至建武中，复置颜氏、严氏《春秋》，大、小戴《礼》博士。此皆所以扶进微学，尊广道艺也。中元元年诏书，五经章句烦多，议欲减省。至永平元年，长水校尉儵奏言，先帝大业，当以时施行。欲使诸儒共正经义，颇令学者得以自助。孔子曰："学之不讲，是吾忧也。"又曰："博学而笃志，切问而近思，仁在其中矣。"於戏，其勉之哉！'于是下太常，将、大夫、博士、议郎、郎官及诸生、诸儒会白虎观，讲议五经同异，使五官中郎将魏应承制问，侍中淳于恭奏，帝亲称制临决，如孝宣甘露石渠故事，作《白虎议奏》。"

△贾逵作《左氏长义》。《后汉书·儒林列传》："李育……作《难左氏义》四十一事。建初……四年，诏与诸儒论五经于白虎观，育以《公羊》义难贾逵，往返皆有理证。"徐彦《公羊序疏》："（贾逵）作《长义》四十一条，云《公羊》理短，《左氏》理长。"

△十一月下诏校正五经异同，班固编《白虎通》。

△第五伦《上疏论窦宪》。

汉章帝建初五年（80）

△班超作《上言宜招慰乌孙》，时年四十九岁。

△陈宠作《省刑疏》。

△郑璩作《拜内史上疏》。

△梁鸿作《五噫歌》。

△马防作《奏上迎气乐》。冬，始行月令迎气乐。

汉章帝建初六年（81）

△贾逵迁卫士令。见《后汉书·贾逵列传》。

汉章帝建初八年（83）

△三月，章帝作《东平王哀策文》。

△诏诸儒各选高才生受《左氏》《穀梁春秋》《古文尚书》《毛诗》。《后汉书·肃宗孝章帝纪》："诏曰：'五经剖判，去圣弥远，章句遗辞，乖疑难正，恐先师微言将遂废绝，非所以重稽古，求道真也。其令群儒选高才生，受学《左氏》《穀梁春秋》《古文尚书》《毛诗》，以扶微学、广异义焉。'"

△诏四科取士。《后汉书·孝和帝纪》注引《汉官仪》曰："建初八年十二月己未，诏书辟士四科：一曰德行高妙，志节清白；二曰经明行修，能任博士；三曰明晓法律，足以决疑，能案章覆问，文任御史；四曰刚毅多略，遭事不惑，明足照奸，勇足决断，才任三辅令。皆存孝悌清公之行。自今已后，审四科辟召，及刺史、二千石察举茂才尤异孝廉吏，务实校试以职。有非其人，不习曹事，正举者故不以实法。"

△班固上书论北匈奴事。见《后汉书·班固列传》。

△张敏在建武中作有《驳轻侮法议》《复上疏议轻侮法》。

△郑众卒。

汉章帝元和元年（84）

△八月，崔骃作《南巡颂》。

△鲁丕拜赵相，作《奏止赵王避疾学官》。

△孔僖作《上书自讼》。

△王充作《论衡》。刘汝霖《汉晋学术编年》卷四考证：“《论衡》之作成，本非一时之事，然各篇中称及章帝之事，辄曰‘今上’云……仲任以建初元年归居，元和三年为州从事，此当中十年当为功作最力之时……故志之于此。”

汉章帝元和二年（85）

△《后汉书·儒林列传》：“元和二年春，帝东巡狩，还过鲁，幸阙里，以太牢祠孔子及七十二弟子，作六代之乐，大会孔氏男子二十以上者六十三人，命儒者讲《论语》。僖因自陈谢。帝曰：‘今日之会，宁于卿宗有光荣乎？’对曰：‘臣闻明王圣主，莫不尊师贵道。今陛下亲屈万乘，辱临敝里，此乃崇礼先师，增辉圣德。至于光荣，非所敢承。’帝大笑曰：‘非圣者子孙，焉有斯言乎！’遂拜僖郎中，赐褒成侯损及孔氏男女钱帛，诏僖从还京师，使校书东观。”

△三月，崔骃、班固作《东巡颂》。

△三月，丁鸿作《奏东巡瑞应》。

△四月，章帝作《灵台十二门诗》。

△五月，令郡国举明经者，人口十万以上者五人，不满十万者三人。

△曹褒上书请定文制，著汉礼。《后汉书·曹褒列传》：“褒知帝旨欲有兴作，乃上疏曰：‘昔者圣人受命而王，莫不制礼作乐，以著功德。功成作乐，化定制礼，所以救世俗，致祯祥，为万姓获福于皇天者也。今皇天降祉，嘉瑞并臻，制作之符，甚于言语。宜定文制，著成汉礼，丕显祖宗盛德之美。’章下太常，太常巢堪以为一世大典，非褒所定，不可许。”

△武威太守孟云作《上言宜还北虏生口》《上言与北虏互市》。

△陈宠作《奏驳贾宗断狱尽三冬议》。

汉章帝元和三年（86）

△正月，崔骃作《北巡颂》。八月，作《西巡颂》。并有《上四巡颂表》。

△四月，郑弘作《疾笃上书》，本年卒。

汉章帝章和元年（87）

△班固上《汉仪》，作《南巡颂》，寻以母丧去官。

△曹褒上《汉礼》。《后汉书·曹褒列传》："章和元年正月，乃召褒诣嘉德门，令小黄门持班固所上叔孙通《汉仪》十二篇，敕褒曰：'此制散略，多不合经，今宜依礼条正，使可施行。于南宫、东观尽心集作。'褒既受命，乃次序礼事，依准旧典，杂以五经谶记之文，撰次天子至于庶人冠婚吉凶终始制度，以为百五十篇，写以二尺四寸简。其年十二月奏上。帝以众论难一，故但纳之，不复令有司平奏。"

△郭躬作《上封事言赦宜及亡命》。

△无名氏作《武氏林记》。

汉章帝章和二年（88）

△年初，宋意作《上疏请不许南单于北徙》。

△二月，崔骃作《章帝谥议》。

△七月，耿秉作《上言宜许南单于出兵》。

汉和帝永元元年（89）

△韦彪卒，著书十二篇，号曰《韦卿子》。

△二月，鲁恭作《上疏谏击匈奴》。

△班固作《北征颂》及《封燕然山铭》。

△崔骃作《仲山甫鼎铭》《北征颂》《西征赋》《与窦宪笺》等。

△傅毅为司马，作《北征颂》，寻卒。

汉和帝永元三年（91）

△袁安作《奏议立左鹿蠡王阿佟为北单于》《又上封事谏立北单于》。

汉和帝永元四年（92）

△丁鸿作《日食上封事》奏劾窦宪，除为司徒。

△六月，班固被杀，时年六十一岁。

△班昭受诏续作《汉书》八表。

汉和帝永元五年（93）

△诏议郡国举孝廉之为数。参《后汉书·丁鸿列传》。

△梁王刘畅作《上疏辞谢和帝》。

汉和帝永元六年（94）

△正月，杜崇作《上言备南单于》。

△四月，养奋作《贤良方正对策》。

△七月，张奋作《因灾旱上疏》。

△陈宠作《奏请删除律令》。

汉和帝永元七年（95）

△崔瑗从贾逵受业。《后汉书·崔瑗列传》："瑗字子玉，早孤，锐志好学，尽能传其父业。年十八，至京师，从侍中贾逵质正大义，逵善待之，瑗因留游学，遂明天官、历数、《京房易传》、六日七分。诸儒宗之。与扶风马融、南阳张衡特相友好。"

△张衡入太学。《后汉书·张衡列传》："张衡字平子，南阳西鄂人也。世为著姓。祖父堪，蜀郡太守。衡少善属文，游于三辅，因入京师，观太学，遂通五经，贯六艺。"陆侃如《中古文学系年》推测张衡入太学在此年。

汉和帝永元九年（97）

△张奋作《请定礼乐疏》，论礼乐之事。

△梁扈作《遣从兄禅奏记三府》。

汉和帝永元十年（98）

△贾逵作《上书请宥刘恺》，时年六十九岁。

汉和帝永元十一年（99）

△崔瑗作《大赦赋》。

汉和帝永元十二年（100）

△杨终为郎中。终在故郡，著《春秋外传》十二篇，改定章句十五万言。皆传于世。至是，侍中贾逵荐终博达忠直，征拜郎中。参《后汉书·杨终列传》及注引袁山松《后汉书》、《华阳国志》。

△班超作《上疏求代》。

△班昭作《为兄超求代疏》。

△许慎作《说文解字》。

△黄香本年前后作《天子冠颂》。

汉和帝永元十三年（101）

△和帝幸东观。《后汉书·孝和帝纪》："十三年春正月丁丑，帝幸东观，览书林，阅篇籍，博选术艺之士以充其官。"

△贾逵卒。见《后汉书·贾逵列传》。

△苏顺作《贾逵诔》。

△刘珍作《贾逵碑》。

△正月，李尤作《东观赋》《东观铭》。

△班超作《答任尚书》。

△张奋作《复上疏条礼乐异议三事》。

△马融从挚恂游学。《后汉书·马融列传》："初，京兆挚恂以儒术教授，隐于南山，不应征聘，名重关西，融从其游学，博通经籍。恂奇融才，以女妻之。"陆侃如《中古文学系年》谓"融本从其父学，诣恂恐在父丧释服后，故假定在本年"。

汉和帝永元十四年（102）

△曹褒卒，作《通义》十二篇，演经杂论百二十篇，又传《礼记》四十九篇，教授诸生千余人，庆氏学遂行于世。

△徐防请以五经章句试博士弟子。见《后汉书·徐防列传》。

汉和帝永元十五年（103）

△唐羌作《上书陈交阯献龙眼荔枝事状》。

汉和帝永元十六年（104）

△张酺卒，临终作《敕子蕃》。

汉和帝永元十七年（105）

△十二月，李尤作《和帝哀策》。崔瑗作《和帝诔》。苏顺作《和帝诔》。

△《雁门太守行》流传。

△张衡《二京赋》始撰于本年前后，时年二十八岁。

汉殇帝延平元年（106）

△四月，邓悝作《上疏自陈》。

△六月，尚敏作《陈兴广学校疏》。

△十二月，崔瑗作《清河王诔》，时年二十九岁。

△樊准作《上疏请兴儒学》。

汉安帝永初元年（107）

△四月，邓骘作《上疏自陈》。

△五月，鲁恭为司徒，作《上疏谏盛夏断狱》《议奏断狱以冬至前》等。

△樊英为博士。《后汉书·方术列传》："樊英字季齐，南阳鲁阳人也。少受业三辅，习《京氏易》，兼明五经。又善风角、星筭，《河》《洛》七纬，

推步灾异。……安帝初，征为博士。”

△庞参作《使子俊上安帝书》。樊准作《上疏荐庞参》。

汉安帝永初二年（108）

△七月，樊准作《因水旱灾异上疏》，时为御史中丞。

△马融应邓骘召为舍人。参《后汉书·马融列传》。

△诏求有道术之士。参《后汉书·孝安帝纪》。

汉安帝永初三年（109）

△马融作《与窦伯向书》，时年三十一岁。

△陈忠作《上言令屯役者得归葬送》。

汉安帝永初四年（110）

△马融等校书东观。邓太后自入宫掖，从曹大家受经书，兼天文算数。昼省王政，夜则诵读。而患其谬误，惧乖典章，乃拜马融为校书郎中，使与谒者仆射刘珍、校书郎刘騊駼及五经博士、议郎、四府掾史五十余人，校定东观五经、诸子、传记、百家艺术，整齐脱误，是正文字，凡诸子百八十九家。参《后汉书·孝安帝纪》《后汉书·和熹邓皇后纪》。

△十月，张禹与夏勤、张敏作《上邓太后表》。

△庞参作《奏记邓骘》。

△班昭作《上邓太后疏》。其《女诫》七篇大约也作在这几年间。

汉安帝永初七年（113）

△班昭作《东征赋》。

汉安帝元初元年（114）

△刘毅作《汉德论》并《宪论》十二篇。

汉安帝元初二年（115）

△马融作《广成颂》，时年三十七岁。

汉安帝元初五年（118）

△刘毅作《上疏请著太后注纪》，题曰《长乐宫注》，并令史官著《圣德颂》。

汉安帝元初六年（119）

△班勇作《西域议》《对尚书问》《对镡显等难》《对毛轸难》等，反对关闭玉门关，隔绝西域。

△李郃作《因日蚀地震上安帝书》。

汉安帝永宁元年（120）

△马融被禁锢。《后汉书·马融列传》："……颂奏，忤邓氏，滞于东观，十年不得调。因兄子丧自劾归。太后闻之怒，谓融羞薄诏除，欲仕州郡，遂令禁锢之。"

汉安帝建光元年（121）

△马融召还。《后汉书·马融列传》："太后崩，安帝亲政，召还郎署，复在讲部。"

△许慎卒。

△许冲作《上说文解字表》。

△朱宠《上疏追讼邓骘》。

△四月，陈忠作《上疏豫通帝意》。十一月，陈忠作《清道源疏》。是年前后又作《搢绅先生论》。

△陈忠作《奏劾陈禅》。

△翟酺作《上安帝疏谏宠外戚》《又上》。

△杨震作《上疏请出乳母王圣》《复诣阙疏谏刘瓌袭爵》，时为司徒。

汉安帝延光元年（122）

△阴长生作《自序》。是年卒。

△正月，敦煌太守张珰作《上书陈西域三策》。陈忠作《议救西域疏》，主张西抚诸国，震怖匈奴。

汉安帝延光二年（123）

△招选三署郎及吏人能通《古文尚书》《毛诗》《穀梁春秋》者各一人。参《后汉书·孝安帝纪》。

△十月，杨震为太尉，作《谏为王圣修第疏》。

汉安帝延光三年（124）

△二月，马融上《东巡颂》。

△三月，安帝至鲁，祠孔子及七十二弟子于阙里。

△杨震作《因地震复上疏》。

△张衡作《东巡诰》。

△刘珍作《东巡颂》。

汉安帝延光四年（125）

△四月，马融作《延光四年日蚀上书》，时年四十七岁。

△十一月，尚书刘光作《奏请条案礼仪》。

汉顺帝永建元年（126）

△张皓作《上疏谏诛赵腾》。

△虞诩作《上书自讼》《自系廷尉奏言》《上疏谏输义钱》。

△张衡作《应间》《上顺帝封事》，时年四十九岁。

汉顺帝永建二年（127）

△郑玄生。

△张衡作《鸿赋》，时年五十岁。

汉顺帝永建三年（128）

△杨伦作《上书案坐任嘉举主罪》。

汉顺帝永建四年（129）

△段恭作《因会上疏》。

△虞诩作《请复三郡疏》。

汉顺帝永建五年（130）

△张衡作《上疏陈事》，时年五十三岁。

△唐檀弃官，作《唐子》二十八篇。

汉顺帝永建六年（131）

△缮修太学，试明经。见《后汉书·翟酺列传》《后汉书·儒林列传》。

△胡广与郭虔、史敞联名上《谏探策立后疏》。

汉顺帝阳嘉二年（133）

△正月，郎𫖮作《诣阙拜章》《对状尚书条便宜七事》《台诘对》。二月，作《上书荐黄琼李固复条便宜四事》。

△四月，左雄作《上封事谏封山阳君及襄邑侯》。五月地震，其作《复谏》《复上疏谏》等。

△五月，诏群公、卿士各举敦朴之士一人，李固、马融、张衡皆在其选。

△五月，张衡作《阳嘉二年京师地震对策》，时年五十六岁。

△五月，马融作《阳嘉二年京师地震对策》。六月，其作《阳嘉二年举敦朴对策》。时年五十五岁。

△六月，李固作《举敦朴士对策》《对策后复对》。

汉顺帝阳嘉三年（134）

△二月，边韶作《河激颂》。

△五月，周举作《对策问旱灾》，黄琼作《因大旱复上疏》。

△五月，张衡作《上疏陈事》《请禁绝图谶疏》。见《后汉书·张衡列传》。

△李固作《奏记梁商》，时年四十二岁。

汉顺帝阳嘉四年（135）

△马融作《上疏乞自效》，时年五十七岁。

△张衡作《表奏日蚀》，时年五十八岁。

汉顺帝永和元年（136）

△周举作《对诏问加谥北乡侯》。

△虞诩作《奏谏增蛮夷租税》。

△诏伏无忌等校定中书五经。参《后汉书·伏湛列传》。

汉顺帝永和二年（137）

△李固作《驳发荆扬兖豫卒赴日南议》。

△郑玄诣学官读经。玄年十一二，为乡啬夫，得休不归家，尝诣学官读经。参《后汉书·郑玄列传》及注引《郑玄别传》。

汉顺帝永和五年（140）

△夏，梁商作《招降匈奴表》《移书马续等》。

△马融作《奏马贤事》。

汉顺帝永和六年（141）

△秋，梁商作《病笃敕子冀等》。卒，顺帝作诔。

△皇甫规作《求自效疏》。

汉顺帝汉安元年（142）

△八月，张纲作《上书劾梁冀》。

△李固作《上疏陈事》。

△郑玄作《嘉禾颂》。玄年十三，诵五经，号曰神童。至是，年十六，民有献嘉禾者，异本同实。县欲表府，文辞鄙略。玄为改作，又著颂一篇，侯相高其才，为修冠礼。参《太平御览》卷五八八、八三九、九七八引《郑玄别传》。

汉顺帝汉安二年（143）

△崔瑗卒，临终作《遗令子寔》，时年六十六岁。

△王逸著《楚辞章句》。

汉顺帝建康元年（144）

△春，黄琼作《上疏请行籍田礼》。

△八月，周举作《殇帝顺帝昭穆议》。

△九月，皇甫规作《建康元年举贤良方正对策》。

△马融注《周官》。融既著《易》《尚书》《诗》《礼》传皆讫，未毕前业者惟《周官》。至是年六十六，力补《周官》。参贾公彦《序周礼废兴》引马融《周官叙》。

汉质帝本初元年（146）

△令郡国举明经诣太学。《后汉书·孝质帝纪》："夏四月庚辰，令郡国举明经，年五十以上、七十以下诣太学。自大将军至六百石，皆遣子受业，岁满课试，以高第五人补郎中，次五人太子舍人。又千石、六百石、四府掾属、三署郎、四姓小侯先能通经者，各令随家法，其高第者上名牒，当以次赏进。"又《后汉书·儒林列传》："本初元年，梁太后诏曰：'大将军下至六百石，悉遣子就学，每岁辄于乡射月一飨会之，以此为常。'自是游学增盛，至三万余生。"

△六月，太尉李固作《发丧对》《冲帝山陵议》《奏立嗣先与梁冀书》。

△朱穆作《奏记大将军梁冀》。

汉桓帝建和元年（147）

△诏举贤良方正及至孝笃行之士。参《后汉书·孝桓帝纪》。

△七月，杜乔作《上书谏封梁冀子弟及中常侍等》。

△十一月，李固作《临终与胡广赵戒书》《临终敕子孙》。被杀，时年五十四岁。

△郑玄至京师求学。

汉桓帝和平元年（150）

△朱穆作《复奏记梁冀》《又奏记梁冀》。

汉桓帝元嘉元年（151）

△四月，杨秉作《因风灾上疏谏微行》。

△十一月，崔寔退居著《政论》。

△邯郸淳作《度尚曹娥碑》。

汉桓帝永兴元年（153）

△应奉为武陵太守，作《感骚》三十篇，数万言。

△蔡邕作《琅琊王傅蔡公碑》，时年二十一岁。

汉桓帝永兴二年（154）

△三月，但望作《请分郡疏》。

汉桓帝永寿元年（155）

△曹操生。

△二月，刘陶作《上疏陈事》。

汉桓帝永寿三年（157）

△刘陶作《改铸大钱议》。

△郑玄归乡里。

汉桓帝永寿四年（158）

△赵岐作《厄屯歌》二十三章，又作《孟子章句》。

汉桓帝延熹二年（159）

△三月，张休作《崖涘铭》。

△七月，袁著撰《诣阙上疏》，请抑损梁冀权限。

△崔寔与诸儒博士定五经。参《后汉书·崔寔列传》。

△蔡邕作《述行赋》，又作《汝南周巨胜碑》。

汉桓帝延熹四年（161）

△秋，皇甫规作《上疏言羌事》，时年五十九岁。

△蔡邕作《济北相崔君夫人诔》。

汉桓帝延熹五年（162）

△十月，冯绲作《请监军疏》。

△朱穆作《奏劾冯绲》《上疏请罢省宦官》。

△十一月，杨秉作《上言吏职》。

△皇甫规作《上疏自讼》，时年六十岁。

△孙羡奉教于刘明府而立《仓颉庙碑》。

△王延寿作《梦赋》。又以《鲁灵光殿赋》名噪一时。

△蔡邕作《与人书》，称二亲早卒。

汉桓帝延熹七年（164）

△黄琼作《疾笃上疏》。二月，黄琼卒，时年七十九岁。

△十月，杨秉作《上疏谏任左右除拜》。

△寇荣作《上书陈情》，不久被杀。

△史弼作《虑渤海王为乱上封事》。

汉桓帝延熹八年（165）

△正月，杨秉作《奏劾侯参》，

△正月，诏公卿、校尉举贤良方正。

△正月，刘淑《延熹八年日食举贤良方正对策》。

△五月，蔡邕作《太尉杨秉碑》。八月，作《王子乔碑》。

△七月，陈蕃作《理刘瓆等疏》《因火灾上疏》。

△八月，边韶作《老子铭》，蔡邕书。

△十月，应奉作《上疏谏立后》。本年还作《理李膺等疏》。

△郦炎作《郦篇》，时年十七岁。

汉桓帝延熹九年（166）

△马融作《遗令》，卒，时年八十八岁。

△正月，荀爽作《延熹九年举至孝对策陈便宜》，拜郎中。

△“党锢之祸”起。先是河内术士张成教子杀人，为司隶校尉李膺捕杀。宦官教成弟子牢修上书诬告李膺养太学游士，共为部党，诽讪朝廷，疑乱风俗。桓帝收系李膺，并下令郡国大捕党人，辞连太仆杜密及陈寔、范滂等二百余人。案经三府，太尉陈蕃不肯连署，并上书极谏，被免官。参《后汉书·党锢列传》。

△陈蕃作《理李膺等疏》。

△刘陶作《尚书训诂》《春秋训诂》《中文尚书》。《后汉书·刘陶列传》：“……以病免，吏民思而歌之曰：‘邑然不乐，思我刘君。何时复来，安此下民。’陶明《尚书》《春秋》，为之训诂。推三家《尚书》及古文，是正文字七百余事，名曰《中文尚书》。”

△襄楷作《诣阙上疏》《复上疏》《诏诣尚书问状对》。

△窦武作《上表谏宦官封侯》。

△蔡邕作《度尚碑》，时年三十四岁。

汉桓帝永康元年（167）

△五月，诏举贤良方正。

△五月，皇甫规作《永康元年举贤良方正对诏问日食》。

△五月，窦武作《谏党事疏》。

△六月，赦党人归里，禁锢终身。

△十二月，荀爽作《贻李膺书》。

汉灵帝建宁元年（168）

△窦武、陈蕃谋诛宦官失败。参《后汉书·党锢列传》。

△何休作《春秋公羊解诂》。《后汉书·儒林列传》："何休字邵公，任城樊人也。父豹，少府。休为人质朴讷口，而雅有心思，精研六经，世儒无及者。以列卿子诏拜郎中，非其好也，辞疾而去。不仕州郡。进退必以礼。太傅陈蕃辟之，与参政事。蕃败，休坐废锢，乃作《春秋公羊解诂》，覃思不窥门，十有七年。"

汉灵帝建宁二年（169）

△三月，鲁相史晨上书朝廷。其文今存碑刻，称为《史晨前碑》《史晨后碑》。

△四月，谢弼作《上封事陈得失》。

△四月，张奂作《应诏上疏言灾异》。

△四月，杨赐作《蛇变上封事》。

△六月，蔡邕作《处士圈典碑》。

△第二次"党锢之祸"始。初，李膺等被废锢，天下士大夫皆高尚其道而污秽朝廷，更相标榜为"三君""八俊""八顾""八及""八厨"。至是，宦官疾恶膺等，侯览、曹节讽有司奏虞放、杜密、李膺等皆为钩党，下狱，

死者百余人。诏州郡大举钩党，天下豪杰名士陷党籍者甚多。

汉灵帝建宁四年（171）

△正月，蔡邕作《上始加元服与群臣上寿章》。又作《中鼎铭》。

△七月，崔烈等立《孔彪碑》。

△郑玄隐居著书。玄游学归乡里，家贫，客耕东莱，学徒相随者数百千人。至是，玄与同郡孙嵩等四十余人俱被禁锢，遂隐修经业，杜门不出。参《后汉书·郑玄列传》。

汉灵帝熹平元年（172）

△正月，蔡邕作《车驾上原陵记》。

△六月，陈球作《奏劾王甫段颎》。李咸作《上书请合葬窦太后》。

△诏逐捕党人及太学生。《后汉书·宦者列传》："熹平元年，窦太后崩，有何人书朱雀阙，言'天下大乱，曹节、王甫幽杀太后，常侍侯览多杀党人，公卿皆尸禄，无有忠言者'。于是诏司隶校尉刘猛逐捕，十日一会。猛以诽书言直，不肯急捕，月余，主名不立。猛坐左转谏议大夫，以御史中丞段颎代猛，乃四出逐捕，及太学游生，系者千余人。"

汉灵帝熹平四年（175）

△正月，灵帝作《十二门新诗》。

△立石经于太学门外。诸博士试甲乙科，争第高下，更相告言，至有行赂定兰台漆书经字，以合其私文者。蔡邕等以为经籍去圣久远，文字多谬，俗儒穿凿，疑误后学，于是奏求正定五经文字。灵帝许之，于是蔡邕乃自书经文于碑，使工镌刻，立于太学门外。参《后汉书·蔡邕列传》《后汉书·儒林列传》。

△卢植拜为九江太守，作《始立太学石经上书》。

汉灵帝熹平五年（176）

△杨赐作《上疏谏封爵过差游观无度》。

△闰五月，永昌太守曹鸾上书请开党禁，不从。于是诏州郡更考党人门生、故吏、父子、兄弟在位者，悉免官禁锢，爰及五属。

△十二月，试太学生年六十以上百余人，除郎中、太子舍人至王家郎、郡国文学吏。

△卢植上书请置《毛诗》《左氏》《周礼》博士。见《后汉书·卢植列传》。

△蔡邕作《伯夷叔齐碑》，时年四十四岁。

汉灵帝熹平六年（177）

△七月，蔡邕作《上封事陈政要七事》，时年四十五岁。

△蔡邕撰《胡广黄琼颂》。

△秋，夏育作《上言讨鲜卑》，蔡邕作《难夏育请伐鲜卑议》，设五不可反对出兵征讨。

△蔡邕作《幽冀刺史久阙疏》。

△十二月，郦炎卒，时年二十八岁。作《遗令书》四篇。

汉灵帝光和元年（178）

△二月，蔡邕作《圣皇篇》。

△始置鸿都门学生。《后汉书·蔡邕列传》："帝好学，自造《皇羲篇》五十章，因引诸生能为文赋者。本颇以经学相招，后诸为尺牍及工书鸟篆者，皆加引召，遂至数十人。侍中祭酒乐松、贾护，多引无行趣埶之徒，并待制鸿都门下，憙陈方俗闾里小事，帝甚悦之，待以不次之位。"

△七月，蔡邕作《对诏问灾异八事》。其后被黜戍边。

△卢植作《日食上封事》，并为蔡邕请命。

△杨赐作《虹霓对》。其冬作《上书谏作林泉毕圭苑》。

△阳球作《奏罢鸿都文学》。

汉灵帝光和二年（179）

△四月，大赦天下，党人禁锢自从祖以下皆除之。

△吕强作《上疏陈事》。

汉灵帝光和三年（180）

△夏，杨赐作《虎见平乐观又见宪陵对》。张均作《因虎见上言》。

△诏公卿举能通《古文尚书》《毛诗》《左氏》《穀梁春秋》各一人，悉除议郎。参《后汉书·孝灵帝纪》。

△九月，审忠作《上书劾朱瑀》。

汉灵帝光和四年（181）

△张奂卒，临终作《遗命诸子》。其子张芝、张旭以草书名世。

汉灵帝光和五年（182）

△七月，程包作《征讨板楯蛮方略对》。

△蔡邕作《京兆樊惠渠颂》《京兆尹樊陵颂碑》，时年五十岁。

△何休卒。

汉灵帝光和六年（183）

△刘陶作《与乐松袁贡连名上疏言张角》。

汉灵帝中平元年（184）

△五月，傅燮作《上疏请诛中官》。

△六月，张钧作《上言请斩十常侍》。

△九月，张温作《谏征朱儁疏》。

△九月，蔡邕作《太尉桥玄碑》。

△刘陶作《陈要急八事疏》，后为宦官诬陷致死。

△陶谦作《奏记朱儁》，推为太师。

△曹操作《拒王芬辞》。

汉灵帝中平五年（188）

△黄忠作《与申屠蟠书劝诣何进》。

△蔡邕作《陈太丘庙碑》，又作《议郎胡公夫人哀赞》，时年五十六岁。

汉献帝初平二年（191）

△六月，蔡邕作《地震对》。又作《宗庙迭毁议》。又作《和熹邓后谥议》。时年五十九岁。

△牟子作《理惑论》。

汉献帝初平四年（193）

△正月，公孙瓒作《表袁绍罪状》。

△陈琳作《为袁绍与公孙瓒书》。

△王粲至荆州依刘表，作《初征赋》。

汉献帝兴平元年（194）

△夏，张昭作《徐州刺史陶谦哀辞》。

△典籍大量散失。《后汉书·儒林列传》："及董卓移都之际，吏民扰乱，自辟雍、东观、兰台、石室、宣明、鸿都诸藏典策文章，竞共剖散，其缣帛图书，大则连为帷盖，小乃制为縢囊。及王允所收而西者，裁七十余乘，道路艰远，复弃其半矣。"

汉献帝兴平二年（195）

△四月，赵温作《与李傕书》。

△荀彧作《迎驾都许议》。

△袁术作《与吕布书》。

汉献帝建安元年（196）

△七月，董昭作《作曹公书于杨奉》。

△八月，袁绍作《上书自讼》。

△郑玄作《戒子益恩书》，时年七十岁。

△应劭删定律令为《汉仪》，本年上奏，并作《奏上删定律令》。

△孔融时为青州刺史，作《荐祢衡书》。

△臧洪作《与陈琳书》。

△王粲作《赠士孙文始诗》，时年二十岁。

汉献帝建安二年（197）

△应劭著《汉官》《礼仪故事》。其《风俗通义》应于此时定稿。

汉献帝建安三年（198）

△荀悦作《汉纪》三十篇。

汉献帝建安四年（199）

△六月，邯郸淳作《后汉鸿胪陈君碑》。

△冬，董昭作《与袁春卿书》。

△孔融作《崇国防疏》。

汉献帝建安五年（200）

△郑玄卒。《后汉书·郑玄列传》："五年春，梦孔子告之曰：'起，起，今年岁在辰，来年岁在巳。'既寤，以谶合之，知命当终，有顷寝疾。时袁绍与曹操相拒于官度，令其子谭遣使逼玄随军。不得已，载病到元城县，疾笃不进，其年六月卒，年七十四。遗令薄葬。自郡守以下尝受业者，缞绖赴会千余人。"

△八月，荀彧作《报曹公书》。

△九月，曹操作《与钟繇书》。又作《加枣祗子处中封爵并祀祗令》。

△陈琳作《为袁绍檄豫州》。

汉献帝建安六年（201）

△赵岐作《遗令敕其子》，是年卒。

汉献帝建安七年（202）

△正月，曹操作《军谯令》。

汉献帝建安八年（203）

△五月，曹操作《败军令》《论吏士行能令》。七月，作《修学令》。又作《请爵荀彧表》。

汉献帝建安九年（204）

△三月，审配作《献书袁谭》。

△九月，孔融作《上书请准古王畿制》。又作《荐盛孝章书》。时年五十二岁。

汉献帝建安十年（205）

△钟繇作《上书自劾》。

△高诱始注《淮南子》。

汉献帝建安十一年（206）

△春，曹操作《请增封荀彧表》。

△二月，崔琰作《谏世子书》以规劝曹丕。后有曹丕作《报傅崔琰》。

△三月，仲长统作《答邓义社主难》。

汉献帝建安十二年（207）

△二月，曹操作《封功臣令》《分租与诸将掾属令》。

△八月，曹操作《告涿郡太守令》。又作《表论田畴功》。

△八月，孔融作《难曹公禁酒书》二篇。

△曹操作《请追增郭嘉封邑表》。

△陈琳作《神武赋》。

△蔡文姬还汉，作《悲愤诗》二首，五言一首，骚体一首。

汉献帝建安十三年（208）

△孔融被杀，作《临终诗》，时年五十六岁。

△曹操作《宣示孔融罪状令》。

汉献帝建安十四年（209）

△七月，曹操作《存恤从军吏士家室令》。又作《爵封田畴令》。

△七月，曹丕作《浮淮赋》。

△七月，王粲作《浮淮赋》。

汉献帝建安十五年（210）

△春，曹操作《求贤令》。

△冬，曹操作《铜雀台》，又作《让县自明本志令》。

△曹植作《铜雀台赋》。

△曹丕作《曹苍舒诔》。

汉献帝建安十六年（211）

△正月，曹植作《离思赋》《述行赋》《离友诗》。

△七月，曹丕作《感离赋》。

△阮瑀作《为曹操作书与孙权》。

△王粲与徐幹等六人从曹丕、曹植兄弟游宴。作《征思赋》。时年三十五岁。

汉献帝建安十七年（212）

△王粲作《阮元瑜诔》，又奉命作《寡妇赋》。

△潘勖作《荀彧碑》。

△刘桢作《处士国文甫碑》。

△曹植作《登台赋》《光禄大夫荀侯诔》《寡妇赋》。

汉献帝建安十八年（213）

△曹操作《让九锡表》《辞九锡令》《上书谢策魏公》。

△王粲作《太庙颂》，又作《刀铭》，时年三十七岁。

汉献帝建安十九年（214）

△七月，曹操作《戒子植》。曹植作《东征赋》。

△七月，傅幹作《谏曹公南征》。

△七月，刘桢作《戒临菑侯书》。

△曹丕作《柳赋》，同作者有王粲、陈琳等。

△杨修作《出征赋》。

汉献帝建安二十年（215）

△陈琳作《为曹洪与魏太子书》。

△刘邵拜为太子舍人，作《爵制》。

△曹植作《赠丁仪王粲诗》。

汉献帝建安二十一年（216）

△二月，曹操作《春祠令》。

△五月，王粲作《蕤宾钟铭》。

△七月，王粲作《无射钟铭》。

△八月，曹丕作《铸五熟釜成与钟繇书》《五熟釜铭》。

△曹植作《与杨德祖书》。

△杨修作《答临菑侯笺》。

汉献帝建安二十二年（217）

△八月，曹操作《举贤勿拘品行令》。

△曹操作《立太子令》。

△曹丕为太子前后，作《典论》。

△曹植作《说疫气》《王仲宣诔》。

汉献帝建安二十三年（218）

△正月，曹操作《敕王必领长史令》。

△四月，曹操作《赈给灾民令》。

△六月，曹操作《终令》。

△曹丕作《与吴质书》，悼念王粲等好友。

△吴质作《答魏太子笺》。

△曹植《曹仲雍哀辞》《辨道论》等亦作于这两年间。

汉献帝建安二十四年（219）

△秋，杨修被杀。曹操作《与杨太尉书论刑杨修》。杨彪作《答曹公书》。

△七月，诸葛亮等作文劝刘备称王。

△十月，陈群、桓阶作《奏请魏王受禅》。

△曹丕作《与钟繇书》。钟繇作《报太子书》。

△钟繇作《答太子书》。

汉献帝延康元年（220）

△三月，曹丕作《拜毛玠等子为郎中令》。

△五月，曹丕作《以郑称授太子经学令》。

△六月，霍性作《谏魏王南征疏》。

△七月，曹丕作《敕尽规谏令》《孟达杨仆降附令》《复谯租税令》。

△十月，曹丕作《殡祭死亡士卒令》。

△十月，李伏作《禅代合符谶表》，刘廙、辛毗、刘晔、桓阶、陈矫、陈群、王毖、董遇等作《上言符谶》，许芝作《条奏魏代汉谶纬》，力劝曹丕代汉。

△曹丕作《辞符谶令》《辞许芝等条上谶纬令》《再让符命令》《答司马懿等再陈符命令》。桓阶作《奏请受禅》，陈群作《奏请魏王受禅》，刘若作《上书请受禅》《奏请受禅》，刘廙作《奏请受禅》等。

△十月，魏王丕称天子。曹植哭汉，就国，作《庆文帝受禅章》《庆文帝受禅上礼章》《武帝诔》《孔子庙颂》。

△十月，卫觊作《为汉帝禅位魏王诏》《乙卯册诏魏王》《壬戌册诏魏王》《丁卯册诏魏王》《庚午册诏魏王》《禅让册》《受禅表》。

主要参考文献

［汉］伏胜撰，［汉］郑玄注，［清］陈寿祺辑校：《尚书大传（附序录辨讹）》，上海：商务印书馆，1937 年。

［汉］贾谊撰，阎振益、钟夏校注：《新书校注》，北京：中华书局，2000 年。

［汉］贾谊著，王洲明、徐超校注：《贾谊集校注》，北京：人民文学出版社，1996 年。

［汉］王符著，［清］汪继培笺，彭铎校正：《潜夫论笺校正》，北京：中华书局，2014 年。

［汉］刘向撰，向宗鲁校证：《说苑校证》，北京：中华书局，1987 年。

［汉］刘向编著，石光瑛校释，陈新整理：《新序校释》，北京：中华书局，2001 年。

［汉］桓谭：《新论》，上海：上海人民出版社，1977 年。

［汉］荀悦撰，［明］黄省曾注，孙启治校补：《申鉴注校补》，北京：中华书局，2012 年。

［汉］扬雄著，张震泽校注：《扬雄集校注》，上海：上海古籍出版社，1993 年。

［汉］崔寔、仲长统撰，孙启治校注：《政论校注　昌言校注》，北京：中华书局，2012 年。

［汉］司马迁：《史记》，北京：中华书局，2014 年。

［汉］班固：《汉书》，北京：中华书局，1962 年。

［汉］赵晔著，［元］徐天祜音注：《吴越春秋》，南京：江苏古籍出版社，1986 年。

［东汉］袁康、吴平辑录，乐祖谋点校：《越绝书》，上海：上海古籍出版社，1985年。

［晋］常璩撰，刘琳校注：《华阳国志校注》，成都：巴蜀书社，1984年。

［南朝宋］范晔：《后汉书》，北京：中华书局，1965年。

［南朝梁］萧统编，［唐］李善注：《文选》，上海：上海古籍出版社，1986年。

［南朝梁］刘勰著，范文澜注：《文心雕龙注》，北京：人民文学出版社，1958年。

［唐］刘知幾撰，［清］浦起龙通释，吕思勉评，李永圻、张耕华导读整理：《史通》，上海：上海古籍出版社，2008年。

［宋］朱熹：《四书集注》，长沙：岳麓书社，1985年。

［宋］司马光：《太玄集注》，北京：中华书局，1998年。

［明］张溥著，殷孟伦注：《汉魏六朝百三家集题辞注》，北京：人民文学出版社，1960年。

［清］马瑞辰：《毛诗传笺通释》，北京：中华书局，1989年。

［清］王聘珍：《大戴礼记解诂》，北京：中华书局，1983年。

［清］皮锡瑞：《经学历史》，北京：中华书局，1959年。

［清］皮锡瑞：《经学通论》，北京：中华书局，1954年。

［清］焦循：《孟子正义》，北京：中华书局，1987年。

［清］王先谦：《汉书补注》，北京：中华书局，1983年。

［清］赵翼撰，曹光甫校点：《陔馀丛考》，上海：上海古籍出版社，2011年。

［清］章学诚著，叶瑛校注：《文史通义校注》，北京：中华书局，1994年。

［清］苏舆撰，钟哲点校：《春秋繁露义证》，北京：中华书局，1992年。

［清］汪荣宝撰，陈仲夫点校：《法言义疏》，北京：中华书局，1987年。

［清］陈立：《白虎通疏证》，北京：中华书局，1994年。

［清］刘熙载：《艺概》，上海：上海古籍出版社，1978年。

［清］孙诒让撰，孙启治点校：《墨子间诂》，北京：中华书局，2001年。

［清］永瑢：《四库全书总目》，北京：中华书局，1965年。

［清］严可均校辑：《全上古三代秦汉三国六朝文》，北京：中华书局，1958年。

黄晖：《论衡校释》，北京：中华书局，2018年。

李学勤主编：《十三经注疏·周易正义》，北京：北京大学出版社，1999年。

李学勤主编：《十三经注疏·尚书正义》，北京：北京大学出版社，1999年。

李学勤主编：《十三经注疏·毛诗正义》，北京：北京大学出版社，1999年。

李学勤主编：《十三经注疏·周礼注疏》，北京：北京大学出版社，1999年。

李学勤主编：《十三经注疏·礼记正义》，北京：北京大学出版社，1999年。

李学勤主编：《十三经注疏·春秋公羊传注疏》，北京：北京大学出版社，1999年。

刘文典：《淮南鸿烈集解》，北京：中华书局，1989年。

王利器：《新语校注》，北京：中华书局，1986年。

王利器：《盐铁论校注》，北京：中华书局，1992年。

许维遹撰，梁运华整理：《吕氏春秋集释》，北京：中华书局，2009年。

许维遹：《韩诗外传集释》，北京：中华书局，1980年。

杨伯峻编著：《春秋左传注》，北京：中华书局，1981年。

张烈点校：《两汉纪》，北京：中华书局，2002年。

张震泽：《扬雄集校注》，上海：上海古籍出版社，1993年。

边家珍：《汉代经学发展史论》，北京：中国文史出版社，2003年。

常金仓：《二十世纪古史研究反思录》，北京：中国社会科学出版社，2005年。

陈桐生：《〈史记〉与诸子百家之学》，合肥：安徽大学出版社，2006 年。

陈桐生：《中国史官文化与〈史记〉》，汕头：汕头大学出版社，1993 年。

陈桐生：《〈史记〉与今古文经学》，西安：陕西人民教育出版社，1995 年。

董治安主编：《中华大典·文学典·先秦两汉文学分典》，南京：凤凰出版社，2008 年。

董治安主编：《两汉全书》，济南：山东大学出版社，2009 年。

董治安：《先秦文献与先秦文学》，济南：齐鲁书社，1994 年。

段熙仲著，鲁同群等点校：《春秋公羊学讲疏》，南京：南京师范大学出版社，2002 年。

费振刚、胡双宝、宗明华辑校：《全汉赋》，北京：北京大学出版社，1993 年。

冯天瑜：《中华元典精神》，上海：上海人民出版社，1994 年。

高步瀛选注，陈新点校：《两汉文举要》，北京：中华书局，1990 年。

葛兆光：《中国思想史》第一卷，上海：复旦大学出版社，2013 年。

龚克昌：《汉赋研究》，济南：山东文艺出版社，1990 年。

龚克昌、苏瑞隆：《司马相如》，沈阳：春风文艺出版社，1999 年。

顾颉刚：《顾颉刚古史论文集》第 3 册，北京：中华书局，1996 年。

顾颉刚：《秦汉的方士与儒生》，上海：上海古籍出版社，1978 年。

顾易生、蒋凡：《先秦两汉文学批评史》，上海：上海古籍出版社，1990 年。

郭沫若：《郭沫若全集》，北京：人民出版社，1982 年。

郭绍虞：《中国文学批评史》，上海：上海古籍出版社，1979 年。

郭英德等：《中国古典文学研究史》，北京：中华书局，1995 年。

郭预衡：《中国古代文学史长编》，北京：首都师范大学出版社，1992 年。

郭预衡：《中国散文史》，上海：上海古籍出版社，2000 年。

韩兆琦主编：《史记通论》，北京：北京师范大学出版社，1990 年。

侯外庐等：《中国思想通史》第二卷，北京：人民出版社，1957年。

胡学常：《文学话语与权力话语——汉赋与两汉政治》，杭州：浙江人民出版社，2000年。

华友根：《董仲舒思想研究》，上海：上海社会科学院出版社，1992年。

金春峰：《汉代思想史》，北京：中国社会科学出版社，1987年。

蓝旭：《东汉士风与文学》，北京：人民文学出版社，2004年。

劳舒编，雪克校：《刘师培学术论著》，杭州：浙江人民出版社，1998年。

李长之：《司马迁之人格与风格》，北京：生活·读书·新知三联书店，1984年。

李家树、陈桐生：《经学与中国古代文学》，香港：香港大学出版社，2004年。

李景星：《史记评议》，上海：上海古籍出版社，2008年。

李晓敏：《王符〈潜夫论〉研究》，广州：世界图书出版广东有限公司，2017年。

李幼蒸：《儒学解释学：重构中国伦理思想史》，北京：中国人民大学出版社，2009年。

李泽厚：《中国古代思想史论》，北京：人民出版社，1985年。

李泽厚：《说巫史传统》，上海：上海译文出版社，2012年。

李洲良：《春秋笔法论》，北京：中国社会科学出版社，2012年。

梁启超：《论中国学术思想变迁之大势》，上海：上海古籍出版社，2001年。

刘大杰：《中国文学发展史》，上海：上海人民出版社，1973年。

刘汝霖：《汉晋学术编年》，北京：中华书局，1987年。

刘师培：《中国中古文学史》，北京：人民文学出版社，1984年。

刘松来：《两汉经学与中国文学》，南昌：百花洲文艺出版社，2001年。

刘文英：《王符评传（附崔寔、仲长统评传）》，南京：南京大学出版社，2011年。

刘跃进：《秦汉文学编年史》，北京：商务印书馆，2006年。

刘跃进：《秦汉文学论丛》，南京：凤凰出版社，2008年。

刘泽华：《先秦政治思想史》，天津：南开大学出版社，1984年。

陆侃如：《陆侃如冯沅君合集》第10卷《中古文学系年》，合肥：安徽教育出版社，2011年。

鲁迅：《鲁迅全集》第六卷，北京：人民文学出版社，1981年。

罗根泽：《中国文学批评史》，上海：上海古籍出版社，1984年。

吕思勉：《秦汉史》，上海：上海古籍出版社，2005年。

马积高：《赋史》，上海：上海古籍出版社，1987年。

马积高：《历代辞赋研究史料概述》，北京：中华书局，2001年。

马勇：《汉代春秋学研究》，成都：四川人民出版社，1992年。

聂石樵：《司马迁论稿》，北京：北京师范大学出版社，1987年。

启良：《中国文明史》，广州：花城出版社，2001年。

钱穆：《两汉经学今古文平议》，北京：商务印书馆，2015年。

王葆玹：《今古文经学新论》，北京：中国社会科学出版社，1997年。

王承略：《郑玄与今古文经学》，济南：山东文艺出版社，2004年。

王国维：《观堂集林》第2册，北京：中华书局，1959年。

王立：《中国古代复仇文学主题》，长春：东北师范大学出版社，1998年。

王利器：《郑康成年谱》，济南：齐鲁书社，1983年。

王运熙、顾易生主编：《中国文学批评通史·魏晋南北朝卷》，上海：上海古籍出版社，1996年。

王洲明：《先秦两汉文化与文学》，济南：山东大学出版社，1996年。

吴从祥：《谶纬与汉代文学》，北京：中国社会科学出版社，2015年。

吴崇明：《班固文学思想研究》，上海：上海古籍出版社，2010年。

徐复观：《徐复观论经学史二种》，上海：上海书店出版社，2002年。

徐复观：《两汉思想史》，上海：华东师范大学出版社，2001年。

许结：《汉代文学思想史》，南京：南京大学出版社，1990年。

杨树增、马士远：《儒学与中国古代散文》，北京：中国社会科学出版社，2017年。

杨向奎：《中国古代社会与古代思想研究》，上海：上海人民出版社，1962年。

杨向奎：《大一统与儒家思想》，北京：北京出版社，2011年。

易小平：《西汉文学编年史》，上海：上海古籍出版社，2012年。

于迎春：《汉代文人与文学观念的演进》，北京：东方出版社，1997 年。

张伯伟：《中国古代文学批评方法研究》，北京：中华书局，2002 年。

张大可：《史记研究》，兰州：甘肃人民出版社，1985 年。

张峰屹：《西汉文学思想史》，天津：南开大学出版社，2001 年。

张强：《司马迁学术思想探源》，北京：人民出版社，2004 年。

张涛：《经学与汉代社会》，石家庄：河北人民出版社，2001 年。

章权才：《两汉经学史》，广州：广东人民出版社，1990 年。

赵逵夫主编：《历代赋评注》（汉代卷），成都：巴蜀书社，2010 年。

赵敏俐：《先秦君子风范——中华民族文化人格的历史探源》，北京：东方出版社，1999 年。

钟肇鹏：《谶纬论略》，沈阳：辽宁教育出版社，1991 年。

周谷城：《中国政治史》，北京：中华书局，1982 年。

朱维铮编：《周予同经学史论著选集》，上海：上海人民出版社，1983 年。

（日）安居香山、（日）中村璋八辑：《纬书集成》，石家庄：河北人民出版社，1994 年。

边家珍：《论扬雄对先秦儒学的继承与发展》，《河南大学学报》（社会科学版）2002 年第 3 期。

边家珍：《汉代经学吸纳阴阳五行说的原因及其历史意义》，《孔子研究》2002 年第 6 期。

边家珍：《扬雄对西汉新儒学的重构及其意义》，《东岳论丛》2002 年第 6 期。

边家珍：《论汉武帝在经学史上的作用与影响》，《河南大学学报》（社会科学版）2004 年第 3 期。

边家珍：《郑玄经学的特色及评价问题》，《理论学刊》2005 年第 8 期。

边家珍：《“温柔敦厚”诗教观新论》，《山东大学学报》（哲学社会科学版）2015 年第 1 期。

边家珍：《论司马迁〈史记〉创作与〈春秋〉学之关系》，《浙江学刊》2014 年第 1 期。

董治安、杨九诠:《两汉辞赋发展与经学演变》,《中文自学指导》1991年第4期。

冯浩菲:《〈洪范五行传〉的学术特点及其影响——兼论研究天人感应说之不能忽略伏生》,《中国文化研究》1997年夏之卷。

龚克昌:《司马相如论》,《社会科学战线》1983年第3期。

过常宝:《司马迁批判精神探源》,《北京师范大学学报》(社会科学版)1994年第1期。

林晓平:《〈周易〉对司马迁、班固史学的影响初探》,《赣南师范学院学报》(哲学社会科学版)1989年第1期。

刘蔚华:《原始思维的进化》,《齐鲁学刊》1985年第6期。

刘文英:《〈潜夫论〉与汉代经学》,《孔子研究》1994年第3期。

许殿才:《论〈汉书〉中的天人关系》,《历史研究》1992年第4期。

宣兆琦:《齐文化与秦汉社会》,《齐鲁学刊》1996年第1期。

汪涌豪:《重论司马相如及其赋》,《思想战线》1989年第4期。

王洲明:《汉代散文风格与汉代经学的关系》,《泰安师专学报》1999年第5期。

张斌荣:《西汉经学的兴盛与西汉的散文创作》,《西北师大学报》(社会科学版)2000年第5期。

后 记

本书是国家社科基金项目“汉代散文与经学之关系研究”的成果。

该书从经学的角度观照汉代散文作家及其作品，回答为什么经学会对汉代散文的发展产生重要影响的问题，揭示汉代散文与经学的内在联系。书中考察了“五经”所蕴含的核心观念，如殷鉴意识、民本意识、扬善抑恶的精神、大一统观念等，及其对汉代散文作家及作品的影响。我们发现，汉代散文作家及其作品所蕴含的许多思想内涵，都不是突然出现的，可以说是渊源有自。书中比较全面地考察了经学与汉代文体的关系，“五经”中不仅存在一些文体萌芽，同时也出现了一些较为成熟的文体，这些文体到了汉代也得到进一步发展。今文经学影响下的散文创作，说理时注重依经立意，有较多的神学色彩。书中还讨论了汉代政论文与经学之关系。政论文在汉代散文中占有相当大的比重，在文学史、思想文化史上的地位也很重要，其受经学的影响相当显著。我们还从经史关系的角度，讨论《史记》《汉书》《吴越春秋》与经学之关系，讨论了汉代散体赋创作与经学之关系等。要之，经学对汉代散文作家的创作，对散文的文体生成、思想内容、文学风格等，都产生了相当显著的影响。当然，这种影响有时是显在的，如引经据典等，但更多、更深的影响则体现为一种观念，或内化为一种思维方式，让人体会到一种独特的文化气息。

本书在研究内容及方法上，力求在整体上有一定的突破，力求提供一种宏通、整体的观照视野，尽可能带给读者更多的思索。本人水平有限，疏漏与不足之处难免，尚请专家与广大读者批评指正。

感谢王英娜博士撰写了第一章中的第五节，叶庆兵撰写了第二章，华乐康撰写了第九章，马子月撰写了第七章中的第二节，杨延平参与撰写了绪论。感谢柏秀叶老师、贾瑶、姚江、隋雪纯、康宏威、袁琳琳等亦给予了相当多的帮助。感谢各位国家社科基金匿名评审专家提出的宝贵意见和建议。感谢齐鲁书社向群女士为此书的出版付出的辛劳及提出的宝贵意见和建议。

边家珍

写于山东大学知新楼